Holger Weinbach

Die Eiswolf-Saga

Irrwege

Teil 2

ACABUS | Verlag

Weinbach, Holger: Die Eiswolf-Saga. Teil 2: Irrwege, Hamburg, ACABUS Verlag 2010

1. Auflage
ISBN: 978-3-941404-29-8

Die eBook-Ausgabe dieses Titels trägt die ISBN 978-3-941404-30-4 und kann über den Handel oder den Verlag bezogen werden.

Lektorat: Daniela Sechtig, ACABUS Verlag
Umschlagsgestaltung: Anja Kaiser (www.anja-kaiser.com)

Der ACABUS Verlag ist ein Imprint der Diplomica Verlag GmbH, Hermannstal 119k, 22119 Hamburg.

Bibliografische Information der Deutschen Nationalbibliothek
Die Deutsche Nationalbibliothek verzeichnet diese Publikation in der Deutschen Nationalbibliografie; detaillierte bibliografische Daten sind im Internet über http://dnb.d-nb.de abrufbar.

http://www.acabus-verlag.de
Printed in Europe

Für Lovis

KÖNIGREICH NORWEGEN
Birka
KÖNIGREICH SCHWEDEN
NORDSEE
KÖNIGREICH DÄNEMARK
AESTENMEER
Haithabu
PREUSSEN
RUSSLAND
ANGELSÄCHSISCHES KÖNIGREICH
Hamburg
Elbe
Rhein
HERZOGTUM POLEN
Köln
RÖMISCHES REICH DEUTSCHER NATION
Paris
Neustatt
Bjorens Winterlager
Columban-Kloster
Donau
FRANKREICH
St. Gallen
KÖNIGREICH UNGARN
KÖNIGREICH BURGUND
Pavia
KROATIEN
SERBIEN
BULGARIEN
KORSIKA
Rom
Balearen
SARDINIEN
MITTELMEER
SIZILIEN
Bjorens Reise
Brandolfs Reise

Anno 960 – Der Ratschlag der Götter

Prolog

Das gelbe Herbstlaub fiel sacht von den Birken des Waldes, die der kleinen Insel in der weit verzweigten Bucht des Aestenmeeres den Namen Björkö verliehen. Die Blätter tanzten in der leichten Brise, die von Süden her über Land und Wasser strich. Die Sonne stand hoch am wolkenlosen Mittagshimmel und verbreitete eine angenehme Wärme. Vielleicht waren das die letzten warmen Tage, ehe nasskaltes Wetter und frostige Nächte den Winter ankündigten.

Drei Männer ritten gemächlich unter den Bäumen einher. Sie waren mit Waffen und Schilden ausgerüstet und trugen die Gewandung von Kriegern. Ihre pelzverbrämten Mützen mit Silberdekor zeichneten sie als Männer des hiesigen Königs, der junge Erik Segersäll, aus. Der vorderste Krieger trug zudem ein langes, edles Obergewand, das aus farbenprächtigem Leinen und Seide gefertigt war. An seiner Seite trug er ein Schwert, das in einem kunstvoll verzierten Futteral steckte. Ein seltener Anblick, denn der Sax, die Axt und der Speer waren beim Volk der Svear die üblichen Waffen. Doch das Schwert entsprach dem Stand des Kriegers und zeichnete ihn als Vertreter des Königs aus, als den Jarl von Birka.

Blinzelnd schaute er nach oben und betrachtete das Spiel der Blätter im Südwind, der den vertrauten und reinen Duft des Meeres mit sich trug. In Birka hingegen, der einzigen Siedlung auf der Insel, stiegen ihm oft unbekannte und fremdländische Düfte in die Nase, gemischt mit dem Gestank von Abortgruben und dem Geruch von vielen, dicht aufeinander lebenden Menschen. Birka war die größte Handelsstätte der Svear, an den westlichen Gestaden der Insel angesiedelt. Sie wurde von einfachen Männern des umliegenden Festlandes ebenso aufgesucht wie von Händlern aus fernen Ländern, die weder die Sprache der Svear beherrschten, noch ihre Gepflogenheiten kannten. Gerade für sie musste der Jarl als Autorität auf den ersten Blick erkennbar sein. Bjoren wurde mit seiner gesamten Erscheinung dieser Anforderung ohne jeden Zweifel gerecht.

Die fremdländischen Händler erreichten Birka meist in den Sommermonaten nach einer langen Reise. Für einige von ihnen war der Heimweg so weit, dass sie den Jarl baten, ein Winterlager auf den wenigen freien Flächen innerhalb der Stadt oder jenseits des Palisadenwalls aufschlagen zu dürfen.

Birka war eine friedliche Stadt und meist entsprach der Jarl diesen Bitten. Bjoren war ein angesehener Vertreter des Königs und von den meisten im Volk geachtet. Doch es war nicht immer einfach, diese Position inne zu haben, denn sie wurde von vielen begehrt. Dem Jarl waren einige Neider bekannt, und es gab auch offene Gegner, die wider ihn handelten.

Diese Belange kümmerten Bjoren im Augenblick allerdings nicht. Er war auf dem Weg zum östlichen Ufer der Insel, einem Bereich, der nicht besiedelt war. Dennoch lebte dort schon seit vielen Jahren ein weiser Mann der Svear, Jorund, und der Jarl suchte ihn im Auftrag des Königs auf. Er war bereits zur Sonnenwendfeier vor vielen Wochen hier gewesen, um dem Brauch, den Rat der Götter zu erbitten, gerecht zu werden und um Antworten auf einige Fragen zu erhalten. Diese Antworten sollte er jedoch erst heute bekommen, denn weder die Götter noch Jorund ließen sich drängen.

Je näher die drei Reiter dem Haus des Weisen kamen, umso häufiger bemerkte Bjoren kleine Symbole und Zeichen in Baumrinden geritzt oder Amulette an Riemen gebunden, die von Ästen herabhingen. Sachte schwangen sie in der Brise und schlugen mit leisen, sonderbaren Klängen aneinander. Jedes Mal, wenn der Jarl diesen Bereich des Waldes erreichte, glaubte er, eine fremde Welt zu betreten. Eine Welt, in der die Götter allgegenwärtig waren und ein Krieger gegen ihre Macht nicht viel ausrichten konnte. Dies war Jorunds Reich, der mit den Höheren zu sprechen vermochte.

Der Wald endete abrupt an der Küste der Insel, die flach zum Wasser hin auslief. Dort, auf einer schmalen Wiese zwischen Ufer und Wald, befand sich die Hütte des Weisen, dicht an die erste Baumreihe gedrängt. Unter den feinen Klängen der im Wind spielenden Symbole saßen die drei Reiter ab und führten ihre Pferde die letzten Schritte des Weges zu Fuß bis vor die Kate. Ihr Weg wurde von den Blicken vieler unterschiedlich großer, geschnitzter Holzfiguren begleitet, die wie Wächter um das Haus aufgestellt waren und sowohl den Wald als auch die See im Auge behielten. Bjoren schaute unsicher in die verwitterten Gesichter aus Eiche, Buche und Birke. Teilweise waren ihre Augen mit Metallen beschlagen oder mit merkwürdigen, glänzenden Steinen besetzt, die sie regelrecht lebendig wirken ließen. Oft fragte er sich, ob diese Augen tatsächlich blind waren, denn jedes Mal, wenn er an ihnen vorüber kam, verspürte er ein unangenehmes Prickeln im Nacken und fühlte sich beobachtet.

Vor der einfachen Hütte mit dem spitzen, mit Holzbrettern verschalten Dach und den lehmbeworfenen Wänden aus Weidengeflecht angekommen, wies der Jarl seine Begleiter an, hier auf ihn zu warten. Nachdem er sich noch einmal umgesehen hatte, wollte er gerade an die Tür klopfen, als diese von innen geöffnet wurde. Sibbe, die junge Gehilfin des Weisen, stand in der Tür und hieß den Jarl mit sanfter Stimme willkommen. „Trete ein, Bjoren Langarm. Du wirst erwartet."

Der Krieger betrat die Hütte und Sibbe schloss die Tür hinter ihm. Obwohl in der Mitte der Behausung ein Feuer in einer kleinen Bodengrube brannte, mussten seine Augen sich erst an die Dunkelheit gewöhnen. Sibbe wies ihm einen Platz auf einer der Bänke zu und zog sich dann in die Schatten des Raumes zurück. Neben dem Feuer sorgten nur noch zwei kleine Öffnungen unterhalb des Firstes an den Giebelseiten des Hauses für Licht. Obwohl Bjoren dieses Haus schon viele Male betreten hatte, beschlich ihn stets ein merkwürdiges Gefühl, ähnlich wie bei den Holzfiguren zuvor. Es war weder Angst, noch Unbehagen oder Unsicherheit. Es war vielmehr das Gefühl, Kräften ausgesetzt zu sein, die er nicht verstand. Die Welt der Götter war hier beinahe greifbar.

Während Bjoren zu der Bank ging, sah er sich um. Auf den Lehmwänden der Hütte tanzten, vom Feuer ins Leben gerufen, merkwürdige Schatten. Rauch stieg zum First empor, breitete sich dort aus und zog durch die kleinen Öffnungen ab. Von den Balken des Daches hingen viele Stricke und Riemen herab. An den meisten waren Kräuter zum Trocknen befestigt, deren Duft selbst im tiefsten Winter an einen Sommertag erinnerte. Weiter oben, zum First hin, hingen alle möglichen Utensilien, von Ornamenten der Götter bis hin zu Gegenständen, die nicht im täglichen Gebrauch waren.

Plötzlich tauchte aus den Schatten das Gesicht eines alten Mannes auf, als materialisiere es sich soeben in der Luft. Dann folgte der Rumpf, der sich dem Jarl entgegen beugte. Unzählige Male hatte Bjoren dieses Gesicht bereits gesehen, und dennoch erschrak er. Das Haupthaar war kurz geschoren und weiß. Der ebenfalls kurz gehaltene Bart wirkte zerrupft, wie bei einem Hund, dessen Fell im Alter ausging. Dieser Mann hatte weit mehr Winter gesehen als Bjoren, dessen Haar noch immer die Farbe der Sonne besaß.

Trotz der zahlreichen Falten auf Jorunds Gesicht, die von einem langen Leben zeugten, besaß der Mann noch immer die Kraft eines älteren Kriegers und einen wachen Verstand. Dies wäre allerdings kein Grund, vor dem Weisen zurückzuschrecken. Es waren einzig seine Augen, die Bjoren zusammenzucken ließen: Sie waren nahezu weiß.

Jorund der Weise besaß kein Augenlicht und schien doch mehr zu sehen als die meisten anderen Männer seines Volkes. Seine Stimme klang besonnen und gutmütig, als er seinen Gast ansprach: „Setz dich, Bjoren, und wärme deine Glieder an meinem Feuer."

„Ich danke dir, Jorund, Weiser unseres Volkes".

Es war zwar die übliche Ehrbekundung, die Bjoren aussprach, doch sie kam von Herzen. Er respektierte und ehrte den alten Mann. Während Bjoren sich niederließ, tasteten Jorunds Hände nach einigen Schalen mit getrockneten Kräutern. Er wählte eine davon aus, zerrieb ein wenig des Inhalts zwischen den Fingern und prüfte den Geruch. Seine blinden Augen auf das Feuer gerichtet, begann er mit ruhiger Stimme zu sprechen.

„Du suchst mich heute auf, um die Antworten auf deine Fragen zu erhalten. Oder kommst du etwa in neuen Angelegenheiten?"

„Nein, ich komme nicht mit neuen Fragen. Und es waren auch nicht meine Erkundigungen, die ich das letzte Mal anstellte, sondern die des Königs."

„Du scheinst dir sicher zu sein, was die Fragen betrifft, nicht wahr? Ich an deiner Stelle wäre es nicht." Jorund lachte leise, als hätte er etwas Komisches gesagt, doch Bjoren blieb der Sinn dieser Worte verborgen. Als er darauf nicht einging, fuhr der Weise fort.

„Der junge Erik Segersäll tut gut daran, wie schon sein Vater zuvor, die Götter zu Zeiten der großen Feste regelmäßig um Rat zu fragen", bekundete der Blinde mit einem Nicken. „Er kennt die Wurzeln unseres Volkes und ehrt sie. Das verschafft ihm Respekt unter den Alten und die Götter betrachten es mit Wohlwollen."

„Sind ihre Antworten von guter Art?", fragte Bjoren unumwunden, ohne auf die Worte des Alten einzugehen.

Jorund schwieg und starrte vermeintlich in die Flammen, ohne sie sehen zu können. Bjoren drängte ihn nicht, sondern wartete geduldig. Schließlich nahm der Weise einige Kräuter aus der Schale, beugte sich vor und warf sie auf die erhitzten Steine nahe der Feuersglut. Es knisterte leise und eine kleine Rauchsäule stieg empor, als die Kräuter langsam verbrannten. Ein starker Duft verbreitete sich in der Hütte, der die Sinne des Jarls zu schärfen schien.

Während der Weise etwas vor sich hinmurmelte, lehnte er sich zurück und verschwand nahezu in den Schatten. Nur sein Gesicht schien noch im Raum zu schweben, als er mit deutlicher Stimme sprach: „Die Pläne der Götter sind für uns nicht immer verständlich, Bjoren. Viele Menschen haben schon unbeschreibliche Dinge gesehen, und noch Vieles darüber hinaus. Die Wenigsten von ihnen haben das Gesehene verstanden. Die Götter allerdings haben noch mehr gesehen als alle Menschen zusammen. Auch wenn wir nicht immer dazu bestimmt sind, ihre Pläne zu verstehen, so sollten wir doch nach dem Willen der Götter handeln."

Jorund schwieg für eine Weile und in der Kate war nur das leise Knistern des Feuers zu hören. Dann sprach der Weise erneut: „Der König hat nach dem Schicksal unseres Volkes gefragt und die Götter haben mir endlich geantwortet. Ihr Blick ist auf Björkö gerichtet. Vieles wird sich verändern."

Etwas im Tonfall des Alten verunsicherte Bjoren. „Welche Veränderung könnte das sein, dass die Götter ihren Blick auf unsere Insel lenken?"

„Es ist ein Wandel, der vor allem Birka betreffen wird. Ein großes Feuer wird kommen, entfesselt von einem Wolf!"

Entsetzt schaute Bjoren den Weisen an. „Sprichst du von Ragnarök, dem Weltenbrand?"

„Nein, es ist nicht das Ende der Welt. Es könnte aber Birkas Ende bedeuten."

„Birkas Ende?", wiederholte der Jarl fassungslos und sprang auf. „Was haben wir getan, die Götter derart zu erzürnen?"

Als Jorund nicht antwortete, setzte Bjoren sich wieder und verfiel ins Grübeln. Der Weise griff noch einmal in die Schale mit Kräutern, beugte sich vor und streute sie auf die heißen Steine. Nachdem der Duft den Raum erfüllte, begann er wieder zu sprechen.

„Wie ich schon sagte, die Pläne der Götter sind nicht immer zu verstehen. So erging es mir auch mit jenen Eingebungen, die ich erhielt. Ich habe viele Tage darüber gesessen und nachgedacht, was sie bedeuten könnten."

Der Blinde machte eine Pause und obwohl sein Blick trübe war, schien es, als schaue er dem Jarl tief in die Augen. Bjoren spürte, wie Jorund ihn in seinen Bann zog. Er konnte nichts dagegen tun. Mit einem Mal schien er ohne eigenen Willen in der Kate zu sitzen, nur um an den Lippen des Weisen zu hängen.

Schließlich fuhr Jorund fort und Bjoren erwachte wie aus einem Schlaf.

„Ein Wolf wird auf Björko einziehen. Er wird in Birka hausen und Veränderungen mit sich bringen. Ihm wird das Feuer folgen und sich über Birka ausbreiten."

„Fenrir?", stieß der Jarl keuchend hervor, doch Jorund schüttelte den Kopf.

„Es ist nicht Lokis entfesselter Wolf, der sein Unwesen treiben wird. Und wie ich es verstehe, bedeutet es nicht das Ende aller Dinge. Es ist ein anderer Wolf und er kommt nicht allein."

„Ein ganzes Rudel?"

„Nein, dieser Wolf besitzt kein Rudel. Zumindest noch nicht. Er ist allein und doch kommt er in Begleitung einer Frau."

„Eine Frau, die einen Wolf mit sich führt und dennoch ist er allein? Bei all den Geschichten, die an langen Winterabenden an meinem und meines Vaters Feuer erzählt wurden, von so etwas Merkwürdigem habe ich noch nie gehört."

„Ich auch nicht, mein Freund. Und doch waren dies die Bilder, die ich von den Göttern erhielt. Diese Frau ist wie eine Tochter unseres Volkes, die ihre Bestimmung erfüllt. Sie wird mitten im Feuer stehen, das sich mit dem Wolf entfacht, und dennoch nicht verbrennen."

Bjoren war verwirrt. Was hatten all diese Bilder mit ihm oder dem König zu tun? Einen einzelnen Wolf würde er schon rechtzeitig zu Fall bringen, ehe er die Stadt ins Unglück stürzen könnte. Es gab genügend gute Jäger unter seinen Getreuen, und es wäre nicht der erste Wolf, den sie zur Strecke brächten.

„Als der Jarl des Königs in Birka werde ich dafür Sorge tragen, dass dieser Wolf nicht die ewige Nacht über die Stadt bringen wird!"

Der Weise lehnte sich abermals zurück und verschwand in den Schatten. Nach kurzem Schweigen erklang seine Stimme aus der undurchdringlichen Dunkelheit. „Du wirst dich diesem Wolf nicht in den Weg stellen. Im Gegenteil, du wirst ihn an deinem Feuer willkommen heißen und seinen Hunger stillen. Er wird unter deinem Schutz in Birka hausen, bis sich das Feuer entfachen kann."

„Niemals!", rief Bjoren erschrocken. „Ich kann unmöglich für Birkas Untergang verantwortlich sein. Ich werde es verhindern!"

„Nicht jeder Wolf ist offensichtlich zu erkennen, Bjoren. Darüber hinaus wirst du diesen Wolf nicht nur beherbergen, sondern ihn selbst nach Birka bringen."

Die Augen des Jarls weiteten sich. Seine Stimme war nur noch ein Flüstern, als könne er nicht fassen, was die Götter von ihm verlangten. „Ich soll das Feuer in unsere Stadt bringen, durch diesen Wolf? Ich soll Sorge dafür tragen, dass er sein Unwesen treiben kann, welches du wie Fenrirs unersättlichen Hunger beschreibst? Das kann unmöglich der Wille der Götter sein!"

Der Weise beugte sich nach vorne und zeigte sich im schwachen Licht des nahezu niedergebrannten Feuers. Er tastete nach einem Stock und stocherte damit in der Glut, ohne sehen zu können, was er tat. Dennoch schien er in seinem Handeln sicher zu sein.

„Siehst du die Erde unter der Glut, Bjoren? Sie ist verbrannt und geschwärzt, wie eine Nacht ohne Sterne. Sie sieht aus wie das Verderben selbst. Und dennoch ist sie fruchtbar, wenn sie umgegraben wird. Das Feuer in Birka muss nicht den Untergang für die Stadt bedeuten. Es kann ebenso gut den Boden für einen Neuanfang bereiten. Vielleicht ist das der Grund, weshalb die Götter diesen Wolf zu uns schicken. Ihn herzubringen scheint deine Aufgabe zu sein. Du musst einen Weg finden."

„Erik wird es niemals zulassen", war das Einzige, was der Krieger tonlos entgegen konnte. Die Götter hatten Pläne mit ihm und obwohl Bjoren die Asen ehrte, versuchte er einen Ausweg zu finden, um sich nicht diesem Willen beugen zu müssen.

„Das muss er auch nicht", entgegnete Jorund ruhig. „Wenn die Götter etwas vorgesehen haben, wird sich kein Mensch dagegenstellen können, ohne ihren Zorn auf sich zu ziehen. Du kannst unseren König dennoch davon überzeugen, dich den Wolf suchen zu lassen, wenn die Zeit dafür reif ist."

Bjoren konnte darauf nichts erwidern. Wenn dies die Nornen für ihn bereithielten, so musste er sich wohl fügen. Er wusste zwar noch nicht, mit welchen Worten er Erik Segersäll von dem Willen der Götter berichten und überzeugen sollte, doch ihm würde schon etwas einfallen. Der König war ein kluger Mann, der einen guten Ratschlag von einem schlechten zu unterscheiden wusste. Wenn sowohl Jorund wie auch Bjoren ihn vom gleichen Handeln zu überzeugen versuchten, würde er sicherlich erkennen, was es zu tun galt.

Bjoren versuchte sich bereits darauf einzustellen. „Wann wird Birka dieses Schicksal ereilen?"

„Das kann ich dir nicht sagen, darüber schwiegen die Götter. Sie werden dir aber sicher den Weg weisen, sobald die Zeit gekommen ist. Vertraue auf sie und habe Vertrauen in dich. Man nennt dich nicht ohne Grund Bjoren Langarm. Dein Name zeugt nicht nur von der Länge deines Schwertarmes, sondern auch von deinem Einfluss beim König. Nutze diese Macht. Er wird verstehen, wenn du ihm vom Rat der Götter berichtest. Erkläre ihm, dass du seine Unterstützung bei der Erfüllung dieser Prophezeiung benötigst, wann auch immer sie eintreffen soll. Sieh dich nicht als Unheilsbringer, sondern als Erneuerer. Zweifle nicht am Verstand unseres Königs und auch nicht an deinem."

„Das tue ich nicht", beteuerte Bjoren nachdenklich.

„So geh jetzt und denke über den Willen der Götter nach."

Jorund lehnte sich wieder gegen die Hauswand und verschwand in den Schatten. Wie auf ein Zeichen hin erhob sich Sibbe. Bjoren hatte sie während des Gesprächs mit dem Weisen beinahe vergessen. Sie schritt an ihm vorüber und öffnete die Tür. Unerwartet grell drang das Sonnenlicht in die kleine Hütte und Bjoren kniff die Augen zusammen, während er die wenigen Schritte zur Tür ging. Als er die Kate gerade verlassen wollte, sprach Jorund ihn noch einmal an: „Wenn du Rat benötigst, zögere nicht, mich aufzusuchen. Und behalte dein Wissen vorerst für dich. Teile es mit niemandem, außer mit dem König. Es gibt Menschen in Birka, die diese Verheißung gegen dich nutzen würden."

Bjoren nickte, auch wenn der Ältere es nicht sehen konnte. „Das werde ich tun. Ich danke dir für deinen Rat, weiser Jorund." Dann verließ er die Hütte und es schien ihm abermals, als betrete er eine andere Welt. Das Licht, die klirrenden Geräusche der Amulette und der Duft der See übermannten ihn beinahe. Bjoren schloss die Augen, als ringe er um einen klaren Verstand.

Die beiden Getreuen brachten wortlos das Pferd des Jarls herbei und warteten auf seinen Befehl. Bjoren schaute nach Osten, über die verzweigte Bucht, als erwarte er von dort den prophezeiten Wolf kommen zu sehen. Ein wildes Tier, das in seinen Gedanken dem Fenriswolf glich, der entfesselt selbst unter den Göttern Unheil anrichten könnte. Und er, Bjoren Langarm, sollte dieses Untier in Birka an seinem Feuer beherbergen! Wie konnte Jorund von ihm erwarten, das zu vollbringen? Wie konnten die Götter derartiges von ihm verlangen?

Mit einem Kopfschütteln wandte er den Blick ab, bestieg sein Pferd und trat ihm in die Flanken. Zunächst würde er seinem König Bericht erstatten und danach mit ihm beratschlagen, wie sie weiter verfahren sollten. Er selbst war sich nicht sicher, ob er dem Willen der Götter gerecht werden konnte. Mit Eriks Hilfe würde es ihm vielleicht gelingen.

In Gedanken versunken verließ er die Wiese mit der Hütte und den hölzernen Gestalten, deren merkwürdig lebendig wirkenden Augen ihm nachzugaffen schienen.

Anno 963 – In die Verbannung

Faoláns Überraschung hielt sich in Grenzen, als die Tür seiner Zelle geöffnet wurde. Er hatte damit gerechnet, dass Walram die Verbannung so schnell wie möglich in die Tat umsetzen würde und heute schien es soweit zu sein. Seit der Urteilsverkündung waren erst zwei Tage vergangen und der Prior würde sicherlich nicht mehr Zeit als notwendig vergeuden.

Angespannt wartete Faolán, wer eintreten würde. Ein Mönch erschien in der Tür und als der Novize sich ihm näherte, machte der Bruder mit einer Handbewegung kehrt, die Faolán bedeutete, ihm zu folgen. Zur Verwunderung des Novizen blieb Konrads Zelle geschlossen und er verließ das Büßerhaus ohne seinen Freund.

Plötzlich durchfuhr ihn ein Gedanke: Sollten die beiden Freunde womöglich getrennt, ein jeder für sich, an unterschiedliche Orte in die Verbannung geschickt werden? Doch der Schreck verging schnell, als Faolán begriff, dass er aus einem anderen Grund aus der Zelle geholt worden war. Der Mönch ließ den Novizen einen Eimer Wasser holen und brachte ihn anschließend an den Tatort seines Vergehens. Dort musste Faolán mit einer Bürste die Schmiererei so gut wie möglich beseitigen, die er einige Wochen zuvor auf die Kirchenwand gebannt hatte.

Was unmittelbar nach der Tat noch ein Gesicht gewesen war, hatte sich durch starke Regenfälle zu einem undefinierbaren Geschmiere in Schwarz und Grau gewandelt. Faolán schüttelte während seiner vom Mönch beaufsichtigten Arbeit immer wieder fassungslos den Kopf. Dass er wegen einer solchen Leichtfertigkeit in derart große Schwierigkeiten geraten war, blieb ihm nach wie vor unbegreiflich. Ein Stück Kohle und seine Fantasie hatten sein gesamtes Leben zerrissen!

Faolán schrubbte, bis der weiße Kalk wieder durchschien. Doch selbst nach mehreren Eimern frischen Wassers war auf der Wand noch immer ein grauer Schleier zu sehen. Erst als keine Besserung mehr erkennbar war, wurde der Bruder einsichtig und führte den Novizen zurück. Dabei überquerten sie den Klosterhof. Faolán sah in der Nähe des Tores eine Handvoll berittener Krieger, die zu warten schienen. Sie führten ein weiteres Pferd mit sich, dessen Reiter nicht zu sehen war. Noch ehe Faolán sich fragen konnte, was das zu bedeuten hatte, erhielt er die Antwort.

Prior Walram und der Novize Drogo betraten den Platz und gingen auf die Reiter zu. Faolán stutzte, denn das Auftreten der beiden war anders als sonst. Er musste ein zweites Mal hinsehen bevor er begriff, dass Drogo nicht in ein Novizenhabit gekleidet war und dem Prior vorauseilte statt hinterher. Der kräftige Jüngling trug ein mit Eisennieten besetztes Lederwams, Beinkleider und feste, hohe Lederstiefel. Mehr denn je war der junge Mann als Sohn des Grafen Rurik zu erkennen.

Drogo schritt zielstrebig auf die wartenden Männer zu und nahm Faolán zunächst nicht wahr. Er bestieg sofort das herrenlose Pferd, das unter der Last zu tänzeln begann. Prior Walram war Drogo dicht gefolgt, wich nun aber ein paar Schritte zurück und wartete, bis das Tier sich wieder beruhigt hatte.

Obwohl Walram vor den berittenen Kriegern klein und schmächtig wirkte, ergriff er dennoch selbstsicher das Wort, als wolle er damit noch einmal klarstellen, dass er sich nach wie vor als Drogos Mentor sah: „Ich entlasse dich hiermit wieder in die Hände deiner Eltern. Deine Zeit im Kloster ist auf ihren Wunsch hin abgelaufen. Andere Aufgaben erwarten dich nun, denn du bist alt genug, dich um die Verwaltung der Ländereien zu kümmern, während dein Vater dem Ruf des Kaisers folgt.“

Drogo schien den Worten des Mönches kaum Aufmerksamkeit zu schenken. Sein Interesse galt einzig seinem Pferd. „Das wurde aber auch Zeit“, entgegnete er kühl, ohne den Prior eines Blickes zu würdigen. „Ich hatte schon befürchtet, das Gelübde eines Mönches ablegen zu müssen. Einen schönen Grafen hätte ich dann abgegeben.“

Als Drogo laut auflachte, stimmten die übrigen Reiter mit ein. Faolán war nahe genug, um alles mit anhören zu können. Das Gelächter erinnerte ihn unweigerlich an Drogos Novizengefolge, das ebenfalls bei jeder noch so geistlosen Bemerkung seinem jungen Herrn mit Gelächter geschmeichelt hatte.

Walram hingegen versuchte die Belustigung zu überhören. „Nein, für das Ablegen des Mönchsgelübdes warst du niemals bestimmt. Dennoch solltest du dich bei deinen neuen Aufgaben stets an die Lehren unseres Klosters erinnern. Sie weisen nicht nur einem Mönch den Weg auf den Pfaden des Lebens. Mit der Zeit wirst du erkennen, dass die Weisheit des Benedikt von Nursia auch im weltlichen Leben …“

Faoláns Gedanken schweiften ab, als er außer Hörweite kam. Er verspürte eine große Erleichterung, denn Drogos Abreise bedeutete, dass Ering zukünftig keine Übergriffe von ihm zu befürchten hatte. Es schien, als würde sich das Schicksal zumindest für einen seiner Freunde zum Guten wenden.

Der anschwellende Lärm von schnellen Pferdehufen riss Faolán aus seinen Gedanken. Er blickte auf und sah erschrocken, dass Drogo direkt auf ihn zu ritt. Während der ihn begleitende Mönch ängstlich davonlief, erstarrte Faolán. Unfähig, sich aus dieser Starre zu lösen, blickte er Drogo tief in die Augen, als könne er ihn mit bloßer Willenskraft zum Einhalten zwingen. Tatsächlich riss der Jüngling mit einem Mal am Zügel und brachte das Pferd mit rutschenden Hufen nur wenige Handbreit vor Faolán zum Stehen, so dass der Novize von einer dicken Staubwolke eingehüllt wurde.

Drogo rang noch um die Ruhe des nervösen Tieres, als er belustigt das Wort ergriff. „Auf diesen Tag habe ich lange gewartet! Endlich kann ich dieses Kloster verlassen. Doch das allein macht den Tag noch nicht vollkommen. Auch nicht die Tatsache, dass du in Kürze in die Verbannung geschickt wirst, was jedoch sehr dazu beiträgt. Es gibt noch einen anderen Grund für meine Freude. Kannst du dir vorstellen, welcher das ist?“

In Drogos selbstgefälligem Grinsen war nur Hohn zu sehen. Hoch zu Ross blickte er auf Faolán herab und wartete auf dessen Antwort. Doch der Novize dachte nicht daran, sich auf dieses Spielchen einzulassen. Er wandte sich ab, um dem Mönch zu folgen, als könne er es nicht erwarten in seine Büßerzelle zurückzukehren. Fassungslos über diese Unverfrorenheit trat Drogo seinem Pferd in die Flanken und schnitt Faolán den Weg ab.

„Ich habe dich etwas gefragt, Novize!“, schrie Drogo. „Antworte deinem Grafen gefälligst, wenn er dich etwas fragt. Ist es nur Dummheit oder hat es dir die Sprache verschlagen, jetzt da du dir meines Standes bewusst bist?“

Entnervt gab Faolán dem Drängen nach. „Dann spuck es schon aus. Was beglückt dich am heutigen Tage so sehr, dass du es sogar mir unter die Nase reiben musst?“

Ein zufriedenes Lächeln zeigte sich auf Drogos überheblichem Gesicht. „Es ist der merkwürdige Gang der Dinge. Vor einigen Wochen hatte ich noch geglaubt, dich mit eigenen Händen zu Fall bringen zu müssen. Doch du hast mich eines Besseren belehrt und dich einfach selbst zu Fall gebracht! Du hast dich selbst in den Staub geworfen und dein kümmerliches Leben ruiniert! Damit hast du sogar mehr erreicht, als ich es jemals vermocht hätte.“

Zorn stieg in Faolán auf. Drogo hatte Recht! Für seine Lage war nur er allein verantwortlich. Nicht Walram und auch nicht Drogo. Noch nicht einmal eine Teilschuld hätte er ihnen anlasten können.

Als Drogo erkannte, dass Faolán begriffen hatte, setzte er mit einem Lachen nach. „Eine Fügung des Schicksals oder meine Gebete wurden erhört. Offensichtlich sorgt der allmächtige Herr für die Seinen, das hat uns doch immer der Abt gelehrt, nicht wahr? Wie es scheint, war ich damit gemeint."

Faolán konnte das selbstgefällige Gerede nicht mehr ertragen. Er machte ein paar Schritte zur Seite, doch Drogos Pferd folgte dem Novizen und schnitt ihm weiterhin den Weg ab. „Verschwinde endlich!", schrie Faolán schließlich, der sich nicht mehr zu helfen wusste. „Verkriech dich auf deiner Burg und lass dich hier nie wieder blicken!"

Erneut lachte Drogo auf. Sein Triumph war unverkennbar. „Mit dem allergrößten Vergnügen! Doch in einem Punkt irrst du dich gewaltig. Nicht ich, sondern du wirst es sein, der sich hier nie wieder blicken lassen wird! Oder glaubst du allen Ernstes, dass du jemals aus der Verbannung zurückkehren wirst?"

Zufrieden blickte Drogo auf Faolán hinab, als habe er ihm soeben einen Todesstoß versetzt. Er spuckte aus, trat seinem Pferd in die Flanken und ritt zu den wartenden Kriegern zurück. Kaum war er fort, eilte der geflohene Mönch wieder herbei und zog Faolán am Arm zum Büßerhaus zurück. Dort hatte der Novize genügend Zeit, über das Gesprochene nachzudenken und er begriff, dass Drogo nur einen Teil der Wahrheit ausgesprochen hatte. Die Tragweite seines Fehlers war weitaus größer. Er hatte nicht nur seine eigene, sondern auch Konrads Verbannung verschuldet. Doch damit war es noch nicht genug, denn er riss noch weitere Menschen mit ins Unglück. Svea, die seiner Liebe entrissen wurde. Ering, der zwei Freunde verlor. Bruder Ivo, dessen Freundschaft Faolán sehr zu schätzen wusste. Der Cellerar musste sich jetzt einen neuen Gehilfen suchen. Und auch Abt Degenar hatte er enttäuscht.

Die Gedanken an Svea bedrückten Faolán am stärksten. Er liebte sie, und dass er Svea diese Liebe in Zukunft nicht mehr würde zeigen können, traf ihn am härtesten. Je länger er darüber nachdachte, umso stärker wurde seine Sorge, dass diese Liebe im Laufe der Jahre vielleicht vergehen könnte. Wenn auch nicht bei ihm, dann vielleicht bei Svea. Diese Gedanken waren schmerzlicher als Drogos Fausthiebe jemals hätten sein können.

Verzweifelt blickte er durch die kleine Fensteröffnung seiner Büßerzelle in den Himmel, als könne er Svea dort erblicken. Doch dort oben war niemand. Nicht einmal Gott schien noch für ihn da zu sein, obwohl Faolán ihm viele Jahre als Novize gedient hatte. Trotz und Wut stiegen in ihm auf und er begann unruhig in seiner Zelle auf und ab zu laufen. Schließlich blieb er stehen und fasste einen Entschluss: Seine Liebe zu Svea würde niemals vergehen, ebenso wenig wie seine Freundschaft zu Ering und Konrad, was auch immer geschehen mochte. In seinem Herzen würde er Liebe wie auch Freundschaft bei sich tragen.

Es schien zunächst nur ein schwacher Trost zu sein, doch dieser Entschluss brannte wie eine kleine Flamme in Faolán. Als er sie genauer betrachtete, erkannte er, dass dies ein zartes Flackern reiner Zuversicht war, an das er sich klammerte. Es war diese kleine Flamme mit ihrer spärlichen Wärme und ihrem trüben Licht, die seine weiteren Gedanken nährte: Sollte Drogo tatsächlich glauben, Faolán würde sich hier nie wieder blicken lassen, so hatte er sich geirrt. Vielleicht würde Faolán Drogo niemals wiedersehen. Svea und Ering hingegen würde er eines Tages wieder begegnen, das gelobte er in diesem Augenblick.

Zwei Tage später öffnete sich seine Zellentür abermals und ein mit Kapuze verhüllter Bruder wies ihn stumm an, ein frisches Büßerhemd anzulegen. Danach musste Faolán vor die Tür treten. Im Flur stand bereits Konrad, ebenfalls in grobes Linnen gekleidet und mit gefesselten Händen. Sogleich kam der Mönch auf Faolán zu und band seine beiden Handgelenke mit einem rauen Strick zusammen. Danach wurden die beiden Verurteilten wortlos auf den Hof geführt, auf dem sich drei gesattelte Pferde und ein bepackter Esel befanden. Das Wetter war mild und der frühe Herbst zeigte sich von seiner schönsten Seite. Wäre der Anlass nicht so demütigend gewesen, so hätte Faolán sich darüber gefreut, aus seiner Zelle entlassen zu werden. Doch die Tiere ließen keinen Zweifel daran, dass der Aufbruch zu ihrem Verbannungsort bevorstand.

Nur kurze Zeit später erschienen Abt Degenar, Prior Walram und Bruder Wunhold, der Heiler des Klosterhospitals, auf dem Hof. Die Mönche bestiegen stumm die wartenden Pferde und ohne Umschweife traten sie die Reise an. Der Abt führte die Gruppe an, im Anschluss folgte Prior Walram. Bruder Wunhold, der den Esel hinter sich führte, gab Faolán und Konrad ein Zeichen, dass sie sich vor ihm einreihen sollten. Den Verurteilten war es nicht vergönnt, auf Pferden in die Verbannung zu reiten. Sie mussten ihren Weg mit baren Füßen beschreiten.

Dies war der Augenblick, den Faolán so lange gefürchtet hatte. Die Bruderschaft blieb diesem Auszug bewusst fern. Die beiden Sünder standen mit dem Bösen im Bunde und waren eine Gefahr für die Abtei. Niemand sollte oder wollte dieser Abreise beiwohnen. Je weniger über Faolán und Konrad berichtet werden konnte, umso schneller würden sie in Vergessenheit geraten.

In Gedanken verabschiedete sich Faolán von der Abtei und von Bruder Ivo, der wie ein Vater für ihn gewesen war. Und er dachte an Ering, seinen treuen Freund. Der Novize schaute sich um und betrachtete die Gebäude des Klosters, die seine Heimat bedeuteten. Noch einmal durchstreifte er im Geiste die Bibliothek, die Kirche und den anschließenden Kreuzgang, das Noviziat mit dem Lehrsaal, die Gewölbekeller und Lagerhäuser. Viele Jahre hatte er hier verbracht und es schien ihm unvorstellbar, dass er all dies jetzt zurücklassen musste, gedemütigt und erniedrigt.

Faoláns Herz wurde schwer. Erst jetzt wurde ihm bewusst, was ihm das Kloster bedeutete. Es war nicht nur seine Heimat – es war sein Leben. Hier fühlte er sich geborgen, trotz mancher Widrigkeiten.

Seine Tränen fielen zu Boden und wurden von niemandem bemerkt. Schließlich passierte er das Tor und schlug den Weg nach Süden ein, in die entgegengesetzte Richtung von Neustatt, fort von Svea!

Faolán versuchte seine Gedanken in andere Bahnen zu lenken und konzentrierte sich auf das voranlaufende Pferd. Dass ausgerechnet Prior Walram mit auf diese Reise ging, war das denkbar Schlechteste für die beiden Sünder. Doch Walram würde es sich nicht nehmen lassen, in seinem ehemaligen Kloster alte Bekannte zu treffen. Das vermutete zumindest Faolán hinter Walrams Bestrebungen.

Stumpfsinnig trottete der Novize seines Weges und achtete nicht weiter darauf, wohin der Abt sie führte. Es war Faolán nur klar, dass er ihn von Svea wegbrachte.

Diese Gleichgültigkeit hielt allerdings nur über den ersten Tag an. Bereits am zweiten Tag forderte die Reise den beiden Sündern alle Kräfte und jede Disziplin ab. Der Weg in die Verbannung war steinig und wurde mit jedem Schritt qualvoller. Dies war Teil der Bestrafung, die von Walram sorgfältig geplant worden war.

Barfüßig und nur mit ihren Büßerhemden bekleidet mussten sie diese Reise überstehen. Walram würde diesbezüglich keine Gnade walten lassen. Das Wetter schien dagegen ein Einsehen zu haben, denn die Herbsttage blieben sonnig und die Novizen mussten tagsüber nicht frieren. Nachts kroch ihnen die Kälte zwar meist unangenehm unter die Haut, doch bis auf den Morgentau blieben die Freunde trocken.

Trotz der guten Witterung verschlechterte sich ihre Lage von Tag zu Tag, denn ihnen wurde auf dem Weg in die Verbannung als Verpflegung lediglich etwas Wasser und ein wenig Brot zuteil, sonst nichts. Weder Früchte noch getrocknetes Fleisch erhielten sie. Bruder Wunhold war damit zwar nicht einverstanden und hatte den hierfür verantwortlichen Prior umzustimmen versucht, doch der blieb in seiner Haltung unnachgiebig. Das war Teil der Buße und auch der Abt widersprach seinem Stellvertreter nicht.

Tag für Tag trieb Walram die beiden Novizen weiter voran. Ihr Zustand verschlechterte sich zusehends. Hunger und Kraftlosigkeit plagten sie immer stärker. In ihrer Verzweiflung aßen sie heimlich die Pflanzen am Wegesrand, sobald sie sich unbeobachtet glaubten. Wenn sie besonderes Glück hatten, fanden sie eine Nuss in dieser frühherbstlichen Zeit, doch all das war weder sättigend noch ausreichend, um Kräfte zu sammeln. Sie aßen das Grün, auch wenn ihre Mägen sich dagegen auflehnten und es wieder von sich zu geben drohten.

Faoláns Verfassung ließ bereits nach einigen Tagen nach und selbst Konrad, der sich sonst immer in körperlich gutem Zustand befand, stolperte nur wenig später ebenfalls mehr vor sich hin als dass er ging. Die Novizen konzentrierten sich nur noch darauf, einen Fuß vor den anderen zu setzen. Strauchelten und stürzten sie zu Boden, half ihnen Walram mit Stockhieben wieder auf die Beine.

Doch je länger der Prior Faolán quälte, umso fester wurde dessen Entschluss, all das zu überstehen. Faoláns Willenskraft nährte die kleine Flamme der Hoffnung, die er das erste Mal in der Büßerzelle bemerkt hatte. Die Hoffnung, Svea und Ering eines Tages wiedersehen zu können, war sein einziger Antrieb, jeden weiteren Schritt zu bewältigen.

Die Gruppe mied jegliche Siedlung oder Abtei. Mit diesen Sündern wollte Abt Degenar sich nirgends zeigen, selbst wenn das bedeutete, des Nachts weder ein Bett noch ein Dach über dem Kopf zu haben. Stattdessen schlugen sie abends ein Lager im Freien auf. Dann erst war es Bruder Wunhold möglich, die geschundenen Füße der Novizen zu säubern und mit einer Paste einzureiben. Der Heiler konnte es kaum mit ansehen, wenn die Novizen am nächsten Morgen wieder auf ihren wunden, geschwollenen Füßen stehen mussten, um einen weiteren Tagesmarsch hinter sich zu bringen.

So durchquerten sie schweigend das Land, bis sie schließlich die ersten Ausläufer einer großen Hügelkette erreichten. Dunkel ragten die Höhenzüge vor ihnen auf und Faolán ahnte, dass dies der südlich gelegene Schwarzwald sein musste. Für die beiden Novizen, die sich bereits am Ende ihrer Kräfte glaubten, wurde der Anstieg mit jedem Schritt zu einer neuen Probe. Der Weg führte sie jetzt hauptsächlich durch dichten Nadelwald und nur vereinzelt sahen sie in der Ferne noch Siedlungen. Immer seltener begegneten ihnen Reisende oder Ansässige.

Nachdem sie den Höhenzug erklommen hatten, erstreckte sich eine weite Hochebene vor ihnen, deren sanfte Hügel den Wogen eines dunklen Baumwipfelmeeres glichen. Die beiden Jünglinge hatten jetzt mehr denn je ihre Not, mit den Pferden Schritt zu halten, denn Walram drängte darauf, möglichst schnell ihr Ziel zu erreichen.

Einige Tage später konnte Faolán an einer lichten Stelle des Waldes über eine Felskante in die Ferne blicken. Dort erkannte er schemenhaft mehrere Gebäude, die zusammen eine mächtige Anlage zu bilden schienen. Sie hob sich deutlich von dem dunklen Wald ab und Faolán glaubte, zwei Kirchtürme ausmachen zu können. Die Art, wie Prior Walram ebenfalls in die Ferne starrte, ließ Faolán ahnen, dass dies ihr Reiseziel sein musste: das Columbankloster. Obwohl sein Blick auf den Verbannungsort gerichtet war, empfand Faolán dennoch eine große Erleichterung. Noch heute würden sie nach all den Strapazen endlich wieder ein Dach über dem Kopf haben und vielleicht sogar etwas zu essen bekommen. Endlich würden sich seine wunden Füße erholen und seine schmerzenden Beine ausruhen können.

Mit dem Ziel vor Augen wurde keine Rast mehr eingelegt und tatsächlich erreichte die Gruppe das Kloster bereits am frühen Nachmittag. Die Anlage befand sich auf einer kargen Anhöhe, fernab von jeder Siedlung. Wären die Wege in der Nähe des Klosters nicht breiter als einfache Waldpfade gewesen, so hätte Faolán hier keine Menschenseele vermutet.

Zur einen Seite des Gebäudekomplexes fiel der Hang steil und zerklüftet ab, führte unzählige Klafter in die felsige Tiefe. Es hatte den Anschein, als wäre das Gestein des Hanges unter der drückenden Last der Abtei zerbrochen und über die Jahrzehnte hinweg abgerutscht. Ein Teil der Bauten gründete auf einem massiven Überhang oberhalb des Abgrundes. Einige ragten gar über die Felskante hinaus, krallten sich so gut wie möglich an dem Massiv fest, das sie mit ihren Fundamenten und Balken noch greifen konnten. Faolán befürchtete, dass ein einziger loser Stein das gesamte Gebilde zum Einsturz bringen könnte. Andererseits sah das Kloster so aus, als säße es schon seit Jahrhunderten auf dieser Felskante, und überschattete das darunterliegende Tal auf düstere und bedrückende Art. Die dunkle, graue

Abtei ragte bedrohlich über den Köpfen der Reisenden auf, die sich vom Tal her näherten.

Der Weg führte die Gruppe vor das Haupttor des Klosters, das ebenso mächtig wie die dunklen, haushohen Mauern wirkte. Im Gegensatz zum Benediktinerkloster hätte dieser Wall die Wehranlage einer Burg sein können, so unüberwindbar schien er. Faolán beschlich ein ungutes Gefühl, als sie dem Tor näher kamen. Mit jedem Schritt kroch Kälte an ihm empor, so dass er trotz der warmen Herbstsonne zu frösteln begann.

Die beiden hölzernen Torflügel waren verschlossen. Sie saßen fest und unbeweglich in ihren Scharnieren. Abt Degenar ersuchte durch lautes Klopfen mit seinem Wanderstab mehrmals um Zutritt, doch nichts geschah. Geduldig warteten die Reisenden vor dem Tor, während die Pferde und der Esel genügsam am Wegesrand grasten. Je länger sie warteten umso stärker keimte in Faolán die Hoffnung, das Kloster sei in dieser unwirtlichen Umgebung vielleicht aufgegeben worden. Dieser Gedanke wurde jedoch zunichte gemacht, als sich eine kleine Luke in einem der Torflügel öffnete und das argwöhnisch dreinblickende, runde Gesicht eines Mannes erschien. Mit einem merkwürdigen Grunzen, kritischem Blick und genervtem Unterton drang die Stimme des Mönches durch die Stille. „Wer seid Ihr und was wollt Ihr?“

Degenar räusperte sich und trat an die Luke heran. „Ich bin Abt Degenar vom Benediktinerkloster zu Neustatt. In meiner Begleitung befinden sich Prior Walram und Bruder Wunhold. Gemeinsam ersuchen wir mit diesen beiden Büßern um Einlass.“

Misstrauisch beäugte das Gesicht in der Luke die fünf Männer und seine Mundwinkel verzogen sich dabei, als habe er einen üblen Geschmack im Mund. „Wieso wollt Ihr das Schlechte in unsere Mauern bringen? Was haben wir mit diesen Büßern zu schaffen? Bringt sie in Eure eigene Abtei! Hinfort mit ihnen. Hinfort sage ich!“

Der Kopf zog sich überraschend zurück und die Klappe begann zuzuschwingen. Schnell stieß Degenar seinen Stock in den verbleibenden Spalt und verhinderte so das Schließen. Die Luke öffnete sich erneut und das Gesicht des hiesigen Mönches zeigte jetzt unverhohlen Zorn. „Was gibt es noch? Wollt Ihr mich etwa erneut langweilen und um eine Mahlzeit sowie eine Unterkunft betteln?“

Degenar musste sich beherrschen, nicht ebenfalls laut zu werden. „Nein, ich ersuche um ein Gespräch mit Eurem Abt!“

„Ihr erscheint zu einem ungünstigen Zeitpunkt“, wies ihn das Gesicht erneut zurück. „Die Brüder wollen während der Non nicht gestört werden. Danach üben wir uns im stillen Gebet. Ihr müsst später wiederkommen!“

Das war ein absurder Vorschlag. Wohin hätten die Reisenden gehen sollen? Es gab in der Nähe weder eine Stadt noch eine Siedlung, wo sie hätten verweilen können. Das Gesicht des Mönches zog sich abermals zurück und die Luke war erneut im Begriff sich zu schließen. Noch einmal schob der Abt seinen Gehstab in die Öffnung und stieß sie diesmal auf. Der Mönch hinter dem Tor wich entsetzt einen Schritt zurück.

Ohne das bestürzte Gesicht zu beachten, wurde Degenars Tonfall schärfer. „Wir haben eine weite und entbehrungsreiche Reise hinter uns gebracht. Es wäre mir ein wahres Bedürfnis, an einem Gottesdienst teilnehmen zu können, um Gott zu danken, dass wir unser Ziel unbeschadet erreicht haben. Oder wollt Ihr mir selbst das verweigern?“

„Euer Ziel?“, fragte der Mönch ungläubig und nahezu heiser. „Diese Abtei kann unmöglich Euer Ziel sein! Was hat das zu bedeuten?“

„Das würde ich Eurem Abt gerne persönlich erklären!“, sprach Degenar fordernd. „Zudem gedenke ich meine Angelegenheiten nur mit einem Gleichgestellten zu debattieren und nicht mit Euch. Schon gar nicht vor dem Tor. Solltet Ihr mir mein Anliegen jedoch weiterhin verwehren, so müsste ich den Bischof davon in Kenntnis setzen. Ich glaube allerdings nicht, dass Ihr neben mir auch noch seine Delegation oder gar ihn selbst zu beherbergen wünscht. Möge der Herr Eure Entscheidung mit Wohlwollen betrachten.“

Der Mönch hinter der Öffnung beobachte Degenar unschlüssig und schien abzuwägen, ob die unerwünschten Besucher eine Störung der Andacht wert seien und ob die unmissverständliche Drohung ernst gemeint oder nur eine Finte war. Offensichtlich wollte der Mönch kein Risiko eingehen, denn schließlich raunte er etwas Unverständliches, nickte kurz und schloss die Luke. Abt Degenar hielt inne. Nach kurzem Warten öffnete sich einer der Torflügel einen Spalt, gerade breit genug, um den Männern und den Reittieren Einlass zu gewähren.

Hinter dem Tor wartete der Mönch ungeduldig darauf, dieses wieder schließen zu können. Der Mann war von gedrungener Statur und kräftig genug, um den schweren Torflügel ohne größere Anstrengung allein zu bewegen. Argwöhnisch begutachtete er die Fremden. Zuletzt und eher abfällig fiel sein Blick auf die beiden Novizen im Büßergewand. Mit einem Mal entrang sich ihm ein krächzendes Lachen, wobei das Tor donnernd zufiel und mit einem massiven Holzbalken verriegelt wurde. Dann ließ er die Fremden stehen und schritt einfach davon. Noch einmal erklang sein Lachen, das von den dunklen Mauern höhnisch widerhallte, als schließe sich das Kloster seiner Belustigung an. Dann verschwand der Mönch in einem der angrenzenden Gebäude.

Die fünf Reisenden standen mit ihren Tieren allein auf dem Hof. Faolán schaute sich um, versuchte sich zu orientieren. Dieses Kloster war anders aufgebaut als die vertraute Benediktinerabtei. Die meisten Gebäude drängten sich an die hohe Außenmauer, sodass unmittelbar nach dem Tor ein großzügiger Platz entstand, der zur gegenüberliegenden Kirche hin leicht anstieg. Weder Baum noch Strauch befand sich auf diesem Platz. Es war eine trostlose, karge Fläche. Das Kloster selbst war deutlich kleiner als Faolán es gewohnt war und wirkte beklemmend, ja geradezu bedrohlich.

Das Gotteshaus war das imposanteste Bauwerk der Anlage. Mit zwei flankierenden Türmen an den Seiten des Hauptportals überragte es alle anderen Bauten bei weitem, obwohl die übrigen Gebäude oft mehrere Stockwerke besaßen. Doch trotz dieser Mächtigkeit war die Kirche keine Augenweide. Sie wirkte massiv und schwer und ihre kleinen Fenster ließen nur wenig Licht im Inneren vermuten. Breite Stufen führten das letzte Stück vom Hof hinauf zum schlichten Portal, dessen Einfassung nur mit einfachen Steinmetzarbeiten verziert worden war.

Faolán versuchte sich ein Bild der Klosteranlage zu machen. Die Gebäude reihten sich allesamt dicht aneinander und ließen keinen Spalt übrig, in den er sich würde zurückziehen können wie im Benediktinerkloster. Aus grauem Gestein hergestellt, waren die Bauten ausnahmslos schlicht und trostlos in ihrer Erscheinung. Faolán wurde zunehmend unruhiger. In diesem Kloster sollte er zukünftig leben und dem Herrn dienen? Das Wenige, das er über die herrschende Strenge und Härte in diesen Mauern wusste, passte gut zu seinem ersten Eindruck. Wie viele Jahre würde er wohl sein Dasein an diesem Ort fristen müssen?

Da sich auch nach einiger Zeit kein Mönch auf dem Hof zeigte, um die Fremden zu begrüßen, ließ Abt Degenar sein Pferd am Tor stehen und schritt auf die Kirche zu. Die anderen folgten ihm in einigem Abstand. Stille herrschte. Lediglich die Krähen auf dem Platz und das Pfeifen des Windes an den Gebäudeecken unterbrachen die unheimliche Ruhe.

Unbeirrt stieg Degenar die Stufen zum Portal empor und öffnete die Tür. Die anderen folgten ihm und zusammen betraten sie das Gotteshaus. Als sich die Tür wieder schloss, glaubte Faolán zunächst durch absolute Finsternis zu gehen. Seine Schritte stockten, denn das wenige, durch die kleinen Fenster dringende Sonnenlicht reichte kaum aus, um den Innenraum des großen Kirchenschiffs ausreichend zu erhellen. Erst nach einiger Zeit gewöhnten sich Faoláns Augen an die Dunkelheit, so dass er Einzelheiten erkennen konnte.

Die Gruppe hatte das Langhaus an der Stirnseite betreten. Ihr gegenüber befand sich ein schlichtes Chorgestühl, welches im Augenblick nur zur Hälfte besetzt war. Die hiesigen Mönche verhielten sich leise und regungslos. Einzig das flüsternde, sonore Lesen eines Bibeltextes war zu vernehmen. Es war ein ehrfürchtiger Anblick, zweifelsohne, doch Faoláns beklemmendes Gefühl wollte auch jetzt nicht nachlassen.

Er nahm die Gemeinschaft genauer in Augenschein, während er hinter Prior Walram dem Presbyterium entgegenschritt. Dabei fiel ihm auf, dass etwas fehlte: Es schien, als widmete sich keiner der Anwesenden mit dem Herzen den gelesenen Worten, geschweige denn, dass sie ihnen im Geiste folgten.

Vielleicht lag es aber auch an der Art des Gottesdienstes. Das Lesen wirkte eher einschläfernd, als dass es den Geist beflügelte. Oder lag es an dem erdrückenden Gebäude selbst, welches ein Aufsteigen und Jubilieren der Seelen im Sinne des Herrn schlichtweg verhinderte?

Das Innere der Kirche war schmucklos und, wie schon die Außenfassade, grau und trist. Selbst die Pfeiler, die das Haupt- von den Nebenschiffen trennten, waren schlichte, runde Säulen. Weder an ihrer Basis noch am Kapitell war Steinmetzkunst zu finden. Lediglich einfache Steinquader bildeten die Abschlüsse. Unweigerlich erinnerte sich Faolán an die kunstvollen Steinmetzarbeiten der Kirche im Benediktinerkloster, die schon beinahe lebendig wirkten.

Degenar führte die kleine Gruppe vor das Chorgestühl. Dort ließ er sich ehrfürchtig auf die Knie nieder und versank im Gebet. Bruder Wunhold folgte ihm sogleich. Prior Walram gab den beiden Sündern mit einem Hieb auf den Rücken zu verstehen, dass sie sich augenblicklich in Büßerhaltung auf dem Boden niederzustrecken hatten, bevor er ebenfalls niederkniete. So harrten die fünf Besucher geduldig auf ein Zeichen des hiesigen Abtes.

Nach geraumer Zeit endete die Lesung. Die Gemeinschaft begab sich aus dem Gestühl und verließ das Gotteshaus durch eine Seitentür. Nur einer der Mönche kam auf die Wartenden zu. Während die Büßer am Boden liegen blieben, erhoben sich die drei Knienden. Abt Degenar machte zwei Schritte auf den sich nähernden Bruder zu.

Dieser war groß, hager und von beträchtlichem Alter, in ein nahezu schwarzes Habit gekleidet. Das bartlose Gesicht war eingefallen und die ausgeprägten Wangenknochen ließen den Kopf wie einen Totenschädel aussehen. Die tief liegenden, düsteren Augen mit Rändern der Schlaflosigkeit ließen keinen Zweifel daran, dass dieser Mann wachsam war und alles in seiner Umgebung wahrnahm. Das Haupt wurde nur am Hinterkopf spärlich von grauem, kurz geschorenem Haar bedeckt. Eine Tonsur war nicht auszumachen, so weit war die Kahlköpfigkeit des Mönches bereits vorangeschritten. Schmallippig blieb er vor Degenar stehen, als wolle er so verhindern, überflüssige Worte auszusprechen. Dieser Mann stellte die Inkarnation von Disziplin und Strenge dar.

Der Alte überragte Degenar um nahezu einen halben Kopf. Von oben herab begutachtete er die drei Mönche. Die beiden niedergestreckten Büßer ignorierte er gänzlich, als wären sie nicht zugegen. Keine einzige Regung zeigte sich auf dem kantigen, hohlen Gesicht. Erst als er Prior Walram inspizierte, war ein leichtes Zucken der Mundwinkel und ein Heben der Augenbrauen zu erkennen. Doch es war schwer zu deuten, ob es sich dabei um den Anflug von Freude, Überraschung, Hohn oder gar um Abscheu handelte.

Schließlich ergriff der hagere Mönch das Wort. Seine Stimme war kratzig und trocken, als sei sie tagelang nicht benutzt worden, und klang dennoch arrogant und selbstsicher. „Man hat mich über Eure Ankunft unterrichtet. Ich bin Abt Umbert und werde keine unnötigen Worte der Begrüßung verschwenden. Was ist der Grund Eures Besuches?“

Keine Begrüßung, keine Ehrbekundungen, keine Höflichkeiten! Dieser Mann kam direkt zum Wesentlichen. Er ließ die Besucher unmissverständlich wissen, dass sie nicht willkommen waren und ihre Angelegenheit so schnell wie möglich darzulegen hatten. Abt Degenar schaute zunächst Hilfe suchend nach Bruder Wunhold, folgte dann aber dem Beispiel seines Gegenübers und verlor ebenfalls keine überflüssigen Worte.

„Ich bin Abt Degenar, dies hier sind Prior Walram und Bruder Wunhold. Wir haben die Strapazen einer langen Reise auf uns genommen, um eine Bitte an Euch zu richten.“

„Walram ...“, wiederholte Abt Umbert den Namen seines einstigen Novizen mit einem Unterton, der ebenso auf Verachtung wie auf Bewunderung schließen lassen konnte. „Er hat Euch also hergeführt und Euch angeraten, diese Büßer in meine Obhut zu geben, damit man sie wieder auf den rechten Pfad bringen möge. Damit sie wieder Ehrfurcht, Demut und Gehorsam dem Herrn gegenüber lernen."

„Woher ...?", begann Degenar die Frage, unterbrach sich dann jedoch. Es war offensichtlich, dass dieser Mann einen äußerst wachen Verstand besaß. Umbert konnte logisch und scharfsinnig kombinieren. Degenar war beeindruckt, versuchte es allerdings nicht zu zeigen. Noch einmal setzte er an, um sein Anliegen vorzubringen.

„Eure Schlussfolgerung spricht für Euren Scharfsinn, ehrwürdiger Abt. Diese beiden Novizen sind fürwahr einer Tat schuldig gesprochen und aus unserer Gemeinschaft ausgeschlossen worden. Sie haben unsere Bruderschaft mit Schande bedeckt. Wir sehen uns leider nicht in der Lage, sie wieder auf Gottes Weg zu führen. Daher hat uns Prior Walram auf Euer Kloster und die so erfolgreich angewandten Methoden Eurer Lehre aufmerksam gemacht."

„Er hat es inzwischen also zum Prior gebracht ..."

Abschätzig betrachtete Abt Umbert seinen einstigen Novizen. Als Walram dem Blick standhielt, fuhr Umbert fort. „Mir scheint allerdings, dass ihm dies noch nicht ausreicht, nicht wahr? Sein Ehrgeiz ließ ihn schon immer nach Höherem streben! Eurer Anwesenheit nach zu urteilen weiß er seine harte Erziehung inzwischen zu schätzen. Wie dem auch sei, ich habe im Augenblick Wichtigeres zu tun, als mich um Eure Belange zu kümmern. Sucht unseren Cellerar auf, er wird das Notwendige veranlassen und Euch eine Unterkunft zuteilen. Was Euer Gesuch betrifft, so werde ich später darüber entscheiden. Doch erwartet nicht zu viel, ganz gleich in welcher Hinsicht!"

Abt Umbert gab seinen Gästen nicht einmal die Gelegenheit auf seine Anweisung zu reagieren. Er wandte sich um und verließ die Kirche durch eine Tür im hinteren Bereich der Apsis.

Degenar blieb sprachlos und starr stehen. Schließlich führte Prior Walram, der sich als einziger unter den fünf Verbliebenen in der Abtei auskannte, die Gruppe zu besagtem Kellermeister.

Der Cellerar war ein grimmiger Bruder namens Gallus, der sich in einem der Lagerhäuser aufhielt. Ungehalten über die Störung seiner oralen Prüfung eines Käsestücks, erhob sich der Mann widerwillig und brummelnd von seinem Schemel. Er brüllte ein paar harsche Anweisungen durch eine offene Tür, wobei ihm einige Käsekrümel aus dem vollen Mund fielen. Die Worte galten seinem Gehilfen, der sogleich erschien und nach einigen weiteren Anweisungen die Gäste in ihr Quartier brachte.

Die beiden Novizen wurden, wie schon im Heimatkloster, getrennt voneinander in Büßerzellen eingeschlossen. Den drei Mönchen wurden ebenfalls separate, kleine Kammern zugewiesen, die Abt Degenar wiederum sehr an die Büßerzellen seines eigenen Klosters erinnerten. Es waren einfache Räume mit kleinen Fensteröffnungen, die keinerlei Behaglichkeit ausstrahlten. Lediglich die Ausstattung mit einem einfachen Bettgestell, einem kleinen Tisch und Schemel befanden sich darin. Die Wände bestanden aus grob behauenem Stein, als wären die Kammern so schnell und lieblos wie möglich erbaut worden. Selbst bei dem noch herrschenden Tageslicht war Degenar versucht die Talgschale auf dem Tisch zu entzünden.

Aus dem schmalen Fenster konnte der Abt auf den umliegenden Wald blicken. Eine Sicht auf den Innenhof wäre ihm lieber gewesen. Gerne hätte er das Treiben und den täglichen Ablauf des Klosters beobachtet, um so ein möglichst umfassendes Bild der Zukunft seiner einstigen Novizen zu erhalten. Doch ihm wurde nur ein Blick auf den Weg in die Heimat gestattet, als wolle man ihm deutlich machen, er solle sich besser schnell auf den Rückweg begeben.

Je länger der Abt darüber nachdachte, umso aufgebrachter wurde er. Der Versuch, Ruhe im Gebet zu finden, schlug fehl und so beschloss Degenar, das Kloster zu erkunden. Als er die Tür seiner Kammer öffnete, stolperte ihm ein überrascht wirkender Mönch entgegen. Schnell richtete sich der Bruder auf, betrachtete Degenar kurz und betrat dann zielstrebig die Kammer, als sei nichts geschehen. Der Abt war sich indes sicher, dass dieser Mann an der Tür gelauscht hatte. Dennoch ließ Degenar ihn ohne Worte gewähren. Der Bruder trug einen Krug, sowie eine Schale mit einem kleinen Laib Brot und etwas Käse mit sich.

Als er die Mahlzeit auf dem Tisch abstellte, begann er zu sprechen, ohne den Fremden dabei anzusehen. „Verzeiht, ehrwürdiger Abt, ich wollte Euch nicht stören."

„Seid unbesorgt, Ihr tut es nicht", entgegnete Degenar in gelassenem Tonfall, den Mann aber genau beobachtend. „Im Gegenteil, ich bin erfreut, ein weiteres Mitglied dieser Bruderschaft kennenzulernen."

Dem Mönch schienen die Worte nicht ganz geheuer zu sein und er starrte Degenar irritiert an. Nach einem Augenblick erinnerte er sich seiner Aufgabe, räusperte sich verlegen und sprach dann erneut: „Auf Veranlassung des

Abtes bringe ich Euch einen Krug frischen Wassers, etwas Brot und Käse zur Stärkung nach Eurer beschwerlichen Reise."

Degenar vermutete, dass er auf diese Weise geschickt von der Bruderschaft ferngehalten werden sollte. Seine Verärgerung unterdrückend, versuchte er seine Haltung zu wahren. „Habt Dank, Bruder …?" Der Mönch ignorierte die unausgesprochene Frage nach seinem Namen und so fuhr Degenar fort. „Ich hatte auf eine Stärkung bei einem gemeinsamen Mahl mit Abt Umbert gehofft. Findet ein solches nicht statt?"

„Nein!", lautete die knappe Antwort mit abgewandtem Blick.

„Weshalb?"

„Anweisung des Abtes", entgegnete der Mönch in einem Tonfall, der Degenars anfängliche Vermutung bestätigte.

„Ich verstehe."

Der Mönch beäugte Degenar skeptisch. Mit einem leichten Kopfschütteln verabschiedete er sich und verließ den Raum. Im Flur verharrte er jedoch, als fiele ihm etwas ein. „Als ich soeben zu Euch kam, wart Ihr im Begriff zu gehen. Sucht Ihr etwas oder jemand Bestimmtes?"

Die Frage ließ Degenar aufhorchen und seine Instinkte warnten ihn vor einer wahrheitsgemäßen Antwort. „Nein, nichts weiter. Ich wollte nur eine Unterredung mit meinem Prior führen."

„Er befindet sich im Raum nebenan, Ihr könnt ihn nicht verfehlen!"

„Das dachte ich mir bereits. Habt Dank." Degenar war erleichtert, dass seine Lüge keine weiteren Fragen bei diesem Mann hervorrief.

Der Mönch zögerte dennoch erneut und Degenar konnte das Misstrauen ihm gegenüber förmlich spüren. Schließlich gab der Bruder dem Gast noch eine letzte Anweisung: „Bleibt hier in dieser Kammer. Der Abt wird zu gegebener Zeit nach Euch rufen lassen und es wäre besser, wenn ich Euch dann hier vorfände."

Danach schloss er die Tür endgültig von außen. Es hätte Degenar nicht gewundert, wenn sie auch noch verriegelt worden wäre. Doch das geschah nicht und so stand es ihm weiterhin offen, das Kloster zu erkunden. Er wollte auf keinen Fall untätig auf weitere Anweisungen warten. Im Gegenteil! Jetzt, da er bereits eine Lüge diesem Mönch gegenüber ausgesprochen hatte, verspürte er einen noch stärkeren Drang, die Kammer zu verlassen.

Geduldig wartete Degenar noch einige Augenblicke, dann öffnete er vorsichtig die Tür. Der Flur war leer. Behutsam begab er sich nach draußen. Da das Kloster überschaubar angeordnet war, fiel ihm die Orientierung nicht schwer. Obwohl nahezu alle Gebäude einen Ausgang zum Klosterhof besaßen, war dort kaum ein Mönch zu sehen. Dies lag daran, dass die Bauten meist dicht aneinander gedrängt standen und mittels Türen oder Durchgängen mit den direkten Nachbargebäuden verbunden waren. So musste niemand den Hof betreten, um in ein anderes Gebäude zu gelangen. Eine praktische Lösung, vor allem während der nasskalten oder eisigen Jahreszeiten.

Lediglich das Kochhaus stand frei von allen übrigen Bauten, um im Brandfall keine weiteren Gebäude zu gefährden. Doch selbst diese Abstände waren mit einem weit auskragenden, steinernen Gesims entlang des Außenwalls so überdacht worden, dass von beiden Seiten der Bau trockenen Fußes erreicht werden konnte. In Degenars Augen stand das im Widerspruch zu dem von Prior Walram so hoch gelobten, asketischen Leben in diesem Kloster. Oder hatte sich in den Jahren seit dessen Abwesenheit einiges verändert? Nach Abt Umbert zu urteilen nicht, denn der Alte verkörperte die erwartete Härte. Allerdings wäre es nicht das erste Mal, dass eine Gemeinschaft mit dogmatischen Prinzipien von inneren Widersprüchen durchsetzt war.

Degenar wandelte vorsichtig durch die Gebäude und hielt sich dabei sehr bedeckt. Manchmal sah er Mönche in einiger Entfernung, die ihren Aufgaben nachgingen. Selten kam er in ihre Nähe und wenn er einmal einen Raum betrat, in dem sich ein hiesiger Bruder aufhielt, entschuldigte er sich und fragte mit gespielter Verlegenheit nach dem Abtritthaus. Erneute Lügen, die mit Wegbeschreibungen der Ortskundigen honoriert wurden. In Gedanken gelobte er dem Herrn Buße und Besserung, sobald er zu Hause wäre.

Was Degenar bei seiner Erkundung zu sehen bekam, ernüchterte ihn. Alles in dieser Abtei war rau, grob und kalt. Das traf nicht nur auf die Gebäude, sondern auch auf ihre Bewohner zu. Jene, mit denen Degenar sprach, waren abweisend und misstrauisch. Er traf kaum auf Novizen, und wenn doch, so waren sie meist in Faoláns Alter. Novizen im Knabenalter oder noch jünger schien es hier nicht zu geben, was Degenar nachdenklich stimmte. Es bedeutete, dass die umliegenden Familien keines ihrer Kinder der Obhut dieses Klosters anvertrauten, weder arm noch reich.

In den Winkeln und Ecken des Klosters herrschte eine beängstigende, seelenlose, ja beinahe unheimliche Stille, die Degenar bereits bei der Ankunft aufgefallen war. Wie sollten Faolán und Konrad hier nur zurechtkommen? Es würde ihnen einiges an Kraft, Geduld und Disziplin abverlangen und

Degenar war sich nicht sicher, ob sich die Novizen diesen neuen Gegebenheiten ohne weiteres beugen würden. Demut war nicht gerade Konrads Stärke und was Faolán betraf, so hatte Degenar dessen Potenzial des Aufbegehrens unterschätzt. Sollte der Novize diesen Widerwillen beibehalten oder gar in sich manifestieren, so würde er mit Sicherheit Unmut und Strafen heraufbeschwören.

Insgeheim hoffte Degenar, dass diese Verbannung nur für kurze Zeit bestehen mochte oder Abt Umbert seine Bitte, die beiden Sünder bei sich aufzunehmen, sogar ganz zurückweisen würde. Falls das nicht zutreffen sollte, würde Degenar seine guten Verbindungen zum Bischof nutzen, um die beiden Novizen wieder zurückzuholen oder um ihnen in ein anderes Kloster zu verhelfen. Die einzige Ungewissheit dabei war die Dauer seiner Bemühungen und ob Faolán währenddessen ausreichend Geduld und Disziplin würde aufbringen können.

Gedankenverloren machte Degenar sich auf den Weg zurück zu seiner Kammer. Plötzlich öffnete sich eine Tür zu seiner Linken und der kleine Mönch, der Degenar bereits mit Wasser, Brot und Käse versorgt hatte, betrat vom Hof kommend das Gebäude. Das Gesicht des Mannes war angespannt und grimmig, sein Blick wanderte suchend von einer Seite zur anderen. Als er Degenar sah, erhellte sich seine Miene für einen kurzen Augenblick, als habe der Mönch endlich gefunden, wonach er suchte. Doch nur einen Wimpernschlag später blickte der Bruder wieder misstrauisch drein.

„Hier seid Ihr also“, herrschte er den Abt an. „Habe ich Euch nicht aufgetragen in Eurer Kammer zu warten, bis der Abt nach Euch ruft? Ich habe Euch weder dort noch bei Eurem Prior angetroffen. Stattdessen musste ich meine Pflichten vernachlässigen, um Euch im gesamten Kloster zu suchen.“

Degenar stutzte ob dieser Respektlosigkeit. Die Vorwürfe des Mönches brachten ihn jedoch nicht aus der Ruhe: „Nach der langen und anstrengenden Reise war es mir ein dringendes Bedürfnis, das Aborthaus aufzusuchen. Eure Mitbrüder waren so freundlich, mir den Weg dorthin zu weisen, nachdem mir diese Information bisher verwehrt wurde. Ein Versäumnis, welchem ich nur durch eine Suche Abhilfe verschaffen konnte. Oder hätte ich womöglich den Wasserkrug für meine Erleichterung verwenden sollen …?“

Der Mönch schien von der Antwort überrascht zu sein und fand zunächst keine Erwiderung. Skepsis zeichnete sich auf seinem Gesicht ab: „Folgt mir jetzt, rasch. Abt Umbert verlangt nach Euch, und ich habe schon zu viel Zeit damit vergeudet, Euch zu suchen.“

Ohne auf eine Antwort des Gastes zu warten, machte der Mönch kehrt und begab sich wieder auf den Hof. Degenar wurde auf direktem Wege zu den Räumlichkeiten seines Amtskollegen geführt.

Als er sie betrat, wurde ihm bewusst, wie vergleichsweise angenehm seine Gemächer zu Hause waren. Nahezu asketisch kahl war der Raum, den Umbert sein Eigen nannte, und er unterschied sich nur geringfügig von den Kammern der Reisenden. Die Wände bestanden, wie alle anderen in diesem Kloster, aus rauem Stein. Die Fenster waren viel zu schmal, um für ausreichendes Tageslicht zu sorgen.

Die Einrichtung war schlicht und bestand aus einem kleinen Tisch, auf dem sich ein hölzerner Becher befand, einigen Holzschemeln und einem steinernen Altar ohne jeglichen Schmuck. Noch nicht einmal ein Kerzenhalter befand sich darauf. Ein geschnitztes Kreuz ohne jegliche Zier, das kaum mehr als eine Elle in der Höhe maß, hing an der Wand darüber. Die Kammer war kalt, wie es auch im gesamten Kloster kalt war.

Degenar fragte sich unweigerlich, wie es wohl in den Herzen dieser Männer aussehen mochte? Kälte konnte auch von innen kommen, selbst wenn die Sonne noch so heiß vom Himmel brennen mochte.

Der kleine Mönch trat von hinten an seinen betenden Abt heran, räusperte sich kurz und flüsterte ihm etwas zu. Daraufhin hob der Betende sein Haupt und nickte nur kurz, ohne sein Augenmerk vom Altar zu nehmen und entließ den Mönch. Degenar war mit Abt Umbert allein.

Nach einiger Zeit im stillen Gebet erhob sich der Abt trotz seines hohen Alters überraschend flink, um sich seinem Gast zu widmen. „Ich hoffe, Ihr habt gefunden, wonach Ihr gesucht habt."

Degenar gelang es, seine Überraschung zu verbergen. Er hätte es sich denken können, dass dieser Abt über alle Vorgänge in seinem Kloster gut informiert war. „Gewiss, ehrwürdiger Abt! Eure Brüder waren mir eine große Hilfe dabei."

Abt Umbert warf Degenar einen ähnlich argwöhnischen Blick zu, wie es der kleine Mönch zuvor getan hatte. „Es fragt sich nur, was Ihr gesucht habt!"

„Wie darf ich Euch verstehen, ehrwürdiger Abt?"

„Lassen wir doch die Ehrbekundungen und Floskeln", forderte der alte Mann mit kratziger Stimme. „Kommen wir lieber gleich zum Wesentlichen. Ich werde versuchen, meine Fragen so zu formulieren, dass selbst Ihr ihnen folgen könnt: Was genau wollt Ihr damit bezwecken, zwei Novizen zu uns zu bringen, die sündig gegen den Herrn und seine Diener geworden sind?“

Diesmal gelang es Degenar nicht, sein Erstaunen zu verbergen. „Ihr kennt den genauen Sachverhalt bereits?“

„So genau, dass ich mir ein eigenes Bild davon machen konnte, was in Eurem Kloster vorgefallen ist“, entgegnete Umbert kühl.

Degenar musste seine Worte jetzt vorsichtig wählen, wollte er die Lage der beiden Sünder nicht verschlimmern. Noch wusste er nicht, ob dieser alte, verschlossene Abt der Aufnahme der Novizen überhaupt zustimmen würde. Doch sollte er dem Gesuch zustimmen, so würde dieser Mann sich mit aller Sorgfalt um die Büßer kümmern, das konnte Degenar förmlich spüren. Kein Wunder, dass Prior Walram so unnachgiebig auf diesem Kloster als Verbannungsort beharrt hatte. Jetzt lag es an Degenar, die Situation der beiden Jünglinge so erträglich wie möglich zu machen.

Er blickte in das Gesicht seines Gegenübers, in der Hoffnung, irgendeine Regung darin erkennen zu können. Abt Umbert blieb jedoch völlig ausdruckslos und so begann Degenar mit seiner Argumentation: „Da Ihr offensichtlich den Sachverhalt kennt, werde ich ihn nicht weiter ausführen. Doch so, wie ich die Sache beurteile, ist der Novize Faolán lediglich schuldig, das Opfer der fleischlichen Versuchung geworden zu sein, wie sie die meisten Jünglinge überkommt. Ihm blieb die notwendige Kraft verwehrt, um dieser Versuchung zu widerstehen. Im Rausche dieser Lust, als er Hand an sein eigenes Fleisch legte, hat er offensichtlich die Außenwand unserer Klosterkirche bemalt. Darin lag sicherlich keine schlechte Absicht und er bereut seine Tat.“

Umbert blickte unbeeindruckt auf seinen Gast nieder. „Ob gute oder schlechte Absichten dahinter liegen, tut nichts zur Sache. Mir wurde auch berichtet, dass der Teufel sich des Novizen bemächtigt habe. Habt Ihr auch hierfür eine Erklärung?“

„Nur wer das Antlitz des Teufels kennt, kann eine solche Behauptung aufstellen und der Gefallene hat mit Sicherheit viele Gesichter“, versuchte Degenar entgegenzuhalten. „Die Tat allein oder die Auslegung einer Schmiererei sind dafür noch lange kein Beweis. Viel wichtiger ist doch die Tatsache, dass der Novize sein Vergehen aus tiefstem Herzen bereut. Faolán ist aufrichtig zur Buße bereit und bittet bereits seit Wochen den Herrn und unsere Bruderschaft um Vergebung. Allein dieser Wunsch nach Vergebung zeigt doch, dass er gewillt ist, den rechten Weg des Herrn beizubehalten.“

Umbert machte eine abfällige Handbewegung, als schenke er diesen Schilderungen keine Beachtung. „Offensichtlich seht Ihr diesen Weg nicht in Eurem Kloster! Ist Euch die Arbeit mit einem solch unangenehmen Novizen zu lästig? Ziert Ihr Euch, Euch an ihm die Hände schmutzig zu machen oder weshalb wollt Ihr ihn unserer Bruderschaft überlassen?"

„Es war die Entscheidung der Gemeinschaft, die sich für Eure Abtei ausgesprochen hat. Faolán wurde zwar aus unserem Kloster ausgeschlossen, jedoch nicht aus dem Dienste des Herrn entlassen."

„Ein schwacher Abt beugt sich oft dem Willen der Gemeinschaft", entgegnete Umbert mit geringschätzigem Tonfall. „Nur ein starkes Oberhaupt kann die ihm anvertraute Herde unter den strengen Augen des Herrn führen und auf dem rechten Pfad ins Paradies geleiten. Ist der Hirte nicht stark genug, so brechen ihm die jungen Lämmer aus! Was ist mit diesem Konrad? Wie erklärt Ihr seine Vergehen?"

Degenar hätte am liebsten zunächst auf die Kritik an seiner Person geantwortet, doch da Abt Umbert Konrad erwähnte, musste er diese vorerst so stehen lassen. Es waren nicht seine Belange und seine Person, die hier diskutiert werden sollten, sondern die der beiden Novizen.

„Was den Novizen Konrad betrifft, so hat er sich stets als eine Art Beschützer für den jüngeren und wesentlich schwächeren Faolán gegen Übergriffe anderer Novizen gesehen. Konrads Tat beruht auf dem Irrglauben, Faolán würde von Novizen statt von drei Mönchen traktiert. Mit Wut und Blindheit geschlagen, handelte er doch in dem guten Glauben, seinem Freund in Not und im Sinne der Nächstenliebe zur Hilfe zu eilen. Da Konrad schnell überwältigt werden konnte, fügte er den Mönchen glücklicherweise keinen Schaden zu. Auch er bereut seine Tat aufrichtig."

Ein merkwürdig wissendes Lächeln umspielte Umberts dünne, trockene Lippen. Er blickte schon beinahe verächtlich auf Degenar herab, als er mit bedächtiger Ruhe sprach. „Wie es scheint, habt Ihr die Novizen Eures Klosters nicht unter Kontrolle. Das Problem sind nicht nur diese beiden Knaben. Die eigentliche Problematik liegt doch viel tiefer begraben. Seid Ihr etwa zu blind, um die beiden Sünder als deutliche Zeichen für eine von Fäulnis durchzogene Gemeinschaft zu erkennen?"

Degenar konnte nicht glauben, was er da hörte. Der Alte wagte es tatsächlich, sein Kloster und seine Führung in Frage zu stellen. Er widerstand dem Verlangen, die Unterredung augenblicklich zu beenden und die Abtei zu verlassen. Wäre er nicht um der beiden Novizen Willen hier, hätte er es sicherlich getan. So allerdings blieb er fassungslos stehen.

Der alte Abt schritt langsam durch den Raum und führte seine Gedanken weiter aus. „Es ist doch offensichtlich, wo die Ursache liegt: In Euren Mauern mangelt es an Disziplin! Eine Beeinflussung junger Männer, ganz gleich welcher Art, hängt immer mit der Disziplin ihres Umfeldes zusammen. Nur mit eisernem Willen kann einer Versuchung widerstanden werden, vor allem der fleischlichen. Hierfür erfordert es eine jahrelange Züchtigung von Kindesalter an, um Knaben auf die bevorstehenden Versuchungen durch die weltlichen Gelüste vorzubereiten. Nur mittels der Härte durch die erfahrenen Hände von Mönchen werden junge Knaben später einmal hart genug gegen sich selbst sein können, um den Verlockungen die Stirn bieten zu können. Dies schließt die Sünde des Onan ein."

Entsetzt glaubte Degenar, während der Ausführungen in Umberts Augen ein kleines Flackern der Leidenschaft und Hingabe erkennen zu können. Der Alte fuhr indes aufgebracht fort: „Vielleicht ist es für beide noch nicht zu spät. Ein hohes Maß an Pflichten und strenge Züchtigung könnten auch noch in diesem Alter Früchte tragen! Man muss lediglich die versäumte Härte in der noch verbleibenden Zeit wettmachen, dann gibt es selbst für diese Sünder noch Hoffnung!"

Degenar wich entrüstet einen Schritt zurück, versuchte aber schnell einzulenken. „Ich fürchte, Ihr habt die Situation falsch verstanden. Es ist durchaus nicht die fehlende Härte ..."

„Ich habe Euch keineswegs falsch verstanden!", schnitt Abt Umbert seinem Amtskollegen das Wort harsch ab. „Die Fakten sprechen eine deutliche Sprache. Wenn ich es mir recht überlege, so war meine Ausdrucksweise, die Missstände in Eurem Kloster betreffend, noch viel zu mild. Wer die Hand gegen einen Mitbruder erhebt, hat womöglich noch nie eine gegen sich selbst gerichtete Hand verspürt. Wir werden diesen Konrad eines Besseren lehren. Doch keine Sorge, ich werde mich auch um Faolán kümmern. Um ihn im Besonderen!"

Degenar hatte dieses Vorgehen des Abtes befürchtet. Er musste alles versuchen, um ihn umzustimmen: „Diese Härte ist meines Erachtens nicht notw... "

„Überlasst nur mir die Abwägung der Notwendigkeiten. Wir besitzen ausreichende Erfahrung hierin, glaubt mir. Ich nehme mich der Jünglinge an. Sobald Ihr meine Abtei verlasst, werden die Novizen in meine Obhut übergehen. Ihr seid dann nicht mehr für sie verantwortlich. Wir werden der Aufgabe gerecht werden, die Ihr selbst nicht bewältigen konntet, seid Euch dessen gewiss. Wäre das dann alles oder wünscht Ihr noch weitere Bitten an mich zu richten?"

Degenar hatte bisher nicht das Geringste für die Novizen ausrichten können, dennoch versuchte er starrköpfig, sein Anliegen erneut vorzubringen und ignorierte den deutlich formulierten Verweis.

„Ich ersuche Euch noch einmal um Einsicht und bitte um Milde für die beiden Novizen. Ihr unrechtes Handeln ist unstrittig, doch haben sie niemandem Schaden zugefügt außer sich selbst. Bußfertig sind sie ebenso wie voller Reue. Der Herr selbst ist gnädig, Jesus hat es uns gelehrt. Wir sollten seinem Beispiel folgen und Gnade walten lassen. Denn nur in der Vergebung zeigen wir Größe und wahre Göttlichkeit!"

Abt Umbert wirbelte herum, als habe er soeben eine Ohrfeige erhalten. Entsetzen sprach aus seinem Gesicht, und es kostete ihn wohl jedes Gran an Disziplin, die Kontrolle zu behalten. In seinen Augen glomm der Beginn des Irrsinns und in den Mundwinkeln spannten sich die Speichelfäden, als er sprach. Seine Worte waren laut, hart und voller Überzeugung.

„Gnade? Milde? Milde haben Eure Novizen schon zu lange durch Eure zarten Händchen erfahren, oder wie erklärt Ihr es Euch sonst, dass es in Eurem Kloster zu gewalttätigen Übergriffen unter den Novizen kommt? Härte ist die einzige Sprache, die sie noch verstehen. Allein Züchtigung wird sie noch zur Vernunft bringen. Ihr tätet gut daran, die Erziehung der Euch anvertrauten Knaben zu überdenken, statt hier um Gnade für die bereits Sündigen zu winseln. Sie sind doch nur der Gipfel eines brodelnden Vulkans, der auszubrechen droht. Entsinnt Euch endlich Eures Amtes und der darin liegenden Verantwortung!"

Schwer atmend beendete der Alte seinen geifernden Sermon und wandte sich dem Altar zu, als wolle er sein Gesicht vor Degenar verbergen. Als er sich schließlich wieder beruhigt hatte, sprach er noch einmal in kühlem Tonfall, jedoch ohne sich zu Degenar umzuwenden.

„Wo auch immer der Grund für Euer Versagen liegen mag, ich kann mich nicht auch noch um die Belange Eures Klosters kümmern. Ihr könnt als Gast in unserer Abtei verweilen, so lange Euch der Sinn danach steht, doch eine schnelle Abreise wäre nicht nur von Vorteil für die beiden Sünder. Sie unterstehen jetzt nicht mehr Eurem Einfluss, vergesst das nicht."

Die Worte kamen nicht nur einem unmissverständlichen Verweis aus den Räumlichkeiten des Abtes gleich, sondern aus dem gesamten Kloster!

„Wie Ihr wünscht." Mehr vermochte Degenar mit zusammengebissenen Zähnen nicht zu sagen. Er ließ den hageren Mann in seiner Kammer zurück und machte sich zu seiner eigenen auf. Keines seiner Worte hätte jetzt noch Faoláns und Konrads Lage verbessern können. Wahrscheinlich hatte Degenar soeben das Gegenteil erreicht, denn Abt Umbert war unbeugsam und schien besessen.

Ernüchtert und mit sich selbst hadernd schritt der Benediktiner über den menschenleeren Klosterhof. Noch auf dem Weg zu seiner Unterkunft wandelte sich sein Ärger zu einem festen Entschluss. Wenn er bei Abt Umbert nichts für die beiden Novizen ausrichten konnte, so würde er alles daran setzen, um die Jünglinge wieder zurückzuholen. Sicher würde der Bischof ein offenes Ohr für sein Anliegen haben. Darin lag seine letzte Hoffnung.

Von diesem Entschluss beflügelt, plante Degenar die Abreise bereits für den nächsten Tag. Im Gästequartier wollte er zunächst Prior Walram und Bruder Wunhold darüber informieren, doch zu Degenars Überraschung war die Kammer des Priors leer. Bruder Wunhold wusste lediglich zu berichten, dass Walram bereits vor einiger Zeit sein Quartier verlassen hatte. Wohin, war ihm allerdings nicht bekannt.

Ein ungutes Gefühl beschlich Degenar. Wenn Prior Walram überraschend verschwand, so ging er meist seinen eigenen Interessen nach. Der Abt ahnte, dass der Prior alle Hebel in Bewegung setzen würde, um Faolán und Konrad das Leben in diesem Kloster so schwer wie möglich zu machen. Allerdings waren die Mühen des Priors wahrscheinlich nicht von Nöten, denn Abt Umbert würde seine neuen Novizen ohnehin auf das Härteste disziplinieren. Womöglich sogar jenseits Degenars Vorstellungskraft. Diesem Abt war alles zuzutrauen.

* * *

Die Abenddämmerung hatte bereits begonnen und der Himmel tränkte sich in ein blutiges Rot. Der große Saal war bis auf ein paar wenige, morsche Holzbänke leer und füllte sich zusehends mit den Schatten des Abends. Einst, als das Columbankloster noch wesentlich mehr Mönche gezählt hatte als heute, hatte dieser Raum als Kapitelsaal Verwendung gefunden.

Heutzutage wurde er jedoch nicht mehr genutzt, denn die Zahl der Mönche war so weit zurückgegangen, dass schon seit einigen Jahren ein wesentlich kleinerer Raum dieser Nutzung zugeteilt worden war. Wer allerdings glaubte, dass dieser verschlossene Saal keine Besucher mehr hatte, wurde beim Anblick der Gewölbedecke eines Besseren belehrt. Über die Jahre hatten Fledermäuse sich der Räumlichkeit bemächtigt und dort niedergelassen. Ihr Kot bedeckte den steinernen Boden und die vereinzelt herumstehenden Bänke beinahe zur Gänze. Es war unverkennbar, dass sich hier über lange Zeit kein Mönch mehr hineingewagt hatte.

In der Stille der Abenddämmerung war mit einem Mal das Quietschen der Türscharniere zu hören. Es klang, als seien sie lange nicht mehr bewegt worden. Langsam öffnete sich einer der Türflügel einen Spalt. Ein Mönch betrat den dunkler werdenden Raum, war selbst nur ein undeutlicher Schatten im Dämmerlicht. Vorsichtig schaute er sich um und schloss die Tür hinter sich. Regungslos blieb er stehen, schien auf etwas zu warten. Stille herrschte.

Nur das Rascheln der Fledermäuse war zu hören, die sich auf ihren Flug durch die heraufziehende Nacht vorbereiteten. Unsicher blickte der Mann immer wieder nach oben, als überlege er, was ihn hierher getrieben hatte und ob es sinnvoll war, überhaupt hier zu sein. Wäre es nicht klüger, wieder zu gehen? Doch er blieb und wartete, regungslos wie eine Statue.

Plötzlich löste sich aus dem dunkelsten Bereich des Saales ein weiterer Schatten. Eine Gestalt bewegte sich zielstrebig auf den Wartenden zu. Sie war in tiefes Schwarz gehüllt und nur durch ihre Bewegungen im Dunkel des Saales überhaupt erkennbar. Eine Kapuze verhüllte ihr Haupt.

Der Mönch versuchte angestrengt zu erkennen, wer sich unter dem schwarzen Gewand verbarg. Unsicher und ängstlich machte er einen Schritt zurück, doch die klaren Worte des herannahenden Schattens ließen ihn abermals erstarren.

„Es ist besser, wenn du deine Kapuze überziehst. Es gibt einfach zu viele Fledermäuse hier und ihr Kot auf deiner Tonsur könnte deinen Streifzug hierher nur allzu leicht verraten."

Der Angesprochene zögerte kurz und starrte weiter in die Dunkelheit. Während er dem Rat Folge leistete, klang seine Frage beinahe ungläubig. „Walram? Bist du das?"

„Dein Gedächtnis ist gut, Martin. Das spricht für dich und ich hoffe, dass du dich auch noch anderer Dinge erinnern kannst."

Der hiesige Mönch schien erleichtert zu sein, dass ihn eine vertraute Person erwartete. „Ich bin froh, dich hier zu sehen. Deine Nachricht klang geheimnisvoll und war nicht von dir unterzeichnet. Weshalb diese Vorsicht und was in aller Welt führt dich hierher?"

„Meinst du den Kapitelsaal oder die Abtei?", fragte Walram, die erste der beiden Fragen ignorierend.

„Sowohl als auch! Ich hätte dich vielleicht im Refektorium erwartet, doch auf keinen Fall hier im alten Kapitelsaal."

„Weshalb nicht?", entgegnete Walram gleichgültig. „Ich habe gute Erinnerungen an diesen Raum. Hier gab es die interessantesten Dispute, Abstimmungen und so manche Tat wurde hier mit Strafen gesühnt. Heutzutage ist er allerdings ein ruhiger Ort, in dem man ungestört wichtige Gespräche führen kann."

Das irritierte den Columbanmönch. Als wolle er nicht weiter darauf eingehen, wechselte er das Thema: „Mir wurde berichtet, du kamst in Begleitung. Es heißt, zwei Mönche und zwei Novizen, die Jünglinge in Büßerhemden gekleidet, seien bei dir gewesen. Hast du sie in die Kirche geführt?"

„Nein, nicht ich habe sie angeführt", gestand Walram zähneknirschend. „Doch die beiden Novizen sind der Grund für mein Kommen und diese Unterredung mit dir."

„Wie soll ich das verstehen?" Bruder Martin wurde zusehends unsicherer, obwohl ihm Walram vertraut war. Vielleicht war gerade das der Grund, weshalb er nervös mit den Fingern zu spielen begann.

„Wie ich soeben feststellen konnte, ist dein Gedächtnis sehr gut", begann Walram nahezu beiläufig. Dabei hielt er seinen Blick, der im Dunkel der Kapuze verborgen lag, auf Martin gerichtet. „Immerhin hast du mich anhand meiner Stimme sofort erkannt. Da ich dir derart gut im Gedächtnis geblieben bin, wirst du dich sicherlich auch daran erinnern, dass ich dir vor vielen Jahren einen Gefallen erwiesen habe und du nur aus diesem Grunde noch unter den Lebenden weilst."

Bruder Martin schwieg zunächst und wich Walrams Blick aus, antwortete aber schließlich mit belegter Stimme: „Ich habe durchaus nicht vergessen, dass ich in deiner Schuld stehe, wenn du das meinst."

„Sicherlich wirst du mir zustimmen, dass es an der Zeit ist, diese Schuld zu begleichen." Walrams Ton wurde jetzt energischer und fordernder zugleich.

Martin machte unbewusst einen weiteren Schritt zurück, so dass er mit dem Rücken an die Tür stieß und stammelte: „Was – was verlangst du von mir?"

Sich seiner Wirkung bewusst, behielt Walram den Tonfall bei. „Wie schon erwähnt geht es um diese beiden Novizen. Ihre Namen lauten Faolán und Konrad. Du wirst ihnen schon bald begegnen, da sie auf unbestimmte Zeit, wenn möglich für immer, in diesem Kloster bleiben werden. Die Gründe hierfür wirst du sicherlich noch in unterschiedlichen Ausführungen zu hören bekommen und ich verzichte daher auf eine genaue Darstellung. Ich werde dir nur soviel verraten: Sie stehen mit dem Leibhaftigen im Bunde!"

Bei dieser Behauptung zuckte Bruder Martin unwillkürlich zusammen. Zufrieden über diese Reaktion fuhr Walram jetzt ruhig und bedächtig fort: „Mir ist es in meinem Kloster immerhin gelungen, für ihre frevelhaften Taten eine Verbannung in diese Abtei zu bewirken, wenn ich auch eine körperliche Strafe bevorzugt hätte."

„Zielt dein Anliegen darauf ab, dass sie hier aufs Härteste bestraft und diszipliniert werden sollen? Sollen sie den Weg des Herrn unter Schmerzen wiederfinden? Ist es das, was du von mir verlangst?"

Hoffnung und Unsicherheit trugen die Worte des Columbanmönches, als habe er Schlimmeres erwartet. Walram schwieg. Unter der Kapuze war sein Gesicht nicht zu erkennen, sodass Bruder Martin nur ahnen konnte, ob der Prior ihn in diesem Augenblick ansah oder nicht. Schließlich brach Walram das Schweigen und beantwortete die Fragen mit einer kaum hörbaren, kalten Stimme.

„Ich wünsche, dass sie gar keinen Weg mehr finden! Vor allem dieser Faolán nicht!"

Sein Gegenüber erschrak und schwieg. Nur zögerlich antwortete er auf Walrams Wunsch. „Wenn ich es richtig deute, so verlangst du, dass ich sie – töte. Bist du dir dessen bewusst? Das kann nicht dein Ernst sein!"

Abrupt streifte Walram seine Kapuze ab und kam dem Mönch so nahe, dass dieser mit der Tür im Rücken keine Möglichkeit zum Ausweichen hatte. Trotz des geringen Lichts waren Walrams Gesichtszüge und seine Augen jetzt klar erkennbar. Darin zeigten sich Nüchternheit, Überlegenheit und Machthunger. Es war eindeutig zu sehen, dass Walram alles unternehmen würde, um seine Ziele zu erreichen, koste es, was es wolle. Bruder Martin war die Nähe unangenehm und er drehte seinen Kopf zur Seite, als könne er so verhindern, was jetzt auf ihn zukommen würde.

Walram hatte kein Erbarmen mit seinem Gegenüber und flüsterte seine Antwort Martin nahezu ins Ohr, so dass dieser verzweifelt die Augen zusammenkniff. „Natürlich ist mir bewusst, was ich von dir verlange. Glaubst du etwa, ich handele unüberlegt? Du solltest mich besser kennen.“ Walram klang enttäuscht. „Zudem entspricht meine Forderung ganz dem Alten Testament, wenn man es einmal auf diese Weise betrachten möchte. Dort heißt es doch: *‚fracturam pro fractura, oculum pro oculo, dentem pro dente‘*. In unserem speziellen Fall müsste es allerdings Leben um Leben heißen, nicht wahr? Da du eine so gute Erinnerung besitzt, muss ich es ja nicht weiter ausführen. Oder soll ich dir dabei doch behilflich sein? Ich fordere lediglich jenes Leben, das du durch mich behalten hast, gegen ein anderes ein. Das ist meiner Ansicht nach alles, was du bedenken solltest. Nenne es, wie es dir beliebt. Ich betrachte es schlicht als Begleichung einer alten Schuld.“

Walram ließ die Worte kurz im Raume nachhallen. Noch bevor sein alter Freund antworten konnte, sprach er weiter. „Ich nenne es sogar den Beweis einer Freundschaft. Damals, vor so vielen Jahren, hast du Hilfe benötigt. Du weißt genau, welches Risiko ich auf mich genommen habe, um deinen Kopf zu retten. Schuldig warst du damals, das wissen wir beide. Die Beweise lagen klar auf der Hand. Doch ich habe niemals hinterfragt, einem Freund meine Hilfe zuteil werden zu lassen. Ich habe den Tatsachen ins Auge geblickt und gehandelt, ganz gleich, welche Konsequenzen es mit sich gebracht hätte. Damals warst du schuldig und bist heute dennoch am Leben – die Zeit ist gekommen, diese Schuld zu begleichen!“

Mit jedem von Walrams Worten war Martin tiefer in die Knie gesunken, als breche er unter einer unsichtbaren Last zusammen. Jetzt schaute er verzweifelt zu seinem einstigen Freund auf, der sich über ihn gebeugt hatte. Seine Antwort klang schwach und wimmernd. „Was du verlangst ist ein Verbrechen, keine Schuldbegleichung! Es ist alles andere als ein Gefallen. Du verlangst zu viel von mir – zu viel! Das kann ich nicht tun! Nicht noch einmal!“

Walram richtete sich auf und gab Martin wieder etwas Raum. Seine Stimme klang ruhig und besonnen. „Ist dem so, mein Freund? Dann wäre es wohl auch zu viel verlangt, unser Geheimnis über deine Vergangenheit weiter für mich zu behalten. Es gibt sicher einige aus der Adelsfamilie, die den alten Fall noch einmal aufrollen würden. Man müsste ihnen dafür nur einen Schuldigen präsentieren. Zudem sollte ich dich darüber in Kenntnis setzen, dass ich als Beweis für meine Entschlossenheit das Werkzeug deiner damaligen Tat bei mir trage. Oh ja, du hast richtig gehört, ich habe es nicht vernichtet, wie ich dich habe glauben lassen!“

Schweiß stand auf Bruder Martins Stirn, als er den Bewegungen des Priors mit weit geöffneten Augen folgte. Walram zog ein kleines Bündel aus einer Tasche seines Habits hervor. Er konnte die Angst seines Gegenübers förmlich riechen. In aller Ruhe schlug der Prior das Leintuch zurück und entblößte eine alte, scheinbar beschmutzte und rostige Klinge.

„Sogar ihr Blut haftet noch daran", stellte Walram mit geheucheltem Mitleid fest. „So manche Person würde bei diesem Anblick keine weiteren Beweise für deine Schuld benötigen. War dies nicht der Dolch, den sie von ihrem Vater geschenkt bekommen hatte? Sicher würden einige ihn wiedererkennen! Schildere mir doch noch einmal, wie er damals in deinen Besitz kam ..."

Vergebens suchte Bruder Martin nach einem Ausweg. Seine Worte klangen verzweifelt und tonlos. „Das ist zu viel, das ist zu viel! Pack es weg!" Bevor er den Verstand verlieren würde, schloss er abermals die Augen. Zusammengesackt und kraftlos ersuchte er Walram um Einsicht. „Was du von mir verlangst, kann ich nicht tun. Es sind doch fast noch Kinder!"

„Sie war doch auch noch jung", konterte Walram. „Beinahe noch ein Kind! So unschuldig und jungfräulich ... und doch schon so reif ... erinnerst du dich?"

Plötzlich trat Walram weiter zurück und es hatte den Anschein, als entließe er Bruder Martin aus einem unsichtbaren Griff. Der richtete sich langsam auf, versuchte dem Prior jedoch zu entkommen, indem er langsam an der Wand entlang zur Seite auswich. Walram betrachtete sein Gegenüber mit einem abfälligen Lächeln und sprach mit gleichgültiger Stimme weiter, als handele es sich bei seiner Forderung um eine Belanglosigkeit.

„Ob es zuviel verlangt ist und was das Richtige für dich ist, kannst nur du entscheiden. Es gibt aber nur diese eine Entscheidung zu treffen: Sein Leben oder deines."

„Sein Leben? Nur eines? Ich dachte beide!" Die Stimme des Mönches klang beinahe erleichtert, als würde ihm Walrams Forderung mit einem Mal nicht mehr ganz so unmöglich erscheinen.

„Beide wären tadellos ...", erklärte der Prior, während er seine Fingernägel begutachtete. „... und es würde mich in die unangenehme Situation bringen, wiederum in deiner Schuld zu stehen. Ein Leben wäre allerdings ausreichend."

„Welcher von den beiden soll es sein?", fragte Martin angespannt.

„Faolán!"

„Weshalb er? Hegst du einen persönlichen Groll gegen den Jungen?“

„Das tut nichts zur Sache“, entgegnete Walram schnell. „Ich habe damals auch nicht nach deinem Motiv gefragt! Doch wenn ich mich nicht täusche, so war Agnes auch etwas ganz Persönliches, nicht war?“

Als der Name fiel, zuckte Bruder Martin zusammen, als habe Walram soeben einen Fluch über ihn ausgesprochen. Eine lange begraben geglaubte Vergangenheit erwachte in diesem ehemaligen Kapitelsaal wieder zum Leben. Sie stieg aus ihrer vergessenen, längst versiegelten Gruft, suchte ihn heim und griff mit kalten Fingern nach ihm.

Walram unterbrach die Gedanken seines Gegenübers. „Wäge sorgfältig ab und entscheide dich. Viel Zeit wirst du allerdings nicht mehr haben. Wie ich meinen Abt einschätze, wird er morgen bereits wieder abreisen wollen.“

Weiter gab es nichts zu sagen. Walram zog seine Kapuze wieder über das Haupt, sodass sein Gesicht in den Schatten des dunklen Leinens verschwand. Ohne weitere Worte oder Gesten ließ er den Mönch stehen und schritt zur Tür.

Den Knauf bereits in der Hand, drehte er sich noch einmal dem verstörten Bruder zu. „Lass mich deine Entscheidung wissen. Ein schlichtes JA oder NEIN reicht mir aus. Letztendlich ist es ein einfacher Entschluss. Wie immer er auch ausfallen wird, sei bereit, die Konsequenzen in vollem Umfang zu tragen!“

Nach dieser letzten Drohung entschwand Walram aus dem Saal und ließ den Mönch allein im ehemaligen Kapitelsaal stehen, inmitten des stinkenden Morasts aus Fledermauskot und altem Staub unzähliger Jahre.

* * *

In Degenars Augen war es das Mindeste, die beiden Sünder vor der Abreise noch einmal aufzusuchen. In der vergangenen Nacht hatte er, von Selbstzweifel geplagt, kaum schlafen können. Umberts Kritik nährte diese Zweifel zusätzlich und er fragte sich, ob er sich nicht tatsächlich schon vor Jahren verstärkt um die Novizen hätte kümmern sollen.

Am Morgen hatte er schließlich Abt Umbert um ein letztes Gespräch mit seinen einstigen Schützlingen gebeten, der es mit einem verächtlichen Lachen und ohne viele Worte gestattet hatte. In Umberts Augen war Degenar schwach, wenn dieser glaubte, bei den Sündern mit Worten noch etwas erreichen zu können.

Dieses vermeintlich einfache Vorhaben entpuppte sich für Degenar jedoch als schwere Bürde. Zum ersten Mal seit dem Prozess würde der Abt den beiden Verurteilten wieder in die Augen sehen müssen. All die Wochen hatte er es vermeiden können. Stets war er den hilflosen und suchenden Blicken der Novizen ausgewichen. Das würde er jetzt nicht mehr können.

Das Aufeinandertreffen mit Konrad verlief für Degenar wie erwartet. Ihn hatte er bewusst als ersten aufgesucht, um sich so besser auf die Begegnung mit Faolán vorbereiten zu können. Das war jedoch ein Trugschluss gewesen, wie Degenar feststellen musste, als er Faolán schließlich gegenüberstand.

Der Abt konnte den Blicken des Jünglings kaum standhalten. Diese Augen schrien stumme Fragen, die Degenar am liebsten beantwortet hätte, es jedoch um keinen Preis dieser Welt durfte, wollte er Faoláns Leben nicht gefährden. Mit der Wahrheit über dessen Herkunft hätte Degenar viele dieser Fragen beantworten können. Dafür war der richtige Zeitpunkt aber noch nicht gekommen. Der Abt musste standhaft bleiben. Schließlich ergriff er das Wort. „Dieses Kloster wird dein neuer Lebensmittelpunkt werden ..."

„Niemals!", spie ihm Faolán entgegen.

Die Schnelligkeit und Härte dieses Ausrufs überraschten Degenar. Er benötigte einen Augenblick, um sich wieder zu fassen. „Es macht keinen Sinn, es zu leugnen oder dagegen anzukämpfen", versuchte er seinen einstigen Zögling zu besänftigen. „Ihr wurdet hierher gebracht, um euch auf den rechten Weg zu führen."

„Glaubt Ihr tatsächlich, dass Ihr das in Eurem Kloster nicht getan habt? Ihr und Bruder Ivo, ehrwürdiger Abt?" Die Ehrbekundung war spöttisch und respektlos formuliert, doch Degenar sah darüber hinweg und ließ Faolán fortfahren. „Solltet Ihr tatsächlich davon überzeugt sein, so überrascht mich Euer mangelndes Vertrauen in Eure eigene Gemeinschaft. Als ihr Oberhaupt solltet Ihr sie doch gut genug kennen, um einen solchen Missstand frühzeitig ausmachen zu können. Ist Euch das nicht gelungen oder seid Ihr all die Jahre nur blind gewesen?"

Faoláns Vorwürfe waren dem Abt nicht neu. Er atmete tief durch, ehe er Faolán zu beruhigen versuchte. „Ich akzeptiere, dass du zornig bist, Faolán. Ich kann auch verstehen, dass dein Zorn sich gegen mich richtet und mache dir daraus keinen Vorwurf. Doch deine Wut wird dich nicht lange über die Realität hinwegsehen lassen. Je früher du den Tatsachen ins Auge blickst, umso schneller wirst du dich hier zurechtfinden. Deine Lage ist ernst und außer dir selbst wirst du niemanden finden, der dir helfen kann. Dein Leben gehört jetzt diesem Kloster, deine Hingabe und Liebe dem Herrn."

„Mein Leben, meine Hingabe und vor allem meine Liebe gehören Svea, niemandem sonst!", erwiderte der Novize dem Abt mit zusammengekniffenen Augen.

Degenar überraschte dieses Geständnis nicht, auch wenn Faolán das vielleicht beabsichtigt hatte. Von Bruder Ivo war er in das Treiben des Jünglings eingeweiht worden. Das Einzige, was Degenar noch überraschte, war die Tatsache, dass Faolán sein Leben an dieses Mädchen band. Mit beschwichtigenden Worten versuchte er diese Aussage zu mildern.

„Das wird sich zeigen, Faolán. Doch im Augenblick bist du hier und diese – Svea – ist es nicht. Sie kann dir nicht helfen. Nur du und Konrad, ihr beide könnt euch helfen, in Gottes Namen. In deinem Leben warten noch weitaus größere Aufgaben auf dich, als es in einem Kloster zu fristen."

Faoláns Stirn legte sich in Falten. „Was meint Ihr damit? Was soll das bedeuten? Sind das nur tröstende, leere Worte, um mich zuversichtlich zu stimmen? Schenkt sie Euch, darauf kann ich verzichten."

„Du weißt genau, dass leere Reden nicht meine Art sind. Zu gegebener Zeit wirst du herausfinden, was diese Worte bedeuten. Ich kann dir lediglich versprechen, dass ich alles in meiner Macht stehende dazu beitragen werde, damit du eines Tages dieser Aufgabe auch gerecht werden kannst. Meine Kontakte zum Bischof sind gut und ich beabsichtige sie zu euren Gunsten zu nutzen."

Ein bedrückendes Schweigen breitete sich in der kalten Büßerzelle aus und wurde zusehends schwerer. Die Blicke der beiden hielten einander fest und Abt wie auch Novize schienen den Raum um sich zu vergessen. Es gab nur noch diese Augenpaare, die sich gegenseitig zu verstehen und zu erklären versuchten. Faolán brach schließlich die herrschende Starre und wischte sich mit einem schmutzigen Ärmel Tränen aus dem Gesicht. Seine Stimme klang erstickt und hilflos. „Was – was ist überhaupt geschehen? Wie konnte es nur soweit kommen?"

Der Abt versuchte den Novizen zu trösten, doch außer einer dürftigen Erklärung fand er keine passenden Worte. „Ich weiß es nicht. Es ist eine Verkettung unglücklicher Umstände. Natürlich hängt es mit diesem Mädchen Svea und deiner vermeintlichen Liebe zu ihr zusammen. Doch das allein war nicht ausschlaggebend für deine augenblickliche Lage. Es gibt noch weitere Gründe, weshalb du dich in dieser Büßerzelle befindest. Einer davon ist Prior Walram. Es dürfte keinem entgangen sein, dass er all die Jahre ein besonders wachsames Auge auf dich gehabt hat und das nicht gerade in gutem Sinne.

Dieses Columbankloster hat sehr strikte Regeln, Walram kennt sie genau. Er lebte als Novize und junger Mönch hier, hat die unmenschliche Härte der hiesigen Erziehung am eigenen Leib erfahren. Es scheint, als wolle er seine Erfahrungen an dich weitergeben, in der Hoffnung, dass du daran zerbrechen wirst.

Ich hege jedoch keine Zweifel, dass du den neuen Anforderungen, der Strenge und dem einfachen Leben gerecht werden kannst. Du besitzt die Fähigkeit, dich anzupassen. Und du besitzt Geduld. Nutze beides und du wirst dich zurechtfinden. Widersetze dich und du wirst Bestrafung ernten."

Degenar unterbrach seinen Appell, um zu sehen, ob Faolán verstand. Doch die glasigen Augen ließen den Abt nur ahnen, welchen Gedanken der Novize folgte. Schließlich fuhr er fort in der Hoffnung, Faolán würde sich seinen Ratschlag zu Herzen nehmen.

„Eines solltest du jedoch stets bedenken: Walrams Einfluss in diesen Mauern ist nach wie vor groß. Ich bin mir sicher, dass er hier noch einige freundschaftliche Bande pflegt. Er führt womöglich mehr im Schilde, als dir lediglich Prügel zuteil werden zu lassen."

Diese Überlegungen waren Faolán nicht fremd. Doch was konnte er dagegen unternehmen? Nichts! Er war ein Gefangener in einer fremden Abtei, ohne Freunde.

Abt Degenar schien das nicht ganz so hoffnungslos zu sehen. „Daher rate ich dir und Konrad an, euch zu fügen. Ordnet euch diesem Kloster unter, seinen Mönchen, seinen Regeln und der Art des Lebens. Wartet geduldig, bis ich alles in die Wege geleitet habe, um euch zurückzuholen. Mit Gottes Hilfe wird es mir gelingen!"

Mit nüchternem Blick starrte Faolán den Abt an. Seine Worte klangen tonlos. „Um ehrlich zu sein, ehrwürdiger Abt, so weiß ich nicht, ob ich Eurer Bitte entsprechen kann. Ich will es versuchen, doch ich weiß nicht, wie lange ich bestehen werde."

Plötzlich wurde Faoláns Blick wieder feuriger und seine Augen zogen Degenar mit außergewöhnlicher Willenskraft in ihren Bann. „Ja, ich werde es versuchen. Ein Versprechen werde ich Euch dafür allerdings nicht geben, denn ich werde es am Ende vielleicht brechen müssen!"

Degenar nickte. Mehr als den guten Willen des Knaben hatte er auch nicht erwartet. „Sei vorsichtig, Faolán. Fälle keine voreiligen Entscheidungen und handle nicht unüberlegt. Es könnte dir allzu schnell zum Verhängnis werden. Sei wachsamen Auges und unterschätze Walrams Verschlagenheit nicht!“

Degenar wurde unruhig. Der Zeitpunkt des Abschieds war gekommen und der Abt verabscheute diesen Moment. Regungslos stand er Faolán einige Augenblicke gegenüber, als er plötzlich einem Impuls nachgab und den Novizen fest in seine Arme schloss. Faolán war zunächst überrascht, doch nach einigen Herzschlägen erwiderte er die Umarmung. Degenar war erleichtert, als er sich von dem Novizen löste. Dennoch kamen seine letzten Worte zögerlich und er hatte Mühe, sie überhaupt auszusprechen. „Du warst immer wie ein Sohn für mich, seit dem Tag, an dem Ivo dich im Wald gefunden hat.“

Faoláns Stimme versagte und so nickte er lediglich. Die Zeit war abgelaufen. Die Tür öffnete und schloss sich wieder. Die Dunkelheit des jenseitigen Flures hatte ihm Degenar entrissen.

In diesem Moment fühlte Faolán sich das erste Mal tatsächlich allein. Dieses Gefühl war so überwältigend, dass er rückwärts taumelte, bis ihn eine Ecke der Zelle auffing und sich seiner annahm. Langsam sank er kraftlos an der schroffen Wand in die Hocke. Tränen liefen über sein Gesicht, das er in seinen Händen verbarg. Woher kamen nur all diese überwältigenden Gefühle?

Mit einem Mal schienen ihm diese Empfindungen sehr vertraut, als habe er Ähnliches schon einmal erlebt. Ein altes Traumbild, das er als kleiner Junge oft durchleben musste, tauchte plötzlich vor seinem geistigen Auge auf: Eine dunkle Gestalt in einem weit geöffneten Tor eines brennenden Gebäudes, die ihn anstarrte und dann im Flammenmeer unterging.

Faolán versuchte dieses Bild zu verdrängen, es zu ignorieren, doch es wurde mit jedem Herzschlag klarer. Flammen loderten auf. Er vermochte die Hitze förmlich zu spüren, die ihn zu überwältigen drohte. Er konnte es nicht mehr ertragen! Der Novize verfluchte dieses höllische Bild in seinem Kopf und mit einem Mal auch seine ihm unbekannte Vergangenheit. Mit einem lauten Schrei der Enttäuschung und der Wut versuchte er alles zu verdrängen, während er wild auf die raue Wand einschlug, bis seine Fäuste blutig waren. Einzige Antwort war eine stumme, kalte Mauer, die noch nicht einmal ein Echo für ihn bereit hielt.

Faolán haderte mit sich selbst, mit seinen Taten und mit Gott. Dann schweiften seine Gedanken zu Konrad ab. Obwohl Faolán es sich niemals verzeihen konnte, dass er für dessen Verbannung verantwortlich war, so war er dennoch froh um die Nähe seines Freundes. Allein dieses Wissen spendete ihm etwas Trost. Langsam versiegten seine Tränen und Faolán wurde wieder ruhiger.

Mit der Ruhe veränderte sich auch das Bild in Faoláns Kopf. Er wusste nicht, woher es kam, doch er versuchte mit geschlossenen Augen das neue Bild klarer zu sehen. Das flammende Gebäude war verschwunden und Dunkelheit umfing ihn. Und dann, völlig unerwartet, kam etwas aus der Schwärze auf ihn zu. Zunächst konnte er es nicht genau erkennen, doch schließlich sah er, dass es eine Tiergestalt war. Faolán konnte sich das nicht erklären. Entsprang es seiner Fantasie oder wandelte er am Rande des Irrsinns?

Das Tier kam langsam näher. Es war ein Wolf, doch kein gewöhnlicher. Sein Fell schimmerte schneeweiß, und das Tier war von unbeschreiblicher Schönheit und Eleganz. Merkwürdigerweise wirkte der Wolf nicht bedrohlich. Jene Furcht, die in Faolán beim Bild des brennenden Gebäudes aufgestiegen war, war jetzt wie weggefegt. Je näher das Tier kam, umso langsamer wurde es. Als es dicht bei ihm war, ließ es sich nieder und starrte Faolán wachsam an. Der Wolf war dem Jüngling auf seltsame Weise vertraut, wie ein Freund und Beschützer.

Ein weißer Wolf. Weiß wie unberührter Schnee.

Faolán war zu erschöpft um sich noch Gedanken zu machen, was es mit diesem Tier in seinem Geiste auf sich haben könnte. Stattdessen hielt er an diesem Bild fest, denn es war beruhigend. Der Wolf strahlte Besonnenheit und Stärke aus. Stärke, die Faolán benötigte, wollte er in diesem Kloster bestehen. Stark und zäh wie dieser Wolf vor seinem geistigen Auge würde er sein müssen. Er hielt das Tier in Gedanken bei sich, so lange er es vermochte und schlief schließlich ein, zusammengekauert in der Ecke seiner Zelle. Seine Zeit als Novize im Columbankloster hatte begonnen.

* * *

Abt Degenar betrat den Klosterhof, wo bereits Prior Walram und Bruder Wunhold mit den Tieren auf ihn warteten. Außer einem unscheinbaren Mönch, der hinter den Fremden das offenstehende Tor möglichst schnell wieder schließen sollte, war der Platz leer. Degenar sah sich um und betrachtete die hoch aufragenden Gebäude des Columbanklosters.

Prior Walram ließ seinen Blick ebenfalls aufmerksam an den Bauten entlangschweifen, als erwarte er dort etwas Bestimmtes zu sehen. Bruder Wunhold schnürte das letzte Bündel auf den Esel, dann war alles zur Abreise bereit. Degenar bestieg den hölzernen Sattel seines Pferdes und gab das Zeichen zum Aufbruch.

Der wartende Mönch am Portal schien ungeduldig und trat von einem Bein aufs andere. Degenar ließ die Pferde gemächlich den Hof hinabschreiten. Noch einmal blickte er um sich, als wolle er sich die Trostlosigkeit der Abtei einprägen. Es würde Ansporn genug sein, um Faolán und Konrad möglichst schnell wieder nach Hause zu hohlen.

Er blickte gerade auf ein Bauwerk in der Nähe des Torhauses, als dort an einem der oberen Fenster der hölzerne Verschlag von innen entfernt wurde. In den Schatten des dahinter liegenden Raumes zeichneten sich die Umrisse eines Mönches ab. Der Blick des Unbekannten war auf die Reisenden gerichtet, wenn auch sein Gesicht nicht zu erkennen war. Der Prior lenkte seine Aufmerksamkeit ebenfalls auf das Fenster. In diesem Augenblick nickte die Person im Schatten des Raumes. Sogleich sah Degenar zu Walram, war sich jedoch nicht sicher, ob der Prior dieser Gestalt ebenfalls mit einem leichten Nicken antwortete. War das ein Zufall? Erneut schaute Degenar nach oben. Doch die Person war bereits verschwunden und der Verschlag wurde an seinen Platz gebracht.

Degenar versuchte in Walrams Gesicht eine Regung zu erkennen. Der blickte wie versteinert auf das Portal, als habe er nichts gesehen. Auffällig war nur, dass der Prior von diesem Augenblick an die Gebäude nicht mehr mit seinen Blicken absuchte. Degenar beschlich ein ungutes Gefühl.

Langsam passierten die Reisenden die Pforte. Kaum außerhalb der Klostermauern, schloss der schwere Torflügel sich augenblicklich und wurde verriegelt. Still betete Degenar um genügend Kraft für die beiden Novizen und für ihre baldige Rückkehr. Er ahnte, dass diese geheimnisvolle Gestalt mit den Verbannten nichts Gutes im Sinn hatte und konnte nur hoffen, dass er schneller sein würde als dieser Mönch. Eile war geboten!

Svea wusste nicht, was in ihr vorging. Sie war unruhig, schon seit Tagen. Gemeinsam mit Alveradis saß sie vor der kleinen Kate auf der Lichtung und bearbeitete die frisch geernteten Kräuter. Der Eibenbaum spendete ihnen Schatten und die frühherbstliche Sonne stand an einem klaren Himmel. Obwohl die Temperatur angenehm war, fröstelte Svea es immer wieder. Es lag an einer inneren Kälte, die immer wieder in ihr aufstieg.

Alveradis hatte in den vergangenen Wochen die gedankliche Abwesenheit ihrer Schülerin bemerkt. Svea war nach anfänglich sehr aufgewühlten Tagen zunächst wieder ruhiger geworden. Die gewohnte Unbeschwertheit kehrte jedoch nicht wieder. Weder lachte sie wie früher, noch konnte sie die Schönheit und Vielfalt des Waldes genießen. Svea verhielt sich Alveradis gegenüber, wie sie es noch nie getan hatte: Sie war verschlossen.

Einige Male hatte die Kräuterfrau den Grund für Sveas Veränderungen zu erfahren versucht, doch das Mädchen war ihr stets ausgewichen. Alveradis war damit nicht zufrieden, und so versuchte sie auch an diesem Tag mit bedächtigen Worten die Gedanken ihrer Gehilfin zu ergründen: „Svea, mein Kind, du warst schon seit einigen Wochen nicht mehr auf dem Markt in Neustatt. Ist dort etwas vorgefallen, von dem du mir berichten möchtest?“

Svea schreckte aus ihren Gedanken auf. Mit großen Augen sah sie ihre Mentorin an. „Nein ... nein, es ist nichts vorgefallen. Alles ist wie gewohnt ...“

Alveradis wollte nicht so schnell aufgeben und forschte weiter: „Mir ist aufgefallen, dass deine Streifzüge durch den Wald seltener und kürzer geworden sind. Fürchtest du dich vor jemandem?“

„Nein ...“, antwortete Svea verhalten und schien in Gedanken fern der Lichtung zu weilen. Alveradis spürte, dass ihre letzte Bemerkung nahe an der Wahrheit lag. „Fürchtest du um jemanden?“, fragte die Weise schließlich sanft.

Die Frage ließ Svea in ihrer Tätigkeit innehalten. Ihr Blick blieb starr auf ihre Finger gerichtet, die die Kräuter fest umschlossen. Die Gedanken rasten durch ihren Kopf. Natürlich fürchtete sie um jemanden. Seit jenem Mittag am Weiher, als dieser Mönch aufgetaucht war, hatte sie Faolán nicht mehr gesehen. Es schien, als habe der Mann ihr den Liebsten entrissen.

Svea hatte geduldig bis zum nächsten Markttag gewartet und gehofft, Faolán in Neustatt oder spätestens am Weiher wieder zu sehen. Über nahezu zwei Wochen hatte sie dieses ungute Gefühl mit sich getragen, ohne zu wissen, was es bedeutete. Doch als am nächsten Markttag der beleibte Kellermeister ohne seinen Gehilfen in Neustatt erschien, wusste sie, wie sie es zu beurteilen hatte. Ohne zu überlegen war sie damals vom Markt gestürmt und erst wieder zur Ruhe gekommen, als sie nach Atem ringend vor den Toren des Klosters stand.

Es war das erste Mal, dass sie das Kloster sah. Das Tor war geschlossen und die unüberwindbaren Mauern reichten zu beiden Seiten soweit Svea sehen konnte. Sie wagte sich keinen Schritt näher. Stattdessen zog sie sich ins nahe Unterholz am Wegesrand zurück und beobachtete die Abtei. Dort saß sie lange, bis die Sonne sich dem Horizont neigte, doch nichts geschah. Erst dann verließ sie ihr Versteck, um zu Alveradis' Lichtung zurückzukehren.

So wartete sie viele Tage vor dem Tor des Klosters, ohne dass sich etwas ereignete. Selten öffneten sich die Torflügel, um eine Gruppe Kleriker zur Feldarbeit zu entlassen. Über Faolán konnte sie nichts in Erfahrung bringen, geschweige denn ihn sehen. Dass er allerdings in Schwierigkeiten steckte, daran hegte Svea keinen Zweifel. Meist harrte sie geduldig und verborgen im Unterholz aus und überlegte, wie sie Faolán helfen konnte. Einmal war sie sogar versucht, durch das offen stehende Tor zu laufen und Faolán zu suchen. Doch die Vernunft hielt sie zurück, denn was ihr bevorstünde, sollte sie im Kloster entdeckt werden, konnte sie sich in ihrer Fantasie ausmalen.

Am darauffolgenden Markttag suchte Svea Neustatt abermals auf. Der dicke Mönch war wieder allein zugegen, und für einen Moment überlegte sie, ihn auf Faolán anzusprechen. Erneut siegte ihre Vernunft, so sehr sie auch danach verlangte, über Faoláns Schicksal etwas in Erfahrung zu bringen. Zu groß war die Gefahr, dass er sie nicht ohne weiteres würde gehen lassen. Svea wusste, wie Mönche über Frauen dachten und es stand außer Frage, dass sie in ihr die Ursache für Faoláns vermeintlichen Irrweg suchen würden.

Svea atmete tief durch und dachte an den Novizen. Weshalb hatte sie ihn damals, als sie ihn zum ersten Mal gesehen hatte, nur angesprochen? Hätte sie ihm doch niemals das Schwimmen beigebracht. Hätte sie ihn doch bloß nicht geküsst. Es war ihre Schuld, dass er jetzt in Schwierigkeiten steckte.

Alveradis wiederholte mit sanfter Stimme die Frage und brachte Svea aus ihren Erinnerungen zurück. „Fürchtest du um jemanden, mein Kind?"

„Ja", lautete Sveas knappe, tonlose Antwort.

Stumm arbeitete Alveradis weiter und fragte erst nach einer Weile: „Möchtest du mir erzählen, um wen du dir Sorgen machst?"

Nicht schlüssig, was sie tun sollte, schwieg Svea zunächst. Doch das Vertrauen zu Alveradis war groß, und schließlich begann sie zu reden, wenn auch leise und mit großer Anstrengung. „Er heißt Faolán."

„Ein Junge also", stellte Alveradis nüchtern fest. Sie legte ihre Arbeit nieder, um ihre Aufmerksamkeit ungetrübt ihrer Gehilfin widmen zu können.

„Ich habe ihn in Neustatt kennengelernt", gestand Svea weiter.

„Das überrascht mich nicht."

Diese Aussage verwunderte Svea. Sie hatte nicht erwartet, dass Alveradis auf eine Offenbarung dieser Art vorbereitet war. Verwirrt sprach sie weiter: „Aber er lebt dort nicht, sondern kommt immer nur zu den Markttagen in die Stadt."

„Ist er der Sohn eines fahrenden Händlers?"

„Nein ...", antwortete das Mädchen verhalten. Jetzt, da sie es aussprechen wollte, bemerkte sie wie folgenschwer die ganze Angelegenheit von Anfang an gewesen war. Weshalb war sie damals nur so nachlässig gewesen und hatte es nicht sogleich bemerkt? „Er ist ein Novize aus dem Benediktinerkloster."

Alveradis schaute besorgt auf. Sie hatte mit einigem gerechnet, doch nicht mit einem solchen Geständnis. Sie wusste aus eigener Erfahrung, was es bedeutete, sich mit der Kirche anzulegen. „Langsam beginne ich zu verstehen, mein Kind ..."

Obwohl Svea nicht ihr leibliches Kind war, sah die Weise das Mädchen dennoch wie eine Tochter an. Sechs Jahre lebte Svea nun schon bei ihr und Alveradis fühlte sich seit dem Tod der leiblichen Mutter kurz nach der Geburt für das Mädchen verantwortlich. „Willst du mir nicht genauer berichten, was vorgefallen ist?"

Svea nickte und obwohl sie eine gewisse Erleichterung verspürte, sich jemandem anvertrauen zu können, brach sie mit einem Mal in Tränen aus. Die Heilerin nahm das Mädchen in den Arm und wiegte es sanft, bis die Tränen versiegten. Als Svea wieder sprechen konnte, begann sie zu erzählen. Sie schilderte ihre erste Begegnung mit Faolán auf dem Markt und endete mit ihrem Versteck vor dem Klostertor. Sie ließ nichts aus, nicht einmal, was sich unter der Wasseroberfläche des Weihers bei ihrem letzten Treffen angebahnt hatte. Sie wusste, dass Alveradis Verständnis dafür haben würde, schließlich war sie es gewesen, die Svea darüber aufgeklärt hatte.

Die Heilerin hörte geduldig zu und unterbrach die Schilderung nicht. Als Svea endete, schwiegen beide zunächst, eine jede in ihre Gedanken versunken. Erst nach einer Weile begann Alveradis zu sprechen, wobei sie jedes Wort sorgfältig abzuwägen schien. „Was ich dir jetzt sagen werde, mag dich womöglich tief in deinem Herzen verletzen. Dennoch sehe ich keinen anderen Weg, als dir folgenden Rat zu erteilen ..." Alveradis machte ein Pause, als fiele es ihr schwer, die folgenden Worte auszusprechen. „Du wirst diesen Jungen vergessen müssen."

Entsetzt starrte Svea Alveradis an. „Das kann unmöglich dein Ernst sein!"

Beruhigend legte die Weise eine Hand auf die Schulter ihrer Gehilfin und sprach behutsam weiter. „Ich weiß, wie du empfindest. Deine Gefühle schreien dir das Gegenteil zu. Doch wenn du auf deinen Verstand hörst, so wird er dir sagen, dass es für euch beide keinen gemeinsamen Weg geben wird."

„Weshalb soll ich auf das Flüstern meines Verstandes hören, wenn die Schreie meines Herzens viel lauter sind?", rief Svea irritiert mit tränenerstickter Stimme und sprang auf. Alveradis hatte ihr stets beigebracht, auf ihr Herz zu hören. Wie konnte sie jetzt dazu raten es zu ignorieren, es gar zu leugnen? Svea war verstört. Schließlich flüsterte sie mit zu Boden gesenktem Blick: „Mein Herz sagt mir, dass ich ihn liebe."

Alveradis erhob sich nun ebenfalls, versuchte auf Svea einzugehen. „Und glaubst du, dass er dich ebenso liebt?"

Svea nickte. „Ich glaube es nicht nur, ich weiß es!"

„Dieser Junge lebt in der Welt des Klerus'. Das Kloster ist seine Heimat, eine Bruderschaft seine Familie. Dort gibt es keinen Platz für diese Form der Liebe. Wenn seine Liebe zu dir tatsächlich so stark sein sollte, wie du sie beschreibst, so wird sie ihn ins Unglück stürzen."

„Das ist nicht wahr!", leugnete Svea zornig. Sie verstand die Welt nicht mehr. Wie konnte Alveradis ihr nur all diese schmerzvollen Dinge sagen? Stets hatte sie ihr beigebracht, dass die Liebe zu allen Lebewesen und Pflanzen das Leben zu einer Einheit zusammenfügte. Wie konnte ausgerechnet Faoláns Liebe ihn ins Unglück stürzen, wo sie doch das gleiche für den Novizen empfand?

„Svea, mein Kind, er ist ein Schüler der Mönche!", versuchte Alveradis noch einmal an die Vernunft des Mädchens zu appellieren. „Du hast von Anfang an gewusst, was das bedeutet. Ich habe dir erklärt, welche Sichtweise die christliche Lehre Frauen gegenüber einnimmt und welche Rolle Mönche in dieser Welt innehaben. Sie sind nicht dazu bestimmt, das Leben mit einer Frau zu teilen."

„Aber er ist doch noch gar kein Mönch und er beabsichtigt auch keiner zu werden ..." Doch dann erinnerte sich Svea daran, dass Faolán ihr einst verärgert genau das prophezeit hatte. Würde man ihn zum Gelübde zwingen, jetzt da dieser Mönch ihn mit Svea gesehen hatte?

„Auch wenn er noch kein volles Mitglied dieser Bruderschaft ist, so werden die Führer seines Ordens dennoch alles Erdenkliche unternehmen, um ihn auf den rechten Weg im Sinne Christi zurückzubringen. Alles andere würde in ihren Augen einem verlorenen Kampf gegen das Böse gleichkommen."

Svea begriff zwar, was Alveradis ihr nahelegte, doch sie wollte es nicht akzeptieren. Leugnend schüttelte sie den Kopf. „Ich verkörpere nicht das Böse!"

Alveradis atmete tief durch und ihre Stimme klang müde, als sie antwortete: „In den Augen der Mönche schon. Du hast einen ihrer Novizen verführt."

„Aber es ist doch gar nichts geschehen ...", versuchte Svea die Ereignisse im Weiher zu verharmlosen, obwohl sie genau wusste, zu was sie beinahe geführt hätten.

Die Heilerin hingegen brachte es nüchtern auf einen Punkt: „Du hast einen Novizen zum Baden verführt. Nackt! Du hast eine Lust in ihm geweckt, die Kleriker am liebsten ausgelöscht sähen. Mönche sind diesbezüglich sehr eigensinnig und am besten ist es, wenn du sie in diesem Punkt nicht zu verstehen versuchst. Ich glaube, sie tun es selbst nicht."

„Aber predigen sie nicht stets die Liebe? Wie können sie diese Form der Liebe ablehnen und verteufeln?", fragte Svea verzweifelt.

„Mönche kennen nur die Nächstenliebe. Jegliche andere Form setzen sie oft mit Lust gleich, die sie angeblich nur von ihrem Weg abzubringen droht. Ein Irrglaube, wenn du mich fragst. Doch um das zu verhindern, verhängen sie harte Strafen gegen den sogenannten Sünder, selbst bei Novizen."

„Und deshalb könnte Faoláns Liebe zu seinem Verhängnis werden? Aber das ist ungerecht!", rief Svea ernüchtert und entsetzt zugleich.

„Über die Gerechtigkeit entscheiden die Mächtigen und sie ist in dieser Welt nicht immer gefragt, mein Kind!", gab Alveradis mit verbitterter Stimme zu bedenken, als habe sie es schon am eigenen Leib erfahren.

Tränen sammelten sich erneut in Sveas Augen. „Was … was wird nun aus Faolán? Was werden sie mit ihm machen?“

„Ich weiß es nicht“, antwortete Alveradis leise. „Niemand weiß es. Er ist diesen Mönchen ausgeliefert!“

Wütend wich Svea einige Schritte zurück und wischte sich die Tränen aus dem Gesicht. Die Heilkräuter in ihren Händen waren inzwischen nur noch grüne, zermalmte Fasern. „Niemand wird ihm jemals helfen können. Nicht einmal ich, ganz gleich, welche wundersamen Fähigkeiten ich besitzen mag. Ich verfluche sie. Ohne sie wäre ich besser dran! Was nützt mir die Gabe des Gesichts und meine Visionen, wenn ich sie jetzt nicht zum Guten verwenden kann?“

Wütend schaute Svea sich nach allen Seiten um, als suche sie nach Hilfe. Schließlich schrie sie Alveradis an, als sei die Heilerin für Faoláns und ihre Situation verantwortlich. „Ich verfluche sie und will nichts mehr mit ihnen zu tun haben! Ich hasse diese Visionen, ich kann sie nicht mehr ertragen!“

„Ich weiß, mein Kind, ich weiß. Doch du wirst lernen, damit umzugehen“, versuchte Alveradis ihre Schülerin zu beruhigen.

„Nein, ich will es nicht lernen. Ich will all das nicht mehr sehen müssen!“, rief Svea entschieden. „Ich möchte diese Fähigkeiten nicht, wenn sie mir nur Unheil bringen! Die Vision am Weiher hat nur Verderben hervorgebracht.“

Alveradis wollte das Missverständnis richtig zu stellen. „Es sind nicht die Visionen, die Gefahren heraufbeschwören. Sie warnen dich aber davor, sofern du ihre Zeichen zu deuten verstehst. Sie sind nur Vorboten.“

„Ich will diese Vorboten nicht mehr haben!“, schrie Svea verzweifelt. Tränen liefen über ihre Wangen und sie entfernte sich abermals einige Schritte von Alveradis. „Ich will diese Gabe nicht mehr haben. Soll sie doch jemand nehmen, der besser mit ihr leben kann. Ich bin es leid nur Unheil zu sehen!“

„Sieh darin die Möglichkeit, das Unheil abzuwenden“, hoffte Alveradis Svea zu überzeugen, doch es war vergeblich. Achtlos ließ Svea die Kräuter fallen und lief fort, ohne sich noch einmal umzusehen.

Alveradis streckte die Hand nach ihr aus, als könne sie ihre Schülerin noch aufhalten. „Svea! Svea … warte …“

Doch das Mädchen hörte nichts mehr. Svea stolperte weinend durch die Hecke am Rande der Lichtung und lief dann weiter durch den Eichenwald, ohne zu wissen, wohin sie sich wenden sollte. Sie rannte, wie sie schon einmal wegen Faolán blindlings gerannt war. Diesmal allerdings kam sie nicht vor dem Kloster zur Besinnung, sondern am Waldesrand nahe Neustatt.

Als sie begriff, wo sie war, sackte sie auf einem Stein zusammen. Da erinnerte sie sich, dass sie schon einmal unter Tränen an diesen Ort gelaufen war. Damals hatte sie vor ihrem Vater die Flucht ergriffen und war weinend unter einem Baum niedergesunken. Heute war sie wegen Faolán und der Mönche weggelaufen. Svea stellte fest, dass sie schon viel zu oft vor irgendetwas davongelaufen war. Kaum tauchten Schwierigkeiten auf, nahm sie Reißaus. Es gab in Neustatt sicher noch mehr Väter, die ihre Hand gegen die eigenen Kinder erhoben. Doch Schläge schienen für andere Mädchen kein Grund zum Davonlaufen zu sein. Nur Svea hatte geglaubt, es sich nicht bieten lassen zu müssen und war geflohen. Vielleicht hätte sie ihren Vater und seine Hiebe weiter ertragen sollen, statt bei Alveradis Zuflucht zu suchen.

Und jetzt war sie wegen dieser Mönche und deren erhobenen Hand davongelaufen. Eine Hand, die nicht gegen sie, sondern gegen Faolán gerichtet war. Weshalb sie ausgerechnet nach Neustatt gerannt war, konnte sie sich nicht erklären. Vielleicht weil es den Weg zum Markt und damit zu Faolán bedeutete? Nein, dann hätte sie auch den Weiher aufsuchen können. Weshalb also war sie hier?

Ohne eine Antwort raffte Svea sich schließlich auf, wischte sich trotzig die Tränen von den Wangen und ging weiter auf Neustatt zu. Vor dem Tor reihte sie sich bei einigen Bauersleuten ein, die auf dem Weg in die Stadt waren, und gab vor, zu ihnen zu gehören. Wie gewöhnlich bemerkten die Wachleute nichts, und so lief sie schon bald durch die Straßen der schnell wachsenden Stadt, die einst ihre Heimat gewesen war.

In der Nähe ihres Vaterhofes blieb sie im Schatten eines Hauses stehen und beobachtete das kleine, schäbige Gut eine Weile. Hin und wieder sah sie ihren Bruder Brun, der zwischen dem Haus und den Schweinekoben einher ging. Dann tauchte auch der kleine Zacharias auf, ihr Halbbruder. Er musste inzwischen fast sechs Jahre alt sein und obwohl er unverkennbar Gerthas Sohn war, beobachtete sie den Knaben oft heimlich, wenn sie in Neustatt war. Seiner Mutter hatte Svea nie verziehen, dass sie Ulf gegen die eigene Tochter aufgewiegelt hatte. Ein Lächeln umspielte ihre Lippen, als sie Zachi, wie sie ihn liebevoll in Gedanken nannte, im Hof umherlaufen sah. Sie war froh, dass der Knabe so lebhaft seinem älteren Bruder nacheiferte. Am liebsten wäre sie zu ihnen gelaufen und hätte beide in die Arme geschlossen, doch sie wagte nicht, den väterlichen Hof zu betreten. Sie war ohnehin nicht ihretwegen nach Neustatt gekommen.

Weshalb war sie hier? Gedankenverloren lief sie weiter durch die staubigen Straßen der Stadt. Ohne dass sie es bemerkte, gelangte sie auf den Marktplatz, der heute nahezu leer war. Betriebsamkeit herrschte einzig in der Nähe der Kirchenbaustelle. Sowohl Handwerker wie auch Bewohner der Stadt waren dort emsig und es herrschte eine andere Stimmung als an einem Markttag. Svea betrachtete die Linde, unter deren Blätterdach stets der Klosterwagen stand und der Kellermeister seine Waren feilbot. Heute war dieser Platz allerdings leer.

Faolán war nicht hier und Sveas Herz fühlte sich mit einem Mal leer an. Es fühlte sich tot an. Ja, es fühlte noch nicht einmal mehr. Selbst den Schmerz nicht, den sie noch bei Alveradis' Rat empfunden hatte. Wie sollte sie Faolán nur vergessen können? Er war alles, wonach sie sich sehnte. Und doch schien ihr Herz in diesem Augenblick ohne jegliche Leidenschaft zu sein und konnte selbst für ihn nichts mehr empfinden. Svea war verwirrt. Könnte ihr Schmerz so groß sein, dass er selbst die Gefühle in ihrem Herzen zu töten vermochte? Selbst die Liebe zu Faolán? Svea wusste es nicht, doch ihr Verstand schien in diesem verzweifelten Ringen die Oberhand zu gewinnen.

Wollte sie überleben und wollte sie Faolán nicht weiter schaden, so musste sie ihn vergessen. Alveradis hatte Recht. Doch so einfach, wie die Kräuterfrau es gesagt hatte, würde sich das nicht bewerkstelligen lassen. Im Moment schien es in Sveas Augen noch eine unüberwindbare Aufgabe zu sein. Doch die Zeit könnte ihr dabei helfen, die Wunden in ihrem Herzen zu heilen. Oder konnte ihr sonst noch jemand beistehen?

Verzweifelt blickte sie an der neuen Kirche empor. Ob sie dort Hilfe finden würde? Viele Menschen wandten sich in ihrer Not an den allmächtigen Gott oder einen seiner Priester. Doch wenn er so allmächtig war, weshalb half er nicht Faolán? Schließlich diente er diesem Gott. Dann besann sie sich. Nein, hier würde sie keine Hilfe finden, denn es waren ja auch die Gottesdiener gewesen, die Faolán und sie in diese Lage gebracht hatten.

Unschlüssig, welches der richtige Weg war, schritt sie weiter auf die Baustelle zu, den Blick immer noch nach oben gerichtet. Als sie nahe genug war, hob sie geistesabwesend einen Stein vom Boden auf. Wie in einem Traum betrachtete sie ihn und versuchte zu begreifen, weshalb sie ihn in der Hand hielt. Noch einmal blickte sie zur Kirche. Viele Handwerker waren dort zugange, aber niemand schien sie zu bemerken. Alle waren darauf ausgerichtet, dieses mächtige Bauwerk zu Ehren Gottes zu errichten. Ein Gott, der zuließ, dass Faolán und sie nicht mehr zusammen sein durften.

Was für ein Gott war das? Unbarmherzig und voll der Rache, weil er glaubte, Svea wollte ihm einen seiner Diener rauben? Groll stieg in dem Mädchen empor. Es dauerte nicht lange und Svea sah in dem Kirchenbau die Verkörperung der Ursache ihres Leids. „Verflucht sollt ihr alle sein", flüsterte Svea und holte weit aus. Sie warf den Stein auf die Außenwand des Gotteshauses, von der er abprallte und zu Boden fiel.

Mehrere Handwerker schauten auf, um zu sehen, wer diesen Stein geworfen hatte. Sie mussten nicht lange suchen, denn Svea hatte in ihrem Zorn weitere Steine aufgeklaubt und warf sie nun in kurzen Abständen nach der Baustelle. Mit jedem Wurf wurden ihre Worte wütender und lauter, bis sie schließlich diesem Bauwerk lauthals ihre Verzweiflung entgegen schrie.

Erst als Svea keine Steine mehr in der Hand hielt, ernüchterte sie. Gerade noch rechtzeitig um zu begreifen, dass die herbeieilenden, laut rufenden Männer sie zu ergreifen trachteten. Blitzschnell wandte Svea sich um und begann zu laufen. Sie schlug ein paar Haken, um den Stadtbewohnern, die den Handwerkern von allen Seiten zur Hilfe eilten, aus dem Weg zu gehen. Die Verfolger waren jedoch allesamt zu langsam. Svea lief, bis sie den alten Palisadenwall erreicht hatte. Erst dort hielt sie kurz inne und schaute sich um. Die Männer hatten die Jagd offensichtlich aufgegeben. Doch was wäre geschehen, hätten sie die Schänderin ihres Gotteshauses ergriffen? Weshalb hatte Svea sich nur dieser Gefahr ausgesetzt? Sie wusste genau welche Konsequenzen es hatte, sich gegen die Kirche und gegen Gott zu erheben. Ein kalter Schauer lief ihr über den Rücken, denn durch ihre Dummheit hätte sie sich beinahe in die gleiche Situation wie Faolán gebracht.

„Oh Faolán, was geschieht nur mit mir?", fragte Svea so verzweifelt, dass ein vorübergehender Bauer sich staunend nach ihr umsah. Sie beachtete ihn nicht und lief weiter zum Stadttor. Das Mädchen verstand die Welt nicht mehr. Am liebsten würde Svea all die Ereignisse der letzten Wochen ungeschehen machen, doch diese Macht besaß niemand. Sie wünschte sich zurück zum Weiher, mit Faolán und der Unbeschwertheit des Sommers. Damals war alles viel einfacher. Damals war alles gut.

Damals ...

Doch heute waren die Gegebenheiten anders. Heute hatte die weise Alveradis ihr geraten, Faolán zu vergessen. Heute hatte Svea ihre Stimme gegen

Gott in einer gottgefälligen Stadt erhoben. Mit einem Kopfschütteln versuchte Svea, diese Gedanken aus ihrem Kopf zu vertreiben, und versuchte noch schneller zu laufen, als könne sie dadurch alles hinter sich lassen und vergessen. Sie stürmte durch das neue Stadttor und rannte über die Wiesen in den Wald hinein. Dorthin, wo es keine Männer, keine Mönche, keine Kirche und auch keinen Gott gab, der sie ins Unheil stürzen könnte.

Erschöpft erreichte sie Alveradis' Lichtung. Die Sonne war längst untergegangen und die Dämmerung weit vorangeschritten. Die ersten Sterne waren bereits deutlich am Himmel zu sehen. Das Mädchen blieb stehen und schaute sich um. Die Heilerin war nicht zu sehen. Svea erinnerte sich an das Gespräch mit der weisen Frau und wusste nur allzu gut, was sie Alveradis gegenüber gesagt hatte. Auch, dass sie ihre Gabe des Gesichts verflucht hatte. Svea bemerkte, dass sie dies nicht bereute. Alveradis würde diese Ablehnung ihrer Fähigkeiten sicherlich getroffen haben und Svea fragte sich, ob sie jetzt ohne weiteres die Hütte betreten und der Kräuterfrau begegnen konnte.

Svea überwand diese Zweifel und öffnete schließlich die Tür. Alveradis hieß sie willkommen, als sei nicht das Geringste vorgefallen. Trotz der gewohnten Herzlichkeit blieb Svea für den Rest des Abends schweigsam. Sie trank eine Schale mit heißer Brühe und begab sich dann auf ihr Schlaflager, ohne ein Wort mit Alveradis zu wechseln. Stattdessen jagte ein Gedanke den anderen und sie wusste nicht, wie sie ihnen Einhalt gebieten konnte.

Schließlich brach sie mit unsicherer Stimme das Schweigen.

„Alveradis, wirst du mir dabei helfen?"

Die Kräuterfrau atmete tief durch und schien erleichtert, als sie antwortete: „Wobei auch immer, du kannst auf meine Hilfe zählen, Svea."

Daraufhin wandte sich das Mädchen der Heilerin zu. Ihre Frage klang unsicher, als verstünde sie selbst nicht, was in ihr vorging. „Kann man ... kann eine Frau den Verstand wegen eines Mannes verlieren?"

„Meinst du, ob du nicht mehr klar denken kannst wegen eines Mannes?", versuchte Alveradis herauszufinden und Svea erzählte ihr mit wenigen Worten, was auf dem Marktplatz in Neustatt vorgefallen war. Besonnen fuhr die Alte fort: „Deine Sinne können benebelt sein, wenn dein Herz voll Trauer ist. Deine Zunge kann eine andere Sprache sprechen, wenn dein Verstand den Schmerz nicht überwinden kann."

„Aber ... wirst du mir dabei helfen ... meinen Schmerz ... zu überwinden? Kannst du ... kannst du mir helfen ... Faolán zu ... zu vergessen?", flüsterte Svea mit erstickter Stimme.

Alveradis setzte sich zu Svea auf das Lager nieder. Sanft strich sie dem Mädchen über das rote Haar und sprach mit liebevoller Stimme. „Soweit es in meiner Macht steht werde ich dir dabei helfen, mein Kind." Obwohl die Worte tröstend waren, begann Svea zu weinen. Alveradis legte den Arm um sie und hielt sie, bis Schlaf das Mädchen endlich beruhigte.

* * *

Es schien, als schwebe sie über dem Wasser. Svea wusste nicht, wie sie es vollbrachte, doch sie schwebte über der See, die ruhig unter ihr lag. Es war Nacht, alles um sie herum war dunkel. Selbst die Sterne am Firmament waren nur trübe zu erkennen. Dennoch: Etwas spendete Licht und als Svea ihren Blick nach vorne richtete, sah sie in einiger Entfernung eine Hafenstadt auf einer Insel in Flammen stehen. Nicht alle der dicht beieinanderstehenden Häuser brannten, doch ein Großteil hatte bereits Feuer gefangen.

Ohne erkennbare Ordnung rannten einige Menschen am Hafen einher und versuchten Wasser zu schöpfen, doch ihr Kampf gegen die Feuersbrunst war aussichtslos. Die meisten Menschen wiederum begriffen die drohende Vernichtung durch die Flammen und versuchten so viel wie möglich ihrer Habe mit den Schiffen und Booten zu retten, die noch unversehrt im Hafen lagen.

Ein großer Drang zu helfen überkam Svea, doch so sehr sie sich auch bemühte: Sie schwebte weiterhin regungslos über dem Wasser und war dazu verdammt, zuzusehen, wie das Unheil seinen Lauf nahm.

Da erst bemerkte sie, dass sie keine Geräusche wahrnahm. Weder die Schreie der Menschen noch das Brüllen des Feuersturmes. Kein Laut war zu vernehmen, obwohl sie nicht allzu weit vom Geschehen entfernt war. Svea selbst versuchte zu rufen, doch ihrer Kehle entstieg kein Laut. Furcht kroch langsam in ihr empor.

Tatenlos musste sie mit ansehen, wie die Flammen immer höher schlugen. Dunkler Rauch stieg in einer mächtigen Säule über der Mitte der Stadt in den roten Himmel auf. Sveas Blick folgte dem Qualm, der sich hoch über der Stadt plötzlich auszubreiten begann und sich wieder absenkte. Ängstlich und fasziniert zugleich beobachtete sie das Schauspiel, bis sie feststellte, dass sich der Rauch zu einer Gestalt formte. Je länger Svea hinsah, umso deutlicher wurde diese Form: Es war der Kopf eines Wolfes, dessen leere Augen von der Glut des Feuers erfüllt wurden. Sein Maul war weit geöffnet und der Schlund waren lodernde Flammen, die Zähne tödliche Säulen aus Rauch.

Svea starrte entsetzt auf diesen Dämon des Himmels, der sich über die Siedlung zu senken und sie zu verschlingen drohte. Doch dann begriff sie, dass dieser Unheilsbringer nicht die Stadt, sondern sie anstarrte. Die Furcht in Svea wurde immer größer und sie versuchte davonzulaufen. So sehr sie sich abmühte und in Gedanken darum flehte, es blieb ohne Erfolg. Sie schwebte weiterhin regungslos über dem Wasser.

Der Wolf hingegen begann sich auf sie zuzubewegen. Zunächst nur langsam, dann immer schneller. Je näher er Svea kam, umso größer schien sein Maul zu werden. Sie versuchte um Hilfe zu schreien, brachte jedoch keinen Laut hervor. Und dann wurde sie vom Rauch überrollt und der Wolf verschlang sie mit seinem feurigen Rachen ...

Die vier Wände seiner Büßerzelle waren das Einzige, was Faolán in den ersten Wochen im Columbankloster zu sehen bekam. Im Gegensatz zum Büßerhaus des Benediktinerklosters gab es in dieser Zelle noch nicht einmal ein Loch im Boden für seine Ausscheidungen. Lediglich ein hölzerner Bottich mit einem Deckel diente zur Verrichtung der Notdurft, und dieser wurde nur hin und wieder geleert. Kot und Urin sammelten sich tagelang darin, doch Faolán nahm den herrschenden Gestank gar nicht mehr wahr. Wahrscheinlich roch er selbst inzwischen wie der Inhalt des Kübels, dachte er sich. Wie abscheulich es in der Zelle stank, konnte er nur erahnen, wenn er die Gesichter der stummen, namenlosen Novizen beobachtete, die ihm wechselnd täglich Brot und Wasser brachten.

Immerhin wurde zu dem Krug Wasser auch ein Stück Brot beigelegt, wenn es auch von schlechter Art war. Während Gewürze und Salz nur spärlich hinzugegeben wurden, schien der Müller für andere Beigaben im Mehl zu sorgen. Immer wieder fand Faolán kleine Steinchen oder andere Fremdkörper im Brot, die ungenießbar waren. Es hätte ihn nicht gewundert, wenn er eines Tages gar eine tote Maus darin gefunden hätte. Ob das dann ein Anlass zur Freude oder zum Ärgernis gewesen wäre, darüber war er sich allerdings nicht im Klaren.

Solche Gedanken waren jedoch nur eine dürftige Ablenkung in der klammen Zelle, in die der nasskalte Herbst ebenso Einzug hielt wie in die bewaldeten Lande jenseits der Mauern. Die Kälte vernichtete selbst das letzte Gran Hoffnung, das Faolán noch gehegt hatte. Sogar das Bild des weißen Wolfes, das er Tag für Tag aufs Neue vor seinem inneren Auge heraufbeschwor, wurde zusehends schwächer. Je kraftloser er wurde, umso blasser war auch diese Erscheinung.

Faolán war inzwischen abgemagert. Er hatte noch nie zur Fettleibigkeit geneigt, sonst hätte er jetzt vielleicht davon zehren können. Es dauerte nicht lange, bis sich seine Knochen immer deutlicher unter dem schwindenden Fleisch abzeichneten. Hätte er nackt an sich herabgeblickt, so hätte er sich nicht wiedererkannt. Doch selbst dazu war er zu schwach.

Jede Bewegung war zu einer qualvollen Anstrengung geworden. Aus diesem Grunde blieb Faolán meist den ganzen Tag auf dem Boden seiner Zelle liegen und wartete, bis sich die Tür öffnete und die Tagesration hereingereicht wurde. Dann schleppte er sich zur Schale mit dem Brot, und es dauerte oft sehr lange, bis er das Stück gekaut und mit einem Schluck Wasser hinuntergespült hatte. Manchmal war das Brot so hart, dass er es erst im Wasserkrug einweichen musste, ehe es überhaupt essbar war.

Faolán hoffte, dass Konrad in der Zelle nebenan diese Tortur besser überstehen würde als er. Die Verfassung seines Freundes war für gewöhnlich um einiges besser als seine eigene. Vielleicht würde ja Konrad ihren Peinigern zeigen, dass sie nicht so leicht zu unterjochen waren. Diese verzweifelte Hoffnung schwand jedoch mit jedem weiteren Tag.

Faoláns Blick wanderte entlang der Wände, hinauf zu dem schmalen Schlitz, den man kaum als Fenster bezeichnen konnte. Es fiel gerade genug Licht in die kleine Kammer, um sie bei Tage dämmrig trüb zu erhellen. Dieses Dämmerlicht entsprach inzwischen auch dem Geisteszustand des Novizen. Immer häufiger war sein Verstand getrübt. Manchmal verschwammen Tag und Nacht so ineinander, dass Faolán nicht wusste, ob er träumte oder wachte. Manchmal glaubte er sogar, der weiße Wolf läge tatsächlich neben ihm und er müsse nur die Hand ausstrecken, um ihn zu berühren. Doch allein den Arm zu heben war ihm bereits zu beschwerlich.

Umso verwirrter war Faolán, als plötzlich grelles Licht den sonst so dunklen Raum erhellte. Unter großer Willensanstrengung drehte er sich langsam zur Tür hin. Das Licht blendete ihn, doch er zwang sich, weiter hinzusehen. Die Tür stand weit offen! Sie schien ihm wie ein gleißend heller Durchgang inmitten der dunklen Wand zu sein, die verlockende Freiheit verhieß und für Faolán dennoch unüberwindbar war. Zu kraftlos war er, als dass er sich hätte aufraffen und hindurchgehen können.

Zunächst geschah nichts weiter, und Faolán wurde stutzig. Kein Novize erschien, um Nahrung zu bringen oder um den Kübel mit Exkrementen zu entleeren. Trotz seiner Schwäche begann Faolán, sich mühselig aufzurappeln. Es war kein Laut zu vernehmen. Er versuchte, sich zur Tür zu schleppen, doch Arme und Beine versagten ihm den Dienst und er brach wieder zusammen.

Ungläubig starrte der Novize erschöpft in die grelle, blendende Freiheit, unfähig, der Verlockung zu folgen. In diesem Augenblick erschien eine dunkle Gestalt im strahlenden Licht. War es ein Engel? Ein Verkünder seiner persönlichen Apokalypse?

„Entkleide dich!“, befahl eine unbekannte Stimme, die nach all den Wochen des Schweigens und der Stille schmerzvoll in Faoláns Ohren dröhnte.

Sie drang ohne Erbarmen in seinen Schädel, der wegen des ungewohnten Lärms zu bersten drohte.

Obwohl kraftlos auf dem Steinboden liegend, versuchte der Novize der Anweisung Folge zu leisten. *Gehorsam lautet das oberste Gebot in dieser Abtei,* hatte er sich in den letzten Wochen immer wieder gesagt, so dass er diesem Gebot tatsächlich gerecht werden musste. Er wusste zwar nicht, wie er es vollbracht hatte, doch als Nächstes begriff er, dass er sich stehend das schmutzige Büßerhemd über den Kopf zog und zu Boden gleiten ließ. Als er wieder zur Tür blickte, war die Gestalt verschwunden.

Nackt und frierend wartete Faolán. Seine Sinne waren benebelt und er konnte keinen klaren Gedanken fassen. Das Stehen war zermürbend und seine Beine begannen zu zittern, aber er wagte nicht, sich auf den Boden zu setzen. Mit Mühe hielt er sich aufrecht und seine Augen offen, doch die Kammer schien sich um ihn zu drehen und drohte über ihm zusammenzustürzen, ihn zu zermalmen und auf ewig unter den Trümmern zu begraben.

Da erschien die Gestalt erneut in der Tür. Wortlos schritt sie mit einem Eimer in der Hand auf Faolán zu. Der Novize versuchte zu verstehen, was vor sich ging, doch erst als sich das eiskalte Wasser über ihn ergoss, begriff er und fand zugleich schlagartig seinen Verstand wieder. Mit aufgerissenen Augen schnappte er nach Luft und hoffte, dass sein Herz nicht stehen bleiben würde.

Der Mönch, der den Kübel über ihm entleert hatte, verschwand wieder. Hellwach und fröstelnd blieb Faolán in der Zelle zurück. Das gleißende Licht wich in seinem klaren Verstand dem Bild eines erleuchteten Flures jenseits der Tür. Als der Mönch ein drittes Mal erschien, warf dieser dem Novizen ein Bündel zu und sprach: „Zieh das an und folge mir!“

Dankbar und erleichtert stellte Faolán fest, dass es sich bei dem Bündel um ein dickes, winterliches Novizenhabit handelte. So flink es ihm seine zitternden Gliedmaßen erlaubten, streifte er es über und war froh, das grobe und kratzende aber immerhin wärmende Leinen auf seiner Haut zu spüren. Mit großer Willensanstrengung brachte der Novize seine Beine dazu, sich zu bewegen und trat aus der Zelle. Einen Augenblick später trat wenige Ellen neben ihm noch eine weitere Gestalt auf den Flur.

Es war ein abgemagerter Jüngling mit zerzaustem Haar, schleppendem Gang und ebenfalls in ein Novizenhabit gekleidet, den Faolán nicht kannte. Er schaute den Unbekannten genauer an und erschrak, als er begriff, dass Konrad vor ihm stand. Sein Freund war in den vergangenen Wochen ebenso karg verköstigt worden wie er, und das Resultat dieser Pein sah Faolán jetzt vor Augen. Konrads Gesicht war eingefallen, die Haut lag dicht an den Knochen und seine Haltung war gebeugt. Er begrüßte Faolán mit einem dünnen Lächeln, das dieser unsicher erwiderte. Dann drehte sich Konrad dem wartenden Mönch zu. Offensichtlich hatte auch er sich Degenars abschließende Worte zu Herzen genommen und schien sich den Regeln der Abtei fügen zu wollen.

Der Bruder hielt es nicht für notwendig, den beiden Novizen seinen Namen zu nennen. Stattdessen machte er kehrt und führte sie zügig durch die Abtei, so dass die beiden Mühe hatten, Schritt zu halten. Dabei erklärte er ihnen mit knappen Worten die Funktionen der einzelnen Bauten und den Tagesablauf sowie die Regularien der Gemeinschaft. Zu keinem Zeitpunkt verlor er ein Wort über Buße oder Sühne. Er sprach die beiden Novizen auch nicht auf ihre begangenen Taten an. Vielmehr behandelte der Mönch sie wie zwei gewöhnliche Jünglinge, die in das Noviziat aufgenommen werden sollten und die er soeben vom Tor abgeholt statt aus den Büßerzellen entlassen hatte.

Der Kleriker nahm keine Rücksicht auf die körperliche Verfassung der beiden Novizen. Weder verlangsamte er seinen Gang, noch sprach er sie direkt an. Es war ihm offensichtlich gleichgültig, ob die beiden auch nur ein einziges seiner Worte verstanden, denn er sprach undeutlich und monoton vor sich hin. Faolán und Konrad hatten Mühe, sich darauf zu konzentrieren, ohne den Anschluss zu verlieren. Einzig als der Bruder die wichtigsten Regeln des Klosters rezitierte, blieb er stehen und sprach die Novizen direkt und gut verständlich an.

Bei diesen Regeln handelte es sich hauptsächlich um Gehorsam, Achtung und Respekt, vor allem älteren Mitbrüdern gegenüber. Ein betagter Mönch hatte einem jüngeren gegenüber grundsätzlich immer Recht, selbst wenn er im Unrecht sein sollte! Strenge und Härte waren zwei weitere Prinzipien der Abtei, sowohl gegenüber anderen als auch gegen sich selbst. Die ideologischen Grundfesten dieser Gemeinschaft erschienen Faolán so simpel und gnadenlos aufgebaut, dass er schon jetzt bezweifelte, sich je daran halten, geschweige denn gewöhnen zu können.

Die Regeln kamen Faolán teilweise derart aberwitzig vor, dass er sich fragte, ob er sie falsch verstand. Konrads Blicken und den klaren Worten des Mönches nach zu urteilen, entsprach es jedoch der nüchternen Realität. Zunehmend begriff er, dass Abt Degenars Forderung, sich in dieses Kloster zu integrieren, einer kompromisslosen Selbstaufgabe gleichkam. Nichts anderes erwarteten die Regularien dieser Bruderschaft.

Die Älteren dieser Abtei ließen keinerlei Spielraum für Freisinn. Wer dem Gehorsam nicht nachkam, wurde mit aller Härte bestraft. So lauteten die Regeln und so wollte es Abt Umbert. Novizen zählten aufgrund ihrer wenigen Lebensjahre zu den niedersten Angehörigen dieser Gemeinschaft. Sie hatten keinerlei Rechte in diesem Kloster und ihnen blieb nichts anderes als Pflichterfüllung und Ergebenheit.

Zum Abschluss seiner Führung durch das Kloster und der Erläuterung der wichtigsten Regeln brachte der Mönch die beiden Jünglinge in den Schlafsaal. Dort nächtigten sowohl Brüder als auch Novizen. Er wies jedem ein Lager zu, das aus einem schlichten Bretterrahmen bestand, der dürftig mit Stroh ausgelegt war. Obenauf lag ein graues Leintuch, das nicht einmal groß genug war, um das Stroh komplett zu überdecken.

Mit knappen Worten gebot der Bruder den Novizen, hier zu warten, bis sich ein anderer Mönch um sie kümmern würde. Daraufhin ließ er die beiden Freunde allein und schloss die Tür zum jenseitigen Arkadengang.

Faolán konnte sich nicht mehr erinnern, wann er das letzte Mal mit Konrad ungestört gewesen war. Es war eine Ewigkeit her, irgendwann, in einem anderen Leben. Obwohl sie jetzt ungehindert miteinander hätten sprechen können, wagte es dennoch keiner der beiden, sich zu regen oder gar einen Ton von sich zu geben. Noch immer schwebten die Worte des eben verschwundenen Mönches im Raum, die eine Unzahl von Strafen für jegliches Fehlverhalten beinhalteten.

Nach einer Weile ließ sich Faolán kraftlos auf die Kante des ihm zugewiesenen Holzrahmens nieder. Es war ihm in diesem Augenblick gleich, ob er damit gegen eine Regel des Klosters verstieß und eine Strafe heraufbeschwor. Er konnte sich schlichtweg nicht mehr auf den Beinen halten. Konrad folgte seinem Beispiel und setzte sich auf das Gestell gegenüber. Eine Weile saßen sie nur da und schauten sich an.

Schließlich begann Konrad zu lächeln, räusperte sich und fragte mit gespieltem Frohsinn: „Wie geht es dir, werter Freund?“

„Ganz gut, denke ich“, antwortete Faolán matt.

„Du siehst schlecht aus. Ganz schwach und so dürr …“, bemerkte Konrad mit ironischem Tonfall, wobei er seine ohnehin schon eingefallenen Wangen noch weiter einzog.

„Wahrscheinlich schaust du gerade in dein Spiegelbild…“, entgegnete Faolán, während er entmutigt ein paar Strohhalme aus dem Bett zog und zerbrach.

Konrad nickte und tastete sein Gesicht ab. Faolán beobachtete ihn dabei und in Gedanken malte er sich aus, wie er selbst wohl aussehen mochte. Sicherlich noch hagerer und kraftloser als sein Freund, der immerhin genug Elan für eine scherzhafte Bemerkung aufbringen konnte.

Betrübt ließ er den Kopf hängen. Am liebsten würde er sich einfach auf sein Strohlager fallen lassen, so erschöpft war er. Müde schloss er seine Augen.

Da bemerkte er etwas, tief in seinem Inneren. Es war klein und er konnte nicht sofort erkennen, was es war. Doch dann begriff er: Es war eine winzige Flamme. Er hatte sie vor langer Zeit entzündet und dabei einen Schwur geleistet. Und als er sich an diesen Schwur erinnerte, tauchte der weiße Wolf wieder vor seinem geistigen Auge auf, klar und deutlich. Das Tier lag zunächst nur da, wie so viele Tage in der Büßerzelle. Dann sprang es jedoch auf und blickte wachsam in alle Richtungen.

Faolán öffnete seine Augen. Mit erhobenem Haupt saß er auf der Kante seines Lagers und fasste einen Entschluss. „Wir werden es meistern!“, stieß er energisch zwischen seinen Zähnen hervor.

Verwirrt blickte Konrad auf. „Was meinst du damit?“

„Diese Herausforderung, diese Verbannung“, gab Faolán trotzig zu verstehen. „Degenar hat dir zum Abschied sicherlich die gleichen Worte gepredigt wie mir.“

„Ja, nicht aufsässig zu sein, sich demütig zu geben und den Regeln des Klosters zu gehorchen“, gab Konrad monoton wieder, während er eine leiernde Handbewegung machte.

Faolán nickte nur und fuhr fort: „Ich hatte inzwischen viel Zeit, darüber nachzudenken, und mir ist eines klar geworden: Sie dürfen uns nicht brechen. Wir müssen so lange durchhalten, bis Abt Degenar beim Bischof etwas erreicht und uns hier rausholen kann.“

„Wenn wir nicht vorher aus diesem Verlies geflohen sind!“, entgegnete Konrad bestimmt.

„Bist du irrsinnig?“, zischte Faolán entsetzt. Er starrte Konrad an, als könne er nicht glauben, was er soeben vernommen hatte. „Dieses Kloster hat uns für alle Ewigkeit aufgenommen oder bis Abt Degenar uns befreit. Oder glaubst du etwa, der hiesige Abt lässt uns ohne weiteres einfach aus dem Tor spazieren? Sie werden stets ein wachsames Auge auf uns haben und somit eine Flucht unmöglich machen."

„Von Degenars Hilfe verspreche ich mir nicht allzu viel", gestand Konrad mit einer Geste der Hoffnungslosigkeit. „Was er auch vorhat, du glaubst doch nicht allen Ernstes, dass der Bischof höchstpersönlich hier erscheinen und uns rausholen wird. Sei kein Narr, Faolán, du weißt es besser."

„Aber hältst du es nicht für sinnvoll, erst einmal abzuwarten?", versuchte Faolán die Gedanken seines Freundes zu ergründen.

„Es wird uns vorerst wohl nichts anderes übrig bleiben. Aber wenn man mich in einem Kerker gefangen hält, kenne ich nur eine Antwort: Flucht!"

Konrads Worte ließen keinen Zweifel an seiner Entschlossenheit. Als wolle er sie verdeutlichen, hieb er eine Faust gegen den Bretterrahmen seines Lagers. Faolán begann zu grübeln. Eine Flucht hatte er bisher nicht in Erwägung gezogen, doch je länger er darüber nachdachte, umso mehr musste er Konrad Recht geben. Es war unrealistisch, dass sich der Bischof wegen zweier Novizen hierher begeben würde, zumal Prior Walram gerade dies mit Sicherheit zu verhindern versuchen wird.

„Ein Spaziergang durch das Tor würde es nicht werden", begann Faolán nach einer Weile und nahm damit Konrads Gedanken auf. „Sie werden uns niemals freiwillig ziehen lassen und alles daran setzen, uns hier festzuhalten. Prior Walram wird dafür schon gesorgt haben. Wenn wir diesen Mauern entfliehen wollen, so bedarf dies einer gründlichen Vorbereitung und viel Zeit."

Konrad war überrascht, dass Faolán so schnell auf seine impulsive Idee einging. „Das hört sich an, als hättest du bereits einen Plan."

„Nein, einen Plan habe ich noch nicht. Aber ich teile inzwischen deine Meinung, dass wir auf Abt Degenar allein nicht hoffen dürfen. Einen guten Plan bräuchten wir allerdings ..."

Faoláns Gedanken schweiften ab, und Konrad wusste genau, dass sein Freund soeben an einem solchen Plan zu arbeiten begonnen hatte. Einige Augenblicke später ließ er Konrad an seinen Gedanken teilhaben. „Wir kennen das Kloster noch nicht gut genug, um Fluchtmöglichkeiten ausfindig machen zu können. Unter den jetzigen Umständen werden wir das auch nicht ohne weiteres schaffen, daher gibt es ein paar Regeln, die wir ab sofort befolgen sollten. Nur so wird eine Flucht überhaupt erst möglich werden."

„Von welchen Regeln sprichst du denn?", fragte Konrad verblüfft. Er hatte nicht geglaubt, dass Faolán, der sonst immer sehr vorsichtig handelte, zu einer konkreten Umsetzung einer Flucht bereit sein würde. Doch als er seinem Freund in die Augen blickte, sah er dort ein seltsames Leuchten. Er begriff, dass Faolán einen Entschluss gefasst hatte und an diesem mit aller Bestimmtheit festhalten würde, mochte er auch noch so schnell gefällt worden sein.

Faoláns Worte waren klar und über jeden Zweifel erhaben. „Sollte Degenar bis zum nächsten Sommer nichts erreicht haben, wäre eine Flucht unsere einzige Möglichkeit von hier zu entkommen. Ich denke aber, dass wir bis dahin nicht untätig sein sollten, sondern schon jetzt mit den Vorbereitungen beginnen müssen. Und dazu gilt es, von heute an einiges zu beachten."

„Und was wäre das?", fragte Konrad, der Faoláns Enthusiasmus skeptisch gegenüberstand und nicht verstand, worauf der hinaus wollte. Er war nicht damit vertraut, seine Vorhaben sorgfältig durchzuplanen. Während Faolán unter Bruder Ivos Führung gelernt hatte, umsichtig alle Gegebenheiten zu berücksichtigen, verließ Konrad sich meist auf seine spontanen Eingebungen, wenn er ein Ziel verfolgte. Doch da er momentan nicht in der Verfassung war, überhaupt zu agieren, war er um die taktischen Überlegungen seines Freundes dankbar, die Faolán sogleich weiter ausführte.

„Wir müssen die Regularien des Klosters genauestens befolgen. Disziplin, Respekt und absoluter Gehorsam gegenüber jedem sollte zu unseren scheinbar obersten Anliegen gehören! Demut vor dem Herrn, Bußfertigkeit und absolute Folgsamkeit! Das wird unser Schlüssel zum Vertrauen sein."

„Wessen Vertrauen willst du denn gewinnen?", fragte Konrad verwirrt, der immer noch nicht verstand.

„Liegt es denn nicht auf der Hand? Die Gemeinschaft wird uns von heute an mit Argusaugen beobachten und keiner unserer Schritte wird unbemerkt bleiben. Natürlich sind sie misstrauisch, immerhin sind wir Sünder! Daher wird sich eine Gelegenheit zur Flucht nur dann ergeben, wenn man uns nicht mehr ständig beobachtet. Vertrauen wird uns die notwendige Freiheit im Klosteralltag verschaffen, um in Ruhe nach einem Ausweg zu suchen und die Flucht vorzubereiten. Deshalb wird es notwendig sein, dass wir uns anfangs widersetzen, selbst wenn wir die Regularien treu befolgen wollen."

„Jetzt verstehe ich gar nichts mehr", gestand Konrad und hob kopfschüttelnd die Arme. „Sollen wir nun gehorchen oder aufsässig sein? Mit Zweitem kann ich sofort dienen. In mir sträubt sich alles gegen diese Gemeinschaft. Ich will diesen absoluten Gehorsam nicht leisten."

Faolán schaute sich um, als habe er Angst, belauscht zu werden, obwohl sie sich allein im Dormitorium befanden. Dennoch beugte er sich vor und flüsterte: „Dann versuche den Gehorsam mit der Zeit vorzutäuschen. Wichtig ist nur, dass wir zunächst noch widerspenstig scheinen und uns erst nach und nach dem Klosterleben anpassen. Nur dann wird Abt Umbert glauben, unseren rebellischen Willen gebrochen und uns seinen eigenen aufgezwungen zu haben. Sind wir jedoch von Anfang an gehorsam, mag er sich schnell fragen, weshalb wir überhaupt hierher verbannt worden sind. Dann könnte er misstrauisch werden und uns auf die Probe stellen. Dieser Abt wird uns erst als hörige Novizen ansehen, wenn er uns gebrochen glaubt."

Konrad schien nicht so recht zu wissen, was er von Faoláns Idee halten sollte, versuchte jedoch, an den Plan anzuknüpfen. „Aber wie geht es dann weiter? Ich sehe uns mit dieser Täuschung noch lange nicht außerhalb dieser Mauern. Selbst wenn wir die gebrochenen Sünder spielen, so werden sie uns nicht so schnell unbeaufsichtigt lassen, geschweige denn uns jemals eine Gelegenheit zur Flucht geben. Der Abt wird erst dann zufrieden sein, wenn wir tatsächlich eins mit seinen Prinzipien und Regeln geworden sind. Ist es erst einmal soweit, dann wollen wir womöglich gar nicht mehr fliehen. Wenn wir zu lange bleiben, werden wir am Ende wie Prior Walram sein: verbittert und hart!"

„Niemals!", widersprach Faolán energisch. So zu enden war mit Abstand die schrecklichste Vorstellung. „Aber in einigen Punkten hast du Recht. Ich denke auch nicht, dass wir aus eigener Kraft von hier entkommen können."

Faolán musste eingestehen, dass er noch nicht so recht wusste, wie es darüber hinaus weitergehen sollte. Er grübelte eine Weile und fand schließlich eine Antwort.

„Was wir als nächstes benötigen, wird etwas schwieriger zu bewerkstelligen sein als nur das Vertrauen der Bruderschaft zu erringen: einen Verbündeten!" Konrad starrte seinen Freund ungläubig an und wollte bereits widersprechen, als Faolán ihm mit einer Handbewegung Einhalt gebot und fortfuhr. „Ich denke, dass wir vielleicht einen Novizen als Freund gewinnen könnten. Zumindest erscheint mir das einfacher als bei einem Mönch, der vor Jahren sein Gelübde abgelegt und sein Leben diesem Kloster verschrieben hat."

Zweifel stand deutlich in Konrads Gesicht geschrieben und er sagte Faolán, was er von dieser Idee hielt. „Einen Verbündeten zu finden, der insgeheim gegen das Kloster aufzubegehren wünscht, ist doch nahezu unmöglich!

Die Novizen stehen doch alle unter dem Joch des Abtes und sind derart eingeschüchtert, dass sie uns wie eine Plage meiden werden."

„Und doch glaube ich, dass wir hier einen Freund ...", wollte Faolán weiter argumentieren, als er plötzlich inne hielt und Konrad, der gerade zum Sprechen ansetzte, mit einer raschen Handbewegung zum Schweigen brachte. „Ich höre jemanden kommen", flüsterte er und beide standen sofort auf.

Stumm und steif blieben sie vor ihren Nachtlagern stehen und lauschten nach Geräuschen jenseits der Tür. Tatsächlich näherte sich jemand dem Schlafsaal mit schweren Schritten. Nach einigen Augenblicken öffnete sich die Tür und ein grotesk wirkender Mönch schob sich in den Saal.

Der Bruder besaß einen fülligen Leib, den er in ein formloses, schmuddeliges Habit gehüllt hatte. Sein massiger Kopf ging in ein wulstiges Doppelkinn und ebenso fetten Hals über. Die Wangen waren rund und schienen die eng beieinander stehenden Augen zusammenzudrücken. Nur wenige, kurze graue Haare zierten den Schädel und der Übergang von Tonsur zu Haaransatz war kaum noch auszumachen. Wahrscheinlich hatte der Mönch das Rasieren des Schädels schon seit langem aufgegeben. Eine knollige Nase ragte aus der Mitte des Gesichtes. Die gesamte Erscheinung des Mönches hätte zu den beiden abgemagerten und hungrigen Novizen nicht gegensätzlicher sein können.

Der Bruder schloss die Tür und kam schlurfend auf die beiden Jünglinge zu. Direkt vor ihnen blieb er stehen und beugte sich etwas nach vorne, um sie genauer betrachten zu können. Dabei richtete er sein Augenmerk hauptsächlich auf Faolán. Ein Grinsen zeichnete sich kurzzeitig auf den schmalen, bläulichen Lippen ab, verschwand aber sofort wieder. Faolán glaubte darin eine gewisse Verschlagenheit und Lust erkannt zu haben, war sich jedoch nicht sicher. Langsam fuhr die rechte Hand des Mönches vor und berührte beinahe zärtlich Faoláns Gesicht mit einem Finger. Noch bevor der Novize entsetzt zurückzucken konnte, ließ die Hand ab und senkte sich wieder. Der Bruder schien mit verstärktem Speichelfluss zu kämpfen, denn er verschluckte sich und rang hustend nach Atem. Mehrfach schlug er sich mit der Faust gegen die Brust.

Faolán blickte unsicher zu Konrad, der ebenfalls einen angewiderten Gesichtsausdruck zeigte. Mit Mühe bezwang der Mönch seinen Hustenanfall und begann mit einem Flüstern zu sprechen, das Faolán bis ins Mark fuhr. „Keine Sorge, meine lieben Novizen, ich tue euch nichts, nein, gar nichts. Ich bin Bruder Clemenza. Der Abt hat mir aufgetragen, nach euch zu sehen. Ja, nach euch zu sehen. Ein guter Abt, ja, ein guter Abt."

Die letzte Bemerkung schien die Gedanken des Mönches in andere Bahnen zu treiben, die erneut den Anflug eines Lächelns hervorriefen. Doch Clemenza besann sich schnell der beiden Jünglinge und blickte starr auf Faolán. „Folgt mir jetzt. Ja, rasch, folgt mir. Nicht nur einer. Nein, beide hat er gesagt, ja, beide!"

Die Novizen zögerten zunächst, dann allerdings gingen sie in einigem Abstand diesem merkwürdigen Mönch hinterher. Faolán wusste nicht, was er von Bruder Clemenza halten sollte. Eine solch merkwürdige Art zu sprechen war ihm fremd, und eine gewisse Angst stieg ihn ihm auf.

Bruder Clemenza verließ den Schlafsaal und führte die beiden Novizen über den Kreuzgang auf den leeren Innenhof. Nachdem sie ihn überquert hatten, blieben sie auf der gegenüberliegenden Seite vor der Tür eines kleinen Gebäudes stehen. Dort zog der Mönch einen Schlüssel aus seinem Habit hervor und begann unter Gemurmel, am Schloss zu nesteln. Als er die Tür öffnete, präsentierte er die dahinter befindlichen Räumlichkeiten, als handele es sich dabei um eine Kostbarkeit und die Novizen seien seine Gäste, die das unsägliche Glück mit ihm teilen durften, diese zu erblicken.

In dem Gebäude befand sich lediglich ein Raum, worin sich drei große Badezuber befanden. Einer davon war mit Wasser gefüllt. Die Novizen blieben regungslos vor der Tür stehen, unsicher, was von ihnen erwartet wurde. Der Mönch wurde ungeduldig und schob sie in das Gebäude. Dabei schaute er immer wieder über den Hof, als wolle er sicher gehen, nicht beobachtet zu werden, und schloss dann rasch die Tür. Faolán fühlte sich auf seltsame Weise erneut gefangen. Doch dieses Mal war es anders als in den Büßerzellen. Er fühlte sich hilfloser und unmittelbar bedroht.

Clemenza begab sich zu dem gefüllten Badezuber und bedeutete den Novizen mit wortlosen Gesten, sich zu entkleiden und in den vollen Bottich zu steigen. Faolán entging dabei nicht, dass Clemenzas Augenmerk erneut auf ihn gerichtet war. Weder Faolán noch Konrad bewegten sich. Der Mönch glaubte sich missverstanden und so verlieh er seinen Gesten mit Worten Nachdruck.

„Wascht euch, kommt. Reinigt euch von all dem Schmutz und von euren Sünden. Ja, von euren Sünden!" Ein glucksendes Kichern entrann Clemenzas Kehle, dann fuhr er fort. „Reinigt euch von all eurer Schuld. Ja, befleckt habt ihr euch, befleckt. Reinigt euch, nur so könnt ihr vor dem Herrn bestehen. Bestehen, ja, das müsst ihr. Gewiss, gewiss. Der Abt hat es gesagt, ja, er weiß es ..."

Faolán bezweifelte, dass eine Reinigung der einzige Grund für dieses Bad sein sollte, denn erneut glaubte er, Wollust in den Augen des beleibten Mönches aufleuchten zu sehen. Regungslos blieben beide Novizen stehen. Das anhaltende Zögern erzürnte Clemenza schließlich. Mit einer Faust hieb er gegen den Zuber und mit lauter Stimmer verschärfte er seine Anordnung. Zu Faoláns Erstaunen sprach er dabei völlig normal, ohne diese ständigen Wiederholungen.

„Jetzt zieht euch schon aus und wascht euch! Oder muss ich dem Prior bereits am ersten Tag eurer Eingliederung Ungehorsam melden? Bringt mich lieber nicht dazu, denn meinen Groll wollt ihr gewiss nicht auf euch ziehen, glaubt mir!"

Faolán erkannte die Möglichkeit, einen Teil seines zuvor so spontan entworfenen Planes für eine Flucht in die Tat umzusetzen. Zunächst Widerstand leisten und sich dann unter Druck den Klosterregularien fügen. Mit einem knappen Kopfnicken gab er Konrad zu verstehen, der Anweisung Folge zu leisten, ganz gleich, welche Überwindung es kosten möge. Während Faolán sein Habit ablegte, verspürte er eine Scham in sich aufsteigen, die er schon einmal verspürt hatte. Damals war es vor seinem ersten Bad mit Svea gewesen. Im Kloster hatte er diese Scham nicht gekannt. In Sveas Gegenwart war dieses unbehagliche Gefühl schnell verschwunden. Unter Clemenzas Blicken hingegen verstärkte es sich sogar noch.

Das Augenmerk des feisten Mönches haftete in begieriger Weise auf beiden Novizen, während sie sich ihrer Habite entledigten, sie ordentlich gefaltet auf den Steinboden legten und dann in den mit Wasser gefüllten Zuber stiegen. Das Wasser war so kalt, dass es auf der Haut schmerzte. Dennoch tauchte Faolán schnell darin ein. Nur so wusste er sich den nimmersatten Blicken des Mönches zu entziehen. Kaum befanden die Jünglinge sich im Wasser, da hastete der Dicke ohne weitere Worte aus dem Gebäude, als habe er einen für andere unhörbaren Ruf vernommen. Als er am Zuber vorbeilief, konnte Faolán noch ein leises Wimmern vernehmen, bevor der Mönch vollends verschwunden war.

Mit fragendem Blick saß Konrad Faolán gegenüber und fand als erster wieder Worte: „Vielleicht hätte es diesem Mönch besser getan, ein kaltes Bad zu nehmen. Das hätte ihn wieder zu klarem Verstand gebracht und womöglich diese merkwürdige Art zu sprechen geheilt." Sein Unterkiefer begann zu zittern, während er sprach, und seine Zähne schlugen aufeinander. „Das Wasser ist eisig kalt."

Faolán erging es gleich. Er versuchte im beengten Zuber seine Arme zu bewegen, um sich warm zu halten. „Hast du ernsthaft erwartet, man würde uns Sünder mit einem heißen und mit Kräutern versehenen, wohlduftenden Bad in diese Abtei aufnehmen? Nein, das Bad gehört gezielt zur Einführung als Novizen in dieses Kloster. Wir können uns glücklich schätzen, dass der Winter noch nicht Einzug gehalten hat, sonst hätten wir womöglich noch eine Eisschicht auf dem Wasser durchbrechen müssen."

Die Bemerkung brachte Konrad unerwartet zum Lachen und Faolán stimmte mit ein. Das erste Mal seit unzähligen Wochen verspürte er eine wohltuende Leichtigkeit, die ihm zugleich neue Hoffnung verlieh. Lachend griff er nach einer nahe liegenden Bürste und begann sich zu schrubben.

Noch einmal hielt er kurz inne, und lächelnd beschied er seinem Freund: „Wir werden es schaffen, Konrad! Wir werden hier nicht bis zum letzten unserer Tage sitzen bleiben und alten Männern Gehorsam erweisen, bis wir am Ende selbst zu den Alten zählen. Wir benötigen nur ausreichend Zeit, um alles sorgfältig vorzubereiten. Dann wird uns sicher auch eine Flucht gelingen."

„Gewiss!", antwortete Konrad zuversichtlich und seine dunklen Augen funkelten. „Mit einem guten Plan könnten wir es schaffen. Aber es muss ein sehr guter Plan sein. Sollte er fehlschlagen, so werden wir niemals eine zweite Gelegenheit bekommen, dessen kannst du dir sicher sein."

Faolán wusste, dass sein Freund Recht hatte. Würden sie bei einem Fluchtversuch ertappt werden, so hätten sie alles verwirkt. Vielleicht sogar ihr Leben. Diese Aussicht trübte Faoláns Stimmung wieder und er besann sich darauf, weshalb sie überhaupt hier waren. „Ich habe nicht vergessen, dass deine Verbannung meine Schuld ist." Konrad machte eine abfällige Handbewegung, doch Faolán fuhr fort. „Leugne es nicht. Ohne meine Dummheit säßen wir beide nicht hier. Doch um ehrlich zu sein, bin ich auch froh, dass du bei mir bist."

Konrad wusste nicht, was er darauf sagen sollte. Unbeholfen versuchte er, diese Schuldgefühle von Faoláns Schultern zu nehmen. „Lass uns nicht über Vergangenes sprechen. Was geschehen ist, werden wir durch Bedauern und Klagen nicht rückgängig machen können. Wir müssen in die Zukunft blicken. Je früher wir uns mit unserem Schicksal abfinden, umso früher werden wir eine Möglichkeit für eine Flucht finden. Lass' die Vergangenheit ruhen, ich tue es auch. Und wenn du einen guten Fluchtplan erarbeitest, hast du ja die Gelegenheit, es wieder gut zu machen."

Es war Konrads typische, wenn auch schlichte Sichtweise der Dinge und entsprach nicht gerade Faoláns eigenen Empfindungen. Dennoch war sie ehrlich und deshalb bekundete Faolán nach kurzem Zögern mit einem leichten Nicken seine Zustimmung. Und so fuhren die Novizen fort, ihre Vergangenheit im kalten Wasser abzuschrubben, bis ihre Haut rot zu glühen schien.

Brandolf konnte die Berge nicht mehr sehen! Nicht etwa, weil er sie nicht mehr sehen wollte, sondern weil das Schneetreiben es schlichtweg unmöglich machte. Die Witterung hatte während des Aufstieges zum Pass schnell umgeschlagen und den Tross des Kaisers überrascht, trotz der angeheuerten Landesbewohner, die sich bisher als zuverlässige und wetterkundige Führer erwiesen hatten. Umkehren war unmöglich und so blieb dem Herrscher und seinem Gefolge nichts anderes übrig, als den riskanten Weg vorwärts zu wagen.

Windböen trieben ständig Schneeflocken in Brandolfs Augen, so dass er sie oft schließen musste und dann blind weiterlief. In diesen Momenten musste er sich auf den sicheren Tritt seines Pferdes verlassen, das er neben sich führte. Stehen zu bleiben wäre zu gefährlich gewesen, denn er konnte kaum seinen Vordermann sehen. Wenn er jetzt den Anschluss verlöre, war die Gefahr, fehl zu treten, viel zu groß.

Brandolf versuchte, sich hinter seinem Pferd vor den Böen zu schützen, doch der Schnee schien aus allen Richtungen zu kommen. Es war aussichtslos. Während er sich durch die eisige Kälte über den Gebirgspfad schleppte, versuchte er sich an wärmere Tage zu erinnern.

Im vergangenen Jahr hatte er die Alpen bereits zweimal überquert. Die erste Reise hatte er im Sommer bewältigt, als er in seine Heimat zurückgeritten war, um für Kaiser Otto zusätzliche Unterstützung im Kampf gegen den aufsässigen Berengar, Markgraf von Ivrea, und dessen Getreue zu rekrutieren. Es war eine anstrengende Reise gewesen, die ihn zu Adelshäusern, Kirchen und Klöstern geführt hatte. Dort war Brandolf wie ein Bittsteller ein und aus gegangen und war nicht überall gern gesehen gewesen. Denn was er verlangt hatte, lief auf zwei Möglichkeiten hinaus: entweder Gelder oder Männer. Beides wollte man ihm nicht gerne geben, da der Kaiser für seinen Feldzug bereits viel erhalten hatte. Dennoch war Brandolf erfolgreich gewesen.

Diese Reise verband der Edelherr zudem mit einem eigenen Anliegen. Er war nach wie vor auf der Suche nach Rogar, dem Sohn seines einstigen Lehnsherrn, Graf Farold. Obwohl er schon seit vielen Jahren keine Spur mehr gefunden und die Hoffnung beinahe aufgegeben hatte, traf er damals in einem Kloster auf einen Prior, der ihm von einem Novizen berichtete, der möglicherweise Rogar sein konnte. Leider versiegte auch diese Spur viel zu schnell. Inzwischen konnte der Krieger sich nicht einmal mehr an den Namen des Novizen erinnern, nach dem er geforscht hatte.

Die zweite Überquerung der Alpen fand schließlich im Herbst statt. Zu diesem Zeitpunkt hatte Brandolf mehr Männer um sich geschart als er gehofft hatte und die Passage des Gebirges war bereits damals nicht einfach gewesen. Das Wetter war unbeständig und in den höheren Lagen schneite es sogar. Immerhin konnten Brandolf und sein Gefolge die Nächte bei ansässigen Bauern verbringen. Die Überquerung ging dennoch zügig vonstatten, sodass er schon bald mit einer Truppe von knapp zweihundert Kriegern im nördlichen Italien auf das Heer seines Kaisers traf.

Dieses war im vergangenen Sommer aufgrund einer Seuche stark geschwächt worden und benötigte dringend Verstärkung. Es waren nicht nur einfache Soldaten, die es dahingerafft hatte, sondern auch Edel- und Kirchenmänner, wie den Herzog Gottfried von Niederlothringen oder gar den Erzbischof Heinrich von Trier. Was war das für ein gottloses Land, in dem selbst ein Erzbischof den Tod fand, obwohl sie in einem gerechten Auftrag, im Namen des Papstes, aufgebrochen waren?

Brandolf war von der Seuche verschont geblieben und vom Kaiser ausgesandt worden, um Kräfte aus der Heimat zu mobilisieren. Der Edelherr hatte diese Mission ohne Verluste erfolgreich zu Ende führen können und brachte die so dringend benötigten Männer zu seinem Herrn. So erhielt er von diesem auch jene Anerkennung, die er in seinem persönlichen Kampf benötigte.

Es war ein Kampf gegen einen Adeligen in den eigenen Reihen und es war kein offener Kampf. Er schwelte bereits seit vielen Jahren. Bisher hatte sein Gegner, Graf Rurik, dessen Vasall Brandolf war, die Oberhand behalten. Auch der Graf genoss beim Kaiser hohes Ansehen und hatte für eine Verstärkung der Truppen gesorgt. Zu Brandolfs Erleichterung hatte selbst Rurik nicht mehr Männer vorweisen können als er. Doch dies war nur ein kleiner Schlagabtausch im Ringen um die Gunst des Herrschers, und der Grund hierfür war die Grafschaft in der Heimat. Brandolf war fest davon überzeugt, dass Rurik sie sich unrechtmäßig angeeignet hatte, indem er den Grafen Farold und seine Gemahlin in einer Blutnacht meucheln ließ. Dennoch war er von Kaiser Otto zum Grafen ernannt worden, da keine Beweise für diese Tat vorlagen und der Sohn und Erbe des Adelstitels, Rogar, seit jener Nacht verschollen blieb. Das schlimmste daran war jedoch, dass Rurik Farolds Bruder war.

Auf der Suche nach Rogar hatten sowohl Rurik wie Brandolf ihre Anliegen bereits beim Kaiser vorgetragen. Das Ergebnis nach all den Anstrengungen über ein Jahr hinweg war ernüchternd gewesen. Rurik wurde von Kaiser Otto schließlich offiziell vom Sachwalter zum Grafen der lange herrenlos gebliebenen Ländereien ernannt. Dennoch gab Brandolf nicht auf und hielt die Suche nach Rogar aufrecht. Nicht zuletzt, weil er einst Farold in der Stunde dessen Todes einen Eid geleistet hatte, sich des Jungen anzunehmen.

Brandolf hatte diesen Schwur all die Jahre nicht vergessen, auch wenn seine Bemühungen bisher erfolglos geblieben waren. Noch hegte er Hoffnungen, den Jungen lebend zu finden. Zudem hatte der Kaiser seine Unterstützung zugesagt, sollte Brandolf seinen Verdacht über Ruriks Verbrechen am eigenen Bruder belegen können.

Die Gedanken an Rurik und den bereits so lange andauernden Kampf brachten die Kälte des Winters in Brandolfs Bewusstsein zurück. Erschöpft lief er seinem Vordermann nach, in der Hoffnung, dass dieser wiederum seinem auf dem richtigen Weg folgte. Ein Fehltritt auf diesem schmalen, weißen Pfad könnte tödlich enden.

Weshalb sich der Kaiser zu einer so überstürzten Abreise aus Italien entschieden hatte, war niemandem bekannt. Es waren zwar einige Gerüchte darüber im Umlauf, doch Brandolf schenkte keinen davon Glauben. Tatsächlich hatte alles auf ein ruhiges Winterlager in Pavia hingewiesen. Die Lage hatte sich nach dem Sommer stabilisiert. Die aufbegehrenden Truppen waren niedergeschlagen worden und Kaiser Otto schien keine Eile zu haben. Nach den Wirren der vergangenen Monate gönnte er sich einen Herbst mit ausgedehnten Jagden, und das Heer konnte wieder zu Kräften kommen. Das Weihnachtsfest wurde in Pavia abgehalten und nichts deutete darauf hin, dass der Kaiser eine baldige Rückreise plante.

Doch schon kurz darauf, noch vor dem Beginn des neuen Jahres, veranlasste Kaiser Otto einen übereilten Aufbruch. Diese Entscheidung kam für jeden überraschend, selbst für seine Vertrauten, und entfachte heftige Diskussionen unter den engsten Beratern des Herrschers. Doch ganz gleich, welche Ratschläge und Argumente seine Getreuen vorbrachten, der Beweggrund des Kaisers schien gewichtiger, auch wenn er ihn niemandem verriet. Er blieb bei seinem Entschluss, und so brach das Heer inmitten des Winters auf.

Zu Beginn war der Marsch noch erträglich. Das Wetter war zwar nasskalt, aber die Truppe kam trotz des Schlamms, in dem die Ochsenkarren oft stecken blieben, gut voran. Erst mit dem Aufstieg in das Gebirge begannen die Probleme. Der Regen wandelte sich zu Schnee und mit jedem erklommenen Höhenmeter schienen Kälte und Wind zuzunehmen. Der Tross bestand nicht nur aus Kriegern und dem Hofstaat des Kaisers. Viele Handwerker gehörten ebenso dazu wie Frauen und Kinder, die ihren Männern gefolgt waren. Sie kannten kein anderes Leben, denn sie zogen schon seit jeher mit ihrem Herrscher durch die Lande. Für sie wurde die Reise mit jedem Tag beschwerlicher.

Die Güter und der Proviant mussten schon bald von den Karren auf Packtiere und Schlitten umgeladen werden, die selbst bei dieser Witterung über die engen Passwege gebracht werden konnten. Teilweise wurden die Lasten auch von den Männern auf Kiepen getragen, nur so war ein weiteres Vorankommen denkbar. Es glich dennoch einem großen Chaos und oft brach Streit zwischen den Handwerkern aus, weil sie einen Teil ihrer Habe zurücklassen mussten.

Die Reise über das Gebirge war nicht die ganze Zeit von schlechtem Wetter begleitet. Es gab Tage, da war der Himmel strahlend blau. Doch die Sonne war schwach und brachte in diesen Höhen keine Wärme. Schnelle Witterungsänderungen machten dem Tross zusätzlich zu schaffen und konnten ihn binnen kürzester Zeit in einem Schneesturm gefangen halten.

Einem solchen Umschwung war das Gefolge des Kaisers auch an diesem Tag zum Opfer gefallen. Der Wind schnitt den Männern harsch unter die Gewandung und die Felle der Pferde waren verschneit und vereist. Die Welt bestand einzig aus Weiß und Grau, und außer den Wegkundigen ahnte niemand, wo sie sich gerade befanden.

Die Überquerung der Alpen unter diesen Bedingungen fortzusetzen, barg einige Gefahren. Verschneite Hänge hinabzusteigen, war weder für Mensch noch Tier einfach und teilweise wurden die Rösser auf Rinderhäuten über die vereisten Gebirgshänge hinuntergezogen oder mittels anderer Vorrichtungen hinuntergelassen. Viele Tiere nahmen dabei Schaden und einige gingen aufgrund der Strapazen und erlittenen Verletzungen zugrunde. Ebenso waren schon einige Lasttiere Abhänge und Schluchten hinabgestürzt und hatten dabei Menschen und Güter mit in die Tiefe gerissen. Die Toten zu bergen war aussichtslos und so zog der Tross weiter, um möglichst schnell dieser weißen, felsigen Hölle zu entkommen.

Gelagert wurde, sobald sich ein Quartier anbot. Klöster oder große Gutshöfe gewährten stets Einlass, selbst einer so großen Truppe gegenüber, und boten Schutz vor der eisigen Witterung. Doch nicht immer konnte ein festes Quartier rechtzeitig vor einem Wetterumschwung erreicht werden. Dann marschierte das Heer, solange es die Sicht zuließ und sobald es eine günstige Stelle erreichte, wurde das Lager errichtet. Dies bestand für den Kaiser und die Höchsten des Gefolges aus Zelten, die auf dem felsigen oder vereisten Untergrund aufgestellt wurden. Die übrigen behalfen sich mit einfachen Zeltplanen, um so zumindest eine kleine Abschirmung gegen Wind und Schnee herzustellen. Brandolf kauerte meist bei seinen Männern unter einem einfachen Verschlag, der nur mit Not gegen den Wind aufrecht gehalten werden konnte. Die Pferde standen unter freiem Himmel und konnten weder abgerieben noch trocken gehalten werden und einige der Tiere erlebten den nächsten Morgen nicht mehr.

Eine ähnliche Nacht würde dem Tross des Kaisers auch heute bevorstehen, dessen war sich Brandolf gewiss. Erneut versuchte der Edelherr das Tuch vor Mund und Nase etwas besser unter die Kapuze seines Mantels zu stopfen, um es gegen den Wind zu sichern. Es war der einzige Schutz, den er hatte und auch die meisten der Männer stolperten auf diese Weise gekleidet durch den Sturm. Er konnte oft nicht sagen, wem er gegenüberstand. Die Männer des Kaisers glichen einer Armee von Banditen und Meuchelmördern.

Als die Dämmerung hereinbrach, suchte das Heer eine steil aufragende und vor Wind schützende Felswand auf, an deren Fuß genügend Platz war. Der Kaiser befahl das Nachtlager aufzuschlagen, und der Tross zog sich so weit wie möglich zusammen, um sich gegen die Kälte abzuschirmen. Brandolf suchte nach seinen Männern und scharte sie und die Pferde um sich, in der Hoffnung, so die Nacht am besten überstehen zu können. Mit gesenkten Köpfen standen die Tiere beieinander und harrten aus.

Einige Männer errichteten niedrige Wälle aus Stein und Schnee gegen den Wind und kauerten sich daneben oder lagen zusammengerollt da, wie kleine Kinder. Brennholz gab es schon lange nicht mehr, und so konnten die Männer weder ein wärmendes Feuer entzünden noch eine Mahlzeit zubereiten. Der Proviant wurde verteilt und die Männer nahmen dankbar das Brot und die Streifen getrockneten Fleisches entgegen. Es war nicht viel, doch sie nahmen ohne Klage an, was ihnen zuteil wurde und standen beisammen, wie sie es in vielen Schlachten schon oft getan hatten.

Dieser Sturm war allerdings ein Gegner, der sich nicht mit Waffengewalt bezwingen ließ.

Die Nacht schritt voran und Brandolf fand nur wenig Schlaf. Der Wind hatte sich inzwischen gelegt, doch der Schnee fiel nach wie vor unaufhörlich in dicken Flocken. Der Edelherr blickte nach oben und dachte an seine geliebte Gemahlin und seine beiden Kinder. Er hatte sie jetzt schon viele Monate nicht mehr gesehen, doch er wollte sich von Wind, Schnee und Bergen nicht länger davon abhalten lassen. Diesen Vorsatz hatte er gefasst, doch er war nicht einfach durchzuführen.

Vorsichtig schlug Brandolf seine Decke zurück, auf der sich bereits Schnee angesammelt hatte, und versuchte sich zu erheben, ohne seine Nachbarn zu stören. Langsam schritt er über die Männer hinweg, bahnte sich einen Weg durch die Pferde und stand schließlich auf jungfräulichem Weiß außerhalb des Lagers. Er sah sich um und konnte beinahe keinen Unterschied zwischen der Umgebung und den kauernden Männern erkennen, so zugeschneit lagen sie unter ihren Decken und Planen da. Brandolf hoffte, dass am nächsten Morgen alle auch noch aufstehen könnten. Bisher war von seinen Kriegern keiner erfroren, der Heerestross selbst hatte jedoch einige Opfer der Nachtkälte zu beklagen. Die Zahl des Gefolges schrumpfte täglich, sei es durch Unfälle oder durch den Frost.

Der dichte Schneefall und die Wolken am Himmel verhinderten nach wie vor eine gute Sicht. Brandolf nahm das Tuch vom Gesicht und genoss die frische Luft. Wäre er jetzt zu Hause, hätte er diesem Wetter etwas Gutes abringen können. Auf seiner kleinen Burg barg es keine Gefahr, eingeschneit zu werden. Dort war man darauf vorbereitet, tagelang von der Außenwelt abgeschnitten zu sein, ob durch Belagerung oder Unwetter.

Hier allerdings war der gesamte Zug des Kaisers der Witterung schutzlos ausgeliefert, und so weit er blicken konnte, lagen die Getreuen des Herrschers am Boden, kurz davor, eine Schlacht gegen die Gewalten der Berge zu verlieren.

Brandolf zog die Handschuhe aus und wärmte sich die Hände an seinem Atem. Er rieb sie warm, um wieder Gefühl in den Fingern zu bekommen und ging ein Stück, um die Gliedmaßen und Füße zu erwärmen. Zunächst lief er entlang der Krieger und Pferde. Alle schienen zu schlafen und doch hörte er immer wieder das inzwischen weit verbreitete Husten der Männer. Zuweilen bewegte sich die Schneedecke, und was eben noch aussah wie ein eingeschneiter Fels entpuppte sich als ein Krieger, der sich unter der Plane regte.

Der Edelherr wandelte durch eine bizarre Welt, in der die Geräusche durch den Schnee gedämpft wurden.

Schließlich sah er in einiger Entfernung ein Licht flackern. Er musste beinahe in der Mitte des Trosses angekommen sein, wo der Kaiser lagerte. Das Licht kam aus dem Zelt des Herrschers, der sich noch immer mit seinen engsten Vertrauten über den Marsch am nächsten Tag beriet.

So weit von seinen Männern entfernt, wurde Brandolf bewusst, dass er schläfrig war und besser umkehren sollte, ehe er nicht mehr zurückfinden und irgendwo müde niedersinken würde. Er wollte gerade zurückgehen, als er zwei Schatten bemerkte, die zwischen den Männern in seine Richtung zu schleichen schienen. Der Edelherr zögerte kurz, wandte sich dann aber um und ging zurück. Wahrscheinlich waren es nur zwei Krieger, die ihr Lager zwischen den Kameraden suchten.

Auf seinem Weg zurück schaute sich Brandolf immer wieder um, auf der Suche nach seinen eigenen Reihen. Nach einer Weile bemerkte er, dass sich die zwei Gestalten nach wie vor zwischen den schlafenden Männern bewegten. Inzwischen glaubte der Krieger nicht mehr, dass sie nur nach ihrem Schlafplatz suchten. Vielmehr schien es ihm jetzt so, als folgten sie ihm durch die Nacht.

Brandolf war mit einem Mal hellwach. Er zwang sich, weiterzugehen und sich nicht noch einmal umzusehen. Folgten ihm die beiden Männer tatsächlich, so sollten sie nicht ahnen, dass er sie bemerkt hatte. Doch um sie aus ihrer Deckung zu locken, müsste er sich vom Lager entfernen. Brandolf wusste, dass sich in einiger Entfernung eine Schlucht auftat und schlug diese Richtung ein.

Durch den dichten Schneefall konnte der Edelherr nicht genau erkennen, wo der Abgrund begann. Dennoch wagte er sich immer weiter vor, in der Hoffnung, die Schlucht noch rechtzeitig zu bemerken. Er riskierte einen Blick über seine Schulter und sah, dass er sich die Verfolger nicht eingebildet hatte. Auch sie hatten sich aus den Reihen der Schlafenden gelöst und bewegten sich nun weiter auf ihn zu. Brandolf überlegte fieberhaft, wer sie sein konnten und in welcher Absicht sie ihm nachstellten. Er wusste keine Antwort, doch er schwor sich, sie herauszufinden …

* * *

Die beiden Männer beobachteten den Edelherrn schon eine geraume Zeit. Lange hatten sie auf diese Gelegenheit gewartet, doch bisher hatte Brandolf sich immer in den Reihen seiner Männer aufgehalten. Heute Nacht allerdings war er ohne sie unterwegs, und zu ihrem Glück hatte er offensichtlich die Orientierung verloren, denn er hielt geradewegs auf einen Abgrund zu. Einer der Verfolger war von normalem Wuchs, der zweite war groß und breit gebaut. Beide trugen dicke Gewandung gegen die Kälte wie jeder Mann im Tross. Tücher vor Mund und Nase verbargen ihre Gesichter. Sie sahen tatsächlich wie Meuchelmörder aus. Verstohlen blickten sie sich immer wieder um, während sie einem Getreuen des Kaisers nachstellten.

Die Nacht war still. Einzig das Knirschen des Schnees unter ihren Stiefeln war zu hören. Nichts würde sie verraten. Nicht heute Nacht.

Plötzlich hielt der größere der beiden Männer inne. Er hielt den anderen zurück, der sich daraufhin verwirrt umblickte. Schließlich sprach der Große mit polternder Stimme: „Er ist verschwunden!"

Der andere Krieger schaute wieder nach vorne und starrte in die verschneite Nacht. Auch er konnte nichts mehr sehen. „Wo ist er hin?"

„Vielleicht war er dem Abgrund zu nahe", schlussfolgerte der Große.

„Meint Ihr, er ist abgestürzt?", flüsterte sein Kumpan, beinahe schon erleichtert klingend und versuchte, durch den Schneefall hindurch etwas zu erkennen. Doch es war nichts zu sehen, weder der Edelherr, noch der Abgrund.

„Möglich wäre es. Wir sollten uns vergewissern", antwortete der andere und setzte sich vorsichtig wieder in Bewegung. Langsam näherten sie sich der Schlucht. Sollte der Edelherr in die Klamm gestürzt sein, so wäre ihnen damit einige Arbeit abgenommen. Der große Krieger war es zwar gewohnt, solche Angelegenheiten selbst in die Hand zu nehmen, doch er hatte auch nichts dagegen, wenn ihm das Schicksal einmal entgegen käme. So müsste er sich nicht in Lügen vor seinem Kaiser verstricken, sollte er über den Verbleib des Edelherrn befragt werden.

Mit größter Vorsicht schlichen die beiden Männer voran. Schließlich wurde es im Weiß und Grau vor ihnen dunkler. Erneut hielt der größere Mann den kleineren zurück. Etwa ein Dutzend Ellen vor ihnen tat sich der Abgrund auf. Er war nicht deutlich zu erkennen, sondern glich einem dunklen Schemen, der auch eine Felswand hätte sein können. Unmittelbar vor den beiden führte eine Fußspur direkt auf die Schlucht zu.

„Geh und sieh nach, ob er hinabgestürzt ist", befahl die polternde Stimme des großen Kriegers. Der andere gehorchte und schlich sich vorsichtig an den Rand des Abgrundes. Die Fußabdrücke im Schnee endeten dort tatsächlich und es hatte den Anschein, als sei der Verfolgte hinabgestürzt. Weit und breit war nichts von ihm zu sehen. Auch in der Tiefe war nichts außer Schwärze zu erkennen. Vielleicht würde man am Morgen eine Gestalt auf dem Grund der Klamm ausfindig machen können, sofern man überhaupt so tief blicken konnte und der Schnee nicht schon alles überdeckt haben würde.

Behutsam folgte der große Mann seinem Kumpan bis auf ein paar Schritte an den Rand der Kluft. Besonnen suchte er mit einer Hand Halt an einem aufragenden Fels und spähte in die Dunkelheit. Er konnte ebenfalls nichts ausmachen.

„Wenn er wirklich dort unten liegt, wird jede Hilfe zu spät kommen", stellte der kleinere Mann zufrieden fest und rieb sich dabei die Hände wie nach getaner Arbeit.

„Ich will es hoffen!" Der große Krieger war in Gedanken vertieft.

„Weshalb hegt Ihr eigentlich einen solchen Groll gegen den Edelherrn Brandolf? Was hat er Euch angetan, dass Ihr seinen Tod wünscht?"

Der große Mann antwortete zunächst nicht. Schließlich fand er wieder Worte.

„Das ist eine lange Geschichte und reicht schon viele Jahre zurück."

„Ist es eine Fehde, die Ihr austragt?"

„So ähnlich", antwortete der große Krieger mit grollendem Unterton. „Er versucht, mir meinen Platz streitig zu machen, seit ich den meines Bruders eingenommen habe. Nicht nur den an der Seite des Kaisers, sondern auch jenen in der Grafschaft. Bislang waren seine Erfolge eher gering, doch im vergangenen Jahr hat er sich auf dem Feld verdient gemacht und ist im Ansehen des Kaisers gestiegen. Diesem Günstling gilt es, das Handwerk zu legen."

Er beugte sich noch einmal vor und schaute in die Schlucht hinab, ohne mehr erkennen zu können. Noch bevor er sich wieder aufrichten konnte, löste sich plötzlich der obere Teil des Felsen, an dem er sich festhielt, und stürzte neben ihm zu Boden.

Erschrocken drehte der große Mann sich mit einer reflexartigen Bewegung um, wobei er versehentlich seinen Begleiter anstieß. Der verlor das Gleichgewicht und taumelte mit rudernden Armen auf den Abgrund zu. Die Augen des Mannes weiteten sich, als er seinen Halt verlor. Der große Krieger griff nach ihm und bekam das Ende eines Ärmels zu fassen. Doch der Schnee hatte die Wolle rutschig gemacht. Beide Männer mussten entsetzt zusehen, wie der Stoff zwischen den Fingern des Kriegers hindurch rutschte.

„Helft mir …“, war das letzte, was der kleinere Mann tonlos sagen konnte, ehe er mit einem schnell verstummenden Schrei in die Schlucht stürzte.

Fassungslos starrte der Krieger in die Tiefe. Er selbst war dem Abgrund viel zu nahe und machte einen Schritt zurück. In diesem Augenblick spürte er etwas Spitzes in seinem Rücken. Vorsichtig drehte er sich um. Ein Schwert war auf ihn gerichtet und ließ ihn erstarren.

Der eben herabgestürzte Teil des Felsens war kein Gestein, sondern entpuppte sich als ein Mann. Der Edelherr Brandolf hatte die beiden Verfolger getäuscht und geschickt den Felsblock erklettert. Dort hatte er regungslos ausgeharrt, bis er genug von der Erklärung des großen Kriegers gehört hatte, und war dann hinunter gesprungen. Dass dabei einer seiner Verfolger in den Abgrund gestürzt war, lag nicht in seiner Absicht. Lieber hätte er beide dem Kaiser vorgeführt.

„Gebt Euch zu erkennen und legt die Maskerade ab!“, befahl Brandolf seinem Gegenüber. Als der sich nicht regte, führte der Edelherr die Spitze seines Schwertes vorsichtig zu dessen Gesicht und entfernte damit das Tuch vor Mund und Nase.

„Ich ahnte bereits, dass Ihr es seid, Rurik!“ Nüchternheit lag in der Feststellung des Edelherrn. Der Graf blieb regungslos und Brandolf fragte weiter. „Wer war Euer Mitverschwörer?“

„Er ist nicht von Bedeutung“, antwortete Rurik tonlos.

„Mag sein. Seine Identität wird spätestens am Morgen ans Tageslicht gelangen, sobald man ihn vermisst. Viel wichtiger seid Ihr als Anstifter. Ihr trachtet nach meinem Leben, selbst in Gegenwart des Kaisers, und dafür sollt Ihr zur Rechenschaft gezogen werden.“ Es war eine große Genugtuung, Rurik endlich eines Vergehens überführen zu können, nachdem der Edelherr es jahrelang vergeblich versucht hatte.

„Wie wollt Ihr das beweisen?“, entgegnete Rurik jedoch kühl, als sehe er das gänzlich anders.

Brandolf schaute überrascht. „Die Fakten und Euer toter Geselle werden Beweis genug sein.“

„Ich denke nicht!“ Mit kalten Augen starrte Rurik sein Gegenüber an. Er war es gewohnt, in die Enge gedrängt zu werden und er kannte Wege, einer solchen Lage zu entkommen. Seine Stimme klang ruhig, als er seine Sichtweise darlegte. „Ein Toter in einer Schlucht, der des Nachts sein Wasser abschlagen wollte und sich dabei zu nahe an den Abgrund gewagt hat – ein bedauerlicher Unfall, mehr wird der Kaiser darin nicht sehen.“

„Und wie erklärt Ihr Euer Beisein?“, versuchte Brandolf ihn weiter zu bedrängen.

„Ich bin gar nicht hier gewesen!“

„Ihr wollt es leugnen?“, fragte Brandolf entsetzt.

„Was würdet Ihr an meiner Statt tun?“ Rurik schien von dieser Unterhaltung gelangweilt, als müsse er einem Mann das Leben als Adeliger im Umfeld des Kaisers erklären. Mit dem Handrücken versuchte er die Klinge zur Seite zu schieben, um zum Lager zurückgehen zu können. Der Edelherr wollte jedoch nicht so schnell aufgeben. Er legte die Spitze des Schwertes bedrohlich auf Ruriks Brust auf und dachte fieberhaft nach.

Ernüchtert musste Brandolf aber feststellen, dass Rurik Recht hatte. Er würde an dessen Stelle wahrscheinlich nicht anders handeln. Wut begann langsam in ihm aufzulodern. Er hatte Rurik an einen Punkt gebracht, an dem er ihn sich schon lange wünschte. Er wollte dem Kaiser die Verschlagenheit des Grafen und dessen Verantwortung für den Tod des eigenen Bruders beweisen und beides lag nur eine Handbreit von ihm entfernt – und war dennoch unerreichbar. Weder hatte er Zeugen noch Beweise, die das nächtliche Geschehen untermauern könnten. Rurik ginge abermals als Sieger aus einer Konfrontation vor dem Kaiser hervor und Brandolf müsste es machtlos mit ansehen. Das durfte nicht noch einmal geschehen!

Der Edelherr blickte dem Grafen in die Augen. Dort sah er nur Gleichgültigkeit und Kälte. Ein Fels von einem Mann, hart wie dieses Gebirge und kalt wie der Schnee darauf. Brandolfs Wut kochte immer höher. Der Druck seines Schwertes, das nach wie vor auf Ruriks Brust lag, verstärkte sich. Vorsichtig wich der Graf einen kleinen Schritt zurück, doch so nahe am Abgrund wagte er sich nicht weiter. Beinahe überrascht erkannte er den Zorn in Brandolfs Augen.

Mit einer Frage beabsichtigte er den Edelherrn zur Vernunft zu bringen. „Was wollt Ihr tun? Mich ebenfalls in den Abgrund schicken? Das könnt Ihr als rechtschaffener Christ nicht tun!“

Brandolf antwortete nicht. Stattdessen verstärkte sich der Druck seiner Waffe. Rurik begriff, dass er den Edelherrn falsch eingeschätzt hatte. Bisher hatte er geglaubt, dass Brandolf viel zu ehrbar sei, als sich selbst zum Henker und Rächer aufzuschwingen. Er verkörperte geradezu die Nächstenliebe, wie sie die Priester in den Kirchen predigten.

Doch in diesem Augenblick empfand Brandolf keine Nächstenliebe. Er empfand gar nichts mehr. Er sah nur noch Rurik, den Mörder eines Freundes. Er sah den Verursacher vielen Leidens und den Verräter, der seinen Tod wünschte. Er musste diesem Wahnsinn, diesem Mann, ein Ende setzen.

Der Druck des Schwertes nahm zu und Rurik wich erneut ein wenig zurück. Seine Stimme klang zum ersten Mal beunruhigt. „Brandolf, besinnt Euch! Begeht jetzt keinen Fehler."

Der Edelherr hörte nichts. Noch einmal versuchte Rurik ihm ins Gewissen zu reden, diesmal mit besorgtem Unterton.

„Brandolf, wie wollt Ihr zwei Tote an der gleichen Stelle in einer Schlucht erklären? Ich bin ein Vasall des Kaisers! Er wird nach mir suchen lassen, bevor er aufbricht ..."

Wieder musste Rurik vor der bedrohlichen Klinge ein Stück zurückweichen und kam dem Rand des Abgrundes gefährlich nahe. „Brandolf, hört mich an ..."

Doch da verlor der Graf den Halt und seine Füße rutschten nach hinten weg. Er versuchte noch einmal sich am Felsen zu halten, doch seine Hände griffen ins Leere. Rurik fiel vornüber und begann langsam rückwärts über den Rand der Klamm zu gleiten. Mit rudernden Armen suchte er nach einem Grat oder einem Vorsprung, an dem er sich festhalten konnte. Vergeblich. Unablässig rutschte er weiter. Seine angsterfüllten Hilferufe verhallten in der Nacht, vom Schnee verschluckt.

Brandolf blieb stehen und schaute zu. Vor seinen Augen rutschte Rurik dem sicheren Ende entgegen und er empfand eine ungekannte Genugtuung dabei. Er genoss diesen Augenblick. Rurik blickte dem Tod ins Angesicht und die Furcht in seinen Augen war mehr, als Brandolf jemals im Gesicht des Grafen zu sehen gehofft hatte. Rurik glitt weiter. Seine Hände griffen immer wieder in den pulvrigen Schnee, fanden jedoch keinen Halt.

Dann war er verschwunden. Lautlos, ohne einen Schrei.

Stille herrschte wieder. Brandolf kam zur Besinnung, wie aus einem Traum. Kraftlos sank sein Schwert zu Boden. Sein Blick war auf den Rand des Abgrunds gerichtet, nur wenige Schritte vor sich. Die unbemerkt angehaltene Luft entfuhr erleichtert seinen Lungen. Soeben hatte er seinen Widersacher bezwungen. Zwar auf andere Weise als er es über Jahre hinweg beabsichtigt hatte, doch er hatte ihn bezwungen!

Im Schnee waren deutlich die Spuren von Ruriks Kampf zu sehen, doch das würde nicht lange so bleiben. Der stetige Schneefall würde dafür sorgen, dass keiner sie am nächsten Morgen entdecken konnte.

Brandolf steckte das Schwert in das Futteral und kehrte dem Abgrund den Rücken. Er wollte gerade zu seinem Lager zurückkehren, als er eine leise Stimme vernahm.

„Brandolf ..."

Der Edelherr wandte sich überrascht um. Noch einmal vernahm er seinen Namen und diesmal schien er aus der Schlucht zu kommen. Besonnen legte er sich auf den Bauch und näherte sich vorsichtig dem Abgrund. Als er über den Rand schauen konnte, traute er seinen Augen nicht. Etwa zwei Ellen unter ihm klammerte sich Rurik mit beiden Händen an einen kleinen Felsvorsprung und blickte flehend nach oben. Furcht stand in seinen Augen. Es kostete ihn beinahe all seine Kraft, sich zu halten und er konnte dabei kaum sprechen. Und doch lag gerade darin seine einzige Hoffnung auf Rettung.

„Brandolf ... ich bitte Euch ..."

Der Edelherr schloss die Augen und zog sich wieder zurück. Er wollte nicht sehen, was dort unten gerade geschah. Es war vollbracht gewesen ... soeben war es doch noch vollbracht gewesen!

Und dann vernahm Brandolf aus der Schlucht abermals einen Namen, doch zu seiner Verwunderung war es nicht seiner, den Rurik anflehte. „Farold ..."

Verwirrt blickte der Edelherr erneut über den Grat in den Abgrund. Er schaute in die Augen des Grafen und erkannte, dass sich dessen Blick auf merkwürdige Weise verändert hatte. Sogleich flehte Rurik ihn an: „Farold ... vergib mir ..."

Brandolf glaubte seinen Ohren nicht zu trauen.

„Farold ... vergib mir ..."

Sollte Rurik den Edelherrn tatsächlich für Farold halten? War er von Sinnen?

„Bruder ... hilf mir ... im Namen Gottes ..."

Im Namen Gottes! Weshalb nur wählte Rurik ausgerechnet jetzt diese Worte? Brandolf verfluchte den Grafen in Gedanken und drückte sein Gesicht in den Schnee. Die Kälte war mit einem Mal angenehm. Er wollte nichts mehr sehen und er wollte nichts mehr hören. Doch Ruriks Stimme drang unerbittlich zu ihm.

„In Gottes Namen ... Farold ... bitte ..."

In Gottes Namen. Brandolf fluchte nicht mehr. Er dachte nicht mehr. Er handelte. Flink wich er vom Rand des Abgrundes zurück. Er zog seinen

Mantel aus und setze sich an den aufragenden Fels, sodass er mit den Füßen Halt fand und sich abstützen konnte. Dann warf er das eine Ende des Mantels über den Rand, wo er Rurik hängen glaubte, und hielt das andere um sein Handgelenk gewickelt fest.

Brandolf wartete darauf, mit einem Ruck das Gewicht des Grafen am Mantel zu spüren. Doch es geschah nichts. War Rurik etwa abgestürzt oder war der Mantel außerhalb der Reichweite? Er holte ihn wieder ein – in Gottes Namen – und warf ihn etwas weiter seitlich erneut über den Rand. Und dann verspürte Brandolf einen Ruck und er wusste, dass der Graf am Mantel hing. Es war ein überwältigendes Gewicht und der Edelherr brachte all seine Kräfte auf, um sich am Fels zu halten und nicht selbst in die Schlucht zu rutschen. Rurik musste schon selbst nach oben klettern, hochziehen konnte ihn Brandolf nicht auch noch.

Handbreite um Handbreite gelang es dem Grafen schließlich, sich nach oben zu arbeiten. Nachdem er sich über die Kante des Abgrundes gezogen hatte, blieb er keuchend und kraftlos auf dem Rücken liegen. Immer wieder flüsterte er den Namen seines Bruders, als wolle er ihm danken.

Auch Brandolf kippte erschöpft zur Seite, als der Mantel erschlaffte. Seine Beine und Arme schmerzten. Der Name seines einstigen Lehnsherrn klang in seinen Ohren wie ein Fluch, den Rurik fortwährend aussprach. Hatte der Graf den Verstand verloren? Sah er in Brandolf tatsächlich seinen eigenen Bruder, den er einst hatte meucheln lassen?

In Gottes Namen!

Noch immer außer Atem begann Brandolf an seinem Gürtel zu nesteln und seinen Dolch hervorzuziehen. Er hielt ihn vor sich und kroch damit zum Grafen, der mit geschlossenen Augen dalag, vor sich hinkeuchte und sich sowohl bei seinem Bruder als auch bei Gott flüsternd zu bedanken schien.

Als Brandolf bei ihm anlangte, öffnete Rurik die Augen. Doch diese Augen schienen eine eigene Welt zu sehen, in der Brandolf nicht existierte. Die scharfe Klinge des Dolches, die über dem Gesicht des Grafen schwebte, nahm dieser mit einer stoischen Ruhe wahr. Rurik schwieg und Brandolf fluchte erneut. Beide verharrten für eine Weile.

Plötzlich schien der Graf wieder bei Sinnen zu sein. Flüsternd wagte er es zwischen den Atemzügen zu sprechen. „Weshalb ... habt Ihr ... das getan?"

„In Gottes Namen ... habt Ihr das nicht gesagt?", hauchte Brandolf.

Rurik schien sich zu erinnern. „In Gottes Namen ... ja ... das habe ich."

„In Gottes Namen habt Ihr Euer Leben behalten ... Lebt es fortan entsprechend!" Rurik verstand nicht, was Brandolf damit meinte. Erst als er in die Augen des Edelherrn blickte, sah er darin eine erschreckende Entschlossenheit. Der Dolch näherte sich langsam seinem Gesicht. Er wusste zwar nicht, was Brandolf beabsichtigte, doch er verschloss seine Augen nicht davor und harrte stumm aus.

Behutsam setzte die Klinge an der Stirn des Grafen an. Brandolf atmete tief ein und hielt dann die Luft an. Mit ruhiger Hand vollzog er schließlich die Schnitte. Nicht zu tief, aber tief genug, um Narben zu hinterlassen. Es waren nur zwei Schnitte und sie bildeten das Symbol des Herrn: ein Kreuz.

Als er damit fertig war, richtete er sich auf und blickte auf den erleichtert aufatmenden Rurik herab. „Wie Ihr das dem Kaiser erklärt, ist Eure Sache, aber lasst mich aus dem Spiel. Ich habe weder Euch noch Euren Gesellen in dieser Nacht gesehen. Vielleicht habt Ihr Euch die Wunde ja selbst zugefügt, weil Ihr mit einem Mal bußfertig und reumütig geworden seid – in Gottes Namen und im Namen Eures Bruders."

Als Brandolf den ehemaligen Grafen erwähnte, schweifte Ruriks Blick ab, als versuche er sich zu erinnern. „Farold ...", flüsterte er, „... was habe ich getan?"

Der Edelherr antwortete darauf nicht. Erschöpft zerrte er seinen Mantel unter dem Grafen hervor, zog ihn sich über und stapfte davon. Er schlug die Richtung ein, in der er seine Männer vermutete. Wenn er Glück hatte, würde er heute Nacht noch ein paar Stunden Schlaf finden, doch er bezweifelte es, nach allem, was am Rande der Klamm geschehen war.

Rurik blieb indessen liegen und starrte in den Himmel. Dicke Schneeflocken schwebten sanft auf ihn nieder, als wollten sie ihn unter weißer Unschuld begraben. Das neue Mal an seiner Stirn pulsierte und das Blut lief warm zu beiden Seiten herab.

Wie Recht Faolán mit seiner Vermutung bezüglich des Misstrauens ihm und Konrad gegenüber gehabt hatte, war ihm bereits nach den ersten Monaten im Columbankloster bewusst geworden. Seit ihrer Ankunft vor etwa eineinhalb Jahren standen die beiden Novizen tatsächlich unter ständiger Beobachtung. Nie ließ man sie allein, nicht einmal im Aborthaus. Entweder wurden sie von einem schweigsamen Mönch begleitet, der all ihren Aufgaben und Tätigkeiten kritisch beobachtend beiwohnte, oder es war einer der älteren Novizen, der die beiden Freunde nicht nur beaufsichtigte, sondern gemeinsam mit ihnen Arbeiten verrichtete. In beiden Fällen mussten sie absoluten Gehorsam leisten, sonst drohte sofortige Strafe. Doch ganz gleich, wie sehr sich Faolán und Konrad auch bemühten, den neuen Anforderungen gerecht zu werden, es gelang ihnen nicht immer. Viel zu häufig mussten sie körperliche Züchtigungen über sich ergehen lassen, selbst bei einfachen Vergehen.

Geringe Strafen wurden in Form von Ohrfeigen erteilt, kaum hatten die beiden Freunde etwas zum Missfallen der Bruderschaft getan. Die Findigkeit an Pein war vielseitig und reichte bis hin zu kleineren Verbrennungen mit glühenden Eisen. Anfangs konnte Faolán diese Tätlichkeiten noch gut verkraften. Mit der Zeit allerdings wurden vor allem die Ohrfeigen zu einer unerträglichen Qual. Es kam ihm vor, als glühten seine Ohren und Wangen unentwegt, so heiß und rot waren sie von den ständigen Schlägen. Häufig stieg Zorn in ihm auf und er musste lernen, sich zu beherrschen. Sobald er sich wieder beruhigt hatte, wurde ihm allerdings klar, dass die Mönche genau das bezweckten: Er sollte die Beherrschung verlieren und ihnen damit einen weiteren Grund für eine noch härtere Bestrafung liefern.

Dabei waren es nicht alle Mönche, die derartige Strafen verabreichten. Vielleicht lag es daran, dass nicht alle mit der Aufsicht der Novizen betraut waren und so erhoben immer dieselben Brüder die Hände gegen Faolán und Konrad.

Einfallsreichtum bewiesen diese Mönche auch bei den härteren Bestrafungen. Faolán konnte sich nicht ausmalen, was in den Köpfen der Männer vorgehen mochte, wenn sie sich solche Torturen ausdachten. Arbeiten im Regen zu verrichten, bis die Novizen auf die Haut durchnässt waren, war nur eine der harmloseren Varianten davon. Weitaus schlimmer war die Selbstgeißelung mittels eines Reisigbündels, Tannenzweiges oder gar einer Riemengeißel, bis Blut zum Vorschein trat. Einige Male mussten sich die Novizen mit einem scharfen Messer die Fußsohlen wund schaben und den Rest des Tages ohne Füßlinge einhergehen. Die häufigste Bestrafung bestand jedoch aus körperlich schwerster Arbeit, um den Sündigen seiner letzten Kräfte zu berauben, bis er zusammenbrach. Auf diese Weise hoffte man, die beiden neuen Novizen zu brechen.

Bei den Arbeiten handelte es sich allerdings nicht immer um sinnvolle Tätigkeiten, die zum Erhalt der Gemeinschaft notwendig waren. Es konnte ein Stapel Holz sein, der an einen anderen Ort gebracht und anschließend wieder zurückversetzt werden musste, oder die Steine des Außenwalls, die gereinigt werden sollten. Diese Arbeiten dienten einzig zur Schikane der Novizen.

Auffällig bei all den Bestrafungen war, dass die Ohrfeigen und kleineren Maßregelungen von den betreffenden Mönchen rege ausgeteilt, die härteren Strafen hingegen niemals von ihnen selbst vollzogen wurden. Es gehörte zu den Prinzipien der Abtei, dass ein Büßer allein für seine Sühne sorgen musste, ganz gleich, welcher Art sie war. Durch die eigene Züchtigung versprach sich Abt Umbert ein besonders wirksames Resultat. ‚Sich selbst Pein zuzufügen eröffnet einem Bußfertigen den wahren und einzigen Weg ins Paradies', vernahm Faolán immer wieder von den Brüdern, doch diese Wahrheit stank zum Himmel wie der Atem des alten Abtes.

Prior Martins Aufgabe war es, die auferlegten Strafen der Büßer zu kontrollieren. Seltsamerweise erteilte er niemals selbst Züchtigungen, ganz im Gegensatz zu seinem Amtskollegen Walram. Nicht einmal eine Ohrfeige erhielt Faolán von diesem Mönch. Der Prior prüfte lediglich, ob die auferlegte Strafe zu einem sichtbaren Erfolg geführt hatte. Sollten nicht ausreichend Striemen auf dem Rücken oder Blasen an den Händen zu sehen sein, sollte der Aufsässige vor Erschöpfung nicht beinahe zusammenbrechen, so musste er abermals mit seiner Züchtigung beginnen, und das meist in vollem Ausmaß.

Faolán befiel stets ein merkwürdiges Gefühl, sobald er dem Prior begegnete. Bruder Martin schien ihn meist aus einiger Entfernung zu beobachten, und Faolán hatte sogar den Eindruck, als würde der Mönch ihn meiden, sobald er in seine Nähe kam. Er wusste nicht, woran das lag und er fragte sich, welches Bild Prior Walram von ihm und Konrad in dieser Abtei verbreitet hatte. Aber war das der Grund, weshalb Bruder Martin ihm aus dem Weg zu gehen schien? Faolán glaubte nicht, dass dieser Mann Angst vor einem Sünder haben könnte.

Bruder Clemenza hingegen war von gänzlich anderer Art. Seine stieren Blicke waren unverhohlen und schamlos. Er starrte nicht nur Faolán und Konrad auf diese Weise an, sondern auch so manch anderen Novizen. Faolán zweifelte immer mehr am Verstand dieses Mönches, denn oft genug verfiel Clemenza inmitten seiner Tätigkeit in eine Starre, gaffte mit offenem Mund in die Ferne und kam erst nach einiger Zeit wieder zur Besinnung. Ob der korpulente Mönch unter Schwachsinn litt oder lediglich Tagträumen erlag, vermochte Faolán nicht zu beurteilen. Er und Konrad mieden ihn jedoch so weit wie möglich.

Obwohl die beiden Novizen stetig beobachtet und gepeinigt wurden, so stellte die einfachste Form der Strafe zugleich auch die härteste dar: Sie wurden getrennt. Im Schlafsaal behielten sie zwar ihre benachbarten Lager bei, doch den Rest des Tages achtete man akribisch darauf, dass sie keinen weiteren Umgang miteinander hatten. Im Refektorium saßen sie weit voneinander entfernt und im Chorgestühl der Kirche wurden ihnen ebenfalls entfernte Plätze zugewiesen. Ihre Arbeiten und Strafen durften sie niemals gemeinsam verrichten, und sollten sie sich einmal zufällig auf den Fluren der Gebäude treffen, so war stets ein Mönch oder Novize bei ihnen, der darauf achtete, dass sie kein Wort miteinander sprachen. Es gab nur äußerst selten die Gelegenheit, sich zu unterhalten und wenn, taten sie es heimlich und wortlos, indem sie die alte Zeichensprache ihres Heimatklosters verwendeten.

Erst nach einem halben Jahr war es Faolán und Konrad gestattet worden, ihre Arbeiten wieder gemeinsam zu verrichten. Allerdings nur im Beisein anderer Novizen oder Mönche. Im ersten Sommer betraf dies vor allem die Bearbeitung einiger abgelegener Getreidefelder, die sich auf Lichtungen im dichten Wald befanden, aber auch auf den Holzschlag und das Schleppen von Gütern auf Kiepen aus dem nächstgelegenen Dorf. Einen Esel besaß die Abtei nicht und so wurden die Novizen dazu benutzt, die notwendigen Lebensmittel und Materialien zu schleppen. Daraus folgten für Faolán und Konrad mehr gemeinsame Tätigkeiten mit ihren Altersgenossen und sie begannen nach und nach einige von ihnen kennenzulernen. Es war nicht verwunderlich, dass die alteingesessenen Novizen die neuen zunächst scheuten, doch nach einigen Wochen der gemeinsamen Strapazen bemerkten sie, dass Faolán und Konrad weder Untiere noch Dämonen waren, wie man ihnen wahrscheinlich eingeschärft hatte. Mit der Zeit folgten die ersten Wortwechsel, die aufgrund des herrschenden Schweigegebots nur flüsternd oder mittels der allgemein bekannten Handzeichen stattfanden.

Die ersten Hindernisse im Columbankloster schienen überwunden und die beiden Freunde hatten zumindest oberflächlich das Vertrauen der Novizen gewonnen. Dies ermöglichte ihnen wiederum, an Informationen zu gelangen, die ihnen den Klosteralltag in Zukunft erleichtern könnten. So erfuhren sie, was im Umgang mit den einzelnen Mönchen zu beachten war und wie sie deren Gunst erlangen konnten, sofern das überhaupt möglich war. Es gab einige Brüder, die ein Novize besser mied, aber auch jene, die sogar den Jünglingen gegenüber wohlgesonnen waren.

In der Abtei gab es aber zwei Mönche, über die Faolán und Konrad nur sehr wenige Informationen erhielten. Einer davon war Abt Umbert. Über ihn waren unter den Novizen hauptsächlich Gerüchte in Umlauf. Teilweise widersprachen sie sich jedoch derart, dass Faolán nur den wenigsten Glauben schenkte. Übereinstimmend waren jedoch die Erzählungen über die Vergangenheit des Abtes. Aufgewachsen und erzogen war er in der Abtei zu Luxeuil, einem vom heiligen Columban gegründeten Kloster. Umbert schien die Regeln des asketischen Lebens dort vollständig verinnerlicht zu haben. Als junger Mönch war er dann in dieses entlegene Kloster auf den Höhen des Schwarzwaldes gekommen und hatte schnell die Gunst des damaligen Abtes erworben. Das Amt des Priors erlangte er bereits nach wenigen Jahren, und so war es nicht verwunderlich, dass Umbert nach dem Tode des Ordensoberhauptes als dessen Vertreter auch zum neuen Führer der Bruderschaft gewählt wurde. Nach diesem Wechsel manifestierte er die Regeln des heiligen Columban, deren Maßstäbe er bislang nur für sich angesetzt hatte, für die gesamte Abtei. Zu Beginn stieß er damit auf einigen Widerstand, doch schon bald wurde den Mitbrüdern klar, dass Abt Umbert bei jedem Verstoß der neuen Regeln eisern durchgriff und harte Strafen walten ließ.

Anhand dieser Schilderungen begriffen Faolán und Konrad schnell, dass Abt Umbert zum Feind zu haben, das Schlimmste wäre, was ihnen in diesem Kloster widerfahren könnte. Der alte Mann kannte keine Gnade und würde alle Mittel nutzen, um seinen Willen und seinen Weg durchzusetzen und so galt es, ihm besser aus dem Wege zu gehen und nicht aufzufallen.

Der zweite Mönch, über den sie nur wenig in Erfahrung bringen konnten, war Bruder Clemenza. Sobald Faolán oder Konrad über ihn zu sprechen begannen, schwiegen die anderen Novizen merkwürdigerweise. Niemand wollte sich zu diesem Mann oder dessen Belangen äußern. Es schien beinahe so, als stelle dieser Mönch einen dunklen Fleck auf dem sonst so vermeintlich reinen Habit der Abtei dar und die Bruderschaft breitete den Mantel des Schweigens über ihn aus.

Seit ihrer ersten Begegnung mit Clemenza wusste Faolán, dass es besser war, diesem Mönch ebenfalls fern zu bleiben. Es waren nicht nur die stieren Blicke des Bruders, sondern sein gesamtes Verhalten, das dem Novizen nicht behagte. Stets beschlich Faolán ein merkwürdiges Gefühl, wenn er sich in Clemenzas Nähe aufhielt. Eine Beklemmung kroch dann meist in ihm empor und er fühlte sich beinahe nackt vor den durchdringenden Blicken des Mönches. Zur Erleichterung der beiden Freunde gab es nur wenige Aufgaben, die sie unter Clemenzas Obhut ausführen mussten.

So war mit einer alltäglichen Regelmäßigkeit von Gebet, Arbeit und Strafe das erste Jahr im Columbankloster vergangen. Als wolle der Himmel das asketische und karge Leben zusätzlich erschweren, bescherte er der Bruderschaft abermals einen frühen Winter.

Der Schnee fiel unaufhörlich über mehrere Wochen und eine eisige Kälte hielt in die ohnehin schon klammen und düsteren Mauern Einzug. Selbst jetzt war es den Mönchen nicht vergönnt, sich im Refektorium oder dem Kapitelsaal aufzuwärmen, obwohl dort Glutbecken vorhanden waren. Doch diese blieben kalt. Wer sich bei diesen Temperaturen nicht richtig zu kleiden wusste, verschuldete sein Unbehagen selbst, so lautete zumindest das Dogma. Um ausreichend gegen diese Temperaturen gewappnet zu sein, bedurfte es jedoch mehr als lediglich eines Habits und Umhangs und so war es nicht verwunderlich, dass, je weiter der Winter voranschritt, immer mehr Mönche zu husten begannen und das Hospital aufsuchten.

Abhilfe gegen die Kälte versprachen einzig die aufgetragenen Arbeiten, die Faolán in dem wollenen Gewand schnell ins Schwitzen brachten. Nur zu gerne erinnerte er sich dann an das heimatliche Benediktinerkloster. Dort wurden die Glutbecken des Refektoriums an besonders kalten Tagen aufgefüllt und es war den Brüdern zumindest einmal täglich vergönnt, sich für kurze Zeit daran aufzuwärmen. Offensichtlich hatte der heilige Columban das Frieren als eine ehrenwerte Tugend angesehen oder zumindest wurde es auf diese Weise ausgelegt.

Im Columbankloster wurde nur eine einzige Feuerstelle betrieben, und diese befand sich im Kochhaus. Unter den Novizen waren die dort zu verrichtenden Arbeiten zur kalten Jahreszeit umso begehrter. Oftmals mussten

Faolán und Konrad für das Brennholz der Küche sorgen, es spalten und neben dem Kochhaus aufschichten. Wie gerne hätten sie es in diesen Augenblicken auch entzündet und sich daran gewärmt. Selbst wenn ihnen bei der Arbeit der Schweiß auf der Stirn stand, so war ihnen doch niemals durch und durch warm. Der Wind, der in dieser Höhe unerbittlich über den Klosterhof fegte, kühlte ihre nassen Körper schnell ab und ihre Hände fühlten sich immer eisig an. Es war ihnen noch nicht einmal gestattet, am Ende ihrer Arbeit das Holz in das warme Kochhaus zu tragen.

Besonders ärgerlich war diese Arbeit allerdings, wenn sie das Holz nicht für die Gemeinschaft spalteten, sondern als Tauschgut für die Waren der ansässigen Bauern. Das Kloster besaß die alleinigen Nutzungsrechte des umliegenden Waldes und niemand sonst durfte darin ungestraft Brennholz schlagen oder sammeln. Einmal in der Woche wurden die Tore des Klosters zur frühen Mittagszeit geöffnet, um sowohl die regelmäßigen Abgaben der Bauern entgegenzunehmen, als auch um sonstige Waren zu tauschen, die in der Abtei benötigt wurden und nicht selbst hergestellt werden konnten.

Im Sommer bedeutete das für diesen Tag ein reges Treiben auf dem Klosterhof, das schon beinahe wie auf einem kleinen Markt anmutete. Im Winter allerdings, wenn der Schnee hoch lag, die Vorräte der Bauern knapper wurden und der Weg beschwerlich war, wagte sich kaum noch ein Bauer zur Abtei. Sie hatten schon genug damit zu tun, sich und ihre Familien durch den Winter zu bringen. So stapelte sich das Brennholz im Kloster schon bald viele Ellen hoch, ohne dass die Novizen auch nur einen Scheit davon entzünden durften.

Auf den Höhenlagen, wo sich die Abtei befand, schien es beinahe endlose Schneemassen zu geben. In diesem Januar des Jahres 965 gab es zwar sonnige und kristallklare Tage, doch die Temperaturen blieben frostig und der Schnee konnte nicht schmelzen.

Selbstverständlich wurde es den Novizen auferlegt, die Schneemassen aus dem Klosterhof zu beseitigen. Obwohl der Hof von den Mönchen nur selten genutzt wurde, waren gewisse Bereiche doch nur über ihn erreichbar und die Wege dorthin mussten stets freigeräumt werden. Dazu zählten auch Gebäude wie das Kochhaus und die Schweinekoben, sowie der gesamte Bereich am Tor. Da Abt Umbert jedoch halbherzige Arbeiten verabscheute, musste selbst bei dem kleinsten Schneefall stets der gesamte Hof geräumt werden, ganz gleich, wie sinnvoll es war. Und sollten die Novizen diese Aufgabe nicht zur

Zufriedenheit des Oberhauptes erledigen, so war das wiederum ein willkommener Grund für weitere Züchtigungen.

Konrad hatte Faolán nach einigen Tagen des Schneefalls davon überzeugen können, dass sie sich für diese Räumarbeit freiwillig melden sollten. Seiner Ansicht nach barg das zwei Vorteile. Zum einen konnten sie dadurch mehr Vertrauen bei den übrigen Novizen erlangen, da diesen durch den freiwilligen Einsatz der beiden Freunde schwere Arbeit erspart blieb. Zum anderen hoffte Konrad bei der Arbeit auf körperliche Ertüchtigung.

Seit den Wochen des Arrestes und dem damit verbundenen unfreiwilligen Fasten hatte er seine Verfassung nicht in dem Maße wiedererlangt, wie er es gewohnt war. Während des Sommers hatten die Arbeiten im Wald und auf den Feldern zwar für eine gewisse körperliche Ertüchtigung gesorgt, doch dies war nur vorübergehend. Über den Winter drohte seine Konstitution wieder nachzulassen, was er unbedingt vermeiden wollte. Inzwischen wusste er, dass es im Kloster des heiligen Columban keine Möglichkeit gab, sein früheres Kampftraining wieder aufzunehmen. Durch die Arbeit hoffte er allerdings, zumindest seine Muskelkraft stärken und seine Beweglichkeit wieder aufbauen zu können. Zudem war er davon überzeugt, dass sie das karge und anstrengende Leben in der Abtei nur dann würden meistern können, wenn sie nicht nur den notwendigen Willen, sondern auch die körperliche Kraft dazu besäßen.

Faoláns Verfassung hatte in den Büßerzellen sogar noch stärker nachgelassen als Konrads. Zudem hatten ihn die Arbeiten im Wald und auf den Feldern eher geschwächt als gestärkt, wie es bei Konrad der Fall war. Er zögerte zunächst, den Vorschlag seines Freundes anzunehmen. Harte Arbeit war er inzwischen zwar gewohnt, doch nicht in diesem Maße. Er war sich nicht sicher, ob er dem ständigen Schneeräumen gewachsen war. Erst der Hinweis seines Freundes auf die längerfristige körperliche Beanspruchung in diesem Kloster, unabhängig von den Jahreszeiten, und eine kräftezehrende Flucht hatte ihn letztendlich davon überzeugt, dass auch er etwas für seine Verfassung unternehmen musste.

So waren die beiden Novizen in diesem Winter öfter im Klosterhof beim Räumen der dicken Schneedecke zu beobachten als alle anderen und das mit so viel Körpereinsatz, dass sie vor Erschöpfung beinahe zusammenbrachen. Ein Zustand, den viele Mönche mit Wohlwollen betrachteten. Zu Faoláns Erstaunen bemerkte er bereits nach wenigen Wochen erste Auswirkungen dieser Tätigkeit. Er begann sich kräftiger zu fühlen und besaß zunehmend mehr Ausdauer.

Ein weiteres, unbeabsichtigtes Resultat ihrer freiwilligen Arbeit war, dass Faolán und Konrad sie gemeinsam verrichten durften, ohne ständig beaufsichtigt zu werden. Den Mönchen war es zu kalt, den ganzen Tag bei ihnen zu stehen und sie zu überwachen. Meist waren noch ein paar weitere Novizen auf dem Klosterhof zugegen und mit der Zeit wagte Faolán sogar das ein oder andere kurze Gespräch mit ihnen. Natürlich nur im Flüsterton, denn er konnte nie wissen, ob sie nicht doch beobachtet oder belauscht wurden.

In der vergangenen Nacht hatte es erneut stark geschneit. Nahezu alle Novizen waren eingeteilt, um den Hof auf Umberts Geheiß freizulegen. Die Sonne schien vom eisblauen Himmel herab und brachte die Jünglinge in den knietiefen Schneemassen noch schneller ins Schwitzen als es allein durch die Arbeit der Fall gewesen wäre.

Faolán und Konrad waren gerade mit einem Novizen namens Beren damit beschäftigt, das Kochhaus freizulegen. Einfach gezimmerte Schneebretter stellten ihre Werkzeuge zum Schaufeln der weißen Masse dar, die sie auf einen großen Schlitten luden. Diesen mussten sie immer wieder durch das Tor ziehen, um ihn am Abhang zu entleeren. Es war eine Plackerei, die nur spärliche Fortschritte zeigte und hin und wieder gönnten sich die drei Novizen eine kurze Verschnaufpause.

Beren war einer der wenigen Novizen, zu denen die beiden Freunde ein gewisses Band verspürten. Er war nicht besonders auffällig, eher von gewöhnlicher Statur und etwa ein Jahr älter als Konrad. Wie alle Novizen der Abtei trug er sein dunkelbraunes Haupthaar selbst im Winter kurz geschoren und in seinem Gesicht war eine Traurigkeit, die Faolán bisher bei noch keinem Jüngling gesehen hatte. Wie die meisten Novizen lebte auch Beren nicht freiwillig im Kloster und es war ihm deutlich anzusehen, dass er hier nicht glücklich war. Er wirkte bedrückt und ängstlich und wenn man ihm unbemerkt zu nahe kam, zuckte er schreckhaft zusammen. Wenn er angesprochen wurde, so wich sein Blick aus und seine Sätze waren meist kurz und klangen mürrisch.

Faolán hoffte, in Beren den benötigten Verbündeten für seinen Fluchtplan zu finden, wenn er auch nicht so recht begründen konnte, weshalb er ausgerechnet diesen Novizen für geeignet hielt. Während der kurzen Pausen suchte er immer wieder das Gespräch mit ihm, obwohl dieser stets vor

Faolán zurückwich und das auferlegte Schweigegebot nicht ohne weiteres zu brechen wagte.

Ratlos, was er noch tun sollte, um Berens Vertrauen zu gewinnen, wanderte Faoláns Blick angespannt umher. Da kein Mönch zu sehen war, lehnte er sich schließlich erschöpft an den hüfthohen Schlitten, stützte einen Ellbogen auf dem Schneebrett ab und sprach beinahe beiläufig in verhaltenem Ton. „Sag, Beren, was hat dich eigentlich in diese Abtei verschlagen? Du bist doch auch nicht freiwillig hier, geschweige denn zufrieden."

Unbehagen befiel den Novizen und er schaute sich vorsichtig um. Überraschend antwortete er diesmal auf Faoláns Bemerkung, wenn auch seine Worte geflüstert und leicht gehetzt klangen, während er weiter den Schnee schaufelte.

„Zufrieden? Wer ist das hier schon? Zufrieden ist vielleicht Abt Umbert ..." Vorsichtig schweifte Berens Blick über die Mauern der Abtei. „... oder unser ehrwürdiger Kellermeister ... wenn er ein Stück Käse der Haltbarkeitsprobe unterzieht. Der Käse wäre meist durchaus noch eine Weile haltbar gewesen ... hätte er ihn nicht gegessen." Der Novize hielt inne und richtete sich auf. Beinahe traurig blickte er jetzt Faolán an. „Als Novize ist die eigene Zufriedenheit nicht erstrebenswert. So lauten zumindest die Worte des Abtes. Daher widme ich mein Leben dem Herrn und führe es in Bescheidenheit und Demut."

Mit einer Hand vor dem Mund konnte Konrad gerade noch ein prustendes Lachen unterdrücken. Sein Gesicht lief dabei vor Anstrengung rot an. Beschämt fuhr Beren fort, Schnee auf den Karren zu laden. Faolán stieß seinem Freund mit dem Ellbogen in die Seite und versuchte das Gespräch mit ernster Miene aufrecht zu halten. „Komm schon, Beren, du befindest dich nicht vor Prior Martin, dem du Rede und Antwort über deinen Lebensinhalt oder deine Glaubenssätze stehen musst. Wir sind es, Konrad und Faolán, die verbannten Sünder!"

Irritiert schaute Beren erneut nach allen Seiten, während er das Brett vom Schlitten zog. Unsicher, wie er reagieren sollte, flüsterte er schließlich eine Antwort. „Ich weiß ... doch in diesem Kloster kann man jeden Augenblick auf die Probe gestellt werden." Erneut flog sein Blick über die Fassaden der angrenzenden Gebäude, dann senkte er das Haupt wieder und fuhr zögerlich fort. „Der Herr wird seine Diener dann prüfen, wenn sie nicht damit rechnen. So lauten die Worte des Abtes. Aber du hast Recht. Weshalb sollte er für eine Prüfung ausgerechnet euch erwählen?"

Sogleich arbeitete Beren weiter. Noch einmal warf er einen kurzen Blick zu Konrad, der noch immer Mühe hatte, sein Lachen zu unterdrücken. Da musste er ebenfalls leicht schmunzeln und schüttelte über die eigene Torheit den Kopf. Faolán blickte Konrad fragend an, der sich schließlich beherrschte und dem schüchternen Novizen freimütig eine Frage stellte, die ihm schon lange auf der Zunge lag. „Beren, was hat es eigentlich mit Bruder Clemenza auf sich? Jedem, den wir darauf ansprechen, verschlägt es auf sonderbare Weise die Sprache. Gibt es einen Erlass des Kaisers, nicht über ihn zu sprechen?"

Obwohl Konrad seine Frage scherzhaft zu stellen versucht hatte, zuckte Beren bei Clemenzas Namen unweigerlich zusammen. Er wich sogar einen Schritt zurück und stolperte beinahe über einen der aufgeschobenen Schneeberge. Er hielt inne und betrachtete abwechselnd die beiden Novizen. Faolán glaubte in Berens Augen jetzt deutlich Furcht erkennen zu können. Doch wovor sollte er sich fürchten? Statt einer Antwort stellte Beren raunend eine Gegenfrage. „Was soll schon mit ihm sein?"

Das unsichere Flüstern war Hinweis genug, dass mit Clemenza etwas nicht stimmte. Doch Faolán musste jetzt vorsichtig sein. Er durfte den Novizen mit seiner Neugierde nicht noch weiter verunsichern oder ihn am Ende ganz vergraulen. Er schlug einen beiläufigen Tonfall an und blickte dabei in den blauen Winterhimmel, als er antwortete. „Bruder Clemenza wirkt ... nun ja, wie soll ich es formulieren ... etwas merkwürdig. Er ist zweifellos ein Sonderling, doch mir ist nicht ganz klar, worin diese Sonderlichkeit begründet ist."

Beren starrte auf den Schnee an seinen Schuhen, als habe er Faolán nicht gehört. Doch der wusste genau, dass Beren ihn vernommen hatte und so fuhr er leise fort: „Clemenza scheint sich in dieser Abtei einige Privilegien erarbeitet zu haben, die hier sonst kein anderer Mönch innehat. Niemand scheint zu wissen, was er treibt, wenn er durch die Gänge der Abtei huscht. Viele machen einen weiten Bogen um ihn, als habe er eine ansteckende Krankheit. Selbst im Refektorium sieht man ihn selten und falls doch, so bleiben die Plätze neben ihm meist leer. Was steckt dahinter? Wir hatten gehofft, du könntest uns in das Geheimnis um Clemenza einweihen."

Kaum hatte Faolán es ausgesprochen, da ergriff Beren abermals sein Schneebrett und belud hastig den Schlitten weiter. Überrascht schauten sich Faolán und Konrad an. Entweder hatten sie in Bezug auf Clemenza mit Beren den richtigen Novizen angesprochen und einen wunden Punkt bei ihm getroffen oder sie wurden beobachtet. Daher ergriffen sie selbst ihre Schneebretter und arbeiteten ebenfalls weiter.

Faolán versicherte sich mit ein paar Blicken, dass sie nach wie vor ungestört waren. Die anderen Novizen gingen ebenfalls ihrer Aufgabe nach und zogen soeben einen hoch beladenen Schlitten durch das Tor. Wenn Faolán herausfinden wollte, wovor sich Beren fürchtete, musste er dessen Vertrauen gewinnen. Langsam arbeitete er sich Schnee räumend an den Novizen heran. Als er dicht bei ihm stand, sprach er ihn erneut leise an. „Beren, was ist los? Wovor hast du Angst?“

„Ich habe keine Angst!“, entgegnete der Novize mit einem atemlosen Zischen. Kaum hatte Beren es ausgesprochen, begann er noch wilder in den Schnee zu stechen und das kalte Weiß auf den Schlitten zu türmen. Es war offensichtlich, dass er eingeschüchtert war. Faolán wagte noch einen Versuch.

„Weshalb veranlassen dich unsere Fragen zu blindwütiger Arbeit? Man könnte beinahe glauben, der Schnee habe dir etwas angetan.“

„Nicht hier!“, raunte Beren Faolán zu, ohne ihn dabei anzusehen.

„Wieso? Was ist daran so geheimnisv...“

„Schweig!“, zischte Beren drängend, während er unbeirrt weiter schuftete und fügte dann flüsternd hinzu: „Schau jetzt nicht hin, aber am oberen Fenster des Torhauses steht ein Mönch ...“

Faolán ließ sich nichts anmerken. Ohne Unterbrechung arbeitete auch er weiter. Nach kurzer Zeit war der Schlitten wieder voll beladen und sie begannen, ihn zum Tor zu ziehen. Auf dem Weg dorthin sah Faolán für einen kurzen Augenblick auf das von Beren beschriebene Fenster. Tatsächlich war dort im Dunkel des Raumes eine Gestalt auszumachen. Sie war in Mantel und Kapuze gehüllt und es war nicht zu erkennen, wer sich in den Schatten verbarg. Faolán lief ein eiskalter Schauer über den Rücken, denn er hatte das Gefühl, nur er allein würde von diesem Unbekannten beobachtet. Es hatte den Anschein, als durchdringe ihn dessen Blick bis auf die Knochen.

Dass die beiden einstigen Sünder noch immer unter Aufsicht standen, war nichts Außergewöhnliches. Bisher hatte die Bruderschaft daraus allerdings nie einen Hehl gemacht, geschweige denn sie versteckt beobachtet. Faolán glaubte nicht, dass dieser Mann nur im Sinne der Bruderschaft dort oben stand. Sein Instinkt sagte ihm, dass dieser Mönch eigene Interessen verfolgte. Wer war er und was führte er im Schilde?

Nachdem die Novizen den Schlitten geleert und wieder zurückgezogen hatten, war die Person im Torhaus verschwunden. Die Jünglinge fuhren schweigsam mit ihrer Arbeit fort. Erst einige Zeit später stellte Faolán Beren schließlich eine Frage, die unaufhörlich in seinem Kopf hämmerte. „Wer war das und warum hat er uns beobachtet?"

„Was glaubst du denn?", fragte Beren kurzerhand zurück, ohne sein Schneebrett aus der Hand zu legen. Faolán kannte keine Antwort, nur noch mehr Fragen. Mit leiser Stimme versuchte Beren, die beiden Freunde zu beruhigen, obwohl er selbst nicht leichtherzig klang. „Sorgt euch jetzt nicht mehr. Er ist weg."

Als Beren dies gesagt hatte, hielt Faolán mit seiner Arbeit inne und schaute den Jüngling verwundert an. In diesem Augenblick hatte er das untrügliche Gefühl, dass der schüchterne Novize sich durch diesen Zwischenfall mit ihnen verbündet hatte. Es waren noch keine starken Bande, doch Faolán spürte, dass sie vorhanden waren. Er gab einem Impuls nach und wiederholte Konrads Frage: „Kannst du uns nicht etwas über Clemenza berichten? Nach über einem Jahr ist er noch immer so geheimnisvoll für uns wie am ersten Tag."

Diesmal schreckte Beren nicht zurück, sondern wurde lediglich nachdenklich. Als er schließlich antwortete, klang seine Stimme nicht länger zaghaft und scheu, vielmehr niedergeschlagen und hoffnungslos. „Ich könnte euch Einiges über Clemenza berichten. Es sind keine schönen Geschichten, aber das habt ihr wahrscheinlich auch nicht erwartet. Hier und jetzt kann ich euch allerdings nichts erzählen ... das wäre zu riskant. Eine Möglichkeit gibt es jedoch, sich ungestört zu unterhalten. Ich wurde für die nächsten drei Abende zum Küchengehilfen ernannt, zusammen mit Henric. Während sich die Mönche im stillen Gebet üben, müssen wir im Kochhaus für Ordnung sorgen. Versuche Henrics Dienst zu übernehmen ... und ich werde dir ungestört berichten können."

Mit diesen Worten wandte Beren sich wieder um und fuhr fort, Schnee auf den Schlitten zu laden. Für ihn war das Gespräch unmissverständlich beendet. Faolán und Konrad verstanden und erwähnten Bruder Clemenza nicht noch einmal. So kamen die drei Novizen schweigend ihrer restlichen Arbeit nach, bis der Hof vom Schnee befreit war. Zeit genug für Faolán, sich den Kopf über diese mysteriöse Gestalt im Torhaus zu zerbrechen, und zu überlegen wie er den begehrten Dienst im Kochhaus erlangen könnte.

Seine Bemühungen diesbezüglich blieben in den darauffolgenden beiden Tagen erfolglos. Die vermeintlich einfache Aufgabe, mit dem eingeteilten Novizen Henric eine Aufgabe zu tauschen, schien schlichtweg unlösbar. Es war einem Novizen nicht gestattet, seine Pflichten einem anderen Novizen zu übertragen. Daher zog Faolán in Erwägung, Prior Martin direkt um den Küchendienst zu bitten, doch er verwarf den Gedanken schnell wieder. Ein solcher Versuch würde sicherlich fragwürdig erscheinen, als wolle er sich eine Gunst oder einen Vorteil verschaffen. Mit hoher Wahrscheinlichkeit würde ein solcher Versuch auch eine Strafe mit sich bringen.

Am dritten Tag war Faolán noch immer nicht an den erwünschten Dienst gelangt und er verlor langsam die Hoffnung. Noch während er darüber nachdachte, begegnete er Prior Martin auf einem der Flure. Es schien, als würde er Faolán suchen, denn er schritt direkt auf ihn zu. Der Novize befürchtete bereits eine erneute Maßregelung, da er im Augenblick keiner Tätigkeit nachging. Doch stattdessen bürdete der Mönch Faolán eine Arbeit auf, die am heutigen Abend zusätzlich auszuführen war. Zur Überraschung des Novizen sollte er als Ersatz den Küchendienst des erkrankten Novizen Henric übernehmen. Als habe Bruder Martin durch die Auferlegung der zusätzlichen Bürde einen Triumph erlangt, zog er mit zufriedener Miene davon und überließ den Novizen sich selbst.

Irritiert begriff Faolán erst nach einigen Augenblicken, was ihm soeben widerfahren war. Der eben noch so unerreichbare Küchendienst war ihm regelrecht in den Schoß gelegt worden. Ein Schmunzeln überkam Faolán, obwohl der zusätzliche Dienst alles andere als leicht werden würde.

Nachdem das abendliche Mahl beendet war, begann für Faolán und Beren die Arbeit. Die beiden Novizen arbeiteten zunächst schweigsam und fleißig im Kochhaus einher, in dem sich eine große Feuerstelle in der Mitte und eine Vielzahl an Regalen sowie mehrere Truhen und Tische entlang der Wände befanden. Auf dem Boden lagen die Abfälle der Speisenzubereitung und das schmutzige Geschirr stapelte sich hoch. Immer wieder erschien ein Mönch oder ein älterer Novize in dem heißen Raum und brachte noch mehr Arbeit. Trotz der geringen Größe der Bruderschaft gab es für die Novizen viel zu tun. Es war nicht nur der Abwasch, sondern auch das Entsorgen der erkalteten Asche des Vortages, das Wischen des Bodens und das Zusammentragen der Speisereste für die Schweine.

Als für die übrigen Mönche und Novizen die Bettruhe begann, waren die beiden Novizen noch immer im Kochhaus beschäftigt. Lange Zeit ließ sich kein Mönch mehr blicken und schließlich hielt Beren inne und begann mit gesenkter Stimme zu sprechen.

„Wenn du gehofft hast, ich könnte dir verraten, wer diese Gestalt im Torhaus war ... so muss ich dich enttäuschen. Ich kann dir nur sagen, wem ihre Aufmerksamkeit galt. Ist aber auch nicht schwer zu erraten, denke ich."

Faolán war überrascht, dass Beren ausgerechnet dieses Thema anschnitt, denn er hatte eher auf Informationen über Bruder Clemenza gehofft. Doch er ließ es dabei bewenden. „Wenn es so einfach für dich ist, dann kannst du es mir ja verraten."

„Er hatte sein Augenmerk ... auf dich gerichtet", offenbarte Beren zögerlich.

„Was ist mit Konrad?", entgegnete Faolán staunend. „Er könnte ebenso gut beobachtet worden sein."

„Nein ... du allein scheinst im Interesse dieses Mönches zu stehen!"

Faolán konnte nicht nachvollziehen, weshalb Beren diese Schlussfolgerung zog und entgegnete verblüfft: „Weshalb nicht Konrad? Vielleicht waren es sogar wir drei, die er in Augenschein genommen hat."

Beren schüttelte energisch den Kopf und sprach weiter, während er die Innenseite eines großen Kessels schrubbte. „Das ist unwahrscheinlich! Es ist mir in der Vergangenheit schon mehrfach aufgefallen, dass du beobachtet wurdest. Damit meine ich nicht die alltägliche Überwachung deiner Arbeiten. Dir hängt vielmehr ein zweiter Schatten an. Eine Art ständiger Begleiter, der unerkannt zu bleiben wünscht. Er ist nicht an mir interessiert. Und an Konrad nur bedingt. Du bist es, den er überwacht."

„Seit wann hast du diese Vermutung?", fragte Faolán staunend, der dieser These nichts entgegenzusetzen hatte.

„Es ist keine Vermutung. Es ist eine Tatsache. Das erste Mal bemerkte ich es kurz nach eurer Entlassung aus den Büßerzellen."

„So lange schon? Weshalb ist mir das nicht aufgefallen?" Faolán war entsetzt über seine eigene Nachlässigkeit. Seit über einem Jahr hatte er versucht, Vertrauen zu gewinnen und nach einer Fluchtmöglichkeit Ausschau zu halten und hatte nicht bemerkt, dass er stets beobachtet worden war. Er musste in Zukunft vorsichtiger sein. Doch wer war dieser Beobachter? „Diese Person führt etwas im Schilde", folgerte Faolán schließlich. „Weshalb sonst beobachtet er mich auf so merkwürdige Weise? Doch was kann das sein ...?"

Faolán verfiel ins Grübeln, fuhr dann jedoch fort: „Eines ist auf jeden Fall sicher: Es handelt sich bei diesem Mönch um einen Bruder, der mehr Freiheiten besitzt als viele andere. Er hat das Privileg, sich frei und ohne Rechtfertigung an jedem beliebigen Ort aufhalten zu können, ohne dass ihn der Abt zur Verantwortung ziehen würde. Ein einfacher Mönch oder gar Novize kommt hierfür nicht in Frage und das schränkt die Zahl der Personen auf etwa ein Dutzend ein."

Beren pflichtete Faoláns Überlegung bei: „Ich an deiner Stelle wäre vorsichtig. Es würde nämlich bedeuten, dass diese Person mächtig ist. Ich habe kein gutes Gefühl bei dieser Angelegenheit. Führt dieser Mönch tatsächlich etwas gegen dich im Schilde, wird er all seine Macht dafür einsetzen. In diesem Falle befindest du dich in ernsthafter Gefahr. Es wäre nicht das erste Mal, dass etwas Absonderliches in dieser Abtei geschieht."

Faolán schaute vom Boden auf, den er gerade mit einer Bürste reinigte und fragte erstaunt: „Welche Absonderlichkeiten? Wie meinst du das?"

Beren zuckte mit den Schultern. „Es gab einige merkwürdige Vorfälle in der Vergangenheit dieses Klosters. Jedoch alle vor meiner Zeit. Ich kann lediglich Erzählungen darüber wiedergeben. Die würden dir aber bei deinem Problem nicht weiterhelfen. Viel dringlicher wäre doch zu wissen, was dahinter steckt?"

„Nicht ‚was', sondern ‚wer'", korrigierte Faolán die Frage und warf die Bürste entmutigt in eine Ecke des Raumes. „Die Antwort darauf kann ich dir geben. Je länger ich darüber nachdenke, umso klarer wird sie mir: Es ist Prior Walram!"

Jetzt, da er es ausgesprochen hatte, wusste Faolán, dass er damit richtig lag. Ungläubig über seine bisherige Blindheit schüttelte er den Kopf. Natürlich, einzig Prior Walram konnte dahinter stecken! Wer sonst hegte einen derartigen Groll gegen ihn, dass ihn diese Verbannung nicht zufrieden stellte! Faolán wollte Beren darüber nicht im Dunkeln lassen und so berichtete er kurz über Walrams jahrelangen Feindseligkeiten. Er endete mit den Begebenheiten seiner und Konrads Ächtung und Verbannung, welche letztendlich Walrams Werk waren. Sarkastisch beendete er seine Schilderung: „Es war immerhin noch eine milde Bestrafung, verglichen mit der anfangs von Prior Walram geforderten Verstümmelung meiner Hände."

Als Beren das vernahm, schreckte er zurück, als habe man ihn soeben selbst bedroht. Entsetzen stand ihm ins Gesicht geschrieben. Faolán zögerte kurz und als Beren sich nicht äußerte, versuchte er noch einmal zu verdeutlichen, was für ein Mensch Walram war. Er schilderte den Werdegang des Priors in diesem Kloster und Beren verstand immer besser. Am Ende der

Darstellung hatten beide Novizen ihre Arbeit vergessen und saßen auf dem steinernen Rand der Feuerstelle in der Mitte des Raumes, in der nur noch kleine Flammen ein schwaches, rötliches Licht erzeugten, die glühenden Kohlen aber noch immer eine angenehme Wärme verbreiteten.

Beren starrte nachdenklich zu Boden, und Faolán saß in Erinnerungen versunken neben ihm. Erst nach einiger Zeit fand Beren wieder Worte.

„Deine Schilderung erklärt einiges!" Faolán war sichtlich überrascht und Beren sprach weiter. „Walram ist hier aufgewachsen. Er kennt das Kloster mit seinen Regeln und Prinzipien. In unserer Abtei gibt es nur zwei Möglichkeiten, damit fertig zu werden: Entweder gehst du darin auf oder du gehst daran zugrunde. Walram ist darin aufgegangen. Selbst Jahre danach kann er es nicht abstreifen. Seine Vergangenheit haftet an ihm und er scheint Abt Umbert in gewisser Weise noch immer treu ergeben zu sein."

Beren zögerte kurz und überlegte, dann legte er seine Gedanken offen. „Ich kann mir vorstellen, dass er sogar bei alten Freunden oder Ergebenen noch Einfluss hat. Möglicherweise hat er jemanden gefunden, der ihm dabei hilft, wozu er selbst nicht mehr in der Lage ist. Er benutzt einen alten Freund wie ein einfaches Werkzeug. Das erklärt aber noch immer nicht, weshalb er dir so verbissen Schaden zufügen möchte."

„Bemühe dich nicht, Walrams Handeln zu verstehen", entgegnete Faolán resigniert. „Ich habe es in all den Jahren vergeblich versucht."

Erneut schwiegen die beiden Novizen und ein jeder ging seinen Gedanken nach. Schließlich sagte Beren:„Es bleibt nur eines, was ich dir raten kann!"

„Und was wäre das?", fragte Faolán überrascht.

„Dieses Kloster so schnell wie möglich zu verlassen!"

Faolán schaute Beren ungläubig an und fragte sich, ob diese Bemerkung eine Falle des Abtes war. Doch er verwarf den Gedanken sogleich wieder, denn die Augen seines Gegenübers strahlten Aufrichtigkeit aus. Überrascht, diesen Gedanken aus dem Munde eines anderen als Konrads zu vernehmen, war er zunächst sprachlos. Beren schien das unangenehm zu sein. Er senkte seinen Blick und versuchte sich zu erklären.

„Ich weiß nicht, ob ein solches Vorhaben erfolgreich sein kann. Ich glaube sogar, dass es unmöglich ist. Bisher habe ich von keinem Novizen erfahren, der ohne die Zustimmung des Abtes das Kloster verlassen hat. Sollte dennoch jemals einer geflohen sein, so werden sein Name und seine Geschichte wie ein Geheimnis gehütet."

Beren schien mit jedem Wort immer mehr zu dem Verbündeten zu werden, den Faolán so dringend benötigte, doch dieser Eindruck konnte auch trügen. Als er lange nichts erwiderte, fragte Beren ihn schließlich: „Hast du schon einen Fluchtplan?"

„Nein", musste Faolán gestehen.

„Wie steht es um Gleichgesinnte, abgesehen von Konrad?"

Faolán schüttelte den Kopf. „Wem würdest du in diesem Kloster solche Gedanken anvertrauen? Sicherlich niemandem! Für ein solches Vorhaben einen Verbündeten zu finden ist wohl ein seltenes Gut in dieser Abtei, wenn nicht sogar eine Unmöglichkeit. Umso mehr verblüffen mich deine Gedanken."

Plötzlich zeichnete sich auf Berens Lippen ein zaghaftes Lächeln ab, wie Faolán es noch nie bei ihm gesehen hatte. „Ja, Faolán, es ist nicht leicht, einen Gleichgesinnten in diesem Kloster zu finden. Dennoch denke ich, dass du einen gefunden hast."

Faolán erwiderte das Lächeln und zugleich verspürte er eine große Freude und Erleichterung. Er hatte sich in Beren also nicht getäuscht. Doch Faolán erwartete von diesem Novizen mehr als eine bloße Sympathiebekundung. „Bedenke aber, dass du dich als unser Helfer in erhebliche Gefahren bringen könntest. Woher rührt deine Bereitschaft, uns bei einer Flucht behilflich zu sein? Du kennst uns kaum und unsere Schwierigkeiten sind nicht die deinen."

Berens Lächeln erstarb und sein Blick schweifte plötzlich in die Ferne. Lange Zeit schwieg er. Faolán ließ ihn ungestört seinen Gedanken nachgehen. Selbst als sich Tränen in Berens Augen sammelten, schwieg Faolán geduldig. Schließlich atmete Beren tief durch und sprach mit fester Stimme.

„Schläge, wie du sie durch Prior Walram erlebt hast, sind mir nicht fremd. Und der ..." Berens Stimme versagte plötzlich. Er schluckte mehrere Male, dann fuhr er mit belegter Stimme fort. „Es gibt einiges in diesem Kloster, das besser unausgesprochen bleibt. Ich werde keine Einzelheiten schildern, was mir widerfahren ist ... aber ich kann dir den Namen eines Mönches nennen, mit dessen Hilfe ihr fliehen könntet. Er hat eine Schwäche, die man ausnutzen könnte."

Das war mehr als Faolán je zu hoffen gewagt hatte. „Wer ist es?", brach es aus ihm hervor.

Nach wie vor hatte Beren Schwierigkeiten zu sprechen. Er musste sich mehrfach räuspern, bevor er weiterreden konnte. Was er dann krächzend von sich gab, war nur ein einziger Name: „Clemenza."

„Clemenza?", wiederholte Faolán den Namen ungläubig. Beinahe hätte er vergessen, seine Stimme gesenkt zu halten, so verblüfft war er. Dieser Mönch war in Faoláns Augen der widerlichste von allen. Ausgerechnet er sollte der Schlüssel zu einer erfolgreichen Flucht sein?

„Wieso der abstoßendste Mönch von allen?", fragte Faolán mit angewiderter Miene. „Wie kann er uns zur Flucht verhelfen? Dass er Schwächen hat, ist offensichtlich, doch er besitzt Privilegien und mit Sicherheit ein gutes Verhältnis zum Abt. Welche Schwäche könnte ihn zu unserem Werkzeug machen?"

Die Fragen sprudelten geradezu aus Faolán heraus. Berens einzige Antwort darauf war ein leichtes, stetiges Kopfschütteln. Als der Fluss an Fragen versiegte, schaute Beren Faolán direkt in die Augen. Seine Gegenfrage kam zögerlich und es war deutlich erkennbar, dass er viel Kraft aufbringen musste, um sie überhaupt zu stellen. „Welchen Eindruck hast du von Bruder Clemenza?"

„Nun ja", überlegte Faolán kurz. „Er spricht merkwürdig, ist widerlich und scheint immer etwas zu verbergen. Manchmal habe ich den Eindruck, als gaffe er ständig den jungen Novizen nach und scheint es noch nicht einmal selbst zu bemerken. Er trägt ein Geheimnis mit sich. Alles an ihm schreit förmlich danach."

„Ist dir sonst nichts aufgefallen?", flüsterte Beren mit gesenktem Haupt.

„Meinst du etwas Spezielles?" Faolán wusste nicht, worauf Beren hinaus wollte und stellte sich den feisten Mönch in Gedanken noch einmal vor. Schließlich schüttelte er den Kopf. „Nein, weiter ist mir nichts aufgefallen. Doch es ist dieses Gaffen, das mich am meisten stört. Ich erinnere mich noch sehr gut an die erste Begegnung mit ihm. Es war am Tag unserer Eingliederung. Clemenza brachte Konrad und mich zum Badhaus, damit wir uns dort von unseren Sünden reinwaschen sollten. Es war ... ich weiß nicht recht, wie ich es beschreiben soll ... es herrschte eine merkwürdige Spannung in diesem Badhaus. Beinahe ungeduldig befahl er uns, die Kleidung abzulegen und in den Zuber zu steigen. Während wir der Anordnung Folge leisteten, starrte uns Clemenza an, als habe er Freude daran. Wenn ich es mir recht überlege, so hatte er sogar offensichtliche Freude daran."

Beren saß auf dem Steinboden und zog die Beine an. Ein Nicken bestätigte Faoláns Feststellung. Seine Stimme klang nach wie vor belegt und er hatte Mühe, überhaupt zu sprechen. „Du hast es erfasst. Das entspricht genau seiner Neigung. Und das ist auch seine größte Schwäche."

„Wie meinst du das?"

Mit einem Husten versuchte Beren seine Stimme zu befreien und fuhr dann deutlicher fort: „Er handelt mit seiner Neigung wider die Natur und die Absichten der Schöpfung. So würde es zumindest Abt Umbert nennen." Beren konnte seine Verachtung nicht verbergen. Faolán konnte nicht ganz folgen. Offensichtlich war diese Beschreibung nicht treffend genug und obwohl die Überwindung groß war, erläuterte Beren die Neigung des Mönches näher. „Clemenzas Augenmerk richtet sich vornehmlich auf Knaben und Jünglinge. Bei ihrem Anblick steigt fleischliche Lust in ihm auf. Bevorzugt sucht er sich neue Novizen aus. An ihnen findet er ungekannte Reize. Er empfindet für einen Knaben das, was er als Mann eigentlich für ein Weib empfinden sollte."

„Du meinst ...?" Faolán konnte die Frage nicht aussprechen, die ihm auf der Zunge lag. Er wollte nicht glauben, was er da hörte. Und doch, alles passte zusammen. Es war allerdings auch eine leichte Sache, dies einfach von einem Menschen zu behaupten, vor allem, wenn es sich um einen Sonderling wie Clemenza handelte. Faolán musste einen Beweis haben, bevor er sich mit dem feisten Mönch als Fluchthelfer weiter auseinandersetzen wollte. „Woher weißt du so genau, dass Clemenza diese Neigung hat?"

Die Antwort auf diese Frage fand Faolán in Berens traurigen Augen. Eine erschütternde Erkenntnis überflutete Faolán plötzlich und mit einem Mal wurde ihm alles klar. Dieser Novize neben ihm war selbst Opfer von Clemenzas Wollust geworden. Faolán versuchte es sofort in Gedanken zu leugnen, doch Berens wehmütiger Blick zeugte vom Gegenteil.

Dies war die erbarmungslose Wahrheit, Faolán wusste es.

Erst jetzt begriff er, dass dieser abstoßende Mann das gleiche Verlangen nach Knaben empfand wie er nach Svea. Ihm wurde beim Gedanken daran übel und am liebsten wäre er an die frische Luft gegangen, um seinen Magen zu entleeren. Doch Faolán konnte Beren jetzt nicht allein lassen. Der Novize hatte ihm dieses Vertrauen entgegengebracht und er wollte es wertschätzen. Faolán blieb schweigend bei ihm sitzen. Bald schon fand Beren selbst wieder Kraft und begann leise zu sprechen.

„Ich habe dir nun eine Schwachstelle dieses Klosters genannt. Nutze sie für eine Flucht. Wie ihr jedoch Bruder Clemenza gefügig machen könnt, das ist allein eure Sache."

Faolán war sich bewusst, welches Risiko Beren für ihn und Konrad bisher eingegangen war. „Ich glaube, du hast schon mehr getan, als du dir vorstellen kannst. Mehr werde ich von dir auch nicht verlangen. Ich respektiere deine Entscheidung und danke dir für dein Vertrauen, von ganzem Herzen."

Faolán ergriff Berens Hände und drückte sie fest. Stumm schauten sie sich in die Augen. Es war alles gesagt.

Die Nacht war inzwischen weit vorangeschritten und sie mussten sich mit der Küchenarbeit beeilen, sofern sie vor der nächsten Andacht noch etwas schlafen wollten. Schweigend machten sie sich schließlich auf den Weg zum Dormitorium und in Faoláns Kopf rankten die Gedanken bereits um einen möglichen Plan zur Flucht. Ob dieser Plan jemals umsetzbar sein würde, hing jedoch von vielen Umständen ab. Bruder Clemenza war dabei nur ein Aspekt. Vielleicht stellte er den unberechenbarsten Bestandteil der Planung überhaupt dar, und somit auch die größte Gefahr. Doch es war nach über einem Jahr in diesem Columbankloster der erste Ansatz, den Faolán überhaupt in den Händen hielt. Er begriff, dass er ein gewisses Risiko eingehen musste, wenn er der Abtei eines Tages entkommen wollte.

Der Frühling war in diesem Jahr ausgesprochen mild gewesen und der Handel in Birka hatte, wie auch die Bäume und Gräser, zeitig zu blühen begonnen. Das Treiben nahm mit jedem Tag zu und an manchen Tagen gab es für die fremden Schiffe nicht einmal genügend Anlegeplätze im Hafen. Selbst erfahrene Händler, die schon seit vielen Jahren Birka ansteuerten, bekräftigten, noch nie eine derartige Betriebsamkeit auf der Insel erlebt zu haben.

Dieser Trubel zog aber auch Halunken an. Nicht selten brach Streit über Waren oder eine getroffene Vereinbarung aus. Auch Diebstähle und Raufereien waren an der Tagesordnung. Es war eine Zeit, in der solche Auseinandersetzungen zunahmen und Bjoren Langarm musste mit seinen Getreuen häufig einschreiten und für Ruhe sorgen. Während sie einen simplen Streit meist friedlich lösen konnten, war das bei Delikten eine andere Sache. Auch hier oblag Bjoren, im Namen des Königs Erik Segersäll, volle Handlungsgewalt. Nicht selten musste er Schurken zur Rechenschaft ziehen und nicht immer war die Schuld mit Münzen oder Waren auszugleichen. So war auch heute ein Zwist unter zwei Männern entstanden, die beide behaupteten, Besitzer einer Börse zu sein. Das war nicht verwunderlich, denn der Beutel war prall gefüllt und wog schwer in der Hand. Dennoch war es ein Leichtes für den Jarl, den Lügner ausfindig zu machen. Einer von beiden konnte den Inhalt des Beutels genau beschreiben, während der andere nur mit Beschimpfungen in einer fremden Sprache aufwartete, deren Bedeutung Bjoren nur erahnen konnte. Dennoch versuchte ein sprachkundiger Landsmann des Fluchenden alle Worte beiden Seiten zu übermitteln, was ihm jedoch nicht immer gelang. Dieser Mann sprach fortwährend auf Bjoren ein und versuchte ihn vom Gegenteil des Offensichtlichen zu überzeugen. Vergebens, denn dem Jarl war klar, dass der Fremde der Dieb war und bestraft werden musste.

Keine angenehme Aufgabe, doch Bjoren wusste, was von ihm erwartet wurde. Wenn er für Recht und Ordnung sorgen wollte, musste er zu Zeiten auch mahnende Beispiele setzen. Zwei seiner Männer hatten je einen Arm des Diebes gepackt und zogen ihn mit sich. Die Menschen machten bereitwillig Platz, damit der Täter möglichst schnell aus ihrer Stadt gebracht werden konnte. In einigem Abstand folgte der Jarl, der noch immer vom

Landsmann des Schurken beschworen wurde, Milde und Gnade zu zeigen. „Herr, Herr, nicht böse gemeint. Wollen wir können gutmachen alles. Keiner Schaden hat. Nur gut alles, nur gut ... was sagen du?“

Bjoren hörte erst gar nicht hin, was ihm der unterwürfig um ihn herumlaufende Mann klarzumachen versuchte. Vom Ort des Diebstahls, dem Bereich zwischen Hafen und den ersten Häusern der Stadt, war es nicht weit zum kleinen Schiff des Täters, das nur mit sechs Ruderpaaren und einem Segel ausgestattet war. Die Mannschaft schienen bereits auf ihren Anführer zu warten, denn auf dem Schiff war alles zum Ablegen bereit und die Männer saßen auf ihren Kisten an den Riemen.

Auf den Stegen war es lebhaft, denn hier, wo die Boote mit ihren Waren anlegten, wurde der meiste Handel betrieben. Die Anwesenden hielten in ihrer Tätigkeit inne, als sie die Männer des Jarls mit einem Gefangenen in ihrer Mitte kommen sahen. Vor dem Kahn angelangt, wurde der Dieb zu Boden gestoßen. Nach Atem ringend versuchte er sich wieder aufzurichten, doch er wurde an Armen und Beinen festgehalten. Zappelnd und schreiend versuchte der Fremde sich zu befreien. Als der Jarl jedoch an ihn herantrat und seinen Dolch entblößte, erstarrte der Dieb schlagartig. Mit ernster Miene und kühlem Ton sprach Bjoren zu dessen sprachgewandtem Kumpan.

„Erkläre ihm mit euren Worten, was ich jetzt sage!“ Besagter nickte kurz mit bangem Blick. Dann wandte Bjoren sich wieder dem Dieb zu: „Wer in Birka an sich nimmt, was ihm nicht gehört, darf auf diese Weise nie wieder zupacken können. Wer in Birka Lügen verbreitet, sollte nie wieder einen Ton von sich geben dürfen.“

Während Bjoren sprach, betrachtete er die scharfe Klinge seines Dolches. Auch der Dieb schien von ihrem Glanz verzaubert zu sein. Sein Blick folgte jeder ihrer Bewegungen. Noch ehe er begriff, was vor sich ging, kniete Bjoren nieder. Den ersten Schrei stieß der Schurke aus, als seine Hände gewaltsam geöffnet wurden. Die weiteren, wesentlich lauteren Schreie folgten, als Bjoren kurzerhand von jeder Hand die drei äußeren Finger abschnitt.

Unbeeindruckt säuberte der Jarl die Klinge am Umhang des Fremden, erhob sich und sprach dann ruhig zu dem Sprachkundigen, der entsetzt auf die blutenden Hände seines schreienden Landsmannes starrte. „Sag ihm, er kann froh sein, dass er überhaupt noch greifen kann. Ansonsten hätte er wie ein Brustkind eine Amme benötigt, die ihn füttert. Wenn ich noch ein Wort von ihm höre, schneide ich ihm auch noch die Zunge raus. Und jetzt schafft euch fort und lasst euch nie wieder in Birka blicken!“

Einige der fremden Seeleute waren bereits aus dem Boot geklettert und hielten sich unsicher bereit. Nachdem der Dieb freigegeben wurde, ergriffen sie ihren wimmernden Anführer und brachten ihn an Bord. Der Jarl nahm eine Axt, durchtrennte das Tau und stieß den Kahn so kräftig vom Steg ab, dass der Sprachgewandte Mühe hatte, noch in das Boot zu klettern, ohne nass zu werden. Einer der Männer Bjorens hob die sechs Finger vom Steg auf und warf sie den Fremden mit grimmigem Blick hinterher.

Die Umstehenden, Leute aus Birka und Fremdländer, hatten das Spektakel ohne viele Worte mit angesehen. Einige bekundeten nun ihr Einverständnis mit dem Vorgehen des Jarls. Sie waren froh, dass solche Schurken bestraft wurden und keine Gnade erhielten. Das war unter Bjorens Führung nicht immer so gewesen. Erst in den vergangenen Jahren hatte er zunehmend Härte walten lassen und vor allem Fremde argwöhnisch betrachtet.

Der Jarl beobachtete, wie das kleine Boot durch die Hafenausfahrt gesteuert wurde, die als breite Lücke zwischen einer Reihe von im Meeresgrund eingerammter Holzpfähle den einzigen Zugang von See aus markierte. Er war sich sicher, dass diese Männer nie wieder einen Fuß auf seine Insel Björkö setzen würden.

Der Jarl wandte sich um und wollte soeben zurückgehen, als er überraschend Jorund erblickte. Der Blinde stand am landseitigen Ende des Anlegesteges und schien auf ihn zu warten. An seiner Seite befand sich seine Gehilfin Sibbe, die ihm zu berichten schien, was soeben vorgefallen war.

Obwohl der Weise blind war, schien er dennoch in die Richtung des Jarls zu schauen. Bjoren schüttelte den Kopf und brummte mürrisch vor sich hin. Wenn er auch wusste, dass der Alte nicht sehen konnte, so fühlte er sich dennoch meist von ihm beobachtet, wenn sie aufeinander trafen. Die Götter hatten Jorund eine andere Art zu sehen geschenkt, die Bjoren nicht verstand.

Der Einsiedler war selten in der Stadt. Er scheute den Trubel. In seiner Hütte, an Björkös östlichen Gestaden, waren die Worte der Götter deutlicher zu verstehen als hier, hatte er einmal dem Jarl anvertraut. Nur wenn der Winter besonders hart war und Gefahr für das Leben des Weisen bestand, ließ der Jarl ihn und seine Gehilfin holen und nahm sie in seinem Langhaus auf.

Jorund duldete diese Gastfreundschaft allerdings nur so lange, wie es unbedingt notwendig war. Selbst wenn der Schnee noch hoch lag und das Wasser der Bucht gefroren war so weit das Auge reichte, zog er sich mit frischem Proviant und Brennholz wieder in seine Kate zurück.

Trotz der sommerlichen Wärme an diesem Morgen trug Jorund ein wollenes Gewand, das er das ganze Jahr über zu tragen schien. Er stützte sich auf seinen Gehstab, der mit allerlei Amuletten, Symbolen und Runen verziert war. Die Zeichen waren, wie jene im Wald in unmittelbarer Nähe der Hütte des Weisen, aus Holz, Knochen und Metall gefertigt, teilweise mit Federn und Perlen geschmückt, und mit kleinen Riemen befestigt. Mit jeder Bewegung schwangen sie hin und her und schlugen mit hellen Klängen aneinander.

Als Bjoren den Alten erreichte, begann dieser sogleich zu sprechen. „Der Wind treibt das faulige Wasser auf das offene Meer hinaus. Es ist gut, wenn du dein Fass rein hältst. Doch du wirst nicht jede Fliege herausfischen können, die in deinen Becher fällt, Bjoren Langarm."

Mit zusammengekniffenen Augen blickte der Jarl noch einmal auf die Bucht hinaus und sah gerade noch den kleinen Kahn des Diebes außer Sicht segeln. „Zumindest diese Fliege habe ich vertrieben", entgegnete er zufrieden.

„Deine Härte im Vertreiben von Fliegen hat in den letzten Jahren zugenommen", stellte der Blinde nüchtern fest und schien dabei ebenfalls auf das Wasser zu blicken.

„Ich tue das, was notwendig ist." Dem Tonfall war zu entnehmen, dass der Jarl nicht über seine Handlungsweise zu diskutieren gedachte.

„Hoffentlich, mein Freund. Nichts anderes erwartet König Erik. Doch komm, geh ein Stück mit mir." Ohne auf eine Antwort zu warten, wandte sich Jorund um und begann den Weg zum Hügel hinaufzusteigen. Sibbe führte ihn über die unebene Straße, die mit Holzbohlen und Baumstämmen ausgelegt war. Bis sie die Wiesen zwischen den Häusern und dem Palisadenwall erreicht hatten, sprach Jorund kein Wort mehr. Bjoren stapfte hinter ihm drein, gefolgt von seinen beiden Männern.

Oben angelangt, wandte der Alte sich mit einem schelmischen Grinsen dem Jarl zu. „Fürchtest du um meine Sicherheit ...?" Bjoren gab seinen Männern ein Zeichen, die sich daraufhin wieder zum Hafen begaben. Zufrieden nickte Jorund und ging weiter über die noch feuchten Wiesen, wobei es für seine nackten Füße eine wahre Wohltat zu sein schien, denn seine Zehen spielten bei jedem Schritt durch das Gras.

„Spürst du die Erde und das Gras unter deinen Füßen? Nein, natürlich nicht, du bevorzugst Schuhwerk. Dabei fühlt es sich so lebendig an, vor allem, wenn der Morgentau sich noch darauf befindet." Ein zufriedenes

Lächeln umspielte die Lippen des Weisen, als er den Kopf in Bjorens Richtung drehte. „Vom Gras kannst du noch eine Menge lernen, Bjoren Langarm."

Erstaunt wollte der Jarl etwas entgegnen, doch der Alte sprach sogleich weiter. „Ganz gleich, was wir Menschen tun oder welche Entscheidungen wir treffen, es wird immer wieder wachsen. Selbst wenn wir es abschneiden, treibt es weiter und sollte gar die Erde verbrennen, so dauert es nicht lange, ehe die neue Saat keimt."

Bjoren blieb stehen. „Du sprichst von deiner Vision, die du vor einigen Jahren hattest."

Auch Jorund hielt inne und lächelte besonnen. „Du hast sie nicht vergessen. Es wird die Götter freuen, dass du ihre Botschaften ernst nimmst. Aber es überrascht mich auch nicht. Ist das damalige Bild in deinem Kopf nicht der Grund für dein heutiges Handeln?"

Bjoren zögerte kurz. „Es war Diebstahl, die Strafe hätte auch härter ausfallen können."

„Und doch warst du früher für deine Milde und Gnade bekannt", entgegnete der Weise. „Nicht, dass sie von jedem gern gesehen war, doch es war deine Art als Jarl. Das hast du geändert und ich glaube, dass es mit deiner Furcht zusammenhängt."

„Ich kenne keine Furcht!", widersprach Bjoren vehement.

„Oh, ich weiß", stimmte Jorund lächelnd zu und ging langsam weiter. „Dir mangelt es nicht an Mut, Stärke oder Entscheidungskraft. Dein Schwertarm sucht Seinesgleichen, ohne Zweifel. Doch deine Furcht spricht durch deine Taten."

„Ich weiß nicht, was du meinst", versuchte der Jarl das Thema zu beenden.

„Es ist der Wolf, vor dem du dich fürchtest. Er ist es, den du aus deinem Wasserfass zu halten versuchst, obwohl dir die Götter einst gesagt haben, dass du ihm den Becher reichen wirst."

„Ich werde jeden Mann, der Birkas Frieden stören will, eines Besseren belehren. Wenn der Wolf erscheint, werde ich vorbereitet sein!" Entschlossenheit lag in den Worten des Jarls und der Alte nickte zustimmend.

„Vorbereitet wirst du sein, gewiss. Aber bist du sicher, dass du den Wolf auch erkennen wirst, wenn er vor dir steht?" Bjoren wollte etwas entgegnen, doch Jorund unterbrach ihn mit einer Handbewegung und sprach weiter. „Ich bin heute zu dir gekommen, weil ich eine neue Vision hatte."

„Eine neue Vision?“ Der Jarl klang skeptisch. „Betrifft sie auch den Wolf, dem das Feuer nach Birka folgen wird, wie du es damals gesehen hast?“

„Was ich damals gesehen habe, ist eine Sache. Vor Jahren hatte ich die Vision, dass du dich dieses Wolfes annehmen, ihn sogar an deinem Feuer willkommen heißen und seinen Hunger stillen wirst. Er wird unter deinem Schutz stehen, bis das Feuer entfacht ist.“ Jorund zögerte kurz, als überlege er, wie er die nächsten Worte formulieren sollte. Schließlich fuhr er fort. „Möglicherweise haben die Götter ihre Meinung geändert.“

„Was soll das heißen?“, fragte Bjoren erstaunt.

„Alles im Leben ist in stetiger Bewegung, mein Freund. Wenn auch dein Schicksal festgeschrieben scheint, so liegt es doch in deinen und der Götter Händen, die Umstände zu bestimmen. Was deine Aufgabe mit diesem Wolf betrifft, so scheinen die Götter etwas anderes mit dir vorzuhaben als ich noch vor Jahren geglaubt habe.“

Der Weise zögerte erneut und begann wieder über das Gras zu gehen. Als er nicht weitersprach, wurde der Jarl ungeduldig. „Ist er bereits in Birka? Habe ich sein Kommen nicht bemerkt?“

„Nein“, antwortete Jorund nachdenklich. „Er ist noch nicht in Birka. Doch du wirst dafür sorgen.“

„Das werde ich niemals tun!“, entgegnete der Jarl.

„Bevor du es verneinst, solltest du anhören, was ich gesehen habe.“ Als Bjoren darauf nichts erwiderte, fuhr der Blinde leise fort. „Es wird nicht nur ein Wolf sein, der in Birka hausen wird, sondern zwei. Einer davon wird das Unheil, das Feuer bringen, der andere es bekämpfen. Wenn ich die Götter richtig verstanden habe, so wird deine Aufgabe darin bestehen, einen der beiden Wölfe nach Birka zu bringen. Zu welchem Zweck blieb mir allerdings verborgen.“

„Ich soll ihn nicht nur in meinem Haus aufnehmen, sondern auch noch durch das Tor des Walls führen. Das hast du mir damals schon gesagt. Doch ich kann nicht begreifen, welchen Nutzen es hat!“, sagte Bjoren mit einem Kopfschütteln.

„Ich denke, es wird nicht ausreichen, ihm Zugang zur Stadt zu gewähren.“ Jorund legte eine nachdenkliche Pause ein, sprach dann aber weiter: „Du wirst in ferne Länder ausziehen müssen, um diesen Wolf zu finden. Er wird aus der Ferne kommen, aber nur, wenn er hierher geführt wird.“

„Welcher Wolf deiner Vision wird es sein, den ich herführen soll? Fenrirs Brut … oder jener, der sie bekämpft?“

„Ich weiß es nicht", antwortete Jorund gedämpft. „Der Lauf der Zeit wird die Antwort bringen."

Schweigend schritten die beiden Männer weiter, gefolgt von Sibbe, die Abstand zu den beiden hielt. Nach einer Weile stellte Bjoren schließlich eine Frage, die ihn beschäftigte. „Wo werde ich diesen Wolf finden?"

„Das, mein Freund, werden dir die Götter weisen. Sicher ist nur, dass du dich dazu auf eine Reise begeben musst. Und wenn ich die Bilder richtig deute, so wird der Aufbruch bald notwendig sein."

„Etwa noch in diesem Sommer?", rief Bjoren ungläubig. „Es ist viel zu spät, um auf große Fahrt zu gehen. Es würde bedeuten, den Winter in der Ferne zu verbringen."

„Wenn die Götter es so bestimmt haben, wird auch das kein Hindernis sein."

„Aber wie werde ich Erik davon überzeugen können, eine solche Fahrt zu veranlassen und zudem mich als Anführer zu ernennen? Er benötigt in dieser Zeit einen Vertreter in Birka, dem er ebenso vertrauen kann wie mir. Es muss vieles geregelt werden, um Birka für den Winter zu rüsten."

„Kümmere dich nicht darum. Birka hat auch schon Winter weit vor deiner Zeit überlebt. Überlege dir lieber, wie du Erik von der Notwendigkeit dieser Suche überzeugen kannst. Dabei könnte dir helfen, was ich von den Göttern darüber hinaus erfahren habe ..." Abermals zögerte der Blinde nachdenklich, als lege er sich die Worte zurecht. „Birka wird nicht nur durch besagten Wolf und das Feuer bedroht. Es gibt noch eine andere Gefahr: Das Wasser wird weichen!"

Bjoren verstand nicht, was Jorund damit sagen wollte. Er hatte noch nie erlebt, dass das Wasser verschwand, auch wenn die Christen die Sage verbreiteten, einer ihrer Anhänger hätte einmal ein ganzes Meer geteilt. Der Jarl hielt diese Geschichte jedoch für unglaubwürdig. Ebenso hatte er noch nie erlebt, dass der Regen für die Ernte ausblieb. Allerdings könnte etwas anderes hinter der Andeutung des Weisen stecken. „Zürnen uns die Götter? Werden die Brunnen austrocknen?"

„Ob sie uns zürnen, vermag ich nicht zu sagen. Aber ich habe gesehen, wie die Schiffe in Birkas Hafen auf trockenem Grund liegen. Dieses Bild war eindeutig."

Bjoren war entsetzt. Er zweifelte nicht an der Gabe des Alten und wusste, dass seine Visionen meist zutrafen. Wenn Jorund sah, dass Birkas Handelsgrundlage, der Hafen, nicht mehr bestehen würde, so sah auch der Jarl darin eine Bedrohung. Nachdenklich ging er in die Hocke und strich mit der Hand durch das feuchte Gras. Im Sonnenlicht betrachtete er die glitzernden Tautropfen auf seinen Fingern. Nüchtern fragte er: „Ist es aufzuhalten, was auch immer kommen mag? Vermag dieser Wolf es zu verhindern?"

„Das ist schwer zu sagen, doch es ist möglich", entgegnete Jorund und atmete tief durch. „Sehen konnte ich es bisher nicht, so sehr ich es auch versucht habe. Doch all meine Hoffnung liegt auf dir. Deshalb musst du dich auf diese Reise begeben. Überzeuge den König davon, dass du auf Geheiß der Götter nach der Lösung suchen musst, zum Wohle Birkas. Ich werde dich dabei unterstützen und wenn ich Erik richtig einschätze, so wird er deinem Anliegen und meinem Rat Gehör schenken."

* * *

Der König und sein engster Vertrauter, sein Bruder Olof, konnten tatsächlich überzeugt werden, wenn es auch einige Tage dauerte, ehe Erik seine Entscheidung bekannt gab. Es behagte ihm zwar nicht, dass einer seiner Getreuen so spät im Jahr noch auf eine große Fahrt gehen wollte, doch Bjorens und Jorunds Argumente waren einleuchtend gewesen. Erik wusste, welch wichtige Stellung Birka in seinem Reich hatte. Nicht nur für ihn, sondern für sein gesamtes Volk. Sollte der Stadt tatsächlich ein Unheil bevorstehen, so musste alles unternommen werden, um es zu verhindern.

In kürzester Zeit hatte der König seinem Jarl drei schnelle Langboote bereit gestellt, die dieser zum Ruhme der Svear und zur Rettung Birkas über die See steuern sollte. Die Mannschaften dazu, in jedem Boot bis zu vierzig Mann, hatte Bjoren wohlüberlegt ausgewählt, wobei auch Erik noch einige Männer zusätzlich bestimmte. Eine Ergänzung zu Bjorens Leidwesen, denn nicht alle diese Männer waren seine Getreuen und einige von ihnen könnten sich sogar gegen ihn wenden.

Einer von ihnen war Gorm, der noch nie Bjorens Gefolgsmann gewesen war. Seine schmale Statur zeugte nicht gerade von einem starken Krieger und er hatte bisher nur selten den Sax oder die Axt im Kampf erhoben. Dennoch besaßen er und seine Familie Einfluss bei Erik Segersäll. Die Begabung des rothaarigen Mannes lag vielmehr im Wortstreit als im Streit mit Waffen. So hatte er es schon oft vollbracht, sich mit mächtigen Männern zu verbünden und Ansehen zu erlangen. Eine Machtposition, die er immer wieder gegen Bjoren einzusetzen versuchte, denn er beabsichtigte, den Platz als Jarl in Birka einzunehmen.

Die Familien der beiden Männer befanden sich bereits seit so vielen Jahren im Zwist, dass Bjoren sich nicht einmal erinnern konnte, aus welchem Grund dieser einst entflammt war. Dennoch wurde er von beiden Seiten aufrecht erhalten, als brächte er Ruhm statt Unglück. Schon viele gute und junge Männer waren aufgrund dieser Auseinandersetzung getötet worden, jeweils nach gutem Recht der Svear. Den Streit hatte allerdings keine dieser Taten beendet. Bjorens Bruder war durch diese Auseinandersetzung bereits im Alter von siebzehn Jahren in das Reich der Ahnen eingezogen. Oft hatte der Jarl schon versucht, die Familien wieder zu versöhnen, stets ohne Erfolg. Inzwischen hatte er es aufgegeben und sich damit abgefunden, jeden Tag aufs Neue auf der Hut sein zu müssen.

Diesen Unfrieden jedoch in Gestalt von Gorm, dem ersten Sohn der verfeindeten Familie, und einigen seiner Männer auf eine große Fahrt mitzunehmen, behagte Bjoren ganz und gar nicht, obwohl er der Anführer dieser Reise war und Gorm sich seinen Anweisungen unterordnen musste. Sollte der etwas im Schilde führen, so waren Bjorens Getreue in der Überzahl. Dennoch würde der schmächtige Mann sicher keine Gelegenheit auslassen, auf dieser Reise Ränke gegen den Jarl zu schmieden.

Der Tag der Abreise war gekommen und Bjoren ritt von seinem Langhaus am oberen Ende Birkas mit seinem Gefolge durch die Stadt zu den Anlegestegen. Die Menschen grüßten ihn auf seinem Weg und wünschten ihm Ruhm, reiche Beute und eine glückliche Rückkehr.

Dass die einzige Beute, die sich Bjoren erhoffte, aus einem von den Göttern bestimmten Wolf bestand, hatte er bislang niemandem außer dem König und dessen Bruder anvertraut. Am Hafen angekommen, sah er zu seiner Zufriedenheit die Schiffe nahezu voll beladen. An Bord wurde hauptsächlich Proviant verstaut, aber auch ein paar Güter, die als Tauschwerte für frische Verpflegung eingesetzt werden konnten.

Niemand wusste, wie lange die Fahrt andauern würde und der König hatte Bjoren befohlen, in fremden Landen möglichst unbemerkt zu bleiben. Nur drei Langboote bedeuteten eine zu geringe Zahl an Männern, um in der Ferne ruhmreiche Schlachten zu schlagen, welche ohnehin die gesamte Suche nach der Lösung für Birkas Bedrohung gefährden würden. So waren auch Raubzüge zur Nahrungsbeschaffung untersagt und zu diesem Zwecke stattdessen der Handel sowie die Jagd zu betreiben. Dementsprechend wenig Platz gab es für die Seeleute und ihre Kisten, in denen sie ihr notwendiges Hab und Gut mitnahmen.

Das Treiben an den Stegen der drei Langschiffe war beinahe unüberschaubar und doch konnte Bjoren von seinem Pferd aus Gorm ohne weiteres ausmachen. Nahezu seine gesamte Familie hatte ihn hierher begleitet und stand nun vor einem der Boote. Sie verabschiedeten ihn auffallend mit allen Ehren eines Kriegers, als sei er der Anführer dieser Reise. Nicht einmal der Jarl wurde mit einem solchen Trubel bedacht.

Bjoren beobachtete das Getue eine Weile mit starrer Miene. Als er bemerkte, dass sich seine Laune dadurch zusehends trübte, saß er ab und schritt an den Schiffen entlang, um die letzten Vorbereitungen zu überwachen. Noch einmal ließ er die Taue überprüfen, damit die Ladung auch im Falle eines Sturms sicher befestigt war. Die Tampen der Segel und die Steuerruder wurden in Augenschein genommen. Alles verlief nach den Vorstellungen des Jarls und nur hin und wieder musste er noch Anweisungen erteilen. Der Fahrt stand nichts mehr im Wege.

Als die Männer sich von ihren Familien verabschiedet hatten und bereit waren, an Bord zu gehen, erschien Erik Segersäll auf einem der Stege. Der junge König kam nicht häufig von der benachbarten Insel nach Birka, denn er vertraute seinem Jarl nahezu bedingungslos, alles in seinem Sinne zu regeln. Doch die Abreise zu einem solch wichtigen Unternehmen war Anlass genug, die Männer persönlich zu verabschieden. Es galt, ihnen noch einmal Mut zuzusprechen, an ihre Ehre zu appellieren und ihnen gutes Gelingen sowie eine glückliche Heimkehr zu wünschen. Es waren nicht nur seine Langboote und seine Münzen, die diese Suche ermöglichten und die er gerne wiedersehen wollte, sondern es war das Schicksal Birkas, um das er fürchtete. Begleitet wurde Erik von Jorund, dem Weisen.

Als der König seine Ansprache hielt, herrschte Schweigen im Hafen. Alle Menschen, ganz gleich ob Svear oder Fremde, lauschten den Worten des großen, breitschultrigen Mannes, der trotz seines jungen Alters eine beeindruckende Souveränität ausstrahlte. Er bat um den Segen der Götter und nannte seinen Jarl einen weisen Führer, der seine Männer mit Ruhm wieder in die Heimat geleiten würde. Als er seine Rede beendete, wurden die Arbeiten wieder aufgenommen und die Seeleute nahmen ihre Plätze an den Riemen ein. Um ein letztes Gespräch mit seinem Jarl zu führen, nahm der König Bjoren zur Seite und sprach leise mit ihm.

„Diese Reise ist von äußerster Wichtigkeit. Jorunds Sicht hat uns noch nie fehl geleitet. Lass sie auch dich leiten, jedoch nicht verleiten. Sei nicht blind und lass' dich auch nicht durch andere blenden.“ Ein Blick des Königs zu

Gorm hinüber ließ erkennen, was er damit andeutete. „Dein Auftrag ist klar. Dies ist kein Beutezug, dies ist eine Suche!“

Bjoren blickte Erik in die Augen. Er wusste, was von ihm erwartet wurde. „Mir ist bewusst, dass wir keine leichte Aufgabe zu bewältigen haben. Vielleicht wäre es doch besser, nur mit einem Boot aufzubrechen, um weniger Aufsehen zu erregen.“

„Nein“, lehnte der König sogleich ab. „Wir haben darüber bereits am Feuer gesessen und unsere Krüge geleert. Die Wahrscheinlichkeit, dass zumindest ein Schiff von dreien die Fahrt übersteht und zurückkehrt, ist höher als bei einem. Wenn du den Zeitpunkt für geeignet hältst, weihe Vertraute in den Auftrag ein, damit sie diesen ausführen können, falls dein Schiff den Kurs nach Walhall wählt. Ansonsten bewahre Stille.“

„Kein Beutezug“, wiederholte Bjoren leise, mit einem Nicken und festem Blick. „Ob das den Männern gefallen wird?“

„Ob es den Männern gefällt, ist nicht wichtig!“ Mehr hatte Erik Segersäll nicht hinzuzufügen. Er vertraute seinem Jarl und wusste, dass nur er diese Mission würde erfolgreich führen können. Kaum hatte er sich von Bjoren verabschiedet, stand mit einem Mal Jorund neben ihm, als sei er aus dem Nichts aufgetaucht. Überrascht begrüßte der Jarl ihn. Ohne großes Aufsehen begann der Weise zu sprechen, wobei er Bjoren am Arm packte und zu sich zog, als wolle er sicher gehen, dass nur er seine Worte hören konnte.

„Es ist weise, dass du dem Ratschlag der Götter bisher gefolgt bist.“

„Hatte ich denn eine andere Wahl?“, fragte Bjoren, obwohl er glaubte, dass dies nicht der Fall war. Jorund antwortete ihm dennoch.

„Jeder Mann hat die Wahl“, entgegnete der Alte nahezu beiläufig und schien mit einem Ohr dem Treiben im Hafen zu lauschen. „Auch du hattest die Wahl, und hättest dich dem Willen der Götter widersetzen können. Du hast dich aber für ihren Weg entschieden.“

„Aber sie haben nicht verhindert, dass Gorm mitkommt“, entgegnete Bjoren verärgert.

Ein Lächeln umspielte die Lippen des Weisen. „Vielleicht haben sie es ja beabsichtigt. Du bist ein wachsamer Mann und wirst während der Fahrt stets ein Auge auf Gorm haben. Oder wäre es dir lieber, wenn er hier in Birka, in der Nähe deiner Frau bliebe, während du für viele Monde in der Ferne bist?“

Bjoren sah sich um und erblickte sein geliebtes Weib. Ferun stand am Fuße des Anlegesteges und wartete auf den Augenblick des Abschieds. Klein von Statur und mit ihrem dunklen Haar war deutlich zu erkennen, dass sie keine aus dem Volk der Svear war. Obwohl der Jarl damals wusste, dass die Heirat mit einer Fremden Gorm ein Argument gegen ihn an die Hand geben würde, hatte er sie zur Frau genommen. Natürlich war es ihm lieber, wenn er Gorm während seiner Abwesenheit fern von ihr wusste.

„Er wird Unruhe unter den Männer stiften", entgegnete Bjoren schließlich etwas besorgt, unsicher, welches Übel das geringere wäre.

„Damit wirst du schon zurechtkommen, als Jarl von Birka!"

„Sicher, in Birka. Doch wenn er seinen Unmut sät, werden wir uns in der Fremde befinden", flüsterte Bjoren und lief an einem der Schiffe entlang. Jorund folgte ihm, auf seinen Stab gestützt, sicheren Fußes, obwohl er den Weg nicht sehen konnte. Er lauschte dabei den Männern, die scherzten und lachten. Sowohl erfahrene Krieger als auch Jünglinge nahmen an der Reise teil, so unterschiedlich war die Zusammensetzung der Mannschaften.

Jorund überlegte eine Weile, dann fuhr er leise fort: „Du hast den König zu dieser Suche bewegen können. Du wirst ebenso wenig Schwierigkeit haben, deine Männer zu überzeugen, selbst wenn Gorm Zwietracht säen sollte. Mache dir keine Sorgen um ihn. Erinnere dich lieber an die Bilder, die ich dir beschrieben habe und denke an das, was du finden musst. Es ist der Wolf, vielleicht in Begleitung einer Frau. Ob er es sein wird, der uns vor dem schwindenden Wasser bewahren kann, weiß ich nicht. Lassen wir Erik in diesem Glauben, nur so kann er diese Fahrt, die sonst keinen Gewinn verspricht, notfalls vor anderen rechtfertigen."

„Weder um Erik noch Gorm mache ich mir Sorgen", antwortete Bjoren nachdenklich. „Meine Gedanken kreisen um den Wolf, den ich finden muss! Wo soll ich ihn suchen, und woran werde ich ihn erkennen, wenn ich ihm am Ende gegenüberstehe? Wird er nicht aussehen wie jeder andere auch?"

Jorund wandte sich mit seinen weißen, blinden Augen und einer hochgezogenen Augenbraue dem Jarl zu. „Die Götter werden dich führen. Vertraue auf sie. Wenn du für eine Aufgabe vorgesehen wurdest, bist du auch in der Lage, sie zu erfüllen."

„Ich zweifle nicht an meinen Fähigkeiten", flüsterte Bjoren. „Doch wenn ich schon zu Beginn die falsche Richtung einschlage, kann ich diesen Wolf niemals finden, mögen mir die Götter noch so gut gesinnt sein."

„Sie werden dich führen, keine Sorge. Wenn du nicht weißt, wohin du dein Schiff als nächstes wenden sollst, suche und lies die Zeichen am Horizont oder am Ufer. Die Götter werden dir den Weg weisen. Vertraue, vertraue …". Mit diesen Worten ging der Weise langsam davon und ließ den Jarl auf dem Anlegesteg zurück.

Die Götter würden ihm den Weg weisen! Es hörte sich einfach an, doch Bjoren stand vor einem Rätsel. Seine Hand glitt wie von selbst in den Lederbeutel an seinem Gürtel und suchte nach einem kleinen Gegenstand. Als sie ihn fand, wurde der Jarl sich seines Handelns erst bewusst. Ohne das Objekt hervorzuholen, wusste er genau, wie es aussah. Es war eine Figur, nicht viel größer als sein Daumen und genauso breit. Sie stellte einen feisten, sitzenden Mann dar, das Abbild eines fremden Gottes.

Bjoren hatte ihn vor langer Zeit von einem angesehenen fremdländischen Händler geschenkt bekommen, dessen Namen er längst vergessen hatte. Er solle ihm Glück bringen, hatte der Mann damals erklärt und der Jarl hatte ihm versprechen müssen, ihn stets bei sich zu tragen. Dieses Versprechen hat er eingehalten, obwohl es kein Gott der Svear war. Die Figur fühlte sich in seiner Hand auf besondere Weise angenehm an. Plötzlich fragte er sich, welche Gottheiten ihm den Weg auf seiner Fahrt weisen würden.

Natürlich hegte er keinen Zweifel an den Asen und ihrer Weisheit, doch was war mit all den anderen Göttern, die beinahe täglich durch Händler aus fernen Ländern in Birka Einzug hielten? Ferun, seine eigene Gattin, betete zu dem einzigen Gott der Christen, den sie auch als den Allmächtigen bezeichnete. Demnach musste er mächtiger sein als alle anderen Götter, einschließlich jedem der Svear. Seine Gemahlin versuchte ihm immer wieder zu erklären, dass es gar keine anderen Götter gab außer ihrem.

Doch was war dann mit all den anderen Männern, die in Birka ihrem Glauben nachkamen und ebenfalls behaupteten, dass nur ihre Götter die einzig wahren seien? Sie kamen aus fremden Ländern jenseits der Meere und Berge, die Bjoren nicht kannte. Wer wusste schon, ob dort andere Götter größeren Einfluss hatten als die seinen? Vielleicht war Odin, der große Wanderer, nicht fähig in den Ländern fremder Götter zu wirken …

Bjoren wusste es nicht und da er keine Zeit hatte, untätig dazustehen und über fremde Götter zu sinnen, begab er sich zu seinem Weib, um sich von ihr zu verabschieden. Es galt eine Fahrt anzutreten, je früher desto besser!

* * *

Svea saß geduldig auf dem alten Baumstamm am Rande der Lichtung und ließ sich von Alveradis das lange Haar kämmen. Bei jedem Strich glänzte es in der Morgensonne in einer anderen Nuance, von brillantem Orange bis hin zu Kastanienbraun. Das Mädchen genoss das Kämmen und schloss dabei die Augen.

Obwohl Svea vor langer Zeit beschlossen hatte, ihre Gabe des Gesichts abzulehnen, war sie bei Alveradis geblieben. Nicht, weil sie sonst keine Bleibe gehabt hätte, sondern vielmehr, weil es nach wie vor ihr Zuhause war. Sie fühlte sich wohl in der Nähe der Alten und sie half ihr, wenn es darum ging, die Kräuter zu ernten und zu verarbeiten oder das tägliche Überleben zu sichern. Allerdings lehnte sie es ab, ihre besonderen Fähigkeiten weiter zu verstehen und den Umgang mit ihnen zu erlernen.

Die Heilerin hatte nach dem Entschluss ihrer Gehilfin mehrfach versucht, sie umzustimmen, jedoch ohne Erfolg. Niemals hatte sie Svea dazu gedrängt, diese Entscheidung rückgängig zu machen, wissend, dass sie damit genau das Gegenteil bewirken konnte. Alveradis war selbst mit dieser Gabe aufgewachsen und wusste, wie schwer ihr als junges Mädchen der Umgang damit gefallen war, und sie verstand daher Sveas Beweggründe, ihre Fertigkeiten als Bürde anstelle eines Privilegs zu sehen.

Inzwischen waren eineinhalb Jahre vergangen, seit Svea diesen Vorsatz gefasst hatte. Eine Zeit, in der das Mädchen zu einer jungen Frau herangewachsen war. Aber nicht nur körperlich hatte sie sich verändert, sondern auch in ihrem Gemüt. Die Unbeschwertheit früherer Tage war nach der Geschichte um den Novizen Faolán nahezu über Nacht verschwunden. Obwohl diese Erlebnisse schon lange zurück lagen, schien Svea nach wie vor nicht bereit, die Vergangenheit ruhen zu lassen und einen Neuanfang zu wagen.

Das Mädchen von ihrer Überzeugung abzubringen, der Gabe des Gesichts zu entsagen, war für Alveradis ausreichender Grund, ihre einstige Schülerin heute erneut darauf anzusprechen. Sie tat es beinahe beiläufig, mit einem ruhigen und liebevollen Tonfall, ohne das Kämmen der Haare zu unterbrechen.

„Du warst schon lange nicht mehr in Neustatt, mein Kind."

Svea öffnete die Augen, regte sich sonst aber nicht. Ihre Stimme klang gleichgültig, als sie antwortete.

„Was soll ich schon dort? Benötigen wir etwas vom Markt?"

„Nein, doch der Tag ist schön", entgegnete Alveradis, „und wenn du Glück hast, könntest du vielleicht einen deiner Brüder sehen. Vermisst du sie denn nicht?"

„Doch, natürlich ... aber sie könnten mir ohnehin nicht helfen", antwortete Svea. Hoffnungslos ließ sie den Atem fahren und die Heilerin konnte die Ohnmacht ihrer Schülerin förmlich spüren.

„Wobei sollten sie dir denn behilflich sein, wenn sie es könnten?", fragte die Weise liebevoll.

„Faolán zurückzubringen", antwortete Svea zu ihrer eigenen Überraschung mit spröder Stimme. Seit dem Zeitpunkt, da sie Alveradis gebeten hatte, ihr beim Vergessen des Novizen zu helfen, hatte Svea nicht mehr über ihn gesprochen. Doch mit einem Mal war er wieder in ihren Gedanken, wie seit langem nicht mehr.

Alveradis wusste um die einstigen Gefühle zu diesem Jungen. Geduldig versuchte sie, mehr zu erfahren. „Ich hatte geglaubt, du hättest ihn bereits vergessen. Was bringt die Erinnerung an ihn zurück?"

„Nein, vergessen habe ich ihn nie ...", antwortete Svea traurig. Nach einer kurzen Pause fügte sie flüsternd hinzu: „... und das werde ich auch nie. Ich habe nur meinem Herzen verboten, weiterhin um ihn zu trauern. Inzwischen ist es verstummt und klagt nicht mehr wie noch im vergangenen Jahr. Doch Faolán taucht immer wieder in meinen Träumen auf. Ich kann es nicht ändern."

„Du musst es auch nicht ändern" entgegnete Alveradis aufmunternd. „Im Gegenteil, genieße die Erinnerungen an ihn und an die schöne Zeit, die du mit ihm verbracht hast. Sei dankbar darum. Deine Träume sind ein Zeichen, dass du dich danach sehnst. Es muss aber nicht unbedingt Faolán sein, der dir diese schöne Zeit in kommenden Tagen ermöglicht." Alveradis band die Haare ihrer Schülerin mit einem dünnen Lederriemen zusammen und setzte sich dann neben sie. Einfühlsam sprach sie weiter. „Es gibt noch viele junge Männer in Neustatt. Dein Herz scheint bereit für eine neue Erfahrung zu sein. Vielleicht hilft dir das, über Faolán hinwegzukommen und zu erkennen, dass du noch immer diese Art der Liebe in dir trägst."

Erstaunt blickte Svea die Heilerin an. „Du meinst, ich soll für einen anderen Mann das gleiche empfinden wie für Faolán?"

„Nein", versuchte Alveradis ruhig zu erklären. „Das wirst du wohl nie tun. Doch etwas Ähnliches könntest du empfinden. Etwas, das vielleicht sogar besser ist als du es bisher gekannt hast. Doch dazu bedarf es deiner Bereitschaft und du scheinst an diesem Punkt angelangt zu sein."

Langsam drehte Svea sich Alveradis zu und blickte ihr in die Augen. „Damit würde ich Faolán entsagen! Das kann ich nicht tun."

„Du würdest ihn deshalb nicht vergessen“, munterte die Weise ihre Schülerin auf und ergriff dabei ihre Hand. „Die Erinnerung an ihn bleibt bestehen. Doch es wird Zeit, dass du das Leben wieder wahrnimmst, wie du es als junge Frau tun solltest. Es ist zu früh, in deinem Alter um einen Mann zu trauern, zumal er nicht tot ist.“

„Woher willst du wissen, ob er nicht ...?“ Sveas Stimme versagte.

Lange Zeit saßen die beiden Frauen schweigend auf dem Baumstamm. Dann erhob Svea sich und schaute in den Himmel. „Du hast Recht! Der Tag ist schön“, begann sie mit tonloser Stimme. „Weshalb sollte ich nicht in die Stadt gehen? Ich werde bis zum Abend wieder zurück sein.“

Mit diesen Worten lief Svea los, ohne sich noch einmal umzublicken. „Pass gut auf dich auf, mein Kind“, rief Alveradis ihr nach, die sitzen blieb und zusah, wie ihre einstige Schülerin die Lichtung verließ. Zweifel spiegelten sich im Gesicht der Alten wider. War es richtig, das Mädchen in dieser Verfassung nach Neustatt ziehen zu lassen? Vielleicht war es doch zu früh ...

Svea hatte den Weg zur Siedlung schon lange nicht mehr beschritten und kannte dennoch beinahe jede seiner Biegungen, als sei sie ihm erst gestern gefolgt. Der Pfad durch den dichteren Teil des Waldes vollzog ein paar unbekannte Windungen, traf aber immer noch an derselben Stelle auf die alte Straße wie damals. Auf dieser lief sie rasch weiter, und obwohl heute kein Markttag abgehalten wurde, waren einige Bauern ebenfalls auf dem Weg in die Stadt. Kurz vor dem Tor band Svea sich ein Kopftuch um, reihte sich hinter dem Ochsenkarren eines Bauern ein und gelangte so in die Siedlung. Wie schon Jahre zuvor war es für sie ein Kinderspiel, die Wachleute an der Nase herumzuführen und unbemerkt in der Stadt ein und aus zu gehen, ganz wie es ihr beliebte.

Auf direktem Wege begab sie sich auf den Marktplatz, statt ihre Brüder aufzusuchen. Bei diesem Wetter würden sie sicher jenseits der Stadtmauer auf den Feldern arbeiten, ihr Halbbruder Zacharias eingeschlossen. Das war ihr bewusst gewesen, noch ehe sie aufgebrochen war. Und dennoch war sie hergekommen. Als Svea das begriff, überlegte sie, welcher Anlass sie tatsächlich hierher getrieben hatte.

In Gedanken verloren lief sie über den Platz, im Herzen der kleinen Stadt, geradewegs auf die alte Linde zu, unter deren Blätterdach an Markttagen stets der Klosterwagen gestanden hatte. Svea fragte sich, ob der dicke Mönch noch immer herkam und ob er einen anderen Gehilfen bei sich hatte. An dieser Stelle war sie Faolán das erste Mal begegnet. Erinnerungen und Bilder schossen ihr durch den Kopf, die sie lange unterdrückt hatte. Wehmütig blickte sie an der Kirche empor, die sich noch immer im Bau befand.

Weshalb war sie hier? Um Abschied zu nehmen? Suchte sie diesen Ort auf, um Faolán frei zu geben, um ihn aus ihrem Herzen zu entlassen, damit auch sie endlich wieder aufatmen konnte?

Svea fand auf diese Fragen keine Antwort. Den Blick weiterhin nach oben auf die emporragende Kirchenwand gerichtet, ging sie langsam rückwärts. Plötzlich stieß sie gegen ein Hindernis, verlor das Gleichgewicht und drohte nach hinten über zu fallen. Noch bevor sie sich abfangen konnte, griff ein Paar fremder Hände zu und bewahrte sie vor einem Sturz. Sprachlos rang Svea um klare Sicht gegen die blendend grelle Sonne und blickte in die blauen, durchdringenden Augen eines unbekannten Jünglings, der nur wenige Jahre älter sein konnte als sie.

„Vorsicht, hübsches Mädchen“, sprach der sie mit einem verschmitzten Lächeln an. Sein blondes Haar hing ihm zerzaust in die schweißbenetzte Stirn und ließ es im Glanz der Sonne wie Gold erscheinen. Sie starrte ihn an, als könne er bei der Beantwortung ihrer Fragen helfen.

Dann jedoch besann sie sich und begriff, dass sie in den Armen eines Fremden lag. Eine Berührung, wie sie Svea das letzte Mal von Faolán erfahren hatte. Noch bevor sie sich darüber Gedanken machen konnte, half der Bursche ihr behutsam auf die Beine, ohne seinen Blick von ihr zu nehmen. Als er sprach, klang seine Stimme fröhlich und unbeschwert.

„*Wer auf der Suche nach Gott nur in den Himmel starrt, wird auf Erden leicht straucheln,* hat mir zumindest einmal ein Priester gesagt, wenn ich mich recht erinnere. Es sieht aus, als hätte er Recht gehabt.“ Das verschmitzte Lächeln schien nicht von seinem Gesicht weichen zu wollen, doch in seinen Worten lag auch kein Hohn.

Verlegen strich Svea sich über das Kleid und lächelte unsicher. Vorsichtig trat sie ein paar Schritte zurück, wobei sie diesmal genau darauf achtete, nicht erneut zu straucheln. Jetzt erst konnte sie den Burschen ganz in Augenschein nehmen, der so plötzlich aufgetaucht war. Er trug die Kleidung eines Handwerkers und da sie mit hellem Staub bedeckt war, vermutete sie, den Adepten eines Steinmetzes vor sich zu sehen. Er war zwar nicht sonderlich groß, besaß aber breite Schultern und muskulöse Arme.

Der Anblick gefiel Svea seltsamerweise, irritierte sie aber zugleich. Verstört suchte sie nach Worten. „Vielen Dank, ähm ...“

„Raimund ist mein Name. Und wie lautet deiner?“

„Svea …“, brachte sie beinahe tonlos hervor. Ihre Hände spielten nach wie vor mit dem Kleid, obwohl sich sein Zustand dadurch nicht besserte. Weshalb war sie nur so nervös? Dieser Raimund hatte sie lediglich vor einem Sturz bewahrt, mehr hatte diese Berührung nicht zu bedeuten. Doch sein Lächeln und die Art, wie er sie ansah, trieb Svea eine ungekannte Hitze ins Gesicht. Statt einfach davonzulaufen und es dabei bewenden zu lassen, blieb sie stehen. Was wollte sie hier noch?

„Ich habe dich noch nie hier gesehen“, versuchte Raimund das stockende Gespräch aufrecht zu halten. „Wo hast du dich bisher versteckt, hübsche Svea?“

Svea errötete und senkte verlegen den Blick. Sie erinnerte sich zwar daran, dass die Burschen in Neustatt ihr bereits früher nachgeschaut und ihr auch hin und wieder raue Bemerkungen nachgerufen hatten. Doch weder hatte sie den Sprüchen noch den Burschen je Beachtung geschenkt. Bei diesem Raimund war es anders. Er blickte sie an und sprach auf eine Weise, wie es die Stadtburschen sonst nicht taten. Und er hatte sie angefasst. Unbewusst strich Svea sich über die Oberarme, wo er sie gehalten hatte.

Als sie das bemerkte, wich sie abermals einige Schritte zurück. Raimund schien dies nichts auszumachen, denn er strahlte sie nach wie vor mit diesem besonderen Lächeln an. „Keine Sorge, ich tu dir nichts. Mein Meister wird ohnehin gleich nach mir rufen. Allerdings muss ich gestehen, dass es wesentlich schöner war, dich zu halten als einen Steinblock …“

Svea musste schlucken, als sie das hörte. Komplimente dieser Art war sie bisher nur von Faolán gewohnt und sie hatte lange keines mehr vernommen. Und obwohl diese Schmeichelei nicht von Faolán stammte, hörte und fühlte sie sich gut an. In diesem Moment stürzten die verschiedensten Gefühle auf sie ein: Freude und Verwirrung über Raimunds Aufmerksamkeit, ein schlechtes Gewissen gegenüber Faolán sowie der Schmerz über seinen Verlust. All diese Empfindungen mündeten in einer plötzlichen und heftigen Wut, sowohl auf sich selbst wie auch auf die vertrackte Situation mit diesem fremden Burschen. Dementsprechend verärgert schnaubte sie: „Danke, ich kann schon auf mich selbst aufpassen.“

Mit ausgestreckten Händen wagte Raimund einen Schritt auf sie zu, weiterhin lächelnd. Seine unbekümmerte Stimme versuchte Svea zu beruhigen. „Du musst wirklich keine Angst vor mir haben. Sieh her, ich führe nichts Böses im Schilde. Schon gar nicht vor dem Haus des Herrn.“

Svea folgte dem Blick des Jünglings zu der Kirche. Sie hatte keine Furcht vor ihm, stellte sie in diesem Augenblick fest. Sie hatte Angst vor sich selbst! Und vor dem, was soeben in ihr vorging. Warum konnte Faolán nicht hier sein? Alles wäre jetzt so viel einfacher. Stattdessen stand ein Jüngling vor ihr, in dessen Armen sie gelegen und sich darin auch noch geborgen gefühlt hatte. Das durfte nicht sein!

Erneut trat Raimund ihr einen Schritt entgegen, nur eine Elle davon entfernt, ihre Hand zu berühren. Svea wusste nicht, ob sie es sich wünschte oder ob sie es fürchtete. Ihr Herz pochte wild und ihr Atem begann schneller zu gehen. Ihre Arme verschränkten sich und sie blickte zu Boden.

Was sollte sie jetzt tun?

Was wollte sie jetzt tun?

Raimund schien ihr diese Entscheidung abzunehmen, als er zu einem weiteren Schritt ansetzte. Doch Svea konnte es nicht ertragen. Pfeilschnell drehte sie sich um und rannte davon. Die Rufe Raimunds, sie solle doch keine Angst haben und warten, verhallten ungehört in ihren Ohren, ebenso das Lachen und die Kommentare der Maurer, Steinmetze und anderen Handwerker, die die beiden offensichtlich beobachtet hatten.

Svea lief so schnell sie vermochte, bis sie das Stadttor hinter sich gelassen und den Waldrand erreicht hatte. Erst dort verlangsamte sie ihren Schritt, hielt jedoch nicht an. Sie wagte einzig einen Blick über ihre Schulter, um sich zu vergewissern, dass dieser Raimund ihr nicht gefolgt war. Unter dem vertrauten Dach der Laubbäume begann sie nachzudenken. Was war geschehen und weshalb? Lange war sie Neustatt fern geblieben. Lange hatte sie es vermieden, an den Ort zurückzukehren, wo sie Faolán das erste Mal begegnet war. Und ausgerechnet heute hatte Alveradis ihr das nahe gelegt. Hatte die Heilerin geahnt, dass sie auf diesen Raimund treffen würde?

Svea konnte nicht glauben, was in ihr vorging. Noch immer war sie sich nicht sicher, ob sie die Berührung des fremden Jünglings nun genossen hatte oder ob es nur die Sehnsucht nach Faoláns Berührungen war, die in ihr diesen Eindruck erweckte. Würde sie Raimund wiedersehen, wenn sie Neustatt das nächste Mal aufsuchte? Ein Teil von ihr hoffte es, und sie ertappte sich bei einem Lächeln, als sie sich an den jungen Mann erinnerte, der ihr staubig und verschmitzt lächelnd seine Hände entgegengestreckt hatte.

Svea schritt weiter durch den Wald, doch nach vielen Monaten der Trauer tat sie es erstmals wieder pfeifend, mit einer leichten Melodie auf den Lippen. Es wurde ihr erst bewusst, als sie die Lichtung der Heilerin betrat. Svea war nicht lange fort gewesen und Alveradis war überrascht, sie so bald wieder zu sehen. Doch die Augen der Alten strahlten, als sie die Freude in Svea erkannte. Die Heilerin begrüßte das Mädchen lächelnd und mit freudiger Stimme: „Wie ich sehe, war es die richtige Entscheidung, die du getroffen hast. Willkommen zurück im Leben, mein Kind."

Anno 965 – Flucht

Nach dem Gespräch mit Beren im Kochhaus hatte Faolán Konrad so bald wie möglich über die neuen Erkenntnisse informiert. Auch der konnte kaum glauben, was er zu hören bekam. Erst die Erinnerung an ihre erste Begegnung mit Clemenza im Badhaus räumte seine Zweifel aus.

Jetzt galt es nur noch, das erworbene Wissen in einen Fluchtplan umzusetzen. Doch das war alles andere als einfach. Zwar hatte Faolán in den darauffolgenden Nächten bereits einige Ideen entwickelt, doch Konrad sah in einer jeden zu viele Unsicherheiten und Risiken. Die Überlegungen waren allesamt noch unreif und Faolán erkannte, dass die Flucht einer viel sorgfältigeren Planung bedurfte als bisher angenommen.

Daher versuchten die beiden Freunde, jede sich ergebende Gelegenheit zu nutzen, um ihr Vorhaben auszuarbeiten. Zu Faoláns Überraschung erfuhren ihre verschwörerischen Bestrebungen eine plötzliche Erleichterung, als der Abt die stetige Überwachung während ihres zweiten Frühjahres lockerte. Offensichtlich glaubte er, die beiden Novizen gebrochen und auf den rechten Pfad zurückgebracht zu haben. Immer häufiger durften sie nun auch Arbeiten gemeinsam und sogar unbeaufsichtigt verrichten. So ergaben sich hin und wieder Möglichkeiten, sich für ein paar Augenblicke zu besprechen.

Mehr denn je achteten sie jetzt darauf, nicht aufzufallen. Ihre Arbeiten verrichteten sie zusehends zur Zufriedenheit der Mönche, wodurch die harten Bestrafungen nachließen. Die Ohrfeigen allerdings wurden nach wie vor in Willkür verabreicht, daran hatte sich nichts geändert. Durch das erworbene Vertrauen gelang es Faolán aber endlich, eine Möglichkeit zur Flucht zu finden. Es war zwar kein schöner Weg, aber es war der einzige, den er finden konnte. Das wichtigste war jetzt, daraus einen Fluchtplan zu machen. Gelegenheiten dazu gab es nur wenige, doch diese nahm er in Anspruch, auch wenn das Risiko groß war, beim Müßiggang entdeckt zu werden. Aber nicht nur sein eigener, sondern auch Konrads Verstand war bei dieser Planung notwendig.

Die meiste gemeinsame Zeit verbrachten die beiden Freunde nachts im Dormitorium. Hier war allerdings eine Besprechung, selbst im Flüsterton, unmöglich, denn während der Ruhezeit saß stets ein Mönch an der Tür zum Flur, der ein wachsames Auge auf die Schlafenden hatte. Ein Grund hierfür war die Angst vor der Versuchung der Unzucht. Faolán hatte am eigenen

Leib erfahren, wie streng es bestraft werden konnte, sollte man Hand an sich selbst legen – und das war noch im Heimatkloster gewesen. Die größte Angst der Mönche lag jedoch nicht in der Sünde des Onan, sondern in der Verlockung gegenseitiger Unzucht. Die Bruderschaft schien daher über die immerwährende Aufsicht erleichtert zu sein, denn nur so konnten sie beruhigt schlafen und die eigene wie auch die Sünde der anderen gezügelt wissen.

Dass es dennoch Mönche wie Clemenza mit Neigungen wider die Natur gab, war in Faoláns Augen schon beinahe absurd. Es schien, als habe man einen Ziegenbock in den Kräutergarten gelassen und hoffte darauf, dass er nichts von den kostbaren Pflanzen fressen möge. Faoláns Auffassung nach war dies bezeichnend für die Abtei: Sie war voller Widersprüche.

Trotz der langen Zeit, die Faolán bereits in dieser Bruderschaft lebte, weilte er in Gedanken oft bei Svea. Gerade während der milden Jahreszeiten hätten sie sich regelmäßig auf dem Markt zu Neustatt und am Weiher sehen können ... hätte Prior Walram sein Leben nicht zerstört.

Mit einer groben Idee für ihre Flucht im Hinterkopf verging das Frühjahr viel zu schnell. Als der Sommer Einzug hielt, hatten Faolán und Konrad allerdings noch keine nennenswerten Fortschritte gemacht. Selbst wenn die Freunde hin und wieder Gelegenheiten fanden, ihre Köpfe für Beratungen zusammenzustecken, mangelte es ihrem Vorhaben nach wie vor an zu vielen Ecken. Es half nichts zu wissen, dass Bruder Clemenza einen zentralen Punkt in ihrer Planung einnehmen sollte, wenn sie nicht wussten, wie sie den Mönch ohne Risiko in ihren Plan einfügen sollten. Konrad wurde langsam ungeduldig. Seiner Meinung nach fristeten sie ihr Dasein schon viel zu lange in dieser Abtei und am liebsten wäre ihm eine Flucht schon im vergangenen Sommer gewesen. Doch auch er war darauf angewiesen, mit Bedacht vorzugehen.

Die nächsten Wochen verrannen ereignislos wie feiner Sand zwischen den Fingern der Novizen. Am Ende des Sommers wurde den beiden Freunden bewusst, dass es bei diesem behäbigen Vorankommen mit Sicherheit bis zum Winter andauern würde, ehe sie einen Plan ohne größere Risiken ausgearbeitet hätten. Dann wäre es allerdings zu spät und sie müssten mit der Umsetzung bis weit in das nächste Jahr warten. Den Weg bereits vor Augen, fieberten sie ungeduldig dem Tag entgegen, ihre Absicht endlich in die Tat umsetzen zu können.

„Wann werden wir endlich abhauen?“, stellte Konrad die Frage wieder einmal in den Raum, als er sich mit Faolán ungestört in einer der Vorratskammern befand. Ihre Aufgabe an diesem Tag bestand darin, die Nahrungsbestände zu überprüfen und auszusortieren, wie es vor der Erntezeit üblich war. Eine Aufgabe, die voraussichtlich den ganzen Tag in Anspruch nehmen würde und es mit sich brachte, dass die beiden Freunde sich in normaler Lautstärke unterhalten konnten.

„Ich kann es dir auch nicht genau sagen", antwortete Faolán mit verdrossenem Unterton. „Vielleicht kann uns Beren noch irgendeinen Hinweis geben, der uns weiter hilft. Der ausschlaggebende Punkt ist Bruder Clemenza. So lange wir ihn nicht perfekt in den Plan eingebunden haben, bleibt uns nichts anderes übrig als geduldig zu sein."

Enttäuscht und zornig zugleich ließ Konrad einen nahezu leeren Sack mit Rüben auf den Boden fallen. Er blickte hinein und zog ein runzliges, altes Exemplar hervor, das bereits Schimmel angesetzt hatte. Mit angewidertem Gesichtsausdruck sprach er weiter. „Ausgerechnet dieser fette Mönch ist der Schlüssel zu unserem einzigen Weg und stellt zugleich die größte Schwachstelle in unserem Plan dar. Wir können nicht sicher sein, dass er mitspielen wird. Wenn du mich fragst, sollten wir auf ihn verzichten! Es gibt bestimmt noch einen andern Weg ... weshalb gibt es keine Säule in dem Raum oder weshalb kann kein anderer seinen Platz einnehmen?"

„Weil es keine Säule und keinen anderen gibt!", stellte Faolán entnervt fest, der diese Frage nicht zum ersten Mal beantwortete. „Es gibt keine andere Lösung. Niemand außer Bruder Clemenza kann diesen Platz einnehmen. Ansonsten droht unsere Flucht sofort aufzufallen. Natürlich stellt Clemenza das größte Risiko in unserem Plan dar. Mir gefällt das am wenigsten!"

Faolán schwieg und die beiden Freunde arbeiteten eine Weile, ohne zu sprechen. Schließlich versuchte Faolán die Situation so gut wie möglich darzustellen, auch wenn er dabei nicht gerade hoffnungsvoll klang. „Absolute Sicherheit werden wir niemals bekommen, weder für Clemenzas Mitspielen, noch für das Gelingen unserer Flucht. Zudem wäre es töricht zu glauben, unser Vorhaben könnte am Ende frei von jedem Wagnis sein. Wir beide wissen doch, dass es in vielfacher Hinsicht riskant sein wird, ganz gleich, welchen Weg wir wählen würden oder wessen Hilfe wir dafür in Anspruch nehmen müssten."

Konrad nickte ernüchtert. Es war seine Ungeduld, die ihn so risikobereit werden ließ. „Dennoch gefällt mir dieser fette Mönch in unserem Plan überhaupt nicht."

„Mir auch nicht ...", antwortete Faolán und hielt inne, als sich plötzlich die Tür zum Vorratsraum öffnete. Die beiden Freunde gaben sich geschäftig.

„Gebt euch keine Mühe. Ihr täuscht mich nicht! Dafür kenne ich euch zu gut!"

Die Worte klangen hart, doch Faolán erkannte die vertraute Stimme. Erleichtert atmete er auf und wandte sich mit einem Lächeln der Tür zu, um Beren willkommen zu heißen: „Du sollst uns nicht ständig auf die Probe stellen, ob wir gegen Überraschungen gewappnet sind ..."

Der Novize erwiderte das Lächeln schüchtern, trat in den Vorratsraum und schloss die Tür wieder. Zwischen den Dreien hatte sich eine tiefe Freundschaft entwickelt. In Beren hatten sie einen Gleichgesinnten gefunden, und er erwies sich als aufrichtiger Bursche, dem Faolán inzwischen nahezu alles anvertraute. Aus diesem Grund hatte ihm Faolán auch eines Tages angeboten, mit ihnen zu fliehen. So könne er, fern von der Abtei und von Bruder Clemenza, ein neues Leben beginnen. Zudem hatte er Faolán und Konrad bei ihrer Planung oft unterstützt, so dass es ebenso gut sein Plan war. Dennoch hatte Beren abgelehnt. Er war überzeugt, dass in der Flucht vor diesem Mönch nicht die Lösung seiner Misere lag. Vielmehr sah er in seiner Situation eine Prüfung des Herrn, die er zu meistern hatte. Davonzulaufen würde einem Versagen gleichkommen, davon war er überzeugt, und das wollte Beren auf keinen Fall. Faolán sah das zwar anders, doch er respektierte die Entscheidung und drängte ihn nicht weiter.

Erfreut über Berens Erscheinen ließ sich Faolán auf ein Fass nieder und begann zu plaudern. „Was führt dich zu uns? Wurdest du zur Kontrolle geschickt oder benötigst du etwas aus dem Lager?"

Das Lächeln auf Berens Lippen verschwand. Mit ernstem Gesicht blickte er zu Boden, als wüsste er nicht, wie er seine Gedanken formulieren sollte. Nach einer kurzen Pause erklärte er sein Anliegen. „Nichts dergleichen ... Ich gehe nur Bruder Odric aus dem Weg. Ihm zu helfen, den Bestand in der Kräuterkammer aufzunehmen, ist nicht einfach. Naja ... zu Beginn war es immerhin noch entspannt, doch Odric wurde zusehends unruhiger. Dann begann er mich von einer Ecke des Raumes zur anderen zu schicken. Ich musste selbst die verstaubtesten Behältnisse auf ihren Inhalt überprüfen. Ihm fehlt offensichtlich ein Topf mit Samen der *Colchicum autumnale*. Eine wichtige Ingredienz für einige seiner Heilmittel ... bei falscher Anwendung ist sie allerdings sehr giftig! Daher ist Bruder Odric sehr aufgebracht und lässt mich im gesamten Kloster danach suchen ..." Und als wolle Beren seinen

Besuch rechtfertigen, fügte er hinzu: „Also, habt ihr irgendwo ein Gefäß mit getrockneten Samen gefunden?“

Faolán und Konrad sahen sich an und schüttelten die Köpfe. Sie hatten bereits nahezu die gesamte Kammer ausgeräumt, aber nichts dergleichen gefunden. Faolán wurde nachdenklich. Es war ungewöhnlich, dass in der Abtei etwas verschwand. Während seiner gesamten Zeit in diesem streng überwachten Orden war ihm ein solcher Vorfall noch nie zu Ohren gekommen. Stets jedes Risiko für ihre Flucht im Bewusstsein, wollte er wissen, ob dieser Vorfall im Zusammenhang mit ihrem Plan stehen konnte. „Wie giftig sind diese Samen?“

„Ich bin mir nicht sicher“, antwortete Beren. „Doch Bruder Odric hatte in seiner Übellaunigkeit auch die Worte *Diebstahl* und *tödlich* herumgeschrien. Ob es sich allerdings auf die Pflanze bezog ... ich weiß es nicht.“

Erneut begann Faolán zu grübeln. Die Angelegenheit hinterließ ein ungutes Gefühl in seiner Magengrube. Sollten die fehlenden Samen tatsächlich gestohlen worden sein, so war dies verdächtig zeitnah zu ihrer geplanten Flucht geschehen. Nach kurzer Überlegung sprang er beherzt vom Fass. Es war Zeit zu handeln. „Konrad, wir beide müssen jetzt beginnen, Vorräte in unserem Versteck zu deponieren sowie alle Utensilien, die wir für die Flucht benötigen. Wir werden jetzt nicht mehr alles bis ins letzte Detail planen können und müssen Risiken eingehen, die ich lieber beseitigt gewusst hätte. Besonders vorsichtig müssen wir vorgehen ... und den Plan so schnell wie möglich in die Tat umsetzen. Alles muss vorbereitet werden! Beren, versuche herauszufinden, wann Clemenza für die nächste Saalwache im Dormitorium eingeteilt ist. Für dich wird das am einfachsten sein.“

Konrad war überrascht. „Weshalb schon die nächste Saalwache?“

„Weil es die Nacht unserer Flucht sein wird! Der Diebstahl dieser Samen gefällt mir nicht. Sollte die Bruderschaft danach suchen, könnten auch unsere Vorbereitungen aufgedeckt werden.“ Faoláns Worte waren bestimmt und ließen keinen Zweifel an seiner Entschlossenheit.

Beren trat mit großen Augen einen Schritt zurück und seine Stimme klang belegt. „Was ist mit Clemenza? Wolltet ihr das mit ihm nicht langsamer angehen und sorgfältiger vorbereiten? Vielleicht schöpft er Verdacht? Die nächste Wache ist ... sie ist zu früh!“

„Das kommt darauf an, wann er das nächste Mal eingeteilt ist“, versuchte Faolán Beren zu beruhigen. Er wusste, dass sein Freund diese Aufgabe nicht gerne übernahm, doch er hatte es eines Tages selbst angeboten. „Es kann durchaus noch einige Wochen dauern. Genug Zeit, um die restlichen Feinheiten auszuarbeiten. Doch ich bin überzeugt, dass wir unseren Plan schnellstmöglich umsetzen sollten. Auch wenn es bedeutet, dass du dich häufiger in Clemenzas Nähe begeben musst als dir lieb ist."

Beren nickte kurz und schluckte. Er hatte seine Hilfe zugesagt und würde sie nicht enttäuschen, selbst wenn es ihn einige Überwindung kosten würde, dessen war sich Faolán sicher. Konrad blickte zweifelnd seine beiden Freunde an und sprach dann zu Faolán, der am Ende das größte Risiko tragen würde. „Was wirst du jetzt tun?"

„Ich werde in den nächsten Tagen unserem geliebten Bruder Clemenza schöne Augen machen. Ich hoffe, er wird auf den Köder hereinfallen. Sollte das nicht gelingen, so wird es auch keine Flucht geben. Doch da er ohnehin immer ein Auge auf mich hat, wird er anbeißen wie ein dicker, hungriger Karpfen mit offenem Maul."

Bei diesen Worten hob Faolán sein Habit über die Knie wie den Rock eines Weibes und stolzierte mit blinzelnden Augen auf Konrad zu. Der gespielte Kuss entlockte sogar Beren ein unerwartet herzhaftes Lachen, trotz der soeben noch herrschenden Anspannung. Jetzt begannen die letzten Maßnahmen, die über das Gelingen ihres Vorhabens entscheiden sollten.

* * *

Die nächsten Wochen waren die längsten, die Faolán jemals in dieser Abtei durchlebt hatte. Sie schienen sogar langsamer zu vergehen als seine Zeit in der Büßerzelle. Dort hatte er immerhin jegliche Wahrnehmung dafür verloren. Jetzt allerdings, da sie kurz vor der Durchführung ihres Planes standen, war er bei vollem Bewusstsein und die Zeit schien dahinzukriechen.

Faolán hatte gehofft, Beren würde schon bald mit guten Nachrichten aufwarten und ihnen einen Tag nennen, an dem Clemenza die nächtliche Saalwache übernehmen musste. Doch die Nachricht kam nicht und die Vorbereitungen der beiden Freunde gerieten ins Stocken. Es hatte keinen Sinn, Vorräte zu horten, wenn der Tag des Aufbruchs noch nicht feststand.

Der Herbst eilte mit großen Schritten durch das Land und färbte die Blätter der wenigen Laubbäume des Waldes um das Kloster bunt. Die dunklen Nadelhölzer trotzten dieser Veränderung wie eh und je, und nachdem die Blätter gefallen waren, ragten nur noch vereinzelt die nackten, knorrigen Kronen der Laubbäume über die Wipfel der Nadelbäume hinaus. Tannen bestimmten das Bild des Waldes, der jetzt noch düsterer wirkte als zur Sommerzeit.

Es dauerte weit bis in den Oktober hinein, ehe sich die drei Freunde wieder heimlich treffen konnten. Beren hatte darauf gedrängt, denn er glaubte, endlich die entscheidende Information über Bruder Clemenza erhalten zu haben. Wie schon das letzte Mal fanden sie sich in einem der Lagerräume während der Ausübung ihrer Aufgaben ein. Kaum hatte Beren die Tür hinter sich geschlossen, eröffnete er ohne Umschweife und sichtlich aufgeregt das Gespräch. „In zwei Wochen dürfte es soweit sein."

„Bist du dir sicher?", vergewisserte sich Faolán freudig. Sollte Beren Zweifel haben, würde er bei Clemenza mit seinem weiteren Vorgehen zu viel wagen und genau das galt es zu vermeiden.

„Nein, leider nicht", gestand Beren mit gesenktem Blick. Er wusste, dass die beiden Freunde präzisere Angaben benötigten, doch zu seinem Bedauern konnte er diese nicht vorweisen. „Ich kann es mir nur aus Clemenzas Worten zusammenreimen ... denke ich zumindest." Beren hielt inne und atmete tief durch, dann fuhr er fort. „Er versprach mir zum nächsten vollen Mond ein unvergessliches Erlebnis. Der Zeitpunkt kann allerdings auch etwas früher oder später liegen ... das weiß man bei ihm nie so genau. Er liebt es, seine ... Opfer im Ungewissen zu lassen und sie zu überraschen."

Faolán konnte nur annähernd erahnen, unter welchem Druck sein Freund stand. Allein der Gedanke an das, was Clemenza Beren gegenüber angedeutet hatte, widerte ihn bereits an. Noch bevor Faolán darauf antworten konnte, hakte Konrad ein. „Jetzt geht es in die Endphase", stellte er fest. „Sollte uns jetzt ein Fehler unterlaufen, so könnte es fatale Folgen haben. Nur eines können wir nicht mehr beeinflussen und das ist das Wetter. Trotz aller Ungeduld habe ich mich gefragt, ob wir die Flucht nicht doch auf das kommende Frühjahr verschieben sollten."

„Auf gar keinen Fall!", rief Faolán und machte deutlich, dass er unbedingt an ihrem Vorhaben festhalten wollte. Er würde unter keinen Umständen einen dritten Winter in diesen unmenschlichen, kalten Mauern ausharren, ganz gleich, was kommen mochte! Er wollte unbedingt zurück zu Svea.

„Du bist dir hoffentlich darüber im Klaren, welche Konsequenzen eine Flucht zu dieser Jahreszeit mit sich bringt", begann Konrad seine Gedanken harsch zu erläutern. „Es ist bereits Oktober! Zwar ein sonniger, doch das kann sich schnell ändern."

„Glaubst du ernsthaft, etwas Herbstregen könnte mich davon abhalten, unseren Plan endlich in die Tat umzusetzen?“, hielt ihm Faolán energisch entgegen. „Wir benötigen eben dickere Mäntel und besseres Schuhwerk, dann werden wir auch in dieser Jahreszeit die Anstrengungen bewältigen. Denkst du etwa, ich habe mir darüber keine Gedanken gemacht? Das nächste Frühjahr ist in meinen Augen keine Alternative.“

Konrad versuchte Faoláns Aufbrausen zu ignorieren. „Überleg doch mal: In zwei Wochen ist bereits November. Die Nächte sind längst deutlich kälter geworden. Essbares unterwegs zu finden wird schwierig werden, vor allem, wenn erst einmal Schnee gefallen ist. Dann finden wir nicht einmal mehr die Nüsse am Boden. Aus der gefrorenen Erde werden wir wohl kaum Wurzeln ausgraben können. Sollten wir hungrig sein, sind es die Raubtiere ebenfalls. Und unter uns gesagt, traue ich ihnen mehr Überlebenskunst zu als uns unerfahrenen Burschen. Oder kannst du dich an deine letzte Jagd erinnern?“

Es war eine absurde Frage, doch Faolán wusste, was Konrad damit sagen wollte. Natürlich hatten beide keinerlei Erfahrung, sich über Tage hinweg durch die Wälder zu schlagen. Schon gar nicht bei herbstlicher Witterung. Weder hatten sie jemals ganz allein und bei Kälte eine Nacht im Freien verbracht, noch wussten sie, wie sie sich um Nahrung sorgen sollten. Faolán konnte ja noch nicht einmal eine einfache Falle aufzustellen. Dennoch versuchte er Konrad zu beschwichtigen.

„Wir müssen eben gut vorbereitet sein. Wir werden haltbaren Proviant in unsere Taschen packen. Beren wird uns dabei sicher behilflich sein, nicht wahr?“

Beren nickte stumm, hielt sich aber sonst aus dem Disput der beiden Freunde heraus. Seine zahlreichen Dienste in der Küche und der häufige Zugang zu den Vorratsräumen des Klosters eröffneten ihm aber bessere Möglichkeiten, an Proviant zu gelangen, als den beiden anderen.

Zufrieden wandte Faolán sich wieder an Konrad. „Wirst du deinen Stab bis zur Abreise fertigstellen können?“

Er bestätigte es mit einem Nicken.

„Gut“, fuhr Faolán abermals zufrieden fort. „Vielleicht gelingt es uns auch noch, einen Dolch aufzutreiben ...“ Bei dieser Bemerkung weiteten sich Berens Augen vor Entsetzen und Faolán korrigierte sich: „... oder zumindest ein scharfes Küchenmesser. Damit könnten wir uns in den Wäldern wenigstens verteidigen und hätten zudem ein hilfreiches Werkzeug.“

Konrad schnaubte abwertend. „Willst du mit einem Küchenmesser etwa einem Rudel hungriger Wölfe das Fürchten lehren?“

Faolán wurde trotzig. „Ich habe ein Ziel vor Augen und nichts wird mich davon abbringen, schon gar nicht ein paar hungrige Wölfe! Wir haben schon weit mehr durchstehen müssen als einen Marsch bei kalter Witterung. Haben wir beide nicht schon zu viel durchgemacht, als dass wir uns diesen Plan von ein paar wilden Tieren und etwas Regen zunichte machen lassen? Wenn du allerdings glaubst, eine nützlichere Waffe in dieser Abtei finden zu können, dann suche besser heute als morgen danach. Ganz gleich, wie wir von hier flüchten, ich bin fest davon überzeugt, dass wir es schaffen werden. Mit oder ohne Küchenmesser.“

„Was macht dich eigentlich so sicher, dass deine Svea noch immer auf dich wartet?“, fragte Konrad mit einem Mal besonnen und blickte Faolán kühl an.

Es herrschte Stille im Lagerraum. Konrads Frage breitete sich bedrohlich aus – und Faolán hatte keine Antwort darauf. Er konnte sich nicht erinnern, dass er jemals Groll gegen seinen Freund gehegt hatte, doch jetzt wäre er ihm am liebsten an die Kehle gesprungen. In diesem Augenblick hasste er Konrad, wie er noch nie jemanden zuvor gehasst hatte. So wütend war er noch nicht einmal auf Prior Walram oder Drogo gewesen.

Ihre Blicke trafen sich und in Faoláns Augen funkelte der Zorn. Doch mit einem Mal verflog sein Groll. Vielleicht hatte Konrad Recht. Was gab ihm die Gewissheit, dass Svea tatsächlich auf ihn wartete? Nichts! Er hatte sie über zwei Jahre nicht mehr gesehen und inzwischen war sie mit Sicherheit eine attraktive, junge Frau geworden, die sich vor Umwerbungen kaum noch zu retten wusste. Allein diese Vorstellung war für Faolán unerträglich. Umso wichtiger war es, so schnell wie möglich von hier zu entkommen und Svea zu finden.

„Ich weiß es ganz einfach“, lautete schließlich die tonlose, geflüsterte Antwort, die er seinem Freund entgegenbrachte. Natürlich wusste er es nicht, doch er hoffte es. Faolán ließ den Kopf hängen.

Konrad erkannte die Trübsal seines Freundes und seinen eigenen Fehler. Sogleich versuchte er Faolán aufzuheitern. „Offensichtlich handelt es sich bei euch um wahre Liebe. Dem sollte nichts im Wege stehen. Dann lasst uns alles daran setzen, dass ihr sie eines Tages auch leben könnt. Lasst uns diesen Plan so schnell wie möglich in die Tat umsetzen! Schließlich hat Abt Degenar gelehrt, dass es nichts Göttlicheres als die Liebe gibt.“

„Sicherlich hat er damit aber die Liebe zu Gott oder zu deinem Nächsten gemeint", warf Beren ein, der erleichtert war, dass Konrad den Konflikt beendete.

„Diese Einschränkung hat er meines Wissens nicht gemacht", entgegnete Konrad mit einem Grinsen. „Oder kannst du dich daran erinnern, Faolán?"

„Nein, du hast Recht", antwortete der, ebenfalls mit einem Lächeln. „Dann lasst es uns angehen!", beendete Faolán die Debatte. Beren sprang voller Tatendrang auf und verließ die Kammer. Faolán und Konrad blieben, um ihr Tagewerk zu beenden.

Nach einer ganzen Weile des stillen Arbeitens brach Konrad schließlich das Schweigen. „Es tut mir leid. Ich wollte vorhin nicht an eurer Liebe zweifeln. Es ist nur schon so lange her, seit du sie gesehen hast. Inzwischen sind so viele Dinge geschehen, dass wir doch gar nicht wissen, was uns bei einer Rückkehr erwarten wird. Alles könnte völlig anders sein, als wir es uns jetzt ausmalen. Befürchtest du nicht manchmal, dass am Ende alles vergebens sein könnte?"

Faolán stellte einen Korb ins Regal und dachte nach. „Deine Zweifel sind berechtigt, Konrad. Deine Worte haben mich nur wütend gemacht, weil mir diese Gedanken selbst schon gekommen sind. Glaube mir, sie haben mich schon in vielen Nächten gequält. Es gibt nur Eines, dessen ich mir absolut sicher bin: Ich liebe Svea und wir sind füreinander bestimmt! Daher muss ich auch alles Erdenkliche unternehmen, um sie wiederzusehen, ganz gleich, wie lange wir schon getrennt sind. Ich hoffe nur, dass es ihr genauso ergeht. Kannst du das verstehen?"

„Ich denke schon. Ich will es mal mit meinem Wunsch gleichsetzen, ein Ritter zu werden. Das ist für mich ebenfalls ein Ziel, wofür ich Risiken auf mich nehmen werde. Deshalb sollten wir alles in Bewegung setzen, damit du Svea wiedersehen kannst."

„Und du eines Tages zum Ritter wirst!", stimmte Faolán diesem Gedanken zu. Seine Bemerkung brachte beide wieder zum Lachen und die spontane Leichtigkeit ließ Faolán aufatmen. Konrads Worte bedeuteten ihm viel. Ihre Freundschaft war nahezu unerschütterlich und stark und auf einem ganz besonderen Fundament gegründet. Mit diesem Gefühl der Verbundenheit machte er sich schließlich wieder an die Arbeit, in Gedanken bei Svea, wo immer sie jetzt auch sein mochte.

* * *

Faoláns Geschick, Notwendiges zu organisieren, zahlte sich alsbald aus. Er nutzte all seine Fertigkeit, die er vor vielen Jahren bei Bruder Ivo gelernt hatte, wenn er mit den Mönchen sprach, die den Novizen wohlgesonnen waren. Bereits vor Monaten hatte er damit begonnen und einige von ihnen vertrauten ihm sogar ausnahmslos und wurden nicht stutzig, wenn Faolán etwas wollte. In ihren Augen hatte sich der Jüngling in den vergangen zwei Jahren zu einem Novizen gewandelt, der seine Aufgaben zuverlässig und ohne Aufsicht ausführen konnte.

Jetzt, da die Flucht in wenigen Tagen stattfinden sollte, war die Zeit gekommen, dieses Vertrauen zu nutzen. Faolán hatte allerdings ein ungutes Gefühl dabei, denn es widerstrebte ihm, ein solches Vertrauen für seine Zwecke zu missbrauchen. Viel schlimmer war für ihn jedoch die Missachtung eines der biblischen Gebote: *DU SOLLST NICHT STEHLEN!*

Doch stehlen war genau das, was er tun musste, sollte die Flucht erfolgreich sein. Und so begann er, die Dinge zu entwenden, die notwendig waren. Unter anderem waren das einige größere Stücke Leinenstoff, gefilzte Wolle, eine Nadel und ausreichend Zwirn. Aus dem Linnen sollten zwei Beutel mit Schulterriemen entstehen und aus dem Filz ein paar einfache Hauben. Da das Nähen von Kleidung schon frühzeitig zu einer ihrer Aufgaben im Columbankloster gezählt hatte, war das Schneiderwerk bald vollbracht. Sie sahen zwar nicht wie von Meisterhand hergestellt aus, würden ihren Zweck aber erfüllen.

Konrad stand Faolán bezüglich der Diebstähle in nichts nach. Er konnte aus einem der Lagerräume ein langes Seil, welches für den Erfolg ihrer Mission zwingend erforderlich war, an sich nehmen und ungesehen in ihr Versteck bringen. Dies war ein schwerwiegendes Vergehen, denn ein solch langes Seil war ein teures Gut. Sollte der Raub noch vor der Flucht entdeckt werden, würde man mit Sicherheit die gesamte Abtei danach durchsuchen und damit alle bisherigen Vorbereitungen gefährden.

Die wichtigste Aufgabe oblag allerdings Faolán und er gab sich größte Mühe, sie zu meistern, so lästig und unangenehm sie auch war. Sie bestand darin, Clemenzas verstärkte Aufmerksamkeit zu erlangen. Zu diesem Zweck kreuzte der Novize immer wieder absichtlich den Weg des dicken Mönches und kam ihm dabei unangenehm nahe. Sobald der Bruder sein Augenmerk auf ihn richtete, schaute Faolán den Mönch für einen kurzen Moment an, nur um sogleich wieder beschämt zu Boden zu blicken und wie ein schüchternes Mädchen davonzueilen. Ein einziges Gauklerstück, das Clemenza anzusprechen schien. Genau darauf hatten die Freunde gehofft, denn hätte Faolán damit keinen Erfolg, so wäre das gesamte Unternehmen zum Scheitern verurteilt.

Konrad beobachtete den fetten Mönch meist unbemerkt, wenn Faolán sich diesem näherte. Bereits nach wenigen Tagen stellte er fest, dass Bruder Clemenza seinerseits jede Gelegenheit nutzte, um in Faoláns Nähe zu gelangen. Fühlte er sich dann unbeobachtet, starrte er den Novizen an und versank in Tagträume.

Einerseits war Faolán über das Resultat seiner Täuschung erfreut, andererseits fühlte er sich dabei aber auch äußerst unwohl. Beklemmung und Bedrängnis stiegen in ihm auf, sobald Clemenza sich in seiner Nähe befand, und er musste jedes Mal mit sich ringen, um nicht davonzulaufen.

So schleppten die Tage sich dahin. Die beiden Freunde hofften innig, ihr Vorhaben bald durchführen zu können. Mit bangen Blicken schauten sie oft in den Himmel. Entgegen ihrer guten Stimmung entwickelte sich das Wetter zum Schlechten. In den Nächten sammelte sich zusehends der Nebel in den Wäldern und die gesamte Welt wurde mit einem feuchten Film bedeckt. Selbst tagsüber wollte der Nebel meist nicht auflockern und nach etwa einer Woche ging der Dunst in einen dauerhaften Nieselregen über, der so fein war, dass man beim Überqueren des Klosterhofes zwar keinen einzigen Tropfen im Gesicht spürte, doch beim Erreichen des Zieles der Umhang und das Haar feucht waren. Sollte diese Witterung andauern, würde die Flucht mühselig und beschwerlich werden, zumal sie für den Heimweg mit einigen Wochen rechneten.

Jeden Abend, wenn Faolán nach der Komplet zu Bett ging, achtete er auf den Bruder, der die Wacht im Schlafsaal der Gemeinschaft übernahm. Jeden Abend hoffte er darauf, dass es Bruder Clemenza sein möge. Doch Nacht für Nacht wurde er enttäuscht.

Auch heute fanden Faolán und Konrad sich zur üblichen Stunde im Dormitorium ein und suchten ihr Lager auf. Sie entledigten sich ihrer Habite und begaben sich, nur mit dem Untergewand bekleidet, unter die klammen, dünnen Decken. Gespannt warteten sie auf den letzten Mönch, der am Ende den Platz auf dem Schemel nahe der Tür einnehmen würde.

Lange tat sich nichts. Vereinzelt trafen noch einige verspätete Brüder ein, die schweigend zu ihren Lagern schritten. Faolán reckte den Hals, um besser sehen zu können, doch auf dem Schemel neben der Saaltür hatte noch niemand Platz genommen. Er konnte nicht sehen, ob Bruder Clemenza bereits hereingekommen war.

Im Geiste sprach er ein Gebet und hoffte auf ein Ende des Wartens. Erneut öffnete sich die Tür zum Saal. Einige Mönche betraten das Dormitorium und begaben sich zur Ruhe. Einer von ihnen verblieb allerdings an der Tür. Faolán versuchte den Mann zu erkennen, doch er konnte nur eine dunkle Gestalt in dem unbeleuchteten Saal ausmachen. Der Mönch schloss den Türflügel und begab sich mit schlurfenden Schritten zum Wachplatz. Vorsichtig entzündete er die Kerze einer Laterne, die des Nachts dort stets brannte.

Als der Mönch sich vor dem Licht bewegte, konnte Faolán einen korpulenten Leib erkennen, doch er war sich noch immer nicht sicher, wer es war. Ganz im Gegensatz zu den Regeln des asketischen Lebens in dieser Gemeinschaft war Clemenza bei weitem nicht der einzige beleibte Mönch in der Abtei. Dann endlich ließ der Bruder sich auf dem Schemel nieder. Und da, im Widerschein der Kerzenflamme, war deutlich ein kahles Haupt zu sehen.

Es war Clemenza! Die lang ersehnte Nacht war gekommen!

Erleichterung und Freude überkamen Faolán. Aufgeregt wie er war, musste er sich beherrschen, nicht lauthals zu jubilieren. Er versuchte sich zu entspannen und ging in Gedanken den Fluchtplan noch einmal durch, prüfte ihn erneut auf Schwachstellen und wog die Risiken ab. Bisher war alles verlaufen wie erhofft. Nun musste ihr Glück nur noch die heutige Nacht andauern und es wäre endlich vollbracht. Er schaute zu Konrad hinüber, der mit einem versteckten Handzeichen andeutete, Clemenza ebenfalls gesehen zu haben.

Mit rasendem Herzen zwang sich Faolán, ruhig auf dem Stroh zu liegen. Es fiel ihm ungemein schwer, doch jetzt galt es, Schlaf vorzutäuschen und zu warten, bis Ruhe im Dormitorium eingekehrt war. Erst wenn leichtes, regelmäßiges Atmen und vereinzeltes Schnarchen zu vernehmen waren, konnte der weitere Plan in die Tat umgesetzt werden.

Faoláns Sorge, zu langes Warten könnte ihn selbst einschlafen lassen, erwies sich zum Glück als unbegründet. Er war viel zu aufgeregt und konnte noch nicht einmal an Schlaf denken, geschweige denn die dazu notwendige Ruhe finden.

Ungeduldig verharrte er auf seinem Lager und konzentrierte sich mit geschlossenen Augen auf die Geräusche des Saales. Er nahm jedes noch so leise Schlucken, Räuspern oder Rascheln wahr.

Zu lange durfte er allerdings nicht warten, sonst könnte Clemenza sein Versprechen Beren gegenüber in die Tat umsetzen, oder eine der nächtlichen Andachten würde die Bruderschaft wecken und alles zunichte machen. Dennoch übte Faolán sich in Geduld.

Wie lange hatte er bereits gewartet? Er wusste es nicht, hatte jegliches Gefühl für Zeit verloren. Noch einmal sprach er im Geiste ein Gebet, dann beschloss er zu handeln. Er lauschte nach dem Atmen der Brüder, erhob sich dann behutsam und entstieg seiner Schlafstatt. Flink zog er Habit und Füßlinge über und schaute sich vorsichtig um. Niemand regte sich. Noch nicht einmal Bruder Clemenza an der Tür schien ihn zu bemerken.

Auch Konrad lag mit geschlossenen Augen da, völlig regungslos und tief atmend. Faolán hoffte, dass sein Freund den Schlaf nur vortäuschte, wagte jedoch nicht, sich dessen zu vergewissern und damit vielleicht andere zu wecken. Er musste sich auf Konrad verlassen, denn würde der seinen Teil des Planes nicht erfüllen, so wäre alles umsonst gewesen und Faolán begäbe sich sogleich in große Gefahr.

Lautlos schritt er zur Saaltür, bis er vor Clemenza stand. Die kleine Flamme in der Laterne flackerte vor sich hin. Der fette Mönch saß in sich zusammengesackt schlafend da. Sein massiger Leib quoll geradezu über den viel zu kleinen Schemel. Es war ein grotesker Anblick: Der große, kahle Kopf ruhte auf einer Basis aus Doppelkinn und Hals, die nahtlos ineinander übergingen. Speichel rann aus einem der Mundwinkel und ein leichtes Schnarchen tönte röchelnd aus der Kehle des Bruders.

Mit allem hatte Faolán gerechnet, jedoch nicht mit einem schlafenden Clemenza, der eigentlich zur Wache eingeteilt worden war. Zu Beginn bereits eine Schwachstelle in ihrem Plan zu haben, konnte kein gutes Omen sein. Faolán schloss seine Augen und konzentrierte sich. Wie sollte er den Mönch wecken, ohne zugleich auch andere Schlafende auf sich aufmerksam zu machen?

Zögernd beugte er sich dem Gesicht des dicken Mannes entgegen. Clemenza schlief tief und fest. Wenn Faolán ihn jetzt anstieße, könnte der Mönch aufschrecken und mit einem Ruf andere Mönche wecken, wie Faolán es bei Konrad schon befürchtet hatte. Das durfte auf keinen Fall geschehen.

Was sollte er tun? Faolán war ratlos. Unzählige Herzschläge stand er im Dormitorium da und betrachtete Clemenza. Schließlich fasste er Mut und griff nach der kleinen Lampe. Vorsichtig hob er sie an und leuchtete dem Schlafenden ins Gesicht.

Die Augen des Mönches öffneten sich blinzelnd. Erstaunt blickte der Mann in den Lichtschein der Lampe und wunderte sich wohl über die plötzliche Helligkeit. Vielleicht glaubte Clemenza in diesem Augenblick auch, eine göttliche Erscheinung stünde ihm gegenüber, gebannt wie er dasaß und in das Licht starrte.

Faolán senkte die Lampe. Jetzt schien auch Clemenza zu begreifen, dass die Erscheinung vor ihm eine rein weltliche war. Hastig rappelte er sich auf, wohl in dem Glauben, einen älteren Bruder vor sich zu sehen, der ihn bei einem Vergehen ertappt hatte. Auf den zweiten Blick erkannte er aber Faolán und ein unverständliches, erleichtertes Brummen entstieg seiner Kehle.

„Zum Abort …“, flüsterte Faolán schnell, bevor Clemenza noch etwas anderes sagen konnte. Als die Worte in dessen schläfrigen Verstand vordrangen, weiteten sich seine Augen und ein merkwürdiges Lächeln umspielte seine Lippen. In diesem Moment wusste Faolán, dass die wochenlangen Mühen sich gelohnt hatten. Abartige Begierde zeigte sich auf dem Gesicht des Mönches und Faolán ahnte, welcher Art sie war. Er musste sich beherrschen, nicht vor dem Mönch auszuspucken.

Schwerfällig begann Clemenza sich zu regen, begleitet von unverständlichen Worten. Der Schemel schien ihn festhalten zu wollen, doch mit Hilfe des kleinen Tisches wuchtete der Mönch sich schließlich hoch. Schroff riss er die Lampe aus der Hand seines Gegenübers, öffnete die Saaltür und führte den Weg an.

Gemischte Gefühle begleiteten Faolán, als er dem Mönch folgte. Mit einem kurzen Blick über die Schulter versuchte er zu erkennen, ob Konrad bereits im Begriff war, sich von seinem Lager zu erheben, doch zu schnell schritt Clemenza voran, als dass er im Dunkel des Saales etwas hätte sehen können. Faolán betete darum, sein Freund möge nicht eingeschlafen sein. Seine schlimmste Vorstellung war, längere Zeit mit Bruder Clemenza allein zu sein, denn jetzt begann der gefährlichste Teil ihres Planes. Sollte Konrad nicht rechtzeitig kommen, so würde Clemenza sich Faolán heute Nacht ebenso zum Gespielen machen, wie er es schon oft mit Beren getan hatte.

Der Mönch führte den Jüngling über die inneren Verbindungstüren des Klosters durch die Gebäude. Hin und wieder drehte er sich mit einem lüsternen Grinsen nach Faolán um und brabbelte unverständlich vor sich her. Schließlich traten sie ins Freie und schritten auf einen Arkadengang zu, der zum Aborthaus gehörte. Die Stille der Nacht war so gewaltig, dass Clemenzas schlurfende Schritte in Faoláns Ohren zermürbend klangen, wie das stetige Reiben schwerer Mühlsteine. Nach seinem Empfinden waren sie viel zu schnell zu dem ebenerdig gelegenen Gebäude gelangt, das aus einem ganz bestimmten Grund hier errichtet worden war. Mit seiner besonderen Konstruktion aus Gebälk und Gestein ragte er weit über den steilen Nordosthang hinaus. Nur so war es möglich, dass sämtliche Exkremente einfach in die Tiefe hinabfallen konnten, was die einfachste Art der Entsorgung darstellte. Auf gleiche Art wurden auch all jene Abfälle und Essensreste entsorgt, die selbst die Schweine verschmähten.

Was hätte Faolán jetzt dafür gegeben, Konrad bei sich zu haben. Stattdessen stand er allein diesem feisten, widerlichen Mönch gegenüber, fühlte sich ausgeliefert und nackt. Clemenza hielt ihm geradezu einladend die Tür zum Abtritthaus offen. Begierde stand ihm unverhohlen ins Gesicht geschrieben und sein Speichelfluss schien verstärkt und unkontrollierter als gewöhnlich. Nach wie vor murmelte er unverständlich vor sich hin und kicherte ab und an. Faolán verabscheute diesen Mann von ganzem Herzen und wünschte sich, etwas in Händen zu halten, womit er sich diesen Mann vom Leib halten könnte. ‚Eine Waffe', schoss es ihm plötzlich durch den Kopf. All die Jahre hatte er Gewalt abgelehnt, selbst unter Drogos Joch, doch jetzt empfand er zum ersten Mal das starke Bedürfnis, sich zu verteidigen.

Faolán zögerte kurz. Mit zaghaften Schritten betrat er den dunklen Raum, der jetzt nur vom Flackern der kleinen Kerzenflamme und dem fahlen Mondlicht erhellt wurde. Unwirkliche Schatten tanzten auf den schroffen Wänden und der Decke.

In dem kleinen Aborthaus gab es nicht viel Platz, um Clemenza auszuweichen. Ein Leintuch trennte einen kleinen Nebenraum ab. Faoláns Blick richtete sich zur gewölbten, steinernen Decke, die sich ohne Säulen in einem gleichmäßigen Bogen über den Raum spannte. Entlang der Außenwand befand sich eine hölzerne Sitzkonstruktion mit mehreren runden Abdeckungen, auf der es sich die Mitglieder der Bruderschaft zur Verrichtung der Notdurft mehr oder minder bequem machen konnten. Faolán schritt darauf zu und hob einen der Deckel an. Der Blick nach unten und der Gestank, der ihm entgegenschlug, waren schwindelerregend. Das Mondlicht tauchte die Konturen des felsigen Abgrundes in kühles Weiß und ließ den Weg nach unten endlos erscheinen. Der Grund in der Tiefe war im dichten Bodennebel nicht auszumachen.

„Musst du tatsächlich?", fragte Clemenza krächzend. Er klang enttäuscht, als hätte er sich etwas anderes erhofft. Faolán wusste dank Berens Schilderungen, was der Mönch von ihm jetzt erwartete. Obwohl es Faolán nicht behagte, so war es doch genau diese Hoffnung, die er in den vergangenen Wochen in Clemenza absichtlich geweckt hatte. Jetzt musste er Tribut dafür zollen.

Wo blieb Konrad nur? War er überhaupt schon unterwegs?

Faolán blieb keine Zeit. Er musste handeln! Er schloss die Abdeckung wieder und wandte sich dem dicken Mönch zu. Es galt jetzt, Clemenza ohne Verdacht so lange hinzuhalten, bis Konrad eintreffen würde.

„Nein, eigentlich habe ich kein Bedürfnis dieser Art", antwortete Faolán schließlich verhalten auf Clemenzas Frage. Dann zwang er sich mit einem neckischen Grinsen fortzufahren, um den Mönch in die Irre zu führen. „Vielmehr hege ich ein anderes Bedürfnis. Ich habe im Nebenraum eine kleine Besonderheit versteckt."

Überraschung und Freude glomm plötzlich in den kleinen, eng beieinander stehenden Augen des Bruders auf. „Was ist es? Ja, was ist es? Willst du es mir nicht verraten? Nein, zeig' es mir lieber, ja, zeig es mir."

Mit einer Handbewegung gebot Faolán ihm, an Ort und Stelle zu verweilen, und verschwand hinter dem Leinen. Clemenza verharrte an seinem Platz. Er glich dabei einem kleinen Kind, dem man eine Belohnung versprochen hatte, wenn es nur artig bliebe. Deutlich erkennbar fiel es ihm schwer zu warten. Auch wenn er all seine Willenskraft aufbringen musste, um dem Verlangen, Faolán zu folgen, zu widerstehen, so hielt ihn der Reiz der Überraschung doch an seinem Platz fest. Selbst als das Geräusch einer auf dem Boden entlanggleitenden Steinplatte hinter dem Leinen zu vernehmen war, beugte sich der massige Oberkörper lediglich leicht nach vorne, um vergeblich Einsicht in das Dunkel hinter dem Vorhang zu erhalten. Die Füße des Mönchs begannen unruhig auf der Stelle zu treten, bewegten sich jedoch nicht vorwärts. Es war die Disziplin dieses Klosters, auf die Faolán jetzt baute, und sie schien tatsächlich stark genug in Clemenza manifestiert zu sein, um ihn für den Augenblick zurückzuhalten.

Nach einer Weile erschien der Novize wieder und trug ein aufgerolltes, langes Seil mit sich. Er warf es dem Mönch vor die Füße und begann eine große Schlaufe zu binden.

„Was ... was soll das werden? Ja, was wird das, sag schon, was wird das?" Clemenza schien enttäuscht, als habe er etwas anderes erwartet. Er wirkte verunsichert, wusste nicht, was er davon halten sollte.

„Es ist ein Spiel!", entgegnete Faolán kurz, ließ sich aber nicht beirren.

„Ein Spiel? Was für ein Spiel? Wozu das Seil, ja, wozu nur das Seil?" Hoffnung, Verwirrung und Aufregung schwangen jetzt in Clemenzas Stimme mit. Noch immer blieb er regungslos stehen.

„Etwas Geduld müsst Ihr noch aufbringen. Ich sagte doch schon, es ist etwas Besonderes ... eine Überraschung, versteht Ihr?"

Clemenzas innere Unruhe wurde immer größer. „Ja, ja, ich weiß schon, aber was ist mit ..."

Faolán musste sich etwas einfallen lassen. „Geduldet Euch noch einen Augenblick. Es wird Euch gefallen. Vertraut mir!"

Die Schlaufe war mit einem festen Knoten versehen und einsatzbereit. Faolán entledigte sich langsam seines Habits. Clemenza verstummte schlagartig und blieb wie angewurzelt stehen. Mit offenem Mund schaute er dem Novizen begierig zu. Selbst als Faolán nur noch im Untergewand gekleidet vor ihm stand, konnte Clemenza noch nichts sagen.

Faolán nutzte die angespannte Erwartung des Mönches, legte flink die große Schlaufe um den Oberkörper des aufgeregten Mannes und zog sie langsam zu. Clemenza ließ es einfach geschehen, in der Hoffnung, eine neue Erfahrung mit seinem Gespielen zu machen. Er war es nicht gewohnt, dass seine Opfer agierten oder gar die gleichen Neigungen und Freuden verspürten wie er selbst.

Als das Seil stramm um Clemenzas Brust lag, trat Faolán unsicher zurück. Er wusste nicht mehr weiter. Eigentlich sah ihr Plan vor, dass Konrad jetzt erscheinen würde. Wo blieb er nur? Seine Gedanken rasten auf der Suche nach einem Geistesblitz, wie er den Mönch weiter hinhalten konnte. Er benötigte Zeit, doch genau das war es, was ihm nicht zur Verfügung stand ...

Schließlich fiel Faolán etwas ein. Langsam löste er die Verschnürung seines knöchellangen Untergewands und ließ es zögerlich zu Boden gleiten. Es kostete ihn die größte Überwindung, doch er hatte keine Wahl. In diesem Augenblick hatte Faolán das Gefühl, dem Mönch alles über sich preiszugeben, sich ihm gänzlich auszuliefern. Er fühlte sich, als habe er versagt, als wäre das ganze Unternehmen gescheitert.

Konrad war nicht erschienen!

Clemenza genoss den Anblick vor sich. Er war blind vor Freude und bemerkte die Verzweiflung des Burschen nicht. Er wollte nicht sehen, dass der Jüngling mit geschlossenen Augen dastand und ihm Tränen über die Wangen liefen. Er sah nur noch einen Gespielen, der ihm in wenigen Augenblicken zur Verfügung stehen würde.

Faolán trug jetzt nur noch eine Brouche, um seine Scham zu bedecken. Während ihn fröstelte und sich sämtliche Körperhaare aufstellten, bildeten sich auf Clemenzas Glatze kleine Schweißperlen. Faolán ahnte, dass sich unter all dem Stoff und Clemenzas Leibesfülle längst die Fleischeslust regte, so schwer schnaufend wie der Mann ihn angaffte.

Wo blieb Konrad nur?

Vielversprechend und beinahe nackt hatte Faolán nur noch eine Möglichkeit, um Clemenza hinzuhalten: er musste geheimnisvoll wirken.

„Nur noch einen kurzen Augenblick ...", versuchte Faolán den Mönch mit einer verheißungsvollen Handbewegung an seinem Platz zu halten. Noch einmal begab er sich hinter das Leintuch und verharrte dort ruhig und regungslos. Er wagte kaum zu atmen, wusste nicht mehr weiter. Alles, was ihn jetzt noch vor diesem Mönch schützte, war der Vorhang und seine Brouche. Doch beides müsste Clemenza schon gewaltsam herunterreißen, um zu erhalten, wonach er begehrte. Doch sollte der Mönch zudringlich werden, hätte Faolán nicht die geringste Chance gegen den massigen Körper des Mannes.

Die Zeit verging langsam und Clemenza wartete noch immer geduldig.

Faolán stand starr wie eine Säule. Außer dem erregt schnaubenden Columbanbruder und seinem eigenen, in den Ohren dröhnenden Herzschlag konnte er nichts hören. Und dann geschah, was Faolán befürchtet hatte: Der Mönch wurde ungeduldig und begann sich zu regen.

Clemenzas Stimme klang missgestimmt und Faolán fuhr erschrocken zusammen. „Ich bin des Wartens langsam überdrüssig, ja überdrüssig. Was braucht es sonst noch für ein bisschen Erquickung mit uns beiden? Ja, mit uns beiden! Nur wir beide ... Komm hervor und ich lehre dich deinen Nächsten zu lieben wie dich selbst. Ja, das kannst du doch, dich selbst lieben, nicht wahr? Oh ja, ich weiß schon, wie du es kannst ..."

Clemenzas Kichern ließ Faolán erschaudern.

„Du hast es schon einmal gemacht, nicht wahr? Ja, schon einmal! Ist das nicht der Grund, weshalb du hier bist? Ja, hier bei mir, bei mir? Ich weiß, dass du schon einmal Hand an dich gelegt und dich befleckt hast. Oh ja, du hast dich befleckt, befleckt! Du bist unkeusch, so unerhört unkeusch! Ich werde dich jetzt lehren ..."

Faolán schloss die Augen und presste seine Hände auf die Ohren. Er wollte die Worte dieses abartigen Mannes nicht wahrhaben. Sie drangen dennoch in seinen Schädel und riefen in Faolán schmerzliche Erinnerungen hervor. Clemenza hingegen schien die Vorstellung nur noch weiter zu erregen.

„Es war gewiss nicht das einzige Mal, nicht wahr? Wie oft, wie oft schon? Gut so, gut so. Ich bevorzuge zwar unerfahrene Knaben ... doch dir werde ich gerne behilflich sein und dir zeigen, wie du deinen Nächsten zu lieben hast. Komm, ja komm, ich habe schon so manchen Novizen bekehrt.“ Clemenza kicherte erneut hysterisch. „Ja, bekehrt habe ich sie alle ... egal, was sie zuvor geglaubt haben.“

Faolán begann am ganzen Leib zu zittern. Er schlang die Arme um seinen Oberkörper, als könne er so seine Angst unterbinden. Clemenzas begieriges Schnaufen eroberte den kleinen Raum hinter dem Leinen, eroberte Faoláns ganze Welt. Schlurfend näherte der Mönch sich dem Vorhang. Verzweifelt trat Faolán einen Schritt zurück, wäre beinahe in die offene Bodengrube gestürzt, aus der er das Seil geborgen hatte.

Clemenza hielt plötzlich inne, wagte es noch nicht, den Vorhang zur Seite zu ziehen. „Willst du mir nicht zeigen, wie du dich selbst liebst ... ja, liebst? Und wie du dich unkeusch anfasst? Ja, zeige mir, wie du dich dort anfasst, wo der Teufel dir sein Horn verpasst hat! Dieser teuflische, wollüstige Pfahl, oh ja. Glaube mir, ich kann dir behilflich sein. Meine himmlischen Hände können dir bei diesem Teufelshorn helfen ... ja, das werde ich ... dir helfen werde ich. Mein Griff ist sicher und fest, ja fest, und ich verspreche dir eine unvergessliche Wohltat. Wir alle haben ein teuflisches Horn, wusstest du das nicht? Und ich werde dir heute Nacht beibringen, den Teufel in dir zu beherrschen ... und wie wunderbar mit ihm umzugehen ist ... Welch eine Wohltat es sein wird, oh ja, du wirst schon bald sehen ... und mein sein! Ja, mein wirst du sein!“

Clemenzas glucksende Stimme trieb Faolán soweit zurück, bis er die kalte, schroffe Steinmauer in seinem Rücken spürte. Da schob der Mönch den Vorhang langsam beiseite und erschien in all seiner Massigkeit vor Faolán. Er zog das Leinen hinter sich zu, als beabsichtige er das, was jetzt geschehen würde, vor den Augen des Herrn, der Bruderschaft und der Welt zu verbergen.

„Stille, hörst du?“, flüsterte Clemenza, hob einen Zeigefinger an seine Lippen und legte den Kopf zur Seite, als lausche er in die Nacht hinein. „Wir werden über all das hier eine brüderliche Verschwiegenheit ausbreiten, nicht wahr? Ja, du wirst schweigen, ich weiß schon. Niemand wird uns hier stören, sei unbesorgt. Niemand! Ich wurde hier noch nie gestört ... noch nie!“

Erneutes irres Kichern dröhnte in Faoláns Ohren, als Clemenza sich an vergangene Missetaten erinnerte, dann widmete er sich wieder ganz seinem heutigen Gespielen. „Es wird unser Geheimnis bleiben. Unseres allein! Bis in den Tod, das verspreche ich dir!" Erneut erklang Clemenzas wahnwitziges Lachen. „Oh ja, bis in den Tod, hörst du?"

Der wuchtige Mönch kam weiter auf Faolán zu, füllte einen Großteil des viel zu engen Nebenraums aus und bedrängte sein Opfer. Faolán konnte Clemenzas säuerlich stinkenden Atem riechen. Am liebsten hätte er sich übergeben, doch selbst dazu war er nicht fähig. Er konnte nichts anderes tun als den Mönch anzustarren, der wie das personifizierte Unheil über ihm zu stehen schien. Es gab nur noch Clemenza auf dieser gottverlassenen Welt und er war ihm ausgeliefert.

„Bis in den Tod wird es unser Geheimnis bleiben, hörst du. Ja, bis in den Tod", hauchte Clemenza in Faoláns Ohren, der verzweifelt nach einem Ausweg um sich blickte. Doch es gab keinen! Jetzt nicht mehr.

Machtlos sank Faolán auf den Boden und kauerte sich in eine Ecke. Tränen der Verzweiflung liefen seine Wangen hinab. Clemenza bereitete es offenkundig Freude, seinen Gespielen derart verzweifelt zu sehen, denn er grinste zufrieden. Ständig wiederholte er die letzten Worte mit einem leisen, markdurchdringenden Flüstern, während er an seinem Habit zu nesteln begann, um es abzulegen. „Mein wirst du sein, bis in den Tod! Hörst du, bis in den Tod!"

„Fragt sich nur, wessen Tod das sein wird!"

Die Augen des Mönches weiteten sich, als er die unerwartete, fremde Stimme vernahm. Noch bevor er sich umdrehen konnte, war ein Zischen in der Luft zu hören. Eine schnelle Bewegung, gefolgt von einem dumpfen Schlag und Clemenza sackte benommen vornüber.

Faolán konnte nicht mehr ausweichen und wurde unter dem fetten Mönch begraben. Mühsam versuchte er sich unter all dem Fleisch zu regen. Nur langsam konnte er seinen Kopf heben und begann zu begreifen, was geschehen war. Obwohl er die Stimme klar vernommen hatte, musste er den Menschen dazu mit eigenen Augen sehen, um Gewissheit zu erlangen.

Es gab keinen Zweifel mehr: Konrad war endlich gekommen!

Breitbeinig stand er neben dem nach Atem ringenden Mönch. Während er Clemenza misstrauisch im Auge behielt, half er Faolán mit einer Hand unter dem Körper des Mannes hervor. In der anderen hielt er seinen neuen Langstock, jederzeit bereit, erneut damit zuzuschlagen. Nachdem Faolán befreit war, vergewisserte er sich, dass Clemenza keine Gefahr mehr darstellte. Anschließend widmete er sich seinem Freund.

„Hat er dir etwas angetan?“, fragte er besorgt.

„Nein!“, antwortete Faolán außer Atem, klang jedoch nicht überzeugend. „Nein, es ist alles in Ordnung.“

„Bist du dir sicher? Du zitterst am ganzen Leib“, stellte Konrad beunruhigt fest.

„Mir ist nur kalt“, begründete Faolán und unterstrich seine Behauptung, indem er seine Arme rieb. Konrad schenkte ihm Glauben, hob die Gewandung vom Boden auf und warf sie ihm zu. Dankbar zog Faolán sich wieder an und tatsächlich ließ das Zittern allmählich nach.

Während sich Faolán ankleidete, holte Konrad die restlichen Gegenstände aus der Bodengrube, die sie dort für ihre Flucht gelagert hatten. Sein Blick ruhte dabei stets auf dem Mönch. Clemenza lag noch immer wie ein dunkler, übergroßer Leinensack auf dem kalten Steinboden neben der Grube und regte sich nicht.

Aus dem Versteck barg Konrad zwei Umhänge, zwei Paar feste Lederschuhe, einen Feuerstahl mitsamt Feuerstein und etwas Zunder, leere Trinkhäute, die beiden Filzhauben und zwei Schultertaschen aus Leinen, gefüllt mit Proviant. Die Wegzehrung bestand hauptsächlich aus dunklem Brot, ein wenig geräuchertem Fleisch, das sie nach dem letzten Schlachten hatten entwenden können, ein paar Äpfeln, gekochten Eiern und einigen Nüssen. Zu guter Letzt brachte er noch zwei Küchenmesser zum Vorschein. Diese zu stehlen war äußerst riskant gewesen, und Faolán wunderte sich, dass die Tat noch nicht bemerkt worden war.

Der Proviant war nicht gerade üppig, doch er würde den beiden Freunden ein paar Tage ausreichen. Früher oder später mussten sie sich zusätzliche Nahrung beschaffen, das war beiden klar. Da ihr Weg sie überwiegend durch Wald führen wird, war es fraglich, ob ihnen das bei dieser Witterung ohne weiteres überhaupt gelingen konnte. Doch daran wollte Faolán jetzt nicht denken. Zunächst galt es, diesem verfluchten Kloster zu entkommen.

Während die beiden Burschen sich das Schuhwerk und die Mäntel überzogen und die Taschen schulterten, wagte Clemenza nicht, sich auch nur eine Handbreit zu regen. Erst als Konrad den Mönch mit seinem Stab kurz anstieß, zuckte Clemenza zusammen, rührte sich jedoch nicht weiter. Er mied es, seinem Peiniger in die Augen zu blicken.

„Steh auf, du widerlicher, stinkender Haufen Eselsdung!“, befahl Konrad.

Clemenza zögerte. Um seiner Forderung Nachdruck zu verschaffen, packte Konrad das Seil, das nach wie vor um den Brustkorb des Mönches gebunden war, und zog ihn empor. Gefügig und ängstlich folgte der Mann, versuchte aber, dem bewaffneten Jüngling so fern wie möglich zu bleiben. Konrad zog den beleibten Mönch bis vor die Abortsitze und arrangierte das Seil danach fest um den dicken Wanst. Dann trat er zwei Schritte zurück und rieb sich die Hände am Mantel ab, als habe er sie sich an Clemenza schmutzig gemacht.

Unterdessen hatte Faolán eine der Abortabdeckungen entfernt, das restliche Seil aufgehoben und es durch das Loch in den Abgrund geworfen. Clemenzas Augen weiteten sich, als er das sah. Er schien zu begreifen, was die beiden Novizen beabsichtigten, und dass ausgerechnet er ihnen dabei behilflich sein sollte. Er war einer Täuschung erlegen, die nur dem einen Zweck gedient hatte: ihn zu benutzen. Sie benötigten einen Mann, der kräftig genug war, um sie am Seil halten zu können, ohne dabei selbst durch das Loch gezogen zu werden.

Aufgrund von Clemenzas Masse war der Mönch für diese Aufgabe nahezu berufen. Obwohl er nicht die Muskelkraft besaß, um beide Novizen gleichzeitig am Seil halten zu können, so war sein Körper doch viel zu schwer und zu dick, als dass er durch eines der Sitzlöcher hätte stürzen können. Da die beiden Novizen ihn in der Hand hatten, stand ihrer Flucht jetzt nichts mehr im Wege.

Konrad schubste den unfreiwilligen Gehilfen mit seinem Langstab bis an den Rand der Holzkonstruktion und wagte einen Blick in den Abgrund. Das Seil verschwand im Nebel und er konnte nicht sagen, ob es bis zum Grund reichte. Dann wandte sich Konrad wieder dem Mönch zu, der vor dem bedrohlichen Stab zurückschreckte.

„Was habt ihr mit mir vor, mit mir vor?“, fragte der Dicke mit zitternder Stimme. „Bitte, fügt mir keine Schmerzen mehr zu, nein, ich werde euch auch in Ruhe lassen, ja, in Ruhe lassen. Ich verspreche es, beim allmächtigen Herrn! In Ruhe lassen, oh ja! Bitte, bitte. Seid barmherzig ... ich wäre es an eurer Stelle gewiss.“

Clemenza gab ein erbärmliches Bild ab, als er langsam wimmernd zu Boden sank und die beiden Freunde flehend anblickte. Konrad genoss das Winseln, kostete es regelrecht aus. Dann wandte er sich an Faolán, ohne auf Clemenzas Flehen einzugehen.

„Ich werde als erster gehen und unten das Gelände prüfen“, schlug er vor. „Oder fällt es dir schwer, hier oben bei diesem ... *Bruder* zu bleiben?“

Faolán schüttelte den Kopf. „Clemenza in Schach zu halten dürfte kein Problem sein. Sobald du unten bist, werde ich dir folgen.“

Um seiner Behauptung Nachdruck zu verleihen, zog Faolán eines der Küchenmesser aus dem Leinenbeutel. Der feiste Mönch erschrak erneut und zuckte vor dem blanken Metall zurück. Die Klinge war weder sonderlich groß noch scharf, doch im Dunkel des Raumes war das nicht zu erkennen und sie wirkte noch bedrohlicher als Konrads Holzstab. Wimmernd und mit bangen Augen begann Clemenza auf Knien vor Faolán zurückzuweichen.

Konrad ergriff das Seil und zog den Mönch wieder an seinen Platz vor dem Abortsitz. Auf Clemenzas Stirn standen Schweißperlen, doch diesmal zeugten sie nicht von Lust, sondern von Furcht. Mit wechselnden Blicken hielt er jetzt sowohl das Messer als auch Konrads Stab im Auge.

Konrad brachte die stämmigen Beine des fetten Mönches mit ein paar leichten Tritten in eine gespreizte Position und zwang Clemenzas Oberkörper nach vorne, damit sich die mächtigen, speckigen Arme direkt am Loch abstützen konnten. Anschließend befestigte der Novize seinen Stab an zwei eigens dafür vorgesehene Schlaufen am Schulterriemen des Beutels und stellte sich auf den Abort. Er legte sich das Seil um einen Unterschenkel, nahm es in beide Hände und setzte sich an den Rand des Loches. Dabei kam er Clemenza so nahe, dass er dessen Gestank wahrnahm. Konrad verzog angewidert das Gesicht, bevor er noch eine Drohung aussprach.

„Ein Fehltritt und du erlebst heute Nacht noch dein jüngstes Gericht, verlass dich darauf! Ich würde persönlich dafür sorgen, selbst wenn ich dazu heute Nacht wieder am Haupttor um Einlass bitten müsste und es das Letzte wäre, was ich im Leben täte!“

Clemenza versuchte zurückzuweichen, doch Konrad hielt das Seil straff. Der Novize wandte sich noch einmal Faolán zu. „Behalte ihn gut im Auge. Jetzt wird er zwar nichts ausrichten können, weil er gleich mein ganzes Gewicht zu spüren bekommt. Er wird genug damit zu tun haben, sich auf den Beinen zu halten. Danach sei aber wachsam. Er ist verschlagen! Halte lieber einen ausreichenden Abstand zu ihm ein.“

„Ich werde schon mit ihm fertig werden“, beruhigte Faolán seinen Freund und hielt die Klinge ins Mondlicht, so dass sowohl Konrad wie auch Clemenza sie gut sehen konnten. „Beeile dich jetzt und sei vorsichtig. Wir wissen nicht, wann die nächste Andacht beginnt. Spätestens dann wird man unsere Flucht bemerken. Viel Zeit bleibt uns mit Sicherheit nicht mehr."

Konrad nickte, dann verschwand sein Kopf unter den Holzdielen der Abortsitze. Wie erwartet war Clemenza von diesem Augenblick an voll damit beschäftigt, nicht selbst in das Loch zu stürzen. Dem Mönch lief der Schweiß bereits nach kurzer Zeit in Rinnsalen über das Gesicht. Arme und Beine begannen zu zittern, drohten aufgrund der ungewohnten Anstrengung jeden Augenblick nachzugeben. Doch Clemenza hielt stand, wenn auch nur mit größter Mühe.

Kaum war Konrad verschwunden, hob Faolán eine zweite Abdeckung an, um dessen Abstieg zu verfolgen. Zunächst befand sich sein Freund im Schatten der massiven Holzbalken, die das Aborthaus auf und über die Felskante hinaus trugen. Erst nach einigen Ellen hing Konrad frei in der Luft und setzte, für Faolán gut sichtbar, den Weg nach unten rasch fort.

Clemenza kämpfte weiterhin um seinen Halt an dem Abtrittloch. Das Seil schnitt stark in die Hüften des fettleibigen Mannes ein und würde mit Sicherheit mehr als nur ein paar rote Striemen hinterlassen. Ein Wundmal, welches ihn noch lange Zeit an die heutige Nacht erinnern würde.

Inzwischen war Konrad nur noch undeutlich in dem nächtlichen Dunst auszumachen. Das Rucken und Ziehen des Seiles zeigte aber, dass er immer noch Stück für Stück vorankam. Doch dann erstarrte das Tau und blieb für eine Weile regungslos. Ohne Vorwarnung erschlaffte es dann abrupt, so dass Clemenza nur mit Not einen Sturz nach hinten verhindern konnte.

Während der Mönch noch nach Atem rang, sprang Faolán flink auf die Holzkonstruktion und ergriff das Seil, wie es Konrad zuvor getan hatte. Sein Messer hielt er dabei drohend bereit. Dort oben, auf Clemenza herabblickend, fühlte er sich mit einem Mal überlegen. Der erschöpfte Mönch machte jetzt keinen gefährlichen Eindruck mehr. Mit einem kräftigen Ruck am Seil holte Faolán ihn wieder näher an die Abortsitze heran und schaute ihm direkt in die ängstlichen Augen. Da überkam ihn ein Gedanke.

„Hör mir jetzt ganz genau zu. Du wirst Stillschweigen über diese Flucht bewahren, genauso wie du von mir Stillschweigen verlangt hast. Hast du das verstanden?" Mit der Klinge vor Augen nickte Clemenza schnell. Faolán sprach zufrieden weiter. „Sollte man nach uns suchen wollen, so wird dir ein anderer, aber plausibler Grund für unsere Abwesenheit einfallen. Denke daran: Die Wahrheit würde dich als Mittäter entlarven! Dafür würde dich Abt Umbert aufs Härteste bestrafen und du wirst bei ihm auf ewig in Ungnade fallen. All deine Privilegien wären mit einem Schlag zunichte gemacht!“

Clemenza schien zu verstehen, auch wenn er sich nicht weiter regte. Einzig ein angestrengtes Schnaufen war von ihm zu hören. Faolán war das nicht genug. Dieser Mann war verschlagen und daher drängte der Novize ihn weiter.

„Deine abartigen Neigungen sind in der Abtei bekannt. Sollte die Bruderschaft erfahren, dass du uns geholfen hast, so werden sie sicher denken, du hättest deinen liebsten Gespielen zur Flucht verholfen. Vielleicht hast du uns dies als Gegenleistung für gewisse Dienste ermöglicht, wer weiß. Die Fantasie der Brüder wird keine Grenzen kennen und sie werden interessante Theorien aufstellen, ganz gleich, wie absurd sie erscheinen mögen. Eines wird ihnen auf jeden Fall klar werden: Deine Neigung ist nicht im Sinne des Herrn. Sie werden in deiner Abart einen Fluch für die Abtei sehen. Hast du mich verstanden?“

Clemenza reagierte nicht. Erst als Faolán die Klinge noch dichter vor das Gesicht des Mönches brachte, nickte der Fette zögerlich. Mit ernster Stimme fuhr Faolán fort.

„Außerdem wirst du ab sofort Beren und alle andere Novizen in Ruhe lassen. Suche dir deines Gleichen unter Männern, wenn es schon sein muss, doch vergreife dich niemals wieder an einem Knaben. Ist das klar? Eines Tages werde ich wiederkommen und wenn mir dann Gegenteiliges über dich berichtet wird, so werde ich über dich richten. Möge Gott deiner dann gnädig sein!“

Faolán hatte keine Ahnung, was ihn zu dieser Behauptung getrieben hatte, aber irgendwie fühlte es sich richtig an. Über sich selbst erstaunt, versuchte er weiterhin souverän zu wirken. Seine Worte taten es offensichtlich, denn Clemenza schaute ihn eingeschüchtert und ängstlich an. Jetzt erst war Faolán für den Abstieg bereit. Konrads Vorbild folgend, schlang er das Tau um einen Unterschenkel. Er setzte sich auf den Rand des Abstiegsloches und konzentrierte sich ganz auf das Seil.

Diesen kurzen Augenblick der Unachtsamkeit nutzte Clemenza blitzschnell. Er stieß einen lauten, schrillen Schrei aus und mit einer flinken Bewegung packte er Faoláns Hand mit dem Messer. Der Druck auf dessen Handgelenk wurde so groß, dass sich seine Finger langsam öffneten und die Klinge freigaben. Klirrend fiel das Messer auf den Abortsitz und blieb neben Faolán liegen.

Der feiste Mönch ergriff die Klinge mit seiner freien Hand. Mit einer ausholenden Bewegung versuchte er Faolán zu treffen, doch der Novize wich rechtzeitig zurück. Die Spitze des Messers zerriss nur den Saum des Umhangs. Faolán verlor jedoch das Gleichgewicht und glitt von der Kante durch das Loch. Mit einer Hand konnte er sich noch am Rand des Sitzes festhalten, doch sein Griff war schwach. Als er sah, dass Clemenza das Messer hob, um nach seinen Fingern zu stechen, ließ er los und stürzte in die Schwärze.

Faolán fiel einige Ellen tief. Angsterfüllt griff er nach dem Tau, bekam es zu fassen und konnte den tödlichen Sturz in die Tiefe verhindern. Seine Handflächen brannten heiß vom rauen Seil. Angsterfüllt blickte Faolán nach oben. Über ihm sah er Clemenza durch die Öffnung schauen.

„Komm rauf, du kleine Ratte!“, schrie der Mönch in die Nacht.

Faolán erstarrte vor Angst. Er nahm den Gestank des über unzählige Dekaden mit Exkrementen besudelten Gebälks und Gesteins um ihn herum nicht wahr. Wie schon zuvor, als er im Aborthaus mit Clemenza allein war, schien er dem Mönch hilflos ausgeliefert zu sein. Er konnte sich nur noch regungslos an das Seil klammern, unfähig, auch nur eine Handbreit nach unten zu klettern.

„Na komm schon, ich werde dich Gehorsam und Stillschweigen lehren. Ja, Stillschweigen.“ Clemenza lachte laut auf, offensichtlich dem Irrsinn nahe. Dann fasste er sich wieder und schrie weiter. „Du wirst sehen, wie es sich ohne Zunge leben lässt. Dann wirst du es sein, der mein Geheimnis hütet. Bis in den Tod, bis in den Tod, oh ja. Und der kann einen Novizen schnell ereilen, ja so schnell. Doch vorher werde ich dich noch einiges lehren. Ja, so viel werde ich dich lehren …“ Das erneute Lachen ließ Faolán erschaudern.

Der dicke Mönch versuchte sein Opfer mit aller Kraft wieder nach oben zu ziehen, doch so sehr er sich auch bemühte, seine Kraft reichte bei weitem nicht aus. Immerhin hatte ihm die Aussicht auf einen Schlag gegen diesen Novizen ungeahnte Kräfte verliehen, sodass er sich, anders als noch mit Konrad am Seil, vom Abortsitz hochstemmen und nahezu frei bewegen konnte. Trotz seiner Anstrengungen und Flüche blieb Faolán steif am Seil hängen, außer Reichweite.

Enttäuscht stieß Clemenza einen Schrei aus und schlug wütend mit den Fäusten auf die Holzdielen, die ihn von Faolán trennten. Verzweifelt steckte er eine fuchtelnde Hand mit der Klinge durch das Loch, erreichte den Novizen aber nicht und fluchte dabei aufs Verderblichste. Faolán schloss die

Augen, klammerte sich noch fester an das Seil und ließ die Tiraden des Mönches über sich ergehen. Mehr vermochte er nicht zu tun.

Mit einem Mal besann sich Clemenza und die Flut an gotteslästerlichen Aussprüchen und widerwärtigen Androhungen verebbte. Er zog den Arm zurück und schaute erneut durch das Loch, um zu sehen, ob Faolán noch da war. „Wenn du es so haben willst, wirst du Schweigsamkeit auf die schnellste Art erfahren! Ja, die schnellste Art. Ich wünsche dir einen guten Weg nach unten. Ja, schnell wird es gehen ..."

Mit einem glucksenden Lachen brachte der Mönch das Messer wieder in Faoláns Blickfeld. Nahezu genüsslich legte er es am Seil an und begann langsam daran zu schneiden. Fassungslos sah Faolán, wie sich eine Faser nach der anderen allmählich löste und vom Strang wegdrehte.

Spätestens jetzt hätte Faolán aus seiner Starre erwachen müssen, doch sein Augenmerk galt einzig der Klinge, die sich gleichmäßig vor und zurück bewegte, vor und zurück. Es war ein unermüdlicher, tödlicher Rhythmus. Wie lange noch, bis das Tau reißen und er in die Tiefe stürzen würde?

Clemenza begann triumphierend zu lachen, nur unterbrochen von weiteren Androhungen. „Du kleine Laus willst mich Gehorsam lehren? Du dreckige Ratte! Ich werde dir schon zeigen, wer hier der Meister ist, oh ja. Ein Lehrstück wird es für dich sein. Ja, ein Lehrstück!"

Faolán schaute weiter tatenlos zu, als ginge es hierbei nicht um sein Leben. Selbst wenn er jetzt aus seiner Starre erwacht wäre, könnte er es unmöglich bis zum Grund der Schlucht schaffen, ehe das Seil durchtrennt war. Der kürzere Weg, nach oben, war keine Alternative und das stinkende Gebälk des Gebäudes war zu weit entfernt, als dass er es hätte sicher erreichen können. Faolán sah sich bereits an der Felswand im Herbstnebel zerschellen.

„Du kleine Ratte. Warte nur, bald ist es soweit ...!"

Wie lange würde er hier noch hängen?

Plötzlich hielt Clemenzas feiste Hand inne, genauso erstarrt wie Faolán. Die Augen des Mönches waren weit und wirkten überrascht. Faolán hatte keine Ahnung was dort oben geschah, doch nach einigen endlos langen Herzschlägen öffnete sich die Hand des Mönches unerwartet. Das Messer verlor seinen Halt und fiel dicht an Faolán vorbei in die dunstige Tiefe.

Clemenzas Kopf drehte sich langsam zur Seite und die Spitze eines Dolches war zu erkennen, die sich leicht in den verschwitzten, wulstigen Hals bohrte. Die Klinge schien weitaus schärfer als das Küchenmesser zu sein.

In diesem Augenblick tauchte ein weiteres Gesicht in dem Abortloch auf und die Überraschung hätte nicht größer sein können. Mit Erleichterung erblickte Faolán seinen Freund Beren. Wollte er doch mit ihnen fliehen?

Noch bevor Faolán ihn fragen konnte, sprach Beren den verstörten Clemenza an. „Pack das Seil mit beiden Händen unterhalb des Schnittes. So wirst du es halten, bis du keine Last mehr daran spürst. Sollte es dich dabei selbst durch das Loch ziehen, so ist es dein eigenes Unglück. Allerdings bezweifle ich, dass ein so fetter Leib durch dieses kleine Loch passen könnte. Aber lass es nicht darauf ankommen, die Bretter könnten einbrechen. Und wenn das Seil reißt, wirst du erleben, was wahre Pein bedeutet!"

Clemenza regte sich nicht. Erst auf Nachdruck der bohrenden Dolchspitze bewegten sich seine Hände wie befohlen und ergriffen das schon zur Hälfte durchtrennte Seil unterhalb des Schnittes. Er hatte sichtlich Mühe, sich in Position zu halten. Stöhnend und schnaufend versuchte er mehrmals seinen Griff zu verbessern, während Beren durch das benachbarte Loch zu Faolán sprach.

„Besser, du sputest dich jetzt, bevor dich noch jemand sieht. Die nächste Andacht beginnt in Kürze und daran sollten zumindest Clemenza und ich teilnehmen."

Berens Worte rissen Faolán aus der Starre. Seine Stimme klang wie nach einer durchschlafenen Nacht, rau und belegt. „Beren, was ist mit dir? Willst du nicht mit uns kommen?"

„Das ist jetzt wohl kaum machbar. Wer würde Clemenza während meines Abstiegs im Zaum halten? Nein, mein Platz ist hier in dieser Abtei!"

Faolán konnte nicht verstehen, weshalb Beren mit einem unberechenbaren Clemenza zurückzubleiben wollte, den er lediglich für den Augenblick mit einem Dolch im Zaume halten konnte. „Beren, Clemenza wird sich mit Sicherheit an dir rächen! Er ist verschlagen!"

„Ich weiß. Doch du und Konrad habt mir gezeigt, dass ich mein Leben endlich selbst in die Hand nehmen muss. Ich habe keine Lust mehr davonzulaufen. In Zukunft werde ich nicht mehr zulassen, was dieser Teufel mir bisher angetan hat. Und ich werde auch nicht mit ansehen, wie er sich an anderen Knaben vergreift."

Faolán befürchtete das Schlimmste. „Du wirst ihm doch nichts antun?"

„Nur falls er glaubt, schlauer zu sein als ich. Ihm wird solange nichts geschehen, wie er meine Anweisungen befolgt. Mit meinem Wissen bin ich in der Lage, sein Leben zur Hölle auf Erden zu machen. Ich habe Vorkehrungen getroffen, die mich vor Schaden in jeder Form schützen werden. Sollte mir je etwas zustoßen, werden mehrere Vertraute Schriftstücke an bestimmte Personen weiterleiten, die dann Clemenzas Geheimnisse enthüllen. Er täte gut daran, mich nicht zu unterschätzen."

Beren hatte seine Vorkehrungen bewusst ausführlich erläutert, damit der Mönch ebenfalls im Bilde war. Während der Schilderung hatte sich das runde Gesicht des Bruders mit jedem Wort verändert und strahlte jetzt nur noch Hoffnungslosigkeit aus.

Erstaunt über Berens Entschlossenheit sah Faolán ihn plötzlich mit anderen Augen. Der Novize dort oben hatte nichts mehr mit dem Jüngling gemein, der im vergangenen Winter mit den beiden Geächteten noch Schnee aus dem Klosterhof geräumt hatte. In diesem Augenblick wusste Faolán, dass Beren seinen Platz in dieser Abtei finden und behaupten würde.

Beren unterbrach diese Gedanken und sprach schnell. „Du solltest jetzt besser mit dem Abstieg beginnen. Du wirst dich nicht ewig an diesem Seil halten können. Der Weg nach unten ist lang und die Glocken werden uns bald zur Laudes rufen."

Faolán schaute nach unten. Diese einfache Bewegung zeigte ihm deutlich, dass er schon viel zu lange am Seil hing. Jeder einzelne Muskel in seinem Körper schmerzte vor Anstrengung. Er richtete seinen Blick wieder nach oben. „Ich danke dir für alles, Beren. Viel Glück auf deinem neuen Weg."

„Ich danke euch. Ihr habt viel für mich getan."

Ein letztes Mal nickte Faolán Beren zum Abschied zu, dann richtete er seinen Blick nach unten. Seine volle Konzentration galt jetzt einzig dem Seil und jeder seiner Bewegungen. Er hatte nur noch ein Ziel vor Augen: diesem düsteren, nach Fäkalien stinkenden Ort endlich zu entkommen. Eine Elle um die andere kam er voran, bis er schließlich außerhalb des faulen Gebälks in der kalten, frischen Luft hing. Sein Weg in die Freiheit hatte begonnen.

* * *

Trotz der nächtlichen Dunkelheit verbarg der Mönch sich im Schatten des Raumes. Die Kapuze seines Habits hatte er tief ins Gesicht gezogen. Durch ein Fenster beobachtete er das über dem Fels hängende Aborthaus. Regungslos wartete er geduldig, bis sich auch der zweite Novize an dem Seil unterhalb des Gebäudes zeigte und langsam in die Tiefe glitt.

Zuvor hatte er von dort Flüche und einige Schreie vernommen, jedoch nicht sehen oder verstehen können, was dort vor sich ging. Jetzt war alles wieder ruhig und der Novize arbeitete sich langsam am Seil hinab.

Als Faolán schließlich im dichten Bodennebel verschwand, atmete der verhüllte Mönch erleichtert auf. Zufrieden lehnte er sich gegen die Mauer, schloss für kurze Zeit seine Augen und bewegte wortlos seine Lippen, als spräche er ein Stoßgebet. Sein Plan war aufgegangen. Nicht der geringste Verdacht würde auf ihn fallen, sollten diese Novizen je gefunden werden. Diesmal würde es keine Opfer geben, die anklagend mit ihren toten Fingern auf ihn zeigten. Es würde kein Todeswerkzeug geben, an dem selbst nach Jahren noch verräterisches Blut haften konnte. Das Beste an seinem Plan war allerdings, dass die beiden Narren wahrscheinlich noch immer glaubten, ihre Flucht sei unentdeckt geblieben verlaufen. Wie einfältig und kurzsichtig sie doch waren.

Die beiden hatten bis zuletzt geglaubt, ihr Versteck, die Bodengrube im Abtritthaus, sei nur ihnen bekannt. Doch es war wichtig, dass sie diesem Irrglauben erlegen waren. Sie hatten nicht bemerkt, dass der Mönch erst vor zwei Tagen Teile ihres Proviants ausgetauscht hatte. Er wollte nichts dem Zufall überlassen und hatte daher die neuen Brotlaibe sorgfältig präpariert.

Bestimmt wähnten sich die Jünglinge schon in Sicherheit und dachten nur noch an ihren Weg in die Freiheit. Sie hatten ja nicht die geringste Ahnung, dass sie ihren Tod bei sich trugen. Es war nur eine Frage der Zeit, bis die Krähen und Würmer ihren Festschmaus an ihnen haben würden.

Es war schon beinahe zu einfach gewesen, die tödlichen Samen aus Bruder Odrics Kräuterkammer zu entwenden. Was doch die Frucht einer solch schönen Blüte bewirken konnte ... sogar den Tod zweier Novizen!

Der Mönch streifte die Kapuze ab, beugte sich vorsichtig aus dem glaslosen Fenster und betrachtete den Nebel am Grund des Abhangs. Mit einem zufriedenen Lächeln richtete sich Prior Martin schließlich wieder auf und sandte, vielleicht rein aus Gewohnheit, ein kurzes Gebet für die Todgeweihten gen Himmel. Möge der Herr ihrer Seelen gnädig sein. Und auch seiner. Endlich hatte er seine weltliche Schuld beglichen, wenn auch zu einem hohen Preis. Doch um sein Seelenheil würde er sich in den verbleibenden Jahren seines Lebens noch zur Genüge kümmern können.

Mit einem lauten Lachen verließ er schließlich den Raum, in Gedanken die freudige Botschaft formulierend, die er bereits morgen seinem Freund Walram zukommen lassen wollte.

Faoláns Weg nach unten war länger und beschwerlicher als er geglaubt hatte. Er hätte besser daran getan, nicht so lange dort oben am Seil zu hängen und seine Kräfte zu vergeuden. Auf dem Strick hatten sich in der dunstigen Nacht feine Tautropfen niedergeschlagen, und schon nach wenigen Ellen glaubte Faolán einen glitschigen Aal statt des rauen Hanfs in Händen zu halten. Nur mit großem Kraftaufwand konnte er verhindern, haltlos in die Tiefe zu rutschen. Seine Arme und Hände verkrampften sich zusehends und er bezweifelte, je das Ende des Seiles zu erreichen, ohne vorher abzustürzen. Am liebsten hätte er es einfach losgelassen, um der Qual ein Ende zu setzen. Doch Faolán biss die Zähne zusammen und hielt sich fest. Stück für Stück arbeitete er sich in die Tiefe voran. Über ihm verschwamm das übermächtige Kloster immer mehr zu einem konturlosen Schatten im Dunst.

Nach einer scheinbaren Unendlichkeit hörte Faolán plötzlich eine gedämpfte Stimme unter sich. Er hielt inne und lauschte angespannt. Erneut vernahm er verhaltene Worte und zu seiner Erleichterung erkannte er Konrads Stimme. Faolán blickte nach unten, konnte seinen Freund im dichten Nebel allerdings nicht sehen.

„Vorsichtig", warnte Konrad seinen Freund mit gepresstem Flüstern. „Nur noch wenige Ellen, dann endet das Seil. Nutze es um jede Handbreite aus und lass dich dann einfach fallen. Es sind nur etwa zwei Mannlängen bis zum Boden. Keine Sorge, du wirst dir nichts brechen, der Boden ist ... nun ja ... sehr weich!"

Faolán folgte der Anweisung. Bis zur letzten Faser nutzte er das Seil aus und mit letzter Kraft ließ er sich so weit wie möglich daran herab. Dann löste er seinen Griff und ließ sich ins Ungewisse fallen. Konrads Bemerkung, der Boden sei weich, war untertrieben. Faolán landete auf dem matschigen, äußerst rutschigen Grund der Schlucht und hatte Mühe, sein Gleichgewicht zu halten.

Während er sich umschaute, sickerte ein betäubender Gestank in Faoláns Bewusstsein. Es roch ähnlich faul wie im Gebälk des Aborthauses, und er war sich nicht sicher, ob er etwas anderes erwartet oder die Tatsache bisher lediglich verdrängt hatte. Jetzt allerdings war sie nicht mehr zu leugnen. Faolán stand knietief inmitten eines Morasts der Fäulnis und des Moders, ein Sumpf aus Exkrementen, verrottetem Unrat, Küchenabfällen und Schimmel, in dem er um seinen Halt und Atem rang. Dies war also die Kehrseite der Abtei und für einen kurzen Augenblick fragte Faolán sich, ob es nicht sogar dem wahren Gesicht der Bruderschaft entsprach. Dort oben gab es ebenfalls einen Morast aus stinkenden, alten Mönchen, die starr an überkommenen Gegebenheiten festhielten und dabei Schimmel anzusetzen drohten.

Der Moder, in dem Faolán stand, war durch die Nässe des Herbstes noch schlickiger geworden. Faolán hatte Mühe, vorwärts zu kommen und drohte bei jeder Bewegung zu stürzen. Behutsam folgte er Konrads Anweisungen und näherte sich langsam seinem Freund, bis er sich schließlich, mit Hilfe dessen entgegengestreckten Stabes, zum Rande des Sumpfes ziehen konnte.

Auf festem Untergrund angelangt, ließ Faolán sich nieder und versuchte trotz des Gestankes zu Atem zu kommen. Die Anstrengung des Abstiegs steckte ihm noch tief in den Gliedern. Seine Arme und Beine begannen vor Erschöpfung zu zittern, als die Anspannung von ihm abfiel, und seine Hände waren wund, verkrampft und geschwollen. Es war ihm kaum möglich, sie zu ballen.

„Was hat dich dort oben aufgehalten?“, fragte Konrad neugierig.

„Clemenza und Beren!“

Konrad blickte erstaunt, als er den Namen ihres Freundes hörte. Faolán berichtete kurz, was sich im Aborthaus zugetragen hatte. Obwohl es erst wenige Augenblicke zurücklag, so kam es ihm nach dem Abstieg doch vor, als sei es bereits vor Tagen geschehen. Sein Blick wanderte noch einmal nach oben. Das Kloster war im hellen Nebel nur noch ein dunkles, schattenhaftes Gebilde. Bedrohlich hing es über den beiden Freunden, als wolle es sich auf sie stürzen und unter sich begraben. Dort oben musste nun Beren um seine Zukunft kämpfen und die beiden Fliehenden bedauerten es, dass er nicht mit ihnen kommen wollte.

„Ich verdanke Beren mein Leben“, stellte Faolán noch einmal nüchtern fest. „Doch ich bin mir sicher, dass er sich ab heute in der Abtei durchsetzen wird. Wir sollten uns jetzt allerdings die Köpfe nicht mehr über ihn zerbrechen, sondern uns auf unseren Marsch konzentrieren. Wir haben bereits zu viel Zeit durch Clemenza verloren. Ein gutes Stück Weg sollte zwischen uns und dem Kloster liegen, ehe der Tag anbricht und Kundschafter ausgesandt werden. Ich glaube nicht, dass Clemenza unsere Abwesenheit lange verbergen kann.“

Konrad stimmte mit einem Nicken zu. Er half Faolán auf die Beine und führte den Weg um den tückischen Morast der Vergänglichkeit und des Gestankes an. Bereits nach wenigen Schritten trafen sie auf einen schmalen Pfad, der sie durch den nächtlichen Wald immer weiter den Abhang hinunter führte. Erst als sie im Tal auf einen kleinen Bachlauf stießen, legten sie eine kurze Rast ein.

Während Faolán die Trinkschläuche mit Wasser füllte, begann die große Abteiglocke zu läuten. Dem Novizen fuhr das noch viel zu nahe Geläut durch Mark und Bein und er schreckte auf. Es hörte sich an, als würde soeben die Entdeckung ihrer Flucht in alle Welt verkündet, obwohl Faolán wusste, dass lediglich die Mönche zur nächsten Andacht gerufen wurden.

Von einem großen Stein aus, mitten im Bach, konnte er am oberen Ende des steilen Abhangs noch deutlich die Umrisse des Klosters im Mondschein erkennen. Der Nebel hatte sich während ihres Abstiegs weitestgehend verzogen und jetzt sah Faolán, dass sie der Abtei tatsächlich noch näher waren als erwartet. Trotz der geringen Distanz schienen Faolán die vergangenen beiden Jahre bereits jetzt wie ein böser Traum. Er war froh, diesem Albdruck endlich entkommen zu sein und das Leben wieder mit wachen Augen erblicken zu können. Selbst wenn dieses Erwachen einen wochenlangen Marsch durch den nasskalten Herbst bedeutete, so war ihm das immer noch lieber, als sein Leben im Columbankloster zu fristen.

Ein letztes Mal betrachtete er die Abtei, dann wandte er sich endgültig ab und schwor, sich nie wieder umzublicken, ehe er sein Ziel erreicht hätte. Dieses Ziel hieß Svea und der Weg zu ihr war weit.

Die beiden Gefährten brachen wieder auf und folgten dem Bachlauf durch das Tal. Sie beschritten zwar nicht den gleichen Weg, den sie einst gekommen waren, doch sie schlugen, zumindest nach Faoláns Einschätzung, die gleiche Himmelsrichtung ein. Wahrscheinlich war es ohnehin geschickter, sich nicht auf den alten Weg zu begeben, denn Abt Umbert würde dort gewiss als erstes nach ihnen suchen lassen.

Als schließlich die Dämmerung anbrach und den Wald in wunderliche, starre Figuren und Wesen verwandelte, lag bereits ein langer Marsch hinter ihnen. Zunehmend konnten die beiden Freunde tiefer in den Wald blicken und endlich auch den Weg vor ihren Füßen erkennen. Sie mussten jetzt nicht mehr vorsichtig auf jeden Schritt achten und sie strauchelten nicht mehr so häufig über Wurzeln und Pflanzenschlingen. Da sie aber geplant hatten, nur des Nachts zu reisen und sich bei Helligkeit zu verstecken und zu ruhen, legten sie alsbald ihre erste Tagesrast ein. Sie hofften, auf diese Weise die Gefahr zu reduzieren, entdeckt zu werden. Selbst wenn es nur Bauern oder Waldbewohner sein mochten, denen sie hier begegnen könnten, war es doch besser, erst gar nicht gesehen zu werden.

Erschöpft ließ Faolán sich auf einem umgestürzten Baumstamm nieder und öffnete seinen Beutel. Er nahm eines der Brotstücke heraus, brach es entzwei und bot Konrad eine Hälfte an. Der schüttelte jedoch nur den Kopf, setzte sich neben Faolán und zog seinerseits einen Apfel hervor. Er sah müde und ermattet aus.

Faolán biss von seinem Brot ab, kaute kurz und hielt dann inne. Es schmeckte merkwürdig. Argwöhnisch betrachtete er den halben Laib im frühen Tageslicht, konnte jedoch nichts Außergewöhnliches feststellen. Es war durchaus möglich, dass Zutaten in das Brot beigemischt worden waren, die eigentlich nicht hinein gehörten. Manchmal kam dies durch die Unachtsamkeit der Mönche zustande, konnte aber ebenso gut auch die Rache eines Novizen sein. Es wäre nicht das erste Mal, dass ein Jüngling, aus welchem Grund auch immer, dem täglichen Brot der Gemeinschaft zu einer ganz besonderen Würze verhalf.

Wahrscheinlich hielt Faolán gerade ein solches Brot in Händen. Er zuckte mit den Schultern und aß weiter, denn meist waren solche Zutaten nicht schädlich. An den Geschmack würde er sich gewöhnen müssen, denn er hatte keine andere Wahl, als das zu essen, was er bei sich trug. Wählerisch konnte er jetzt nicht sein. So aß Faolán weiter und spülte den unangenehmen Geschmack mit Wasser hinunter.

Nachdem sie gegessen hatten, errichteten die beiden Freunde ein einfaches Holzgestell, das sie mit Tannenzweigen dicht belegten. Dieser Unterschlupf stellte zwar nur einen simplen Verschlag dar, würde sie aber zumindest etwas gegen Wind, Regen und gegebenenfalls Schnee schützen sowie vor ungewünschten Blicken verbergen.

Konrad schlug vor, abwechselnd Wache zu halten. Er wollte nicht das Risiko eingehen, im Schlaf überrascht zu werden, ganz gleich ob von Mensch oder Tier. Freiwillig übernahm er die erste Wache. Faolán bettete sich auf den ungewohnt harten, stein- und wurzelüberzogenen Waldboden so gut es ihm möglich war und zog sich die Kapuze seines Umhangs tief ins Gesicht. Nur wenige Augenblicke später schlief er tief und fest.

Als Faolán erwachte, spürte er als erstes die Nässe in seinem Gesicht. Tropfen fielen ihm stetig auf Wange und Stirn. Als nächstes vernahm er das sanfte Geräusch des Regens, der auf die Bäume und den Waldboden fiel. Erschrocken setzte er sich auf und versuchte den Schlaf aus seinen Augen zu reiben.

Er schaute um sich und war sich nicht sicher, ob der Tag bereits zu Ende ging oder ob lediglich die Regenwolken den Himmel verdunkelten. Die hohen, düsteren Nadelbäume standen wie mächtige Wächter stumm und tropfend um den kümmerlichen Verschlag. Faolán kroch darunter hervor und sah Konrad, der unter einem Felsüberhang saß und schlief.

Faolán fröstelte und er begann am ganzen Leib zu zittern. Kälte war er nach zwei Jahren im Columbankloster zwar gewohnt, doch die Nässe setzte ihm unerwartet zu. Das Dach des Unterschlupfes war doch nicht so dicht gewesen wie erhofft. Flink begab er sich ebenfalls unter den Felsvorsprung zu Konrad und suchte dort nach brauchbarem Brennholz. Sein Freund war weitestgehend trocken geblieben, doch als er durch Faoláns Eintreffen erwachte, verfluchte auch er den Regen und drückte sich so dicht wie möglich gegen die Felswand.

Mit Feuerstahl, Stein und Zunder versuchten sie ein kleines Feuer zu entzünden, doch nur der Zunder glimmte, denn selbst unter dem Felsvorsprung war das Holz zu feucht, als dass sie ihm ein paar wärmende Flammen entlocken konnten. Faoláns Umhang lag klamm und schwer auf seinem Habit. Es war nur eine Frage der Zeit, bis sich auch dieses mit Wasser vollgesogen hatte und damit die Kälte noch unerträglicher wäre.

Erst jetzt begriff er, wie unerfahren und schlecht vorbereitet sie für eine Flucht zu dieser Jahreszeit waren. Selbst ihre Umhänge waren zu miserabel, um für längere Zeit der Witterung standhalten zu können. Bald wären die Vorräte ebenfalls nass und begännen zu schimmeln. Faolán hatte zwar keine angenehme Reise erwartet, doch er hatte zumindest auf ein paar Tage gutes Wetter gehofft. Ein Blick nach oben versicherte ihm, dass der Himmel ihm diesen Wunsch offensichtlich nicht zu erfüllen gedachte.

Verärgert über das nasse Holz und ihre Einfalt, schleuderte er einen Ast von sich. Es blieb den beiden Freunden nichts anderes übrig, als das bereits feuchte Brot in der Kälte zu brechen. Konrad beäugte sein Stück nach dem ersten Bissen skeptisch, ähnlich wie Faolán es bereits am Morgen getan hatte.

„Es schmeckt komisch“, bemerkte er mit angewidertem Gesichtsausdruck und untersuchte das Brot genauer. „Schmeckt nach Schimmel, wenn du mich fragst.“ Sogleich spie er das halb gekaute Brot aus, säuberte sich die

Zunge am Ärmel und spülte den Geschmack mit Wasser hinunter, wobei er das Gesicht erneut verzog.

Faolán war überrascht, denn er hatte sein Brot trotz des merkwürdigen Geschmacks gegessen. „Vielleicht hat das Brot einfach zu viel Wasser gezogen. Ich hatte auch an meinem Laib Schimmel vermutet, konnte jedoch keinen entdecken und habe es gegessen. Es hat mir nicht geschadet."

Konrad inspizierte seinen Laib genauer und wurde schließlich fündig. „Siehst du das grünlich Weiße hier?", fragte er seinen Freund und deutete mit einem Finger auf besagte Stelle. „Darauf musst du achten, das sind die Anfänge des Schimmels. Schneide es weg und du kannst den Rest noch essen. Glaube ich zumindest."

Daraufhin zog Konrad das verbliebene Küchenmesser hervor, schnitt großzügig ein paar Stücke des Brotes ab und reichte die Klinge an Faolán weiter. Doch statt ebenfalls das Brot zu beschneiden, schabte der lediglich die Oberfläche grob ab. Der Verlust von Proviant in jeglicher Form bereitete ihm Sorge und er wollte ihn so gering wie möglich halten.

Konrad schien ebenfalls bedrückt zu sein, und so versuchte Faolán ihn aufzuheitern. „Du kennst ja die Backkünste der Novizen ... Wer weiß schon, welche Zutaten sie beigemischt haben ..."

„Ja, die Backkünste sind nicht wirklich herausragend, doch ich bin etwas irritiert. Als wir das Brot vor zwei Tagen gestohlen haben, war es frisch und lagerte trocken in der Bodengrube des Abtritthauses. Es ist merkwürdig, dass es bereits jetzt zu schimmeln beginnt. Dauert das nicht immer ein paar Tage länger?"

Ohne eine befriedigende Antwort oder Erklärung für den Schimmelbefall zu finden, nahmen die beiden Freunde es hin und aßen schweigend ihr Brot. Erst nach einer Weile sprach Konrad wieder: „Welches Ziel soll unsere Reise eigentlich haben? Mir ist klar, dass du Svea wiedersehen willst. Doch wo das sein soll, darüber haben wir noch nicht gesprochen."

„Am sinnvollsten erscheint mir unser altes Kloster", schlug Faolán vor.

„Bist du wahnsinnig?", rief Konrad entsetzt und sogleich blieb ihm ein Stück Krume im Halse stecken. Hustend rang er nach Luft, während Faolán ihm kräftig auf den Rücken schlug. Als er wieder zu Atem kam, war er sehr aufgebracht. „Zurück in das alte Kloster? Hast du etwa vergessen, dass es diese Mönche waren, die uns verurteilt und verbannt haben? Ohne mich!"

„Nein, natürlich habe ich es nicht vergessen. Doch dort haben wir immerhin einen Fürsprecher, wenn nicht sogar mehrere. Das sollten wir berücksichtigen, wenn wir nicht dauerhaft auf der Flucht sein wollen. Sie könnten uns vielleicht helfen."

Konrad schüttelte entschieden den Kopf. „Abt Umbert wird so schlau sein und genau das in Betracht ziehen. Sicherlich hat er bereits einen Boten zu Degenar entsandt, damit auch der von den Ereignissen in Kenntnis gesetzt wird. Umbert wird nichts unversucht lassen. Und ist erst einmal Degenar unterrichtet, so wird Prior Walram ebenfalls im Bilde sein."

„Prior Walram zählt im Augenblick zu meinen geringeren Sorgen", entgegnete Faolán verbittert mit zusammengepressten Zähnen.

„Ach ja? Dann solltest du dir vor Augen halten, dass er für unsere Lage verantwortlich ist! Er wird sicherlich nicht tatenlos zusehen, wenn wir vor seiner Nase ins Kloster marschieren sollten. Man wird uns dort kaum mit offenen Armen empfangen."

„Aber Abt Degenar kann das alte Urteil richtigstellen", versuchte Faolán sich zu rechtfertigen.

„... oder uns für die Flucht zusätzlich bestrafen", antwortete sein Freund unmittelbar. „Auch er unterliegt gewissen Zwängen, das haben wir vor über zwei Jahren selbst erlebt."

„Ich glaube nicht, dass er es ein zweites Mal tun würde." Faolán klang bei weitem nicht so sicher, wie er es beabsichtigt hatte. Konrads Argumente hatten Zweifel in ihm hervorgerufen. „Vielleicht finden wir einen Weg, das Kloster unerkannt aufzusuchen, bevor wir dem Abt unter die Augen treten."

„Hervorragende Idee! Hast du bereits eine Ahnung, wie wir das anstellen sollen? Werden wir vielleicht einfach unsichtbar?", fragte Konrad höhnisch.

Aber Faolán ließ sich dadurch nicht beirren. Vielmehr hatte er bereits eine Idee, wie es von statten gehen könnte: „Wenn zu dieser Jahreszeit in Neustatt noch Markttage abgehalten werden und der Schnee nicht zu hoch liegt, so wäre es möglich, Bruder Ivo dort anzutreffen. Ihn könnten wir ohne größere Schwierigkeiten für unser Vorhaben gewinnen. In seinem Wagen versteckt hätten wir die Möglichkeit, ungesehen in das Kloster zu gelangen."

„Das wäre zwar sehr gewagt ...", begann Konrad nachdenklich, gab dann aber Faoláns fragendem Blick nach. „Ehrlich gesagt gefällt mir dein Vorschlag nicht ganz, doch im Augenblick fällt mir auch nichts Besseres ein als nach Neustatt zu gehen. Allerdings werde ich nicht mehr ins Kloster zurückkehren! Du weißt genau, dass ich lieber im Dienst eines Ritters stehen möchte. Und du willst doch auch nicht ins Kloster zurück, wenn du ehrlich bist. Du willst zu Svea und da ist es dir gleich, was Degenar macht."

Faolán dachte über Konrads Worte nach, während er einen kleinen Ast in viele Teile zerbrach. Schließlich sprach er mit hängendem Kopf, als müsste er ein Eingeständnis machen. „Das Kloster ist meine Heimat und mein einziger Anhaltspunkt. Wie soll ich Svea sonst finden, wenn ich noch nicht einmal weiß, wo diese Alveradis lebt?"

„Das ist ein Problem, mit dem wir uns befassen können, wenn wir erst einmal in Neustatt sind", stellte Konrad nüchtern fest. „Inzwischen haben wir nämlich noch ein anderes Problem: Hast du überhaupt eine Ahnung, in welcher Richtung Neustatt liegt?"

Faolán hob sorgenvoll den Kopf. Nein, er wusste es nicht, doch er erinnerte sich an einige Landmarken im flacheren Gelände, jenseits der Hügel des Schwarzwaldes. Zunächst einmal mussten sie aber den Tälern und Wegen folgen, die sie vorfanden und sich ihrer Richtungsvorgabe beugen.

Mit dieser Erklärung gab sich Konrad schließlich zufrieden. Beide packten ihre Habseligkeiten zusammen, bauten zügig den Verschlag ab und verwischten sämtliche Spuren, die auf ihre Rast hätten hinweisen können. Dass sie zuvor kein Feuer hatten entfachen können, war wiederum von Vorteil, insofern sie jetzt keine Asche hinterließen. Noch bei Tageslicht setzten sie ihren Marsch schweigsam fort und alsbald brach die Nacht herein. Die Dunkelheit schützte sie erneut vor neugierigen Augen und nur die Nachttiere wurden Zeugen ihrer Reise. Das Vorankommen war jedoch langsam, denn sie mussten sich ihren Weg mit Stöcken ertasten, wenn sie nicht ohne Vorwarnung in ein morastiges Gelände tappen oder unentwegt straucheln wollten.

Die nächsten Tage verliefen ähnlich wie der erste. Während die Sonne am Himmel wachte, ruhten die beiden Freunde, und bei Finsternis wanderten sie bis zum Tagesanbruch. Zur ihrer Erleichterung ließ der Dauerregen am dritten Tag nach und so trocknete auch die Kleidung wieder. Die blasse Herbstsonne wärmte die Wanderer in diesen ersten Novembertagen jedoch nur spärlich, wenn sie hinter den Wolken überhaupt zum Vorschein kam. Je klarer sich der Himmel tagsüber zeigte, desto eisiger wurden aber auch die Nächte. Inzwischen bedeckte jeden Morgen ein glitzerndes Meer aus Frost und Reif den Waldboden, wenn die frühe, fahle Morgensonne ihre ersten Strahlen durch das laubfreie Geäst sandte. Die beiden Freunde schritten über gefrorenes, knirschendes Laub, Tannennadeln und Erde.

In diesem trostlosen, kalten Wald glaubten sie oft die einzigen Lebewesen dieses Landstrichs zu sein, denn sie trafen auf keine Menschenseele. Breitere

Wege mieden sie bewusst und folgten höchstens einigen Stegen, die wahrscheinlich vom Wild stammten. Meist aber stapften sie quer durch den Forst, sofern es das Unterholz zuließ. So sahen sie weder Ansässige, noch trafen sie auf Siedlungen, die sie umgehen mussten. Selbst auf Tiere stießen sie äußerst selten und Faolán begann zu glauben, dass ihr Marsch weithin zu hören war, so dass sie alle Tiere in die Flucht trieben.

Seine größte Furcht galt allerdings ihrem Proviant, der langsam zur Neige ging. Die beiden Freunde streckten ihn zwar so gut sie es vermochten, doch auch das war nur begrenzt möglich. Immer argwöhnischer betrachtete Faolán die Reste seines Brotes, das sich farblich verändert hatte. Er brachte es allerdings nicht übers Herz, soviel davon abzuschneiden wie Konrad es getan hatte. In seinen Augen käme es einer Verschwendung gleich, hätte er das Brot stets soweit zurückgeschnitten, bis nur noch reine Krume zu sehen gewesen wäre. Konrads Laib war aus diesem Grunde längst aufgebraucht, obwohl Faolán versucht hatte, ihm ins Gewissen zu reden. Er selbst kaute sein grob abgeschabtes Brot nur wenige Male und spülte es dann mit viel Wasser hinunter.

Wenn möglich, ergänzten sie ihren Proviant mit Nüssen oder Wurzeln, doch es war beschwerlich, sie unter dem Laub zu finden oder aus dem gefrorenen Boden zu holen. Da die beiden Freunde mit dem nassen Holz noch immer kein Feuer zustande brachten, mussten sie alles, was sie fanden, kalt essen.

Nach einigen Nächten versprach zumindest die Umgebung etwas Abwechslung. Die Hügel wichen einer weiten Ebene und Faolán hoffte, bald eine der Landmarken zu entdecken, die er sich vor so langer Zeit auf ihrem Marsch in das Columbankloster eingeprägt hatte.

Es war am Tage darauf, als Faolán die Beschwerden zum ersten Mal verspürte. Er hatte sich schon während des nächtlichen Marschs merkwürdig schwach und erschöpft gefühlt, obwohl ihm der Weg über die Ebene deutlich leichter hätte fallen sollen, als das Herauf- und Herunterklettern über die Schwarzwaldhänge. Viel zu schnell trat ihm selbst bei der geringsten Anstrengung der Schweiß auf die Stirn. Trotz der spärlichen Nahrung hatte sich Faolán bisher gut gefühlt. Seine Konstitution war besser denn je und der heutige Marsch hätte ihn nicht derart schwächen sollen.

Immer häufiger fiel Faolán zurück und Konrad musste auf ihn warten. Besorgt betrachtete der seinen sich dahinschleppenden Gefährten und oft fragte er nach, ob es ihm gut ginge. Obwohl Faolán vorgab, ihm würde nichts fehlen, war Konrad nicht so einfach zu täuschen. Er versuchte daraufhin, Faolán zu schonen und verlangsamte seinen Schritt.

Kurz bevor sie ihre Tagesrast einlegten, setzten bei Faolán Bauchkrämpfe ein und er war sichtlich dankbar für den bevorstehenden Schlaf. Konrad wurde zusehends unruhiger. Er sah, dass Faolán Schweiß auf der Stirn stand, obwohl sein Freund vor Kälte zitterte, und er vor Schmerzen gekrümmt auf einem Stein saß. Konrad versuchte ein Feuer zu entfachen, blieb jedoch erfolglos.

Er wusste nicht, wie er seinem Freund helfen konnte. Sein einziger Vorschlag, Faolán solle doch etwas essen, wurde nur mit einem Kopfschütteln beantwortet. Es bedurfte einiger Überredungskunst, ehe Faolán doch noch etwas zu sich nehmen wollte. Konrad holte das letzte Stück Brot aus dem Beutel seines Gefährten und betrachtete es misstrauisch.

„Vielleicht ist es ja das schimmlige Brot, das dich krank macht", bemerkte er und fügte dann nachdenklich noch hinzu: „Ich frage mich, ob auch meine leichten Bauchschmerzen daher rühren. Doch sie sind nicht so schlimm und ich dachte immer, sie kämen vom Hunger ... auf jeden Fall traue ich diesem Brot nicht!"

Ohne weiter darüber nachzudenken, schleuderte Konrad den Rest des unappetitlichen Laibes von sich. Wäre Faolán noch bei Kräften gewesen, hätte er lautstark protestiert. Doch er schien nicht einmal wahrzunehmen, was sein Freund tat. Konrad brachte ihn schließlich dazu, die letzten Nüsse zu essen. Lustlos kaute Faolán auf den Früchten herum und musste jeden einzelnen Bissen hinunter zwingen. Danach fiel er in einen tiefen Schlaf und seine Krämpfe ließen nach.

Konrad ließ seinen Freund ruhen, während er sich etwas abseits niedersetzte und die Umgebung aufmerksam beobachtete. Es war still, so früh am Morgen. Kein Tier war zu sehen, keine Vögel kreisten am Himmel. Nicht einmal der Wind strich durch die Wipfel der Bäume. Doch die Ruhe währte nicht lange und Konrad erschrak, als er ein merkwürdiges Geräusch von Faolán vernahm.

Besorgt sprang Konrad auf und lief zu seinem Freund. Der hatte im Schlaf die Nüsse erbrochen und drohte jetzt daran zu ersticken. Trotz des Röchelns und Hustens kam er nicht zu Bewusstsein. Schnell drehte Konrad ihn auf die Seite und hielt ihn fest, damit ihm das Erbrochene aus dem Mund laufen konnte. Krampfend und würgend lag Faolán in seinen Armen, die kalte Stirn mit Schweiß bedeckt. In Schüben brachte er immer wieder ein Gemisch aus

Magensaft und zerkauten Nüssen hervor, dessen säuerlicher Gestank Konrad in die Nase stieg und er drohte, sich ebenfalls übergeben zu müssen.

Unbeholfen hielt er seinen Freund fest und schaute sich in diesem fremden, eisigen Wald nach allen Seiten um. Niemand war in Sichtweite, den er um Hilfe hätte bitten können. Er wusste nicht, in welcher Richtung die nächste Siedlung lag, um jemanden zu holen. Konrad war ratlos. Noch nie hatte er sich für die Künste der Heiler interessiert, doch in diesem Augenblick wünschte er sich, einen Bruchteil ihres Könnens selbst zu beherrschen. Verzweifelt wischte er das Erbrochene mit frostigem Laub aus Faoláns Gesicht und stützte ihn, als er sich erneut übergab.

Nachdem Faolán seinen gesamten Mageninhalt von sich gegeben hatte, lag er schlaff und erschöpft in Konrads Armen. Er atmete flach, kaum wahrnehmbar und sein Gesicht hatte die Farbe grauer Asche angenommen. Konrad wusste keinen Rat. Faolán ging es zusehends schlechter und an eine Fortsetzung ihrer Reise war nicht zu denken. Sie saßen fest, ohne Proviant, ohne ausreichende Kleidung und ohne Hilfe. Ohnmächtig wiegte Konrad seinen Freund in den Armen. Das war das Einzige, was er tun konnte.

Tränen der Verzweiflung sammelten sich in seinen Augen. Er begann ein Lied zu summen, das er noch aus seiner Kindheit in Erinnerung behalten hatte, als wolle er einer Mutter gleich sein Kind in den Schlaf singen. Sachte strich er Faolán das nasse Haar aus der Stirn und stellte mit Schrecken fest, dass diese außergewöhnlich heiß war, als würde sie im höchsten Fieber glühen.

Kurz entschlossen streifte er seinen Umhang ab und breitete ihn über Faolán aus. Er hoffte, der Kälte auch so widerstehen zu können, denn sollte er ebenfalls erkranken, gäbe es für beide keine Hoffnung mehr.

Erneut versuchte Konrad ein Feuer zu entfachen, doch auch an diesem Platz im Walde war sämtliches Holz und Laub vereist oder nass. Außer Funken und verglimmendem Zunder brachte er nichts zustande. Niedergeschlagen setzte er sich und betrachtete die Umgebung. Hier in der Ebene bestand der Wald hauptsächlich aus kahlen Laubbäumen und war in jede Richtung gut einsehbar. Weder konnte er einen Weg noch Anzeichen einer Siedlung erkennen. Konrad kam sich nun endgültig wie der einzige Mensch auf Gottes weiter Welt vor. Schließlich raffte er sich auf, sammelte ein paar große Äste und errichtete über Faolán einen einfachen Unterstand, den er mit Zweigen und Ästen belegte. Die Konstruktion war nicht sonderlich effektiv, doch zumindest fühlte er sich jetzt nicht mehr so nutzlos. Müde und erschöpft ließ er sich wieder neben seinem Freund nieder und schlief ebenfalls ein.

Faolán erwachte am nächsten Morgen. Ihm fehlte die Kraft, sich aufzurichten, und so schaute er sich um, soweit es ihm liegend möglich war. Er fühlte sich erbärmlich, und als er den üblen Geschmack in seinem Mund wahrnahm, hätte er am liebsten sofort ausgespuckt. Doch er konnte dem Drang widerstehen. Mit Mühe zog er einen der Wasserschläuche zu sich und spülte den fahlen Geschmack fort.

Nach einer kurzen Pause hatte er genug Kraft gesammelt, um sich aufzusetzen. Er schaute aus dem einfachen Verschlag und erblickte schließlich Konrad, der außerhalb saß und auf seinen Stab gestützt nach vorne zusammengesackt eingeschlafen war.

Während Faolán ihn beobachtete, begann Konrad sich zu regen. Er kam zur Besinnung und sah als erstes nach seinem Freund. Mit einem erleichterten Lächeln stellte er fest, dass dieser erwacht war.

„Wie geht es dir?“, fragte er mit belegter Stimme, während er sich die Augen rieb.

„Gut“, log Faolán wortkarg. „Was ist geschehen?“

Konrad schilderte den vergangenen Tag und Faolán nickte nur. Der fahle Geschmack in seinem Rachen bestätigte die Erzählung. Er trank noch einen Schluck Wasser und suchte nach etwas Essbarem. Doch es war nichts mehr vorhanden. Die Beutel waren leer. Enttäuscht versuchte Faolán aufzustehen, Konrad hielt ihn jedoch zurück. „Ruhe dich noch etwas aus.“

„Keine Zeit. Wir müssen weiter“, murmelte Faolán und widersetzte sich der starken Hand seines Freundes.

„Es ist nicht sonderlich klug von dir, den Marsch in dieser Verfassung fortsetzen zu wollen“, entgegnete Konrad. Beunruhigt beobachtete er, wie sich Faolán dennoch erhob und sich dabei an einem Baumstamm abstützte.

„Weshalb?“, fragte Faolán außer Atem. Er wollte seine Erschöpfung nicht wahr haben. „Ich hatte eine lange Rast. Das Columbankloster ist fern. Wir können es wagen, tagsüber zu reisen. Hier sind wir nur zwei zerlumpte Wanderer. Oder sehen wir etwa noch wie Novizen aus? Nein! Kein Grund zur Aufregung.“

Faolán lachte kurz, dann überkam ihn ein Hustenanfall. Das Sprechen und Husten strengte ihn sichtlich an und er musste sich an den Baum lehnen, um Halt zu finden. Als er sich wieder beruhigt hatte, blickte er an seinem Habit herab, als wolle er auf diese Weise Konrad zeigen, wie Recht er hatte.

Sein Freund äußerte dennoch Zweifel. „Das Reisen am Tage bereitet mir weniger Sorge als dein Zustand. Du solltest besser ruhen. Das Fieber ist vielleicht noch nicht vorüber."

„Welches Fieber?" Faolán tat Konrads Einspruch mit einer missfälligen Handbewegung ab. „Wir können uns keine weitere Rast erlauben. Jeder Tag bringt den Winter näher. Es gibt keine Alternative!"

„Aber Faolán ...", versuchte Konrad ihn aufzuhalten, doch der blickte ihn mit feurigen Augen an, als habe man ihn soeben angegriffen.

„Was ist? Willst du mich aufhalten? Dann musst du mich schon niederringen, wie du es mit Clemenza getan hast. Du solltest mich inzwischen besser kennen. Ich lasse mich nicht aufhalten, wenn ich mir etwas vorgenommen habe!"

Konrad fragte sich tatsächlich, wie gut er seinen Freund kannte. Auf diese Weise hatte Faolán noch nie mit ihm gesprochen und er konnte nicht anders, als seinen Gefährten sprachlos anzustarren. Was war nur los mit ihm? War es etwa das Fieber, das aus ihm sprach?

Faoláns Entschlossenheit ließ keinen Raum für weitere Diskussionen. Er stieß sich vom Baumstamm ab, warf Konrad den geborgten Umhang zu und machte sich mit geschultertem Leinenbeutel wieder auf den Weg. Konrad schaute ihm sowohl erstaunt wie auch verärgert nach. Faoláns Gang sah alles andere als leicht aus, doch nachdem er hinter den ersten Baumreihen verschwunden war, raffte auch Konrad sich leise fluchend auf, warf sich Umhang und Tasche über die Schultern und folgte seinem Freund mit langen Schritten.

Es war eine neue Erfahrung für die Reisenden, den Weg bei Tageslicht fortzusetzen, und es hob ihre Stimmung im Vergleich zu den Märschen bei Nacht erheblich. Sie mussten nicht mehr bei jedem Schritt mit dem Stock in den Boden stochern und kamen wesentlich schneller voran. Nach einer Weile des stummen Einherschreitens begannen sie sich zu unterhalten. Aus Angst, entdeckt zu werden, hatten sie bei ihrem bisherigen Weg geschwiegen. Tagsüber hingegen fürchteten sie keine Überraschung.

Zunächst kamen die beiden Freunde gut voran. Mit der Zeit allerdings wurde die Anstrengung für Faolán zu groß, so dass sie schon bald eine Rast einlegen mussten. Viel zu schnell trat ihm der Schweiß auf die Stirn, seine Beine wurden schwach und sein Magen begann wieder unruhig zu werden.

Doch statt Konrads gut gemeintem Rat nachzugeben und für den Rest des Tages zu ruhen, wollte Faolán die Reise unbeirrt fortsetzen.

Sein Zustand verschlechterte sich mit beinahe jedem weiteren Schritt. Er fühlte sich zunehmend miserabler, und inzwischen machte er sich keine Mühe mehr, es vor Konrad zu verbergen. Immer langsamer werdend stolperte Faolán schweißgebadet voran und quälte sich bis zum späten Nachmittag. Jedes ermahnende Wort seines Gefährten schlug er in den Wind.

Plötzlich hielt er inne und starrte in den wolkenverhangenen Himmel, als sehe er dort oben etwas. Dann schloss er die Augen und sackte auf dem Erdboden zusammen. Konrad eilte zu ihm, zog ihn zu einem umgestürzten Baumstamm und lehnte ihn dagegen. Verzweifelt kramte er in seinem Leinenbeutel auf der Suche nach etwas Essbarem, jedoch vergeblich. Faolán hatte ohnehin keine Kraft mehr, um kauen zu können. Erschöpft legte er sich kurzerhand auf den Waldboden und fiel sogleich in einen tiefen Schlaf.

Das abrupte Ende ihres Marsches gefiel Konrad gar nicht. Er hatte geplant, für die kommende Nacht einen geeigneten Unterschlupf zu finden. Er schaute sich um, doch er konnte nichts Passendes entdecken. Enttäuscht begriff er, dass ihm nichts anderes übrig blieb, als sich neben Faolán niederzulassen und über ihn zu wachen.

Es dauerte nicht lange und Faoláns Schlaf wurde unruhiger. Er begann unverständliche Worte zu faseln, und Konrad glaubte, es sei ein Albdrücken. Als er jedoch den Schweiß von der Stirn seines Freundes wischte, spürte er abermals die Hitze des Fiebers. Es schien Faolán stärker als in der vergangenen Nacht zu quälen. Konrad wusste nicht mehr weiter. Er konnte Faolán nicht helfen. Lange saß er so bei ihm im trostlosen Herbstwald und überlegte.

Schließlich traf er eine Entscheidung. Er wusste nicht, ob es die Richtige war, doch es ging dabei auch um sein Überleben! Konrad erhob sich, schulterte beide Taschen und nahm seinen Stab fest in die Hände. Faolán lag zu seinen Füßen gebettet auf altem Laub, fiebrig und leise vor sich hinfaselnd. So leid ihm der erkrankte Freund auch tat, Konrad konnte jetzt nicht länger bei ihm bleiben. Es würde nur den Tod für beide bedeuten. Um zu überleben, war er gezwungen, seinen Gefährten zurückzulassen. So schwer ihm dieser Beschluss auch fiel, er hatte keine andere Wahl.

Konrad verließ seinen Freund. Nach ein paar Schritten wandte er sich noch einmal um. Faolán lag regungslos auf dem Waldboden. Wüsste er es nicht besser, hätte er ihn bei diesem Anblick bereits für tot gehalten. Konrad zögerte kurz, als nehme er in Gedanken Abschied. Dann holte er tief Luft, wandte sich wieder seinem Weg zu und schritt weit aus, einem neuen Ziel entgegen.

Lange streifte Konrad durch den frostigen Wald, ohne zu wissen, wohin er eigentlich gehen sollte. Er ließ sich von seinem Instinkt leiten und hoffte, dass er sich nicht verirren würde. Der Teil des Waldes schien von Menschen verlassen. Weder gab es Pfade noch sonstige Anzeichen, dass sich Ansässige hier aufhielten. Doch die Bäume standen in lichtem Abstand zueinander und es gab kaum Unterholz. Es bedurfte keiner Wege, um sich zügig fortbewegen zu können. Und nach einer Weile fand er schließlich, wonach er gesucht hatte!

Vorsichtig erkletterte Konrad die großen Findlinge vor der steilen Felswand. Auf einem breiten Vorsprung, der Platz genug für ein paar Männer bot, kauerte er sich nieder und spähte in die Höhlenöffnung. Seinen Stab hielt er zur Verteidigung bereit. Behutsam wagte er sich ein paar Schritte in die Höhle, gegen einen überraschenden Angriff von Mensch oder Raubtier gewappnet. Nachdem sich seine Augen den Lichtverhältnissen angepasst hatten, konnte er das Ausmaß der Höhle überblicken. Sie war unbewohnt und bot ausreichend Platz für seine Ansprüche. Auch wenn der Weg hinauf über die Findlinge gefährlich und anstrengend war, konnte sein Vorhaben gelingen. Mit neuer Hoffnung machte er sich auf den Rückweg zu Faolán.

Schweißgebadet lag der Fiebernde noch immer neben dem Baumstamm, so wie Konrad ihn zurückgelassen hatte. Ein Fuchs und eine Krähe hatten sich bereits an ihn herangetraut. Während die Krähe noch abwartend auf dem Stamm saß, hatte der Fuchs bereits begonnen, an Faoláns Umhang zu zerren. Konrad warf einen Stein nach ihm und schlug das scheue Tier in die Flucht. Die Krähe hingegen machte nur einen müden Satz zur Seite, als wolle sie ihre Beute nicht so leicht aufgeben. Konrad musste sich beeilen, bevor noch gefährlichere Raubtiere Faoláns Witterung aufnehmen würden. Er zog den Kranken empor, legte ihn quer über seine kräftigen Schultern und richtete sich wieder auf. Auf diese Weise trug Konrad seinen Freund so schnell er konnte zu ihrem neuen Unterschlupf.

Die Nacht brach bereits herein, als sie die Höhle erreichten. Obwohl Faolán zu Beginn ungewohnt leicht auf Konrads Schultern gewogen hatte, so war er inzwischen doch zu einer beträchtlichen Last geworden. Mit dieser Bürde und letzter Kraft erklomm Konrad die Findlinge bis hinauf zum

Felsvorsprung. Dort legte er Faolán nieder und zog ihn in die schützende Höhle, bevor er selbst zusammenbrach und schon bald in einen tiefen Schlaf sank.

Am nächsten Morgen erwachte Konrad mit dem ersten Tageslicht. Faolán lag noch genauso reglos da wie am Abend zuvor. Zögerlich berührte Konrad die Stirn seines Freundes. Sie war noch genauso heiß wie am Vorabend. Im ersten Moment verspürte Konrad Erleichterung, denn Faolán war noch am Leben. Doch diese schwand alsbald und mit ihr jegliche Hoffnung, die dabei aufgekeimt war. Wie sollte es jetzt weitergehen? Wie könnte Faolán wieder gesund werden und wie sollten sie unter diesen Umständen überhaupt ihre Reise fortsetzen?

Faoláns Gesichtsfarbe war bleich und hatte ein merkwürdig graues Grün angenommen. Die Ähnlichkeit mit der Farbe des schimmligen Brotes war naheliegend und Konrad hatte jetzt keinen Zweifel mehr über die Ursache der Krankheit. Lautstark fluchte er über seine Nachlässigkeit, Faolán nicht dazu gebracht zu haben, das Brot so zurückzuschneiden wie er es getan hatte.

Wenige Augenblicke später verließ er die Höhle, um Bruchholz zu suchen. Nicht lange und er kehrte wieder. Mit trockenem Laub, Moos und kleinem Geäst, das er in der Höhle fand, gelang es ihm nach so vielen Tagen der Kälte endlich, ein Feuer zu entfachen. Selbst das feuchte Holz wurde jetzt von den Flammen verzehrt, wenn auch von einer dicken Rauchsäule begleitet. Konrad wusste nicht, ob er darauf hoffen oder darum bangen sollte, dass der Qualm Aufmerksamkeit erregen könnte. Sollten sie tatsächlich gefunden werden, könnte dies ebenso Hilfe für Faolán bedeuten, wie auch sie beide in Gefahr bringen. Konrad wusste nicht, was das Richtige war. Er hoffte lediglich, dass sein Handeln nicht den Tod für seinen Freund bedeutete.

Zufrieden mit dem Feuer bettete Konrad seinen Gefährten in angenehmer Nähe zu den Flammen. Die Wärme schien Faolán eine Wohltat zu sein, denn sein verkrampfter Körper entspannte sich allmählich. Das Zittern ließ nach und der anfangs kaum spürbare Atem wurde tiefer und gleichmäßiger. Von Zeit zu Zeit flößte Konrad dem Kranken etwas Wasser ein.

Als die Sonne hoch am Himmel stand, wurde seine Fürsorge erneut auf die Probe gestellt. Faolán musste sich plötzlich mehrfach übergeben, obwohl er den ganzen Tag außer Wasser nichts zu sich genommen hatte. Unter heftigen Krämpfen wand er sich und spuckte dabei Galle und sonstige Flüssigkeiten.

Kurz darauf folgten Ausscheidungen, welche von Konrad absolute Disziplin abverlangten. Mit eisernem Willen beseitigte er sie, säuberte Faolán soweit es ihm möglich war und sorgte dafür, dass er in der Nähe des Feuers liegen blieb. Faolán begann aus allen Poren zu stinken, so dass es Konrad den Atem verschlug. Es war ein merkwürdiger Geruch, wie er ihn noch nie zuvor bei einem Menschen erlebt hatte, und er wusste instinktiv, dass es die Fäulnis des Todes war.

Verzweifelt und ohne jegliche Hoffnung betrachtete Konrad seinen Gefährten. Er konnte nichts weiter tun als Faolán sauber und das Feuer in Gang zu halten. Dabei blieb ihm viel Zeit, sich den Kopf zu zerbrechen. Seine Gedanken kreisten um das schimmlige Brot. Er glaubte inzwischen nicht mehr daran, dass es auf natürliche Weise so schnell verdorben war. Jemand musste es präpariert oder absichtlich vergiftet haben. Allerdings konnte er keinem Mönch im Columbankloster eine solche Tat zuschreiben. Außer Beren sollte niemand von ihrer Flucht oder dem Versteck gewusst haben, aber offensichtlich waren sie nicht vorsichtig genug gewesen. Doch sollte ihr Vorhaben kein Geheimnis gewesen sein, weshalb war es dann nicht verhindert worden?

Und dann erinnerte er sich an Berens aufgeregten Bericht über fehlende Zutaten in der Kräuterkammer des Heilers. Mit einem Mal fügte sich alles zusammen. Hier steckte eine Verschwörung hinter Faoláns Krankheit. Wer auch immer der Urheber sein mochte, er hatte Faoláns Tod angestrebt und würde vielleicht schon bald erfolgreich sein. Jetzt erkannte Konrad, wie gut er daran getan hatte, das ungenießbare Brot in großen Teilen abzuschneiden und fortzuwerfen. Er war mit leichten Bauchschmerzen davongekommen, mehr hatte er nicht verspürt.

Als die Nacht hereinbrach, blieb Konrad so lange wie möglich wach. Immer wieder legte er Holz nach und hielt seinen Freund warm. Lange beobachtete er Faolán, der im Fiebertraum unruhig dalag. Als Konrad nichts mehr für ihn tun konnte, legte er sich nieder und fiel selbst in einen tiefen Schlaf.

Mitten in der Nacht schlug Faolán die Augen auf. Er starrte in die Flammen des wärmenden Feuers. Doch was er dort sah, war nicht etwa Konrads Werk zu seinem Wohle. Vielmehr glaubte er in das Feuer zu starren, das in ihm selbst wütete. Er sah das altvertraute Bild eines brennenden Gebäudes mit einer dunklen Gestalt im Torbogen vor sich. Wie jedes Mal entfernte sich dieses Inferno von ihm, doch diesmal ließ das Glühen nicht nach. Faolán schloss die Augen. Dunkelheit und Hitze umgaben ihn. Mit einem Mal erschien der weiße Wolf. Faolán hatte ihn schon lange nicht mehr im Geiste gesehen und er freute sich über seine Anwesenheit. In seinen bedrohlichsten Stunden, wenn alle anderen ihn verlassen hatten, war der Wolf ihm stets zur Seite gestanden. Doch das Tier verhielt sich merkwürdig. Es stand vor ihm, als wolle es ihn auffordern, ihm zu folgen. War es gekommen, um ihn zu holen? Vorsichtig streckte er eine Hand nach dem weißen Fell aus, doch zu seinem Entsetzen verblasste der Wolf, kurz bevor er ihn berühren konnte. Statt des weichen Fells spürte er sengende Hitze an seinen Fingern. Das Tier hatte ihn ebenfalls im Stich gelassen, inmitten dieser Höllenglut! Mit dem Wolf schwanden auch seine Kräfte. Erschöpft fiel Faoláns Hand auf den Höhlenboden und er verlor erneut das Bewusstsein.

Langsam erstarben die Flammen des Feuers und schließlich wärmte nicht einmal mehr die schwache Glut die beiden Freunde. Konrad bemerkte nicht, dass Faoláns Körper jetzt regungslos dalag. Das Zittern und Krampfen war einer unheimlichen Ruhe gewichen. Es war düster und kalt in dem hohlen Fels. Die Nacht drang ungehindert in den Unterschlupf der Novizen, und Frost bemächtigte sich schon bald der beiden Freunde.

Der Schnee fiel in kleinen zarten Flocken. Drogo saß in einen Mantel gehüllt an einem der vielen glaslosen Fenster der Greifburg und starrte in den grauen Novemberhimmel. Er hatte nichts weiter zu tun als hier zu sitzen und hinaus zu starren – und das als Sohn des Grafen. Es gab keinerlei Aufgaben, die er zu erledigen hatte, keine Pflichten, die ihn riefen. Er saß da und wartete, dass sein Vater ihn endlich rufen würde. Müde strich er sich über den dünnen Bart, den er während der kalten Jahreszeit trug und der ihn älter aussehen ließ als er mit seinen siebzehn Jahre tatsächlich war. Das Haupthaar hingegen trug er nicht wesentlich länger als zu seiner Zeit in der Benediktinerabtei. Seither war viel geschehen.

Vor über zwei Jahren, als Drogo endlich das Kloster verlassen und auf die Greifburg zurückkehren durfte, hatte er sich das Leben dort anders vorgestellt. Er konnte sich noch gut an jenen Tag erinnern. Die Nachricht hatte ihn damals völlig überraschend erreicht und er hatte nicht die geringste Ahnung gehabt, was ihn erwartete. Damals war ihm nur wichtig gewesen, die Abtei endlich hinter sich zu lassen. Zu viele Jahre hatte er bereits dort verbracht und jeder neue Tag, der stets gleichermaßen stoisch verlief, war ihm zu einer Qual geworden. Vor allem die nächtlichen Andachten hatte Drogo gehasst. So oft hatte er sich gewünscht, nur eine einzige Nacht durchschlafen zu dürfen!

Das war ihm jetzt auf dem herrschaftlichen Sitz seines Vaters möglich. Man ließ Drogo so lange schlafen, wie er wollte und er konnte sich an Tage erinnern, da er sein Lager nur für den Abort verlassen hatte. So sehr er es auch genoss, des Nachts in Ruhe gelassen zu werden, begann er doch schon nach wenigen Monaten den geregelten und straffen Alltag der Bruderschaft zu vermissen. Drogo hatte zwar stets über das Leben der Mönche gemault und die ihm aufgetragenen Arbeiten gehasst, doch für eines hatte die Bruderschaft in Drogos Leben gesorgt: es war ausgefüllt gewesen. Von morgens bis abends hatten die Mönche für Beschäftigung gesorgt, ganz gleich ob es Feldarbeit oder der Unterricht im Noviziat war. Selbst wenn er keinen Pflichten nachkommen musste, so war ihm die wenige freie Zeit so kostbar, dass er sie nicht mit Müßiggang verbracht hatte. Er empfand niemals das, was er mit der Zeit auf der Burg kennenlernte: Langeweile!

Lächelnd beobachtete Drogo, wie die Schneeflocken sachte zu Boden sanken, und erinnerte er sich an seinen letzten Tag im Kloster, als er von ein paar Männern seines Vaters abgeholt wurde. Damals war ihm Walram nachgelaufen, um ihn weiter zu belehren. Wie ein Bittsteller, der ihm zu Füßen kroch, hatte der Prior versucht, sich Drogo zu empfehlen. Allerdings hatte der Grafensohn kaum ein Wort dieses Sermons behalten. Doch das war nicht der Grund, weshalb er lächeln musste. Vielmehr erinnerte er sich an Faolán. Dieser Tag stellte einen Schicksalstag für die beiden einstigen Kontrahenten dar. Beide standen kurz vor einer Abreise. Drogo in die Freiheit und Faolán in die Verbannung. Größer hätte der Unterschied nicht sein können, auch wenn die beiden sich noch nie geglichen hatten. Es gab kaum einen Tag während Drogos Zeit im Kloster, in dem er Faolán nicht nachgestellt hatte. Wann immer es ihm möglich gewesen war, hatte er dem anderen Novizen das Leben schwer gemacht, ihm und seinen beiden Freunden Konrad und Ering. Drogo konnte nicht begründen, weshalb er diesen Hass gegen die drei Burschen hegte, doch es war auch nicht wichtig. Gegen Faolán empfand er diesen Groll seit seinem ersten Tag in der Abtei, und dessen Freunde reihten sich an dem Tag ein, als sie Partei für Faolán ergriffen. Diesen drei Novizen nachzustellen, hatte ihn beschäftigt, und er vermisste diesen Zeitvertreib.

Hier auf dieser Burg gab es nichts Vergleichbares zu tun. Drogos Mutter hatte ihm schon früh nach seiner Ankunft klar gemacht, dass sie von ihm als Ruriks Sohn ein bestimmtes Verhalten erwartete. Sich mit Gesindel abzugeben, ganz gleich, auf welche Art, war ihm nicht gestattet, selbst wenn es ihm nur zur Kurzweil dienen sollte. Wulfhild achtete darauf, dass ihr Sohn ihren Anweisungen auch Folge leistete und ließ keinen Zweifel daran, dass sie Mittel und Wege kannte, sich durchzusetzen.

Drogo wusste um die Entschlossenheit seiner Mutter und begegnete ihr zu Beginn mit großem Respekt. Doch ihre Worte verhallten ebenso fruchtlos in seinen Ohren wie einst Walrams Sermon. Wulfhild redete laut und lang und ließ keinen in ihrem Umfeld zu Wort kommen, außer Rurik oder andere Adelsmänner. Wenn sie mit Drogo sprach, bestanden ihre Worte meist aus Anweisungen oder Tadel. Als Mutter sah sie es als ihre Pflicht an, Drogo auf das Leben von Stande vorzubereiten. Ein Versäumnis des Klosters, wie sie es immer nannte, doch Drogo fragte sich, was Wulfhild von den Mönchen diesbezüglich erwartet hatte. Die ständigen Belehrungen seiner Mutter missfielen ihm zunehmend, und er versuchte sich so weit wie möglich von ihr fern zu halten. Dabei hatte er sich bei seiner Rückkehr nichts sehnlicher gewünscht, als endlich wieder ihre Stimme zu hören ...

Die Hoffnung, entweder von Vater oder Mutter empfangen zu werden, war bereits auf dem Ritt zur Burg zunichte gemacht worden. Der Graf befand sich mit dem Heer des Kaisers in Italien und Wulfhild verwaltete während der Abwesenheit des Burgherrn weitestgehend die Grafschaft. Aus diesem Grund schenkte sie dringenderen Angelegenheiten ihre Aufmerksamkeit, statt ihrem heimkehrenden Sohn in Empfang zu nehmen. Erst zum gemeinsamen abendlichen Mahl trat Wulfhild Drogo gegenüber und selbst da waren ihre Grußworte zurückhaltend. Obwohl sie ihn über viele Jahre nicht gesehen hatte, waren ihre Regungen kühl, wenn überhaupt vorhanden.

Es waren lediglich ein paar Burschen, die damals versuchten, Drogo willkommen zu heißen. Irritiert ließ der es geschehen. Die Jünglinge hatten ihn durch die gesamte Burg geführt und die Bedeutung nahezu jeden Raumes erklärt. Sie schienen dabei erheitert und aufgeregt zu sein. Zu diesem Zeitpunkt war Drogo unschlüssig, ob sie sich über ihn lustig machten. Immerhin war er ein weltfremder Novize aus einem Kloster, der mit den Belangen einer Burg bisher nichts zu tun gehabt hatte.

Heute allerdings war sich Drogo sicher, dass die Burschen nur Angst gehabt hatten, der Anweisung ihrer Herrin, dem Sohn des Grafen einen angenehmen Empfang zu bereiten, nicht gerecht zu werden. Die Begeisterung, mit der sie Drogo herumführten, überspielte nur diese Furcht. Sie sollten Drogo wie einen Freund in ihrer Mitte aufnehmen und ihm ein Gefühl der Geborgenheit geben. Die Jünglinge waren erfolgreich und vollbrachten genau das, was seiner Mutter nicht möglich zu sein schien. Drogo fühlte sich zumindest von den Burschen willkommen geheißen.

Dabei hatte Drogo sich mit der Rückkehr auf die Burg nichts sehnlicher erhofft, als Wulfhild mit offenen Armen anzutreffen. Dies blieb ihm verwehrt, selbst Tage danach, wie schon so viele Jahre zuvor. Und inzwischen wusste er, dass ihm dieser Wunsch auch auf ewig versagt bleiben würde. Er konnte sich nicht einmal daran erinnern, wann er von seiner Mutter das letzte Mal in den Arm genommen worden war. Als kleiner Junge musste er im Benediktinerkloster Abschied von seinen Eltern nehmen. Selbst damals war es nicht seine Mutter gewesen, die ihn ein letztes Mal umarmt hatte, sondern sein Vater. Und das auch nur, um ihm das lächerliche Holzschwert abzunehmen. Wie er sie hasste, beide!

Natürlich ließ Wulfhild keinen Zweifel daran aufkommen, dass sie auf ihren Sohn stolz war und große Hoffnungen und Erwartungen in ihn setzte. Doch selbst dieser Stolz und die Hoffnungen bewegte sie nicht ein einziges Mal dazu, ihrem Sohn herzlich zu begegnen.

Was Drogo bei seiner Mutter nicht fand, suchte er in den Armen anderer Frauen. Und er fand es, zumindest für kurze Zeit. Entgegen Wulfhilds Anweisung, er solle sich standesgemäß verhalten und entsprechenden Umgang pflegen, waren es gerade die Mädchen des einfachen Gesindes, deren Nähe er vorzog. Schon bald erkannte Drogo, welche Vorzüge das weltliche Leben auf einer Burg mit sich brachte.

Waren im Kloster noch sämtliche erregenden Gedanken verboten und mit schmerzlicher Strafe zu sühnen, gab es hier keine Moral predigenden Männer, die Drogo von der Falschheit eines Weibes überzeugen wollten. Ganz im Gegenteil, seine neuen Freunde unterstützten ihn sogar, wenn er sich ein neues Mädchen erwählte. Und auf der Burg gab es genügend davon, die den Grafensohn bereitwillig bei sich liegen ließen.

Seine ersten Erfahrungen hatte er mit einer Gehilfin aus dem Kochhaus gemacht. Sie war einige Jahre älter als er, wenn sie auch noch nicht seine Mutter hätte sein können, und an ihr fand er faszinierenden Gefallen. Vielleicht war es die Hitze des Kochhauses, die Mildred den Schweiß auf die Haut trieb, dass sie im Feuerschein wie mit tausenden kleinen Kostbarkeiten überzogen funkelte. Womöglich war es auch ihre schlanke Gestalt, die stets zäh und stark wirkte, ganz gleich, welche Aufgaben sie zu bewältigen hatte. Drogo verfiel Mildred auf merkwürdige Weise, und er sah es als sein Glück an, dass sie seit dem vergangenen Herbst Witwe mit zwei kleinen Kindern war. Damit war sie reichlich erfahren in den Dingen, die Drogo erst noch zu erkunden suchte. Und sie war ihm eine gute Lehrerin.

Mildred gefügig zu machen war nicht schwer. Sie fand Gefallen an dem neuen Gesicht auf der Burg und Drogo war stattlich. Im Körperbau kam er seinem Vater gleich, und obwohl er kräftig und eigensinnig war, wurde er in ihren Armen doch sanftmütig und zärtlich wie ein Kind. Die Gehilfin des Koches führte Drogo in jene Liebe ein, die ihm die Mönche stets als Werk des Teufels dargestellt hatten. Inzwischen verstand der Grafensohn, weshalb die Gottesmänner dieser Überzeugung waren, denn diese Form der Liebe war viel süßer als die gepredigte Nächstenliebe und sie hätten ihr niemals widerstehen können.

Drogo erging es nicht anders. Einmal von dieser Leidenschaft gekostet, konnte er nicht genug davon bekommen. Immer häufiger überkamen ihn diese unsägliche Lust nach Mildred und der Drang, mehr zu lernen. Ungestüm wie er war, trat er ihr offen gegenüber und riskierte damit die Missgunst seiner Mutter. Doch Mildred war nicht dumm und wusste um die Ansicht ihrer Herrin. So musste sie Drogo auch lehren, seine Begierde zu zügeln. Sie fürchtete die Folgen, die ein Aufdecken dieser Liebschaft mit sich bringen würde. Damals konnte Drogo dies nicht verstehen. Während Mildred ihn tagsüber mied, versuchte er stets in ihrer Nähe zu sein. Er hing an ihrem Rock und ihrer Brust wie ein kleines Kind. Konnte er sie nur über mehrere Stunden nicht sehen, bekam er schlechte Laune. Nicht einmal die Jagd oder ein Besuch in Neustatt konnten ihn dann auf andere Gedanken bringen.

Die Zeit mit Mildred war kurz. Nicht nur die Stunden, die sie heimlich in Verstecken miteinander verbrachten, sondern die gesamte Liaison. Sie wurde jäh beendet, allerdings nicht von Drogo oder Mildred selbst. Es war Wulfhild, die einen Keil zwischen die beiden trieb, nachdem sie von dieser Liebschaft erfahren hatte. Die Herrin handelte ohne Umschweife. Mildred wurde mitsamt ihren beiden Kinder noch in der gleichen Nacht der Burg verwiesen. Drogo erfuhr erst am darauffolgenden Abend davon, nachdem er den ganzen Tag vergeblich nach ihr gesucht hatte und ihm keiner Auskunft erteilen wollte. Seine Mutter hatte ihm schließlich ihre Entscheidung mitgeteilt, ohne jede Gefühlsregung, ohne ihn eines Blickes zu würdigen. Sie begründete es damit, dass er zum einen gegen ihre Anweisung gehandelt habe, und zum anderen, dass es eine wichtige Lektion für ihn sei, solche Verluste als zukünftiger Graf hinnehmen zu können. Verzweifelt schleuderte Drogo ihr all seinen Hass entgegen, doch Wulfhild schien von seinem Ausbruch nicht berührt zu sein und Mildred brachte es auch nicht wieder.

Vom Schmerz seines Herzens getrieben, flüchtete Drogo mit einigen seiner neuen Freunde Hals über Kopf für mehrere Tage aus der Burg. Sie suchten Ablenkung in Neustatt, lagen bei Dirnen in ihren anrüchigen Zelten und bezahlten ihre Zeche aus der Börse des Grafen, der noch nicht einmal von ihrem Treiben wusste. Sie jagten in den Wäldern, selbst als sie ihre Beute nicht mehr tragen konnten. Es war ein Rausch, dem Drogo erlegen war und sein junges Gefolge mit ihm. Erst nach einigen Tagen kehrte seine Vernunft wieder.

Zurück auf der Burg schwor Drogo sich, seiner Mutter nie wieder zu trauen und seine Gedanken und Gefühle zu verbergen zu lernen. Er schwor sich, dass seine nächste Liebe nicht von ihr entdeckt werden würde und er behielt Recht. Es waren nicht nur die Mädchen, die er vor Wulfhild geheim hielt. Drogo hatte sich zudem geschworen, dass sie niemals erfahren würde, wer ihr Sohn wahrhaftig war. Sollte sie über ihn doch glauben, was sie wollte. Er würde niemals derjenige sein, den sie sich erhoffte, so wie sie auch nicht die Mutter war, die er sich ersehnte!

Obwohl Drogo Mildred nicht so einfach vergessen konnte und seine Sehnsucht nach den Stunden mit ihr ihm beinahe das Herz zerriss, suchte er dennoch Trost bei anderen Frauen. Immer wieder fand er Vorliebe für eine von ihnen, ganz gleich ob sie jünger oder älter waren, und wenn sie sich ihm nach gewisser Zeit nicht von selbst hingaben, machte er sie sich gefügig. So lange sie taten, wonach er begehrte, war es ihm gleich, wie er an sein Ziel gelangte.

Zu seinem Leid fand Drogo in diesen Frauen nie wieder das, was ihn mit Mildred verbunden hatte. Sie waren allesamt nett, manche auch deutlich jünger und hübscher als Mildred, doch keine rief in ihm das Gefühl hervor, das er bei der einstigen Kochgehilfin empfunden hatte. Lange hatte er zu ergründen versucht, was er vermisste und schließlich erkannte, dass es Geborgenheit war, nach der er sich sehnte.

Trotz dieser Erkenntnis konnte und wollte er nicht von den Mädchen lassen. Er wählte sie aus, je nach Laune, und spielte mit ihnen über einen gewissen Zeitraum hinweg, bis sie ihn langweilten. Das taten sie alle, früher oder später. Zu Beginn fand er an einer jeden einige Reize, die er noch nicht kannte. Doch mit der Zeit wurden diese Reize zu Belanglosigkeiten, womit schließlich die Langeweile einzog. Obwohl er seine Lust an ihnen befriedigte, und auch sie scheinbar Erfüllung durch ihn fanden, so hielt diese Befriedigung doch nur für kurze Zeit an.

Bei einer dieser Liebschaften fügte Drogo dem Mädchen versehentlich Schmerzen zu, während er sie an den Handgelenken festhielt. Das Mädchen bat ihn, aufzuhören. Verständnislos blickte er sie an und sah eine ungekannte Furcht in ihren Augen. Da fühlte er eine Lust in sich aufsteigen, die er selbst bei Mildred nicht verspürt hatte. Obwohl er seiner Gespielin nicht weh tun wollte, ließ er nicht von ihr ab. Im Gegenteil, er verstärkte den Druck um ihre Handgelenke sogar, um die Angst in ihren Augen beizubehalten. Das Mädchen begann ihn anzuflehen, woraufhin er ihr ins Gesicht schlug. Als sie laut aufschrie, ergoss er sich in ihr und ließ erst dann von ihr ab. Zum ersten Mal seit einer Ewigkeit schien er eine Befriedigung zu verspüren, die er schon lange verloren geglaubt hatte.

Von diesem Tag an änderten sich Drogos Liebesspiele. Sie wurden gewaltsamer, gnadenloser, und die Mädchen, die er sich erwählte, wurden scheinbar immer wehleidiger. Er nahm keine Rücksicht auf sie und wenn er ihrer überdrüssig wurde, ritt er nach Neustatt und bezahlte eine Dirne für ihre Dienste.

Manchmal erschrak Drogo über diese Art des Liebesspiels, so dass er die kleine Kapelle der Burg aufsuchte. Obwohl er nicht so gottesfürchtig war wie die Mönche ihn zu erziehen versucht hatten, suchte er hier dennoch nach Antworten. Doch der Allmächtige schwieg, wie er stets in Drogos Gegenwart geschwiegen hatte, selbst als er ihm noch als Novize gedient hatte.

Drogo saß noch immer am Fenster und starrte hinaus. Doch die Bilder, die er die ganze Zeit über gesehen hatte, stammten aus der Vergangenheit und hatten nichts mit dem Schnee und der Kälte dort draußen zu tun. Als käme er soeben erst zu Besinnung, schüttelte er den Kopf und blickte zu Boden. Dort stand ein kleines Bastkörbchen, und in ihm lag ein Leintuch, in das etwas eingewickelt war. Das war eines von Drogos Geheimnissen. Weder seine Eltern noch seine Freunde wussten davon.

Behutsam hob er das Körbchen empor und schlug das Leinen zurück. Zum Vorschein kam ein kleines, schlafendes Kätzchen. Mit beinahe liebevollem Blick betrachtete Drogo das junge Tier, das von seiner Mutter verstoßen worden war. Er hatte es vor einigen Wochen im Heulager der Pferdeställe gefunden. Ohne lange zu überlegen hatte er es damals vom Boden aufgehoben, unter seinem Umhang verborgen und in eine Kammer gebracht, zu der nur er Zugang hatte.

Zunächst wusste er zwar nicht, was er mit dem Tier anfangen sollte, geschweige denn, wie er es aufziehen konnte, doch das war ihm gleich. Er wollte es einfach nur halten, dieses kleine, zerbrechliche und hilflose Wesen. Es in seiner Hand spüren, wie weich und zart es war. Er empfand Mitleid und fasste den Entschluss, für das Tier zu sorgen. Drogo hatte schon einmal gesehen, wie ein Stallbursche ein Ziegenjungtier gefüttert hatte. Diesem Beispiel folgend ernährte er das Kätzchen mühselig mit Milch. Auch wenn Drogo zeitweise am Erfolg seines Vorhabens zweifelte, so gab er dennoch nicht auf. Es erfüllte ihn sogar mit Stolz und Glück, als das Tier das erste Mal die Augen öffnete und er zugegen war.

Zärtlich strich er der Katze über das Fell, beinahe in gleicher Weise, wie er Mildreds nackte Haut liebkost hatte. Inzwischen verbrachte er mehr Zeit bei dem Tier als mit seinen Gespielinnen. Wenn dieses Jungtier ihn anschaute, sah Drogo in den Augen etwas, was er selbst verspürte. Er konnte diesem Gefühl keinen Namen geben, doch es war vorhanden.

So blieb er in der Kammer sitzen, mit dem Kätzchen auf dem Schoß. Er streichelte das warme, weiche Fell des Tieres, das vertraut bei ihm weiter schlief. Drogo wartete. Er wartete darauf, von seinem Vater gerufen zu werden.

* * *

Rurik saß nicht in der großen Halle, wo er normalerweise seine Gäste willkommen hieß. Er empfing ohnehin nur noch Besucher, wenn es unumgänglich war. Der Gast, den er heute erwartete, war jedoch nicht abzuweisen und er bedurfte sogar besonderer Behandlung. Deshalb erwartete Rurik ihn in einem Raum, der zu seinen privaten Gemächern zählte, oben im Bergfried. Es war jene Kammer, wo einst sein Bruder den Tod gefunden hatte, niedergestreckt von einer Barbarenklinge. Rurik schaute sich um, als könne er das Szenario vor seinem geistigen Auge sehen. Obwohl er damals nicht zugegen war, kannte er dennoch die Wahrheit über den Verlauf dieser Blutnacht. Damals war er in die Burg eingeritten, gerüstet und bewaffnet, zu allem bereit. Er war in dieses Gemach getreten, während auf dem Hof noch der Kampf wütete und hatte gewusst, welcher Anblick ihn erwarten würde: sein ermordeter Bruder!

Wie so oft war Rurik auch heute wieder in ein wollenes Gewand gekleidet, das eher einem Büßerhemd glich und einem edlen Grafen eigentlich nicht zugedacht war. Unsicher durchquerte er mehrmals den Raum. Dabei schaute er hin und wieder über seine Schultern, als fühle er sich beobachtet. Doch es war niemand zugegen außer ihm. Seit seiner Rückkehr aus Oberitalien hatte er sich verändert. Seine Männer tuschelten hinter seinem Rücken über ihn und seine Gemahlin schaute von Tag zu Tag verächtlicher auf ihn herab. *Er kleide und benehme sich nicht mehr wie ein Graf, wie ein Anführer des Volkes*, hatte sie ihm erst vor wenigen Tagen gesagt. Doch es war ihm weder wichtig, was seine Männer noch was seine Frau über ihn redeten.

Wichtig war nur, was Rurik wusste. Er wusste, dass er für die Blutnacht und den Tod seines Bruders verantwortlich war. Viele Jahre hatte ihn diese Tatsache nicht gekümmert. Er hatte alle damit verbundenen Konsequenzen in Kauf genommen. Doch das hatte sich gewandelt. Jetzt quälten ihn die Erinnerung und die Schuld täglich. Und das seit jener Nacht im Gebirge, da er beinahe in die Schlucht hinabgestürzt und vom Edelherrn Brandolf unverhofft gerettet worden war. Oder war es doch Farold gewesen, der ihn gerettet hatte?

Der Graf wusste es nicht genau. Einzig, dass sein Bruder ihm erschienen war, kurz bevor es ein jähes Ende mit Rurik hätte nehmen können, dessen war er sicher. Und er glaubte auch, dass es Farolds Erscheinung gewesen war, die Brandolf dazu veranlasst hatte, Rurik aus der Schlucht zu ziehen, obwohl sie schon seit Jahren Widersacher bis aufs Blut waren.

Rurik erinnerte sich, wie die Menschen lange vor dieser Meucheltat ihm schon seit Jahren zugesprochen hatten, dass er doch der Stärkere der beiden Brüder sei. Seine Verbündeten gleichermaßen wie sein Eheweib, das nie damit zufrieden gewesen war, auf einem reichen Gut zu leben. Sie alle hatten ihn dazu getrieben, seinen Bruder zu verraten, und Farold und seine Gemahlin Sigrun ermorden zu lassen. Rurik wollte damals Burgherr und Herr über die Grafschaft sein, und es hatte nur den einen Weg gegeben, dies zu erreichen. Doch seit einem Jahr fragte er sich: Um welchen Preis war all das geschehen? War es nur der Tod seines Bruders oder hatte er dafür auch seine eigene Seele verkauft?

Abermals schaute Rurik sich mit schnellen Kopfbewegungen in der Kammer um und schritt sie ab. Immer wieder murmelte er „Farold, bitte vergib mir, mein Bruder." Die Erinnerung an die Winternacht im Gebirge und Farolds Erscheinung ließ ihn nicht mehr los. Aber auch die Zeichnung durch den Edelherrn Brandolf bereitete ihm Kopfzerbrechen. Mit einer Hand fasste Rurik sich zögerlich an die Stirn und ertastete die kreuzförmige Narbe. Erleichtert schloss er die Augen, als hätte er befürchtet, sie verloren zu haben. Sogleich murmelte er: „In Gottes Namen, in Gottes Namen, in Gottes Namen ..."

Das waren die Worte des Edelherrn, als er einst dieses Mal gesetzt hatte. Es lastete zunächst wie ein Fluch auf ihm und Rurik hatte alle Mühe, seinen Vertrauten zu erklären, wie er dazu gekommen war. Auch der Kaiser erkundigte sich besorgt und Rurik erfand letztendlich eine Geschichte, die ihm geglaubt wurde und die Brandolf mit keinem Wort erwähnte. Das hatte er geschworen, beim Namen des Herrn. Und Rurik war ein Mann, der sein Wort hielt. Doch viel mehr als den Bruch des Wortes fürchtete er die Rache seines Bruders. Er war ihm damals erschienen und er tat es seither in jeder Nacht.

Jeden Abend betete Rurik um einen traumlosen Schlaf. Vergeblich, denn im Traum erschien ihm Farold, wie Rurik ihn das letzte Mal gesehen hatte: in ein blutbeflecktes Leintuch gehüllt, übersät mit Schnittwunden. So stand der einstige Graf da und es gab nur eine Anklage, die er erhob. Es war nicht etwa sein Tod oder der seiner Gemahlin, sondern das Schicksal seines Sohnes, Rogar, das ihn nicht zur Ruhe kommen ließ.

Diese Träume rissen Rurik stets aus dem Schlaf, schreiend und schweißgebadet. Es war einer der Gründe, weshalb er das Bett und das Gemach nicht mehr mit Wulfhild teilte. Ein anderer war, dass er nach diesem Schrecken oft lange wach blieb und sich den Kopf zerbrach. Seine Gedanken kreisten dann um Rogar, beinahe schon ein ganzes Jahr lang. Je öfter er über das Schicksal seines Neffen sinnierte, desto fester wurde Ruriks Entschluss. Er musste etwas unternehmen, sonst würde er niemals Ruhe finden. Er musste Rogar und Farold endgültig aus seinem Kopf bekommen, wollte nicht mehr von ihnen heimgesucht werden, wollte nicht mehr Nacht für Nacht in die anklagenden, toten Augen seines Bruders schauen müssen. Bliebe er untätig, würden sie ihn wahrscheinlich noch in den Wahnsinn treiben. Und genau darin sah er seine neue Mission, seit er das Zeichen des Herrn auf der Stirn trug.

Unruhig schritt Rurik weiter durch die Kammer, an den Fingernägeln kauend. Nur wenige Augenblicke später klopfte es an der Tür, die sogleich geöffnet wurde und einem seiner Getreuen Einlass gewährte. Der Krieger kündigte den erwarteten Besuch an und der Graf gestattete dem dunkel gekleideten Mann Eintritt. Es war Prior Walram.

„Legt Euren Mantel ab und trinkt etwas von dem gewürzten Wein“, bot Rurik seinem Gast mit einer fahrigen Geste an, ohne sein rastloses Auf und Ab zu unterbrechen. Walram legte den tropfenden Umhang über einen Stuhl nahe dem wärmenden Kohlebecken und goss etwas von dem aufgewärmten Wein in einen Becher. Er sog den würzig stechenden Duft ein und hustete verhalten, ehe er den ersten Schluck genoss. Rurik sprach währenddessen weiter, ohne den Prior anzusehen. „Welche Dringlichkeit schickt Euch bei dieser Witterung zu mir? Eine Reise bei Kälte, Schnee und Eis birgt viele Gefahren ...“

Walrams Antwort klang gelassen. „In der Tat gibt es einen wichtigen Grund für mein Kommen. Faolán ist aller Wahrscheinlichkeit nach tot."

Rurik blieb stehen und wandte sich dem Prior zu. „Faolán? Welcher Faolán?"

„Erinnert Ihr Euch denn nicht? Er war bis vor zwei Jahren noch ein Novize unseres Klosters, dessen wahre Identität nie aufgedeckt wurde. Er wurde nur wenige Tage nach dem Verschwinden Eures Neffen in die Abtei aufgenommen. Ich hatte Euch damals oft erklärt, dass es sich bei ihm möglicherweise um Rogar handelte."

„Rogar ...?", murmelte Rurik und seine Augen weiteten sich. „Ja, ich erinnere mich. Doch es waren nur Hinweise, die Ihr mir präsentiert habt, keine Beweise, wenn ich mich Recht erinnere. Habt Ihr mir nicht geraten, ihn zu ermorden? Den Novizen eines christlichen Ordens?"

Walram schaute Rurik, dessen Fragen anschuldigend klangen, unsicher an, bestätigte sie jedoch mit einem Nicken. „Eben dieser Novize! Er wurde vor gut zwei Jahren aus unserem Orden in ein anderes Kloster verbannt. Ich habe dafür Sorge getragen, dass sich am Verbannungsort ein alter Freund um den Novizen kümmert. Von ihm erhielt ich vor wenigen Tagen die Kunde, dass Faolán das Kloster eigenmächtig verlassen hat und als Proviant vergiftete Speisen bei sich trug."

„Eben habt Ihr noch berichtet, er sei tot", korrigierte Rurik verwirrt.

„Aller Wahrscheinlichkeit nach", präzisierte Walram und nahm erneut einen Schluck Wein. Über den Rand des Bechers hinweg beobachtete er sein Gegenüber argwöhnisch. Rurik war ihm fremd. Sowohl Kleidung wie auch seine Art zu sprechen stimmten nicht mit dem Rurik überein, den der Prior vor Jahren das erste Mal getroffen hatte.

„Ich kann mich noch gut an eine Unterredung mit Euch erinnern, Walram", entgegnete Rurik schließlich. „Wie damals halte ich auch noch heute an meinem Grundsatz fest. Ich benötige Fakten und keine Spekulationen, wenn es Rogars Schicksal betrifft. Heute mehr denn je."

Beschwichtigend hob Walram eine Hand. „Lasst mich erst berichten, was ich in Erfahrung gebracht habe. Aus erster Hand wurde mir geschildert, dass Faolán, den ich nach wie vor für Rogar halte, mit einem anderen Novizen dem Kloster vor einigen Tagen entflohen ist. Und das in einer unwirtlichen Gegend zu einer unwirtlichen Jahreszeit. Mein Vertrauter selbst hat dafür Sorge getragen, dass der spärliche Proviant der beiden Novizen vergiftet war. Bei dieser Witterung ist es unwahrscheinlich, dass sie anderweitig Nahrung finden und sie werden ihren Proviant aufbrauchen. Sie werden es nicht überleben und sind so gut wie tot."

„So gut wie …?" Rurik begann zu grübeln. Schließlich sprach er weiter, mied es aber, Walram anzublicken. „Ihr habt demnach keinen Beweis für ihren Tod oder gar ihre Leichen gefunden?

„Nein … noch nicht", antwortete Walram zögerlich.

Aufgeregt stellte Rurik seine nächste Frage: „Wird nach ihnen gesucht?"

„Zu Beginn wurde intensiv nach ihnen gesucht. Inzwischen sinkt jedoch beim hiesigen Abt die Hoffnung, sie noch lebend zu finden, und er hat die Suche über den Winter eingestellt. Da die beiden bisher nicht gesichtet wurden, ist ihr Tod anzunehmen."

„Das sind abermals nur Vermutungen …", flüsterte Rurik vor sich hin und kaute aufgewühlt auf seiner Unterlippe.

Dann wandte er sich Walram zu und fragte etwas lauter: „Wie lautet der Name des anderen Novizen?"

„Konrad, aber …"

„Was wisst Ihr über ihn?", unterbrach der Graf seinen Gast. „Er wird ebenfalls den Tod durch das Gift erleiden, nicht wahr? Was hat er mit der Angelegenheit zu schaffen?"

Erstaunt gaffte Walram sein Gegenüber an. „Seit wann kümmert es Euch, ob ein Unschuldiger für Eure Ziele stirbt?"

Rurik fuhr den Prior mit polternder Stimme wütend an: „Wenn ich Euch unter meinem Dach eine Frage stelle, so untersteht Euch, mit einer Gegenfrage zu antworten. Habt Ihr mich verstanden?"

Walram zuckte zusammen, nickte aber sogleich. Obwohl die beiden Männer sich schon seit Jahren nicht mehr gesehen hatten, hatte Walram dennoch nicht vergessen, dass Rurik besser nicht gereizt werden sollte.

Misstrauisch starrte Walram die Narbe auf der Stirn des Grafen an. Er hatte davon gehört und bisher vermieden, sie anzugaffen, konnte sich jetzt allerdings nicht zügeln. Sie zeichnete sich mit Ruriks Wut noch deutlicher ab. Flüchtig bekreuzigte sich Walram und flüsterte etwas vor sich hin.

Rurik sah es und wandte sich wieder ab. Mit gedämpfter Stimme sprach er schließlich weiter. „Ich werde dem Ganzen ein Ende setzen!"

„Das ist schon lange meine Absicht. Endlich kommen wir zu der gleichen Erkenntnis. Und dann steht auch meiner Ernennung zum Abt nichts mehr im Wege!", bekundete Walram mit verhaltener Freude.

Doch Rurik zerschlug die Hoffnung des Priors. „Ich beabsichtige nicht, in Eurem Sinne zu handeln“, brummte er, während er auf die Glut im Eisenbecken starrte.

„Wie meint Ihr das?“, fragte Walram entsetzt. „Wir hatten vor Jahren eine Vereinbarung getroffen ...“

„Verschont mich mit weiteren Ausführungen“, unterbrach Rurik den Prior. „In dieser Angelegenheit habt Ihr keine Handhabe mehr. Euer Handeln basiert einzig auf Mutmaßungen. Ihr habt nichts vorzuweisen. Dies liegt jetzt in Gottes Händen.“

„Ich verstehe Euch nicht. Wie könnt Ihr es wagen, nach allem, was ich für Euch ...“

Rurik wandte sich pfeilschnell um und ging ein paar Schritte auf Walram zu, der überrascht zurückschreckte. In den Augen des Grafen war ein ungewöhnlicher Glanz getreten und Walram wusste nicht, ob es das Funkeln der Leidenschaft oder das Feuer des Irrsinns war. Die beiden Männer standen dicht beieinander und schauten sich an. Walram hielt dem nicht stand und sein Blick wanderte allmählich nach oben, hinauf zum Wundmal.

„Seht es Euch nur gut an“, knurrte Rurik. „Ihr kennt doch das Zeichen des Herrn, nicht wahr? Ich erhielt es in seinem Namen. Und in seinem Namen kümmere ich mich von nun an um diesen Faolán!“ Ein kurzes, an Wahnsinn grenzendes Lachen entstieg Ruriks Kehle. Der Krieger entließ den Prior aus seinem Bann und trat einen Schritt zurück. „Im Namen Gottes, könnt Ihr das glauben?“, flüsterte er Walram zu.

Walram schluckte. Er wusste nichts zu sagen und versuchte es dennoch. „Wie ... wie seid Ihr zu diesem Mal gekommen?“

Ruriks Lachen erstarb. „Das ist eine lange Geschichte. Sie hat mit Euch nichts zu tun. Oder habt Ihr etwa das Verlangen ...?“ Ruckartig wandte der Graf sich ab, griff nach seinem Dolch, der auf einem Tisch lag und hob ihn bedrohlich empor. Ängstlich trat der Prior einen Schritt zurück. Rurik folgte ihm. „Ich frage mich, ob Ihr nicht ebenso ein Mal erhalten solltet. Ihr seid doch ein Mann Gottes und ebenso an der damaligen Verschwörung beteiligt gewesen. Was sagt Ihr? Tragt es mit Stolz, wie ich! Bekennt Euch!“

Schweiß trat Walram auf die Stirn, der abermals einen Schritt zurückwich. „Was ... was wollt Ihr von mir? Ich weiß nicht, was Ihr meint!“

„Muss ich Euer Gedächtnis tatsächlich auffrischen?“ Walram stand jetzt mit dem Rücken zur Tür. Die Spitze des Dolchs schwebte bedrohlich vor den Augen des Mönches, während Rurik sprach: „Es wäre ein leichtes, Euch zu zeigen, wie so ein Mal entstehen kann. Vielleicht holt das die Erinnerung zurück ... wie bei mir ... diese verfluchte Erinnerung ..."

Die Spitze der Klinge berührte bereits die Stirn. Walram atmete schnell. Ängstlich schloss er die Augen, versuchte die richtigen Worte zu finden, um dem Wahnsinn des Grafen Einhalt zu gebieten. „Ich ... ich erinnere mich auch so, ich erinnere mich", schrie er schon beinahe.

Ruriks Stimme war nur noch ein tonloses Hauchen. „Dieses Mal stünde Euch wesentlich besser als mir, Mann Gottes!"

„Ich erinnere mich, ich erinnere mich ...", winselte Walram weiter. Rurik hielt inne. Sein glasiger Blick wurde wieder klar. Es schien, als sehe er den bedrohlichen Dolch zum ersten Mal und trat einen Schritt zurück. Erleichtert sank Walram zu Boden.

„Ihr seid des Wahnsinns! Des Wahnsinns!", wiederholte der Prior keuchend, und richtete sich langsam wieder auf.

„Vielleicht habt Ihr Recht ...", gestand Rurik nachdenklich ein. „Doch ich frage mich, wie lange ich das schon bin und ob auch andere vom Wahnsinn befallen wurden." Vielsagend schaute er Walram an, der den Blick erwiderte.

„Ihr habt vor Jahren gewusst, welchen Preis Ihr für diese Burg und den Grafentitel zahlen müsst", warf der Mönch dem Krieger im Wollgewand vor. „Sicherlich erinnert auch Ihr Euch, wer mich in diese Angelegenheit verstrickt hat."

„Erspart mir Euer Gewinsel", entgegnete Rurik, der den Dolch langsam wieder ins Futteral schob und dabei die Klinge fasziniert beobachtete. Walram zweifelte immer mehr am Verstand dieses Mannes. Doch dann drehte sich Rurik dem Prior wieder zu und zeigte mit einem Finger anklagend auf ihn, während er zischte: „Ihr habt Euch und Eure Dienste damals geradezu aufgedrängt. Ihr habt nur die Bekanntschaften hergestellt, während andere sich die Hände blutig gemacht haben. Doch schuldig seid Ihr ebenso ... und dennoch verfolgt Ihr nach wie vor das Ziel, Abt Eures Klosters zu werden. So wie ich einst Graf werden wollte. Um jeden Preis, nicht wahr? Um jeden Preis ... Gebt Acht, dass er nicht zu hoch ist!"

„Ganz gleich auf welche Weise, Ihr habt zumindest Euer Ziel erreicht. Doch was ist mit mir?", fauchte Walram ungeduldig und seinerseits wütend über Ruriks Anklage. „Ich warte schon seit Jahren geduldig, dass Ihr Euren Teil der Abmachung einhaltet und mich zum Abt ernennt. Ist es nicht letztendlich Euer Kloster? Ihr hättet die Macht dazu! Doch statt Euer Wort zu halten, stützt Ihr Euch immer wieder auf Ausreden, um genau das nicht zu tun. Vor Jahren hätten sich unsere Wege trennen können. Wie oft habe ich Euch damals gesagt, dass dieser Faolán Euer Neffe ist? Ihr wolltet es nicht hören, als wolltet Ihr mich um meinen Teil der Abmachung betrügen!“

„Vorsicht, Mönch. Vergesst nicht, mit wem Ihr sprecht.“ Ruriks Worte waren zwar bedrohlich, doch seine Stimme beinhaltete nicht die Kraft, die sie einst besessen hatte. „Den Grafentitel habe ich letztendlich nicht durch Euer Zutun erhalten, sondern nur meinem Dienst dem Kaiser gegenüber zu verdanken. Fordert also nichts zu Unrecht.“

„Zu Unrecht …?“ Ungläubig starrte Walram den Grafen an und wiederholte noch einmal: „Zu Unrecht?“

Rurik schaute sich wirr im Raum um, als sei der Prior nicht zugegen. Seine Worte schienen auch nicht an ihn gerichtet zu sein. „Wie schon damals suche ich noch immer nach Rogar. Unsere Vereinbarung betraf auch ihn, oder habt Ihr das bereits vergessen?“

Walrams Blick folgte dem des Grafen, konnte jedoch nicht erkennen, wonach dieser Ausschau hielt. Der Prior schüttelte den Kopf, glaubte immer mehr an den Irrsinn dieses Mannes. „Er ist tot, habt Ihr das denn noch immer nicht begriffen?“

„Aller Wahrscheinlichkeit nach …“, antwortete Rurik abwesend. „Mein Bruder war es auch … und dennoch … sucht er mich Nacht für Nacht heim. Faolán könnte noch am Leben sein, ganz gleich, was Euer Kumpan berichten mag.“

„Ihr benötigt Faolán aber nicht mehr, um den Adelstitel zu behalten“, versuchte Walram den Grafen zur Vernunft zu bringen. „Ihr tragt ihn bereits!“

Verächtlich blickte Rurik auf den Mönch herab. „Wie bereits gesagt: Ich beabsichtige nicht, in Eurem Sinne zu handeln. Ich suche Rogar nicht, um ihn zu meucheln.“

Walram verstand nicht. „Welches Ziel verfolgt Ihr? Rogar ist eine Gefahr für Euch, begreift Ihr das nicht? Wenn er seine wahre Identität erkennt, könnte er Euch zu Fall bringen.“

„Und wenn ich es nicht tue, wird es ein anderer tun … habt Ihr jemals falsch gehandelt und es Euch eingestanden, Walram?“ Rurik schaute den Mönch zweifelnd an. „Wahrscheinlich nicht. Ich hingegen habe Fehler begangen und sie erkannt.“

Walram wagte einen Schritt auf Rurik zu und blickte ihn scharf an. Langsam begriff er, worauf der Graf hinauswollte. „Wollt Ihr mir allen Ernstes beteuern, Ihr empfändet Reue für Euer einstiges Handeln? Ihr, der mächtige

Rurik?“ Die Worte des Priors klangen beinahe, als müsse er ein Lachen unterdrücken.

Der Graf entgegnete nichts auf diesen Vorwurf. Stattdessen stellte er klar, was er erwartete. „Diese Geschichte um Rogar betrifft Euch nicht! Ich erwarte, dass Ihr in Sachen Faolán nichts mehr unternehmt.“

„Aber wenn Rogar eines Tages Euren Titel für sich beanspruchen sollte, was macht Ihr dann? Wollt Ihr Eure gesamte Familie ins Verderben zerren, wie einst den Grafen Farold?“

„Lasst meinen Bruder aus dem Spiel!“, schrie Rurik überraschend.

Walram hielt dagegen: „Was ist mit meinem Anteil?“

Natürlich ging es ihm um seinen Profit. Weshalb sonst hätte er all die Jahre diese Mühen auf sich nehmen sollen?

Rurik schien der Debatte müde zu sein. „Keine Sorge, ich werde dafür Sorge tragen, dass Ihr erhaltet, worum Ihr schon so lange ringt.“

„In diesem Fall gibt es nichts weiter zu besprechen“, stellte Walram nüchtern fest. „Doch ehe ich gehe, gebe ich Euch noch einen guten Rat: Wenn Ihr Faolán jemals finden solltet, so beseitigt ihn. Er ist zu nichts nutze, für niemanden.“

Rurik wandte sich Walram zu, der seinen Mantel bereits umlegte. Er schaute den Mönch an und empfand in diesem Augenblick das erste Mal Mitleid mit diesem Mann. „Geht jetzt besser, in Gottes Namen.“

Walram öffnete die Tür, nickte dem Grafen noch einmal zu und ließ ihn dann allein. Er verstand die Welt nicht mehr. Vor der Kammer hatte ein Krieger auf ihn gewartet und geleitete ihn nun die Treppen hinab. Auf halbem Wege trafen sie auf zwei weitere Männer und mussten ihnen Platz machen. Walram schaute auf und erkannte den jüngeren der beiden.

„Drogo, bist du das?“, fragte er unsicher.

Im Gegensatz zu Walram hatte Drogo sich in den vergangenen Jahren verändert. Er war zu einem stattlichen Manne gereift und sah in seiner Gewandung seinem Vater, wie dieser früher war, ähnlicher denn je. Drogo hingegen erkannte den Prior sogleich.

„Prior Walram“, grüßte er den Mönch überrascht. „Was sucht Ihr hier?“

„Ich hatte eine Unterredung mit Eurem Vater.“ Unsicher schaute er auf die beiden Begleiter. Drogo verstand die Blicke und handelte.

„Lasst uns einen Augenblick allein“, befahl er den Männern, die mit einem Nicken gehorchten und die Treppe einen Absatz weit hinunterstiegen. Walram führte Drogo am Arm zur nächsthöheren Ebene empor, um sicher zu gehen, nicht belauscht zu werden. Mit großen Augen sah er den einstigen Novizen von Kopf bis Fuß an.

„Ein stattlicher Mann ist aus dir geworden, Drogo. Ganz nach dem Bild deines Vaters“, schmeichelte der Prior bewundernd.

Als könne er solche Worte nicht mehr hören, antwortete Drogo genervt. „Hattet Ihr etwas anderes erwartet, Walram? Sicher, unter dem Novizenhabit war es schwerlich zu erkennen. Das glich eher einer schlechten Maskerade, wenn Ihr mich fragt. Doch unterlasst es in Zukunft, mich mit meinem Vater zu vergleichen.“

Walram war überrascht. Doch dann erkannte er genau darin eine Gelegenheit. „Ich sehe ihn in dir, wie ich ihn einst vor vielen Jahren kennengelernt habe. Jung, kräftig, voller Tatendrang ... Drogo, dein Vater ist alt geworden ... und er trägt ein Mal auf der Stirn. Es hat ihn verändert, nicht nur äußerlich. Die Klinge, die dieses Mal gezeichnet hat, scheint tiefer geschnitten zu haben als zu sehen ist.“

„Was meint Ihr damit?“

„Die Unterredung mit ihm drehte sich um Faolán“, fuhr Walram vorsichtig fort. „Du erinnerst dich an ihn?“

Wie könnte Drogo seinen einstigen Widersacher jemals vergessen? Erst vor wenigen Augenblicken hatte er an ihn gedacht. Weshalb brachte Walram ausgerechnet Faolán ins Gespräch?

„Was ist mit ihm?“, fragte Drogo genervt und neugierig zugleich.

„Dein Vater beabsichtigt, ihn suchen zu lassen.“

„Steckt er denn nicht in diesem Columbankloster?“, fragte Drogo irritiert. „Soll er doch dort verrotten. Mein Vater würde es nicht wagen, über die Köpfe der Kirchenväter hinweg einen Novizen aus einer Abtei zu holen. Weshalb sollte er das überhaupt tun?“

Walram vergewisserte sich noch einmal, von niemandem belauscht zu werden und sprach dann vertraulich weiter: „Das ist schwer zu erklären. Ohne dich weiter mit Einzelheiten langweilen zu wollen, werde ich dir die wichtigsten Fakten erläutern. Dein Vater mutmaßt, dass Faolán der verschollene Sohn seines verstorbenen Bruders ist.“

„Rogar, mein Vetter?“ Erstaunt riss Drogo die Augen auf.

„Eben dieser“, bestätigte Walram und legte beschwichtigend eine Hand auf Drogos Schulter. „Du wirst dich sicher fragen, wie das möglich ist. Nun, die Erzählungen über den Überfall auf die Burg deines Onkels sind dir sicher bekannt, ebenso, dass Rogar seither vermisst wird. Es gibt allerdings einige

Hinweise, dass er noch am Leben ist. Beweise gibt es bislang keine, doch die Indizien weisen darauf hin, dass es sich bei Faolán mit aller Wahrscheinlichkeit um Rogar handelt."

Drogo starrte vor sich hin, ohne eine Regung zu zeigen. „Und das bemerkt Ihr erst nach so vielen Jahren? Wie ist das möglich?", fragte er fassungslos.

„Ich habe es schon lange vermutet. Dein Vater war es, der diese Wahrheit stets geleugnet hat", flüsterte Walram. Er begab sich auf dünnes Eis, den Grafen vor seinem eigenen Sohn auf diese Weise bloßzustellen und er war sich der Gefahren bewusst. Dennoch wollte er die Gelegenheit für sich nutzen, die das Zusammentreffen mit Drogo brachte. Wagemutig fuhr der Prior fort: „Mir liegt sehr daran, dass du begreifst, welche Auswirkungen das auf dich haben kann."

Jetzt erkannte auch Drogo die Tragweite dieser Erkenntnis. „Wenn das zutrifft, so ist Faolán ... aber die Grafschaft wurde vom Kaiser an meinen Vater übertragen. Diese Entscheidung kann selbst der Erbe meines Onkels nicht umkehren."

„Dessen wäre ich mir nicht so sicher", entgegnete Walram trocken.

„Ihr meint ...?" Drogo wagte seine Gedanken nicht auszusprechen. „Aber weshalb versucht mein Vater dann, ihn zu finden? Will er ihn beseitigen, um die Grafschaft der Familie endgültig zu sichern?"

„Ich befürchte, er beabsichtigt das Gegenteil", offenbarte Walram.

„Aber das wäre Wahnsinn! Weshalb sollte er den Mann in die Burg holen, der sein Werk und damit seine Familie zu Fall bringen könnte?" Drogo war sich nicht sicher, ob er seinen Vater diesbezüglich richtig einzuschätzen vermochte.

„Wahnsinn ist eine gute Umschreibung für deinen Vater", antwortete Walram leise und vorsichtig.

„Vergesst nicht, von wem Ihr da redet, Mönch", wies Drogo sein Gegenüber sogleich zurecht, jedoch ohne seine Stimme zu erheben. Walram hob entschuldigend die Hände und lenkte ein.

„Verzeih, doch ich möchte dich nur auf die Gegebenheiten aufmerksam machen. Denke an das Mal auf seiner Stirn. Der Rurik, der vor Jahren mit dem Kaiser nach Italien auszog, war ein anderer als jener, der zurückgekehrt ist. Erkenne selbst, wie dein Vater heute handelt. Ist es noch der Graf, den der Kaiser ernannt hat oder ist es ein anderer Mann? Besitzt er noch die gleiche Stärke ...?"

Die Frage hing im Raum und Drogo blieb eine Antwort schuldig. Skeptisch beäugte er den Prior, doch dann sprach er seine Gedanken aus. „Ihr erwartet von mir, dass ich meinen Vater hintergehe? Wisst Ihr, was Ihr da von mir verlangt?“

„Weder erwarte noch verlange ich etwas von dir. Und ob du meinen Rat überhaupt hören möchtest, wage ich nicht zu hoffen. Ich hoffe lediglich, dich auf die Umstände aufmerksam machen zu können. Dir aufzuzeigen, dass dein Vater möglicherweise in seiner Entscheidungsfähigkeit beeinträchtigt ist. Ob dies zutrifft und wie in diesem Fall gehandelt werden sollte, kannst nur du allein entscheiden. Wessen Rat du dazu einholst, ist dir überlassen. Doch die Entscheidungen, die dein Vater getroffen hat, könnten schwerwiegende Folgen haben, vor allem für dich. Mehr wollte ich dir nicht sagen und werde nun gehen. Sprich selbst mit deinem Vater, mache dir ein eigenes Bild. Lebe wohl, Drogo, mit Gottes Segen.“

In Gedanken versunken vergaß Drogo, den Prior zu verabschieden und sah auch nicht, wie der Mönch mit einem zufriedenen Lächeln auf den Lippen die Treppe hinab stieg. Der Sohn des Grafen starrte gegen die Wand. Sollte tatsächlich zutreffen, was Walram soeben angedeutet hatte, musste er seinen Vater zur Rede stellen. War er deshalb von Rurik gerufen worden, um ihm diese Entscheidung mitzuteilen? Eilig lief Drogo die Treppe hinauf und betrat die Kammer seines Vaters, ohne vorher anzuklopfen oder gar auf Einlass zu warten.

Rurik stand am offenen Fenster und starrte in den Schneefall hinaus. Als er die festen Schritte an der Tür hörte, nickte er nur, sah sich aber nicht um. Dennoch schien er zu wissen, wer eingetreten war. „Drogo, schließ die Tür hinter dir.“

Der Sohn tat, wie sein Vater ihm befohlen hatte. Danach stand Drogo da und wartete geduldig, bis Rurik ihn ansprach. Nach dem Gespräch mit Walram fiel es dem Jüngling schwer, den alten Mann nicht gleich mit Vorwürfen zu konfrontieren. Doch er beherrschte sich. Rurik ließ seinen Sohn warten und erst nach einer Weile drehte er sich um und schaute sein einziges Kind an. Da stockte ihm der Atem, denn es schien ihm, als blicke er auf sein jüngeres Selbst.

„Drogo, mein Sohn ...“, begann er schließlich nach einem Räuspern, „... es gibt Dinge, die du wissen solltest.“

„Du hast mit Prior Walram darüber gesprochen, noch bevor du es mir anvertraust?“ Es war mehr ein Vorwurf als eine Frage. Rurik senkte den

Blick, ging jedoch nicht darauf ein. Stattdessen begann er durch den Raum zu gehen, während seine Hände unablässig miteinander zu ringen schienen.

„Ich bin Graf dieser Länder, vom Kaiser persönlich ernannt ... wie auch mein Bruder vor mir.“ Rurik legte eine Pause ein, holte tief Luft und fasste sich zaghaft an das Wundmal an seiner Stirn, ehe er fortfuhr. „Doch eigentlich war ich nicht als Erbe vorgesehen. Vielmehr hätte Rogar, Farolds Sohn, den Sitz als Graf besteigen sollen. Ich kam nur zum Zuge, weil sein Schicksal ungewiss geblieben ist und der Kaiser mir wohl gesonnen war. Es gibt jedoch Hinweise, dass Rogar noch am Leben ist und seit Jahren als Novize unter dem Namen Faolán lebt.“

„Ich kenne Faolán nur zu gut“, stieß Drogo zwischen zusammengepressten Zähnen hervor. „Weshalb erzählst du mir das alles?“

„Berichte mir, was du über ihn weißt“, forderte Rurik mit einer fahrigen Handbewegung, immer noch durch den Raum gehend.

„Er ist ein Schwächling, ein Niemand. Er gesellt sich zu den Ratten vor Feigheit und schleicht um die Ecken wie ein Köter mit eingeklemmtem Schwanz. Er macht seiner Familie keine Ehre. Weshalb interessierst du dich für ihn? All die Jahre hast du nicht nach ihm gesucht!“, forschte Drogo vorsichtig nach.

Rurik nickte nachdenklich. Seine Hände rangen unaufhörlich, während er weiter durch die Kammer ging. Schließlich antwortete er leise, mit gesenktem Haupt. „Ich wünsche ihn zu finden!“

Obwohl Drogo auf diese Antwort vorbereitet war, entsetzte sie ihn dennoch. Vorsichtig versuchte er mehr über die Beweggründe seines Vaters zu erfahren. „Wozu soll das gut sein? Nach so vielen Jahren sind die Verhältnisse in der Grafschaft längst geregelt. Welchen Nutzen könnte Rogars Auffinden also haben?“

Rurik starrte wieder zum Fenster hinaus. Drogo verstand zwar nicht, was in seinem Vater vorging, doch zum ersten Mal sah er in ihm das, was Prior Walram angedeutet hatte: einen veränderten, gebrochenen Mann.

Schließlich sprach Rurik wieder. „Ich trage eine schwere Bürde auf meinen Schultern. Ich habe große Schuld auf mich und meine Familie geladen, mein Sohn. Den Angriff auf die Greifburg vor vielen Jahren habe ich angeführt.“

Drogo schnaubte und schüttelte den Kopf. „Was du sagst, ist unsinnig, Vater. Wie willst du die Nordmänner angeführt und dann die Burg gerettet haben?“

Ruriks Tonfall war nüchtern, als er seine Tat offenbarte. „Es gab keine Nordmänner bei diesem Überfall. Nur ein paar ihrer Leichen, die ich mir zu Nutze machte. Der Angriff war eine List. Ich hatte Männer auf der Burg, die uns Zutritt verschafften. Ein Teil meiner Krieger drangen als Nordmänner maskiert in die Feste und brachen den geringen Widerstand. Eine zweite Reiterschar brachte die vermeintliche Rettung. Es war ein guter Plan, der aufgegangen ist ... mit einigen Einschränkungen ..."

Mit offenem Mund und zunehmendem Staunen hatte Drogo seinem Vater gelauscht. Zunächst sprachlos, fand er erst nach einigen Augenblicken wieder Worte. „Du ... du hast Verrat an deinem Bruder begangen? Seine Familie ermordet?"

„Ich habe sie nicht eigenhändig getötet", relativierte der Graf die Aussage seines Sohnes, doch es klang, als beruhigte ihn diese Tatsache nicht einmal selbst. Immer noch stand er am Fenster, gebeugt von einer unsichtbaren Last. „Obwohl ich Farold zu diesem Zeitpunkt gehasst habe, hätte ich ihn niemals eigenhändig töten können. Ebenso wenig seine Gemahlin Sigrun oder ihren Sohn Rogar. Dazu war ich ... zu schwach ... Dennoch klebt ihr Blut an meinen Händen!"

Drogo schüttelte fassungslos den Kopf. „Und was erhoffst du dir davon, Faolán zu finden? Du kannst die Nacht nicht ungeschehen machen!"

Rurik wandte sich um und blickte in die Augen seines Sohnes. In denen seines Vaters konnte Drogo Wehmut, Zweifel und Trauer erkennen, wie er sie bei seinem Vater noch nie gesehen hatte. Und dann sah er noch ein fiebriges Glimmen in den Augen. Ein Anzeichen des Irrsinns, wie Walram es angedeutet hatte?

Abermals versuchte Rurik, sein Handeln zu rechtfertigen. „Nachdem Kain seinen Bruder Abel niedergestreckt hatte, zeichnete Gott ihn mit einem Mal ... Auch ich wurde gezeichnet, im Namen des Allmächtigen. Jeder kann dieses Zeichen sehen. Jeder kann meine Schuld sehen. Sie prangt auf meiner Stirn ..." Mit jedem Wort hatte Rurik schneller, erregter gesprochen, als würde er verfolgt. Er schaute sich um, holte tief Luft und sprach dann wieder erleichtert. „Es ist an der Zeit, einen Teil meiner Schuld zu begleichen."

Drogo sah seinen Vater mit zunehmender Verachtung an. „Und wie willst du das vollbringen? Diesen Schwächling Faolán etwa auf Knien um Vergebung anflehen?"

Der Hohn in Drogos Worten war unverkennbar. Doch Rurik ließ sich davon nicht beirren. Wenn auch mit gesenktem Blick, offenbarte er dennoch seine weitere Planung. „Ich werde diesen Faolán suchen lassen. Wird er gefunden, werde ich seine wahre Identität ergründen. Sollte er tatsächlich Rogar sein, muss er die Wahrheit erfahren und seiner Bestimmung entgegen gehen."

Drogos Stimme klang eisig, wie die Witterung jenseits der Mauer. „Diese Bestimmung kann unterschiedlich ausgelegt werden. Entweder wird er seinem Vater folgen oder du willst ihm die Grafschaft übergeben. Da du hoffst, deine Schuld begleichen zu können, vermute ich Letzteres. Das ist doch Wahnsinn."

Vater und Sohn blickten sich erneut in die Augen. Glaubte Drogo zuvor noch Zweifel und Irrsinn in Ruriks Augen zu sehen, fand er nun eine überraschende Klarheit und Entschlossenheit darin. Und er sah noch etwas, was er noch nie darin gesehen hatte: Tränen! Ruriks Stimme war nur noch ein Flüstern. „Nein, mein Sohn. Den Wahnsinn habe ich hinter mir gelassen. Trotz meiner Schuld wurde ich verschont, als meine Zeit gekommen war. Der Herr hatte ein Einsehen. Es ist an der Zeit, die Dinge ins Lot zu bringen, ehe ..."

Drogo unterbrach seinen Vater abrupt mit einer schnellen Handbewegung. „Du willst allen Ernstes die Grafschaft aus der Hand geben, nur weil du glaubst, der Herr habe dein Leben verschont? Aus diesem Grund verspielst du leichtfertig mein Erbe?"

„Es ist nicht dein ..."

„Oh doch!", schnitt Drogo erneut Ruriks Worte ab. „Es ist sehr wohl mein! Es ist sehr wohl mein ..."

Noch einmal versuchte Rurik seinen Sohn zu überzeugen. „Was ich mir einst gegen den Willen des Herrn angeeignet habe, kann niemals dein sein, Drogo. Versteh doch, dass wir dadurch nur den Groll des Herrn auf uns ziehen. Er wird dich heimsuchen, dich ins Verderben stürzen." Rurik wandte sich von seinem Sohn ab und begann vor sich hin zu murmeln, als versuche er jemanden zu beschwichtigen.

Drogo hingegen hatte genug gesehen und gehört. „Zu viele Jahre habe ich mein Leben als Diener des Herrn gefristet. Ich bin es leid, ständig auf die Knie zu fallen und um Gnade zu winseln. Deine Schuld ist nicht die meinige und ich werde nicht dafür bezahlen ..."

„Drogo, versteh doch ..."

„Ich will nichts mehr davon hören", schrie Drogo in den Raum hinein und schloss die Augen. Zitternd stand er da und atmete schwer. Bevor er am

Ende noch unüberlegt handelte, wandte er sich von seinem Vater ab und stürmte aus der obersten Kammer des Bergfrieds.

„Drogo, so warte doch ...“, rief ihm Rurik hinterher. Doch Drogo war nicht aufzuhalten und stürmte wütend die Treppen hinab, rannte durch die große Halle und über den schneebedeckten Burghof, bis er seine geheime Kammer erreichte.

Dort warf er sich auf das einfache Strohlager in der Ecke und begann zu weinen wie ein kleines Kind. Tränen der Verbitterung und Enttäuschung, die er so viele Jahre zurückgehalten hatte, bahnten sich jetzt ungehindert ihren Weg. Erleichtert und beschämt zugleich ließ Drogo den Tränen freien Lauf. Als sie schließlich versiegten, raffte er sich auf und zog das kleine Bastkörbchen zu sich. Vorsichtig schlug er das Tuch zur Seite und nahm das Kätzchen heraus.

Das kleine Tier fühlte sich warm und weich in seinen Händen an. Es öffnete die Augen, gähnte und streckte sich, legte sich dann jedoch wieder hin und ließ sich in den Schlaf streicheln. Drogo saß da und betrachtete das Jungtier mit einem Lächeln.

Seine Gedanken kehrten jedoch zum Gespräch mit seinem Vater zurück. Erneut stieg Zorn in ihm auf. Der Graf hatte vor vielen Jahren seinen eigenen Bruder verraten. Obwohl er seinen Fehler erkannt hatte und die Tat bereute, beabsichtigte er abermals, sein eigen Fleisch und Blut zu betrügen. Er wollte Drogo das Einzige nehmen, was ihm über Jahre im Kloster Hoffnung gegeben hatte: die Burg und die Aussicht auf den Grafentitel. Sowohl Rurik als auch Wulfhild hatten ihm alles genommen, was ihm lieb war. Sie hatten ihn zu den Mönchen gesteckt, wo er niemals sein wollte. Nie war er von seiner Mutter in den Arm genommen worden, weder vor seiner Zeit als Novize noch danach. Sein Vater war niemals für ihn da gewesen, hatte ihn damals sogar eigenhändig den Mönchen übergeben. Er war regelrecht davongestoßen worden. Und jetzt wollte Rurik ihm das Einzige nehmen, was Drogos Leben einen Sinn gab!

Nein, das wollte er nicht zulassen. Er würde nicht für die Taten seines Vaters büßen, nur weil dieser am Ende seiner Tage vom Irrsinn befallen war und dem Herrn Besserung gelobt hatte. Faolán durfte niemals auf die Greifburg gelangen. Doch wie sollte Drogo das verhindern? Seine Gedanken kreisten um den verhassten Novizen und plötzlich kam ihm Walram in den Sinn. Der Prior wäre in dieser Angelegenheit gewiss ein zuverlässiger Verbündeter. Der Mönch war schon immer bestrebt gewesen, Faolán zu peinigen. Sicher wäre er dazu erneut bereit. Drogo würde schon genügend Argumente finden, um Walram auf seine Seite zu ziehen.

Doch zunächst galt es, das Vorhaben seines Vaters zu unterbinden. Sicher würde der Graf Kundschafter aussenden, um Faolán zu suchen. Wenn Drogo nur genau wüsste, wann er Reiter auszuschicken gedachte, könnte er die Botschaften manipulieren oder sogar die Männer auf seine Seite bringen. Beides wäre möglich. Noch war nichts verloren und Drogo begriff, dass er zum ersten Mal bereit war, seinen mächtigen Vater zu hintergehen, um seine eigenen Ziele zu verfolgen.

Die Wut schwelte weiter in ihm. Seine Mutter, Wulfhild, und sein Vater, der große Graf Rurik, dem Kaiser treu ergeben, hatten ihm beide so viel genommen und nichts gegeben. Und jetzt trachteten sie auch noch danach, ihn ins Unglück zu stürzen. In diesem Augenblick hasste er sie beide von ganzem Herzen, abgrundtief. Und zu ihnen gesellte sich die Person, durch die er so manche Schmach erlitten hatte: Faolán!

Ausgerechnet er könnte Drogo das Erbe streitig machen. Möge er nun Rogar sein oder nicht, Drogo würde es nicht zulassen! Ihn hasste er am meisten. Je länger er an Faolán dachte, umso stärker wurde der Druck seiner Hände, die die Katze hielten und zuvor noch liebkost hatten. Drogo bemerkte nicht, dass die Katze unter dem stärker werdenden Druck erwachte und sich aus dem Griff zu befreien versuchte. Verzweifelt fuhr sie die Krallen aus und begann zu kratzen und zu beißen. Doch Drogo spürte nicht das Geringste. Er spürte nur den Schmerz und die Wunden seines Herzens.

Der Sohn des Grafen hatte alles verloren, was er jemals geliebt hatte. Und er würde alle zu Fall bringen und vernichten, die ihm weiter Schaden oder Schmerz zufügen wollten. In diesem Augenblick schwor er sich, keinen Schmerz mehr zu verspüren, ganz gleich welcher Art. Er würde keine Liebe mehr zulassen, die am Ende nur Schmerzen verursachte. Die Wut und seine erneuten Tränen machten ihn blind und so bemerkte er nicht, wie sein geliebtes und umsorgtes Kätzchen sich ein letztes Mal verzweifelt aufzubäumen versuchte, bevor die feinen Knochen unter dem Druck der starken Hände zu brechen begannen ...

Konrad erwachte am nächsten Morgen und spürte die Kälte am gesamten Leib. Er konnte sich kaum regen, so steif waren seine Glieder. Dennoch setzte er sich auf und starrte erschrocken auf die kalte Feuerstelle. Verärgert stocherte er in der Asche herum, in der Hoffnung, noch etwas Glut vorzufinden. Doch dann lenkte etwas anderes seine Aufmerksamkeit auf sich. Ein merkwürdiger Gestank herrschte in der Höhle. Ein Gestank, wie Konrad ihn das letzte Mal auf dem Grunde der Schlucht unter dem Abtritthaus des Klosters wahrgenommen hatte.

Zögerlich schaute er zu Faolán hinüber, von dessen Körper die Fäulnis auszugehen schien. Furcht breitete sich in Konrad aus. Zunächst wagte er nicht, sich zu rühren, doch dann kroch er langsam zu seinem regungslos daliegenden Freund hinüber. Faoláns Gesicht war totenbleich, sah jedoch merkwürdig friedlich aus. Die Augen lagen mit dunklen Rändern tief in den Höhlen. Trotz der Kälte war kein Atemhauch zu sehen und auch der Brustkorb hob und senkte sich nicht erkennbar. Obwohl Konrad sich stets für mutig und stark gehalten hatte, war er jetzt außerstande, sich Faolán weiter zu nähern.

Er hatte Angst, ihn zu berühren.

Er hatte Angst, dass sein Freund tot sein könnte.

Er hatte Angst, allein zu sein.

Konrad verharrte unschlüssig und bange, als sei er ein Teil der steinernen, kalten Höhle geworden. Selbst der Wald schien erstarrt zu sein, so gewaltig wog die Stille in diesem Augenblick. Nichts regte sich.

Plötzlich riss Faolán die Augen weit auf. Sein Mund öffnete sich und heraus kam ein krächzendes, unheimlich klingendes „Konrad". Der Angesprochene fiel vor Schreck beinahe hinten über.

Faolán regte sich nicht weiter. Er war viel zu schwach. Konrad begriff, dass ihn kein Unhold heimsuchte, sondern dass sein im Jenseits geglaubter Freund noch lebte. Es dauerte einige Herzschläge, ehe er sich vom Anblick seines gerade auferstandenen Gefährten losreißen konnte, doch dann raffte er sich auf und holte einen der Wasserschläuche herbei. Bedächtig half er Faolán einige Schluck des eisigen Wassers zu trinken. Die Lippen des Kranken waren spröde und seine Stimme klang noch immer rau, als er abermals mühselig sprach: „Konrad, wie lange?"

„Zwei Nächte und einen Tag“, beruhigte der seinen Freund. „Du hast nicht allzu viel verpasst, mal von den wenigen Tieren abgesehen, die neugierig nachschauten, wer diesen betörenden Geruch in ihrem Revier verbreitet.“

Ein Lächeln zeichnete sich auf Faoláns Gesicht ab. In diesem Augenblick wusste Konrad, dass sein Freund nicht mehr in Gefahr schwebte. Zwar sah er sehr schwach aus, doch sein Verstand schien wieder klar zu arbeiten. Auf Konrads Bemerkung hin roch Faolán an seiner Gewandung und verzog angewidert das Gesicht. „Wahrscheinlich das Gift … ich schwitze es aus.“

„Woher weißt du von dem Gift?“, fragte Konrad erstaunt.

„Liegt es nicht auf der Hand …?“, begann Faolán seine Erklärung, wurde dann jedoch von einem Hustenanfall unterbrochen. Als er kraftlos wieder zu Atem kam, fasste er sich kurz. „Jemand wollte uns zu töten.“

Konrad war über Faoláns Schlussfolgerung überrascht, führte dessen Gedanken jedoch fort: „Wir waren naiv gewesen zu glauben, unsere Planung für die Flucht würde unbemerkt bleiben. Nicht nur Clemenza war ein Risiko. Wir haben den unbekannten Mönch vergessen, der uns einige Male beobachtet hat. Ihn haben wir völlig unterschätzt!“

Faolán brachte mühsam ein Nicken zustande und sprach krächzend mit einigen Pausen weiter. „Ebenso das Wetter! Aber wir sind am Leben … nichts anderes zählt.“

„Allerdings zu einem hohen Preis. Beinahe hättest du unseren Wagemut mit dem Tode bezahlt. Was hätte ich in diesem Fall Svea berichten sollen?“, fragte Konrad besorgt.

Faolán machte eine schwache Handbewegung. „Dir wäre … schon etwas … eingefallen.“

„Sicher, aber um den Hals wäre sie mir nicht gerade gefallen“, entgegnete Konrad mit einem zweifelnden Blick.

„Wie könnte sie auch … bei deinem Aussehen?“, stichelte Faolán mit einem gequälten Lächeln.

„Bei diesem Gestank bliebe sie wahrscheinlich auch zu dir auf Abstand“, gab Konrad augenzwinkernd zurück.

„Wer war es?“ Faolán war zu erschöpft, um weiter mit Konrad zu scherzen.

Der glaubte zu wissen, wen sein Freund meinte, und wurde sogleich wieder ernst: „Ich weiß nicht, wer dieser geheimnisvolle Mönch ist, doch er steckt dahinter.“

„Ich meinte nicht … wer das Brot … vergiftet hat.“

Konrad blickte fragend drein und wusste nicht, auf was Faolán hinaus wollte. Für ihn gab es nur diesen einen Mönch, der in Frage kam. Mühsam richtete Faolán sich auf und stütze sich auf seinen Ellbogen ab. „Wer steckt … hinter diesem Mönch? Wer hat ihn … angestiftet? Er hat sicher … nicht aus eigenen Motiven gehandelt. Dazu hatte er … keinen Grund.“ Erschöpft bat Faolán um einen Schluck Wasser und sprach dann leise weiter. „Es war Walram … er steckt hinter allem! Auch hinter dem … Anschlag.“

Mehr brachte Faolán nicht hervor. Das Sprechen hatte ihn so sehr erschöpft, dass er sich wieder niederlegte, die Augen schloss und schon bald darauf in einen heilsamen Schlaf fiel.

Als er das nächste Mal erwachte, war die Nacht bereits hereingebrochen. Das flackernde Feuer warf tanzende Schatten auf die Höhlenwände und ein wohlriechender Duft stieg Faolán in die Nase. Konrad kniete an der Feuerstelle und wendete gerade einen Hasen auf einem Stock über den Flammen. Neben ihm garten ein paar geschnittene Moorwurzeln auf einem heißen Stein. Die frische Winterluft war vom Duft einiger Kräuter durchzogen, und Faolán konnte sich nicht daran erinnern, jemals einen solch appetitlichen Anblick gesehen zu haben. Sein Magen begann zu knurren.

Konrad begrüßte seinen Freund mit einem breiten Grinsen. „Ich hatte heute Mittag Glück auf der Jagd. Hätte gedacht, das Fallenstellen sei komplizierter. In Kürze werde ich dir ein Mahl auftragen, das du selbst in vielen Jahren noch in guter Erinnerung behalten wirst.“

Konrad sollte Recht behalten. Mit Genuss aßen die beiden Freunde den Hasen, und Faolán bewunderte die Kochkünste seines Gefährten, der nicht zu viel versprochen hatte. Die auf dem Tier zerriebenen Kräuter waren gut gewählt, und die beiden zerlumpten Novizen kamen sich wie Adelsherren vor, die nach erfolgreicher Jagd ihre Beute aus der Küche aufgetragen bekamen.

Faoláns Lebensgeister kehrten langsam zurück. Es dauerte nicht lange und die beiden Freunde scherzten und lachten, als plagten sie keine Sorgen. Faolán genoss die Unbeschwertheit des Augenblicks.

Das Mahl war jedoch schnell beendet und die beiden Freunde wurden unweigerlich von der Realität eingeholt. Schließlich besprachen sie ihr weiteres Vorgehen. Nach längerer Beratung einigten sie sich darauf, so lange in ihrem Lager zu bleiben, bis Faolán die Wanderung wieder aus eigener Kraft fortsetzen könnte. Die Höhle bot in Bezug auf Wärme und Nahrung einen entscheidenden Vorteil, zumindest solange Konrads Jagdglück anhielt.

Es vergingen sieben volle Tage und Nächte, ehe Faolán es sich wieder zutraute, durch die Kälte zu wandern und die Nächte unter freiem Himmel zu verbringen. Konrad hatte die Zeit genutzt und tatsächlich ein paar Kleintiere mittels einfacher Schlagfallen erlegt. Das verhalf Faolán, wieder zu Kräften zu kommen. Zudem konnten sie ihre Vorräte mit getrocknetem Fleisch, Wurzeln und Nüssen etwas auffüllen.

Den erlegten Tieren, ein paar Hasen und Eichhörnchen, hatten sie zudem die Felle abgezogen und sie dann so gut wie möglich gesäubert. Wenn auch nicht richtig gegerbt, so trugen sie diese dennoch als wärmende Kragen.

Am Morgen ihres geplanten Aufbruchs erwachten sie früh. Die Luft roch nach Schnee, und mit Schrecken sahen die Gefährten auf dem breiten Felsvorsprung vor ihrer Höhle eine dünne, weiße Schneedecke. Beide rafften sich auf, begaben sich zum Höhleneingang und blickten in den wolkenverhangenen Himmel. Die weißen Flocken fielen noch immer und es sah aus, als würde sich die Witterung nicht allzu schnell ändern. Konrad ärgerte sich, denn genau das hatte er gefürchtet und bereits vor ihrer Flucht prophezeit. Damals hatten sie es als eines der einzugehenden Risiken hingenommen. Jetzt allerdings stellte sie dieser Wetterumschwung vor ein weiteres Problem. Sie wussten nicht, wie viele Tagesmärsche sie bis nach Neustatt noch zurücklegen mussten, ahnten jedoch, dass ihre Kleidung bei dieser Witterung sie nicht über längere Zeit warm halten würde.

Das frostige Weiß lag zwar noch nicht hoch, doch der Winter hatte die beiden Freunde nun endgültig eingeholt. Dünne Flocken rieselten vom Himmel und ergänzten die Winterlandschaft Stück für Stück, wie ein feines, weißes Mosaik, und bedeckten die noch dunklen Stellen des Waldbodens.

„Wir dürfen jetzt keine Zeit mehr verlieren!“, stellte Konrad nüchtern fest. „Ich hatte eigentlich gehofft, heute Morgen noch einmal auf die Jagd gehen zu können. Doch bei diesem Wetter bleibt mir nichts weiter, als die Fallen zu kontrollieren. Wärmere Kleidung, Nahrung und vielleicht eine Unterkunft sind es, was wir jetzt benötigen, sonst werden wir Neustatt niemals erreichen. Machen wir uns besser auf den Weg. Wirst du es schaffen?“

Faolán nickte beherzt, hegte jedoch andere Bedenken: „Auf eine Unterkunft werden wir in nächster Zeit wohl verzichten müssen; Kleidung und Nahrung hingegen brauchen wir dringend. Hast du schon eine Idee, wie wir das anstellen sollen?“

„Auf einem Markt werden wir reichlich von beidem finden", präsentierte Konrad die vermeintlich einfache Lösung, klang dabei jedoch nicht sonderlich erfreut.

„Wir haben auf unserer ganzen Reise keine einzige Siedlung gesehen", entgegnete Faolán kopfschüttelnd. „Und selbst wenn, so hätten wir sie bewusst gemieden und das aus gutem Grund: Wir wollten nicht gesehen werden. Ich weiß nicht, ob wir diese Absicht jetzt aufgeben sollten."

Konrad blickte prüfend in den Himmel, während er Faolán antwortete. „Es birgt ein Risiko in sich, das gebe ich zu. Doch im Augenblick ist die Kälte unser größter Feind. Vor ihr müssen wir uns schützen. Zudem kann ich mir vorstellen, dass die Suche nach uns inzwischen eingestellt wurde. Kuriere werden sicherlich nicht mehr unterwegs sein und aufgrund des Wintereinbruchs wird man uns nicht mehr lange unter den Lebenden wähnen."

„Das kann durchaus sein", stimmte Faolán zu, sah jedoch noch ein weiteres Hindernis. „Selbst wenn wir auf eine Siedlung mit einem Markt stoßen sollten, so besitzen wir doch keinerlei Zahlungsmittel oder Tauschwerte, um das Notwendige erstehen zu können."

„Darum kümmern wir uns, wenn es soweit ist", schob Konrad diesen Einwand beiseite und fragte nach einer kurzen Pause: „Hast du eine Ahnung, wo wir uns befinden und wie weit es noch bis nach Neustatt ist?"

„Nein", gestand Faolán. „Ich habe am letzten Tag unserer Wanderung die Orientierung verloren. Weder kann ich einschätzen, ob wir vom Weg abgekommen sind, noch welche Richtung wir einschlagen müssen. Bei diesem Wetter ist es noch schwerer, Landmarken auszumachen. Und der Schnee wird unser Vorankommen zudem beeinträchtigen."

„Dennoch sollten wir uns schnellstens auf den Weg machen", drängte Konrad. „Wir haben vorerst ausreichend Proviant in unseren Beuteln und unterwegs werden wir genügend Zeit für weitere Pläne haben. Lass' uns aufbrechen, bevor der Schnee noch höher liegt. Sonst endet der Tag und wir stehen noch immer hier herum."

So begaben sich die beiden Freunde nach den erholsamen Tagen in der trockenen und geschützten Höhle wieder auf ihren Weg nach Neustatt. Der Marsch fiel Faolán schwerer als erwartet und er wusste nicht, ob es an seiner Verfassung oder an dem Schnee lag. Die eisige Kälte machte ihm zu schaffen. Seine Finger waren klamm und blau, und er fürchtete bei dem dürftigen Schuhwerk um seine Zehen.

Im Laufe der nächsten Tage ließ der Schneefall nach. Die Wolkendecke riss auf und die Sonne taute den Frost. Seiner statt blieb die Nässe auf dem Boden zurück. Beschwerlich stapften die beiden Freunde durch den Morast des Waldes. Nach weiteren zwei Tagen stießen sie schließlich auf einen Weg, der nicht viel mehr als ein breiter Pfad war. Die Gefährten schöpften Hoffnung.

Der Weg führte sie an einigen kleineren Siedlungen vorbei, die allesamt aus nicht viel mehr als ein paar Bauernhöfen bestanden. Faolán und Konrad mieden sie, denn dort gab es nichts zu erwerben. Diese Menschen waren meist arm und fristeten selbst ein hartes Leben während der Wintermonate. Sie hatten genug damit zu tun, sich und ihre Familien bis zum nächsten Frühling durchzubringen, ohne dabei auch noch Fremde durchfüttern zu müssen. Die Häuser sahen aus der Ferne so ärmlich und schäbig aus, dass Faolán befürchtete, man würde sie dort eher ausrauben statt verköstigen.

Von Kälte und Hunger gebeugt zogen die Reisenden weiter. Je länger sie dem Weg folgten, umso mehr nahm er an Breite zu. Schließlich kreuzte er eine Handelsstraße und auf Faoláns Rat hin folgten sie dieser. Nach einigen weiteren Tagen trafen sie schließlich auf eine größere Siedlung. Die aufsteigenden Rauchsäulen hatte sie schon aus großer Entfernung verraten. Je näher Faolán und Konrad ihr kamen, umso besser erkannten sie ihre Ausmaße. Schließlich begriffen sie, dass es tatsächlich eine kleine Stadt war. Scheinbar groß genug, um das Marktrecht innezuhalten, denn eine gehisste Flagge verkündete weithin das heutige Markttreiben und lud alle Reisenden dazu ein, sofern sie in friedlicher Absicht kämen.

„Endlich haben wir etwas Glück“, bemerkte Konrad sichtlich gut gelaunt, als er die Flagge das erste Mal sah, und er straffte seinen Oberkörper.

Erschöpft hielt Faolán inne und betrachtete sich die Stadt aus der Ferne. Er hegte Zweifel: „Es ist merkwürdig, dass wir trotz des Marktes keine Bauern oder fahrende Händler auf der Straße gesehen haben. Wir dürfen in dieser Stadt nicht allzu viel erwarten. Wenige Marktbesucher bedeuten zudem, dass wir umso auffälliger sein werden.“

Konrad hingegen sah diesen Umstand wesentlich gelassener. „Wahrscheinlich hält nur der Winter die Bauern und die Händler fern. Lass uns erst einmal sehen. Sofern man uns nicht schon am Stadttor fortjagt, wäre es töricht, diese Gelegenheit ungenutzt zu lassen.“

Natürlich hatte Konrad Recht. Doch Faolán konnte die Hoffnung seines Freundes nicht teilen und befürchtete, dass noch immer nach ihnen Ausschau gehalten wurde. Am Stadttor würden sie mit Sicherheit eine Wache passieren müssen, und zwei entlaufene Novizen waren nur allzu leicht zu erkennen. Als wollte Faolán sich seines Aussehens vergewissern, fuhr er mit seiner Hand unter die Filzhaube. Zwar spürte er im Bereich der einst glatt rasierten Tonsur, die nicht viel größer als eine Münze gewesen war, bereits Haare sprießen, doch es war bei weitem noch nicht dicht genug, um ihre Herkunft zu leugnen, sollten sie die Kopfbedeckung abnehmen müssen, von ihrer merkwürdig zusammengesetzten Gewandung einmal abgesehen.

Während sich die beiden Wanderer der Stadt näherten, versuchten sie das Beste aus ihrem mitgenommenen Zustand zu machen. Sie richteten ihre Kleidung so gut es ging, säuberten ihre Gesichter mit Schnee und versuchten so sittsam wie möglich auszusehen. Der Erfolg war mäßig, zumal sie mit dürftig gesäuberten Fellen um den Hals daherkamen, die noch nicht einmal miteinander vernäht waren.

In Gedanken verglich Faolán diese Siedlung mit Neustatt und musste feststellen, dass sie im Aufbau gänzlich anders aussah. Der äußere Befestigungswall bestand aus einer massiven Grundmauer und einem aufgesetzten Wehrgang aus Holz, der zu beiden Seiten des Tores zu Türmen mit Schießscharten ausgebildet worden war. Dieser Wall stand in keinem Vergleich zu Neustatts mächtiger Wehranlage, die hauptsächlich aus Stein gefertigt war, und ein unüberwindbares Bollwerk darstellte.

Das Stadttor stand weit und einladend offen. Erschöpft wie sie waren, schritten die beiden Wanderer unsicheren Ganges auf die drei bewaffneten Torwächter zu und hofften, nicht abgewiesen zu werden. Faolán stützte sich dabei auf Konrad, hielt seinen Kopf gesenkt und sein Gesicht im Schatten seiner Kapuze verborgen.

Da keine anderen Menschen das Tor passieren wollten, galt die Aufmerksamkeit der Wache allein den beiden zerlumpten Gesellen. Konrad fluchte leise vor sich hin.

Beinahe auf der Höhe des Tores angekommen, stellte sich ihnen einer der Bewaffneten in den Weg und rief sie mit lauter Stimme an. „He, ihr beiden! Wo wollt ihr denn hin?"

Die Freunde hielten inne und sahen sich unsicher an. Keiner von ihnen wusste, was er sagen sollte. Ungeduldig rief der Wächter jetzt etwas lauter: „Seid ihr taub oder hat es euch die Sprache verschlagen? Wo wollt ihr hin?"

„Wir ... wir ...", begann Faolán, doch der Wächter brach das Gestammel ab.

„Ihr seht aus wie zwei Geächtete aus dem Wald. Lumpig und dreckig!" Er spuckte aus und wischte sich die Speichelfäden mit dem Handrücken ab. „Und für solche ist hier kein Platz. Schafft euch weg!"

Bereits im Begriff zu gehen, erinnerte sich Faolán plötzlich an Abt Degenar, wie dieser einst vor dem verschlossenen Tor des Columbanklosters gestanden und um Einlass gebeten hatte. Der hatte sich damals nicht einfach abweisen lassen. Wütend streifte Faolán seine Kapuze und Haube ab und blickte dem Wächter in die Augen. Der trat erschrocken einen Schritt zurück, als der vermeintliche Gesetzlose mit fester Stimme zu ihm sprach: „Zwei Pilger ersuchen im Namen des Herrn um Einlass in diese Stadt. Nicht mehr und nicht weniger. Doch wenn dies uns frierenden und hungrigen Gottesdienern auf der Heimreise von einer anstrengenden Pilgerfahrt nicht gewährt wird, so wird es wohl das Beste sein, wieder kehrt zu machen und den Herrn zu bitten, er möge jenen Seelen gnädig sein, die zwei seiner Getreuen jegliche Hilfe versagt haben."

Faolán erhob die Hand und zeichnete ein Kreuz in die Luft, wie Abt Degenar es oft getan hatte. Danach zog er sich Haube und Kapuze wieder über, wandte sich um und gab Konrad ein Zeichen, ihm zu folgen. Die beiden vorgeblichen Mönche verließen das Tor und schritten auf den Wald zu. Der Wächter sah ihnen zweifelnd nach, als ein zweiter sich zu ihm gesellte und leise mit ihm sprach. Faolán und Konrad waren schon einige Dutzend Schritte gegangen, als der erste Wachmann sie aus vollem Hals anrief. „He, wartet ..."

Die beiden Freunde hielten inne und wandten sich um. Mit einer ausholenden Armbewegung bekundete der Bewaffnete, dass sie zurückkehren sollten. Erneut begaben sich die beiden Wanderer vor das Tor, nur blickte Faolán dem Wächter diesmal sogleich in die Augen. Der schien beschämt zu sein, die vermeintlichen Pilger als solche nicht erkannt zu haben. Vor wenigen Augenblicken noch selbstsicher, begann er jetzt zu stammeln: „Ähm ... verzeiht mir ... ich wusste nicht ..."

Faolán nickte mit einem sanften Lächeln und sprach barmherzig: „Sei unbesorgt, du hast deinen Fehler rechtzeitig erkannt."

Erleichtert machte der Wächter abermals eine Armbewegung zur Stadt hin. „Selbstverständlich dürft Ihr die Stadt betreten. Mönche, ähm, sind hier immer willkommen."

Faolán hatte zwar erreicht, was er beabsichtigte, sprach aber dennoch weiter. „Da wir schon seit unzähligen Tagen durch dichtesten Wald irren, haben wir jegliche Orientierung verloren. Könnt ihr uns vielleicht den Namen dieses gottgefälligen Fleckens nennen?"

Der Bewaffnete zögerte kurz, gab dann aber bereitwillig Auskunft: „Waldesheim wird die Stadt genannt." Faolán überlegte, konnte sich jedoch nicht daran erinnern, jemals von einem solchen Ort gehört zu haben. Der Wachmann erkannte die Ratlosigkeit des vermeintlichen Pilgers und versuchte ihm zu helfen. „Wo wollt Ihr hin? Vielleicht können wir Euch helfen ..."

Faolán schluckte, wiegelte jedoch sogleich ab. „Ich glaube kaum, dass euch unser Kloster bekannt sein dürfte. Es ist eine kleine Abtei inmitten eines Waldes, fern jeder Siedlung."

Die Wächter sahen sich an und zuckten mit den Schultern. Nein, von einem solchen Kloster hatten sie offensichtlich noch nie gehört. Bevor sie noch weitere Fragen stellen konnten, beendete Faolán das Gespräch. „Habt vielen Dank für eure Güte und möge Gott euch segnen. Ich bin mir sicher, dass wir in der Stadt jemanden finden werden, der uns weiterhelfen kann."

Abermals zeichnete er mit der Hand ein Kreuz in die Luft und schritt durch das Tor. Konrad folgte ihm eilig. Als sie sich außer Hörweite befanden, fragte er leise aber mit fassungslosem Unterton: „Weshalb hast du sie nicht nach Neustatt gefragt? Vielleicht kennen sie es ja?"

„Weil ich schlecht unser Ziel preisgeben kann!", erklärte Faolán. „Wenn noch immer nach uns gesucht werden sollte, wäre der Hinweis auf zwei Pilger aus einem Kloster nahe Neustatt der erste, dem unsere Verfolger nachgehen würden."

Das hatte Konrad nicht bedacht. Erleichtert, dass Faolán die Gefahr erkannt und gemieden hatte, konnte er jetzt ein Kichern nicht unterdrücken. „Du hast schon beinahe wie Abt Degenar geklungen ... weißt du noch, damals, vor der Abtei ...?"

Faolán hielt inne. Seine Stimme klang ernst. „Ja, ich weiß es noch sehr gut. Genau daran hatte ich mich auch erinnert. Doch am liebsten wäre es mir, ich hätte diese Erinnerung nicht!"

Dann ging er weiter und ließ seinen Freund stehen, der ihm erstaunt nachschaute. Schließlich schüttelte Konrad den Kopf und sprach zu sich: „Glaubst du etwa, mir geht es anders?", und lief Faolán nach, der einer breiten Gasse ins Zentrum der Stadt folgte.

Die beiden Freunde wurden von einem berauschenden Gefühl überwältigt, als sie weiter durch die Straßen gingen. Endlich waren sie wieder unter Menschen, auch wenn sie nur auf wenige stießen. Dennoch versetzte die

Stadt sie in Staunen. Nach über zwei Jahren der Tristesse im Columbankloster empfanden die beiden Freunde das gedämpfte Treiben wie einen festlichen Trubel. Ihre Laune hob sich mit jedem weiteren Schritt.

Faolán erkannte, dass dieses Städtchen weitaus langsamer gewachsen sein musste als Neustatt, denn die Häuser waren deutlich älter und schienen mit der Struktur der Stadt mitgewachsen zu sein. Die Gassen zwischen den Häusern waren verwinkelt und schmal, und es gab große Weideflächen und viele Bäume. An ausgefachten Holzhäusern vorbei folgten sie der ungepflasterten Hauptstraße. Faolán sah kein einziges Steinhaus, allenfalls besaß ein Gebäude einen steinernen Sockel. Doch allein das war eine Seltenheit, denn die meisten Bauten gründeten auf Holzpfosten und Balken im bloßen Erdreich.

Die beiden Wanderer gelangten schon bald auf einen überschaubaren Marktplatz, der etwa bis zur Hälfte mit Ständen versehen war. Diese waren in so großzügigen Abständen zueinander aufgebaut worden, dass der Markt größer erschien als er tatsächlich war. Die Marktgänger wirkten verhalten und Faolán fragte sich, ob dies vom bedrückenden Winter oder dem dominanten Galgen herrührte, der sich merkwürdigerweise am einen Ende des Platzes befand, statt wie üblich in einiger Entfernung vor der Stadt. Ob das Gebälk mit dem großen Podest immer dort stand oder ob es für einen bestimmten Anlass aufgebaut worden war, konnte er nicht sagen. Es war auch gleich, denn allein der Anblick der hölzernen Konstruktion verursachte ein ungutes Gefühl in seiner Magengrube.

Ein Leichnam hing nicht an dem dicken Querbalken, und Faolán redete sich ein, dass dieses Gebilde ohnehin nur zur Abschreckung aufgebaut worden war. Nicht jeder Marktbesucher schien Faoláns Empfindungen zu teilen, denn etliche Halbwüchsige lungerten, in schäbige Mäntel gehüllt, respektlos vor dem Podest herum. Einige von ihnen hatten sich die hölzerne Konstruktion zu Eigen gemacht, sie regelrecht in Besitz genommen, und die Balken erklommen. Dabei verspotteten sie lauthals Gevatter Tod, dessen Gehilfen und all jene, die sich vor ihm fürchteten. Ihr hohnvolles, immer wieder erschallendes Gelächter war weit über den Platz zu hören, während die meisten Marktgänger vorgaben, es nicht zu bemerken. Nur die verstohlenen Blicke auf die Spötter drückten das Missfallen der Menschen aus.

Faolán und Konrad hielten sich am Rand der Marktstände auf, fernab des Galgens. Nach der tagelangen Wanderung waren sie erschöpft und Faolán nahm einen Schluck aus seinem Wasserschlauch. Obwohl es kalt war und er nicht mehr fieberte, schwitzte er dennoch am ganzen Leib. Er vermutete darin noch immer die Auswirkungen der Vergiftung. Konrad war es in den vergangenen Tagen gewesen, der die Führung übernommen hatte und dafür war ihm Faolán dankbar.

Gut gelaunt ergriff Konrad auch jetzt die Initiative. „Am Besten ruhst du dich hier aus, während ich nach Essbarem Ausschau halte. Dein Auftritt am Tor hat dich genügend Kraft gekostet."

„Wie willst du etwas erstehen, wenn nicht stehlen?", wollte Faolán wissen.

„Ganz einfach: Ich werde unser Küchenmesser versetzen. Das sollte uns ein paar Münzen einbringen. Es ist zwar nicht gerade ein scharfer Dolch mit edelsteinbesetztem Heft, doch die Klinge ist von guter Qualität. Ein geschultes Auge sollte das erkennen und der Griff aus Hirschhorn liegt vortrefflich in der Hand. Dafür werde ich schon etwas bekommen."

Faolán gab Konrad noch ein paar Ratschläge mit auf den Weg, damit ihn die Händler beim Feilschen nicht so einfach übervorteilen konnten. Aus eigener Erfahrung wusste er, wie schwer es sein würde, einen passablen Preis für das einfache Messer zu erzielen. Dabei bemerkte Faolán, dass er das Marktgeschäft nach wie vor beherrschte und wie sehr es ihm fehlte. So oft hatte er in Neustatt für Bruder Ivo die Geschäfte abgewickelt, dass es ihm selbst nach über zwei Jahren auf Anhieb noch immer gut von der Hand gehen würde. Das alles lag jedoch lange zurück und Faolán beschlich das merkwürdige Gefühl, dass es nie wieder so sein würde.

Konrad hingegen schien gänzlich unbesorgt zu sein. Guten Mutes verschwand er zwischen den Menschen und Marktständen. Faolán ließ sich auf einer abseits stehenden Kiste nieder und wartete. Leise betete er um gutes Gelingen für Konrads Verhandlungen. Es dauerte nicht lange, da erschien sein Freund wieder. Seine Gesichtszüge waren versteinert.

„Wie ist es gelaufen?", fragte Faolán mit sorgenvoller Miene.

„Ich verstehe nicht, wie du es in Neustatt unter all den Beutelschneidern nur aushalten konntest! Ich dachte immer, dass Wucher verboten ist und sofort bestraft wird. Offensichtlich nicht auf diesem Markt!"

„Die Preise sind sicher durch den Winter nach oben getrieben worden", versuchte Faolán die Situation zu erklären und seinen Freund zu beschwichtigen. „Nicht umsonst ist das Angebot so gering."

„Für das Messer traf das leider nicht zu", schnaubte Konrad verärgert.

Er ließ sich ebenfalls auf eine Kiste nieder und öffnete seinen Beutel, der, wie Faolán jetzt erst bemerkte, prall gefüllt war. Daraus entnahm er einen kleinen, frischen Laib Brot, etwas getrocknetes Fleisch und einige Birnen. Zum krönenden Abschluss, und darauf war Konrad offensichtlich sehr stolz, präsentierte er einen ihrer Wasserschläuche, der jetzt statt Wasser gewürzten Wein enthielt. Faolán war kurz davor, seinen Freund einen Tor wegen dieser horrenden Ausgabe zu schelten, doch Konrad rechtfertigte sie damit, dass der Wein ihnen wieder schneller zu Kräften verhelfen würde.

Faolán war ihm nicht lange böse und sog den Duft des frischen Brotes ein. Er brach es entzwei und gab eine Hälfte seinem Freund. Die Krume war sogar noch warm und die Novizen bissen hungrig hinein. So genossen die beiden Flüchtlinge ein für ihre Verhältnisse opulentes Mahl. Mit jedem Schluck aus dem prallen Schlauch fühlten sie, wie die Wärme des Weines sich angenehm in ihren Bäuchen ausbreitete und ihre Stimmung sich hob.

Während sie speisten, berichtete Konrad von seinem Handel und erneut ärgerte er sich über die wenigen Münzen, die er für das Messer erhalten hatte. Jetzt hielt er nur noch eine Silber- und wenige Kupfermünzen in Händen. Diese wollte er dazu verwenden, die notwendigen Utensilien für ihre weitere Reise zu erstehen. Ob es allerdings für besseres Schuhwerk und ausreichend dicke Mäntel genügen würde, bezweifelte selbst Konrad.

Nach der Stärkung fühlte Faolán sich so gut wie seit dem Beginn ihrer Flucht nicht mehr. Konrad war jetzt wieder bestens gelaunt und beide lachten über seine Scherze, die er über den dicken Clemenza machte. Bisher hatten sie noch kein einziges Mal über die Geschehnisse im Aborthaus gesprochen. Jetzt allerdings taten sie es mit einer ungewohnten Leichtigkeit und ihre Schwierigkeiten gerieten für einen Augenblick in Vergessenheit, ebenso wie sie die skeptischen Blicke nicht bemerkten, die sie auf sich zogen.

Schließlich erhob sich Konrad und wog die Münzen noch einmal in der Hand. „Mal sehen, was ich mit meinem Verhandlungsgeschick bewirken kann. Vielleicht komme ich ja mit den edelsten Mänteln und besten Stiefeln wieder …“ Sein Lächeln sah jedoch nicht so selbstsicher aus wie seine Worte klangen.

„Soll ich nicht besser mitkommen? Ich habe wesentlich mehr Erfahrung im Umgang mit Händlern als du.“

„Nein, das werde ich schon meistern“, entgegnete Konrad und machte sich bereits auf. „Ruhe dich noch etwas aus. Wir werden uns schon bald wieder auf den Weg machen.“

Faolán ließ seinen Freund zum zweiten Mal allein über den Markt gehen. Seine Gedanken schweiften ab und er erinnerte sich erneut an das Markttreiben zu Neustatt, den Klosterwagen mit Bruder Ivo und an jene beiden Markthüter, die er beinahe schon wie wilde Tiere gezähmt hatte. So saß er eine ganze Weile da und wartete auf die Rückkehr seines Freundes.

Plötzlich riss lautes Geschrei Faolán aus seinen Erinnerungen. Verärgert richtete er sich auf, konnte jedoch nicht viel erkennen. Irgendetwas war auf dem Markt vorgefallen, das den Unmut der Menschen auf sich zog. Ein regelrechter Aufruhr fand statt. Faolán kletterte auf die Kiste, auf der er bisher gesessen hatte, und sah eine Menschenmenge, in deren Mitte ein paar bewaffnete Markthüter unter lauten Beschimpfungen jemanden vor sich her zum Galgen schoben. Faolán verstand noch nicht, was dort vor sich ging, da erkannte er mit Entsetzen, dass es Konrad war, der von den Markthütern vorangetrieben wurde.

Gelähmt starrte Faolán auf das Geschehen. Er konnte nicht glauben, was er sah. Was hatte Konrad in diese Lage gebracht? Ohnmächtig sah Faolán zu, wie sein Freund, mit Flüchen und Tritten traktiert, das Podest des Galgens erreichte.

Kurz entschlossen sprang Faolán von der Kiste, um seinem Freund zu Hilfe zu eilen. Er wusste zwar noch nicht, wie er das anstellen sollte, doch er schulterte beide Taschen, nahm Konrads Stab und schritt entschlossen der Menschenmenge entgegen.

Lauthals verlangten die Leute vor dem Galgen nach gerechter Strafe. Es schien, als hätte sich innerhalb weniger Augenblicke die gesamte Stadt versammelt, so viele Menschen befanden sich mittlerweile auf dem Platz. Die Halbwüchsigen, die schon zuvor am Galgen herumgelungert und gescherzt hatten, trugen ihren Anteil zur Stimmung bei. Sie riefen am lautesten nach Blut und Sühne.

Vorsichtig schob Faolán sich durch die Menge. Vor dem Podest angekommen hoffte er zu erfahren, was seinem Freund vorgeworfen wurde. Nur kurz darauf hörte er von der Beschuldigung, wollte sie jedoch nicht glauben: Konrad wurde des Diebstahls bezichtigt! Ob dies tatsächlich der Wahrheit entsprach, schien niemanden zu interessieren, denn die Menge war aufgebracht und der Winter zu trist, als dass sie sich dieses Schauspiel allein durch die Wahrheit würden entreißen lassen.

Auf das Podest gezerrt, wurde Konrad dort zu Boden gestoßen. Die Menge bekundete lautstarke Zustimmung und die Halbwüchsigen lachten und johlten. Dann packte einer der Bewaffneten den Beschuldigten bei den Haaren und richtete ihn unsanft wieder auf. Konrad schrie, wie Faolán ihn noch nie zuvor hatte schreien hören. Die Pein des Beschuldigten erregte die Menge erneut und das Grölen wurde noch lauter. Einige Gassenjungen schnitten Fratzen und verrenkten sich wie Gemarterte, während andere mit Schadenfreude über die gelungenen Nachahmungen lachten.

Wie auf ein unsichtbares Signal hin verstummte die Menschenmenge schlagartig. Faolán wurde von einem untersetzten, gut gekleideten Mann zur Seite gedrängt, als dieser zum Podest vorstrebte. Ungefragt ergriff er das Wort und jedermann auf dem Platz konnte ihn hören.

„Das ist er! Das ist der Dieb!" Mit einem verzierten Stock zeigte er dabei auf Konrad. „Ihr alle kennt die Strafe für Diebstahl. Ich fordere diese Strafe mit Fug und Recht! Eine Hand muss er lassen, damit es ihm eine Lehre ist!"

Erneut erklang jubelnde, ja nahezu brüllende Zustimmung des Volkes. Faolán wollte seinen Ohren nicht trauen. Es schien, als hätte jemand die Zeit zurückgedreht und er stünde erneut vor Prior Walram, der von ihm eine Hand als gerechte Strafe bei Abt Degenar einforderte. Das Bild verblasste wieder und er sah seinen Freund auf dem Podest.

„Es war kein Diebstahl", versuchte Konrad sich zu rechtfertigen, doch die behandschuhte Faust eines Markthüters brachte ihn augenblicklich zum Schweigen. Die Menge tobte, als Blut aus den Mundwinkeln des Fremden tropfte. Faolán war verzweifelt. Was sollte er tun? Sicherlich hatte Konrad niemanden bestohlen, das musste ein Irrtum sein! Ohne lange nachzudenken, trat Faolán einen Schritt vor und wandte sich der Menschenmenge zu. Mit erhobenen Händen versuchte er, sich Gehör zu verschaffen. Tatsächlich lenkte er die Aufmerksamkeit einiger Marktbesucher auf sich.

„Wartet, das ist alles sicher nur ein Missverständnis! Ihr solltet kein überstürztes Urteil fällen, ohne die genauen Gegebenheiten zu kennen."

Zunächst wurde Faolán nur erstaunt angegafft. Erst nach einigen Augenblicken regte sich ein Mann in seiner Nähe und zeigte mit einem anklagenden Finger auf ihn. „Seht, der is' genauso zerlumpt wie der Dieb!"

„Ja, genau", stimmte ein anderer Mann zu. „Wird wohl sein Kumpan sein!"

„Lumpenpack!", rief es aus einer Ecke.

„Wir brauchen keine Diebe in unserer Stadt! Schert euch weg!", gellte es aus einer anderen.

Immer mehr Marktbesucher gafften Faolán an, ihre Blicke mit Hass und Furcht erfüllt. Mit einem Mal ging alles ganz schnell. Noch ehe er sich versah, wurde Faolán gepackt und mit Beschimpfungen und Tritten ebenfalls auf das Holzpodest gezerrt. Verzweifelt versuchte er sich zu wehren, doch es waren zu viele Hände, die an ihm zogen. Einen Moment später stand er neben seinem Freund.

Unter Beifall brachte einer der Markthüter den Richtblock herbei. Mit wenigen Griffen wurden die vermeintlichen Übeltäter auf die Knie gezwungen. Jeweils die linke Hand wurde auf den Block gelegt und von einem Bewaffneten festgehalten. Die Menge johlte abermals zufrieden. Endlich konnten sie in diesem tristen Winter einem Schauspiel beiwohnen, das sich zu sehen lohnte. Und die besten Plätze hierfür hatten die feixenden Knaben inne.

Faolán suchte in den Augen seines Freundes verzweifelt nach Rat. Doch Konrad nahm ihn nicht wahr. Sein Blick war auf seinen Stab gerichtet, den Faolán auf dem Podest neben dem Richtblock hatte fallen lassen. In Konrads Gesichtsausdruck war Entschlossenheit zu sehen. Faolán begriff sofort, was das zu bedeuten hatte. Er kannte die Hitzköpfigkeit seines Freundes, doch er befürchtete, dass damit alles nur noch schlimmer werden könnte.

„Konrad, tu es nicht!“, versuchte Faolán seinen Freund mit einem Flüstern und leichtem Kopfschütteln zu überzeugen. Konrad schien seinen Freund jedoch weder zu hören noch zu sehen. Er konzentrierte sich einzig auf seinen Stab und war nicht von seinem Vorhaben abzubringen.

Nur einen Herzschlag später sprang Konrad auf. Er entriss sich dem harten Griff seines Wächters, vollzog eine schnelle Drehung und brachte den Mann mit einem Tritt in den Unterleib zu Fall. Mit einer weiteren Bewegung hielt er den Langstock in Händen. Noch ehe der Bewaffnete hinter Faolán das Geschehen begriff, ging er auch schon durch einen Stockhieb zu Boden.

Kraftvoll zog Konrad seinen Freund auf die Beine. Ein weit ausholender Schlag brachte einen weiteren Markthüter zu Fall, der sich mit gezogenem Schwert genähert hatte. Die Menge war indes geteilter Meinung über die Entwicklung des Schauspiels.

Während einige noch immer lauthals um Vergeltung riefen, gab es nicht wenige, die dem Aufstand der Gefangenen mit Belustigung und Begeisterung gegenüberstanden. Vor allem die jubelnden Halbwüchsigen hatten ihren Spaß an dieser überraschenden Wendung.

Die beiden Freunde befanden sich bereits am Rande des Podestes und wollten soeben herunterspringen, als sich mehrere Klingen auf sie richteten. Ihre wagemutige Flucht endete ebenso abrupt wie sie begonnen hatte. Die flache Seite eines Schwertes traf Konrad am Kopf und streckte ihn nieder.

Faolán stürzte ebenfalls und entging so einer zweiten Klinge, die ihm bestimmt war.

Die Menschenmenge tobte, und der Lärm auf dem Platz erreichte seinen Höhepunkt. Es wurde gerufen, gelacht und gescherzt.

Besinnungslos wurde Konrad wieder zum Richtblock gezerrt, begleitet von Tritten der Männer, die er zu Fall gebracht hatte. Faolán, von Hieben traktiert, wurde hinterdrein gezogen. Diesmal waren die Markthüter nicht so leichtfertig und warfen Konrads Stab weit fort. Der Jüngling kam wieder zu Bewusstsein, als ihm und Faolán Lederbänder um die Hände geschlungen wurden. Mit Knien im Rücken und straffen Riemen wurden Faolán und Konrad unsanft in Position gebracht. Je ein Wachmann hielt so einen der Aufsässigen am Holzblock fest. Das gehässige Gelächter aus den Mündern der Markthüter und das Rufen der Menge begleitete sie dabei. Ein gutes Dutzend Bewaffneter befand sich nun auf dem Podest, die alle mit Genugtuung der Bestrafung entgegensahen. Wer sich der Obrigkeit widersetzte, verdiente keine Gnade.

Einer der Krieger stellte sich jetzt hinter den Richtblock und brachte ein breites Schwert zum Vorschein. Die Menge verstummte. Sogar die respektlosen Halbwüchsigen hielten gespannt ihr Mundwerk. Die Schreie der Krähen über den Dächern der Stadt waren das Einzige, was noch zu hören war. Krähen, denen man die Hände zum Schmaus am Galgen aufhängen würde.

Der Krieger hinter dem Richtblock umklammerte das Heft seines Schwertes mit beiden Händen. Dann raunte er den Verurteilten mit einem zufriedenen Lächeln zu: „Seht genau her: So werdet ihr nie wieder etwas halten können."

Gelächter der anderen Krieger war die einzige Antwort, und der Mann trat zufrieden einen Schritt zurück. Dicht über den Handgelenken nahm er mit der Klinge noch einmal Maß, um sicher zu gehen, nur einen Hieb ausführen zu müssen. Dies war unverkennbar nicht seine erste Vollstreckung, denn er kostete den Moment sichtlich aus. Das Grinsen in seinem Gesicht sprach Bände.

Selbst die Krähen schienen jetzt zu schweigen.

Das Schwert hob sich langsam.

Für einen endlosen Augenblick stand die Klinge beinahe senkrecht über dem Haupt des Vollstreckers. Faolán drehte den Kopf zur Seite und schloss die Augen. Er konnte nicht mit ansehen, wie das Schwert zu fallen begann. Er wartete nur noch auf den Schmerz und den Jubel der Schaulustigen.

In wenigen Augenblicken würden nur noch zwei leblose Hände auf dem Holzblock liegen. Scharfer Stahl durchschnitt pfeifend die Luft.

Mit einem ohrenbetäubenden Geräusch traf die Klinge jedoch auf Metall, statt auf Fleisch, Knochen und Holz. Ein Raunen ging durch die Menge.

Faolán öffnete die Augen und sah das Schwert des Vollstreckers erstarrt nur knapp über seiner Hand schweben. Wie durch ein Wunder war es gestoppt worden, und Faolán begriff erst jetzt, das es eine zweite Klinge war, die das Schwert in der Luft hielt. Der Träger der rettenden Klinge drückte das breite Schwert mit Leichtigkeit nach oben. Dabei sprach er mit ruhiger und durchdringender Stimme: „Haltet ein und tretet zurück."

Dieser Krieger unterschied sich deutlich von den anderen. Er strahlte eine natürliche Würde und Autorität aus. Die Markthüter gehorchten augenblicklich. Alle Bewaffneten traten einen Schritt zurück und gaben die Verurteilten frei. Beide Gefangenen fielen zur Seite, rappelten sich aber sogleich wieder auf. Als Faolán und Konrad begriffen, dass ihre Hände vorerst nicht den Krähen vorgeworfen wurden, pressten sie diese fest an sich.

„Was ist hier vorgefallen?", fragte der edle Krieger. Nicht nur seine Stimme, sondern auch sein Erscheinungsbild zeigte deutlich, dass er der Herr dieser Stadt war. Obwohl er von Wuchs nicht der Größte war, schien er dennoch alle Anwesenden allein durch seine Haltung zu überragen. Es war eine Größe, die mit keinem Maß zu erfassen war.

Seine Gewandung hob sich ebenso von seinen Kriegern ab. Das Schuhwerk bestand aus gutem Leder mit einer dicken Sohle, und der lange Mantel war aus bester Wolle gefertigt. Darunter waren fein gearbeitete Beinkleider und ein mit Eisenringen beschlagenes Wams zu erkennen.

Das erhabene Haupt des Kriegers wurde von frei fallendem, schulterlangem Haar eingerahmt und das Gesicht von einem gepflegten, kurz gestutzten Vollbart beinahe bis zur Hälfte bedeckt. Die dunklen Augen mit dichten Brauen blickten fordernd auf die beiden Angeklagten herab. Konrad erkannte seine Chance. Mutig begann er sich zu rechtfertigen: „Es war kein Diebstahl, edler Herr. Ich habe die Ware bezahlt. Gott ist mein Zeuge."

„Das ist eine Lüge!", rief der untersetzte Händler, der jetzt wieder hervortrat, nachdem er sich während des Tumults feige im Hintergrund gehalten hatte. Vor dem Podest versuchte er sich aufzurichten, um stattlicher und größer zu erscheinen. Doch im Vergleich zu dem edlen Krieger, der von oben auf ihn hinabblickte, glich der gedrungene Mann einem kleinen Kind. Seine Worte waren jedoch alles andere als kindlich.

„Einen ganzen Ballen besten Leintuchs hat er gestohlen. Hat wohl geglaubt, ich würde es nicht bemerken. Doch er war mir von Anfang an verdächtig. Zerlumpt wie er ist, wollte er für zwei gute Mäntel des Händlers neben meinem Stand lediglich ein Silberstück und ein paar Kupfermünzen bezahlen, das habe ich mitbekommen. Allein das wäre schon einem Diebstahl gleichgekommen. Als es zu keinem Handel kam, fragte er mich nach Tuch. Doch auch das konnte er nicht bezahlen. Als ich mich nicht weiter um ihn gekümmert habe, hat er sich einfach das Leinen genommen und ist davongelaufen. Wenn das kein Diebstahl ist, dann möge Gott uns beistehen."

Es waren die Händler in der Menge, die der Schilderung mit Kopfnicken und Gemurmel zustimmten. Zur Überraschung aller war es der zerlumpte Konrad, der zur Anklage unaufgefordert Stellung bezog. „Ich habe Euch für das Leintuch alle Münzen zurückgelassen, die ich hatte! Es ist also kein Diebstahl gewesen."

Der Händler holte gerade tief Luft, um entrüstet auf diese Behauptung zu antworten, da kam ihm der edle Herr zuvor und fragte ihn: „Entspricht das der Wahrheit?"

Brüskiert und mit offenem Mund starrte der Händler den zerlumpten Jüngling sprachlos an. Erst als der Herr seine Frage mit Nachdruck wiederholte, begann der Kaufmann unsicher nach allen Seiten zu schauen, als suche er Unterstützung.

„Vielleicht ... ja ... aber es war bei weitem nicht genug. Dafür hätte er kaum mehr als ein paar Ellen des Tuches bekommen, niemals einen ganzen Ballen. Zudem hat er die Münzen einfach auf dem Tisch liegen lassen. Von einem Handel kann also gar nicht die Rede sein. Oder kann hier irgendjemand einen Handschlag zwischen diesem Lump und mir bezeugen?"

Die Menge antwortete mit Schweigen, einige zuckten mit den Schultern.

„Auch wenn es zu keinem Handschlag gekommen ist, so sprechen wir also nicht mehr von Diebstahl, sondern von Übervorteilung", stellte der Krieger mit ruhiger Stimme fest.

„Nein, edler Herr, es war gewiss Diebstahl. Es kam zu keinem Handel und ich wollte mein Tuch nicht an diesen ... Schmutzfink verkaufen. Da könnte ich ja gleich meine gesamte Ware verschenken, wenn ein jeder daherkäme und sich nähme, was er sich wünscht. Und das zu einem Preis, der ihm der beste scheint. Ich beliefere hohe Häuser mit meinen Stoffen und habe einen Ruf zu verlieren. Daher fordere ich eine gerechte Strafe für diese Tat!"

„Sei auf der Hut mit Forderungen", wies ihn der Herr streng zurecht. „Oder maßt du dir etwa an, über derartige Belange richten zu dürfen? Solltest du vielleicht nicht wissen, wem du soeben Rede und Antwort stehst?" Betreten schwieg der Kaufmann und der Krieger fuhr fort. „Ich bin für Gerechtigkeit in dieser Stadt bekannt, zweifle also nicht an meinem Urteilsvermögen. Sei gewarnt!"

„Jawohl, edler Herr", antwortete der Tuchhändler beschämt und senkte sein Haupt

Der Krieger wandte sich wieder an Konrad. „Jeder Angeklagte erhält in meinem Gerichtsstand die Möglichkeit, sich zu erklären. Wie lautet also deine Darstellung der Angelegenheit?"

Konrad überlegte kurz. Dann schilderte er die Geschichte aus seiner Sicht und bestätigte dabei weitestgehend, was der Händler berichtet hatte. Doch Konrad ergänzte die Erzählung um einige Details und erwähnte vor allem die Not, in der er und Faolán steckten. Als der Tuchhändler nicht weiter verhandeln wollte, hatte Konrad keine andere Möglichkeit gesehen, als den dünnsten Ballen Tuch für all seine Münzen mitzunehmen. Der genannte Preis war ohnehin überteuert gewesen, und Konrad war guten Glaubens, dass die Menge hinterlassener Münzen in etwa dem Wert des entwendeten Tuchballens entsprach.

„Wie viel Stoff hast du entwendet, und welchen Gegenwert hast du dafür zurückgelassen?", forderte der Herr zu wissen.

Konrad konnte mit der entrichteten Summe aufwarten, die Dicke des Tuchballens aber nur mit den Händen andeuten. Auf Anweisung des Herrn wurde der fragliche Ballen gebracht und alle konnten sehen, dass Konrad die Wahrheit gesprochen hatte. Es war tatsächlich nicht viel Leinen, doch selbst in Anbetracht dieser geringen Menge waren die zurückgelassenen Münzen zu wenig. Konrad hatte zwar im Unrecht gehandelt, allerdings war es auch kein Diebstahl gewesen.

Der edle Herr beäugte den Tuchhändler, der in feiner Gewandung mitten in der Menge stand, warm gekleidet und wohl genährt. Dann schweifte sein Blick hinüber zu den beiden zerlumpten Angeklagten. Abgemagert, stinkend, ohne festes Schuhwerk und mit zerschlissenen Umhängen viel zu dünn für diese Jahreszeit bekleidet, standen die beiden jungen Männer zitternd auf dem Podest.

„Sag mir, Händler, welchen Preis hast du für diese Menge an Tuch verlangt?"

Der Mann überlegte kurz und nannte dann einen Betrag. Die Augen des Herrn weiteten sich und der Händler trat erschrocken einen Schritt zurück, als er scharf ermahnt wurde. „Kennst du die Gesetze des Marktes, Händler?“

„Natürlich, edler Herr“, murmelte der Gefragte unterwürfig.

„Wenn ich es richtig verstehe, so bist du heute der einzige Tuchhändler in der Stadt“, fuhr der Krieger fort. „Muss ich dir erst noch die Bestrafung für Wucher vor Augen führen, bevor du mir einen akzeptablen Preis nennst? Treib es nicht zu weit! Du erhältst noch eine Gelegenheit, deine Meinung zu ändern. Doch unterschätze mich nicht, sonst könnte der Tag anders enden, als du es dir heute Morgen noch vorgestellt hast.“

Der Händler wich erneut einen Schritt zurück und schaute unsicher nach allen Richtungen. Angestrengt überlegte er. Um ihn herum trat Stille ein. Noch nicht einmal ein Räuspern oder Murmeln war zu hören. Schweiß trat dem gedrungenen Mann auf die Stirn. Seine Zunge leckte immer wieder nervös über die Lippen. Schließlich nannte er dem Herrn mit gesenktem Haupt einen erheblich geringeren Betrag.

Zufrieden nickte der Krieger auf dem Podest. „Und nun ziehe noch etwas für die Nächstenliebe und Bedürftigen ab, wie es uns die Kirche lehrt. Oder siehst du nicht, dass dies zwei Männer des Klerus sind?“

Erstaunen zeigte sich auf dem Gesicht des Tuchhändlers. „Nein, edler Herr, das ist mir völlig entgangen. Wie soll man in diesen Lumpen auch einen Mönch vermuten? Nicht ein einziges Wort aus der Heiligen Schrift hat er zitiert, sonst wäre es mir gewiss aufgefallen.“

„So schwer kann das Rätsel nicht gewesen sein“, entgegnete der Krieger verärgert, „schließlich habe ich es auch durchschaut. Oder kannst du nicht den Ansatz ihrer Tonsur auf dem Haupt erkennen? Zudem frage ich mich, ob du ein Wort aus der Heiligen Schrift tatsächlich erkannt hättest. Bist du etwa des Lateins mächtig?“

„Nein, edler Herr, natürlich nicht“, versuchte sich der Händler herauszureden und wischte sich den Schweiß von der Stirn. „Ich ... ich muss wohl mit Blindheit geschlagen gewesen sein. Verzeiht mir, edler Herr ...“ Erneut verfiel der Tuchhändler ins Grübeln. Schließlich wartete er mit einem nochmals geringeren Betrag auf.

Zufrieden nickte der Herr und rief mit einer Handbewegung einen Mann herbei, der sich bisher im Hintergrund gehalten hatte. „Zahle ihn aus, abzüglich des bereits entrichteten Betrages! Ich bin mir sicher, dass er die Münzen bereits eingesteckt hat.“

Daraufhin zog der Angesprochene eine Geldkatze unter seinem Mantel hervor und zählte unter den Augen aller Anwesenden dem Händler den vereinbarten Betrag auf die Hand. Der schaute dabei begierig zu und achtete genau darauf, nicht übervorteilt zu werden. Der Herr hingegen schenkte dem Kaufmann keine Beachtung mehr und wandte sich den beiden Beschuldigten zu.

Mit durchdringendem Blick forschte er in den Augen der beiden Jünglinge, als suche er dort noch einmal nach der Wahrheit. Als er Faolán näher betrachtete, schien er für einen Augenblick inne zu halten. Faolán hielt den Atem an, denn er befürchtete, der Edelherr könnte seine Identität kennen. Doch der Krieger schüttelte beinahe unmerklich den Kopf, als verneine er einen Gedanken. Dann wandte er sich seinen Markthütern zu, die nach wie vor um den Richtblock standen.

„Fesselt die beiden und lasst sie hier warten. Habt ein Auge auf diese Gassenburschen. Achtet darauf, dass den beiden Gefangenen kein Leid zugefügt wird. Sie sind mir eine beträchtliche Summe schuldig! Geht dabei nicht zu zaghaft mit ihnen um, wenn sie auch Diener Gottes sind. Immerhin weiß einer von ihnen seinen Pilgerstab vortrefflich einzusetzen, selbst gegen erfahrene Krieger."

Die drei von Konrad zu Fall gebrachten Männer senkten beschämt ihre Häupter und folgten den Befehlen ihres Herrn. Während den beiden vermeintlichen Mönchen die Hände gefesselt wurden, stieg der edle Krieger bereits vom Podest. Die Menge war im Begriff sich aufzulösen und die Menschen widmeten sich wieder ihren Tagesgeschäften, als plötzlich der Tuchhändler den Herrn erneut anrief.

„Was ist mit ihrer Bestrafung, Herr? So dürfen sie doch nicht davonkommen!"

Der Krieger wandte sich dem Händler zu und überlegte für einen kurzen Augenblick. Sein durchdringender Blick hielt den Mann lange in seinem Bann, bevor er zu einer Antwort ansetzte. Allein das schien den Händler derart zu verunsichern, dass er vor dem Krieger stetig zu schrumpfen schien. Obwohl nicht laut, so war die Stimme des Edelherrn gleichwohl eindringlich. „Wofür forderst du noch eine Bestrafung? Bist du nicht ausreichend entschädigt worden?"

„Doch, edler Herr ...", antwortete der Mann zögerlich und wich dabei einige Schritte zurück. „Und dennoch ... einer der Pilger hat sich eines Vergehens schuldig gemacht. Das muss … geahndet werden. So … so will es das Marktrecht."

Am Ende seiner Forderung war sich der Händler nicht sicher, ob er klug gehandelt hatte, denn die Augen des Kriegers hatten sich mit jedem Wort weiter verengt. Die Stimme des edlen Herrn war nur noch ein bedrohliches Flüstern. „Das ist eine Angelegenheit der Kirche, nicht der weltlichen Gerichtsbarkeit. Oder maßest du dir etwa an, über einen Diener Gottes richten zu können? Nicht einmal ich wage das!"

„Aber … aber … wenn sie es wieder tun werden? Sorgt dafür, dass sie bestraft werden und uns nicht wieder bestehlen!"

„Vergiss dich nicht, Mann. Fordere nicht zu viel und schon gar nicht dein Schicksal heraus. Es könnte sich am Ende sonst gegen dich wenden. Auch du hast dich eines Vergehens schuldig gemacht! Soll ich es ebenfalls ahnden, obwohl du dein Vergehen korrigiert hast?"

Der Händler blickte erstaunt drein, als er beschuldigt wurde. „Was meint Ihr damit? Welches Vergehen soll das sein? Ich bin ein ehrbarer Mann."

„Wucher!"

„Wucher?"

„Ich dachte, du wüsstest um die Konsequenzen des Wuchers. Du kennst dich doch mit dem Marktrecht so vortrefflich aus, nicht wahr? Hast du nicht vor wenigen Augenblicken noch versucht, einen überhöhten Preis für das fragliche Tuch bei mir zu erzielen? Du wolltest mich übervorteilen!"

„Nein, nein, edler Herr, das … das … das ist ein Missverständnis, ganz gewiss."

„Ich habe schon richtig verstanden!", widersprach der Krieger und beendete damit jeglichen Disput. Mit einer Handbewegung rief er einen Markthüter zu sich. „Sander, begleite diesen Mann zu seinem Stand. Überprüfe dort die Qualität seiner Waren und die dafür geforderten Preise. Sollte etwas nicht in Ordnung sein, bringt ihn unverzüglich zu mir. Frage ihn auch, welche Waren er heute zu welchem Preis verkauft hat. Sollte er seine Kunden mit Wucher übervorteilt haben, so muss er einen Teil des Betrages zurückzahlen. Mach' keine Ausnahme."

„Sehr wohl, Herr", antwortete Sander, packte den entsetzten Händler am Arm und zog ihn vom Galgen fort. Der edle Herr verließ das Geschehen auf dem Platz endgültig, und selbst das Flehen des Tuchhändlers konnte ihn nicht zur Umkehr bewegen.

Faolán hatte alles vom Podest aus beobachtet. Trotz seiner misslichen Lage war er beeindruckt, wie überlegen der edle Herr diese Situation beherrscht hatte. Wie einfach es doch sein konnte, einen Kläger zum Angeklagten zu machen. Es bedurfte lediglich der richtigen Argumente. Verwundert fragte er sich, weshalb der Krieger sich in diesem Maße für zwei zerlumpte Fremde eingesetzt hatte, wo sie ihm doch keinen Nutzen bringen konnten.

Nachdem der Markthüter mit dem Händler abgezogen war, löste sich die Menschenmenge vor dem Galgen auf. Einzig die Halbwüchsigen verweilten noch vor dem Podest und suchten ihren Spaß auf Kosten der Gefangenen. Anfangs gaben sie sich noch mit Belustigungen zufrieden, doch schnell wurden sie dieser überdrüssig, und sie versuchten die Gefangenen auf ihre eigene Art zu bestrafen. Sie waren über den Verlauf der Verhandlung enttäuscht. Als wollten sie die beiden Fremden um jeden Preis bluten sehen, begannen sie Steine nach ihnen zu werfen, und suchten erst dann das Weite, als die zum Schutz abgestellten Markthüter mit gezogenen Schwertern auf sie zugingen.

Der Mittag verstrich langsam, während die beiden Freunde festgebunden an einem Galgen in einer fremden Stadt standen. Ahnungslos, was mit ihnen geschehen würde, blieb ihnen nichts weiter übrig als zu warten. Die Kälte kroch ihnen wieder in die Knochen und die Fesseln begannen in die Handgelenke zu schneiden. Es dauerte lange, ehe der edle Herr wiederkehrte und die Abreise ankündigte.

Insgesamt war es über ein Dutzend Krieger, das zu seinem Gefolge zählte und sich jetzt vor dem Galgen versammelte. Befehle wurden erteilt und der Aufbruch vorbereitet. Die Gefangenen wurden losgebunden und die langen Seile um ihre Handgelenke an dem Sattel des vorletzten Pferdes der Reiterschar befestigt. An der Spitze der Kolonne ritt der edle Krieger. Er führte sie durch die frostigen Gassen des Städtchens. Die Bewohner grüßten ihn mit Achtung, zogen ihre Kopfbedeckungen oder senkten demütig das Haupt. Die Gefesselten jedoch verabschiedeten sie umso garstiger. Obwohl sie nicht verurteilt worden waren, prasselten laute Beschimpfungen auf die beiden vermeintlichen Pilger ein. Männer spuckten vor ihren Füßen aus.

Noch auf dem Weg aus der Stadt verfiel Faolán in einen dämmrigen Trott und ließ sich hinter dem Pferd herziehen. Er fühlte sich nach all den Ereignissen und der langen Zeit am Galgen derart schwach, dass er kaum noch einen klaren Gedanken fassen konnte. Die Beschimpfungen nahm er mit der Zeit nicht mehr wahr, und als sie das Stadttor passierten, bemerkte er die drei Wächter nicht, die ihm und Konrad erstaunt nachgafften. Ruhe kehrte ein. Nur das Klappern der Ausrüstung der Krieger und das Knirschen der Pferdehufe im Schnee und Frost waren zu hören. Über verschneite Wiesen gelangte die Kolonne in den dunklen Wald, wo sie einem Weg folgte.

Erst als Faolán über eine Baumwurzel strauchelte und beinahe stürzte, kam er wieder zur Besinnung. Überrascht stellte er fest, dass er keine Ahnung hatte, wie sie hierher gelangt waren. Zwar konnte er sich dunkel an den Auszug aus der Stadt erinnern, doch den Weg danach konnte er nicht nachvollziehen. Mühevoll hielt er Schritt mit dem Pferd vor ihm. Konrad schien es ähnlich zu ergehen. Wie lange sie diese Geschwindigkeit in ihrer Verfassung noch aufrecht halten konnten, war ungewiss. Faolán rätselte, wohin der edle Krieger sie bringen würde, kam jedoch zu keinem Ergebnis. Weder kannte er den Namen dieses Herrn, noch hatte er eine Ahnung, durch welchen Landstrich sie gerade zogen.

Da verlangsamte der Herr an der Spitze der Schar sein Pferd und befand sich nach kurzer Zeit neben dem letzten Reiter, mit dem er sich leise besprach. Aufmerksam beobachtete Faolán den Edelherrn aus den Augenwinkeln und hoffte auf eine Gelegenheit, endlich Antworten auf einige seiner Fragen zu bekommen. Wenige Augenblicke später trieb der Krieger sein Pferd zu ein paar schnellen Schritten an und hielt sich schließlich auf Höhe der Gefangenen. Er betrachtete die beiden von oben herab, jedoch ohne Hochmut oder gar Verachtung. Besonders Faolán fasste er ins Auge. Obwohl es ihm unangenehm war, zwang der Jüngling sich, dem prüfenden Blick standzuhalten und sah seinerseits den Krieger unverhohlen an. Schließlich ergriff er wagemutig das Wort: „Edler Herr, darf ich frei spr…“

„Schweig, du Ausgeburt …!“, begann der Reiter hinter Faolán zu fluchen und zog bereits sein Schwert, als ihn eine Handbewegung seines Herrn zurückhielt. Der eben noch aufgebrachte Getreue schob die Waffe zurück ins Futteral und blieb ruhig im Sattel seines gleichmäßig dahintrottenden Tieres sitzen, als sei nicht das Geringste vorgefallen.

„Sprich frei heraus“, gestattete der Herr seinem Gefangenen unerwartet, „solange du bereit bist, für das Gesprochene auch die Konsequenzen zu tragen. Bist du dazu aber nicht bereit, schweige lieber und gehe deinem Schicksal entgegen. Du hast auf dem Markt erlebt, was geschehen kann, wenn man zu viel wagt und im Unverstand spricht.“

Faolán schluckte schwer, denn das Angebot barg eine offene Drohung und Gefahr in sich. Dennoch fasste er Mut, befeuchtete seine Lippen und wählte seine Worte sorgfältig. „Verzeiht mir die Frage, edler Herr, doch könnt Ihr mir den Grund für Euer Einschreiten auf dem Marktplatz erläutern?“

Der Mann schien über die simple Frage enttäuscht zu sein, als habe er eine weitaus scharfsinnigere erwartet. „Ist es denn nicht offensichtlich?“, lautete seine Gegenfrage. Mit gehobenen Augenbrauen wartete er geduldig auf eine Antwort von dem verdreckten, aus allen Poren stinkenden Pilger zu seinen Füßen.

„Ihr sprecht Recht in diesen Ländereien, das ist offensichtlich.“ Die Antwort entsprach wohl einigermaßen den Erwartungen des edlen Herrn, sein Blick forderte jedoch mehr, und so fuhr Faolán fort. „Allerdings hättet Ihr dieses Verfahren auch den Stadtbewohnern oder Euren Getreuen überlassen können. Ein Diebstahl während eines Markttages ist nichts Außergewöhnliches und sollte von den Markthütern durch schnelles Handeln gerichtet werden können. Es müsste demnach noch einen weiteren Beweggrund für Euer Einschreiten geben, edler Herr.“

„Was das Richten eines Diebstahls angeht, so hast du Recht. Doch zum Einen mache ich mir gerne selbst ein Bild über die Angelegenheiten und zum Anderen handelte es sich in diesem Fall um zwei Mönche, die gerichtet werden sollten. Ich achte den Klerus und seine Regeln, die vorsehen, dass ihr als Mönche zuerst von der Kirche verurteilt und dann der weltlichen Gerichtsbarkeit übergeben werdet. Es wundert mich, dass euch ausgerechnet das als Mönche in dieser misslichen Lage entfallen war ...“

Faolán schalt sich in Gedanken einen Narren, nicht daran gedacht zu haben. Er durfte den Verstand dieses Mannes nicht unterschätzen. „In dieser Situation war ich jeglicher Vernunft beraubt, Herr, und konnte keinen klaren Gedanken fassen. Noch nicht einmal ein Gebet konnte ich sprechen.“

„Merkwürdig für einen Mann Gottes, nicht wahr ...?“ Der edle Herr machte eine Pause und ritt stumm neben seinen Gefangenen her, als ließe er sich die Situation auf dem Markt noch einmal durch den Kopf gehen.

Faolán wollte das Gespräch nicht abreißen lassen und sprach deshalb erneut. „Wir verdanken Euch unser Wohlergehen, Herr.“

Wieder blickte der Krieger hinab. Seine Worte waren kalt wie der Boden unter Faoláns Füßen. „Ihr seid mir dafür etwas schuldig, und damit meine ich nicht nur den Betrag für das Tuch! Ich tat es nicht aus Nächstenliebe, noch nicht einmal für zwei Mönche!“

Der Krieger hätte in diesem Augenblick das Gespräch beenden und sich wieder an die Spitze der Kolonne setzen können, doch er ritt weiter neben seinen Gefangenen einher. Faolán wurde nervös. Er spürte förmlich, dass der edle Herr noch etwas wissen wollte. Schließlich sprach der Krieger mit entschlossener Stimme. „Da ich zwei Mönche auf einer Pilgerfahrt aufgegriffen habe und für einige Zeit auf meiner Burg beherbergen werde, sollte ich euer Kloster darüber informieren. Wie lauten eure Namen und der Name eures Klosters?"

Faolán wäre beinahe gestürzt, als der die Frage hörte. Unsicher sah er Konrad an, der seit Waldesheim kein einziges Wort mehr gesprochen hatte. Der Krieger wurde ungeduldig. „Was ist? Seid ihr schlagartig taub oder stumm geworden? Ist das jetzt die Strafe des Herrn oder wollt ihr mir eure Namen nur nicht nennen?"

Gedanken rasten durch Faoláns Kopf. Er wusste nicht, was er tun sollte.

„Was ist jetzt? Muss ich etwa nachhelfen lassen ...?", bedrängte ihn der Krieger mit verärgerter Stimme.

Eine Antwort! Faolán musste eine Antwort finden. Fieberhaft dachte er nach und noch ehe er begriff, was er aussprach, kamen die Worte wie von selbst aus seinem Mund. „Mein Name lautet ... Bruder Benedikt ... und der meines Gefährten Bruder Johannes."

Konrad schaute Faolán mit großen Augen an, als er die Lüge hörte. Dabei übersah er einen Stein, stolperte darüber und konnte sich nur mühselig auf den Beinen halten. Der edle Herr beobachtete alles von seinem Pferd aus. Als er wieder sprach, klang seine Stimme ruhig, jedoch nicht weniger bedrohlich.

„Glaubst du allen Ernstes – Bruder Benedikt –, dass ich euch Jünglinge für Pilger halte? Mache ich tatsächlich einen so einfältigen Eindruck auf dich?"

Faolán schloss die Augen. Er hatte eine Lüge gewagt und war ertappt worden. Jetzt musste er die Konsequenzen tragen, wie vom Edelherrn bereits angekündigt. Um den Schaden zu mildern, lenkte Faolán sogleich ein. „Nein, edler Herr, im Gegenteil. Einfältig war höchstens ich."

Abermals sah der Krieger auf seinen Gefangenen herab. „Diese Einsicht hilft dir jetzt wenig, denn auch du hast ausgesprochen, was besser nur ein Gedanke hätte bleiben sollen. Aber ich gebe auch dir die Möglichkeit, deinen Fehltritt wieder gut zu machen. Also: Wer seid ihr?"

Es gab keine andere Möglichkeit, als jetzt die Wahrheit zu sagen. „Mein Name lautet Faolán und der meines Freundes Konrad. Wir sind zwei Novizen, die sich auf ihrer Fahrt verirrt haben und den Weg in ihr Heimatkloster suchen.“

Mehr wollte er nicht preisgeben, doch es schien genug, denn der Krieger nickte kurz und sprach dann mit einer Gelassenheit, wie zu Beginn des Gespräches. „In deinen Augen sehe ich, dass du die Wahrheit sprichst. Du bist ein schlechter Lügner. Lass es in Zukunft also besser bleiben.“

„Ja, Herr. Verzeiht mir, Herr“, stimmte Faolán sogleich zu. Obwohl er dem Allmächtigen hätte danken können, dass der Krieger es dabei bewenden ließ und im Begriff war, davonzureiten, hielt Faolán ihn mit einer Frage zurück. „Ich bitte um Nachsicht, mein Herr, doch auch für mich ist es von großem Interesse, in wessen Schuld ich stehe. Darf ich nach Eurem Namen und Stand fragen?“

Diese direkte Frage war äußerst gewagt, dessen war sich Faolán bewusst. Konrad hielt hörbar den Atem an, als befürchtete er jetzt Konsequenzen für die Dreistigkeit seines Freundes. Zu seiner Überraschung blieb der edle Reiter jedoch bedächtig. Er überlegte kurz und begann dann auf eine seltsam zufriedene Art zu schmunzeln.

„Dein Wagemut ist groß für einen Novizen und er soll belohnt werden. Ich bin der Edelherr Brandolf, Sohn des Gerold und Herr über diese Lande soweit euer Auge reicht. Ich bin meinem Herrscher, dem Kaiser, und meinem Grafen treu ergeben. Mehr brauchst du nicht zu wissen.“

Mit diesen Worten gab er seinem Pferd einen Tritt in die Flanken und trieb das Tier wieder an die Spitze des Zuges. Faolán blieb erschrocken zurück. Ein Getreuer des Grafen! Welches Grafen? Wenn sie sich bereits in Neustatts Nähe befanden, konnte das nur Rurik sein! Doch wenn das zutraf, weshalb hatte dieser Edelherr sie dann verschont? Kannte er womöglich das Heimatkloster dieser beiden Novizen und plante, sie dorthin zu bringen?

Unzählige Fragen überschlugen sich in Faoláns Kopf, die allesamt unbeantwortet blieben. Seine Sorge, zu viel verraten zu haben, wuchs mit jedem Schritt. Er und Konrad waren dem Edelherrn ohnehin ausgeliefert, doch mit dem Wissen um ihre Identität hatte er mehr in der Hand, als Faolán beabsichtigt hatte. Es blieb ihm nicht anderes übrig als zu hoffen, dass dieser Krieger ein rechtschaffener Mann war und sie nicht an das nächste Kloster oder den Grafen auslieferte. Faolán war verzweifelt. Was würde noch alles schief laufen, auf dem Weg zurück zu Svea? Würde er sie je wiedersehen? Momentan sah es nicht danach aus.

Die beiden Gefangenen hatten aufgrund ihrer gefesselten Hände größte Mühe, der Geschwindigkeit der Kolonne gerecht zu werden. Mit hängenden Köpfen strauchelten sie inzwischen mehr über die Baumwurzeln und Steine als dass sie liefen. Beide stürzten sogar einige Male und kamen erst dann wieder auf die Beine, wenn der Reiter, an dessen Pferd sie gebunden waren, sein Tier zum Stehen brachte. So erhielten sie zu ihren aufgeriebenen Handgelenken auch noch einige Schürfwunden und Prellungen.

Faolán hatte nicht die geringste Ahnung, wo sie sich befanden. Er konnte auch nicht sagen, wie lange sie schon durch den nasskalten Winternebel gezerrt wurden. Alles sah gleich aus. Dunkle Bäume mit schwarzem Geäst, die in einem Meer aus Weiß und Grau standen. Es gab weder Himmel noch Sonne. Faolán hatte jegliches Gefühl für die Tageszeit verloren. Es hätte ihn nicht gewundert, wenn die Nacht bald hereinbräche. Ebenso konnte der Tag aber auch noch ewig andauern.

Unerwartet verließ die kleine Schar den Wald und trat auf hügelige Weiten, die schneebedeckten Wogen aus weißem Leinen glichen. Der Nebel war hier den Strahlen der Sonne gewichen, die sich bereits zum Horizont senkte. Der bisherige Weg kreuzte einen weiteren, dem der Zug zu einer kleinen Anhöhe folgte, auf der sich eine Burg befand: Der Sitz des Edelherrn.

Wie die meisten Burgen des Landes war sie auf einfache Art und Weise erbaut worden. Faoláns Verstand kehrte langsam wieder zurück, und neugierig betrachtete er das immer größer werdende Gebilde auf dem Hügel.

Den äußeren Schutz der Burg gewährte ein hölzerner Palisadenwall, hinter den man nur durch ein zweiflügliges Tor gelangte. Die einzelnen Pfähle des Walls waren bis zu drei Mann hoch und teilweise schulterbreit. Sie ragten dunkel in den Himmel und schimmerten in der Sonne, als habe man sie mit Talg eingerieben und poliert. Die oberen Enden der Palisaden waren zu langen Spitzen ausgearbeitet worden. Auf der Innenseite befand sich offensichtlich ein Wehrgang, denn dort oben standen einige Männer, die die nahende Kolonne beobachteten. Mehr vermochte Faolán von außen nicht zu erkennen, da die Häuser im Inneren der Burg zu klein waren, um über den Wall zu ragen. Lediglich ein mächtiger, steinerner Wohnturm mit eckigem Grundriss überragte die gesamte Anlage und war mit seinem spitz zulaufenden Dach schon von Weitem auszumachen.

Als die Reiter mit ihren Gefangenen in die Nähe der Festung gelangten, stieß einer der Männer des Trosses mehrmals in ein Horn, um die Rückkehr des Burgherrn anzukündigen. Ein langer, tiefer Hornstoß aus dem Inneren der Anlage beantwortete den Ruf, woraufhin die Torflügel sich langsam öffneten.

Faolán durchschritt das Tor und fand sich in einem überschaubaren Innenhof wieder. Ihm gegenüber ragte der Wohnturm empor. Er war ein so mächtiges Bauwerk, dass alle übrigen Gebäude dagegen gedrungen und kümmerlich wirkten. In dem Turm gab es nur wenige Fenster und diese befanden sich weit oben, für Feinde unerreichbar.

Vom Innenhof aus konnte Faolán jetzt auch den umlaufenden Wehrgang sehen. Dieser stellte die vorderste und effektivste Verteidigungsanlage der Burg dar und war, ebenso wie der Wohnturm, ausschließlich über Leitern erreichbar.

Außer einer Schmiede und dem Kochhaus waren alle übrigen Gebäude aus Holz erbaut worden. Sie dienten hauptsächlich wirtschaftlichen Zwecken, wie der Tierhaltung und der Lagerung von Vorräten. Etwas abseits neben dem Tor drängte sich noch eine kleine Kapelle zwischen zwei Bauten, als habe man sie dort zwangsläufig erbaut, weil sonst kein anderer Platz mehr vorhanden war. Im Gegensatz dazu dominierte am Fuße des Wohnturms eine große Halle den Hof, die zur Tageszeit für Zusammenkünfte und Mahlzeiten, des Nachts aber als Ruhestätte für die Burgbewohner diente.

Obwohl die Anlage überschaubar klein war, schien alles Lebensnotwendige vorhanden zu sein. Eine rege Betriebsamkeit herrschte in der Anlage. Die Bewohner gingen ihrem jeweiligen Tagewerk nach, Tiere liefen schnatternd, quiekend oder bellend quer über den Hof und Kinder halfen bei der Arbeit, so gut sie es vermochten. Sowohl Krieger als auch Gesinde grüßten ihren Herrn respektvoll und ehrfürchtig und gingen nach einem anerkennenden Nicken des Edelherrn wieder ihren Tätigkeiten nach. Doch bevor sie sich ganz ihren Arbeiten widmeten, warfen sie noch einen neugierigen Blick auf die beiden Gefangenen. Zu Faoláns Erstaunen blieb es bei den Blicken, obwohl ihr Einzug auf der Burg mit Sicherheit nichts Alltägliches war. Doch niemand verlor ein Wort über sie oder schaute sie verächtlich an.

Brandolf stieg von seinem Pferd und reichte die Zügel einem bereitstehenden Knaben, der das Tier sogleich in die Stallungen brachte. Die übrigen Reiter stiegen ebenfalls ab und der hagere, zäh wirkende Krieger, der schon in Waldesheim den Tuchhändler fortgeführt hatte, nahm sich der beiden erschöpften Gefangenen an, löste die Seile vom Sattel und brachte sie vor den Burgherrn.

Brandolf überlegte kurz und sprach dann: „Sander, nimm ihnen die Fesseln ab und gib ihnen etwas zu trinken. Lass' sie kurz verschnaufen und bringe sie dann zu Stallmeister Ragnar. Er wird genug Arbeit für sie haben, damit sie sich ihr heutiges Mahl verdienen können. Zuvor sollen sie aber ihre stinkenden Kutten ablegen. Bringe ihnen Kleidung, mit denen sie als Knechte besser arbeiten können. Sieh zu, dass sie sich waschen und verbrenne die alten Lumpen. Doch gib Acht, dass der Qualm nicht in die Halle zieht! Es reicht aus, dass ihr Gestank uns schon den halben Tag über belästigt hat."

Ein befremdliches Gefühl beschlich Faolán. Er konnte sich nicht daran erinnern, außer dem Büßerhemd jemals andere Gewandung als ein Novizenhabit getragen zu haben, und er konnte es sich schlichtweg nicht vorstellen, als Knecht gekleidet sein Dasein zu fristen. Seine Gedanken wurden unterbrochen, als der Edelherr weiter mit seinem Getreuen sprach. „Wenn nach dem Mahl die Tagesgeschäfte besprochen sind, wünsche ich beide zu sehen. Bis dahin übergebe ich sie in deine Verantwortung. Sei aber vorsichtig! Wenn ich mich recht erinnere, hat dieser Konrad mit seinem Langstock einige meiner Männer von den Füßen geholt. Es könnte sein, dass er es erneut mit einer von Ragnars Heugabeln versucht."

„Sehr wohl, mein Herr. Ich werde für alles sorgen", antwortete Sander und blickte beschämt zu Boden, denn er war einer jener Krieger gewesen, die Konrad niedergestreckt hatte.

Daraufhin durchtrennte er die Fesseln der Gefangenen und wies sie an, ihm zu folgen. In den Stallungen sprach er mit besagtem Meister Ragnar. Der war von stämmiger Figur, besaß breite Schultern und große Hände, die gerade mühelos einen schweren Sattel hielten. Das graue Haupthaar war kurz geschoren und wies bereits eine kahle Stelle auf. Gekleidet in Hemd und Hose aus Leinen sah er in Faoláns unwissenden Augen aus wie jeder ältere Knecht, obwohl dieser Mann der angesehene Stallmeister war. Nachdem Sander alles erklärt hatte, beäugte Ragnar die Jünglinge zunächst misstrauisch. Dann legte er den Sattel beiseite, drückte jedem stumm eine Heugabel in die Hand und bedeutete ihnen mit einem Brummen und ein paar Handbewegungen, die Stallungen auszumisten.

Nachdem Sander sich vergewissert hatte, dass die beiden Fremden ihrer Arbeit nachgingen und keinen Ärger bereiteten, verließ er den Stall. Kurz darauf erschien er mit einfachen Hemden und Hosen aus grobem Leinen, ein paar Schuhen, sowie einem wollenen Überwurf. Die neuen Knechte entledigten sich ihrer alten Umhänge und Habite und warfen die Lumpen auf den Boden. Dann reichte Sander Faolán ein Stück Seife: „Draußen steht ein Zuber, an dem ihr euch waschen könnt. Macht es nicht zu gründlich, sonst betört ihr am Ende noch die Hengste."

Lachend nahm der Krieger den Haufen alter Lumpen mit einer Heugabel auf und trug sie zur offenen Schmiede, wo er sie den Flammen übergab. Faolán beobachtete alles, während er und Konrad sich an dem Trog mit eisigem Wasser flüchtig einseiften und abwuschen. Ein seltsames Gefühl übermannte ihn, als er mit ansah, wie das Feuer die alten Gewänder umzüngelte. Es schien, als habe er zusammen mit dem Habit eine bisher unbekannte Last von seinen Schultern gestreift und sich mit der Reinigung vom Schmutz der vergangenen Jahre befreit.

Zitternd streifte er sich schnell die Kleidung eines Knechts über. Zu seiner Überraschung fühlte er sich darin wohl, auch wenn es bedeutete, dass er jetzt im Stall seiner Arbeit nachgehen musste. Konrad erging es wohl ähnlich und gemeinsam beobachteten sie, wie Sander mit einem Stock dafür sorgte, dass ihre alten Lumpen auch restlos vom Feuer verzehrt wurden.

Konrad begann zu lächeln. Seine Stimmung hatte sich bereits mit dem Eintreffen auf der Burg deutlich gehoben. Jetzt allerdings, da er den verhassten Habit endlich los war, schien ihm trotz der heutigen Ereignisse und Anstrengungen derart wohl zu sein, dass er leise eine Melodie zu pfeifen begann. Mit Elan ergriff er die Heugabel und machte sich an die Arbeit.

Konrads Leichtigkeit war ansteckend, und auf Faoláns Gesicht breitete sich ebenfalls ein zaghaftes Lächeln aus. Es kam ihm seltsam vor, doch irgendwie fühlte es sich richtig an, auf dieser Burg zu sein. Es ergab zwar keinen Sinn, doch eine innere Stimme sagte ihm ganz deutlich, dass er in dieser Feste den Winter über sicher war.

Sein Verstand allerdings riet ihm zur Vorsicht, vor allem dem Edelherrn gegenüber. Noch wusste er nicht, welchem Grafen dieser Brandolf treu ergeben war und was er mit seinen Gefangenen vorhatte. Faolán hoffte, dass Neustatt und das Kloster noch einige Tagesritte entfernt waren, denn eine längere Reise würde der Edelherr im Winter sicher nicht anstreben. Was würde aber nach dem Winter geschehen? Hatte der Edelherr vielleicht bereits eine Nachricht von Abt Umbert erhalten und wiegte seine Gefangenen nur in Sicherheit? Nein, er hätte sie ebenso gut einsperren oder ins Verließ unterhalb des Wohnturms werfen können. Trotz all dieser Unsicherheiten und Fragen hatte Faolán das Gefühl, dass der Edelherr nichts dergleichen mit ihnen vorhatte. Es gab zwar keinen Grund anzunehmen, dass der Krieger rechtschaffen war, doch Faolán wollte die Hoffnung daran nicht aufgeben. Immerhin hatte er sie auf dem Markt gerettet.

All diese Gedanken halfen ihm jedoch nicht weiter und so blieb ihm nichts anderes übrig als den heutigen Abend abzuwarten. Vielleicht würde ihnen der Edelherr nach dem Mahl seine Absichten offenbaren. Erst dann würde Faolán endgültig wissen, ob er diesem Brandolf vertrauen konnte oder nicht.

Der Rest des Nachmittags verlief ganz so, wie es der Burgherr angeordnet hatte. Faolán und Konrad arbeiteten unter der Aufsicht des Stallmeisters, bis die Dunkelheit hereinbrach. Damit war das Tagewerk für die meisten Burgbewohner erledigt, und das gemeinschaftliche Mahl in der großen Halle wurde vorbereitet. Dort halfen die neuen Knechte zwei lange Tafeln und Bänke aufzustellen, sowie einfache, hölzerne Schalen und Löffel zu verteilen.

Nach und nach fanden sich alle Burgbewohner im Saal ein und ein großer Kessel mit dampfender Brühe und einige Laibe Brot wurden hereingetragen. Mit erwartungsvollen Blicken schauten die Menschen auf den Topf und atmeten den wohlriechenden Duft des garen Gemüses ein. Das Mahl konnte jedoch erst mit der Anwesenheit des Burgherrn beginnen und so warteten sie geduldig und scherzend, bis Brandolf kurz darauf die Halle betrat, gefolgt von seiner Gemahlin. Die Frau wurde Lykke genannt, war schlank und groß an Wuchs. Sie wirkte in ihrem schlichten, blauen Leinenkleid, dessen einzige Verzierung einige Verschnürungen darstellten, und mit ihrem dunkelblonden, zu einem Zopf geflochtenen Haar gleichermaßen edel wie elegant. Sie schritt selbstbewusst wie ihr Gatte einher, was sie beinahe ebenbürtig neben ihm erscheinen ließ. Ihre weichen Gesichtszüge wurden von einem Paar wachsamer Augen beherrscht, die sogleich die Neulinge in der Halle erblickten.

Im Anschluss an das Paar betraten ihre beiden Kinder die Halle, eine Tochter, etwas jünger als Faolán, und ein Sohn, der vielleicht acht Jahre alt sein mochte. Die Gesichtszüge der Kinder glichen unverkennbar jenen ihrer Eltern, vor allem bei dem Mädchen, das gerade im Begriff war, zur Frau zu reifen. Sie trug ihr helles Haar in gleicher Weise wie ihre Mutter und sah der Herrin damit umso ähnlicher. Zurückhaltend und schüchtern versuchte sie allerdings nicht aufzufallen und hielt das Haupt gesenkt. Der Junge hingegen war wesentlich temperamentvoller. Er konnte sich kaum zügeln, hinter seiner Schwester einherzugehen. Das zerraufte, ebenfalls blonde Haar stand wild nach allen Seiten und in seinen Augen war bereits jetzt die gleiche Entschlossenheit wie bei seinem Vater erkennbar.

Erst nachdem der Herr und seine Familie ihre Plätze eingenommen hatten, setzten sich auch die Burgbewohner. Faolán und Konrad erhielten Plätze am unteren Ende der zweiten Tafel zugewiesen. Sie wurden wie jeder andere Knecht in der großen Halle behandelt, obwohl sie erst heute auf der Burg eingetroffen waren, und das auch noch als Gefangene. Die Menschen hier stellten nicht in Frage, ob die Neuen gemeinsam mit ihnen speisen sollten und ließen sie ungestört ihre Suppe löffeln.

Natürlich wurden die beiden Neulinge kritisch und neugierig beäugt. Immerhin war ihre Ankunft als Gefangene spektakulär genug gewesen, um in aller Munde zu sein. Es sprach zwar kaum jemand mit ihnen, doch es wurde über sie gesprochen, dessen war sich Faolán sicher. Einer der jüngeren Burschen, mit dem sie den Pferdestall gesäubert hatten, saß jetzt neben ihnen und erklärte einige Gegebenheiten die Burg und den Alltag betreffend.

Das Mahl verlief gänzlich anders als Faolán und Konrad es gewohnt waren. Statt des Schweigens und des monotonen Klangs einer Psalmen vorlesenden Stimme, sprach in der Halle des Edelherrn nahezu ein jeder, wie ihm gerade der Sinn stand. Stille herrschte einzig, wenn der Edelherr das Wort ergriff, um allen etwas mitzuteilen. Ansonsten war es in der Halle lebhaft. Es wurde gesprochen und gescherzt, gelacht und gerufen. Hunde wie Kinder sprangen umher, und das gesamte Bild ließ Faolán vielmehr an eine große Familie denken als an Burgbewohner. Zwar waren gewisse Rangordnungen und Abhängigkeiten vorhanden, doch zusammen bildeten die Menschen in der Halle eine große Gemeinschaft. Als Faolán das begriff, wusste er, woher sein Wohlgefühl rührte. Nach einer Weile begann er die Umtriebigkeit sogar zu genießen.

Auch Konrad saß beobachtend da und lauschte stumm den Ausführungen des Stallburschen Joos. Er war von dem Treiben fasziniert. Faolán wusste, dass sein Freund endlich dort angelangt war, wonach er sich seit seiner Kindheit gesehnt hatte: auf einer Burg. Sein Augenmerk galt vor allem den Rittern an der Tafel des Burgherrn. Obwohl die Männer ihre Waffen vor dem Mahl abgelegt hatten, stellte allein ihre Gegenwart doch einen Furcht einflößenden und sicheren Schutz der Adelsfamilie dar.

Nach dem Mahl wurden die Tafeln zügig abgebaut und die Bänke zurück an die Außenwände der Halle getragen. Jeder suchte sich dort einen Platz, und der Edelherr begab sich zu seinem großen, hölzernen Sitz, der bisher an der hinteren Wand gestanden hatte und einige Ellen zur Saalmitte getragen worden war.

Dieses Möbel war von massiver und einfacher Konstruktion, wirkte aber sehr imposant. Es besaß eine hohe Rückenlehne und an beiden Seiten Armstützen. Obwohl simpel im Aufbau, waren Lehne und Seitenelemente doch kunstvoll mit Schnitzereien und Reliefs verziert, die sowohl geometrische Ornamente als auch Tiere darstellten, die sich gegenseitig zu jagen schienen. Dem oberen Ende der Rückenstütze entwuchsen zwei lebhafte, sich zugewandte Wolfsköpfe, deren Zungen sich schlangengleich kunstvoll verknoteten. Es war der einzige Sitz dieser Art im ganzen Raum und er war ohne Zweifel dem Oberhaupt des Hauses vorbehalten.

Nachdem der Burgherr seinen Platz eingenommen hatte, postierten sich einige seiner Krieger um ihn und der offizielle Teil der abendlichen Zusammenkunft konnte beginnen. Nun wurden die Männer nacheinander aufgerufen, die dem Edelherrn ihre Angelegenheiten vortrugen. Es wurden hauptsächlich Tagesgeschäfte und Obliegenheiten der Burg besprochen. Aber es waren auch einige Bauern aus dem Umland anwesend, die sich aufgrund dringender Streitigkeiten selbst bei dieser Witterung auf den Weg zur Burg gemacht hatten. Da der Herr für einige Tage in der Stadt gewesen war, gab es eine große Zahl an Belangen zu besprechen.

Der Abend schritt weit voran und Faolán verlor schon bald den Überblick. Während er seinen Gedanken nachhing, wurden plötzlich sein und Konrads Name ausgerufen.

Unsicher, wie sie sich verhalten sollten, erhoben sich die Neulinge von ihren Plätzen, blieben jedoch wie angewurzelt stehen. Mit einem Mal wurde es ruhig im Saal. Nahezu jeder richtete sein Augenmerk auf die beiden Knechte. Faolán sah, wie hinter vorgehaltenen Händen getuschelt wurde. Verstohlene Blicke wurden ihnen zugeworfen. Ein Alter lachte plötzlich laut auf, so dass Faolán zusammenfuhr. Auf einen Wink des Edelherrn hin nahm Sander sich schließlich der beiden an und führte sie vor den Platz des Burgherrn. Dort wies er sie an, sich niederzuknien. Mit gesenktem Haupt warteten sie ehrfürchtig auf die ersten Worte des Edelherrn.

Brandolf betrachtete seine Gefangenen lange, ehe er ruhig und besonnen zu sprechen begann. „Ohne Zweifel war eure Tat auf dem Markt schändlich und unentschuldbar. Ihr seid euch dessen hoffentlich bewusst."

Faolán und Konrad nickten und antworteten wie aus einem Munde: „Ja, Herr."

„Eure Not mag noch so groß gewesen sein, sie rechtfertigt euer Handeln nicht. Der Zeitpunkt ist gekommen, da über eure nahe Zukunft entschieden werden soll. Daher erhaltet ihr noch einmal die Gelegenheit, euch und die Tat zu erklären."

Ungern erinnerte Faolán sich an seine Anklage im Kloster, die von Walram so vehement vorgetragen worden war. Damals war alles schief gelaufen und weder er noch Konrad waren angehört worden. Diesmal jedoch schien es anders zu verlaufen.

Konrad wollte bereits zum Sprechen ansetzen, als Faolán ihm zuvorkam. „Ihr habt Recht, edler Herr. In allen Punkten Eurer Ausführung. Die Tat war verwerflich und ist unentschuldbar, eine Bestrafung unvermeidlich. Doch Ihr habt auch mit einer weiteren Feststellung Recht: Wir befanden uns tatsächlich in einer Notlage. Nur aus diesem Grund hat mein Gefährte diese Tat begangen, nicht etwa aus niederem Trieb."

„Welche Notlage könnte wohl so drängend gewesen sein, dass sie zwei Gottesdiener zu solch einer Tat veranlasst?"

„Edler Herr, wie Ihr selbst wisst, waren wir als Novizen auf dem Weg in unser Heimatkloster. Ohne ausreichenden Proviant oder Kleidung."

„Deine Worte sind kein Beweis", wies der Edelherr die Erklärung nüchtern zurück. „Es gibt unzählige Abtrünnige und Geächtete in den Wäldern, die nicht davor zurückschrecken, das Habit eines Novizen überzustreifen, solange es ihnen etwas zu Essen oder einen Profit einbringt. Eure Tat besagt, dass ihr nicht mehr als gemeine Diebe seid."

Faolán erkannte, dass seine Lüge am Nachmittag den Burgherrn misstrauisch gemacht hatte. Für diesen Fehler musste er jetzt bezahlen und die richtigen Argumente finden. Fieberhaft suchte er danach, befeuchtete seine Lippen und sprach schließlich: „Nicht nur unser Aussehen, mein Herr, sondern auch unsere Herzen sind von jahrelangem Leben in Demut und Achtung vor dem Herrn geprägt. Gerne könnt Ihr uns dahingehend prüfen. Ich bin mir sicher, in jedem Punkte standhalten zu können. Ebenso mein Freund. Das sollte Beweis genug sein."

Der Edelherr dachte über die Worte des Jünglings nach und sprach erneut. „Deine Behauptung mag vielleicht wahr sein, doch eines ist mir nach wie vor ein Rätsel: Was haben zwei Novizen in dieser Jahreszeit auf Wanderschaft zu suchen? Selbst erfahrene Reisende meiden die Kälte und suchen Schutz während der Wintermonate, wenn eine Reise nicht unausweichlich ist. Sicherlich hätte man euch über diese Zeit auch in einem fremden Orden aufgenommen, hättet ihr nur darum gebeten. Oder gibt es einen Grund dafür, weshalb ihr das nicht getan habt?“

Faolán suchte abermals nach einer plausiblen Erklärung, ohne die wahren Umstände zu enthüllen und ohne eine weitere Lüge von sich zu geben. Konrad neben ihm begann nervös auf den Knien zu rutschen. Nach kurzem Ringen beschloss Faolán schließlich, einen Teil der Wahrheit preiszugeben.

„Mein Gefährte und ich befanden uns auf dem Heimweg, zurück zu unserem Kloster, und wurden vom Wintereinbruch überrascht. Wir müssen wohl vom Weg abgekommen sein und haben uns über viele Tage durch den Wald geschlagen. Weder trafen wir auf Siedlungen noch auf Wege. Nachdem unsere Vorräte zur Neige gegangen waren und ich selbst aufgrund einer Krankheit nur mit größter Anstrengung die Reise fortsetzen konnte, sahen wir keine andere Möglichkeit, als das Notwendigste auf einem Markt zu erstehen. Der erste Weg, auf den wir trafen, führte uns dann nach Waldesheim. Wir hatten keine niederen Absichten, denn sonst hätten wir auch in einer Siedlung entlang der Straße etwas stehlen können. Doch genau das wollten wir nicht. Wir hegten rechtschaffene Absichten.“

„Doch was veranlasste euch, in einer solch unerbittlichen Jahreszeit zu reisen?“, hakte der Edelherr eindringlich nach.

Faolán zögerte kurz, befeuchtete abermals seine Lippen und sprach dann weiter. „An unserem letzten Aufenthaltsort verweilten wir nicht freiwillig. Wir wollten lediglich auf schnellstem Wege in unser Heimatkloster zurückkehren, ohne dabei aufzufallen oder jemandem zur Last zu werden.“

„Ihr habt genau das Gegenteil erreicht“, stellte Brandolf kühl fest. „Statt euch ruhig zu verhalten, begeht ihr nahezu Diebstahl! Meiner Ansicht nach, eine merkwürdige Auslegung der Zehn Gebote. Wo befindet sich das Kloster, zu dem ihr zurückzukehren vorgebt?“

„In der Nähe von ... Neustatt ... in der Grafschaft des Herrn Rurik“, gab Faolán wahrheitsgemäß preis und erntete fragende Blicke von Konrad.

Beim Erwähnen des Grafen zogen sich die Augenbrauen des Edelherrn zusammen. Sein Blick schweifte in Gedanken ab. Dann nickte er kurz: „Ich kenne das Kloster ...“ Noch einmal verfiel er in Gedanken, schüttelte dann jedoch den Kopf und erhob sich abrupt. Alle Anwesenden erhoben sich ebenfalls und die abschließenden Worte erklangen laut und deutlich durch die Halle. „Weder vermag ich, über eure Vergangenheit zu urteilen, noch steht es mir zu, mich in kirchliche Belange einzumischen. Jedoch ist es meine Pflicht, für Recht und Ordnung in meinen Ländereien zu sorgen, wie heute auf dem Markt geschehen.

Ihr steht in meiner Schuld. Solange dies der Fall ist, müsst ihr auf meiner Burg Dienste und Arbeiten nach Notwendigkeit verrichten, bis eure Schuld restlos abgetragen ist. Für diese Zeit spreche ich euch alle Rechte, Privilegien und Pflichten im Stande eines jüngeren Knechtes zu. Je eher ihr eure Pflichten kennt, umso weniger müsst ihr befürchten, gegen sie zu verstoßen.

Wie alle Bewohner dieser Burg untersteht ihr meinem persönlichen Schutz, soweit ihr euch nichts zu Schulden kommen lasst. Dies ist mein Beschluss!"

Danach setzte sich der Edelherr wieder und auch die Bewohner ließen sich nieder. Die Anhörung war beendet und die Menschen widmeten sich abermals ihren Beschäftigungen.

Sander wollte die beiden Neulinge bereits fortschicken, als Brandolf noch einmal das Wort ergriff, doch diesmal leiser und nur an die Jungen gerichtet: „Ich werde euch genau im Auge behalten. Wenn ihr euer tägliches Mahl nicht hart genug verdient, werdet ihr eure Schuld niemals abtragen, geschweige denn euer Kloster jemals wiedersehen. Glaubt nicht, mich noch einmal täuschen zu können, wie ihr es bereits versucht habt. Solltet ihr es dennoch tun, werden die Konsequenzen auf einem Richtblock liegen!"

Nachdem der Edelherr das gesagt hatte, gab er noch einige Anweisungen an seine Getreuen, erhob sich und zog sich mit seiner Familie in die Höhen des Wohnturms zurück. Kaum hatte sich die Tür hinter ihm geschlossen, wurde es in der Halle noch umtriebiger und die Bewohner gestalteten den Rest des Abends nach eigenem Gutdünken.

Einige Krieger gaben sich dem Würfelspiel hin oder widmeten sich einem Spiel mit geschnitzten Figuren auf einem Holzbrett. Einige Kinder rannten umher, während andere müde auf dem strohbedeckten Boden saßen oder bereits von ihren Müttern zur Nachtruhe gebettet wurden. Die meisten der Anwesenden beschäftigten sich mit kleineren Arbeiten wie dem Nähen, der Schnitzerei oder der Reparatur von Geräten. Zwei Knechte stimmten ein einfaches Flötenspiel an, zu dem gesungen wurde.

Faolán und Konrad, vor einigen Augenblicken noch im Mittelpunkt des Geschehens, waren erleichtert, nicht weiter von Interesse zu sein. Sie suchten eine ruhige Ecke auf und setzten sich auf eine der Bänke.

„Ich hoffe, der Edelherr stellt keine weiteren Erkundungen über unsere Herkunft an“, begann Faolán besorgt das Gespräch. „Sonst könnte sich unser Leben auf der Burg eines Tages schlagartig zum Schlechten wandeln.“

Konrad sah die Angelegenheit etwas gelassener. „Zunächst einmal hat er dich nicht erneut bei einer Lüge ertappt. Zudem befinden wir uns in Sicherheit. Es wäre gut, wenn wir den gesamten Winter hier verbringen könnten. Wenn wir uns anstrengen, wird uns der Edelherr im Frühjahr womöglich wieder freigeben. Dazu müssen wir nur hart genug arbeiten und dürfen keinerlei Mühen scheuen. Nach unserer Zeit im Columbankloster sollte uns das leichtfallen ...“

Faolán sah die Unbeschwertheit in den Augen seines Freundes und erwiderte das Lächeln „Du hast Recht. Hier haben wir Nahrung, einen warmen und trockenen Schlafplatz sowie Gesellschaft. Ich fühle mich wohl in dieser Halle, wenn ich es auch nicht begründen kann. Außerdem könnte unsere Flucht bis zum Frühjahr in Vergessenheit geraten. Dann wäre die Suche nach uns eingestellt und wir könnten unerkannt nach Neustatt gelangen.“

Konrads Lächeln erstarb und er antwortete nicht auf Faoláns Ausführungen. Stattdessen starrte er auf den Boden. Faolán erahnte Konrads Gedanken: Sein Freund beabsichtigte, nicht mehr in das Kloster zurückzukehren. Jetzt, da er endlich auf einer Burg angelangt war, mit all den imposanten Kriegern, sah er seine Zukunft aus einem anderen Blickwinkel. Dieses Leben kannte er aus seiner frühen Kindheit, von dem großen Gutshof seines Vaters, und es entsprach viel mehr seinem Wesen und seinen Vorstellungen als das Leben eines Mönches. So oft hatte er sich danach gesehnt, wie sein großer Bruder zum Ritter ausgebildet zu werden. Vielleicht würde er unter Brandolf diese Gelegenheit erhalten.

Nach einigen Augenblicken des Schweigens nahm Konrad das Gespräch wieder auf. „Die Burg ist sehr klein. Als niederer Edelherr und Vasall eines Grafen hätte er wohl kaum die Möglichkeit, sich mit seinen Absichten gegen diesen durchzusetzen. Was, wenn dieser Graf niemand Geringerer als Rurik ist? Dann ist auch Prior Walram nicht weit! Hast du bemerkt, wie sich sein Blick verändert hat, als du den Grafen Rurik erwähnt hattest?“

Nein, Faolán hatte sein Haupt gesenkt gehalten, als er mit dem Edelherrn gesprochen hatte. Konrad hingegen hatte ihn offensichtlich beobachtet. „Bei dem Namen Rurik war der Edelherr mit einem Mal sehr wachsam. Glaubst du, Brandolf wird Kundschafter aussenden? Oder seinen Grafen über unsere Anwesenheit unterrichten? Vielleicht sind wir ja eine Auslieferung wert ...“

Faolán überlegte kurz. „Es gibt viele Möglichkeiten, was der Edelherr tun könnte. Er ist schwer zu durchschauen. Doch mein Gefühl sagt mir, dass wir ihm vertrauen sollten. Herr Brandolf hat ein bestimmtes Interesse an uns, das sehe ich auch so. Worin dieses liegt, kann ich dir allerdings nicht sagen. Doch allein die Tatsache, dass er trotz deines Vergehens und meiner Lügen uns noch immer gestattet, als Freie in der Burganlage zu leben, deutet auf sein Vertrauen uns gegenüber hin. Jeder andere hätte uns eingesperrt, statt uns zu verköstigen. Deshalb neige ich wiederum dazu, auch ihm dieses Vertrauen entgegenzubringen. Dennoch sollten wir äußerste Vorsicht walten lassen und unsere Vergangenheit auf keinen Fall preisgeben. Allein einem fremden Edelherrn ausgeliefert zu sein, so sehr wir ihm auch vertrauen mögen, ist schon Risiko genug. Wir sollten nicht noch weitere eingehen."

Konrad nickte zustimmend. „Ja, das wäre vermutlich das Beste."

Die beiden Freunde schwiegen und beobachteten für eine Weile die Burgbewohner in der großen Halle und das gesellige Beisammensein. Konrad trug dabei ein breites Lächeln zur Schau und schlug seine Hände rhythmisch zur Flötenmusik auf seine Oberschenkel. Plötzlich sprach er Faolán an: „Hast du sie gesehen?"

„Wen?", fragte Faolán erstaunt.

„Na, das Mädchen, wen sonst. Ist sie nicht wunderschön?"

Faolán verstand nicht, was sein Freund damit sagen wollte. „Welches Mädchen meinst du?"

„Welches Mädchen?", wiederholte Konrad die Frage und schüttelte dabei verständnislos den Kopf. „Gab es denn noch andere in dieser Halle außer ihr? Natürlich meine ich die Tochter des Edelherrn!"

Faolán blickte in die verklärten Augen seines Gefährten, die auf die Tür gerichtet waren, durch die die Adelsfamilie die Halle verlassen hatte. Entsetzt begriff Faolán, was in Konrad vorging. Er hatte selbst jene bittersüßen Erfahrungen durchleben müssen, die Konrad wohl gerade erfuhr. Um seinen Freund stand es schlimmer, als Faolán befürchtet hatte. Es ging ihm nicht nur darum, auf der Burg zu bleiben. Nein, in seine Gedanken hatte sich ein adeliges Mädchen eingenistet!

„Ich glaube, es ist besser, wenn du sie dir aus dem Kopf schlägst, mein Freund", versuchte Faolán ihn aus diesem Traum wachzurütteln.

Die Bemerkung riss Konrad tatsächlich aus seiner Erinnerung an das Mädchen. Sein Lächeln erstarb und sein Blick richtete sich verärgert auf Faolán. „Was meinst du damit?"

„Ich weiß nur zu gut, was dein Blick zu bedeuten hat. Mir sind diese Gedanken vertraut, die dir jetzt durch den Kopf jagen. Ich kenne diese Gefühle. Hoffnung und süße Träume sind es, nicht wahr? Vergiss sie einfach, Konrad. Sie ist von adeligem Geschlecht und du bist für sie nur ein einfacher Novize, der zum Stallburschen gemacht wurde und nach Pferdemist stinkt. Auch wenn dein Vater von niederem Adel ist, so stehst du doch in der Schuld ihres Vaters. Das bringt nur Schwierigkeiten mit sich, glaube mir. Reicht es nicht aus, dass wir wegen meiner Gefühle zu Svea in diese Situation geraten sind? Wir brauchen nicht noch mehr Probleme wegen eines weiteren Mädchens."

Konrad hatte sich entgeistert diese simple Darstellung der Tatsachen angehört. Mit offenem Mund saß er da, starrte seinen Freund an und war zunächst sprachlos. Dann straffte er abrupt sein Rückgrat, als wolle er Faolán mit etwas konfrontieren. „Wie kannst du es wagen, mir zu raten, mir dieses Mädchen aus dem Kopf zu schlagen? Ist deiner nicht etwa auch voller ähnlicher Gedanken um Svea? Hast du als Einziger das Recht auf diese Gedanken?"

„Aber das ist doch etwas anderes", versuchte Faolán sich zu rechtfertigen.

Konrads Tonfall wurde scharf. „Ach so, bei dir und Svea ist es also etwas anderes! Was ist denn so besonderes an deinen Gefühlen für sie, dass sie so einzigartig sind und von mir nicht empfunden werden dürfen?"

„Immerhin kenne ich Svea schon sehr lange und es gibt starke Bande zwischen uns", entgegnete Faolán, der nicht verstehen konnte, weshalb Konrad dieses Mädchen mit Svea gleichsetzte. „Das lässt sich aber nicht so einfach mit ein paar Worten beschreiben. Ich denke nicht an sie, nur weil ich sie einmal gesehen habe. Es gibt viel mehr, was uns eint. "

Damit gab sich Konrad aber nicht zufrieden. „Es gab aber einen Tag, an dem hast auch du Svea das erste Mal gesehen. Es gab den Tag, an dem du diese Gefühle für sie zum ersten Mal empfunden hast, oder nicht? Weshalb maßest du dir also an, meine Gefühle geringer zu schätzen als deine eigenen? Wie du selbst sagst, kannst du dich noch gut daran erinnern, weshalb wir uns in dieser Situation befinden und all die Pein der vergangenen beiden Jahre auf uns nehmen mussten. Ja, so lange ist es nämlich schon her, seit du deine Svea das letzte Mal gesehen hast. So viel Zeit ist inzwischen vergangen und du weißt nicht das Geringste, was seither geschehen ist! Nicht das Geringste!"

Konrad sprang auf und musste sich zügeln, Faolán nicht auch noch anzuschreien. Seine Stimme senkte sich zu einem tiefen Raunen. „Inzwischen kann alles Mögliche geschehen sein. Du weißt doch noch nicht einmal, ob sie dich wiedererkennen wird, ja ob sie überhaupt noch lebt! Ich aber soll mich zurückhalten und am besten erst gar keine Gedanken an ein Mädchen hegen. Vielen Dank, mein Freund! Wenn du glaubst, dass ich nur einem Traum erliege, und du mich vor einem herben Erwachen bewahren willst, so frage dich einmal, ob du am Ende nicht selbst träumst."

Ohne Faolán die Möglichkeit einer Antwort zu lassen, wandte Konrad sich ab und stapfte davon. Am entfernten Ende der Halle gesellte er sich zu Joos und dessen Familie. Konrad wurde von ihnen begrüßt und sogleich in den kleinen Kreis aufgenommen. Da wurde Faolán klar, dass sein Freund soeben begonnen hatte, sich in die Gemeinschaft zu integrieren. Eine Gemeinschaft, der Konrad lieber heute als morgen angehören wollte. Und er war in diesem Ziel genau so bestrebt wie Faolán darin, Svea wiederzusehen.

Faolán zog sich in eine dunkle Ecke zurück. Dort blieb er allein und wartete geduldig, bis die Bewohner die Halle in einen Schlafsaal umwandelten. Einer der älteren Knechte wies ihn an, auf dem Boden ebenfalls ein Lager zu richten. Nachdem er sich auf den mit Stroh gefüllte Leinensack gebettet hatte, lag er noch lange wach und dachte nach. Alsbald musste er sich eingestehen, dass Konrad mit Recht wütend auf ihn geworden war. Einzig seine Liebe zu Svea hatte sie beide in diese Schwierigkeiten gebracht, obwohl Konrad damit nichts zu tun hatte. Nur wegen ihrer Freundschaft hatte er die gleichen Strafen über sich ergehen lassen müssen wie Faolán.

Am meisten quälten ihn allerdings Konrads Fragen. Sie wollten ihm einfach nicht mehr aus dem Kopf gehen und hatten ihn wie Faustschläge getroffen. Faolán forschte tief und lange in seinen Gefühlen und stellte fest, dass er Svea trotz der jahrelangen Trennung noch genauso liebte und begehrte wie bei ihrem letzten, verhängnisvollen Treffen am Weiher.

Doch was war mit ihr? Hegte sie ebenfalls noch die gleichen Gefühle für ihn? Oder gab es inzwischen einen anderen Mann, der sie womöglich bereits erfolgreich umworben hatte? Was war in der Zwischenzeit alles geschehen? Ging es ihr gut? War sie gesund?

All diese Fragen rasten unbeantwortet durch Faoláns Kopf. Er ahnte, dass Svea inzwischen eine attraktive Frau war, und je mehr er sich ausmalte, wie sie aussehen könnte, umso rastloser wurde er. Am liebsten wäre er aufgesprungen und davongelaufen, um nach ihr zu suchen ...

Mit der Zeit machte die einkehrende Ruhe im Saal auch Faolán schläfrig. Erschöpft drehte er sich auf seinem Strohlager herum, inmitten all der unbekannten Menschen. Irgendwo in dieser Halle lag auch Konrad. Es war ein merkwürdiges Gefühl so allein unter all diesen Fremden zu sein, und er fragte sich, ob es Konrad wohl ähnlich erging. Mit Sicherheit nicht in gleichem Maße, denn Konrad fühlte sich in dieser Gemeinschaft wie in einem lange ersehnten Zuhause ...

* * *

Auf der Burg des Grafen Rurik herrschte während der Wintertage nur wenig Betriebsamkeit. Allein die täglichen Pflichten riefen die Bewohner der Feste auf den Innenhof, der mit einer dichten Schneedecke überzogen war. Die Bewohner rutschten mehr auf den vereisten Wegen über den Hof, als dass sie gingen. Die Burg bot in diesen Tagen ein friedliches und ruhiges Bild.

Heute allerdings war es im Hof betriebsamer. Der Stallmeister hatte einige Pferde gesattelt, Proviant für Reiter und Tier verschnürt und hielt sie zur Abreise bereit. Einzig die Boten blieben noch aus. Sie waren noch bei ihrem Herrn, um die letzten Anweisungen und Schriftstücke entgegenzunehmen. Sie sollten sich trotz der widrigen Witterung auf den Weg zu den Vasallen des Grafen begeben und dort in seinem Sinne handeln.

Drogo wusste nur zu gut, was sein Vater bezweckte und es hatte ihm von Anfang an missfallen. Weshalb nur hatte sich der alte Narr in den Kopf gesetzt, Faolán zu finden und damit Drogo um sein Erbe zu betrügen? Die Erklärung seines Vaters war in den Augen des Sohnes nicht vernünftig. Für Drogo galt einzig die Tatsache, dass sein Vater wie von Sinnen handelte und sein eigen Fleisch und Blut dafür opfern wollte.

Drogo war jedoch nicht tatenlos geblieben. Seit er von den Plänen seines Vaters erfahren hatte, setzte er alles daran, diese zu vereiteln. Sogleich nach der Offenbarung des Grafen hatte er sich an Prior Walram gewandt, der zu seiner Erleichterung die Burg aufgrund des Schneefalls noch nicht verlassen hatte. Sie waren übereingekommen, dass sie den Grafen in seinem Wahn aufhalten mussten, ohne dies offenkundig zu tun.

Es war letztendlich Walrams Idee, neue Schriftstücke zu verfassen und diese gegen jene vom Grafen auszutauschen. Zu diesem Zweck blieb der Prior noch einen weiteren Tag auf der Burg. Drogo sorgte für Pergament und Tusche, um die Dokumente zu verfassen. Das war am Ende einfacher, als der Jüngling es je für möglich gehalten hatte, und die Feder des Mönches flog alsbald mit einer Leichtigkeit über das Pergament, wie der Sohn des Grafen es niemals zustande hätte bringen können. Es schien, als sei der Prior durch das gemeinsame Komplott regelrecht beflügelt worden. Der Wortlaut für die gefälschte Nachricht war schnell gefunden und entsprach im Wesentlichen dem Gegenteil von Ruriks eigenem Anliegen.

Nachdem der Prior abgereist war, bestanden die größten Schwierigkeiten darin, das Siegel aufzubringen und die gefälschten Dokumente gegen die des Grafen auszutauschen. Doch selbst hierfür hatte Drogo einen Weg gefunden. Nachdem die Originale vom Schreiber der Familie aufgesetzt worden waren, lagen diese in der Schreibkammer bereit, zu der auch Drogo Zutritt hatte. Niemand fragte ihn, was er dort suchte, denn schließlich war er der Sohn des Burgherrn.

Und so sollte es auch bleiben, hatte sich Drogo gedacht, als er das Siegel von einer der Nachrichten seines Vaters brach, sie aufschlug und die von Walram verfassten Pergamente auf gleiche Weise faltete. Für das Aufbringen des Siegelabdrucks im heißen Wachs hatte Drogo ein eigenes Siegel aus Hartholz fertigen lassen, das dem des Grafen verblüffend ähnlich sah. Wenn auch nicht identisch, würde es dennoch für seine Zwecke ausreichen. Die Augen des Grafen waren nicht mehr die besten, sodass er den Unterschied nicht bemerken sollte. Es hatte nicht lange gedauert, die Dokumente auszutauschen und Drogo arrangierte in der Kammer wieder alles so, als hätte sie nach dem Verlassen des Schreibers niemand mehr betreten.

Das war bereits vor fünf Tagen gewesen und jeden Tag hatte Drogo gewartet, ob sein Vater die Boten tatsächlich aussandte. Heute schien es so weit zu sein. Angespannt hielt Drogo sich hinter der Mauer des inneren Burgtores verborgen und beobachtete in einen Umhang gehüllt das Geschehen. Die Pferde standen bereit. Ihr feuchter, warmer Atem war mit jedem Schnauben in der kalten Luft sichtbar, wie auch Drogos, der sich daran immer wieder die Hände zu wärmen versuchte. Er verbarg sich hier, seit er davon wusste, dass sein Vater einige seiner getreuesten Männer hatte zu sich rufen und die Pferde satteln lassen. Das konnte nur bedeuten, dass er die erfahrensten Krieger zu einer wichtigen Mission aussandte. Drogo musste nur noch sicher gehen, dass auch alle davon ritten oder ob er Gefahr lief, dass eine seiner Nachrichten zurückblieb.

Die Kälte machte dem Grafensohn zu schaffen. Er trat auf der Stelle und rieb sich die Hände. Er hoffte, die Reiter mögen bald erscheinen. Tatsächlich dauerte es nicht mehr lange und einige Männer traten aus der großen Halle. Sie waren in dicke Mäntel gekleidet und trugen die besten Stiefel, die auf der Burg zu finden waren. Ihre Mission war waghalsig zu dieser Jahreszeit, ganz gleich wie gut ihre Ausrüstung sein mochte, dessen waren sich alle bewusst. Rurik folgte seinen Getreuen nicht, um sie im Hof zu verabschieden. Drogo vermutete, dass sein Vater ohnehin nur in sein wollendes Gewand gekleidet war, das er kaum noch wechselte. ‚Wie sehr sich der große Rurik doch verändert hatte', dachte er und beobachtete aus seinem Versteck heraus weiter, wie die Krieger auf die mit Proviant und Decken bepackten Pferde stiegen. Ihr Auftrag würde sie über Wochen hinweg durch die Lande schicken, ehe sie alle Vasallen des Grafen aufgesucht hätten.

Vorsichtig begannen die getreuen Krieger ihren Ritt auf dem eisigen Untergrund. Drogo presste sich gegen die Mauer um nicht entdeckt zu werden, als sie an ihm vorbeiritten. Das mächtige Tor öffnete sich und ein Schwarm Krähen erhob sich laut krächzend von den Dächern und folgte den Reitern, als sie die Burg verließen. Mit flachem Atem hatte Drogo die Krieger gezählt. Entsetzt stellte er fest, dass es einer weniger war als er Dokumente verfasst hatte.

Drogo fluchte leise und spähte um die Ecke. Tatsächlich brachte der Pferdemeister eines der Tiere in den Stall zurück. Rurik hatte seinen Plan geändert! Noch einmal fluchte Drogo vor sich hin. Er musste nachsehen, ob alle versiegelten Dokumente die Burg verlassen hatten oder ob sein Vater noch eines in der Schreibstube hatte liegenlassen.

Ohne Aufsehen gelangte Drogo in die Kammer. Sorgfältig schloss er die Tür hinter sich und schaute sich um. Der Raum sah genau so aus, wie er ihn vor einigen Tagen verlassen hatte, nur dass alle von ihm verfassten und versiegelten Pergamente von dem kleinen Tisch neben dem Schreibpult verschwunden waren. Es war auch keines zu Boden gefallen und vergessen worden.

Drogo wollte gerade die Kammer wieder verlassen, da öffnete sich die Tür. Überrascht trat er einen Schritt zurück und blickte in die wirren Augen seines Vaters. Rurik hielt inne. Sprachlos starrte er seinen Sohn an. Sein langes, graues Haar hing ihm ins Gesicht bis über das unrasierte Kinn und er sah in seinem schmutzigen Wollgewand in diesem Augenblick nicht viel anders aus als ein irrsinniger Bettler. In den Händen hielt der Graf eines von Drogos Dokumenten. Der Jüngling verfluchte seinen Leichtsinn. Er hatte seinen Vater unterschätzt.

Rurik bemerkte die Unsicherheit und den Blick seines Sohnes und wurde misstrauisch. „Was hast du hier zu suchen, Drogo? Du interessierst dich doch sonst nicht für die Schreibkammer, obwohl dich deine Mutter gerade zu diesem Zweck einst ins Kloster geschickt hatte."

Drogo antwortete nicht. Obwohl er seinen Vater hinterging, war er nicht dreist genug, ihm eine Lüge zu präsentieren. Stattdessen gab sich Rurik selbst eine Antwort. „Du suchst das hier, nicht wahr?", fragte er und hob das letzte, noch versiegelte Dokument in die Höhe.

Versteinert blickte Drogo auf das Pergament. Wusste sein Vater bereits von der Verschwörung? Argwöhnisch kam der Graf näher, um in den Augen seines Sohnes die Wahrheit zu finden. Drogos sorgenvoller Blick verharrte auf der Nachricht.

„Was hat es damit auf sich?", fragte der Graf leise und betrachtete das Dokument näher. „Weshalb interessierst du dich dafür?"

Abermals blieb Drogo eine Antwort schuldig. Sein Blick wich jedoch nicht von dem Dokument. Kurzerhand brach Rurik das Siegel und entfaltete das Schriftstück. Obwohl der Graf der Schrift nicht mächtig war, erkannte er dennoch sofort die von seinem Schreiber abweichende Handschrift. Er benötigte einige Augenblicke, ehe er begriff, was er da in den Händen hielt. Verwirrt und ungläubig fragte er schließlich seinen Sohn mit zitternder Stimme: „Was hat das zu bedeuten? Wessen Schrift ist das? Lies es laut vor!"

Drogo ignorierte die Forderung. Stattdessen blickte er Rurik fest entschlossen in die Augen. Im Gegensatz zum Grafen klang Drogos Stimme sicher. „Was du vorhast ist Wahnsinn, Vater!"

„Wie kannst du darüber urteilen? Weder weißt du, was ich genau vorhabe noch welche Qualen mich dazu treiben!", stellte Rurik fest. „Ich habe dir von meiner Schuld berichtet, doch offensichtlich kannst du nicht ermessen, was es für mich bedeutet. Oder am Ende gar für dich."

Der Graf ging an seinem Sohn vorbei zum anderen Ende der Kammer und blickte aus dem einzigen Fenster in den Burghof hinab. Dabei murmelte er Unverständliches, bis er sich wieder Drogo zuwandte: „Mein Getreuer Gerhard hat mich davor gewarnt. Er hat mich gewarnt, du könntest mich hintergehen. Ich habe seine Worte in den Wind geschlagen, ihm gesagt, du würdest dich mir gegenüber loyal verhalten. Ich hatte geglaubt, dass du mich und mein Handeln letztendlich doch verstehen würdest. Offensichtlich habe ich mich geirrt."

Jetzt erst wagte Drogo, wieder zu sprechen. „Nicht ich hintergehe dich, Vater. Du selbst hast dich und deine Prinzipien verraten. Du bist blind und erkennst nicht, dass du mit deinem Handeln deine gesamte Familie hintergehst. Hast du jemals Mutter von deinem Vorhaben unterrichtet?“

Ein merkwürdiges Feuer trat in Ruriks Augen und seine Stimme wurde zornig. „Deine Mutter! Deine Mutter hat damit nichts zu tun. Ihr Einfluss ist seit jeher zu groß ...“ Rurik wandte sich wieder ab und blickte erneut auf den Burghof hinab. Seine Worte klangen nüchtern und enttäuscht, als er weiter sprach. „Das Ergebnis ihres Einflusses halte ich jetzt in Händen. Dieses Schriftstück ist doch nicht allein dein Werk, nicht wahr? Wer steckt noch dahinter? Ist es dieser Prior? War es Walram? Er hat dich dazu gedrängt, sich gegen mich zu wenden, nicht wahr? Ich kenne seine Durchtriebenheit, du brauchst es nicht leugnen. Hätte ich damals deiner Mutter widersprochen und dich auf der Burg großgezogen, stünden wir uns heute wahrscheinlich nicht auf diese Weise gegenüber.“

„Du irrst dich, Vater“, entgegnete Drogo selbstsicher und mit verächtlichem Ton. „Du bist alt geworden. Du bist nicht mehr der Krieger, zu dem ich als Kind bewundernd aufgeschaut habe. Sieh dich an! Du gleichst einem Bettler mehr als einem Grafen. Deine Würde hast du ebenso verloren wie deinen Verstand. Deine einstigen Taten haben dich in den Irrsinn getrieben und jetzt willst du auch noch deine Familie ins Unglück treiben. Das werde ich nicht zulassen!“

Mit diesen Worten wandte er sich von Rurik ab und wollte die Kammer verlassen. In der Tür blieb er noch einmal stehen. „Lass dir das Schriftstück vorlesen, wenn du es schon nicht selbst kannst. Was immer du dagegen zu unternehmen versuchst, es wird zu spät sein. Deine Männer wirst du nicht mehr aufhalten und kein Reiter wird sie je einholen können. Es ist zu spät!“

Damit ließ Drogo seinen Vater allein zurück. Er hatte erreicht, was er beabsichtigt hatte, wenn sein Vorhaben auch aufgedeckt worden war. Wie ein gebrochener Mann stand der große Krieger in der Schreibkammer und starrte auf das Dokument in seinen Händen. Sein Sohn hatte ihn verraten und warf ihm vor, das gleiche mit der gesamten Familie getan zu haben. Hatte Drogo am Ende Recht? Rurik wusste es nicht. Er wusste nur um seinen Verrat und seine Schuld, die mit jedem Tag unerträglicher auf seinen Schultern lastete. Diese Schuld galt es zu begleichen. Alles andere war unwichtig geworden.

Rurik blickte hinaus, über die Mauern und Dächer der Burg hinweg. Drogo hatte Recht: Die Männer waren schon zu lange unterwegs, als dass er sie aufhalten könnte. Am Horizont zeigten sich bereits die nächsten Schneewolken. Es würde ohnehin nicht einfach für seine Männer werden, bei dieser Witterung all seine Vasallen zu erreichen. Er hoffte nur, dass sie dann nicht nur an die Schriftstücke dachten, sondern sich auch der Worte erinnerten, die Rurik ihnen mit auf den Weg gegeben hatte. Sie wussten, dass es wichtig war, diesen Faolán zu finden.

Während Rurik weiter in die Ferne blickte, zerknüllte er das Dokument in seiner Hand. Drogo hatte ihn hintergangen, wie auch er einst seinen Bruder verraten hatte!

„Oh Farold, was, in Gottes Namen, ist nur geschehen?“, flüsterte Rurik und sank mit dem Rücken an der kalten Wand zu Boden. Er vergrub sein Gesicht in seinen Armen und kauerte dort, bis Dunkelheit sich der Kammer bemächtigte.

Der Schnee knirschte unter den Stiefeln des Jarls. Es war Schnee, wie er ihn von Birka kannte, und doch war es nicht der gleiche. Zum einen lag er nicht so hoch wie in seiner Heimat und zum anderen roch er anders. Der ganze Winter in diesem fremden Land war anders als auf Björkö. Der Frost war später als gewohnt gekommen, und die Sonne stand hier im Süden trotz der Kälte erheblich länger und höher am Himmel als auf seiner Insel. Hierzulande tauten an einigen Tagen sogar Eis und Schnee so weit ab, dass das gelbe Gras darunter wieder zum Vorschein kam. Auf Björkö war das nur im Frühling der Fall, wenn die Schneeschmelze einsetzte, niemals aber zur Zeit der Wintersonnenwende. Diese Unbeständigkeit in der Fremde behagte Bjoren nicht.

Trotz dieser ungewohnten Umstände harrte er in diesem Land aus, denn auch wenn der Schnee hin und wieder abtaute, war das Befahren des Flusses unmöglich. An zu vielen Stellen blieb er selbst während milderer Witterung gefroren und in letzten Tagen war es ohnehin wieder kälter geworden und Schnee gefallen. Diesmal schien es, als würde er für längere Zeit liegen bleiben, auch wenn sich heute der Himmel blau zeigte. Die Winde brachten kalte Luft vom Norden mit sich. Bjoren war dankbar dafür, nicht nur weil es ihn an Birka erinnerte, sondern weil durch den Schnee die Wahrscheinlichkeit sank, entdeckt zu werden. Der Jarl hatte mit seinen Männern ein Winterlager auf einer Insel inmitten des großen Flusses bezogen, den sie hinauf gerudert waren. Weder kannte Bjoren den Namen des Flusses, noch wusste er, durch welches Land er floss.

Seit er im vergangenen Frühjahr mit drei Langbooten von Birka aus in See gestochen war, hatte er viele Gewässer befahren und fremde Küsten gesehen. Zunächst wusste er nicht, welchen Weg er wählen sollte. Jorund der Weise hatte ihm geraten, die untergehende Sonne würde ihm den rechten Weg weisen, denn sie war ebenso feurig wie das Inferno, das Birka bedrohte. Nur dort fände er, wonach er suchte. So war der Jarl zunächst durch die lang gestreckte Bucht bis auf das offene Meer gesegelt und hatte sich dann nach Süden gewandt, immer an der Küste entlang. Nach einigen Tagen konnte er schließlich die Richtung der Abendsonne einschlagen und hielt diesen Kurs so lange wie möglich. So segelte er über das Meer und traf an den fremden Küsten auf viele Flussmündungen, denen er einer nach der anderen aufwärts folgte. Vergeblich, was seine Suche betraf, und so blieb ihm stets nur der Weg zurück, um es an anderer Stelle weiter zu versuchen. Eine mühselige und triste Vorgehensweise, die bei keinem der Männer die Laune hob. Doch immerhin hatte er bisher keines seiner Schiffe verloren, weder durch Stürme noch durch Feinde, und er würde sich jetzt sicherlich keines durch Schnee oder Eis nehmen lassen. Aus diesem Grund hatte Bjoren lange nach einem geeigneten Ort für ein Winterlager gesucht und hatte schließlich alle Langboote an Land einer Flussinsel ziehen lassen. Dieses Eiland lag weit flussaufwärts, tief in einem fremden Land, dessen Einwohner er mied. Es war ein großer Kraftaufwand gewesen, die Boote bis zur Mitte der Insel zu ziehen und sicher zu lagern.

Der Jarl beabsichtigte aber, unerkannt zu bleiben, und so scheute er auch diesen Aufwand nicht. Den meisten der Männer missfiel die Tatsache, wie Diebe in der Nacht durch die Ländereien zu streichen. Bjoren hatte nur einige seiner Vertrauten in diese Mission eingeweiht und auf ihnen lag seine Hoffnung, die Männer so lange wie notwendig ruhig zu halten. Zu diesem Zweck hatte er die Mannschaften angewiesen, das Lager so weit wie möglich zu befestigen, ohne großes Aufsehen zu erregen. Dies gelang, indem sie auf der Mitte der Insel die Bäume weitestgehend fällten und wie einen Wall um die Schiffe anordneten, mitsamt Astwerk und Unterholz. Es gab nur einen Zugang in das Innere dieses Kreises und dieser konnte im Notfall so weit geöffnet werden, um die Schiffe über Hölzer schnell zum Ufer und ins Wasser zu bringen.

Die Langboote indes dienten hauptsächlich als Unterkünfte. Ihre gewalkten Segel waren mit den umgelegten Masten, einigen Balken und Stangen so arrangiert worden, dass sie – Dächern gleich – von einer Bordwand zur anderen beinahe den gesamten Schiffsrumpf überspannten und die Männer trocken hielten. Es war kein komfortables Lager, doch Hütten zu errichten war auf dem Eiland nur begrenzt möglich. Das Wichtigste hatte Bjoren allerdings erreicht: Seine Männer vor der Witterung wie auch den ungewollten Blicken für einige Monate zu schützen.

Der Jarl schaute in den Himmel. Wolken zogen auf, die neuen Schnee verhießen. Bjoren schritt noch einmal den schlichten Wall aus gefällten Bäumen ab und sprach mit den Männern, die er dort als Wachen postiert hatte. Dann machte er sich auf den Weg zum Ufer und begab sich in das beinahe mannshohe Schilf, um nach dem kleinen Boot mit seinen Männern Ausschau zu halten, die am Morgen zur Jagd aufgebrochen waren.

Die ersten Schneeflocken fielen vom inzwischen trüben Himmel. Bjoren schloss die Augen und sog die Luft tief ein. Sie roch gut, wenn auch nicht wie zu Hause. Wäre er in Birka, hätte er auch nicht ständig Schwert und Bogen bei sich getragen, wie er es in diesem fremden Land tat. Bisher hatte er die Waffen noch nicht einsetzen müssen und er unternahm alles, damit es nicht notwendig werden würde, auch wenn ihn dies in den Augen einiger seiner Männer als Feigling erscheinen lassen mochte.

Der Schneefall wurde dichter, während Bjoren im Schilf stand und seinen Blick in die milchige Umgebung richtete, obwohl die Sicht immer schlechter wurde. Langsam begannen seine Gedanken abzuschweifen und im vergangenen Frühjahr zu verweilen, beim Tag des Aufbruchs. Er hielt ihn als einen sonnigen und fröhlichen Tag in Erinnerung, wenn er auch den Abschied von seiner Gemahlin bedeutet hatte. Ein guter Tag, um dem Willen der Götter zu entsprechen und sich auf die Suche zu machen.

Die Götter würden ihm schon den Weg weisen, hatte Jorund damals gesagt, und bisher hatten sie ihn zumindest sicher geführt, wenn er auch nicht wusste, wo er sich eigentlich befand und ob er seine Suche jemals beenden könnte.

Sein Blick auf das jenseitige Ufer gerichtet, hoffte er, dass seine Männer bald erscheinen würden. Doch die gegenüberliegende Seite war im dichter werdenden Schneefall inzwischen nur noch schemenhaft auszumachen und der Jarl starrte in Schatten aus Grau und Weiß.

Nichts regte sich. Kein Laut war zu hören. Bjoren schüttelte den Schnee von Haar und Mütze und zog sich schließlich die Kapuze seines Umhangs über. Da hörte er ein leises Knacken aus den Baumreihen hinter sich. Sofort wandte der Krieger sich um und ging in die Hocke. Er wagte kaum zu atmen. Vorsichtig und leise nahm er einen Pfeil aus seinem Köcher, legte ihn an die Sehne seines Bogens und beobachtete, vom Schilf verborgen, die nahen Baumreihen.

Regungslose Stille.

Plötzlich ein weiteres Knacken – dann wieder Stille.

Einige Augenblicke später konnte Bjoren die Silhouette einer Gestalt erkennen, die zwischen den Bäumen stand und das Ufer abzusuchen schien. Der Krieger spannte die Bogensehne und zielte. Außer ihm und seinen Männern durfte niemand auf der Insel sein, es sei denn, die Svear waren entdeckt worden.

Die Gestalt löste sich aus den Baumreihen und schritt langsam auf das Schilfufer zu. Der Jarl atmete flach, kaum merklich. Im Ernstfall musste sein erster Schuss treffen, damit dieser Späher keine Warnung ausrufen konnte.

Bjoren ließ die Person bis auf etwa zwei Dutzend Schritte an sich heran, konnte aber noch immer nicht erkennen, ob die von einem Mantel verhüllte, nicht sonderlich große Gestalt Freund oder Feind war. Schließlich erhob er sich aus dem Schilf und fragte mit deutlicher Stimme: „Wer schleicht sich an den Jarl von Birka heran?"

Der Unbekannte hielt augenblicklich inne. Er wandte sich Bjoren zu und hob die Hände, als er den schussbereiten Bogen erblickte. Mit ebenfalls deutlicher Stimme antwortete er: „Ich bin es, Gorm."

In Gedanken verwünschte Bjoren Gorm und fragte sich, weshalb ausgerechnet dieser ihn aufsuchte. Obwohl einen Landsmann vor Augen, hielt der Jarl seinen Bogen nach wie vor gespannt. Erst einige Augenblicke später senkte er ihn, wenn auch widerwillig. Den Pfeil ließ er dennoch an der Sehne liegen. Er traute Gorm nicht, ebenso wenig wie dessen Männern.

Der verhüllte Nordmann streifte die Kapuze ab, als wolle er damit seine Identität beweisen, und schritt auf den Jarl zu. Beinahe gelangweilt schaute er sich dabei um. „Gibt es hier etwas Besonderes zu sehen?"

„Vielleicht kannst du es mir verraten", entgegnete Bjoren kurz angebunden, „immerhin hast du das Ufer beobachtet!"

Die Feindseligkeit in Bjorens Stimme entging Gorm nicht. Er blickte auf und zögerte kurz, dann sprach er jedoch weiter, als sei nichts vorgefallen. „Ich sorge mich um die Jäger!"

Der Jarl ahnte, dass dies nur ein Vorwand war, um ihn aufzusuchen. Dennoch bestätigte er die Sorge mit einem Nicken, während er zum gegenüberliegenden Ufer blickte. „Die Männer sind schon viel zu lange auf der Jagd. Wenn sie überrascht worden sind, könnten Hiesige auf dem Weg hierher sein. Ich lasse mich nicht gern überraschen!"

Gorm wusste, was der Jarl damit andeutete. „Und du glaubst, in diesem Falle die Leute allein aufhalten zu können ...? Du bist doch allein hier, nicht wahr?"

Bjoren ließ die Frage unbeantwortet. „Was führt dich tatsächlich zu mir, Gorm?"

Der Angesprochene sah sich erneut um, als suche er etwas. „Die Männer bereiten mir Sorge."

„Wie meinst du das?"

„Wir sitzen schon viel zu lange auf deinen Befehl hin auf dieser Insel fest", begann Gorm zu erläutern, wobei er jedes Wort vorsichtig abzuwägen schien. „Obwohl der Fluss kaum Eis führt, bleiben die Boote trocken. Außer der Jagd und der Suche nach Brennholz bleibt ihnen nichts zu tun. Sie werden unruhig."

„Sie werden sich gedulden müssen", hielt ihm Bjoren entgegen.

„Wie lange willst du ihre Geduld noch auf die Probe stellen?", provozierte ihn Gorm. „Wie lange, glaubst du, können sie sich noch im Zaum halten? Die Streitereien untereinander nehmen zu. Sie sind gereizt. Wie lange wird es noch dauern, bis eine Klinge gezogen wird?"

Bjoren wusste, dass Gorm Recht hatte. Die Männer waren auf Taten erpicht. Doch Bjoren konnte sie nicht nach ihrem Willen ziehen lassen, nur um ihren Tatendrang zu stillen.

„Erik hat genaue Anweisungen für diese Fahrt erteilt. Er wünscht alle seine Schiffe wiederzusehen, wenn möglich mit allen Männern. Daher werden wir bis zum Ende des Winters warten, ehe die Fahrt fortgesetzt werden kann."

„Der Winter hat aber erst begonnen", fuhr Gorm nachdenklich in einem Tonfall fort, als sorge er sich tatsächlich um das Wohlergehen der Krieger. „Wie willst du die Männer so lange bei Laune halten, fern ihrer Familien und Frauen? Keiner von ihnen erkennt den Sinn dieser Fahrt! Selbst mir bleibt er verborgen."

Bjoren wusste um dieses Problem. Doch er konnte seinen Auftrag nicht offenbaren, ohne dadurch ein Aufbegehren zu riskieren. „Die Jagd wird sie schon auf andere Gedanken bringen. Unser Proviant geht langsam zur Neige. Wer Hitze in Kopf und Gliedern verspürt, darf beides auf der Jagd abkühlen."

„Wie viele Tage wirst du sie damit noch hinhalten können, großer Jarl?"

Bjoren ignorierte den Spott. Nachdenklich blickte er abermals zum jenseitigen, nur schemenhaft erkennbaren Ufer. „So lange die Götter es für richtig befinden."

„Ich würde dir einen Rat geben, wenn du ihn hören willst", bot Gorm überraschend an. Bjoren zögerte, nickte dann allerdings zustimmend, denn unter den Svear hatte jeder Mann das Recht, seine Gedanken frei zu äußern. „Sobald das Frühjahr kommt, sollten die Männer Ruhm und Ehre einfordern können. Schicke sie auf einen Beutezug, sobald die Witterung es zulässt."

Sogleich schüttelte Bjoren den Kopf. Weshalb musste Gorm ausgerechnet sein größtes Dilemma ansprechen? „Der König hat angewiesen, ruhig und unentdeckt zu bleiben, so lange wir durch fremde Länder fahren. Wir können friedlichen Handel betreiben. Ein Beutezug ist erst am Ende der Fahrt möglich."

„Königstreu bist du gewiss und ich möchte dich nicht ersuchen, gegen Eriks Anordnung zu verstoßen. Er ist gewiss ein ebenso weiser wie ehrenvoller Krieger. Doch die Männer sind nicht alle vom gleichen Schlag wie er. Oder bist du mit einer Mannschaft aus Königen auf Fahrt gegangen?"

Bjoren antwortete nicht, denn sowohl eine Zustimmung wie auch eine Verneinung könnte von Gorm nur allzu schnell gegen den Jarl umgemünzt werden. Dennoch fuhr der kleine Krieger fort: „Sie werden nicht verstehen, weshalb sie keine Beute machen dürfen. Sollen sie mit leeren Händen wiederkehren? Was werden ihre Frauen und Familien sagen? Diese Schmach werden sie kaum auf sich sitzen lassen können. Sie wollen mit Reichtümern von dieser Fahrt wiederkehren."

„Was schlägst du vor, Gorm, wenn du die Männer so gut einzuschätzen glaubst? Wie lautet dein Rat?", versuchte Bjoren das Gespräch endlich zu beenden.

„Lass sie Beute machen, für Ehre und Ruhm. Lass sie ihre Gesichter bei der Rückkehr wahren. Wie sonst soll ihr Lohn aussehen, wenn sie nach Birka zurückkehren? Wirst du oder der König sie auszahlen? Es wäre auch zu deinem Ruhm ..."

Bjoren schwieg. Er bezweifelte, dass Gorm diesen Vorschlag um seines Ruhmes Willen machte. Er befürchtete vielmehr das Gegenteil. Der Jarl konnte seine Männer nicht einfach über die nächsten Siedlungen herfallen lassen und damit seinen Auftrag gefährden und bewusst gegen die Anordnung des Königs verstoßen. Es war ohnehin schon riskant genug, offenes Feuer im Lager zu entzünden. Durch das nasse Holz zogen meist dicke Rauchschwaden zum Himmel und Bjoren war froh, dass die Insel von hohen Bäumen umgeben war, die eine direkte Einsicht auf das Lager verhinderten. Doch die Laune der Männer konnte nicht so leicht zerstreut werden wie der Rauch vom Wind.

„Möglicherweise hast du Recht", gestand Bjoren schließlich ein.

„Sicher habe ich das", freute sich Gorm verhalten. Offensichtlich hatte er nicht mit einem so schnellen Einlenken des Jarls gerechnet. Dennoch fügte er geistesgegenwärtig sogleich eine weitere Forderung hinzu. „Gewähre ihnen Aussicht auf eine baldige Rückfahrt und Beute. Alles wird gerecht unter den Männern aufgeteilt werden, wie es Sitte ist, ganz gleich ob Sklaven, Felle oder Münzen. Das wird sie zufriedenstellen."

„Ja", stimmte Bjoren abermals zu, „das wird sie gewiss zufriedenstellen."

„Ich habe also dein Wort?", versicherte Gorm sich erneut.

Bjoren zögerte. Viel zu schnell gab der kleine Mann sich mit dem Erreichten zufrieden. Der Jarl vermutete noch etwas anderes hinter Gorms scheinbarem Einverständnis, wusste jedoch nicht, was es war. Schließlich nickte Bjoren, während er das jenseitige Ufer weiter im Auge behielt. „Du hast mein Wort, als Jarl von Birka."

Die Unterredung war beendet. Gorm nickte zufrieden, zog sich die Kapuze wieder über und macht sich auf den Weg zurück in das Lager. Nachdem der kleine Krieger hinter den Baumreihen verschwunden war, fluchte Bjoren leise vor sich hin. Gorm hatte genau das erreicht, was Bjoren eigentlich zu vermeiden gesucht hatte. Die Anordnung des Königs zu übergehen könnte schwerwiegende Konsequenzen mit sich bringen. Ein offener Kampf konnte den Verlust von Männern, wenn nicht sogar eines der Langschiffe bedeuten. Wie sollte er das nach der Rückkehr dem König erklären?

Andererseits war Erik nicht hier und konnte die Lage nicht einschätzen. Vielleicht würde der König sich ebenfalls für einen Beutezug auf dem Rückweg nach Birka entscheiden. Es wäre die letzte Maßnahme gewesen, die Bjoren zur Beruhigung seiner Männer in Betracht gezogen hätte. Ausgerechnet Gorm war bereits frühzeitig mit diesem Vorschlag an ihn herangetreten. Hätte Bjoren nicht eingelenkt, wäre Gorm mit Sicherheit ins Lager zurückgekehrt und hätte sofort damit begonnen, Unmut unter den Männern zu säen. Wenn es darum ging, Zwist hervorzurufen, so war Gorm der richtige Mann.

Doch Bjoren wäre nicht Jarl geworden, wüsste er seine Männer nicht zu führen. Sollten sie auf Überfälle beharren, würde er diese nur auf kleinere Siedlungen gestatten. Dort war mit geringer Gegenwehr zu rechnen und die eigenen Verluste würden sich in Grenzen halten. Er benötigte jeden erfahrenen Mann an den Rudern für die Heimreise. Zudem hatten sie nur drei Langschiffe bei sich, die für eine Erkundungsfahrt gedacht waren und nicht für einen Raubzug.

Als der Jarl wieder auf das Wasser blickte, sah er ein kleines Boot flussabwärts auf ihn zuhalten. Diesmal verbarg Bjoren sich nicht im Schilf, denn er konnte deutlich seine Männer erkennen. Einer von ihnen winkte ihm zu.

Offensichtlich war die Jagd zu ihrer Zufriedenheit verlaufen und die Männer waren guter Dinge. Der Jarl war erleichtert. Wenn ihm die Götter weiterhin beistanden, so würde er die Krieger auch über den Rest des Winters weiter hinhalten können.

Vorerst beruhigt fing Bjoren das entgegengeworfene Tau auf und half, das kleine Boot ans Ufer zu ziehen. Ein Blick in das Boot zeigte ihm, dass die Jagd tatsächlich erfolgreich gewesen war. Ein Rehbock und mehrere Hasen würden nicht nur die Männer bei Laune halten, sondern auch sättigen. Der Jarl wurde zuversichtlich, dass es ihm auch noch gelänge, Jorunds Auftrag, dem Willen der Götter zu folgen, gerecht zu werden. Eines Tages würde er auf diesen merkwürdigen Wolf und die zurückkehrende Tochter seines Volkes treffen. Nur rätselte er nach wie vor, wo und wann das sein würde.

* * *

Obwohl der Tag noch nicht einmal die Mittagsstunde erreicht hatte, war der wolkenverhangene Himmel trübe wie zur Zeit der Dämmerung. Der Schnee fiel in dicken Flocken auf die kalte Erde der Lichtung. In der kleinen, windschiefen Hütte wärmte ein Feuer die beiden Frauen und sorgte für Licht. Die Flammen züngelten um einen kleinen Kessel, in dem eine Brühe köchelte. Hin und wieder rührte Svea den Sud um, der sehr würzig roch. Es war eine der vielen Pasten, die Alveradis herstellte. Die Heilerin selbst verarbeitete gerade einige getrocknete Kräuter, als es unerwartet an der Tür klopfte.

Die beiden Frauen sahen einander zunächst wortlos an, dann erhob Alveradis sich und öffnete die Tür. Draußen stand eine Gestalt, gegen die Kälte in einen Umhang gehüllt. Erst als sie die Kapuze abstreifte und das nasse Haar mit der Hand durchstreifte, rief Svea überrascht: „Georg!".

Sogleich sprang sie auf, kam Alveradis zuvor und bat ihren Bruder herein. Nachdem Georg seinen Mantel abgelegt und eine Schale mit einem warmen Kräutertrank in Händen hielt, fragte Svea ihn: „Was führt dich zu uns? Du warst noch nie hier auf unserer Lichtung!"

Georg nickte und strich sich noch einmal durch das feuchte Haar, ehe er antwortete. „Ich habe auch lange überlegt, ehe ich aufbrach. Ich war mir nicht sicher, ob ich euch bei diesem Wetter überhaupt finden würde. Aber die Not hat mich letztendlich getrieben."

„Welche Not?", fragte Svea besorgt.

„Zachi. Es geht ihm schlecht. Er ist krank", antwortete Georg knapp und nahm einen Schluck aus der Schale.

Als Alveradis das hörte, wollte sie sogleich mehr darüber erfahren. Ohne sich von dem Sud abzuwenden, den sie gerade umrührte, stellte sie ihre Fragen. „Kannst du genauer beschreiben, was ihm fehlt? Hat er Fieber? Nenne alle Auffälligkeiten, die dir in den Sinn kommen."

Georg dachte kurz nach und dann begann er über die Krankheit zu berichten. Fieber, Husten und merkwürdige Flecken auf der Haut bereiteten der ganzen Familie Sorgen und kein Kraut schien dagegen gewachsen zu sein. Es war letztendlich Elisabeth gewesen, Georgs Gemahlin, die ihn dazu gedrängt hatte, die beiden Frauen auf der Lichtung aufzusuchen und sie um Hilfe zu bitten.

Trotz der schlechten Witterung stimmte Alveradis zu, nach Neustatt mitzukommen und dem Knaben Zacharias zu helfen. Sie packte einige Utensilien und Heilmittel in ihre Tasche und hüllte sich gegen die Kälte in einen dicken Umhang.

Als sie bemerkte, dass Svea sich ebenfalls zum Aufbruch bereit machte, hielt die Heilerin inne. „Svea, mein Kind, du musst nicht mitkommen. Georg wird mich sicher führen und auch wieder bringen. Du musst nicht in das Haus deines Vaters zurückkehren."

„Ich möchte es aber", lautete Sveas Antwort. „Ich wünsche Zachi zu helfen, ganz gleich ob ich auf Ulf oder Gertha treffe."

Georg räusperte sich. „Ich werde dafür sorgen, dass Ulf euch nicht in die Quere kommt. Er würde euch in seinem Haus nicht dulden. Doch damit riskiert er das Leben des Jungen, und ich will es nicht länger mit ansehen."

Svea schaute Alveradis an, die zweifelnd auf ihre einstige Schülerin blickte. Immerhin hatte Svea vor über zwei Jahren ihre Gabe verneint und in diesem Zuge auch abgelehnt, das Heilerwissen weiter zu erlernen. Doch Svea blieb hartnäckig und ließ keinen Einwand zu. „Bitte, Alva, lass mich mitkommen. Ich kann dir eine große Hilfe sein und so schaffen wir es vielleicht, noch vor Anbruch der Dunkelheit wieder zurückzukehren."

Die Weise überlegte. Sicher, Svea hatte Recht. In jeder Hinsicht. Sie könnte eine große Hilfe sein und Alveradis wollte nur ungern die Nacht über in Neustatt bleiben. „Bitte, Alva ...", bat Svea noch einmal. Es war das Flehen in den Augen, dem die Heilerin nicht widerstehen konnte. Mit einem Nicken willigte sie schließlich ein.

Nur wenige Augenblicke später traten die beiden Frauen mit Georg auf die Lichtung und begaben sich auf den Weg nach Neustatt. Der starke Schneefall hielt nach wie vor an. Die Spuren, die Georg zuvor im Schnee hinterlassen hatte, waren nur noch zu erahnen. Ihnen folgten sie durch den kahlen Laubwald, bis sie auf die Straße nach Neustatt gelangten, die nur noch anhand der Schneise im Wald zu erkennen war. Auch wenn sie von dort aus besser voran kamen, waren sie dennoch langsam. Als sie endlich vor den Mauern der Stadt eintrafen, hatte der Wind sich verstärkt. Der Schnee blies den Dreien kalt unter die Umhänge und ins Gesicht.

Am Stadttor bürgte Georg für die beiden Frauen und sie erhielten Einlass. Svea atmete kurz auf und war dankbar, zwischen den Tormauern dem Schneetreiben für einen Augenblick entkommen zu können.

Georg gönnte ihr allerdings keine Pause und führte sie sogleich weiter, bis zum Hof ihres Vaters. An einer Gassenecke in der Nähe des ärmlichen Hauses hielt er inne. Vor Kälte zitternd und die Hände reibend, erklärte er seinen Plan. „Ich werde jetzt Ulf unter einem Vorwand zu mir nach Hause locken. Elisabeth ist eingeweiht und wir werden ihn lange genug dort halten können. Ihr könnt euch also ungestört um Zacharias kümmern."

Alveradis nickte und Georg machte sich auf. Nachdem er im Haus seines Vaters verschwunden war, dauerte es nur wenige Augenblicke, bis er mit Ulf wieder heraustrat und den Weg zu seinem eigenen Haus einschlug.

Alveradis und Svea warteten, bis die beiden Männer im Schneetreiben nicht mehr zu sehen waren, dann huschten sie über die Straße und betraten ohne anzuklopfen das schäbige Gebäude.

Im Inneren war es nahezu windstill. Nur durch einige Ritzen, die nicht ausreichend ausgestopft waren, drückte der Wind in die Hütte. Ein Feuer auf der Herdstelle spendete Wärme und Licht. Die Luft roch streng nach Ziegen und Schweinen, die den Winter über in einem abgetrennten Bereich ebenfalls im Haus lebten.

Auf einem der Strohlager befand sich der kranke Zacharias. Seine Mutter kauerte auf dem Lager daneben. Brun, Sveas jüngster Bruder, saß auf der Bank an dem kleinen Tisch, um den sich die Familie zum gemeinsamen Mahl versammelte. Erinnerungen stürzten auf Svea ein, so dass sie Mühe hatte, sich zu beherrschen und nicht aus dem Haus zu laufen.

Als Gertha begriff, dass nicht Georg und Ulf zurückgekehrt waren, erhob sie sich. „Wer seid ihr? Was wollt ihr?"

Alveradis und Svea streiften ihre Kapuzen ab und gaben sich zu erkennen. „Wir sind hier, um zu helfen", antwortete die Alte und legte bereits ihre Habe ab.

Brun sprang sogleich auf und lief zu seiner Schwester, nahm sie in den Arm und küsste sie auf die Wange. „Schwesterlein! Schön, dich zu sehen. Es ist eine Ewigkeit her ..."

„Nicht ihr!", unterbrach Gertha ihren Stiefsohn vehement. „Nicht ihr beiden! Schert euch aus dem Haus und macht euch vom Hof!"

Brun versuchte seine Stiefmutter zu beruhigen. Er machte einen Schritt auf sie zu und stellte sich damit zugleich schützend vor die Besucherinnen. „Sie kommen in guter Absicht. Lass' sie helfen. Wenn nicht sie, so wird keiner Zachi jemals retten können."

Wütend schaute Gertha Brun an. „Mit Gottes Hilfe! Vergiss den Herrn nicht, oder hast du deinen Glauben verloren? Die beiden da werden nicht in Gottes Werk pfuschen. Nicht, solange ich es verhindern kann!"

Brun rollte entnervt mit den Augen, als habe er diesen Disput schon mehrfach ausgefochten. „Es ist nicht Gottes Werk, das in Zachi wütet. Begreif' es doch endlich!"

„Es ist eine Prüfung ... eine Prüfung für uns alle. Begreif' du doch!" Gertha machte einen weiteren Schritt auf Svea zu und zeigte mit einem anklagenden Finger auf sie. „Du hast doch noch nie etwas anderes außer Zwietracht und Unfrieden in mein Haus gebracht. Jetzt schleppst du auch noch Teufelswerk hierher. Fort mit dir, sage ich! Fort mit dir!"

Svea blieb wie angewurzelt stehen. Tatsächlich wäre sie am liebsten davon gelaufen. Doch die Absicht, ihrem Halbbruder zu helfen, hielt sie an Ort und Stelle. „Ich werde nicht gehen", brachte sie schließlich mit belegter Stimme hervor.

„Das hast du schon immer gekonnt: widersprechen. Nichts als Widerworte kommen aus deinem frechen Maul!", entgegnete Gertha kopfschüttelnd und machte noch einen Schritt auf Svea zu. „Pack dich fort und nimm diese Alte mit!"

Es war Brun, der Gertha diesmal widersprach. „Komm endlich zur Vernunft und lass' sie in Frieden!"

Entsetzt starrte Gertha ihren Stiefsohn an. „Du wagst es ...?"

„Ja, ich wage es. Um Zachis Wohl! Jetzt setz dich und lass' die beiden endlich ihre Arbeit tun."

„Nein, das werd' ich nicht!" Doch bevor sie weiter gegen die beiden Frauen vorgehen konnte, packte Brun Gertha am Arm, zog sie unter Protest zum Tisch und schaffte so Platz für Alveradis und Svea. Die Heilerin war die gesamte Zeit über starr dagestanden und regte sich erst jetzt, da der Weg zu

Zacharias' Lager frei war. Sie nickte Brun wortlos zu und begab sich dann zu dem kranken Jungen.

Svea folgte ihr. Die beiden Frauen begannen das zu tun, worauf sie sich am besten verstanden. Alveradis wies Svea in ihrer Tätigkeit an, wobei es eigentlich nicht notwendig war. Alveradis' einstige Schülerin hatte nichts von dem vergessen, was sie gelernt hatte. Während Alveradis sich den Knaben von Kopf bis Fuß genau betrachtete, bereitete Svea einen Trank aus Kräutern und eine Paste zu.

Immer wieder betrachtete sie Zacharias, der schwitzend und flach atmend auf das Strohlager gebettet war. Hin und wieder hustete er, doch er war zu schwach, um den deutlich hörbaren, tief in seiner Brust sitzenden Schleim loszuwerden. Weder war er ansprechbar noch reagierte er auf Alveradis' Untersuchungen. Es stand nicht gut um den Knaben, das erkannte Svea sogleich. Weshalb nur lehnte Gertha es ab, jede greifbare Hilfe für diesen Jungen zu holen?

Alveradis begann schließlich, dem Jungen den Trank einzuflößen. Dabei verschluckte Zacharias sich und begann erneut zu husten, diesmal jedoch stärker als zuvor. Beunruhigt erhob Gertha sich von ihrem Platz. Als der Husten nicht nachließ und Alveradis begann, dem Jungen unterstützend auf den Rücken zu klopfen, machte Gertha wieder einen Schritt auf das Lager zu. Brun erhob sich ebenfalls, bereit, jederzeit einzuschreiten. Doch Gertha blieb stehen. Sie wusste, dass sie die beiden Frauen nicht mit Gewalt von der Seite ihres Sohnes fortschaffen könnte. Daher versuchte sie es mit Worten. „Lasst ihn in Ruh'. Ihr erstickt ihn ja noch!"

Svea wandte sich in der Absicht um, Gertha zu beruhigen. „Er hat sich doch nur verschluckt. Er wird an dem Trank nicht ersticken, keine Sorge. Der Trank wird ihm gut tun und sein Fieber senken."

„Euer Teufelswerk ist's, das ihn erstickt", war sich die Mutter sicher. „Ich weiß genau, was ihr da tut. Mich könnt ihr nicht mit eurem Zauber blenden. Ich bin nicht einfältig."

„Du redest wirres Zeug!", wollte Svea das Geschwätz abtun und wandte sich wieder Zachi zu. Doch Gertha blieb beharrlich.

„Der Priester hat's gesagt: Nur Gott kann Zachi noch retten."

„Er ... oder wir!", entgegnete Svea mit einem leisen Lachen, das sie sich aufgrund der Leichtgläubigkeit dieser Frau nicht verkneifen konnte.

„Läster' nicht Gott in meinem Haus!", keifte Gertha so laut, dass sogar Alveradis kurz aufschaute. Während die Kräuterfrau sich weiter um Zacharias kümmerte, dessen Husten sich langsam besserte, ging Svea auf Gerthas Vorwurf ein.

„Ich lästere weder Gott noch sonst jemanden. Ich versuche dir nur zu sagen, dass wir kein Teufelswerk vollbringen. Im Gegenteil, es ist eine göttliche Gabe, die wir besitzen und zum Wohl deines Sohnes einsetzen."

Als Gertha das vernahm, sank sie entsetzt auf die Knie und faltete die Hände zum Gebet. Mit ihrem Gesicht zum Dachfirst gerichtet flehte sie laut um die Gnade des Herrn, er möge doch ihren Jungen verschonen. Svea schüttelte nur den Kopf und musste abermals auflachen. „Es hat keinen Zweck, Gertha. Wir sind Gottes Hilfe, nach der du flehst. Erkennst du das nicht?"

Doch Gertha schien sie nicht zu hören. Murmelnd sprach sie ihre Gebete, als könnten sie die Rettung für Zacharias bringen. Offensichtlich sah sie darin die einzige Möglichkeit, überhaupt etwas für ihren Sohn zu tun. Noch einmal schüttelte Svea verständnislos den Kopf und blickte dann zu Brun. Der war wieder auf die Bank niedergesunken und hielt das Gesicht in seinen Händen vergraben. Gertha war keine Gefahr mehr für die Frauen.

Nachdem Alveradis dem Knaben den Trank eingeflößt und die Paste auf die kranken Hautstellen gestrichen hatte, bettete sie ihn so gut und warm wie möglich. Danach wies sie Brun noch an, wie er die Salbe aufzutragen hatte und versicherte, weitere Hilfsmittel binnen der nächsten beiden Tage vorbeizubringen, sofern es die Witterung ermöglichte. Sollte Zachi bis dahin noch leben und das Fieber gesunken sein, gäbe es Grund zur Zuversicht. Von alledem nahm Gertha nichts wahr. Sie kniete noch immer auf dem Boden und flehte mit gefalteten Händen und geschlossenen Augen unablässig flüsternd den Herrn um Gnade an.

Die beiden Frauen packten ihre Habe zusammen und hüllten sich wieder in ihre Umhänge. Brun zog sich ebenfalls einen Umhang über und verließ mit ihnen das Haus. Gertha, die selbst jetzt nicht zu begreifen schien, was um sie herum geschah, blieb allein zurück. Statt an das Lager ihres Sohnes zu eilen, blieb sie auf dem Boden knien und brabbelte weiter vor sich hin.

Brun führte Alveradis und Svea durch die verschneiten Straßen bis zu Georgs Haus. Der Schneefall hatte deutlich nachgelassen und der Himmel war nicht mehr ganz so düster wie bei ihrer Ankunft. Die beiden Frauen waren zuversichtlich, ihre Lichtung noch bei Tage erreichen zu können. Kaum war Brun im Haus seines Bruders verschwunden, trat auch schon Georg heraus. Ohne viele Worte zu machen, schritt er voraus, den gleichen

Weg aus der Stadt, wie er sie schon hineingeführt hatte. Während sie durch das frische Weiß stapften, ließ er sich erzählen, wie es um Zacharias stand und was vorgefallen war.

Der Weg zurück war beinahe genauso beschwerlich wie der nach Neustatt. Ihre Spur, die sie zuvor im Schnee hinterlassen hatten, war nur noch zu erahnen. Dennoch kannten sie ihren Weg gut genug, um sicher zurückzufinden. Noch vor der Lichtung entließen sie Georg, der sich jetzt sputen musste, um noch vor der Dunkelheit das Stadttor zu erreichen, wollte er nicht die Nacht vor Neustatts Mauern verbringen.

In ihrer windschiefen Hütte angekommen, legten Alveradis und Svea ihre Habe und Umhänge ab und schürten sogleich das Feuer wieder an. Erst dann gönnten sie sich eine Pause und ließen sich erschöpft nieder.

Alveradis war es, die das Gespräch begann. „Svea, mein Kind, ich bin froh und dankbar, dass du heute bei mir warst. Ich kann nur erahnen, welche Gefühle in dir aufgestiegen sind, als wir das Haus deines Vaters betreten haben."

Svea schwieg zunächst. Gedanklich ließ sie das Geschehen noch einmal vorüber ziehen und antwortete schließlich: „Ich bin auch froh."

Überrascht griff die Alte vorsichtig nach Sveas Hand und schaute ihr tief in die Augen. „Es ist schön, dass uns nach wie vor so viel verbindet, obwohl ..."

„Es war ein Fehler", unterbrach Svea die Heilerin.

„Wie meinst du das?"

„Ich habe heute etwas zu Gertha gesagt ... und je länger ich über meine eigenen Worte nachdenke, umso bewusster wird mir ihre Bedeutung." Svea machte eine kurze Pause und dachte erneut nach. Alveradis ließ ihr die Zeit, die sie benötigte, bis Svea abermals zu sprechen begann. „Ich habe Gertha gesagt, wir besäßen eine göttliche Gabe und setzten sie zu Zachis Wohl ein. Verstehst du? Ich sagte *wir*!"

„Das habe ich bemerkt", bestätigte Alveradis mit ruhiger Stimme und wartete erneut, bis Svea sprach.

„Ich habe heute wieder das gespürt, was ich vor langer Zeit verloren geglaubt habe ... ich weiß nicht, wie ich es beschreiben soll. Doch heute habe ich zum ersten Mal meine Entscheidung bereut, meiner Gabe und dem Wissen um die Heilkunst entsagt zu haben."

Svea ließ den Kopf hängen. Alveradis verstand genau, was in ihrer einstigen Schülerin vorging. Einfühlsam sprach sie zu ihr: „Nichts ist auf ewig entschieden, mein Kind. Es ist nie zu spät, einen neuen Entschluss zu fassen. Und ich wäre eine Närrin, wenn ich dich nicht wieder als meine Schülerin annehmen würde."

Unsicher schaute Svea empor. „Du meinst ...?"

Ein liebevolles Lächeln zeigte sich auf den Lippen der Heilerin, die Svea ihre zweite Hand entgegen streckte. Verwirrt und glücklich zugleich über dieses unerwartete Angebot nahm Svea sie entgegen. Beide Frauen erhoben sich, standen sich gegenüber und schauten sich tief in die Augen. „Es ist nie zu spät, eine neue Entscheidung zu treffen, hörst du, mein Kind? Vergiss das nie!"

Dann schlossen sie sich in die Arme und hielten einander fest, als hätten sie sich seit Jahren nicht gesehen. Und auf gewisse Weise fühlte sich Svea auch, als sei sie von einer langen Reise heimgekehrt. Sie war dankbar für dieses Angebot, dankbar für Alveradis' Einfühlsamkeit und Verständnis. Und für ihre Weisheit, denn es gab noch eine weitere Entscheidung, die Svea vor langer Zeit getroffen hatte und seither beinahe jeden Tag bedauerte. Vielleicht war es an der Zeit, auch diesen Beschluss rückgängig zu machen.

Am nächsten Tag hatte der Schneefall nachgelassen. Wenn der Himmel auch verhangen war, so schwebten doch nur noch vereinzelt Flocken nieder. Alveradis hatte wie versprochen einige Kräuter zusammengesucht und eine weitere Paste angerührt, die sie noch am gleichen Tag nach Neustatt bringen wollte. Zu ihrer Überraschung bot Svea an, diesen Gang für sie zu übernehmen. Sie könne allein viel schneller und sicherer durch den hohen Schnee in die Stadt gelangen, argumentierte sie. Alveradis war froh, dass ihr dieser Weg erspart blieb und willigte ein.

Svea zog sich den Umhang über, schulterte die Tasche und verließ noch am Morgen die Lichtung. Nur war es diesmal anders als noch am Vortag. Sie fühlte sich aufrechter und sicherer, als sie Neustatt entgegenschritt. Sich ihrer neuen Entscheidung bewusst, war Svea fest davon überzeugt, das Richtige zu tun.

Tatsächlich traf sie zügig in Neustatt ein. Durch das Tor gelangte sie diesmal auch ohne einen Bürgen, indem sie sich, wie schon so oft, als Tochter eines Bauern ausgab. Die Wache hatten zwar ein paar derbe Sprüche für sie übrig, hielten sie jedoch nicht auf. Schnell lief sie bis zu Georgs Haus und wartete dort auf der gegenüberliegenden Straßenseite. Schließlich fasste sie sich Mut und überquerte die Gasse.

Als sie das Haus ihres Bruders betrat, schien es, als ginge sie in der Zeit zurück. Das Gebäude, das sie so viele Jahre nicht von innen gesehen hatte, rief Erinnerungen hervor wie es bereits am Tag zuvor im Haus ihres Vaters geschehen war. Elisabeth war an der Feuerstelle zu Gange und auf einer Bank saßen ein Mädchen und ein Knabe, die Svea nicht kannten. Mit großen Augen bestaunten sie die Fremde, die mit ihrem Heim offenbar vertraut war.

Elisabeth hieß Svea verhalten willkommen und bot ihr einen Platz und etwas zu essen an. Svea lehnte beides ab. Sie wollte nur so lange wie notwendig in Neustatt bleiben und da Georg nicht im Haus war, überreichte sie die Heilmittel für Zacharias und erläuterte mit wenigen Worten ihre Anwendung. Dann verließ sie das Haus auch schon wieder unter den fragenden Blicken der beiden Kinder.

Vor der Tür blieb Svea stehen, schloss erleichtert die Augen und wartete. Sie musste noch etwas erledigen und das würde ihr wesentlich schwerer fallen, als am Vortag das Haus ihres Vaters zu betreten. Sie wusste nicht so recht, wie sie es anstellen sollte, sondern nur, dass sie es tun musste. Svea atmete tief durch, dann machte sie sich auf, durch die matschigen Straßen Neustatts in denen kaum ein Mensch zu sehen war. Nur wenige Augenblicke später hörte sie schnelle Schritte hinter sich und eine vertraute Stimme rufen: „Svea! Svea, so warte doch!“

Es war Raimund. Abermals schloss Svea die Augen und atmete tief durch, ehe sie sich umdrehte und den Jüngling auf sich zulaufen sah. Der blieb einige Schritte vor ihr stehen und lächelte sie an. Er war unsicher, Svea konnte es fühlen.

„Svea“, begann Raimund und seine Augen strahlten, als er ihren Namen aussprach. „Es ist so viele Wochen her, seit ich dich das letzte Mal gesehen habe ... ich freue mich, dich zu sehen.“

Die Empfindungen des Burschen für Svea waren so offensichtlich in dessen Gesicht abzulesen, dass es sie schon beinahe schmerzte. Auch sie empfand Ähnliches für ihn, das hatte Svea sich schon bald nach ihrer ersten Begegnung eingestanden. Aus diesem Grund hatte sie ihn damals schon kurz darauf wieder aufgesucht. Sie lernte Raimund als heiteren und zuvorkommenden Jüngling kennen, der sich von den Gassenjungen Neustatts abhob. Es fiel ihr zu diesem Zeitpunkt leicht, ihrem Herzen freien Lauf zu lassen und so hatten sie sich während des Sommers beinahe täglich gesehen und waren sich näher gekommen. Sie hatten eine unbeschwerte und schöne Zeit miteinander verbracht, auch dessen war sich Svea bewusst und doch hatte sich inzwischen Einiges geändert. „Raimund …“, war alles, was Svea hervorbrachte, und sie kam sich dabei vor, als stünde sie ihm das erste Mal gegenüber.

Der Jüngling überwand die letzten Schritte zwischen ihnen und griff nach Sveas Händen. Sie ließ es geschehen, die Berührungen waren ihr vertraut. Und dennoch fühlte es sich heute anders an, als die vielen Male zuvor, stellte Svea fest. Raimund hingegen schien davon nichts zu bemerken. Stattdessen begann er wohlgelaunt zu plaudern. „Ich hab' Thorben reden hören, du seiest gestern in der Stadt gewesen. Brun hat es bestätigt und mir verraten, dass du vielleicht heute oder morgen noch einmal kommen würdest. Ich bin glücklich, dich zu sehen.“

Sveas Antwort fiel knapp aus. „Mein Halbbruder ist krank. Alveradis und ich versuchen ihm zu helfen.“ Mit keinem Wort ging sie auf Raimunds Glücksgefühl ein.

„Geht es ihm schon besser?“, erkundigte er sich mit strahlenden Augen. Svea tat es im Herzen weh, ihn so zu sehen. Mit einer Hand strich sie dem Burschen durch das blonde, zerzauste Haar, das in den letzten Monaten länger geworden war. Es stand ihm gut, stellte sie wie schon vor einigen Wochen erneut fest. Ihr Blick war liebevoll, aber auch wehmütig.

„Ach, Raimund“, antwortete Svea schließlich. „Es ist weniger Zachi, um den meine Gedanken kreisen.“

Jetzt erkannte auch Raimund, dass etwas nicht stimmte und sein Lächeln erstarb langsam. Seine Stimme klang unsicher, als er zu sprechen wagte. „Wie meinst du das? Um wen sorgst du dich noch?“

„Um dich, mein Lieber!“, gestand Svea, ohne ihm dabei in die Augen blicken zu können.

„Aber mir geht es gut“, entgegnete er verblüfft.

„Ich fürchte, nicht mehr lange“, sagte Svea traurig. „Und den Schmerz, den du bald empfinden wirst, werde ich verursachen. Das betrübt mich.“

„Was willst du damit sagen?“, fragte Raimund, ohne sicher zu sein, ob er es tatsächlich wissen wollte.

Als Antwort schloss Svea den Jüngling fest in ihre Arme. Der erwiderte die Innigkeit, war jedoch unbeholfen wie nie zuvor. So oft hatte er Svea bereits gehalten, sie geküsst, und er hatte im vergangenen Sommer sogar beinahe bei ihr gelegen, so dass ihn seine Zurückhaltung selbst zu überraschen schien. Dennoch versuchte er Klarheit zu erlangen. „Svea, was ist geschehen?“

Svea löste sich von Raimund und trat einen Schritt zurück. Mit Tränen in den Augen sah sie in an. „Es tut mir leid, doch wir werden uns nicht wiedersehen. Zumindest nicht wie bisher."

„Was willst du damit ...?", flüsterte Raimund, wagte aber nicht, die Frage zu Ende auszusprechen. Stattdessen stellte er eine andere. „Weshalb? Gibt es ... einen anderen?"

Schweigen breitete sich in der Gasse aus und lastete schwerer auf den beiden als der Schnee auf den Dächern der Stadt. Als Svea schließlich nickte, begann Raimund leise zu fluchen. Bei jedem harschen Wort zuckte Svea zusammen, doch sie konnte es ihm nicht verübeln. Nachdem der Jüngling sich wieder beruhigt hatte, versuchte er mehr zu erfahren. „Wer ... wer ist es? Kenne ich ihn? Wie lange ...?"

„Nein, du kennst ihn nicht. Und es gab ihn in meinem Leben schon lange, bevor ich dich getroffen habe. Ich weiß, dass es sich merkwürdig anhört, doch ich weiß noch nicht einmal, ob und wo er lebt."

„Aber weshalb ...?"

„Mein Herz sehnt sich nach ihm", unterbrach Svea den Burschen und ihre traurigen Augen verrieten Raimund mehr, als ihre Worte es vermochten. Er sah darin die Hoffnungslosigkeit seiner Lage, die er jedoch nicht wahrhaben wollte.

„Aber Svea, das ist doch ..."

„Irrsinn? Ja, ich weiß. Es ist Wahnsinn und es tut mir Leid, dass ich dir diesen Schmerz zufüge. Glaube mir, das lag nie in meiner Absicht. Ich hatte gehofft, das gleiche für dich empfinden zu können wie für ihn. Doch die Gefühle für Faolán sind wesentlich stärker, als ich jemals geglaubt habe."

„Faolán ... heißt er so? Und du erwartest, dass ich mich diesem – Faolán – kampflos geschlagen gebe? Dass ich dich einfach so aufgeben werde?"

„Es gibt niemanden, gegen den du kämpfen könntest, außer gegen dich selbst. Und es gibt niemanden, um den du kämpfen solltest, mein Lieber."

„Oh doch, Svea. Ich kann einfach nicht glauben ..."

„Ich weiß, Raimund. Doch wenn ich nicht gegen meine Gefühle angekommen bin, wie willst du es dann schaffen?" Noch einmal wollte Svea durch das Haar des Jünglings streichen, doch Raimund hielt ihre Hand davon ab.

„Svea, ich liebe dich. Begreifst du das nicht? Ich habe Pläne ... nächstes Frühjahr könnten wir ..."

„Sei still", flehte Svea, die sich nur allzu gut diese Pläne ausmalen konnte. Vielleicht wäre sie ihnen vor wenigen Monaten nicht einmal abgeneigt gewesen, als sie gemeinsam vergnügt und mit einer ungewohnten Leichtigkeit durch die Gassen Neustatts gestreift waren oder auf den Auen so dicht beieinander gelegen hatte, dass sie gegenseitig ihren Herzschlag hatten hören können. Doch Svea hatte einen Entschluss gefasst, so schwer er ihr jetzt auch fiel. Tränen liefen über ihre Wangen, als sie mit erstickter Stimme sprach. „Bewahre deine wunderbaren Pläne für eine andere auf, die sie besser zu würdigen weiß. Mit mir würdest du nicht glücklich werden, denn Faolán stünde immer zwischen uns."

„Ich will aber keine andere", verneinte Raimund flehend das Offensichtliche. „Ich will dich, Svea!"

„Es tut mir Leid." Mehr vermochte Svea nicht zu sagen. Sie küsste ihre Finger und presste sie zum Abschied auf seinen Mund. „Verzeih mir ...", waren ihre letzten Worte, dann wandte sie sich um und lief davon. Raimund blieb wie angewurzelt stehen. Obwohl er bereit war, um Svea zu kämpfen, wusste er doch um seine ausweglose Lage, gegen einen unsichtbaren Kontrahenten anzutreten. Und dennoch wollte er sich diesen Verlust, diese Niederlage nicht eingestehen.

Während Raimund seine Liebe davonlaufen sah, flüsterte er ihren Namen. „Svea. Meine liebste Svea. Bitte tu das nicht. Du weiß ja nicht, was du da tust."

Erst als Svea aus seinem Blickfeld verschwunden war, schloss Raimund die Augen. Tränen liefen nun auch ihm über die Wangen, deren Muskeln sich verhärteten. Zwischen zusammengepressten Zähnen stieß er nur noch wenige Worte hervor. „Tu mir das nicht an, Svea. Bitte!"

Als Antwort erhielt er nur das hohnvolle Krächzen und Kreischen der Krähen auf den Dächern der Stadt. Raimund öffnete seine Augen wieder und blickte düster die Gasse hinunter. Seine Worte waren nur noch ein Flüstern, an sich selbst gerichtet. „So wirst du mich nicht einfach ablegen, meine Liebe. So nicht!" Dann machte auch er kehrt und stapfte durch den Schneematsch davon, ohne zu wissen, wohin er sich wenden sollte.

Der Winter lag seit vielen Wochen wie ein eisig weißes Tuch über dem Land. Die kleine Burg des Edelherrn Brandolf auf der Anhöhe trotzte diesem Bild mit dem dunklen Palisadenwall und ihren Gebäuden. Krähen waren in diesen Tagen die ständigen Gäste auf den weißen Dächern und Spitzen der Umwehrung. Sie wussten genau, dass hier Nahrung für sie abfiel und sie stritten sich gerne mit den Schweinen in den Koben um den Küchenunrat.

Wie die Krähen profitierten auch Faolán und Konrad von der Burggemeinschaft, wenn auch auf andere Weise. Sie verrichteten täglich harte Arbeiten, um sich ihr Mahl zu verdienen – ganz wie der Edelherr es angekündigt hatte. Sie gewöhnten sich schnell an das Leben auf der Burg und hatten sich in den vergangenen Wochen an jede einzelne Anweisung gehalten, die ihnen erteilt worden war. Meist verrichteten sie Arbeiten im Stall, mussten den Schnee im Burghof beseitigen oder sonstige niedere, körperlich anstrengende Tätigkeiten verrichten. Weder Faolán noch Konrad scheuten diese Plackerei, und schon bald wusste jeder auf der Burg, dass man bei harter Arbeit auf ihre Hilfe zählen konnte.

Erstaunlicherweise dauerte es nur wenige Tage, bis Faolán und Konrad in die Gemeinschaft aufgenommen waren. Nie sprach sie jemand auf die Gegebenheit an, dass sie gefesselt und von Pferden gezogen auf die Burg gebracht worden waren. Gerüchte und Argwohn bezüglich des vorgeworfenen Diebstahls schienen nicht zu existieren, zumindest besaß Faolán keine Kenntnis davon.

Indes hielt der Burgherr sein Wort. Er beobachtete die beiden Jünglinge genauestens und ließ sich täglich über ihren Werdegang berichten. Da sie ihn nicht enttäuschten, behandelte er die jungen Männer im Gegenzug wie gewöhnliche Knechte, mit all ihren Rechten. Selbst wenn diese noch so gering waren, befand sich Faolán dadurch in einer außergewöhnlichen Situation, denn bisher kannte er lediglich die Pflichten eines Novizen.

Durch die Familie des Stallburschen Joos hatte auch Faolán schnell Anschluss an die Gemeinschaft erhalten. In vielen Gesprächen, die abends in der großen Halle geführt wurden, erfuhr er, dass die Burg des Edelherrn nur wenige Tagesritte vom Sitz des Grafen entfernt lag. Und dieser Graf war tatsächlich niemand geringerer als Rurik. Faolán konnte nur hoffen, dass der Edelherr seinem Dienstherrn nicht derart ergeben war, dass er seine jüngst ernannten Knechte an diesen auszuliefern gedachte. Denn Rurik würde sicher nicht zögern, die beiden entlaufenen Novizen in die Obhut der Kurie zurückzuführen.

Diese Gefahr bestand in der Tat, denn eines Vormittags war ein Kundschafter des Grafen unerwartet auf der Burg eingetroffen, der den Edelherrn unverzüglich zu sprechen wünschte. Brandolf befand sich allerdings auf der Jagd und da erst noch Vorbereitungen für den Empfang des Kundschafters in der großen Halle getroffen werden mussten und dieser damit umso länger auf der Burg weilte, befürchtete Faolán, diesem Mann versehentlich zu begegnen. Er hoffte, ihm so fern wie möglich bleiben zu können. Doch dieser Wunsch wurde ihm nicht erfüllt. Ausgerechnet ihm wurde aufgetragen, das Pferd des Gastes entgegenzunehmen und zu versorgen. Mit gesenktem Haupt hatte Faolán die Zügel ergriffen und das Tier fort geführt.

Im Stall versorgte er den Hengst und begann anschließend, dort auszumisten. Dabei hielt er sich im hinteren Bereich auf und hoffte auf diese Weise, Arbeiten auf dem Hof aus dem Weg gehen zu können. Eine Zeit lang hatte er damit Erfolg, doch plötzlich wurde es unruhig im Stall. Stimmen erklangen und wurden immer lauter, als sie sich ihm näherten. Es schien, als suchten sie etwas oder jemanden. Faolán versuchte, in einer dunklen Ecke des Gebäudes mit dem Schatten zu verschmelzen.

Da erschien Küchenmeister Helmar vor ihm. Er war von großem Wuchs und wirkte stets rastlos. Jetzt allerdings war er noch aufgeregter als üblich. Er war auf der Suche nach Faolán und als er ihn erblickte, entfuhr ihm ein erleichterter Seufzer. Zufrieden rieb er seine Hände an der Schürze ab und gebot Faolán, ihm zu folgen. Bereits auf dem Weg zum Kochhaus berichtete der Meister, dass sich einer seiner Gehilfen mit dem Messer geschnitten hätte und Faolán dessen Aufgabe übernehmen müsse. Zu Faoláns Schrecken bestand diese darin, während des bevorstehenden Empfangs dem Edelherrn Brandolf und dem Gesandten des Grafen mit Wein aufzuwarten.

Faolán wollte seinen Ohren nicht trauen, als er weitere Einzelheiten erfuhr. Der Burgherr war vor kurzem von der Jagd zurückgekehrt und der Empfang des Kundschafters würde nicht mehr lange ausstehen. Faolán hatte kaum Zeit, darüber Klarheit zu erlangen, welche Folgen dies mit sich brachte. Nur eines war gewiss: All seine Bemühungen, dem Kundschafter fernzubleiben, waren mit einem Schlag zunichte gemacht worden.

In einer Nebenkammer des Kochhauses halfen ihm zwei Mägde mit flinken Händen, sich der stinkenden Knechtskleidung zu entledigen. Obwohl

Faolán lediglich in eine Brouche gekleidet dastand, haftete der Geruch des Stalls noch immer an ihm. Da die Zeit für ein Bad zu knapp war, begannen die Mädchen ihn mit getrockneten Kräutern und Blüten von Kopf bis Fuß abzureiben. Sogar das kurz geschorene Haupthaar ließen sie nicht aus. Schon bald wurde Faolán von einem wohligen Duft umgeben. Der einstige Novize fühlte sich dabei jedoch alles andere als behaglich, vor allem, als die Mädchen seine Oberschenkel einrieben, seiner Männlichkeit unangenehm nahe kamen und dabei immerzu kicherten. Faolán war sichtlich erleichtert, als die Mägde endlich von ihm abließen und er frische Kleidung anlegen durfte.

Während dies geschah, stand Meister Helmar neben ihm und erklärte viel zu schnell seine neue Tätigkeit. Dies betraf vor allem die Art, wie er sich während der Zusammenkunft der beiden Herren zu verhalten hatte, wie der Wein auszuschenken und die Becher zu reichen waren. Jeder Handgriff musste sitzen, um den Edelherrn nicht bloßzustellen. Faolán bekam es zusehends mit der Angst zu tun, denn es gab vieles, was er falsch machen konnte. Ihm blieb nur wenig Zeit, sich vorzubereiten, und der Küchenmeister redete unentwegt auf ihn ein.

Nach einigen Übungen mit Karaffe und Kelch begriff Faolán, wie er vorzugehen hatte und wurde sich seiner Aufgabe sicherer. Auch Meister Helmar beruhigte sich etwas, und gemeinsam machten sie sich auf den Weg zur Halle.

Als Faolán mit Weinkrug und Kelchen den großen Raum betrat, waren sowohl Edelherr Brandolf als auch einige seiner Getreuen anwesend. Allesamt waren sie bewaffnet und Brandolf selbst hüllte sich in einen gefütterten Mantel, der teilweise mit Fellen besetzt war. Eine beinahe schon greifbare Spannung lag in der Luft. Der Burgherr hatte auf seinem hohen Sitz Platz genommen und zu seinen Seiten befanden sich zwei eiserne Becken mit glühenden Kohlen. Sie wärmten den Raum zumindest in der Nähe des Edelherrn etwas auf, tauchten ihn aber zugleich in ein unwirkliches, dämonisches Licht.

Als habe der Edelherr nur auf Faoláns Ankunft gewartet, gab er einem der Vertrauten ein Zeichen, woraufhin dieser die Halle verließ. Schweigen herrschte und der Edelherr schien in Gedanken versunken. Faolán wurde das Warten unangenehm. Er fühlte sich fehl am Platz, denn er hatte noch nie einem Herrn aufgewartet. Hilflos schaute er sich um. Erst jetzt bemerkte er, dass Meister Helmar ihm nicht in die Halle gefolgt war. Er war auf sich allein gestellt.

Nach einigen Augenblicken kam der Vertraute des Edelherrn zurück. Dicht hinter ihm folgte ein dunkel gekleideter Mann: der Botschafter des Grafen. Er trug ebenfalls einen gefütterten Mantel, als sei er eben erst auf der Burg eingetroffen und hätte noch keine Zeit gehabt, ihn abzulegen. Sein langes, helles Haar war strähnig und lag auf dem Kragen auf, seine Gewandung schien er schon seit Wochen nicht mehr gewechselt zu haben. Dennoch wirkte der Kundschafter edel und erhaben, sein Blick und seine Haltung waren selbstbewusst. Souverän schritt er auf den Edelherrn zu. Er wusste, welche Privilegien er als Botschafter des Grafen innehatte.

Der Fremde blieb vor dem Burgherrn stehen und verbeugte sich knapp, beinahe unmerklich. Die beiden Männer tauschten ein paar nichtssagende Floskeln aus. Dann kam der Moment, da Faolán den Wein ausschenken musste. Zu seiner Erleichterung verlief dies ohne Missgeschick und er konnte sich wieder hinter den Stuhl seines Burgherrn begeben und sich bereit halten, um auf Geheiß die Becher erneut zu füllen.

Kurz darauf kam der Edelherr zum Wesentlichen. „Welch wichtigen Belange führen Euch in diesem harten Winter zu uns, Kundschafter? Reisende trifft man zu dieser Jahreszeit nur selten an und falls doch, so sind sie meist in dringlicher Mission unterwegs."

„Ihr vermutet richtig, Edelherr", antwortete der Fremde ohne Umschweife. „Der Graf bittet Euch um Unterstützung in einer sehr delikaten Angelegenheit."

Brandolf hob eine Augenbraue. Die Wortwahl seines Gegenübers schien ihn zu überraschen. „Graf Rurik bittet mich ...? Worin besteht diese ... Bitte?"

Der Bote schaute sich um und beäugte die anwesenden Männer argwöhnisch. Nach kurzem Zögern entnahm er seinem Mantel ein gefaltetes, mit gelbem Wachs versiegeltes Stück Pergament und reichte es dem Burgherrn. Faolán konnte von seiner Position aus das Siegel deutlich erkennen: ein Wolfskopf mit offenem Maul, von einem Schild halb verdeckt. Brandolf prüfte es lange und ausführlich, bevor er es brach und das Dokument entfaltete. Während er die Nachricht studierte, hielt er das Pergament gerade so, dass Faolán die in großer, geübter Schrift verfassten Zeilen ohne Mühe ebenfalls entziffern konnte.

Mit jedem Wort des Dokuments wurde Faolán schwindeliger. Er musste sich beherrschen, nicht Halt am Stuhl des Edelherrn zu suchen. Er blieb standhaft und las bestürzt die Zeilen ein weiteres Mal. Seine Augen wurden dabei immer größer. Nicht nur, dass er die Schrift wiederzuerkennen glaubte und sie Prior Walram zuordnete, sondern auch der Inhalt trieb ihm Schweiß auf die Stirn. Die Nachricht betraf die Suche nach Konrad und ihm. Bevor er die Botschaft abermals lesen konnte, faltete der Edelherr das Pergament wieder zusammen. Faolán war sich der Konsequenzen dieses Schreibens noch nicht vollends bewusst, da ergriff Brandolfs bereits das Wort.

„Selbstverständlich werde ich dem Grafen bei der Suche nach den beiden Verschollenen helfen. Allerdings gestaltet es sich zu dieser Jahreszeit schwierig, wie Ihr auf Eurer Reise sicherlich feststellen konntet. Ich werde jedoch unverzüglich meine Untergebenen anweisen, das Umland zu erkunden. Sobald sich etwas ergeben sollte, werde ich den Grafen auf schnellstem Wege davon unterrichten."

Überrascht begriff Faolán, dass der Edelherr seine neuen Knechte nicht dem Kundschafter auszuhändigen gedachte. Dennoch gab der Burgherr vor, der Bitte des Grafen zu entsprechen.

Dem Kundschafter schien diese Antwort nicht ausreichend zu sein. Noch einmal schaute er sich um, dann sprach er zu Brandolf. „Graf Rurik hat einige Boten in die Ländereien ausgesandt. Diese Suche ist für ihn von äußerster Wichtigkeit."

„Das habe ich bereits vermutet", entgegnete der Edelherr brummend.

„Wie könnt Ihr das vermuten?", fragte der Bote überrascht.

„Ich kenne Rurik schon einige Jahre und habe manche Schlacht mit ihm geschlagen. Aber nicht nur mit ihm ...", schweifte der Burgherr ab, besann sich aber wieder. „Allein zu dieser Jahreszeit mehrere Botschafter auszusenden zeugt von Dringlichkeit. Ich frage mich nur, weshalb?"

„Der Graf hat jedem einzelnen Boten Anweisungen erteilt. Sie sollten sicher gehen, dass jedes ausgehändigte Dokument auch gelesen wird", offenbarte der Botschafter und beugte sich dann vertraulich zu Brandolf vor. Mit leiser Stimme sprach er weiter. „Ich war der letzte unter den Reitern und er hat mich zur Seite genommen. Er hat mir aufgetragen, Euch gegenüber einen genauen Wortlaut zu wiederholen: Der Knabe muss gefunden werden, in Gottes Namen."

Der Kundschafter trat einen Schritt zurück und Brandolf atmete tief ein. Er kannte den Wortlaut genau und konnte sich noch gut daran erinnern, wann er ihn das letzte Mal aus Ruriks Mund vernommen hatte. Doch welchen Sinn ergaben diese Worte im Zusammenhang mit dem entflohenen Novizen?

„Kennt Ihr die Bedeutung der Worte?“, wollte der Burgherr von Ruriks Mann wissen, doch der verneinte die Frage mit einem Kopfschütteln. Brandolf hätte es sich denken können. Sicher würde der Graf niemanden in sein Vorhaben einweihen, denn die Wahrheit könnte viele zu Fall bringen.

Dann beugte sich der Bote noch einmal vor und sprach so leise, dass nur Brandolf ihn hören konnte. „Ich weiß weder, was die Worte bedeuten noch was den Grafen dazu veranlasst hat, mich auszusenden. Ich weiß nur, dass er sich geändert hat. Ihr wart doch auch im Tross des Kaisers, als wir das Gebirge im vorigen Winter überquert haben. Niemand weiß, was ihm damals widerfuhr, als er gezeichnet wurde.“ Mit einem Finger deutete der Mann ein Kreuz auf der Stirn an und fuhr fort: „Manche behaupten, er sei seit jener Nacht von Sinnen. Doch daran glaube ich nicht. Er hat sich allerdings verändert, das kann auch ich nicht leugnen.“

Der Edelherr dachte lange über die vertraulichen Worte des Mannes nach. Die Veränderungen des Grafen konnten in jede erdenkliche Richtung gehen. Brandolf wusste nicht, was er davon halten sollte. Daher blieb ihm auch nichts weiter übrig, als Ruriks Bitte zu entsprechen, schränkte jedoch die Hoffnungen auf eine erfolgreiche Suche ein: „Ihr solltet bedenken, dass die Gesuchten bei dieser Kälte unmöglich noch am Leben sein können. Sollten sie sich tatsächlich auf Wanderschaft befunden haben, wie der Graf es in seinem Schreiben schildert, so sind die Aussichten, sie lebend zu finden, sehr gering. Ihre Spuren liegen unter dem Schnee begraben, wenn nicht sogar ihre Leichen.“

„Das mag durchaus sein. Doch es könnte auch sein, dass die beiden an einem Ort überwintern. Deshalb solltet Ihr Euch auch im kommenden Frühjahr bereithalten und mit allen verfügbaren Kräften nach den beiden Novizen suchen. Sie müssen um jeden Preis gefunden werden, in Gottes Namen!“

Bei den letzten Worten presste Brandolf die Lippen fest zusammen. In Gottes Namen hatte er Rurik damals gezeichnet. Wollte der Graf ihn daran erinnern? Wollte der Graf andeuten, sein Handeln stünde im Sinne Farolds? Der Inhalt des Dokuments ließ allerdings genau auf das Gegenteil schließen, denn darin wurden die Novizen als Abtrünnige und Geächtete bezeichnet, was erklärte, weshalb der Graf persönlich nach den Verbrechern suchen ließ. Nach kurzem Zögern stimmte er schließlich der Forderung mit einem

Nicken zu. „Wir werden keine Anstrengung scheuen. Aber erst im Frühjahr, vorher sehe ich keine Möglichkeit. Gibt es sonstige Neuigkeiten?"

„Nein, das wäre alles." Die Worte des Kundschafters klangen endgültig. Nicht nur die Unterredung betreffend, sondern auch, was seinen Aufenthalt auf der Burg betraf. Dennoch bot der Edelherr ihm eine Bleibe und ein Mahl an. Höflich lehnte der Mann des Grafen ab. Er beabsichtigte, noch am selben Tag zumindest bis nach Waldesheim zu gelangen und so leerte er seinen Becher in einem Zuge und bat um sein Pferd. Mit Worten des Bedauerns verabschiedete der Burgherr seinen Gast und wies einen seiner Getreuen an, sich um alle Belange des Boten zu kümmern und ihm reichlich Proviant für Mann und Tier mitzugeben. Der Reisende bedankte sich und machte kehrt, um die Halle zu verlassen.

Brandolf blieb auf seinem Stuhl sitzen und dachte nach. Nur einige Augenblicke später entließ er auch seine übrigen Getreuen aus der Halle. Mit einem Mal befanden sich nur noch Faolán und der Edelherr in dem viel zu großen Raum. Der Knecht glaubte, der Adelsmann habe ihn hinter dem hohen Stuhl einfach vergessen, still und regungslos, wie er dort die gesamte Zeit über dagestanden hatte. Unsicher begann Faolán, sich mitsamt dem Weinkrug leise zurückzuziehen. Er hatte noch nicht einmal die Tür erreicht, als die Stimme des Edelherrn überraschend laut erklang.

„Ich kann mich nicht entsinnen, dich ebenfalls entlassen zu haben!"

Faolán erstarrte vor Schreck. Unsicher, was er jetzt tun sollte, machte er wieder einige Schritte zum Stuhl zurück. „Entschuldigt, mein Herr."

Brandolf erhob sich von seinem Sitz und kam auf den Jüngling zu, der vor kurzem noch als Stallbursche gedient hatte und jetzt nach Kräutern duftend völlig unbeholfen mit einem Weinkrug in der Hand dastand. Faolán selbst hätte sich mit einer Mistgabel in den Händen wohler gefühlt. Daran hätte er sich wenigstens festhalten können.

Langsam umrundete der Edelherr Faolán und studierte ihn aufmerksam, wie ein Wolf seine Beute. „Du hast es gelesen, nicht wahr?"

„Ich weiß nicht, was Ihr meint, mein Herr", entgegnete Faolán mit gesenktem Blick.

„An dem Tag, als wir aufeinander trafen, musste ich einen Tuchhändler darauf aufmerksam machen, mich nicht zu unterschätzen. Du erinnerst dich sicherlich – der Verlust deiner linken Hand stand damals auf dem Spiel", erklärte der Krieger in strengem Tonfall. „Die gleiche Warnung erteile ich dir. Halte mich nicht für dumm! Oder bist du es und hast deshalb als Novize die Schrift nicht erlernt?“ Faolán antwortete nicht und blickte weiter zu Boden. Der Burgherr wusste, wie er das Schweigen zu werten hatte und fuhr fort: „Du hast die Nachricht gelesen. Dir wäre dabei fast das Herz in die Brouche gerutscht. Vielleicht ist es dir nicht aufgefallen, aber du hast erschrocken den Atem angehalten. Mir hingegen ist es nicht entgangen. Ich frage dich nun ein letztes Mal: Hast du die Nachricht gelesen?“

„Ja, mein Herr“, gestand Faolán reumütig.

„Welche Sprachen beherrschst du?“

Faolán zögerte, gab dann aber uneingeschränkt Auskunft. „Griechisch und Latein, in geringem Maße das Westfränkische und in vollem Maße die eigene Sprache.“

„In Wort und Schrift?“, hakte der Burgherr nach.

„In Wort und Schrift, mein Herr“, bestätigte Faolán mit einem Nicken.

„Wie sieht es mit dem Zahlenwerk der Arithmetik aus?“

Jetzt hob der Knecht sein Haupt und blickte den Burgherrn fragend an. „Ich verstehe nicht, Herr ...“

„Ich erwarte nicht, dass du verstehst“, unterbrach ihn Brandolf harsch, „ich erwarte, dass du meine Frage beantwortest!“

Eingeschüchtert zählte Faolán weiter auf: „Ich habe Grundkenntnisse über die lateinische und griechische Zahlenschrift. Außerdem beherrsche ich das Fingerrechnen und kann einfache Kalkulationen in allen Formen durchführen, wenn Ihr das meint, mein Herr.“

„Das zeugt von einem Novizen mit wachem Verstand sowie einer brauchbaren Klosterschule.“ Der Edelherr schien mit der Auskunft zufrieden und umrundete Faolán noch einmal, ehe er vor ihm stehenblieb. Er schaute dem Jüngling tief in die Augen, als versuche er, das Geheimnis hinter diesem Gesicht zu ergründen. Schließlich fuhr er fort: „Sicher wirst du dich fragen, weshalb ich dich und deinen Freund nicht direkt an den Boten ausgeliefert habe. Warum nur habe ich mein Wissen verborgen? Hätte ich euch ausgehändigt, wäre mein Ansehen in der Grafschaft sicherlich gestiegen. Mein Einfluss und meine Macht ebenfalls. Sollte mein untreues Handeln allerdings eines Tages offenbart werden, so wird man mich dafür zur Rechenschaft ziehen. Die Strafe wäre beträchtlich. Weshalb also bin ich deiner Meinung nach dieses Wagnis eingegangen?“

Der Edelherr war während seiner Erklärung zunehmend lauter geworden, als erzürne ihn seine Entscheidung nachträglich. Um seinen Unmut zu mildern, lief er in der Halle auf und ab. Faolán wusste nicht, was er antworten sollte. Obwohl der Burgherr ihn einschüchterte, wagte er eine Lüge. „Mein Herr, wir sind nicht die Gesuchten!"

Das war in Brandolfs Augen zu viel des Guten. Mit wenigen großen Schritten stand er unmittelbar vor Faolán. Einen Zeigefinger mahnend vor dessen Gesicht erhoben, fuhr er den Jüngling an, dass dieser vor Schreck beinahe den Weinkrug fallen ließ. „Ich habe dich gewarnt, mich nicht zu unterschätzen. Beleidige meinen Verstand und meinen Scharfsinn nicht mit einer derart geistlosen Lüge. Ich wiederhole meine Frage noch einmal, und diesmal erwarte ich eine aufrichtige Antwort: Weshalb bin ich dieses Wagnis wohl eingegangen?"

Faolán senkte abermals den Blick. „Bitte verzeiht mir, mein Herr, doch ich weiß nicht, weshalb Ihr so gehandelt habt", gab er leise von sich und fügte nach einer kurzen Pause hinzu: „Doch eine Angelegenheit verhält sich meiner Ansicht nach anders, als Ihr sie geschildert habt. Ich denke nicht, dass Euer Ruhm oder Euer Ansehen in der Grafschaft gestiegen wären, hättet Ihr der Forderung des Grafen entsprochen und uns ausgeliefert. Vielleicht hätte es Euer Ansehen beim Grafen angehoben, doch sicherlich nicht beim Volk. Schon gar nicht bei den Bewohnern dieser Burg."

Der Edelherr sah den Jüngling entschlossen an. Faolán hatte mit jeder Reaktion gerechnet. Diese Ruhe jedoch hatte er nicht erwartet. Offensichtlich waren seine Worte die richtigen gewesen. Gelassen stellte Brandolf eine weitere Frage. „Warum mag dem so sein, sollte deine Vermutung zutreffen?"

„Eure Ergebenen sehen in Euch einen gerechten und ehrenhaften Führer", antwortete Faolán aufrichtig. „Das zeigt schon die Art und Weise, wie man Konrad und mich in dieser Gemeinschaft aufgenommen hat. Die Menschen vertrauen Euch und Eurem Urteil. Hättet Ihr allerdings der Bitte des Grafen entsprochen, so hättet Ihr Eure eigene Entscheidung uns betreffend und somit einige Eurer Prinzipien widerrufen."

„Macht und Ansehen erfordern zuweilen solche Opfer", entgegnete Brandolf trocken. „So mancher Mann hat seine Prinzipien schon aus geringeren Gründen abgelegt und sich der Macht verschrieben."

Faolán zögerte kurz, doch die Worte, die ihm auf der Zunge lagen, konnte er nicht länger zurückhalten. Vorsichtig sprach er weiter. „Mit Verlaub, mein Herr, doch ich glaube nicht, dass Ihr ein solcher Mann seid. Sonst hättet Ihr auch damals auf dem Marktplatz nicht in das Geschehen eingegriffen. Dem Kundschafter des Grafen zwei Männer zu überantworten, von denen Ihr selbst noch etwas erwartet und nicht wisst, was Graf Rurik mit ihnen vorhat – das entspräche nicht dem rechtschaffenen Edelherrn, unter dessen Schutz ich im Augenblick stehe. Ihr wollt Gewissheit haben, bevor Ihr eine solch gravierende Entscheidung trefft."

Brandolf war erstaunt stehen geblieben. Mit wachen Augen schaute er Faolán vom Scheitel bis zur Sohle an. „Eine gewagte Rede für einen einfachen Knecht. Doch sie zeugt von Scharfsinn und guter Beobachtungsgabe. Woher stammst du?"

„Wie ich Euch bereits am ersten Abend berichtet habe, liegt das Kloster in der Nähe von ..."

„Du beantwortest meine Frage nicht", unterbrach der Herr seinen Knecht. „Ich möchte wissen, wer deine Eltern sind. Wo ist ihr Verbleib?"

Faolán konnte auf diese Frage keine Antwort bieten. Es war eine Ewigkeit her, dass er die Wahrheit über seine Herkunft und seine Eltern zu ergründen versucht hatte. Diese Gedanken hatte er seit langem verdrängt und die Suche nach seinen Wurzeln vor Jahren aufgegeben. Dennoch spürte er, wie sich jetzt eine längst verdrängte Traurigkeit in seinem Herzen wieder ausbreitete. Er bemerkte nicht, wie sich Tränen in seinen Augen sammelten. Seine Stimme hörte sich ebenso ton- wie kraftlos an, als er dem Edelherrn die einzige ihm mögliche Antwort bot. „Ich ... ich weiß es nicht, mein Herr."

Obwohl dies den Edelherrn nicht überraschte, ließ ihn die Traurigkeit in Faoláns Stimme dennoch zögern. Es gab unzählige Novizen in den Klöstern des Okzidents, die als Waisenknaben aufgenommen wurden. Nur die Wenigsten wussten um ihre Herkunft. Doch bei diesem Novizen hegte Brandolf eine ganz besondere Vermutung, die ihn neugierig machte. Aber bevor er sie aussprach, benötigte er Gewissheit ...

„Seit wann lebst du im Kloster?"

Faolán schreckte auf, als habe man ihn aus einem Traum gerissen. Er schaute den Edelherrn lange an, ehe seine Erinnerung wieder kam und er zu berichten begann. Er schilderte alles, was er über seine Ankunft im Kloster wusste. Dass er im Alter von etwa sieben Jahren bei einem Pferd im Wald gefunden worden war und wohl mehrere Tage unterwegs gewesen sein musste. Angeblich existierten keinerlei Hinweise auf seine Herkunft und er befand sich daher von diesem Tag an in der Obhut der Benediktiner.

Brandolf dachte lange nach und schritt dabei unentwegt durch die Halle. Faolán blieb regungslos stehen und wartete. Schließlich wandte sich der Edelherr Faolán zu. „Befindet sich dieses Pferd noch im Kloster, bei dem du gefunden wurdest?"

Abermals verstand Faolán nicht, was die Fragen des Edelherrn zu bedeuten hatten, antwortete jedoch bereitwillig. „Soweit ich weiß, wurde es alsbald verkauft."

„Weshalb sollte ein Kloster etwas derart Kostbares wie ein Pferd verkaufen?", sinnierte Brandolf nachdenklich. „Ein gutes Nutztier ist eine viel wertvollere Entschädigung für die Aufnahme eines Kindes als sein Gegenwert in Silber. Weshalb hat man es so schnell verkauft?"

Der Edelherr versank erneut in Gedanken und Stille breitete sich in der Halle aus. Einzig die gedämpften Schreie der Krähen auf dem Dach und das Treiben auf dem Burghof waren zu vernehmen.

Als Brandolf wieder sprach, klang er gefasst. „Wenn ich richtig verstanden habe, so wollt ihr beiden Novizen im nächsten Frühjahr in euer Kloster zurückkehren."

„Sofern Ihr es gestattet, mein Herr", entgegnete Faolán leise.

„Keine Sorge, ich werde es gestatten. Staune nicht zu früh, denn ich gedenke euch zu begleiten, sobald ich im Frühjahr alles geregelt habe. Die Abreise mag dadurch etwas später stattfinden, als euch lieb ist, doch dafür werdet ihr zu Pferd reisen. Ihr werdet auf keinen Fall die Burg ohne mich verlassen!"

„Wie Ihr wünscht, mein Herr", antwortete der Knecht, dem diese Aussicht gar nicht gefiel. Mit Brandolf als Begleiter würden sie niemals unerkannt nach Neustatt gelangen, geschweige denn ins Kloster. Dennoch wagte Faolán jetzt nicht zu widersprechen.

Der Edelherr fuhr indes fort. „Zudem bleibt Ruriks Nachricht ein Geheimnis dieser Halle! Wird sie nach draußen gelangen, so weiß ich, wen ich zur Verantwortung ziehen muss. Nur wir beide haben die Nachricht gelesen!"

„Selbstverständlich, mein Herr."

Eine knappe Handbewegung beendete die Unterredung, und Faolán war entlassen. Mit wenigen Schritten war er bei der Tür und verließ erleichtert die Halle. Der Edelherr blieb und beobachtete, wie dieser Novize mit aufrechtem Gang davon schritt. Zu selbstbewusst und zu stolz für einen Knecht oder einfachen Novizen, den er eben zurecht gewiesen hatte. Nachdem die Tür von außen wieder geschlossen war, begab sich der Burgherr zu seinem kunstvoll verzierten Sitz. Er betrachtete ihn lange. Es war das Werk eines geschickten Mannes, der vor langer Zeit einmal vorzüglich mit Stemmeisen und Schnitzmesser umzugehen verstanden hatte.

Einst war es der Sitz seines Vaters gewesen, Gerold der Gerechte, wie ihn die Leute noch heute nannten. Obwohl auch Gerold Zeit seines Lebens nur ein minderer Edelherr gewesen war, so hatte er doch entscheidenden Einfluss bei den richtigen Männern gehabt. Auf seine Meinung hatten sogar einige Berater bei Hofe großen Wert gelegt. Doch das lag viele Jahre zurück.

Nach dem Tod seines Vaters war Brandolf als einziger Erbe der Ländereien und der Burg berechtigt gewesen, diesen Sitz sofort einzunehmen. Doch Brandolf hatte gezögert. Anfangs nutzte er den hohen Sitz lediglich zu offiziellen Anlässen. Damals hatte er sich darauf unwohl gefühlt und war froh, wenn er den Sitz seines Vaters so bald wie möglich wieder verlassen konnte. Auf einer anderen Burg hätte man das vielleicht als Schwäche ausgelegt, doch nicht so auf dieser Feste. Hier wurde das Zögern des jungen Herrn als Respekt und Ehrfurcht vor dem Verstorbenen angesehen und es gab wahrscheinlich keinen unter den Burgbewohnern, der an Brandolfs Stelle anders gehandelt hätte.

Inzwischen hatte sich Brandolfs Ansicht gewandelt und er hatte sich diesen Sitz zu Eigen gemacht. Sobald er darauf Platz nahm, verschmolz er nahezu mit ihm. Er hatte zwar noch immer Respekt vor dem verstorbenen Vater, doch Brandolf war jetzt Herr dieser Burg und als solcher wurde er von jedem angesehen und respektiert.

Lange betrachtete der Edelherr die Rückenlehne des erhabenen Sitzes, dessen Relief zwei Wölfe im Kampf gegeneinander zeigte. Es war wie ein biblisches Gleichnis. Ein Bruder bekämpfte den anderen. Dieser Sitz erinnerte ihn an einen anderen Adelssitz, den er einst gut gekannt hatte. Jener war ebenfalls aus massivem Holz gefertigt, doch um einiges größer und wesentlich kunstvoller gearbeitet als seiner. Es war der Sitz des Grafen, der ihm vor Augen schwebte. Doch vor vielen Jahren hatte ihn Rurik vereinnahmt. Dieser Mann war in Brandolfs Augen alles andere als gerecht oder edel. Oder hatte sich der Graf gewandelt?

Brandolf erinnerte sich an jene schicksalhafte Nacht der Nordmänner, als sein Dienstherr, Graf Farold, und dessen liebliche Gemahlin Sigrun hinterhältig ermordet worden waren. Niemals würde er diese Nacht vergessen. Es war die Nacht der Eiswölfe gewesen. Es war eine Blutnacht gewesen. Vor seinem geistigen Auge durchlebte er noch einmal, wie er den sterbenden Farold in seinen Armen gehalten und einen Schwur geleistet hatte. Nach wie vor war Brandolf seinem einstigen Grafen treu ergeben und wollte dem Eid gerecht werden. Jedoch hatte er sich geschworen, nur dem wahren Grafen treu zu dienen, und das war Rurik trotz seiner Ernennung durch den Kaiser in Brandolfs Augen nicht. Nein, Rogar sollte es sein ...

In all den Jahren hatte der Edelherr diesen Schwur nicht vergessen, allerdings war es ihm unmöglich gewesen, ihn zu erfüllen. Um Rogar hatte er sich nicht kümmern können, so sehr er sich auch all die Jahre bemüht hatte. Viele hatten nach dem Knaben gesucht, Brandolf war bei Weitem nicht der Einzige gewesen. Doch der Junge blieb seit dem Überfall verschollen. Brandolf war jedem Hinweis auf ein verwaistes oder gefundenes Kind nachgegangen, doch führte es nie zu dem erhofften Ergebnis.

Inzwischen hatte er sich damit abgefunden, seinen Eid niemals erfüllen zu können. Doch plötzlich, nach so langer Zeit, schien es, als würde sich doch noch eine Spur zu Rogar öffnen. Aus dem Nichts tauchte dieser Faolán mit seinem Freund auf. Dieser Name, Faolán, war ihm geläufig. Er hatte ihn in irgendeinem Zusammenhang schon einmal gehört, konnte ihn jedoch nicht mehr zuordnen. Was ihn vor einigen Wochen auf dem Markt zum Einschreiten bewogen hatte, war Brandolf ebenfalls nicht klar. Er war damals nur einem Instinkt gefolgt, mehr nicht. Doch schon der erste Blick in das Gesicht des Jünglings hatte Brandolf an Farold erinnert und eine verloren geglaubte Hoffnung wiedererweckt. Wenn er heute in Faoláns Augen blickte, bestärkte ihn dies in seiner Hoffnung, denn es war stets, als blicke er in die Augen seiner einstigen Herrin Sigrun.

Allerdings waren das nur Vermutungen und Hoffnungen, die er hegte. Brandolf fehlten die entscheidenden Beweise. Doch was Faolán soeben von sich preisgegeben und Brandolf bisher in Erfahrung gebracht hatte, fügte sich im Kopf des Edelherrn zu einem einheitlichen Bild zusammen. Die Informationen des Jünglings glichen zwar nur einigen kleinen Steinen eines großen Mosaiks, doch es schienen die entscheidenden Steine zu sein. Weitere Auskünfte erhoffte sich Brandolf im nächsten Frühjahr im Kloster der beiden Novizen zu erhalten.

Das Pferd, bei dem Faolán einst gefunden wurde, war der entscheidende Anhaltspunkt gewesen. Es gab tatsächlich nur zwei Gründe, weshalb das Kloster das Tier verkauft haben könnte. Entweder handelte es sich um ein Schlachtross, welches für den Ackerbau ungeeignet war, oder es war ein Tier von edlem Geblüt, welches sich nur Adelige leisten konnten. Ein solches Ross könnte Rückschlüsse auf die Herkunft des Jungen geben. Der Abt würde sicherlich mehr Kenntnis darüber besitzen.

Er hatte schon einmal das Oberhaupt dieses Klosters zu sprechen versucht. Seine damalige Mission betraf die Verstärkung der kaiserlichen Truppen in Italien. Doch statt mit dem Abt hatte er eine kurze Unterredung mit dem Prior gehabt, der ihm wiederum ein paar Hinweise auf einen Novizen gegeben hatte, der möglicherweise Rogar sein konnte. Doch diese Hinweise führten letztendlich zu keinem Ergebnis. Mit Faolán vor Augen dachte der Edelherr jedoch wieder an die Worte des Priors.

Je länger er sie sich diese Fakten in Erinnerung rief, umso unschlüssiger erschien ihm Ruriks Nachricht. Sollte auch der Graf Faoláns wahre Identität kennen oder vermuten, so wäre es nicht verwunderlich, wenn Rurik alles daran setzte, seinen Neffen zu finden. Zu welchem Zweck allerdings war sich Brandolf nicht mehr sicher. Der Edelherr misstraute dem Grafen nach wie vor, daran hatte sich seit jener Blutnacht nichts geändert. Doch Rurik soll sich geändert haben. Das hatte zumindest sein Bote im Vertrauen berichtet – und dies sicher nicht im Auftrag seines Herrn. Welcher Art diese Änderung war, konnte Brandolf nicht sagen. Die Andeutungen des Kundschafters, Rurik sei am Ende wahnsinnig, standen allerdings im Gegensatz zum Inhalt der Nachricht. Darin wurden Faolán und Konrad als niederträchtige Schurken bezeichnet und eines Vergehens beschuldigt, für die sie zur Rechenschaft gezogen werden müssten und aus diesem Grund der kirchlichen Gerichtsbarkeit zu übergeben seien. Diese Schilderung ähnelte Brandolfs erster Begegnung mit den beiden Jünglingen in Waldesheim und es war nicht abwegig. Doch weshalb sollte ein Graf sich in die Angelegenheiten der Kurie einmischen? Etwas stimmte nicht, das spürte Brandolf ganz deutlich, wenn er auch nicht ausmachen konnte, was es war. Doch hätte er die Novizen dem Botschafter ausgeliefert, so hätte es womöglich ihren Tod bedeutet.

Brandolf zog die Nachricht noch einmal hervor und las sie abermals durch. Er zögerte kurz, dann hob er sie über eines der Kohlebecken. Nachdenklich beobachtete er, wie sich das Pergament in der Hitze zunächst zusammenzog, an den Rändern zu verkohlen begann und schließlich Feuer fing. Langsam näherten sich die Flammen seinen Fingern. Die Tusche verschmolz zusehends mit dem verkohlenden Pergament und den Flammen. Brandolf ließ das Schriftstück auf die Glut fallen und sah zu, wie es zu Asche zerfiel.

Seine Gedanken kreisten weiter, jedoch nicht mehr einzig um Faolán. Konrad beschäftigte ihn ebenfalls, obwohl dieser Jüngling mit der Erfüllung seines Eides nichts zu tun hatte. Er wusste inzwischen über diesen Knecht nur, dass er Sohn eines Kleinadligen war, der irgendwo jenseits der Grafschaft ein größeres Gut bewirtschaftete. Dennoch war er von edlerem Geblüt als ein gemeiner Bauer und darin sah der Edelherr eine Möglichkeit.

Nach kurzer Überlegung rief Brandolf nach Kastellan Marek. Als dieser eintraf, besprach der Herr mit dem gedrungenen Mann kurz die notwendigen Maßnahmen. Inzwischen beabsichtigte Brandolf nicht mehr, im nächsten Frühjahr mit beiden Novizen zum Kloster aufzubrechen. Mit Konrad hatte er andere Pläne. Die kritischen Worte seines Schwertmeisters fegte er mit einer endgültigen Handbewegung fort. Seine Entscheidung bezüglich Konrad war gefallen. Morgen würde sich zeigen, aus welchem Holz dieser Jüngling geschnitzt war.

Am nächsten Tag befand sich der Edelherr zum vereinbarten Zeitpunkt in seiner Schlafkammer im Wohnturm. Er öffnete den hölzernen Verschlag des kleinen, glaslosen Fensters und schaute zunächst in die Ferne. Der Himmel war strahlend blau, doch die Sonne besaß noch keine Kraft, um den Schnee zu schmelzen.

Nach wie vor mussten Knechte den Hof vom Schnee befreien. Brandolf richtete seine Aufmerksamkeit auf den Burghof, wo Konrad und zwei andere Jünglinge sich mit eben dieser Tätigkeit abplagten. Sie waren nicht die Einzigen auf dem Platz, denn auch der Kastellan und drei seiner getreuen Krieger befanden sich dort. Auf Anweisung des Edelherrn hatte der Schwertmeister dafür gesorgt, dass niemand sonst auf dem Hof weilte.

Die drei Krieger lungerten untätig herum, machten Späße und lachten ab und an. Kastellan Marek hingegen schien wie immer wachsam zu sein. Seinen Augen entging nichts, nicht die kleinste Bewegung. So nahm er auch das Zeichen seines Herrn aus den Augenwinkeln wahr und gab es an seine Untergebenen weiter. Der Kastellan blieb nahe der Schmiede stehen, während sich die drei Bewaffneten aufrafften und unauffällig auf die drei Knechte zuschlenderten. In einigem Abstand positionierten sie sich und machten sich bereit.

Die Knechte nahmen die Krieger nicht wahr. Das Schneeräumen war mühselig und erforderte ihre ganze Aufmerksamkeit. Scheinbar zum Zeitvertreib begann einer der Krieger einen Schneeball zu formen, der nur wenige Augenblicke später dicht vor Konrads Füßen auf dem gefrorenen Erdboden zerplatzte. Der Knecht erschrak und richtete sich auf, war angespannt wie eine Katze unmittelbar vor dem Sprung. Die beiden anderen Jünglinge schauten ebenfalls auf und sahen sich um. Da traf ein weiteres Geschoss Konrad mit voller Wucht am Kopf.

Während er versuchte, wieder klare Sicht zu erlangen und sich den Schnee aus Augen und Ohr holte, befahl Kastellan Marek den beiden anderen Knechten, den Hof augenblicklich zu verlassen.

Als sich Konrad vom Schnee befreit hatte, fand er sich den drei Kriegern allein gegenüber. Erst jetzt wurde ihm bewusst, dass der sonst so umtriebige Hof gänzlich still war. Selbst die Krähen saßen schweigend auf den Dächern und schienen neugierig in den Hof hinabzugaffen, gespannt auf das beginnende Schauspiel. Kastellan Marek hielt sich nach wie vor aus dem Geschehen heraus. Seine Recken hingegen standen mit Schneebällen bewaffnet in einigem Abstand rings um den verbliebenen Knecht. Konrad begriff, was ihm bevorstand. Schnell schaute er sich nach allen Seiten um, doch es gab kein Entkommen. Instinktiv ergriff er das vor ihm liegende Schneebrett mit dem langen Stiel und hielt es zur Verteidigung vor sich. Er versuchte, alle Gegner gleichzeitig im Blickfeld zu behalten, doch das war nicht möglich. Der Kreis um ihn zog sich stetig enger zu. Die Ritter machten sich bereit.

Dann kam die erste Salve.

Mit dem Schneebrett in der Hand wich Konrad dem ersten Geschoss aus. Ein weiteres konnte er noch in der Luft abwehren. Doch die nächsten vier Geschosse waren zu schnell für ihn. Mit dem klobigen Brett war Konrad zu ungelenk, um sie abzuwehren. Sie trafen ihn mit derartiger Wucht, dass er zu Boden ging.

Danach war der Beschuss vorüber. Während Konrad erneut Schnee aus den Ohren holte, drang das hohnvolle Gelächter der Ritter in seinen Schädel. Er raffte sich wieder auf und schlug den Schnee von seiner Gewandung. Die Krieger waren guten Mutes. Sie hatten offensichtlich ihren Spaß mit ihm und machten sich erneut daran, Kugeln aus Schnee zu formen. Konrad blieb nicht viel Zeit. Mit einem kräftigen Tritt gegen das Schneebrett brach er kurzerhand den mehrere Fuß langen Stiel am unteren Ende ab. Jetzt hielt er nur noch das dünne Holz in Händen und es fühlte sich leicht und beweglich an, beinahe wie sein letzter Langstab. Das Brett schleuderte er fort, um nicht darüber zu straucheln. Die Konsequenzen für diese Zerstörung würde er vor dem Edelherrn nur zu gerne tragen, wenn er dadurch wenigstens den Hauch einer Chance bekäme, sich gegen die Krieger zu behaupten.

Während die Männer noch immer nach Schnee griffen, machte Konrad sich mit dem Gewicht des Stiels vertraut. Mehrfach schwang er ihn pfeifend durch die Luft. Die drei Ritter lachten erneut, als sie Konrads Stock sahen. Eine ernsthafte Bewaffnung war dies in ihren Augen nicht. Doch der Knecht ließ sich nicht beirren. Stattdessen forderte er die Krieger mit einem kühnen Kopfnicken zum nächsten Angriff auf.

Die Attacke folgte umgehend. Diesmal gelang es Konrad erneut, dem ersten Schneeball auszuweichen und die beiden nächsten mit Hilfe des Stabes in der Luft zu zerschmettern. Die übrigen Geschosse trafen ihn allerdings wieder mit voller Wucht. Gelächter brach abermals über ihn herein.

Die drei Krieger gönnten ihrem Opfer eine kleine Verschnaufpause und zogen sich in den sonnigen Teil des Hofes zurück. Konrad ließ sich dadurch nicht täuschen. Es war sicherlich nur eine Frage der Zeit, bevor sich die Recken ihm wieder zuwenden würden. Wachsam und geduldig wartete er und hielt den Stock mit beiden Händen bereit.

Oben im Bergfried öffnete sich die Tür zu Brandolfs Schlafkammer. Er hatte Lydis aufgetragen, zu dieser Stunde bei ihm zu erscheinen, um ihr etwas zu zeigen. Ahnungslos betrat sie den Raum. Mit einer einladenden Geste bat er sie zu sich und sie trat neugierig an das Fenster, um zu sehen, was ihr Vater von dort aus beobachtete.

Als sie das Geschehen im Burghof erblickte, sprach sie empört: „Vater, was geht dort vor sich? Das ist kein gerechter Kampf."

Nur seine Frau und seine Tochter wagten es, in diesem Ton mit dem Edelherrn zu sprechen und nur in privater Umgebung war es ihnen gestattet. Genauso offen antwortete er Lydis allerdings auch. „Das soll es auch nicht sein!"

„Aber weshalb nicht?", fragte sie erstaunt. „Was hat das zu bedeuten?"

„Es ist ein Spiel für meine Männer."

„Ein Spiel?" Lydis blieb der Mund offen stehen. Sie begriff nicht, welche Absichten ihr Vater mit einem solch derben Treiben hegte. „Ein ungerechtes Spiel, bei dem der Verlierer von vornherein feststeht. Ich glaube nicht, dass er die geringste Aussicht hat, gegen sie zu bestehen."

„Was du glaubst, ist nicht von Bedeutung", antwortete Brandolf gelassen und richtete sein Augenmerk wieder nach unten. „Wichtig ist, was Konrad glaubt. Teilt er deine Auffassung, wird er tatsächlich keine Aussicht auf Erfolg haben. Denkt er jedoch anders ... Aber wir werden ja gleich mit eigenen Augen sehen, ob er über sich selbst hinauswachsen kann. Vielleicht zeigt er abermals Geschick mit dem Langstock. Ich habe ihn schon einmal damit kämpfen sehen. Vielleicht muss er nur etwas gereizt werden. Sieh nur …"

Lydis beugte sich aus der Fensteröffnung, um das Geschehen auf dem Hof besser beobachten zu können. Konrad hatte seinen Umhang abgelegt, der ihn in seinen Bewegungen behinderte. Der eisige Wind hingegen schien ihn nicht zu beeinträchtigen. Erneut schwang Konrad den Stab mehrmals durch die Luft und prüfte dessen Ausgewogenheit. Die Recken kehrten zurück und bestückten sich mit Wurfgeschossen für eine weitere Attacke. Kurz vor der Salve richtete Konrad sich auf und hob den Kopf, sein Blick wurde auf eigenartige Weise leuchtend. Er stieß seinen Stab dreimal fest auf den gefrorenen Boden und wartete.

Dann kamen die Geschosse.

Das Mädchen hoch oben im Turm hielt den Atem an.

Konrads Bewegungen waren so flink und geschmeidig, dass er jeden einzelnen Schneeball mit dem Stab in der Luft abfing und mit einem lauten Knall zu feinem Pulver zerstäubte. Seine Bewegungen waren ein einziger Fluss und es gab keinen Makel, der diese Ästhetik störte.

Die Salve endete und Stille breitete sich aus. Plötzlich erscholl ein Lachen und diesmal war es Konrad, der es anstimmte. Er tat es aus vollem Halse, auch auf die Gefahr hin, die Krieger zu beschämen oder zu reizen. Er ging sogar noch einen Schritt weiter und verhöhnte sie. „Ist das etwa alles, was Ihr zu bieten habt? Schnee, mehr nicht?"

Die verdutzten Blicke der Männer suchten den Kastellan. Der wiederum schaute nach oben, zum Fenster des Wohnturms. Der Edelherr gab schließlich mit einem kurzen Nicken seine Zustimmung für das weitere Vorgehen, und der Schwertmeister gab das stumme Kommando an seine Männer weiter.

Konrad war dem Blick des Kastellans gefolgt. Seine Augen hafteten jetzt auf Brandolf. Er begriff sofort, dass der Burgherr all das veranlasst hatte. Es war keine Laune dieser drei Männer, die der Schneemassen überdrüssig geworden waren und etwas Abwechslung suchten. Konrad konnte den Blick nicht vom Burgherrn lösen, obwohl bereits zwei der Recken ihre Schwerter zogen und langsam auf ihn zukamen.

Lydis zuckte vor Schreck zusammen, als sie die Eskalation begriff. „Vater, es ist genug. Das ist kein Spaß mehr! Lass sie aufhören! Was kann er mit seinem Stock schon gegen scharfe Klingen ausrichten? Sie werden ihn verletzen."

„Schweig jetzt!“, entgegnete Brandolf harsch.

„Vater, bitte!“, flehte Lydis.

Doch ihr Vater kannte kein Erbarmen. „Schweig, habe ich gesagt!“ Er duldete jetzt keine Widerrede mehr. Lydis fügte sich zitternd und sah ängstlich in den Hof hinab.

Dort stand Konrad, einem Felsen gleich, noch immer am selben Fleck. Sein Blick haftete nach wie vor auf dem Edelherrn. Er sah auch Lydis, doch seine Gedanken kreisten nur um ihren Vater. Dann endlich erwiderte der Edelherr den Blick und Konrad verbeugte sich kurz und knapp, als nehme er eine Herausforderung an. Danach richtete er sein Augenmerk wieder auf die Bewaffneten, den Stock fest umklammernd.

Der Tanz konnte beginnen.

Zwei der Krieger kamen auf den Knecht zu. Sie wussten inzwischen, dass Konrad mit diesem simplen Stiel bestens umzugehen verstand. Zunächst versuchten sie ihn gemeinsam frontal zu bedrängen. Mit ein paar lockeren Hieben testeten die Männer die Reaktionen des Jünglings, legten jedoch noch keine Wucht in ihre Schläge.

Konrad ließ sich durch die Leichtigkeit der Paraden nicht blenden und blieb wachsam. Mit jedem weiteren Hieb veränderte er seine Position, um stets die richtige Distanz zu seinen Gegnern zu wahren. Die setzten natürlich nach und versuchten Konrad in die Enge zu treiben. Metall klang auf Holz, ein ums andere Mal. Kleine Splitter des Eichenstabes flogen nach allen Seiten und Konrad begann die Klingen möglichst seitlich zu parieren, um seine eigene Waffe zu schonen. Der Schlagabtausch endete abrupt und die Angreifer gingen wieder auf Abstand.

Doch sie ließen Konrad kaum Zeit zum Durchatmen und begannen, ihn von zwei Seiten zugleich anzugreifen. Der Knecht hatte alle Mühe, die Klingen fernzuhalten. Seine Bewegungen wurden schneller und die Kraft in seinen eigenen Hieben stärker. Metall klang auf Holz, lauter und heftiger. Abermals flogen Holzsplitter, dann endete auch dieser Angriff.

Wieder gingen die beiden Bewaffneten auf Distanz. Selbst sie mussten jetzt kurz Atem schöpfen, denn sie hatten offensichtlich nicht mit dieser Fertigkeit des Jünglings gerechnet. Wahrscheinlich hatten sie geglaubt, den Burschen bereits nach wenigen Hieben zu Fall bringen zu können. Es war eine Genugtuung für Konrad, sie überrascht zu sehen.

Kastellan Marek sandte jetzt auch noch den letzten Kämpfer zu den beiden anderen, als wolle der Schwertmeister dem ungleichen Spiel ein schnelles Ende bereiten. Zu dritt bildeten sie eine mehrseitige Angriffsformation. Konrad schwor sich, sein Bestes zu geben. Wenn sie ihn endgültig brechen wollten, so sollten auch sie all ihr Können aufbringen müssen.

Erneut versuchte er, alle drei Gegner gleichzeitig im Auge zu behalten und blieb stetig in Bewegung. Sie warteten noch immer. Plötzlich schloss Konrad für einen kurzen Moment die Augen, atmete tief ein und ließ die Luft langsam wieder aus seinen Lungen strömen. Er leerte seinen Geist, verbannte jeden Gedanken aus seinem Kopf. Er spürte nichts mehr, nicht einmal den Stab in seiner Hand. Langsam streckte er seine Arme von sich, wie die Schwingen eines Vogels. Den Stab hielt er weit von sich gestreckt und dennoch befand er sich in perfektem Gleichgewicht.

Konrad öffnete die Augen. Seine Aufmerksamkeit galt wieder seinen Gegnern, die mit blankem Stahl auf ihn zukamen. Der Jüngling wählte den Mann zu seiner Rechten und machte ein paar flinke Schritte auf ihn zu. Der Krieger blieb überrascht stehen. Mit dem Stab täuschte Konrad einen seitlichen Schlag an, nur um kurz darauf das Holz nach einer Drehung mit voller Wucht zwischen die Beine des Mannes zu rammen.

Mit einem stummen Schrei und schmerzverzerrtem Gesicht ging der Krieger zu Boden. Konrad beachtete ihn schon nicht mehr. Er spurtete bereits auf den zweiten Recken zu, der immerhin vorbereitet schien und ihn wachsam erwartete. Konrad tauchte geschickt unter dessen erstem Schwertstreich hinweg, rutschte über den vereisten Grund an ihm vorbei und hieb den Stab von hinten in die Kniekehlen des Kriegers. Auch dieser stürzte wie ein gefällter Baum zu Boden, hielt seine Waffe jedoch noch fest in der Hand. Als sich der Mann wieder erheben wollte, platzierte Konrad einen leichten, aber exakten Schlag auf den Hinterkopf, der den Ritter endgültig außer Gefecht setzte.

‚Allzu leicht', dachte Konrad, als er hinter sich ein Geräusch vernahm. Gerade noch rechtzeitig wandte er sich um und konnte den Schwertstreich des verbliebenen Kämpfers parieren. So verharrten die beiden Kontrahenten für einen kurzen Moment in einer merkwürdigen Starre. Ihre Blicke trafen sich und Konrad erkannte in den Augen seines Gegenübers eine Überlegenheit, die bei den anderen Kriegern nicht vorhanden gewesen war. Diesen Krieger würde er nicht so einfach überrumpeln können. Die Gelassenheit des Mannes unterstrich diese Einschätzung. An ihm galt es sich zu messen.

Konrad überlegte kurz, ob er nach einer der beiden Klingen auf dem Boden greifen sollte. Doch ein Schwert war ihm nicht vertraut und die Paraden, die er sogleich liefern musste, trieben diesen Gedanken aus seinem Kopf. Die Hiebe des Ritters waren ruhig, nahezu zaghaft, doch sie kamen schnell und gezielt. Es schien, als begegneten sich die beiden Kämpfenden in einem respektvollen Spiel statt in einer Auseinandersetzung. Es war ein Kennenlernen – mit Waffen.

Doch nicht lange, da wurden die Schläge des erfahrenen Ritters bestimmter und härter, trieben Konrad zurück. Dessen Ausweichmanöver schlugen immer öfter fehl und er musste sich darauf konzentrieren, die ganze Wucht der Hiebe mit seinem Stab abzublocken. Konrad hielt zwar noch stand, doch er hatte sichtliche Mühe, sich unter der Härte der Schläge auf den Beinen zu halten. Immer wieder geriet er auf dem vereisten Erdboden ins Wanken und der Stab drohte ihm mehrere Male aus der Hand zu fallen.

Da sauste ein sehr hoher, kraftvoller Hieb auf Konrad nieder und er musste ihn mit erhobenem Stab parieren. Obwohl er ihn erfolgreich abwehrte, nahm die Schwere des Schlages Konrad endgültig die Balance, schleuderte ihn zu Boden und brach das Holz mit einem lauten Krachen in der Mitte entzwei.

Der Recke hielt inne und wartete. Wenn er darauf wartete, Konrad würde sich jetzt ergeben, so hoffte er vergebens. Mühselig raffte sich der Knecht wieder auf und begegnete dem Ritter mit je einem armlangen Stock in jeder Hand. Auf den Lippen des erfahrenen Kämpfers zeigte sich ein überhebliches Lächeln und er schüttelte nur ungläubig den Kopf.

„Ergib dich endlich. Sei doch kein Narr, Kleiner!“

„Niemals!“, entgegnete Konrad schwer atmend. Er spürte Wut aufsteigen.

„Hab doch ein Einsehen“, versuchte der Krieger ihn umzustimmen. „Zwing mich nicht, dich zu verletzen. Mit diesen beiden Stöckchen wirst du mich noch nicht einmal kratzen können.“

„Das werden wir ja sehen“, hauchte Konrad.

Der Krieger begann Konrad langsam zu umkreisen, wirkte dabei unachtsam. Doch Konrad ahnte, dass es nur Schein war, denn die Klinge blieb nach wie vor fest im Griff des Mannes.

„Zwei Stöcke gegen ein Schwert?“, sprach der Ritter schließlich bestimmt. „Ich werd’ sie dir mit meinem ersten Hieb aus den Händen schlagen und der zweite wird dann dir gelten. Willst du leiden?“

Konrad hatte keine Furcht. Verächtlich spuckte er aus. „Ich werde Euch die beiden Stöcke dorthin stecken, wo sie die größte Pein bereiten!“

Ein lautes, kurzes Lachen erklang aus der Kehle des Kriegers. „Du hast es nicht anders gewollt. Mach dich bereit!“

Doch Konrad war es längst. Er kam dem Ritter zuvor. Unerwartet schnell kamen die Hiebe seiner kurzen Stöcke. Der Ritter hatte mit einem Mal alle Hände voll zu tun, sich der unterschätzten Waffen zu erwehren. Konrads Verbissenheit und Schnelligkeit drängten den überrumpelten Mann stetig zurück. Das überhebliche Lächeln schwand. Plötzlich in der Defensive, versuchte der Krieger einen Gegenangriff zu starten, scheiterte jedoch an der besseren Beweglichkeit und der Entschlossenheit seines Gegners. Nach einer Kombination blitzschneller Hiebe fiel das Schwert des Kriegers klirrend zu Boden. Sofort brachte sich der Entwaffnete mit ein paar Schritten außer Gefahr, hob beide Hände und gab sich mit einem anerkennenden Nicken geschlagen.

Konrad sah davon ab, ihm nachzusetzen. Stattdessen wandte er sich Kastellan Marek zu und ging ihm mit festen Schritten entgegen. Wut brodelte in ihm und schien ihn zu verzehren. Der Kastellan stellte die eigentliche Herausforderung dar, dessen war er sich sicher. Ihn galt es zu bezwingen.

Konrads Zorn blendete ihn jedoch. Er sah die unbewaffneten Hände des Kastellans nicht. Schon aus einiger Entfernung rief ihm der Schwertmeisters laut zu: „Knecht, besinne dich und halte ein!“

Konrad vernahm zwar die Worte, jedoch nicht deren Bedeutung. Wütend begab er sich in Kampfstellung. Er war bereit, die beiden mit Kerben übersäten Hölzer erneut als Waffen zu benutzen. Der Kastellan blieb stehen und rührte sich nicht. Seine Hand war nicht einmal in der Nähe seines Schwertknaufs. Konrad erblickte in ihm nur einen Mann, der ihn demütigen wollte. Doch um das zu erreichen, musste sich der Schwertmeister schon geschickter anstellen als seine Waffengefährten. Sollte Konrad auch diesen letzten Krieger zu Fall bringen, würde er dem Edelherrn laut schallend ins Gesicht lachen.

Nur wenige Schritte vor dem Kastellan holte Konrad zum Schlag aus. Mit Schwung versuchte er einen Hieb vorzutäuschen, um im letzten Moment einen anderen auszuführen.

Doch Marek war nicht umsonst der erste Ritter dieser kleinen Burg. Kurz bevor Konrads Stöcke ihn treffen konnten, machte er eine unerwartete Bewegung zur Seite, glitt an seinem Angreifer vorüber und trat diesem mit so großer Wucht in den Hintern, dass Konrad nach vorne strauchelte. Mit Mühe konnte er sich gerade noch auf den Beinen halten, mit den Armen mehr rudernd als bedrohlich wirkend. Ein Berg aufgehäuften Schnees empfing Konrad schließlich und sein Gesicht tauchte in frostiges Weiß.

Sofort raffte er sich wieder auf, schüttelte den Schnee ab und orientierte sich. Mit eisernem Willen trat er dem Kastellan erneut entgegen. Marek erkannte das Feuer in den Augen des Knechtes. Kopfschüttelnd zog er sein Langschwert. Er wirkte dabei wesentlich besonnener als seine Männer, als würde er Konrad nicht unterschätzen.

Der Knecht kam abermals auf den Schwertmeister zu und versuchte den Vorteil seiner Körpergröße und Armlänge zu nutzen. Er startete einen hohen Angriff mit beiden Hölzern, doch die Klinge war lang genug, um ihnen auf halbem Wege zu begegnen.

Noch einmal versuchte der Kastellan, Konrad mit Worten aus dessen Wahn zu reißen. „Knappe, komme zur Vernunft. Es ist vorbei!“

Doch Konrad schien taub zu sein und reagierte darauf nicht.

„Hast du nicht verstanden?“, schrie der Krieger abermals aus vollem Hals.

Erst jetzt bemerkte Konrad überhaupt, dass Marek ihm etwas mitzuteilen versuchte, ließ jedoch nicht von seinem Angriff ab. Stattdessen begegnete er dem Kastellan schwer atmend. „Was wollt Ihr mit dieser Schau erzwingen? Demut? Meine Niederlage? Meinen Tod?“

„Lass’ augenblicklich diese Stöcke fallen!“, raunte Marek. „Du wirst deinen Waffenmeister nicht ohne Grund angreifen!“ Dann schrie der Kastellan ihn unverhohlen an. „Und dann halte endlich dein Maul!“

Die Hitze wich mit einem Mal aus Konrads Augen und Besinnung schien in seinem Kopf Einzug zu halten. „Was habt Ihr da eben gesagt?“, fragte er ungläubig.

„Du wirst deinen Waffenmeister nicht ohne Grund angreifen“, brüllte Marek ungehalten. „Hast du mich jetzt endlich verstanden oder muss ich es doch noch in dich hinein prügeln? Wo ist dein Verstand, Knappe?“

„Wie habt Ihr mich gerade genannt?“, fragte Konrad verblüfft. Die Kraft wich aus seinen Armen und er ließ die Hölzer fallen. Augenblicklich verschwand das Langschwert des Kastellans im Futteral.

„Du hast mich richtig verstanden. Ich bin der Waffenmeister dieser Burg und du nur ein einfacher Knappe!“ Ungeduld lag in den Worten des Kastellans, wenn sie jetzt auch deutlich ruhiger waren als noch vor wenigen Augenblicken. „Du hast die Probe bestanden und wirst als Knappe in das Gefolge des Edelherrn Brandolf aufgenommen.“

Mareks Blick schweifte über den Hof, an dessen Rand seine Männer das Schauspiel zu Ende verfolgt hatten, ein jeder seine Blessuren pflegend. Anhand der Miene des Kastellans war zu erkennen, dass er mehr von ihnen erwartet hatte. Dann sprach er zu Konrad: „Geh zu Meister Helmar und hole diesen ... ruhmreichen Kriegern einen Schluck heißen Wein."

Noch immer erstaunt machte Konrad sich ohne weitere Worte auf den Weg zum Kochhaus. Erst jetzt klang die neue Bezeichnung in seinem Schädel wider: Knappe! Knappe Konrad! Der Kastellan hatte ihn soeben für eine Ausbildung zum Ritter aufgenommen. Normalerweise war das unmöglich, denn ihm fehlte die langjährige Erfahrung als Page, die er vor der Ernennung zum Knappen hätte durchlaufen müssen. Wer konnte eine so weitreichende Entscheidung treffen und sich über alle Regeln hinwegsetzen?

Instinktiv wanderte Konrads Blick hinauf zum Bergfried. Dort war noch immer der Edelherr zu sehen. Nur er konnte so etwas veranlassen. Dieser Mann hatte ihn heute herausgefordert. Allerdings zu einer Prüfung, nicht zu seiner Demütigung. Er nutzte die Gelegenheit, sich noch einmal vor dem Burgherrn zu verbeugen. Doch diesmal aus Dankbarkeit und mit Hochachtung.

Brandolf sah den Jüngling im Kochhaus verschwinden, dann wandte er sich seiner Tochter zu. Er hatte gesehen, was er sich erhofft hatte. Seine Einschätzung des jungen Konrad wurde nicht nur bestätigt, sondern bei Weitem übertroffen. Natürlich hatte Brandolf die Anweisung erteilt, dass es kein ernsthafter Kampf auf Leben und Tod werden durfte. Doch wer konnte schon sagen, wie sich eine solche Herausforderung entwickelte, wenn ein einfacher Knecht einen Krieger derart das Kämpfen lehrte?

Lydis hatte das ungerechte Schauspiel nicht bis zum Ende mit ansehen können und hatte sich auf die Truhe ihres Vaters gesetzt, das Gesicht in ihren zarten Händen verborgen. Sie befürchtete das Schlimmste für den Knecht. Ihr Vater versuchte sie zu beruhigen, setzte sich neben sie und nahm ihr zärtlich, aber bestimmt die Hände vom Gesicht. „Es ist vorbei, mein Kind. Du kannst die Augen wieder öffnen."

Überrascht sah Brandolf die Tränen in den ängstlich dreinblickenden Augen seiner Tochter. Mit einem Finger wischte er sie sachte weg und trocknete ihr Antlitz liebevoll. „Beruhige dich, mein Kind. Konrad hat bestanden. Er ist unversehrt."

Erleichterung zeigte sich auf dem Gesicht des Mädchens und erneut schossen ihr Tränen in die Augen. Brandolf wischte auch diese geduldig fort.

„Wie ich sehe, war es nicht umsonst, dass ich dich habe kommen lassen. Auch du bist soeben durch eine Prüfung gegangen. Doch ich gebe zu, du konntest nicht bestehen. Für dich gab es nur die Möglichkeit, dein Herz zu offenbaren."

Das Mädchen schaute seinen Vater verstört an. Sie verstand seine Worte nicht und versuchte, erneut ihr Gesicht zu verbergen. Brandolf hielt sie jedoch davon ab und zwang Lydis, ihn anzusehen. Bestimmtheit und Stolz konnte er in ihrem Blick erkennen und genau das erfüllte ihn ebenfalls mit Stolz.

Lydis schluckte ihre Tränen hinunter und bereitwillig begann ihr Vater zu erklären: „Dieser Junge wird eines Tages ein guter Krieger sein. Er wird ein Ritter mit ganzem Herzen sein. Seine Passion wird der Kampf und sein Schwert sein. Wenn er nur annähernd so viel Ehrgeiz wie Kastellan Marek besitzt, so wird es in seiner Brust keinen Platz für eine weitere Leidenschaft geben. Verschenke dein Herz also nicht an einen Jüngling, der für dich auf ewig unerreichbar bleibt. Warte lieber, bis ein anderer Mann dir das gleiche Herz und die gleiche Leidenschaft entgegenbringt wie du ihm. Ich wünsche nicht, dass du eines Tages um einen toten Gatten weinst und an einem gebrochenen Herzen zugrunde gehst."

Entsetzt starrte Lydis ihren Vater an. Er hatte sie durchschaut und sie konnte ihm nicht viel entgegen halten. So war es ihr Trotz, der sie zur Antwort verleitete. „Dieses Risiko ist Mutter auch eingegangen."

Brandolf hatte nichts anderes erwartet als einen Widerspruch. Diesmal konnte er ihn allerdings nicht dulden. „Das war etwas anderes!"

„Was war denn anders?", entgegnete Lydis ungläubig. „Wie jung war Mutter, als ihr euch das erste Mal begegnet seid? Wenn ich mich richtig erinnere, war es lange, bevor sie dich ehelichen durfte. Versprochen wart ihr einander ohnehin schon viel früher."

„Ich sagte doch, das war etwas anderes", murmelte Brandolf

Doch der Edelherr wusste, dass es in seinem Falle noch viel schlimmer gewesen war. Natürlich hatte er seine Braut damals geliebt, von Anfang an, und er war glücklich gewesen, sie ehelichen zu dürfen. Allerdings waren sie damals noch Kinder gewesen, und ihre Liebe war ein großes Glück, das ebenso hätte ausbleiben können.

Lydis unterbrach seine Erinnerungen und fuhr fort: „Es ist eben nichts anderes. Du warst damals genauso ein Ritter wie Konrad einer sein wird. Und du bist auch noch am Leben. Weshalb soll er also sterben? Traust du ihm nicht das gleiche Geschick zu? Du hast gerade doch selbst gesagt, dass er eines Tages ein guter Krieger sein wird. Du wirst nicht als einziger auf Gottes weiter Welt überleben, nur weil du das Schwert besser zu führen vermagst als Kastellan Marek. Ein jeder kann durch einen Schwertstreich sterben, selbst ein argloser Bauer. Man muss kein Ritter sein, um gefährlich zu leben. Lieber habe ich einen Mann an meiner Seite, der bei Gefahr auch ein Schwert zu führen weiß, als einen hilflosen Gatten, der mit Lösegeld aufwarten kann."

Brandolf antwortete nicht und doch formulierten seine Blicke mehr, als es Worte je vermocht hätten. Er duldete keine Widerworte mehr, mochte Lydis auch noch so Recht haben. Beschämt senkte das Mädchen den Kopf und Brandolf wusste, dass sie ihn verstanden hatte. Doch er wusste auch, dass er ihre Zuneigung zu Konrad nicht unterbinden konnte. Nicht für immer! Doch immerhin für den Augenblick. Konrad hatte eben erst begonnen, sich zu beweisen und war beinahe so jung wie seine Tochter. Er hatte noch einen langen Weg vor sich und zunächst sollte er diesen sicher beschreiten, ehe er sich auf einen anderen wagte.

Der Winter wich langsam einem regnerischen Frühjahr und die kleine Burg des Edelherrn drohte im Schlamm zu versinken. Selbst die im Hof immer wieder neu gezogenen Entwässerungsgräben halfen lediglich, einen Teil der Wassermassen aus dem Tor zu führen. Wer auf den Hof hinaus musste, kam meist bis zu den Knien schlammverdreckt wieder zurück. Die Burgbewohner sehnten sich nach den ersten wärmenden Sonnenstrahlen und erledigten ihr Tagewerk, soweit möglich, in der großen Halle oder in einem der Nebengebäude.

Faolán und Konrad lebten nun schon einige Monate auf der Burg. Vor allem Konrads Alltag hatte sich seither stark gewandelt. Er gab sich der Ausbildung zum Knappen mit einer Leidenschaft hin, die er als Novize im Kloster niemals gezeigt hatte. Nach all den Jahren der kirchlichen Erziehung konnte er endlich seiner wahren Bestimmung entgegengehen und er tat es mit Leib und Seele. Die an ihn gestellten Anforderungen waren hoch und er biss die Zähne zusammen, um jede Aufgabe zur Zufriedenheit des Edelherrn und des Kastellans zu meistern. Selbst bei Regenwetter wie dieser Tage schickte der Schwertmeister ihn hinaus. Mochten die Arbeiten in den Augen aller anderen noch so unsinnig erscheinen, Konrad gehorchte ohne Widerrede.

Viele der Burgbewohner bewunderten dieses außergewöhnliche Durchhaltevermögen des neuen Knappen. Obwohl er den gehobenen Stand eines Ritters anstrebte, so distanzierte er sich nicht von seinen bisherigen Freunden. Des Abends gesellte Konrad sich ebenso zu Joos und dessen Familie wie er sich auch bei den Kämpfern aufhielt, um ihnen aufzuwarten. Er war einer von ihnen geworden, ein treuer Gefolgsmann des Edelherrn. So wurde es auch nicht mit Argwohn betrachtet, dass die Blicke zwischen Konrad und Lydis mehr verrieten als es die beiden jemals eingestehen würden.

Die Pflichten als Knappe führten aber auch dazu, dass sich Faolán und Konrad immer seltener sahen. Meist waren es nur noch die Abende, an denen sie Gelegenheit für Gespräche fanden, doch ihre Unterhaltungen wurden immer rarer.

Faoláns Aufgaben hatten sich nicht wesentlich geändert. Zwar hatte er für eine kurze Zeit bei Meister Helmar im Kochhaus arbeiten dürfen, doch nachdem dessen Gehilfe wieder genesen war, verrichtete Faolán weiterhin seine Arbeit als Stallknecht. Diese Aufgabe störte ihn keineswegs und so manches Mal war er sogar dankbar darum, denn so hatte er Zeit, seinen Gedanken ungestört nachzugehen. Hin und wieder gab es auch Ausnahmen, wenn beispielsweise die Burgbewohner in den Wald zogen, um Holz zu schlagen. Dann waren auch Faolán und Konrad gefragt, und obwohl es anstrengende und schweißtreibende Arbeit war, so betrachtete Faolán es dennoch als willkommene Abwechslung. Ungeachtet der Kälte und der tristen Jahreszeit fühlte er sich dann auf erfrischende Weise unbeschwert. Ein merkwürdiges und bisher unbekanntes Gefühl der Freiheit breitete sich in ihm aus.

Trotz Faoláns Zufriedenheit verspürte er aber auch eine innere Unruhe. Eine Rastlosigkeit, die er vor allem dann empfand, wenn seine Gedanken um Svea kreisten. Mit jedem Tag, den der Schnee weiter abtaute und mildere Winde über die Lande strichen, wurde sein Verlangen stärker, endlich Neustatt aufsuchen zu können. Das Warten wurde mit jedem Tag unerträglicher und am meisten befürchtete Faolán inzwischen, zu spät zu kommen. Zu spät zu Svea! Es war jene Bemerkung Konrads, dass er doch nicht das Geringste über seine Liebste wüsste, die in ihm diese Angst hervorgerufen hatte. Doch so gerne er sich auch schon am nächsten Tag auf den Weg gemacht hätte, ihm blieb keine andere Wahl als zu warten, bis der Edelherr Brandolf endgültig die gemeinsame Abreise beschloss. Faolán wusste zwar nicht, was den Krieger zu dieser Entscheidung bewegt hatte, doch sie brachte ihn in erhebliche Schwierigkeiten. Mit dem Burgherrn würde er das Kloster niemals unerkannt aufsuchen können. Doch so sehr er in den vergangenen Wochen auch nach einer Möglichkeit gesucht hatte, dieses Hindernis zu umgehen, hatte Faolán noch keine Eingebung erhalten, wie dies anzustellen sei.

Eines Abends, als sich die Adelsfamilie und die Burgbewohner nach dem Mahl gemeinsam in der großen Halle aufhielten und verschiedenen Beschäftigungen nachgingen, ließ Brandolf Faolán zu sich rufen. Der Knecht fand sich vor der Familie mit dem gebührenden Respekt ein und verbeugte sich höflich vor dem Herrn und seiner hübschen Gemahlin. Es war selten, dass ihn der Edelherr zu sich rief, und noch seltener war es, dass Konrad gleichermaßen vor Brandolf trat, doch genau das war jetzt der Fall. Der Knappe fand sich neben Faolán ein und verbeugte sich ebenfalls.

Faolán entgingen die versteckten Blicke zwischen Lydis und Konrad nicht, die beide kurz austauschten. Ein merkwürdiges Gefühl stieg in ihm empor.

War es Missgunst, Neid oder gar Eifersucht? Noch bevor Faolán sich darüber klar werden konnte, begann der Edelherr zu sprechen.

„Ich habe euch rufen lassen, um meine Entscheidung bekannt zu geben. In drei Tagen werden wir zum Benediktinerkloster nahe Neustatt aufbrechen. Ihr werdet bis zur Abreise alle eure Aufgaben erledigen und diese am Vorabend an einen Nachfolger übertragen. Eure Abreise darf keinen Nachteil für die Gemeinschaft mit sich bringen. Ihr seid beide nach wie vor Novizen eines geistlichen Ordens. Das trifft auch auf dich zu, Knappe Konrad. Der Aufbruch wird im Morgengrauen des dritten Tages von jetzt an stattfinden. Haltet euch bereit."

Fieberhaft rasten Faoláns Gedanken durch seinen Schädel. Er musste verhindern, dass der Edelherr mit ihnen reiste. Doch so sehr er auch suchte, er fand keinen plausiblen Grund für eine solche Forderung. Zu seiner Überraschung war es Konrad, der das Wort ergriff. Der Knappe schien all seinen Mut gesammelt zu haben und erwiderte jetzt fest den Blick des Kriegers. „Mein Herr, verzeiht mir, doch ich bitte Euch darum, diese Reise nicht antreten zu müssen."

Obwohl Faolán wusste, dass sein Freund jetzt andere Interessen verfolgte als auf eine Reise zu gehen, überraschten ihn dessen Worte gegen die Entscheidung des Edelherrn dennoch. Er suchte Lydis Augen, doch ihr Blick war zu Boden gerichtet. Es schien, als verfolge sie das Geschehen nicht und habe stattdessen etwas ungemein Wichtiges an ihrem Schuhwerk entdeckt. Faolán hingegen war sich sicher, dass sie gebannt lauschte, denn ihre Finger spielten nervös miteinander.

Brandolf schien dem Knappen die Widerworte nicht zu verübeln und ging darauf ein. „Nenne mir einen Grund für die Aufhebung meiner Entscheidung, Knappe Konrad, und ich werde dir deinen Wunsch gegebenenfalls gewähren."

Ohne Umschweife antwortete Konrad: „Der treffendste Grund ist wohl, dass es keinen Anlass für mich gibt, in dieses Kloster zurückzukehren. Meine Bestimmung ist es, auf Eurer Burg zu bleiben und meiner Ausbildung zum Ritter nachzukommen. Das ist mein einziges Bestreben. Seit dem Tag, da ich die Tore Eurer Burg das erste Mal durchschritten habe, bin ich kein Novize mehr! Erlaubt mir, als Euer Gefolgsmann auf der Burg zu bleiben und meine Ausbildung fortzusetzen. Ich werde Euch nicht enttäuschen, mein Herr. Das verspreche ich."

Der Knappe verbeugte sich demütig und hielt den Kopf gesenkt. Brandolf saß auf seinem hohen Sitz und betrachtete Konrad lange. Mit einer Hand strich er sich immer wieder über den Bart, als wäge er die Worte des Jünglings ab. Schließlich sprach er mit leiser Stimme. „Ob du mich enttäuschen wirst, wird allein die Zukunft erweisen. Ihr beide seid jedoch noch immer offiziell Novizen einer Abtei und als solche ist es eure Pflicht, zurückzukehren. Ebenso ist es meine Pflicht, euch unbeschadet in die Obhut der Kirche zurückzubringen."

Aufgeregt befeuchtete Konrad seine Lippen, bevor er noch einmal versuchte, den Burgherrn umzustimmen. „Mein Herr, ich habe das Mannesalter bereits erreicht. Ich bedarf der Obhut des Klosters nicht mehr, wie ein kleiner Knabe. Ich wähne mich alt genug, für mich selbst zu entscheiden, sofern Ihr es gestattet!" Ein gewagter Einwand und der Edelherr hob überrascht die Augenbrauen. Konrad wandelte auf einem schmalen Grat und sprach schnell weiter. „Ich beabsichtige ohnehin nicht, das Ordensgelübde abzulegen. Meine Zeit im Kloster ist beendet. Seit einigen Monaten beschreite ich einen neuen Weg unter Eurer Führung. Auf diesem Weg will ich auch weitergehen. Teilt dies Abt Degenar mit. Ich bin mir sicher, er wird es verstehen und mich von meinen Pflichten als Novize entbinden."

Diese Argumente überzeugten selbst Faolán, obwohl er sich seinen langjährigen Gefährten auch in Zukunft an seiner Seite wünschte. Doch was ihn am meisten überzeugte, war nicht nur der Inhalt der Worte, sondern die Tatsache, dass sie aus tiefstem Herzen kamen. Brandolf sah es wohl ähnlich.

„Du sprichst mit großer Leidenschaft. Dein Wunsch kommt von Herzen, Konrad. Doch nicht nur dieser, wie mir scheint." Mit einem Blick auf seine Tochter deutete er sein Wissen um die Gefühle der beiden an. Lydis hielt nach wie vor ihren Kopf gesenkt und auch Konrad bemühte sich, dem Blick des Edelherrn nicht zu folgen. Faolán entging jedoch nicht, dass sein Freund die Hände angespannt zu Fäusten ballte. Schließlich wandte Brandolf sich wieder an Konrad. „Deinem Wunsch zu entsprechen würde allerdings bedeuten, deinen Gefährten allein ziehen zu lassen."

Offensichtlich hatte der Edelherr einen wunden Punkt getroffen, denn Konrad überlegte lange, bevor er mit fester Stimme antwortete: „Dieses Opfer wäre ich bereit einzugehen, mein Herr." Konrad schaute kurz zu Faolán hinüber, der allerdings nicht reagierte. Dann fuhr der Knappe fort. „Doch wenn Ihr mich fragt, so liegt auch Faoláns Zukunft nicht in einem Kloster. Das ist ein Irrweg."

„Auch das wird uns die Zukunft erweisen", entgegnete Brandolf halblaut und seine Gedanken schienen für einige Augenblicke abzuschweifen. Doch dann sprach er mit klarer Stimme: „So sei es. Knappe Konrad, dir wird der Wunsch gewährt, weiterhin auf der Burg zu bleiben und deine Ausbildung fortzusetzen. Ich werde mit dem Abt die notwendigen Vereinbarungen treffen, damit du aus dem Noviziat entlassen wirst. Faolán, dich erwarte ich im Morgengrauen des dritten Tages von heute an zur Abreise bereit. Regele alles Notwendige."

„Sehr wohl, mein Herr", antwortete Konrad und wollte bereits gehen, als Faolán jene Gelegenheit erkannte, nach der er so lange gesucht hatte. Mutig wie schon Konrad zuvor sprach auch er den Edelherrn an.

„Verzeiht, mein Herr, doch glaube ich, den Weg in die Abtei auch allein finden zu können. Es ist sicher nicht notwendig, dass Ihr Euch um mich bemüht. Ich bin Euch ohnehin zu Dank verpflichtet und möchte Eure Großzügigkeit nicht noch weiter ausnutzen. Sicher habt Ihr wichtigere Angelegenheiten zu regeln als einen Novizen zu seinem Kloster zu begleiten. Ich könnte auch Konrads Angelegenheiten mit dem Abt regeln. Wenn Ihr es also gestattet, so würde ich gern allein aufbrechen."

„Nein, ich gestatte es nicht!", lehnte Brandolf das Gesuch kurzerhand ab.

Faolán war überrascht, dass der Edelherr nicht wie in Konrads Angelegenheit in einen Disput mit ihm trat. Die Worte des Kriegers klangen unumstößlich und dennoch versuchte der Knecht, sie mit Konrads Argument zu wandeln. „Aber Herr, es ist doch nicht nötig, mich, einen niederen Knecht im Mannesalter, wie einen Knaben zu hüten. Selbst die jüngeren Söhne eines einfachen Bauern dürfen ohne Aufsicht Schweine zur Mast in die Wälder treiben. Ich traue mir durchaus zu, den letzten Teil meiner Reise ohne Hilfe zu bewältigen."

„Du bist weder der Sohn eines einfachen Bauern noch ist es deine Bestimmung, Schweine vor dir herzutreiben", begann der Edelherr und schweifte abermals in Gedanken ab. Doch er besann sich schnell wieder und seine Worte klangen hart, als er seine Entscheidung bekräftigte. „Kein Wort aus deinem Mund wird meinen Entschluss je umstoßen können. Du wirst mit mir reiten, hast du das nun endgültig begriffen?"

„Ja, mein Herr", antwortete Faolán mit gedämpfter Stimme. Sein Ansinnen war gescheitert. Weshalb war es Konrad gelungen und ihm nicht? In Gedanken fluchte er leise. Er konnte nichts mehr tun und diese Ohnmacht weckte Zorn in Faolán. Die Unterredung mit dem Edelherrn war beendet.

Die beiden Freunde zogen sich zurück. Bei dieser Gelegenheit konnte Faolán einen kurzen Blick auf Lydis werfen und er sah, wie sich auf den Lippen des Mädchens ein Lächeln abzeichnete. Ihre Hände ruhten gefaltet in ihrem Schoß, als sende sie ein Stoßgebet gen Himmel. Sie war ein weiterer Grund für Konrads Entscheidung, das war sogar dem Edelherrn bewusst, wenn er dessen Worte richtig deutete. Wurde Konrad vom Burgherrn deshalb begünstigt? Allein die Vermutung machte Faolán noch wütender.

Die beiden Freunde begaben sich zu einer der Bänke entlang der Außenwände der Halle, um sich in Ruhe zu besprechen. Ein Krug mit gewässertem Wein stand in der Nähe. Faolán füllte zwei Becher und reichte einen dem angehenden Ritter. „Während Brandolf mich ins Verderben führt, kannst du weiter um dein Mädchen buhlen. Vielen Dank, mein Freund, dass du mich im Stich lässt. Ich trinke auf dein Wohl, Knappe Konrad."

Die Verbitterung in seinen Worten war unverkennbar. Obwohl sich ein Teil Faoláns tatsächlich für Konrad freute, konnte er seinen Schmerz und seine Wut nicht unterdrücken. Es war nicht nur schmerzlich, in drei Tagen seinen langjährigen Gefährten nicht mehr an seiner Seite zu wissen, sondern auch die weiteren Aussichten waren düster.

Konrad versuchte die Wogen zu glätten. „Faolán, lass es mich erklären."

Doch der Knecht schlug die Hand seines Freundes von der Schulter. Sein Blick war Eis und seine Stimme Granit, als er sprach: „Das ist nicht notwendig. Ich habe sehr wohl verstanden."

Jetzt wurde auch Konrad ärgerlich. „Tust du das wirklich? Ich denke nicht!"

„Oh doch, mein – Freund! Dein altes Leben ist dir gleichgültig geworden und mit ihm deine alten Gefährten. Denke nicht, dass mir die Blicke zwischen dir und Lydis entgangen sind. Ebenso wenig sind sie dem Edelherrn entgangen. Ich frage mich nur, ob deine Gefühle zu ihr es wert sind, unsere Freundschaft derart leichtfertig aufs Spiel zu setzen? Offensichtlich verhält es sich so!"

Konrad war fassungslos. Er sah Faolán an und rang nach Worten. Als er sie schließlich fand, klangen sie ebenfalls frostig. „Du bist von Sinnen. Nicht ich setze unsere Freundschaft aufs Spiel. Ganz im Gegenteil. Ich war es, der zweieinhalb verfluchte Jahre durch die Hölle gegangen ist, nur wegen dir und deiner Svea! Soviel zu unserer Freundschaft und was ich dafür bereits riskiert und bezahlt habe. Und du wagst es, mir Vorhaltungen wegen meiner Gefühle zu Lydis zu machen? Der Gestank des Pferdestalls scheint dir zu

Kopf gestiegen zu sein, denn darin befindet sich nur Mist! Denk lieber darüber nach, was du mir vorwirfst, teurer Freund!"

„Ich habe niemals von dir verlangt, dich in meine Angelegenheiten einzumischen", spie Faolán zurück. „Du hast damals aus freien Stücken Walram und die anderen Mönche angegriffen. Mach mich nicht für dein Handeln und die daraus hervorgegangene Strafe verantwortlich."

Aufgebracht erhob sich Konrad. „Da hast du vollkommen Recht. Ebenso solltest du dich nicht in meine Angelegenheiten einmischen. Halte dich in Zukunft raus! Aber eines will ich dir noch verraten: Befänden wir uns noch einmal in einer Situation wie damals, so würde ich auch heute noch auf gleiche Weise handeln! Wir waren wie Brüder, hast du das vergessen?"

Verärgert stellte Konrad den unberührten Becher derart kraftvoll auf die Bank, dass der Wein überschwappte, dann wandte er sich um und ging. Er ließ seinen Freund allein zurück und gesellte sich zu den anderen Bewohnern der Burg. In diesem Augenblick schien es, als erwache Faolán aus einem Traum. Ihm wurde bewusst, dass er Konrad zu Unrecht Vorwürfe gemacht hatte und er bereute sie. So sehr er sich aber wünschte, das Gespräch rückgängig zu machen, war es ihm nicht möglich. Und so sehr er sich auch vornahm, Konrad nachzugehen und ihn um Verzeihung zu bitten, sah er sich dazu außerstande.

Etwas anderes regte sich in ihm, um eben dies zu verhindern: Ein neuer Zorn wallte in Faolán auf und eine ungekannte Sturheit manifestierte sich in ihm. Sollte Konrad doch glücklich werden, als kühner Ritter mit dieser Lydis. Er würde auch ohne einen Knappen an seiner Seite in das Kloster zurückkehren, wie er es schon lange geplant hatte. Und irgendwie würde er auch noch den Edelherrn dazu bringen, ihn nicht bis vor Abt Degenar zu begleiten. Alle schienen ihm mit einem Mal das Leben schwer machen zu wollen!

Wütend stellte auch Faolán seinen unberührten Becher auf der Holzbank ab und wollte sich zum Hof aufmachen, um an der frischen Luft sein hitziges Gemüt abzukühlen. Doch nach ein paar Schritten besann er sich eines Besseren, kehrte zur Bank zurück und nahm seinen Becher wieder in die Hand. Er betrachtete ihn lange, dann sprach er verärgert zu sich selbst. „Auf deine Zukunft, Faolán, wohin sie dich auch führen mag."

Er leerte den Becher in einem Zuge. Während er mit einer Hand das Gefäß abstellte, griff die andere bereits nach Konrads Becher. Noch einmal hob Faolán an und sprach leise und verbittert zu sich selbst. „Auf unsere einstige Freundschaft, Knappe Konrad! Möge dein Weg für dich der richtige sein."

Auch diesen Becher stürzte Faolán ohne abzusetzen hinab. Dann öffnete er die Hand und ließ das Gefäß einfach fallen. Der Becher hatte den Boden noch nicht berührt, da war Faolán schon umgekehrt und auf dem Weg nach draußen.

Während der nächsten beiden Tage gingen sich Faolán und Konrad aus dem Weg. Sie wechselten kein einziges Wort miteinander. Tagsüber hielten ihre Aufgaben die beiden Jünglinge voneinander getrennt, doch auch abends saßen sie weder an der Tafel beieinander, noch sprachen sie sich über ihren Streit aus. Konrad gab sich unbeschwert, wie schon in den vergangenen Monaten, und ignorierte Faolán gänzlich. Der hingegen wünschte sich eine Aussöhnung, konnte jedoch nicht über seinen eigenen Schatten springen und den ersten Schritt machen.

So verging der letzte Abend für Faolán, und schließlich begaben die beiden sich zum Schlafen auf den Erdboden des Saales. Viele Burgbewohner lagen zwischen ihnen und was es noch zu sagen gab, blieb unausgesprochen. Die nächtliche Stille breitete sich über die Feste und die einstige Freundschaft aus.

Noch bevor der Hahn den Sonnenaufgang des Abreisetages verkündete, erhob Faolán sich von seinem harten und unbequemen Lager. Er hatte schon lange wach gelegen und über die bevorstehende Reise, Svea und Konrad nachgedacht. Als er seine Habseligkeiten zusammensuchte, wachten lediglich ein paar Hunde auf. Mehr als traurige Blicke widmeten sie dem Ruhestörer jedoch nicht und schliefen bald wieder ein. Leise schlich Faolán sich ein letztes Mal durch die große Halle.

Viele der Schlafenden hatten ihm bereits am Vorabend eine gute Reise gewünscht. Die Wenigsten rechneten mit einer Rückkehr, denn jeder wusste, dass er als Novize in ein Kloster zurückging. Konrad hatte er allerdings nicht mehr gesprochen. Was war nur geschehen, dass sie sich derart entzweit hatten? Wie Brüder waren sie einst, selbst Konrad hatte es gesagt. Mit Ering zusammen waren sie im Kloster als das Dreigestirn bekannt gewesen – eine Bezeichnung, die sie mit Stolz getragen hatten. Jetzt war alles anders. Jeder der drei ging seines eigenen Weges.

Sachte öffnete Faolán die Tür zum Hof, zögerte kurz und drehte sich noch einmal um. Sein Blick schweifte über die schlafenden Leute, die in Umhänge und Decken gehüllt zu seinen Füßen lagen. Einer davon war Konrad, doch Faolán konnte nicht sagen, welcher es sein mochte.

Einen Augenblick hielt Faolán inne und verabschiedete sich im Geiste. Nicht nur von Konrad, sondern von allen Burgbewohnern, die ihm in den vergangenen Monaten ans Herz gewachsen waren. Der Abschied fiel ihm unerwartet schwer. Doch der Edelherr würde schon bald mit ihm rechnen und er durfte nicht länger zögern.

Vorsichtig ging Faolán nach draußen, schloss die Tür und wischte sich die Tränen aus den Augen. Dann begab er sich zu den Ställen und half Meister Ragnar, die Tiere für die Abreise vorzubereiten. Der Stallmeister dankte ihm brummelnd, hieß ihn einen guten Knecht und wünschte ihm das Beste für die bevorstehende Reise. Als sie gemeinsam die Pferde auf den Hof führten, brach die Morgendämmerung an. Nur wenige Augenblicke später erschien Herr Brandolf mit Kastellan Marek und zwei Kriegern.

Bevor der Burgherr das Zeichen zum Aufbruch gab, sprach er in aller Ruhe mit dem Schwertmeister. Der war während der Abwesenheit des Edelherrn für die Verteidigung der Burg und die Sicherheit aller Bewohner verantwortlich, auch die der Adelsfamilie. Brandolf vertraute diesem Mann zwar uneingeschränkt, dennoch gab er ihm noch abschließende Anweisungen. Er sprach eindringlich auf seinen ersten Ritter ein, der immer wieder nickte. Faolán konnte nichts davon verstehen, doch es schien, als befürchtete Brandolf, etwas Außergewöhnliches könnte während seiner Reise geschehen.

Erst als der Edelherr und der Kastellan sich näherten, konnte Faolán Bruchstücke des Gesprächs mithören. „... doch seid wachsam! Ich traue ihm nicht. Er mag sich geändert haben, doch ich kenne ihn als arglistigen Mann und er könnte meine Abwesenheit ausnutzen, um die Burg an sich zu reißen." Nachdem der Kastellan dem Edelherrn beteuert hatte, das er nichts dergleichen zulassen würde, fügte Brandolf hinzu: „Bildet Konrad weiter aus. Ihr wisst selbst am besten, welches Potenzial in dem Burschen steckt. Aber lasst ihn nicht müßig gehen, sonst kommt er noch auf dumme Gedanken ..."

Der Schwertmeister schmunzelte kurz. „Sehr wohl, mein Herr. Wie lange wird Eure Reise andauern?"

„Ich rechne mit einem Dutzend Tage, je nachdem, wie schwer sich die Gespräche mit dem Abt gestalten werden. Sollte etwas Außerplanmäßiges geschehen und sich meine Rückkehr verzögern, so müsst Ihr die besprochenen Maßnahmen ergreifen. Sollte ich binnen zwei Wochen nicht zurückkehren und Ihr habt keine Kunde von mir erhalten, so geht vom Schlimmsten aus."

Brandolf bestieg sein Pferd. Die beiden Getreuen und Faolán folgten seinem Beispiel. Noch einmal wandte der Edelherr sich um und schaute zum Wohnturm hinauf. Hoch oben an einem der kleinen Fenster waren die Umrisse seiner Gemahlin zu erkennen. Die Morgenbrise strich ihr durch das lange, offene Haar. Mit einer erhobenen Hand verabschiedete sich Brandolf von seiner geliebten Gattin, wandte sich dann dem Tor zu und gab das Zeichen zum Aufbruch.

Auch Faolán drehte sich noch einmal um, als sich sein Pferd in Bewegung setzte, und blickte auf die Tür der großen Halle. Was er dort zu sehen hoffte, wusste er selbst nicht. Konrad, der sich von ihm verabschieden wollte? Doch die Tür blieb geschlossen. Niemand zeigte sich. Stumm fragte Faolán sich, weshalb der Abschied zweier Freunde auf diese Weise stattfinden musste. Oder waren sie gar keine Freunde mehr? Es tat ihm leid, was vorgefallen war. Doch jetzt war es zu spät. Er befand sich bereits auf dem Weg.

Er löste seinen Blick von der Tür und schaute wieder nach vorne. Mit einem leichten Tritt in die Flanke spornte er sein Pferd an und schloss zu den anderen Reitern auf. Nur wenige Augenblicke später passierte er als Letzter das Haupttor. Er grüßte die beiden Wächter zum Abschied, die hinter ihm sogleich damit begannen, den Torflügel zu schließen. Faolán hatte endgültig die Burg hinter sich gelassen und vor ihm lag der letzte Abschnitt eines langen Weges, der nun schon beinahe zweieinhalb Jahre währte. Der milde Frühjahrswind durchwühlte sein Haar, das er in den letzten Monaten hatte wachsen lassen. Nichts deutete noch auf eine Tonsur hin und Faolán verspürte eine unbeschreibliche Freiheit in sich emporsteigen. Schon bald würde er in das Kloster seiner Kindheit zurückkehren, doch er war nicht mehr der Jüngling von damals. Er war ein anderer geworden. Er war ein Mann geworden, der nur noch ein Ziel hatte: Svea!

* * *

Der Frühlingstag war sonnig und warm. Die Wipfel der Laubbäume, die bereits ein Gewand aus saftigem Grün trugen, wiegten sich sachte im Wind. Sonnenstrahlen brachen durch das Geäst und der ganze Wald duftete nach Blüten. Doch es lag noch ein anderer Geruch in der Luft. Zumindest glaubte Svea, ihn ausmachen zu können. Es schien, als läge ein Hauch von Veränderung in dieser leichten Brise. Doch es war nicht die Art von Wandel, wie ihn jeder Frühling mit sich brachte, sondern etwas anderes. Svea konnte nicht genau sagen, weshalb sie es wahrnahm, doch ihre Empfindungen waren unmissverständlich.

Alveradis hatte sie auf Kräutersuche in den Wald geschickt. Während des nassen Frühjahrs waren ihre Vorräte zur Neige gegangen und Svea war es eine Freude, der alten Kräuterfrau auf diese Weise helfen zu können. Inzwischen kannte sie sich beinahe so gut im Umgang mit Kräutern aus wie die Heilerin selbst und sie brachte stets die besten Pflanzen, die im Wald zu finden waren. Allein zwischen den Bäumen einherzustreifen war nichts Außergewöhnliches für sie. Svea genoss es, die kühle Erde und das alte Laub unter ihren bloßen Füßen zu spüren. Ebenso liebte sie die Freiheit unter den mächtigen Baumriesen und die Stille, die einzig vom Rauschen der Blätter und dem Singen der Vögel unterbrochen wurde.

Sveas Leinenbeutel war mit Brennnesseln gefüllt. Früher hatte sie diese Pflanze nur ungern gesammelt, doch inzwischen konnten ihr die feurigen Blätter nichts mehr anhaben. Statt Schmerzen verspürte Svea lediglich ein leichtes Prickeln auf der Haut, berührte sie die Pflanzen trotz besseren Wissens einmal falsch. Ebenso erging es Alveradis, wenn sie Brennnesseln in die Hand nahm, und dieser Gedanke machte Svea glücklich und zauberte ein Lächeln auf ihre Lippen.

Sie befand sich bereits auf dem Rückweg zur kleinen Hütte der Kräuterfrau. Ihre Wanderung hatte sie weit geführt, denn sie hatte die Nesseln an einer besonderen Stelle holen müssen, und ein gutes Stück Weg lag noch vor ihr. In Gedanken verloren, lief sie unter den Laubbäumen dahin und summte eine Melodie, die ihr gerade in den Sinn kam. Das volle, rote Haar trug sie offen und es fiel in sanften Wellen bis über ihre Schulterblätter.

Hätte Faolán sie jetzt so sehen können, er hätte sie womöglich nicht wiedererkannt. Svea musste oft an ihn denken. Über zweieinhalb Jahre hatte sie ihn nicht mehr gesehen und sie konnte nur ahnen, wie es ihm in dieser Zeit ergangen war. Es war genauso eingetroffen, wie sie es einst erahnt und befürchtet hatte. Ein mächtiger, bedrohlicher Mann hatte jedes weitere Treffen der beiden verhindert. Ausgerechnet heute herrschte in Neustatt Markttreiben und es wäre ein wunderbarer Tag für ein Bad mit Faolán in dem geheimen Tümpel gewesen. Wie schon so oft hatte sie heute dort auf ihn gewartet, doch blieb sie auch diesmal allein. Auch wenn sie nicht wusste, wie es um ihn stand, so war sie doch sicher, dass er am Leben war. Um diese Gewissheit zu erlangen, musste sie einzig auf ihr Herz hören.

Früher war sie vor allem an Markttagen in Neustatt gewesen. Oft war sie versucht, den dicken Kellermeister in Neustatt darauf anzusprechen, was mit Faolán geschehen war, doch am Ende hatte sie es nie gewagt. Zu groß war ihr das Risiko, sich durch eine solche Leichtfertigkeit in Gefahr zu bringen.

Svea schreckte auf, als plötzlich ein markerschütternder Schrei das Gehölz durchdrang. Sie hielt inne und lauschte. War es tatsächlich ein Schrei gewesen oder nur der Ruf eines Tieres? Angespannt horchte sie noch einmal in den Wald hinein.

Da drang erneut ein panisches Kreischen durch das Unterholz. Das war kein Tier. Svea überlegte nicht lange und machte sich sogleich auf den Weg. Ihre Füße trugen sie schnell voran und schon bald hörte sie das Weinen und Schluchzen eines Mädchens, das flehend um Hilfe rief. Doch das war nicht alles. Nur allzu deutlich war auch das gehässige Gelächter rauer Männerstimmen zu vernehmen.

Svea durchbrach das Unterholz mit einem lauten Rascheln und fand sich auf der breiten Straße nach Neustatt wieder. Es bedurfte nur eines Wimpernschlages und sie begriff, was dort geschah. Drei junge bewaffnete Männer, von denen einer das Sagen hatte, bedrängten ein hilfloses Mädchen. Obwohl die Gesellen in einigem Abstand und mit dem Rücken zu Svea standen, erkannte sie in ihnen Männer des Grafen. Den Anführer mit seiner markanten Stimme konnte sie ebenfalls identifizieren. Diesen Burschen hatte Svea bereits im vergangenen Jahr mehrfach auf dem Markt erleben müssen. Wann immer er auftauchte, war sie ihm aus dem Weg gegangen, hatte die Stadt verlassen, oder Raimund hatte sich schützend vor sie gestellt.

Einst war er Novize im nahen Benediktinerkloster gewesen und sie kannte ihn aus Faoláns Erzählungen. Es hatte ganz den Anschein, als sei die Erziehung der Mönche spurlos an diesem jungen Mann vorübergegangen, denn sonst würde er sich einem Mädchen gegenüber nicht so verhalten. Es war Drogo, der Sohn des Grafen Rurik. Er führte stets Übles im Schilde, zumindest war Svea davon überzeugt.

Drei Pferde grasten am Wegesrand. Sie hatten kurz aufgeschaut, als Svea aus dem Unterholz erschienen war, sich jedoch nicht aufscheuchen lassen. Anders erging es dem Opfer der Männer. Während die beiden Gefolgsleute des jungen Herrn das Mädchen mit hohnvollem Gelächter in die Enge trieben, schaute es panisch nach allen Seiten auf der Suche nach einem Ausweg.

Die Kleine war von niederem Stande und dem Sohn des Grafen nicht ebenbürtig. Den störte diese Tatsache nicht. Er würde sie sich gefügig machen, ganz gleich, welchem Stande sie angehörte. Viel schwerwiegender war in Sveas Augen allerdings, dass sie beinahe noch ein Kind war. Drogo hinderte dies jedoch nicht daran, sie zu bedrängen. Immerhin hatte sie ein Paar kleine Brüste vorzuweisen, was für den Sohn des Grafen Anreiz genug zu sein schien, sie wie eine Frau zu nehmen. Ein Tuch lag zu Füßen des Mädchens und ein Ärmel ihres einfachen Leinenkleides hing zerrissen von der Schulter herab. Furchtsam schaute es umher und glich einem Reh, das von einem Rudel Wölfe bedroht wurde. Von hämischem Lachen und spöttischen Kommentaren begleitet, versuchte das Mädchen, sich vergeblich gegen die Hände des jungen Herrn zu wehren, die immer wieder an dem Leinenkleid zupften und zerrten. Drogo spielte mit ihr. Er kostete ihre Angst regelrecht aus.

Die Männer waren mit ihrem derben Treiben derart beschäftigt, dass sie Sveas Erscheinen nicht bemerkt hatten. Sie überlegte nicht lange, wie sie vorgehen sollte, sondern rief Drogo laut an. „Lässt dich eine richtige Frau nicht bei sich liegen oder weshalb vergreifst du dich an einem kleinen Mädchen?“

Die hohnvollen Worte ließen die drei Männer innehalten. Verwirrt drehten sie sich um. Das kleine Mädchen sank schluchzend zu Boden, raffte das Tuch von der Erde und drückte es an sich, als könne es sie vor weiterem Unheil bewahren. Ganz gleich ob Svea sie jetzt retten konnte oder nicht, allein für die Ablenkung der Peiniger war das Mädchen dankbar.

Drogo besann sich als Erster und schritt langsam auf die Fremde zu. Er trug ein lüsternes Grinsen zur Schau, als sehe er in Svea eine weitere Gespielin. Seine Kumpane folgten ihm, waren jedoch unschlüssig, ob sie nicht doch lieber bei ihrem bisherigen Opfer bleiben sollten. Das junge Mädchen war gewiss eine leichtere Beute.

Der Grafensohn hingegen zögerte nicht. Für ihn stellte Svea die größere Verlockung und Herausforderung dar. Sie besaß wesentlich verheißungsvollere Reize als die Kleine, deren Brüste kaum zu sehen waren. Dieser jungen Frau wollte er sich zuerst widmen. Das Mädchen konnte warten, mit ihr würde er später auf seine Kosten kommen. Vielleicht würde Drogo nach diesem reifen Weib auch etwas sanfter mit dem jungen Gör umgehen und sie müsste nicht so viel schreien. Das taten sie nämlich alle, wenn er ihr erster

Mann war. Vielleicht würde er diesmal sogar etwas Spucke verwenden, damit es ihr nicht so weh tat, wobei gerade darin der Reiz für ihn lag.

Svea wusste sehr wohl um ihre weiblichen Vorzüge und welche Wirkung sie auf Männer hatte. Das lange, rote Haar, ihre wohlproportionierte Figur und die markanten, sehr attraktiven Gesichtszüge ließen so manchen Mann mit offenem Mund nach ihr gaffen. Schon früh hatte sie gelernt, sich gegen aufdringliche Hände zur Wehr zu setzen, und sie hatte es stets ignoriert, wenn Männer ihr hinterher schauten. In diesem Augenblick sah sie darin allerdings die einzige Möglichkeit, den jungen Herrn von dem Mädchen wegzulocken.

In dieser Absicht brachte Svea ihre weiblichen Rundungen so gut wie möglich zur Geltung und warf dem Grafensohn einen kecken Blick zu. Drogo sprach darauf an. Seine Aufmerksamkeit galt nur noch ihr. Sveas Herzschlag beschleunigte sich und die aufsteigende Furcht versuchte sie zur Flucht zu drängen. Doch sie blieb stehen. Was sonst hätte sie tun können, um das Mädchen außer Gefahr zu bringen?

Der junge Adelige schien sich seiner Sache sicher zu sein. Sich seiner Überlegenheit bewusst, bewegte er sich nahezu genüsslichen Schrittes auf die rothaarige Verlockung zu. Er musterte sie dabei vom Scheitel bis zur barfüßigen Sohle. Sein Grinsen wurde zusehends breiter und seine Augen merkwürdig glasig. Svea konnte nur erahnen, welchen Fantasien sie sich in Drogos Geiste in diesem Augenblick bereits hingeben musste.

Svea beherrschte sich, nicht mit jedem von Drogos Schritten gleichermaßen zurückzuweichen. Er kam stetig näher und mit ihm sein Gefolge, genauso, wie Svea es beabsichtigt hatte. Als die drei weit genug von dem jungen Mädchen entfernt waren, rief Svea ihr laut zu. „Kleine, raff dich auf und lauf nach Hause! Lauf schnell, hörst du!“

Das Mädchen schien wie aus einem bösen Traum zu erwachen. Obwohl es eben noch in sich zusammengekauert dagesessen hatte, sprang es sogleich auf, begriff die neue Situation und begann zu laufen. So schnell die nackten Füße es tragen konnten, rannte es die staubige Straße hinab.

Die beiden Gefährten des Grafensohnes zögerten. Sie waren sich nicht sicher, ob sie dem Mädchen nachsetzen sollten und liefen ihr halbherzig ein paar Schritte nach. Drogo begriff verärgert, dass er einer Täuschung erlegen war und stieß einen lauten Wutschrei aus. Mit einer Geste und deutlichen Worten hielt er seine Getreuen jedoch zurück.

„Lasst das junge Ding laufen“, schnauzte Drogo seine Getreuen an. „Mit unseren Pferden können wir sie später noch ergreifen und unseren Spaß mit ihr haben. Zuvor werden wir uns allerdings mit einem richtigen Weib vergnügen. Und wenn uns das Gör entwischen sollte, wird sie es wieder gut machen, meint ihr nicht auch? Sie ist sicher reif genug, gleich drei unserer Größe zu verkraften. Ihr sollte jetzt unsere ganze Aufmerksamkeit gebühren!“

Drogos Worte riefen bei seinen eben noch unsicher dreinblickenden Gefährten ein schadenfrohes Gelächter hervor. Sie wussten genau, welche *Größe* ihr junger Herr damit meinte. Angewidert spuckte Svea aus. Ihr blieb jedoch nichts anderes übrig, als das Spiel fortzuführen, wollte sie das junge Mädchen in Sicherheit wissen. Sie hatte damit begonnen und sie musste es auch zu Ende bringen. Noch besaß sie die Kontrolle darüber.

„Ich hätte nicht geglaubt, dass du dich das traust“, antwortete sie schlagfertig. Mit einem Auge beobachtete sie die Flucht des Mädchens, mit dem anderen behielt sie die drei Männer im Blick. Noch war die Kleine nicht weit genug entfernt und Svea musste noch etwas weiter gehen. „Weißt du denn überhaupt, wie sich eine richtige Frau anfühlt?“

„Vielleicht willst du es mir ja zeigen?“, entgegnete Drogo lüstern. „Ich frage mich nur, ob du weißt, wie sich ein rechter Mann anfühlt? Vielleicht sollte ich es dir zeigen ...“

Erneutes Gelächter und Drogo schien darüber genauso erfreut zu sein wie über die verlockende Aussicht, sich bald mit dieser Rothaarigen zu amüsieren. Nach wie vor schritt er langsam auf Svea zu und löste dabei die Verschnürung an der Vorderseite seiner Beinkleider. Wenige Augenblicke später entblößte er stolz seine Männlichkeit, die sich bereits zu versteifen begann.

Svea musste sich beherrschen, denn dieser Anblick drohte ein Lachen in ihr hervorzurufen. Sie konnte es nur schwerlich unterdrücken, ein Grinsen allerdings konnte sie nicht verbergen. „Das ist also die Männlichkeit, deine besagte *Größe*, derer du dich so rühmst? Meiner Meinung nach sieht es aber nicht so aus, als könntest du damit Mann genug für eine reife Frau sein! Ist das der Grund, weshalb du zwei Handlanger benötigst, um meiner Herr zu werden?“

Das wollte Drogo nicht auf sich sitzen lassen. Er sollte nicht Mann genug für eine reife Frau sein? Was wusste diese Metze schon über ihn? Er hatte bisher noch jedes Weib bekommen, das er begehrt hatte, und zwar ohne jegliche Hilfe, auch wenn sie sich gewehrt hatte.

Sogleich befahl er seinen Getreuen auf der Stelle stehen zu bleiben. Wie Svea es beabsichtigt hatte, machte er sie damit zu Beobachtern. Er selbst schritt langsam weiter auf Svea zu, war ihr bereits gefährlich nahe. Bedrohlich ragte seine pralle Erregung ihr geradewegs entgegen.

„Ich werde dir schon zeigen, wie ich deiner Herr werde", raunte Drogo Svea zu. „Anscheinend weißt du nicht, mit wem du es zu tun hast. Wenn ich mit dir fertig bin, wirst du dein Maul nicht mehr so voll nehmen und mich mit *Herr* ansprechen, wie es sich gebührt. Ich werde dir eine Lektion erteilen, die du niemals vergessen wirst!"

„Das wollen wir doch erst einmal sehen", gab Svea unbeeindruckt zurück. Das kleine Mädchen war inzwischen nicht mehr zu sehen. Jetzt wäre für Svea der rechte Zeitpunkt, selbst davonzulaufen. Doch Drogo war ihr inzwischen so nahe, dass er sie mit einem kurzen Spurt schnell würde einholen können. Langsam wich Svea vor ihm zurück. Sie musste handeln, doch wie? Außer einer weiteren Drohung fiel ihr zunächst nichts ein.

„An deiner Stelle wäre ich jetzt vorsichtig oder du wirst es bereuen, Junge."

„Junger Herr", korrigierte Drogo sie zornig.

„Nein, ein junger Herr bist du gewiss nicht, sonst würdest du dich einer Frau gegenüber anders zu benehmen wissen. Ich kenne Stallburschen, die mehr Anstand haben als du. Deinem Benehmen nach bist du nicht mehr als ein gemeiner Schweinehirt, der seine beiden Ferkel durch den Wald treibt."

„Dann werde ich dir jetzt gleich zeigen, was dir dieser Schweinehirt mit seiner Rute alles beibringen kann, du kleines, schmutziges Ding. Und meine Ferkel wirst du danach auch noch zur Genüge kennenlernen. Oder vielleicht sogar gleichzeitig, es sind ja nur kleine Ferkel, nicht wahr?"

Svea konnte das Leuchten in den Augen der beiden Recken sehen. Gewiss würden sie nur allzu gerne ihren Spaß mit ihr haben, sobald Drogo mit ihr fertig wäre, ganz gleich auf welche Art. Wahrscheinlich würden sie darum losen, wer als nächster zum Zuge käme.

„Ich warne dich!", rief Svea und wich weiter vor Drogo zurück. „Ich werde mich nur noch einmal wiederholen. Wenn du noch einen Schritt näher kommst, wirst du es für den Rest deines Lebens bereuen!"

Der merkwürdige Unterton in Sveas Stimme ließ Drogo tatsächlich innehalten. Für einen kurzen Augenblick schien er unsicher zu ein, ob die Drohung nicht doch eine ernst zu nehmende Gefahr darstellte. Allerdings trug er sogleich wieder das schmutzige Grinsen zur Schau und kam weiter auf Svea zu.

„Was kann denn eine so schmutzige Metze einem Mann wie mir anhaben? Ich werde dich Respekt lehren, und wenn ich mit dir fertig bin, werden dich die Hörner meiner beiden Getreuen zurecht stoßen. Dann werden wir sehen, welch großen Töne du dann noch spucken kannst. Vielleicht spuckst du ja noch etwas ganz anderes, was auch immer wir dir in den Mund legen werden!“

Erneut lachten die begierig wartenden Gesellen, die ihren Fantasien mit Sicherheit bereits freien Lauf ließen. Drogos Blick hinab auf seine Männlichkeit ließ keinen Zweifel daran aufkommen, was er in Sveas Mund zu legen gedachte. Dieser Bursche war im Augenblick die einzige Gefahr. Seinen Helfern würde Svea mit Leichtigkeit entkommen können, denn diese hatten sich seit der Anweisung ihres Herrn keine Handbreit von der Stelle bewegt.

Während Drogo sein erregtes Fleisch besonders zur Schau stellte, setzte er an, die letzten Schritte zwischen sich und Svea zu überwinden. Da kam Svea ein Gedanke. Kühn änderte sie ihre Haltung und ging vermeintlich auf Drogo ein: „Dann komm her, du Schweinehirt und lass mich deine Rute festhalten, die mich so viel lehren soll. Vielleicht kann ich dir auch noch etwas beibringen. Oder glaubst du, ich sei gänzlich ohne Erfahrung?“

Svea trug jetzt ein vielversprechendes Lächeln auf den Lippen, das Drogo zu verunsichern schien. Dieser plötzliche Sinneswandel überraschte ihn und ließ ihn kurz innehalten. Doch dann fand er Gefallen an diesem Gedanken und mit der Aussicht auf das bevorstehende Vergnügen vergaß er Sveas vorherige Warnung. Pure Lust stand ihm jetzt ins Gesicht geschrieben und er war nur noch darauf ausgerichtet, diese Frau nach seinem Willen zu nehmen. Es gab nichts mehr auf dieser Welt, außer seiner unermesslichen Begierde.

Kurz bevor er Svea erreichte, griff sie in ihren Beutel, überwand flink den Schritt zu Drogo. Erst im letzten Augenblick zog sie die Hände wieder hervor und nahm sein erregtes Glied fest in beide Hände. Keiner der Burschen sah die Nesseln in ihren Händen. Stattdessen schloss Drogo bei der Berührung erwartungsvoll die Augen. Mit starkem Druck rieb Svea das erregte Fleisch, das in ihren Händen noch praller wurde.

Plötzlich öffnete Drogo entsetzt die Augen und Svea rief für alle hörbar laut in den Himmel hinauf. „Verflucht sollst du sein, Drogo, Sohn des Rurik, und für alle Zeiten unfähig sein, bei einer Frau zu liegen oder Kinder zu zeugen! Ich rufe die alten Geister und Mächte des Waldes an! Verflucht seien du und deine Männlichkeit. Sie soll unter der Glut der Hölle dahinwelken, auf ewig!“

Svea löste ihren Griff und trat einen Schritt zurück. In Drogos Augen war Furcht und plötzliche Erkenntnis zu sehen. Svea wusste nicht, ob es von ihrem vermeintlichen Fluch oder den Brennnesseln herrührte, die sie auf dem steifen Gemächt zerrieben hatte.

Für einen kurzen Augenblick schien Drogo erstarrt zu sein. Dann überkam ihn der Schmerz. Sein markerschütternder Schrei hallte von den Bäumen wider und schreckte die Vögel des Waldes auf. Entsetzt schaute er auf sein Glied, das sich feuerrot zu färben begann. Die Nesselblätter waren längst zu Boden gefallen, ohne das Drogo sie gesehen hatte. Pusteln begannen bereits auf dem Gemächt aufzublühen und wurden immer deutlicher sichtbar. Sie färbten sich rot, wie das Feuer der Hölle. Ohnmächtig gegen diese Schmerzen sank der junge Herr auf die Knie. Als seine Erregung langsam zu schwinden begann, heulte Drogo auf wie ein Wolf. Seine Hände ballten sich und waren doch unfähig, etwas dagegen zu tun. Seine beiden Gefährten standen wie angewurzelt da und glotzten sich ratlos an.

Das war der Augenblick, auf den Svea gehofft hatte! Sie drehte sich um, brach durch das Unterholz und verschwand im Wald, so schnell ihre Füße sie tragen konnten. Hinter sich vernahm sie Drogos zornig weinerliche Stimme, der am Wegesrand kauerte und ungläubig seine rotpustelige, schrumpfende Männlichkeit anstarrte. Mit Sicherheit würde er an einen Fluch glauben, so schnell wie sie dahinschwand. Bei diesem Gedanken musste Svea lachen, obwohl sie auf der Flucht vor dem Grafensohn war und ihr eigentlich alles andere als zum Lachen zumute sein sollte.

„Ergreift mir diese Dirne, sie muss diesen Fluch von mir nehmen! Oh mein Gott, was hat sie nur getan? Was passiert mit mir? Und lasst das junge Gör nicht entkommen. Sie soll auch ihre Lektion erhalten! Oh allmächtiger Gott, woher kommen nur diese Schmerzen? Seid ihr taub, ihr Narren? Lasst mich gefälligst los und gafft nicht. Macht euch fort! Verfolgt die beiden. Arrrgh!“

Svea wusste, dass Drogos Getreue keinen Erfolg haben würden, weder sie noch das Mädchen einzuholen. Sie kannte sich in diesem Teil des Waldes so gut aus, dass sie jedem Verfolger mit Leichtigkeit entkommen konnte und das Mädchen war sicherlich ebenfalls in das Dickicht geflohen.

Nachdem sie eine ganze Weile gelaufen war, verlangsamte Svea ihre Schritte und kam wieder zu Atem. Obwohl der Gedanke an Drogos Pein eine gewisse Belustigung in ihr hervorrief, blieb ihr das anfängliche Lachen schon bald im Halse stecken. Zweifel kamen in Svea auf, ob sie tatsächlich das Richtige getan hatte. Vielleicht hätte es auch einen anderen Weg gegeben, dem Mädchen zu helfen. Oder hätte sie sich ganz raushalten sollen? Nein, das sicher nicht!

Doch was würde Drogo jetzt unternehmen? Würde er nach ihr suchen lassen, um sie zur Rechenschaft zu ziehen? Sveas Furcht wurde größer. Sie grübelte lange, was sie tun sollte. Doch sie fand keine vernünftige Antwort. Vielleicht wusste Alveradis Rat. Svea beschleunigte ihre Schritte wieder. Erst als sie auf die Lichtung mit der windschiefen Hütte trat, bemerkte sie, dass sie gerannt und völlig erschöpft war, obwohl sie nicht verfolgt wurde. Zumindest noch nicht.

* * *

Nachdem der Schnee auf der Insel und das Eis des Flusses geschmolzen waren, hätte einem Aufbruch bereits vor einigen Wochen nichts mehr im Wege gestanden. Doch Bjoren hatte sich dagegen entschieden. Statt die Boote ins Wasser zu lassen und zu segeln, schickte er seine Männer auf die Jagd. Den Proviant aufzustocken war zwar weitsichtig, aber für Bjorens Zwecke nur ein Vorwand. Ebenso wie die äußerst gründlichen Überarbeitungen und Reparaturen der drei Langschiffe. Natürlich mussten sie mit Pech neu abgedichtet werden, das sie mühselig aus Birkenrinde gewannen, doch seine Order gingen weit über das Notwendige hinaus.

Der Grund für seine Verzögerungen war ein Zeichen der Götter, auf das er wartete. Ein Zeichen, das ihm mitteilte, wie die Fahrt weitergehen sollte. Doch Tag um Tag blieb es aus und die Mannschaft wurde unruhiger. Sie wusste nichts von alledem und verstanden nicht, was den Jarl noch auf dieser Insel hielt. Rastlos warteten sie und hofften, dass ihr Führer bald das Signal zum Aufbruch gäbe.

Bjoren stand auf einem der oberen Baumstämme, die als Wall das Lager umgaben, und blickte durch die Schneise, die für die Wasserung der Schiffe flussabwärts geschlagen worden war. So sehr er auch hoffte, das Zeichen der Götter kam nicht. Er sah sich um. Im Lager waren die meisten seiner Männer versammelt. Männer, die nicht zum Warten geschaffen waren. Männer, die Ehre und Ruhm suchten, ehe sie nach Hause zurückkehrten.

Gorm, der mit Lokis List ausgestattet zu sein schien, hatte dem Jarl bereits zu Beginn des Winters die Zusage abgerungen, die Mannschaft im Frühjahr auf Beutezüge gehen zu lassen. Und das Frühjahr war in diesem Land wesentlich schneller gekommen als Bjoren gedacht hatte. Zu seinem Glück war es nass. Das Wasser des Flusses war in den Wochen des Regens unaufhörlich gestiegen und hätte sogar beinahe die gesamte Insel überflutet. Allein die Tatsache, dass der Strom dadurch unbefahrbar wurde, ließ die Männer einsehen, dass sie nichts anderes tun konnten als zu warten. Eines Tages endete aber auch der Regen und das Wasser ging zurück. Die Männer waren darauf erpicht, Beute zu machen und Bjoren gab ihnen diese Möglichkeit auf der Jagd. Die Vorräte waren sein nächstes Argument, ebenso wie die Reparaturen an den Schiffen. Doch jetzt war all das erledigt und der Jarl hatte nichts mehr in der Hand, womit er seine Mannschaft weiter hinhalten konnte.

In Gedanken vertieft stand er da, als plötzlich eine Axt mit einem dumpfen Geräusch nur zwei Baumstämme tiefer zu seinen Füßen einschlug. Kurz darauf folgten eine zweite und eine dritte. Bjoren suchte die Männer, die sie geworfen hatten, und fand sie in der Mitte des Lagers. Ihre Blicke trafen sich und hielten einander stand. Es war eine stille Forderung und Warnung zugleich, die sie auf die Weise an ihn richteten. Bjoren wandelte auf einem schmalen Grat, das wusste er. Dennoch stieg er hinab, griff entschlossen nach der ersten Axt und schleuderte sie gezielt zurück. Mit großen Augen wichen die drei Männer zur Seite und gaben überraschend Gorm frei, der hinter ihnen gestanden hatte. Die Axt landete zu dessen Füßen und blieb im Boden stecken. Gorm belächelte sie nur geringschätzig, sprach ein paar Worte zu den drei Werfern und kam dann auf den Jarl zu.

Bjoren hätte es ahnen können, dass sein Widersacher hinter dieser Warnung stand. Er hatte keine Lust, mit dem kleinen Mann zu sprechen und bestieg abermals den Wall. Dort wartete er und ließ Gorm zu sich hinauf kommen. Der schien davon unbeeindruckt zu sein. Als er oben ankam, betrachtete auch er das Lager. Seine Worte klangen beinahe belanglos, wie reines Geplauder. Doch Bjoren wusste, dass Gorm niemals ohne Grund mit ihm sprechen würde und so war er auf der Hut.

„Du hast eine weise Entscheidung getroffen, was das Lager betrifft. Es war über den Winter wie auch während des hohen Wassers sicher. Deine Weitsicht ehrt dich, Bjoren Langarm.“ Der Jarl nickte und wartete geduldig, was nach dieser Anerkennung folgen mochte. Gorm wartete einen Augenblick, dann sprach er weiter: „Deine Weisheit und Ehre sind es, die die Männer bisher ruhig gehalten haben. Doch sie warten schon zu lange und werden zusehends rastloser. Einige von ihnen vertreiben sich die Zeit nicht mehr mit Erzählungen am Feuer."

Bjorens Blick folgte Gorms zu den beiden Äxten, die noch immer mahnend im Holz steckten. Gorm fuhr beiläufig fort: „Es wäre ein großer Verlust, würde eine solche Axt eines Tages im kämpferischen Wettstreit fehl gehen und versehentlich einen Krieger treffen, meinst du nicht auch? Noch ist kein Unglück geschehen, aber ..."

Bjoren würdigte den kleinen Mann keines Blickes und schaute wieder flussabwärts. „Was ist dein Rat, Gorm? Oder bist du aus einem anderen Grund zu mir gekommen?"

„Ein Sturm zieht auf", fuhr der Angesprochene fort. „Früher oder später wird er entfesselt werden. Ich weiß nur noch nicht, welcher Art er sein wird. Es könnte sein, dass es ein Sturm der Männer ist."

„Woher willst du es wissen? Wirst du den Sturm entfesseln?"

Gorm schenkte dem Vorwurf keinerlei Beachtung. Stattdessen sprach er mit leiser Stimme. „Nein, ich hatte einen Traum, vergangene Nacht."

Jetzt wurde der Jarl neugierig und richtete sein Augenmerk auf den Mann neben sich. „Was für ein Traum war das?"

Jetzt war es Gorm, der in die Ferne blickte und sich an die Bilder seines Traumes zu erinnern versuchte. „Es war, als flöge ich in Friggs Falkengewand über die Welt. Unter mir waren Wälder, so weit mein Auge reichte. Doch die Bäume hatten alles Laub abgeworfen und unter ihrem schützenden Geäst hetzte ein Wolf an einem Fluss entlang."

„Ein Wolf?", flüsterte Bjoren, unterbrach Gorm jedoch nicht weiter.

„Ein Wolf mit einem merkwürdigen Fell. Es hatte keine Farbe ... obwohl die Mittagssonne darauf schien. Er rannte immerzu flussabwärts, doch er war weder auf der Jagd noch wurde er verfolgt. Also flog ich tiefer, durch das Geäst, um zu sehen, was ihn antrieb. Ich stieg hinab, bis ich nahe bei ihm war. Und da, noch im schnellen Lauf, wandte sich das Tier nach mir um und sperrte sein weites Maul auf, um mich zu verschlingen. Da erwachte ich."

Beide Männer standen auf dem Wall und sannen über den Traum nach. Schließlich brach Bjoren das Schweigen. „Ein merkwürdiger Traum. War es Fenrir? Ist es vielleicht der Sturm von Ragnarök, den du erblickt hast?"

Gorm schüttelte beinahe unmerklich den Kopf. „Nein, ich denke nicht. Es war kein Kampf zugange und der Wolf sah nicht aus, als wäre er Fenrir gewesen. Es war ein gewöhnliches Tier, nur dass es ein merkwürdiges Fell besaß …" Dann besann sich Gorm, weshalb er eigentlich zum Jarl gekommen war. Seine Stimme wurde energischer, als er weiter sprach: „Aber ein Sturm wird kommen, Bjoren, dessen bin ich mir sicher. Sei gewarnt, die Zeichen sind eindeutig. Diese Männer sind keine Bauern, Köhler oder Fischer. Es sind Krieger. Führe sie – oder fürchte sie!"

„Ich fürchte keinen Mann!", entgegnete Bjoren grimmig.

„Dann führe sie. Beutezüge, erinnere dich an deine Worte. Gib ihnen wonach sie verlangen und der Sturm könnte ohne Schaden vorüberziehen. Verweigerst du es ihnen allerdings …"

Damit hatte Gorm alles gesagt und er stieg die Stämme wieder hinab. Er gab den drei Axtwerfern, die unweit gewartet hatten, ein Zeichen, woraufhin sie die beiden verblieben Waffen holten. Ein jeder von ihnen blickte dem Jarl in die Augen, ohne seinen Zorn zu fürchten. Gorm hatte Recht. Diese Männer waren keine einfachen Bauern, Köhler oder Fischer. Was sie forderten, war ihr gutes Recht.

Doch sie ahnten nicht, welch großen Gefallen Gorm ihrem Jarl erwiesen hatte, als er soeben von seinem Traum berichtet hatte. Es war unmissverständlich das Zeichen, auf das Bjoren so lange gehofft hatte. Ein Wolf, den er finden sollte. Er war ihm auf der Spur und die Götter waren wohlgesonnen.

Der Jarl stieg ebenfalls vom Wall. Er wusste, was zu tun war und noch während er über die Stämme stieg, rief er seine Getreuen: „Thjodolf, Asvald, Hrodi, kommt her!" Die drei Männer eilten herbei und der Jarl gab ihnen nur einen Befehl, der ihn selbst mit Genugtuung erfüllte: „Bereitet die Boote mitsamt der Stevenaufsätze vor. In zwei Tagen segeln wir weiter flussabwärts! Die Wölfe des Nordens gehen wieder auf Fahrt und werden ihre Zähne zeigen!"

Die kleine Gruppe um Brandolf befand sich am Morgen des vierten Tages ihrer Reise in der Nähe des Benediktinerklosters. Der Wald war vertraut und Faolán glaubte die Umgebung wiederzuerkennen. Er war aufgeregt, denn nun war er an dem Punkt seiner Reise angekommen, den er am meisten fürchtete: mit dem Edelherrn die Abtei zu betreten. Wie sollten sie ungesehen bis zu Abt Degenar vordringen? Prior Walram wäre mit Sicherheit der Erste, der sich ihnen in den Weg stellte.

Sich dieser Gefahr bewusst, hatte Faolán gehofft, unterwegs eine Möglichkeit zu finden, sich vom Edelherrn und seinen beiden Getreuen absetzen zu können. Doch tagsüber saßen sie von Morgengrauen bis zur Abenddämmerung auf den Rücken ihrer Pferde und nachts ordnete der Edelherr wechselnde Wachen an. Faolán war somit nie unbeobachtet. Ein Davonschleichen war unmöglich. Selbst wenn er seine Notdurft verrichtete, blieb einer von Brandolfs Getreuen stets in seiner Nähe.

So kurz vor dem Kloster würde Faolán keine Möglichkeit mehr finden sich davonzumachen. Verhalten fluchte er leise, was dem Edelherrn nicht entging. Aufmerksam beobachtete er den angespannten Jüngling an seiner Seite und sprach ihn schließlich an. „Was ist los? Du wirkst fahrig."

Faolán räusperte sich und schaute sich noch einmal um. Es gab keinen Zweifel, wo sie sich befanden. „Wir ... wir befinden uns in der Nähe der Abtei", setzte er den Ritter in Kenntnis.

Sogleich ließ Brandolf die Pferde anhalten und stieg ab. Aus einem Sack entnahm er zwei Stoffbündel, von denen er eines dem Novizen zuwarf. „Zieh das an!", befahl er ihm knapp und seine Männer wies er an, zwei Äste abzuschlagen, die als Wanderstab taugten.

Zu Faoláns Überraschung entpuppte sich das Bündel als Mönchshabit. Als Novize war es ihm jedoch nicht gestattet, diese Kutte überzustreifen. Unsicher beobachtete er den Edelherrn. Auch er hielt ein Habit in Händen und als er es ohne weiteres überzog, folgte Faolán seinem Beispiel, auch wenn er sich dabei unwohl fühlte. Danach griff Brandolf abermals in den Sack und zog ein paar Muscheln an Riemen hervor, die er an die oberen Enden der frisch gefertigten Wanderstäbe band. Einen davon reichte er Faolán.

Jetzt begriff dieser, dass der Edelherr sich Gedanken über ihren Einzug in das Kloster gemacht hatte. Er beabsichtigte, als Pilger maskiert dort einzutreffen und so Einlass und Vertrauen zu erhalten.

Der Krieger betrachtete Faolán und sah dann an sich herab. Er schien mit dem Ergebnis zufrieden zu sein, und auch Faolán befand, dass sie wie fromme Pilger aussahen – von der fehlenden Tonsur einmal abgesehen. Die beiden getreuen Krieger, Gunther und Yurell, blieben indes gekleidet, wie sie waren. Brandolf ordnete an, die Pferde den Rest des Weges zu führen. Nur kurze Zeit später gelangten sie in Sichtweite des Klosters. Alles war beschaulich und ruhig. Kein einziger Mönch war außerhalb der Klostermauern zu sehen. Es war so still, dass die Abtei einen verlassenen Eindruck machte.

Brandolf hielt inne und betrachtete die Lage. Kurz darauf wies er seine beiden Gefolgsleute an, sich im Unterholz nahe dem Tor zu verbergen. Dort sollten sie warten und ein wachsames Auge auf die Pforte halten, falls sich etwas Unerwartetes ereignete. Gunther und Yurell nickten kurz und zogen sich so leise und unauffällig wie möglich in das Unterholz zurück. Nach wenigen Augenblicken waren weder sie noch ihre Pferde zu sehen oder zu hören.

Der Edelherr schritt wieder voran und Faolán folgte ihm. Ein merkwürdiges Gefühl beschlich den Novizen, als er sich dem Tor näherte. Es war eine seltsame Mischung aus Freude, Spannung und Furcht, die sich in seiner Magengrube sammelte. Er versuchte sich zu beruhigen und sprach den Ritter an. „Herr, darf ich erfahren, wie Ihr in der Abtei vorgehen wollt?"

Brandolf zügelte sein Pferd. „Du hast Recht. Es ist besser, wenn ich dich in meine Pläne einweihe, bevor wir den Klosterhof betreten. Ich gedenke unerkannt bis zum Abt vorgelassen zu werden. Als pilgernde Mönche verkleidet wird uns das am ehesten gelingen."

„Aber weshalb unerkannt?", versuchte Faolán zu erfahren. „Als Edelherr würdet Ihr ohnehin als Gast von Stande Einlass finden und hättet nichts zu befürchten. Ein Obdach und Mahl wären Euch gewiss, ebenso Eurem Gefolge."

Brandolf schaute Faolán in die Augen. Sollte sich der Bursche tatsächlich als Rogar erweisen, so besaß er den wachen Verstand seines Vaters, stellte der Edelherr fest. Faolán war nicht leichtgläubig und versuchte Klarheit zu erlangen. Der Krieger beschloss, dem Novizen die Wahrheit zu sagen. „Du erinnerst dich sicherlich noch an Ruriks Botschaft im vergangenen Winter. Ich gehe davon aus, dass er entweder noch immer nach euch sucht oder euch inzwischen für tot erklärt hat. Wie auch immer, ich habe gegen seinen Befehl gehandelt und euch nicht ausgeliefert. Meine damalige Entscheidung könnte jetzt ungewolltes Aufsehen erregen und uns in Schwierigkeiten bringen. Sollten wir erkannt werden, weiß ich noch nicht, ob wir ohne Weiteres meine Burg wiedersehen werden."

Faolán sah sich beklommen um, als befürchte er, die Männer des Grafen könnten jeden Augenblick aus dem Tor strömen. Die Sorgen des Edelherrn waren seinen ähnlich, wenn auch aus einem anderen Beweggrund. Brandolf erkannte die Furcht des Novizen und versuchte ihn zu beruhigen.

„Um das Risiko so gering wie möglich zu halten, erwarte ich von dir, dass du im Kloster das Reden mir überlässt. Selbst wenn du direkt angesprochen werden solltest, so werde ich an deiner statt antworten. Ich werde als Pilger um Unterkunft und Verpflegung für eine Nacht ersuchen. Der Abt wird diesem Gesuch entsprechen und ich werde eine Gelegenheit für ein Gespräch mit ihm finden. Mehr musst du vorerst nicht wissen. Halte dich also bedeckt, verstanden?"

Faolán nickte, ehe Brandolf fortfuhr: „Wir sollten jetzt besser unsere Kapuzen überziehen. Versuche, so demütig wie möglich zu erscheinen."

Während sie auf diese Weise das letzte Stück des Weges bis zum Tor beschritten, achtete der Edelherr darauf, dass sich sein Schwert unter dem Habit nicht abzeichnete. Das Haupttor der Klosteranlage stand zu Faoláns Überraschung weit offen. Obwohl friedliche Zeiten herrschten, war es üblich, das Tor stets geschlossen zu halten. Es gab genügend Gesetzlose, die nicht davor zurückschreckten, selbst ein Kloster auszurauben.

Die vermeintlichen Pilger durchschritten die Pforte. Einen Wächter am Tor suchten sie vergeblich und so betraten sie den großen Innenhof, ohne aufgehalten zu werden. Der Platz war beinahe menschenleer und Faolán erinnerte sich sofort an die letzte Begebenheit, als er sich hier befunden hatte: Es war die Abreise in das verhasste Columbankloster gewesen. All die alten Gefühle stiegen plötzlich wieder in ihm auf. Nie hätte er geglaubt, dass sie ihn noch einmal derart überwältigen könnten. Mehrfach musste Faolán schlucken, um sich und seine Empfindungen unter Kontrolle zu bekommen.

Mit einigermaßen klarem Kopf schaute er über den Hof. Einige Novizen waren damit beschäftigt, Wasser aus dem entfernt gelegenen Brunnen zu holen. Ansonsten war niemand zu sehen. Es gehörte nicht zu den Aufgaben dieser Novizen, sich um Reisende zu kümmern, und so überquerten die beiden Fremden ungestört den großen Platz und hielten direkt auf die

Klosterkirche zu, begleitet von den neugierigen Blicken der geschäftigen Jünglinge.

Auf halbem Wege zum Gotteshaus öffnete sich einer der großen Portalflügel und ein Mönch trat heraus. Er hielt sich zum Schutz gegen das grelle Tageslicht die Hand über die Augen und wollte bereits weitereilen, als er die beiden Fremden erblickte. Kurz entschlossen lenkte der Mönch seine Schritte geradewegs auf sie zu. Faolán spürte, wie sich jeder Muskel in seinem Körper anspannte. Je näher der Mönch kam, umso schwerer fielen ihm die eigenen Schritte.

Plötzlich erschrak Faolán. Er erkannte den Bruder. Sein Herz schlug wie wild und er zog sich die Kapuze noch tiefer ins Gesicht. Der Benediktiner war niemand Geringerer als sein alter Freund Ering. Das Haupt in scheinbarer Demut zu Boden gerichtet, hoffte Faolán, auf diese Weise unerkannt an seinem Freund vorübergehen zu können.

Brandolf ahnte nichts davon und sprach den Mönch an, als dieser sich schon fast auf ihrer Höhe befand. Nur wenige Ellen trennten Faolán von Ering. Schweißperlen traten dem Jüngling auf die Stirn, als der Edelherr sprach: „Verzeiht mir, ehrwürdiger Bruder, wenn ich Euch in der Ausübung Eurer Pflichten aufhalte. Wir sind Pilger auf der Heimreise und suchen eine Bleibe für die kommende Nacht."

Ering breitete in einer willkommen heißenden Geste die Arme aus. „Seid gegrüßt, Brüder. Unsere Quartiere stehen Euch zur Verfügung und Ihr könnt gerne unsere Gastfreundschaft in Anspruch nehmen."

Während er sprach, versuchte Ering in die Augen der verhüllten Mönche zu blicken, hatte jedoch nur bei Brandolf Erfolg. Dessen Gesicht schien ihm nichts zu sagen und so fuhr er fort. „Gerne geleite ich Euch zu unserem Cellerar. Er wird alles Notwendige veranlassen."

„Habt Dank, ehrwürdiger Bruder", wandte Brandolf sogleich ein. „Ich habe darüber hinaus noch eine weitere Bitte, in einer äußerst dringlichen Angelegenheit. Wenn möglich, ersuche ich um eine sofortige Unterredung mit Eurem Abt. Hättet Ihr die Güte, ihm diese Bitte vorzutragen oder uns den Weg zu ihm zu weisen?"

Bruder Ering zögerte. Es war ein ungewöhnliches Gesuch. Er überlegte kurz und warf erneut einen Blick unter die dunklen Kapuzen.

Faolán reagierte zu langsam und senkte sein Haupt nicht schnell genug. Ering kam mit fragendem Blick auf ihn zu. Brandolf wurde nervös und versuchte die Aufmerksamkeit des Mönches erneut auf sich zu lenken.

„Ehrenwerter Bruder, ich bitte Euch aufs Dringlichste …“

Doch Ering schenkte ihm keine Beachtung. Stattdessen blieb er fassungslos vor Faolán stehen. Seine Worte waren nicht mehr als ein ungläubiges Flüstern: „Ist es denn tatsächlich möglich?“

Brandolf versuchte Schlimmeres zu verhindern und wollte sich zwischen die beiden jungen Männer drängen. Doch bevor er einen Schritt machen konnte, blickte Faolán Ering in die Augen. „Es ist möglich, alter Freund?“

„Der gütige Herr sei gepriesen!“, hauchte der Mönch sprachlos.

Weder Faolán noch Ering waren Narren. Beide wussten genau, was sie soeben taten und welche Gefahren Faoláns Anwesenheit in sich barg. Die drei Männer blieben regungslos und angespannt auf dem Hof stehen und starrten einander wortlos an. Schließlich trat Ering ein paar Schritte zurück. Brandolf war auf das Äußerste gefasst, bereit, dem Mönch nachzugehen und ihn notfalls aufzuhalten, sollte dieser mit der Kunde über Faoláns Rückkehr davoneilen. Nur ein einziger falscher Laut von diesem Mann könnte seine gesamte Planung zunichte machen.

Der junge Benediktiner war flinker als der Edelherr und sprach die beiden mit unerwartet sachlicher Stimme an. „In Eurem Fall, meine Brüder, werde ich eine Ausnahme gestatten und Eurem Ansinnen entsprechen. Folgt mir, ich werde Euch auf direktem Wege zum Abt bringen.“

Der Mönch machte kehrt und schritt wieder auf die Klosterkirche zu. Brandolf war sichtlich überrascht und verärgert zugleich. Kaum hatten sie den Klosterhof betreten, war ihm das Geschehen aus den Händen geglitten. Noch bevor der Edelherr aus seiner Starre erwachte, folgte Faolán seinem Freund bereits. Mit einem unterdrückten Fluch eilte Brandolf ihnen nach. Hatte er Faolán nicht ausdrücklich angewiesen, das Sprechen ihm zu überlassen?

Das Portal des Gotteshauses wurde erneut von Ering geöffnet und gewährte den Dreien Einlass. Die Kälte des Winters, die noch in den Mauern des massiven Bauwerks steckte, befiel Faolán. Er bekam eine Gänsehaut. Ering schloss die Pforte wieder und führte die beiden Männer durch das Hauptschiff bis zum Presbyterium. Dort kniete ein einzelner Mönch vor dem Altar.

Ering wies die vermeintlichen Pilger flüsternd an, in einigem Abstand zu warten und begab sich zum Altar. Dort beugte er sich zu dem Betenden hinab und sprach leise zu ihm. Es folgte ein kurzer Wortwechsel, dessen Inhalt weder Faolán noch Brandolf hören konnten. Schließlich richtete Ering sich wieder auf und wartete geduldig. Nach einigen Augenblicken erhob sich der andächtige Mönch, bekreuzigte sich und wandte sich den Fremden zu.

Es war Abt Degenar. Langsam näherte er sich den beiden Gästen. Zuerst trat er an Faolán heran und streifte ihm die Kapuze mit zitternden Händen vom Haupt. Zaghaft berührte er das Gesicht des Jünglings und betrachtete es ungläubig. Tränen sammelten sich in den Augen des alten Mannes und seine Stimme klang brüchig. „Gütiger Gott, ich danke dir für dieses Wunder. Du hast meine Gebete erhört! Faolán, du bist es tatsächlich. Du bist am Leben!“

„Ja, ehrwürdiger Abt“, antwortete Faolán, der sonst nichts zu sagen wusste. Demütig sank er vor dem Klosteroberhaupt auf die Knie, doch Degenar zog ihn empor und schloss ihn, zur Überraschung aller, fest in die Arme. Faolán wusste nicht, wie er darauf reagieren sollte, doch es fühlte sich gut an. Es fühlte sich richtig an. Es fühlte sich an, als sei ein Teil von ihm endlich nach Hause zurückgekehrt.

Brandolf sah diese Geste mit Wohlwollen und Erleichterung. Offensichtlich lag Faolán dem alten Abt sehr am Herzen. Vielleicht würde er auch für das Anliegen des Edelherrn Verständnis haben und ihm behilflich sein, sofern er es konnte.

Nachdem das Klosteroberhaupt die innige Umarmung beendet und seine Tränen von den Wangen gewischt hatte, wandte er sich dem Edelherrn zu, der inzwischen ebenfalls sein Haupt entblößt hatte. „Seid mir gegrüßt, ehrwürdiger Bruder, und nehmt meinen aufrichtigen Dank entgegen. Ihr habt einen Novizen in unsere Gemeinschaft zurückgeführt, der seit Langem als verschollen galt. Darf ich nach Eurem Namen fragen?“

„Verzeiht mir, ehrwürdiger Abt, doch Ihr unterliegt einer Täuschung. Ich bin kein Mönch. Man nennt mich Brandolf, Sohn des Gerold, Edelherr und Vasall des Grafen Rurik.“

Degenar nickte wissend. „Ihr irrt, wenn Ihr glaubt, ich sei Eurer Täuschung erlegen. Eure Körperhaltung verrät mehr als Ihr es wünscht. Und ein Habit ist nicht dafür geschaffen, das Schwert an Eurer Seite verschwinden zu lassen. Doch ich halte Euch zugute, dass Ihr das Trugbild selbst aufgehoben habt. Das spricht für Euch. Umso mehr danke ich Euch für Eure Tat, Edelherr Brandolf.“

„Es war mir ein ureigenes Anliegen, den Novizen Faolán wieder in diese Gemeinschaft zurückzuführen“, offenbarte Brandolf.

„Und welches Anliegen verbindet Ihr damit?", fragte der Abt erstaunt. Er war auf der Hut. Jahrelange Debatten mit Prior Walram hatten Degenar geschult, hinter jedem Wort eine Absicht oder gar einen Hinterhalt zu vermuten. Umso hellhöriger war er jetzt.

„Wenn Ihr erlaubt, ehrwürdiger Abt, so möchte ich Euch in dieser Angelegenheit gerne allein sprechen."

Degenar betrachtete den Edelherrn in seiner Maskerade und dachte einen Augenblick nach. Schließlich sandte er Ering zu seinen Aufgaben zurück und hieß Faolán, dem Herrn in stillem Gebet für seine glückliche Rückkehr zu danken. Während die beiden Freunde den Aufforderungen ihres Oberhauptes Folge leisteten, führte Degenar den Edelherrn in eines der Seitenschiffe, wo sie sich ungestört unterhalten konnten. Leise eröffnete der Abt das Gespräch, während sie langsam einherschritten.

„Berichtet mir, Herr Brandolf, wie ist Faolán in Eure Obhut gelangt?"

„Es war ein glücklicher Zufall", gestand der Edelherr nach kurzem Zögern ein. „Ich kam gerade noch rechtzeitig, um Schlimmeres zu verhindern." Der Krieger schilderte die Begebenheiten auf dem Markt, als er Faolán und Konrad vor dem Verlust ihrer Hände bewahrte. Obwohl er möglichst schnell zu seinem Anliegen zurückkommen wollte, interessierte sich der Abt für etwas anderes.

„Der Novize Konrad befindet sich also ebenfalls in Eurer Obhut", stellte er erleichtert fest. „Warum ist er nicht mit Euch gekommen?"

„Diese Angelegenheit möchte ich gerne zu einem späteren Zeitpunkt mit Euch besprechen. Zunächst jedoch liegt mir sehr daran, Faoláns Belange zu klären." Die Worte des Kriegers waren zwar drängend, jedoch nicht unangebracht fordernd. Deshalb nickte der Abt zustimmend und ließ Brandolf fortfahren.

„Während des Winters empfing ich einen Gesandten Ruriks. Er überbrachte mir eine dringliche Botschaft. In dem Dokument forderte der Graf mich auf, zwei vermisste Novizen, sollte ich ihrer habhaft werden, unverzüglich an ihn auszuliefern. Sie seien der Gerichtsbarkeit zu übergeben und ihnen wäre nicht zu trauen. Die Worte des Boten hingegen ließen auf einen widersprüchlichen Anlass dieser Suche schließen."

Der Abt legte die Stirn in Falten und warf einen Blick auf den Edelherrn, während sie weitergingen. „Weshalb seid Ihr der Aufforderung Eures Dienstherrn nicht nachgekommen? Ihr habt bewusst gegen ihn gehandelt. Sollte er davon erfahren, wird es erhebliche Konsequenzen für Euch haben."

„Falls er je davon erfährt ... Aber ich hatte meine Gründe. Zum einen war mir nicht klar, ob die Botschaft tatsächlich vom Grafen stammte ..."

„Ein gefälschtes Dokument?", unterbrach Degenar den Edelherrn erstaunt. „Mit Siegel?"

Brandolf nickte nur knapp. „Möglich wäre es. Doch ich hatte noch einen anderen Grund." Brandolf machte eine Pause und blieb stehen. Als der Abt sich ihm zuwandte und erwartungsvoll schwieg, sprach der Krieger weiter: „Ich hege eine ganz bestimmte Vermutung bezüglich dieses Novizen. Trifft sie zu, könnte sie auch der Anlass für Ruriks Suche nach Faolán sein!"

Das Klosteroberhaupt atmete tief ein und wich dem Blick des Edelherrn aus. Ohne auf den Ritter zu warten, setzte er seinen bedächtigen Gang durch das Seitenschiff fort, weg vom Altar, wo Faolán im Gebet kniete. Brandolf folgte ihm und nach einer Weile stellte der Abt eine Frage, die wie eine Belanglosigkeit klingen sollte: „Welche Vermutung hegt Ihr bezüglich dieses Novizen?"

„Ich mutmaße, dass *Faolán* nicht sein richtiger Name ist", offenbarte der Krieger.

Der Abt nahm die Behauptung gelassen hin. „Viele Mitglieder unserer Bruderschaft wählen sich für das Leben im Dienste des Herrn einen anderen, meist passenderen Namen für ihre neuen Aufgaben."

„Das Annehmen eines neuen Namens erfolgt in der Regel allerdings erst mit der Priesterweihe, wenn ich es richtig verstehe. Zudem scheint mir Faolán ein außergewöhnlicher Name für einen Novizen zu sein."

Degenar überging diese Gegenargumente und versuchte stattdessen die Hintergründe für Brandolfs Vermutung zu erfahren. „Habt Ihr Fakten, die Eure Theorie belegen?"

„Allein Ruriks aufwendige Suche nach zwei einfachen Novizen ist zwar kein Beweis", gestand Brandolf ein, „aber immerhin ein Hinweis auf die Richtigkeit meiner Theorie. Dieser Aufwand erschien mir von Anfang an merkwürdig. Es ergibt nur Sinn, wenn die beiden Burschen für ihn von größerer Bedeutung sind. Ansonsten würde er sich weder in Angelegenheiten der Kurie einmischen, noch würde er während des Winters Botschafter aussenden, um nach ihnen suchen zu lassen."

„Auch hierfür ließen sich ausreichend logische Gründe finden", entgegnete der Abt.

Der Edelherr begriff, dass er so nicht weiterkam. „Sicherlich, doch nur einer dieser Gründe ist zutreffend. Und um diesen Grund herauszufinden, habe ich mich mit Faolán auf die Reise hierher begeben."

„Und wie kann ich Euch bei dieser Suche behilflich sein? Ich bin nur ein einfacher Abt, der noch nicht einmal ausreichende Kontakte zum Bischof besitzt, um Faolán und Konrad aus ihrer Verbannung zu holen. Weshalb also sollte ausgerechnet ich die Antworten zu Euren Fragen haben?"

Brandolfs Augen weiteten sich, als er von der Verbannung hörte, die ihm sowohl Faolán wie auch Konrad verschwiegen hatten. Doch im Augenblick war nicht die rechte Zeit, um darauf einzugehen, denn die Worte des Abtes lenkten die Gedanken des Edelherrn in andere Bahnen. Er ahnte, dass dieser Mönch etwas über Faoláns Herkunft wusste, und wagte daher noch mehr als bisher. „Ich habe niemals davon gesprochen, dass Ihr mir persönlich die gesuchten Antworten liefern könntet, ehrwürdiger Abt. Wie Ihr allerdings darüber sprecht, lässt mich vermuten, dass Ihr tatsächlich den Schlüssel zu einem lange und gut gehüteten Geheimnis kennt."

Der Abt schwieg. Edelherr Brandolf war geschickt in seinen Reden und Degenar musste vorsichtig sein, nicht geradewegs in eine Falle zu tappen. Der Krieger interpretierte das Schweigen als Bestätigung seiner These und fuhr fort: „Als ich Faolán das erste Mal sah, glaubte ich, in das Gesicht eines längst verstorbenen Freundes zu blicken. Wenn ich in die Augen dieses Novizen schaue, so blicke ich in die Augen seiner Mutter. In seiner Haltung und in seinen Worten spiegeln sich sowohl der Stolz als auch die Willenskraft seines Vaters wider. Seine Eltern waren angesehen und ihre Namen lauteten Sigrun und Farold. Wenn ich mich nicht irre, so handelt es sich bei Faolán nicht bloß um einen entlaufenen Novizen, sondern um Rogar, den Sohn des vor zehn Jahren ermordeten Grafen Farold. Er ist der rechtmäßige Erbe der Grafschaft, Ruriks Neffe, und damit auch dessen Widersacher!"

Nachdenklich blieb Abt Degenar stehen und betrachtete Faolán aus der Ferne. Lange hatte er ihn nicht gesehen und über zwei Jahre für seine Rückkehr gekämpft und gebetet und die Hoffnung nie aufgegeben. Doch dass er am Ende mit einem solchen Donnerschlag heimkehren würde, damit hatte er nicht gerechnet. Nach all den Jahren der Geheimhaltung hatte der Edelherr Faoláns Identität aufgedeckt. Degenar hatte geglaubt, Rogar sei gänzlich in Vergessenheit geraten, doch offensichtlich war dies der Wunsch eines leichtgläubigen Toren gewesen. Weshalb sollte nicht auch Rurik inzwischen davon erfahren haben? Immerhin hatte er in Prior Walram einen emsigen Helfer und Informanten.

Der Abt wog ab, ob er Faoláns wahre Herkunft preisgeben oder leugnen sollte. Immerhin präsentierte der Edelherr einzig Vermutungen und keine Beweise. Degenar entschied sich jedoch anders. Leugnen entsprach nicht seinem Wesen. Der Ritter lag ohnehin nur noch einen Hauch von der Wahrheit entfernt. Doch das Geheimnis sowohl dem Edelherrn als auch Faolán einfach verraten, das konnte der Abt nicht. Zu viele Gefahren barg die Wahrheit für den Jüngling.

Nach langem Zögern wandte der Abt sich wieder dem Edelherrn zu und führte ihn tiefer in die Dunkelheit des Seitenschiffes. Seine Stimme war nur noch ein Raunen, als er sprach. „Angenommen, Eure Vermutung erweist sich als richtig, was gedenkt Ihr in diesem Fall zu tun?"

„In Euren Worten klingt Besorgnis mit", erkannte Brandolf. „Es ist die Sorge um das Wohl des Jungen, die ich teile. Damit Ihr meine Beweggründe besser verstehen könnt, möchte ich Euch von einer Nacht berichten, die schon viele Jahre zurückliegt."

Obwohl er sich in den vergangenen Monaten immer wieder an den Überfall auf die Grafenburg erinnert hatte, so fiel es ihm dennoch schwer, darüber zu sprechen. Mit Schaudern schilderte er die damalige Blutnacht. Er berichtete ebenso von Sigruns Tod und dem fliehenden Jungen wie auch vom Tod des Grafen und seinen anschließenden Kampf bis zum Morgengrauen. Am Ende seines Berichts angelangt, klang seine Stimme kraftlos und matt: „Als ich damals meinem sterbenden Herrn beistand und ihn auf seinem letzten Weg begleitete, leistete ich einen Eid. Ich versprach, mich um seinen Sohn zu kümmern und nur dem wahren Grafen zu dienen. Ich denke, er hat in den letzten Augenblicken seines Lebens genau gewusst, dass er einer List seines eigenen Bruders erlegen war."

Stille breitete sich unter den Gewölbedecken des Seitenschiffes aus. Der Abt dachte lange nach, führte aber schließlich das Gespräch fort. „Eine gewagte These, die, in falschen Kreisen laut ausgesprochen, gravierende Folgen für Euch haben könnte."

„Dessen bin ich mir bewusst", gestand Brandolf ein und blickte Degenar in die Augen, ehe er weitersprach. „Doch ich handle niemals unüberlegt. Weder tat ich es damals noch tue ich es jetzt. Mein Schwur hat auch am heutigen Tage noch Gültigkeit. Ebenso glaube ich einschätzen zu können, wem ich mein Wissen soeben anvertraut habe: Einem Mann, der mehr

Kenntnis über diese Belange besitzt als er im Augenblick noch einzugestehen bereit ist."

Der Abt ging darauf nicht ein, sondern versuchte seinerseits den Edelherrn in Erklärungsnot zu bringen: „Was lässt Euch in Faolán den rechtmäßigen Erben erahnen, abgesehen von Augenfarbe und Gesichtszügen? Die könnten ebenso gut zufällig sein. Habt Ihr keine handfesten Beweise vorzulegen?"

„Um ehrlich zu sein, hoffe ich, Beweise von Euch zu erhalten", gestand der Krieger ein. „Seit jener Nacht folge ich hauptsächlich meinem Herzen – und einigen Hinweisen. Ich kann sie Euch gerne darlegen, doch für ein solches Vertrauen erwarte ich eine Gegenleistung."

Erneut wog der Abt sein Handeln ab. Konnte er diesem Krieger vertrauen? Und falls er es täte, welche Konsequenzen würde es mit sich bringen? Hatte Degenar überhaupt eine Wahl? Nach einer Weile bekundete er schließlich sein Einverständnis mit einem schlichten Nicken und Brandolf fuhr mit Faoláns Erzählung über dessen Ankunft im Kloster fort. Sein bester Hinweis war das verkaufte Pferd, bei dem der Knabe gefunden worden war.

„Welche Dringlichkeit hat Euch zu diesem übereilten Verkauf veranlasst?", bedrängte er den Abt um eine Antwort. „Ein Pferd hätte dem Kloster noch über viele Jahre gute Dienste leisten können."

Degenar blieb stumm, sein Blick wanderte zwischen dem Edelherrn und Faolán hin und her. Er musste einen Entschluss fassen, darüber war er sich im Klaren, doch es dauerte eine ganze Weile, ehe er sich dazu durchringen konnte. Bedächtig rieb er sich den Hinterkopf, als er seine Entscheidung schließlich bekanntgab. „Ihr habt viele Jahre gewartet, jetzt geduldet Euch noch einen Augenblick. Rührt Euch nicht von der Stelle, bis ich wiederkehre."

Degenar wandte sich bereits zum Gehen, als eine Hand des Kriegers ihn am Habit packte und ihn zurückhielt. Entsetzt starrte der Mönch Brandolf an. Normalerweise hätte er sich diese Dreistigkeit nicht bieten lassen, in diesem Fall allerdings mahnte er sich zur Vernunft und wartete ab, was geschehen würde. Der Edelherr löste seinen Griff langsam und flüsterte eindringliche Worte in Degenars Ohr: „Mein Vertrauen habt Ihr erhalten, ehrwürdiger Abt. Nun ist es an Euch, dieses zu erwidern. Was auch immer Ihr zu tun beabsichtigt, ich hoffe für den Jungen, dass Ihr die richtige Entscheidung getroffen habt."

Der Abt benötigte einen Augenblick, ehe er sich von dem durchdringenden Blick des Kriegers lösen konnte. Er überlegte, ob er diese Drohung mit harschen Worten zurückweisen sollte, schüttelte dann aber nur stumm den Kopf und entschwand wortlos durch eine Tür im Seitenschiff. Brandolf blieb nichts anderes zu tun, als an Ort und Stelle zu warten, ganz wie Degenar es von ihm verlangt hatte. Er hoffte inständig, dass er es nicht bereuen würde. Obwohl er das Klosteroberhaupt als rechtschaffenen Mann einschätzte, konnte Brandolf sich auch ebenso gut in ihm täuschen. Der Abt hatte zu wenig von seinen eigenen Absichten preisgegeben und könnte nach Brandolfs offenen Worten diesen auch hintergehen und verraten. Dadurch könnte der Edelherr sogar an Ruriks Gerichtsbarkeit ausgeliefert werden, statt die erhofften Beweise zu erhalten. Auf diese Weise könnte sich das Kloster große Gunst erwerben und bereichern. Der Graf würde die Abtei sicherlich mit Ländereien oder gar mit Gold belohnen. Wie konnte Brandolf wissen, auf welcher Seite der Abt stand? War er Faolán wohlgesonnen, nur weil er den Novizen in die Arme geschlossen hatte? Brandolf blieb nichts weiter übrig, als auf die Vernunft und den Verstand des Abtes zu hoffen.

Die Geduld des Edelherrn wurde lange strapaziert. Lange genug, dass er es sogar in Betracht zog, Faolán zu holen und die Abtei zu verlassen. Doch bevor er sich dazu durchringen konnte, öffnete sich die Tür im Seitenschiff. Erleichtert stellte Brandolf fest, dass der Abt zurückkehrte – allein. Unter einem Arm trug Degenar ein fest geschnürtes, ledernes Bündel. Mit gedämpfter Stimme erklärte er dem Krieger, was es damit auf sich hatte.

„Euer Vertrauen in Gott und seinen Diener ist groß. Euer Verstand ist scharfsinnig und Eure Treue gegenüber dem verstorbenen Grafen Farold, selbst nach so vielen Jahren, ehrt Euch. Beweist nun, dass Ihr dem geleisteten Eid weiterhin gerecht werden könnt, und stimmt folgendem Plan zu."

Brandolfs vorläufiges Nicken reichte dem Abt aus und er fuhr fort: „Ihr habt Recht mit Eurer Vermutung. Faolán ist in der Tat nicht der Name dieses Novizen. Er hat uns seinen wahren Namen niemals verraten, doch ich ahnte von Beginn an, wer er ist. Sofern wir uns beide nicht irren, so ist Faolán in Wahrheit Rogar, Graf Farolds Sohn und damit rechtmäßiger Erbe dieser Grafschaft!"

Der Edelherr atmete erleichtert auf, während der Abt weitersprach: „Der einzige Beweis dafür befindet sich in diesem Bündel. Allerdings bin ich fest davon überzeugt, dass es noch zu früh ist, dieses Beweisstück hervorzuholen und Faoláns wahre Identität zu offenbaren."

Brandolf schaute begierig und verwirrt zugleich auf das besagte Päckchen. „Was versprecht Ihr Euch davon, seine falsche Identität aufrechtzuerhalten?“

„Er ist noch zu jung! Er wäre der Herausforderung nicht gewachsen.“

„Er hat das Mannesalter bereits erreicht und könnte seinen Anspruch auf die Erbschaft mit Fug und Recht erheben.“

„Vielleicht, doch nur unter großen Gefahren. Faolán würde an dieser Aufgabe höchstwahrscheinlich scheitern, zumindest im Augenblick. Sollte er eines Tages sein Erbe antreten wollen, so muss er gegen seine Widersacher gut gewappnet sein. Denn eines könnt Ihr Euch gewiss sein: Es wird sie geben und sie werden sich unerbittlich und mit aller Macht gegen diesen Anspruch erheben und alles unternehmen, um ihn zu entkräften.“

Der Edelherr verstand jetzt die Sorgen des Abtes. „Faolán benötigt Verbündete und Getreue, die ihn bei seinem Anspruch unterstützen – wenn möglich auch bei Kaiser Otto. Graf Farold hatte zeitlebens gute Verbindungen zu unserem Herrscher.“

Degenar stimmte zu und ging noch einen Schritt weiter. „Einer dieser Verbündeten könntet Ihr sein. Doch Ihr allein werdet nicht ausreichen. Faolán muss noch viele weitere treue Adelsleute auf seiner Seite wissen, bevor er den Erbschaftsanspruch erhebt. Dies bedarf einer reiflichen Planung, die sich noch über einen langen Zeitraum hinziehen kann. Vielleicht sogar über Jahre. Bei einer derart langen Vorbereitungszeit wäre es von Vorteil, wenn die beiden gesuchten Novizen weiterhin als verschollen gelten. Am besten wäre es gar, man würde sie für tot halten. Viele tun das ohnehin schon. Die wenigsten rechnen noch damit, sie jemals wiederzusehen. Wir sollten die Totgeglaubten nicht unnötigerweise auferstehen lassen.“

„Das wäre tatsächlich die beste und einfachste Lösung“, sinnierte der Edelherr und strich sich über den Bart.

„Doch es müsste sich jemand der beiden jungen Männer annehmen, der auch weiterhin ihr Geheimnis hütet“, fügte der Abt hinzu. „Niemand scheint mir hierfür berufener zu sein als Ihr.“

„Das würde allerdings bedeuten, dass Ihr beide Novizen für tot erklären müsstet. Die Frage ist nur, wie andere diese Entscheidung auffassen werden. Sie könnten Nachforschungen anstellen.“

Auch wenn der Edelherr nichts über Faoláns Vergangenheit in den Klöstern wusste, so spielte er doch unwissend auf Abt Umbert und Prior Walram an. Degenar sah darin aber keine Gefahr: „Lasst das nur meine Sorge sein. Es ist mir zwar nicht gelungen, Faolán und Konrad aus der Verbannung zu holen, doch ich werde es ermöglichen, sie durch einen offiziell anerkannten Tod von diesem Columbankloster zu erlösen. Zudem gibt es ausgerechnet von dort eine Stimme, die sich des Todes der beiden Novizen sicher ist. Es handelt sich dabei um Prior Martin. Er ist glaubwürdig und scheint etwas zu wissen, das ihm zum Verhängnis werden könnte. Darin liegt unser Vorteil."

Brandolf war sich der Sache nicht so sicher wie Degenar. Es klang alles viel zu einfach. „Was ist mit dem jungen Mönch, der uns hereingeführt hat? Er hat Faolán erkannt und dennoch habt Ihr ihn gehen lassen. Weiß auch er von Faoláns Abstammung? Kann man ihm vertrauen oder wird er anderen von unserem Besuch berichten?"

„Bruder Ering?" Degenar war sichtlich überrascht. „Seid unbesorgt, Ihr könnt ihm absolut vertrauen. Er ist einer von Faoláns engsten Freunden und war jeher in seine intimsten Angelegenheiten eingeweiht. Niemals würde er Faolán verraten. Zudem weiß er nichts über Faoláns wahre Herkunft. Außer Euch, Bruder Ivo und mir ist das niemandem bekannt. Wenn Ihr also Bruder Ering nicht trauen wollt, so solltet Ihr niemandem trauen. Nicht einmal mir."

Brandolf sah ein, dass er keine andere Wahl hatte. „Seid Ihr Euch sicher, die beiden Jünglinge in meine Obhut geben zu wollen? Immerhin haben sie bereits das Mannesalter erreicht und könnten gehen, wohin sie wollten, sobald ich sie von ihrer Schuld befreit habe."

Der Abt wollte gerade vorschlagen, die weiteren Einzelheiten in seinen privaten Räumlichkeiten zu besprechen, als ein Flügel des Hauptportals aufgestoßen wurde und krachend an der Wand zum Stillstand kam. Bruder Ering betrat das Gotteshaus und schritt eilig auf die beiden Männer zu, rannte schon beinahe, und das im Hause des Herrn! Er zog einen Jungen hinter sich her, der etwa zehn Jahre alt sein mochte und kaum mit dem Mönch Schritt halten konnte. Noch bevor Ering den Abt erreichte, rief er seinen Freund, der sich vom Lärm aufgeschreckt erhoben hatte, quer durch das Kirchenschiff zu: „Faolán, komm schnell!"

Abt Degenar war empört ob dieses respektlosen Verhaltens. „Bruder Ering, zügle und beherrsche dich! Du befindest dich im Hause des Herrn."

Die Ermahnung rief Ering allerdings nicht zur Besinnung. Er war derart aufgebracht, als dränge ihn etwas von äußerster Wichtigkeit. Der Abt versuchte erneut, den Mönch zur Ordnung zu rufen. „Es gibt keinen Grund, respektlos vor dem Antlitz unseres Herrn zu laufen! Beherrsche dich augenblicklich!"

Nach Luft ringend traf Ering mit dem Jungen beim Abt und Brandolf ein. Während er auf seinen Freund wartete, versuchte er wieder zu Atem zu kommen. Noch bevor Faolán die vier erreichte, rief auch er seine Worte über den Kopf des Abtes hinweg, um zu erfahren, was Ering zur Eile antrieb. Der Abt errötete zornig bei dieser erneuten Respektlosigkeit. Er hob gerade an, um die beiden zu rügen, da schnitt ihm Ering geradewegs das Wort ab.

„Vergebt mir, ehrwürdiger Abt, doch wenn Ihr mich angehört habt, so werdet Ihr mein unentschuldbares Auftreten zumindest verstehen."

„Dann berichte endlich, bevor du mit deinem Geschrei noch die übrige Bruderschaft von den Feldern herbeirufst", gestattete Degenar entnervt.

„Soeben ist dieser Junge mit Kunde über einen Tumult in Neustatt hier eingetroffen. Dort seien alle Bewohner auf dem Marktplatz zusammengelaufen, um einem Prozess beizuwohnen. Es wurde verkündet, dass eine junge und eine alte Frau der Ausübung der Schwarzen Magie und der Verschwörung gegen die Obrigkeit beschuldigt werden. Noch heute sollen sie gerichtet werden."

Sofort wurde Faoláns Herz von einer unbeschreiblichen Furcht ergriffen. Wild begann sein Blut in den Ohren zu rauschen, während er sich zu beruhigen versuchte. Es gab eine Vielzahl von jungen Frauen in Neustatt und Svea lebte zudem nicht einmal dort. Was Ering da berichtete, musste nichts zu bedeuten haben. Es konnte jede Frau betreffen. Und obwohl Faolán keine dieser anderen Frauen kannte, so wusste er doch instinktiv, dass nur zwei von ihnen genau jene Fähigkeiten besaß, die man allzu schnell als Schwarze Magie oder bösen Zauber bezeichnen könnte. Jeder Versuch, es im Geiste abzustreiten blieb erfolglos. Schließlich platzte es aus ihm heraus: „Svea! Ehrwürdiger Abt, es ist bestimmt Svea! Wir müssen ihr sofort zu Hilfe eilen!"

Der Novize wollte bereits Hals über Kopf aus der Kirche stürmen, da hielt ihn Ering geistesgegenwärtig zurück. „Warte, Faolán! Handle nicht ungestüm und lass' uns den nächsten Schritt in Ruhe überdenken. Sollten wir uns voreilig zu Taten entschließen, könnten wir noch Schlimmeres heraufbeschwören, statt zu helfen."

„Was gibt es da noch zu überlegen?", fragte Faolán seinen Freund entsetzt.

„Wartet!", rief Degenar ungewohnt forsch, beinahe so laut wie Kastellan Marek, wenn dieser einen Befehl erteilte. Die Wirkung war zumindest die gleiche, denn die Anwesenden richteten ihre Aufmerksamkeit auf ihn. „Faolán, du beruhigst dich zunächst. Wir können uns nicht in diese weltlichen Angelegenheit einmischen, sofern sich die Obrigkeit ihrer bereits angenommen hat!“

Faolán traute seinen Ohren nicht. In diesem Augenblick schien er vergessen zu haben, wem er gegenüber stand, denn die Worte, die er an den Abt richtete, klangen hart und vorwurfsvoll: „Erwartet Ihr von mir, dass ich tatenlos zusehe, wie Svea angeklagt und verurteilt wird? Glaubt Ihr allen Ernstes, ich würde noch einmal bei einem ungerechten Prozess untätig zusehen und alles geschehen lassen, im guten Glauben, dass die Gerechtigkeit trotz aller widrigen Umstände siegen wird? Wie damals, als Konrad und ich verurteilt wurden? Oh nein, nicht noch einmal!“

„Du weißt doch noch nicht einmal, ob es sich dabei tatsächlich um Svea handelt“, versuchte Ering seinen Freund zur Vernunft zu bringen.

Faolán schmetterte das schwache Argument sogleich nieder: „Oh doch, ich weiß es. In meinem Herzen weiß ich, dass es nur Svea sein kann.“

Entschlossen wandte er sich an den kleinen Jungen, der die ganze Zeit über die vier Männer mit offenem Mund angestarrt hatte. Offensichtlich hatte er noch niemals zuvor Mönche derart hitzköpfig miteinander reden hören. Faolán kniete nieder. Seine Stimme war ruhig, um dem Knaben keinen Schrecken einzujagen. „Hast du die junge Frau gesehen, die man der Taten beschuldigt?“

„Oh ja, ehrbamener ... ähm, erwürdener Mönch“, bestätigte der Junge mit einem Nicken und großen Augen, sichtlich froh, eine vermeintlich passende Anrede gefunden zu haben.

Faolán ignorierte die falsche Wortwahl und fuhr fort. „Hast du ihre Haarfarbe erkennen können?“

Der Junge war etwas irritiert. „Klar doch, erhabener Vater, des war net schwer. Ich bin doch net blind!“

„Und welche Haarfarbe hatte sie?“, hakte Faolán ungeduldig nach.

„'s war feuerrot, ehrbarer Bruder.“ Das stolze Grinsen des Jungen wurde noch breiter und Faolán strich ihm dankbar übers Haupt. Mehr Informationen benötigte er nicht. Faolán erhob sich wieder und wandte sich dem Abt zu.

„Seht Ihr, es kann nur Svea sein! Verzeiht mir, ehrwürdiger Abt, doch ich werde gegen die Anklage vortreten und für Svea kämpfen, ganz gleich, wie meine Aussichten auf Erfolg stehen mögen.“

Faolán ließ sich nicht aufhalten, schon gar nicht durch bloße Worte. Brandolf, dem diese Svea völlig neu war, stand schweigend neben ihm und versuchte sich ein Bild von der Lage zu machen. Bevor sich Faolán wieder in Bewegung setzen konnte, kam ihm diesmal der Edelherr zuvor und hielt ihn auf. Seine Worte richtete der Krieger jedoch an Degenar.

„Ehrwürdiger Abt, ich denke, Ihr könntet in dieser Angelegenheit von großer Hilfe sein. Euer Wort kann bei einem Verfahren entscheidendes Gewicht haben, vorausgesetzt, es gibt ein solches Verfahren überhaupt und das Urteil ist noch nicht gefällt. Allerdings müsstet Ihr Euch schnell entscheiden. Jeder Augenblick des Zögerns verschlimmert die Lage dieser Frauen. Wie Ihr seht, werden wir Faolán nicht aufhalten können und er wird kopflos allein davon stürmen, vielleicht sogar in sein Verderben rennen. Damit riskiert Ihr allerdings genau das, was Ihr über viele Jahre hinweg zu verhindern versucht habt. Sagt Ihr jedoch Eure Unterstützung zu, so besteht zumindest die Möglichkeit eines Erfolgs."

Brandolfs Worte stimmten den Abt nachdenklich. Nach kurzer Überlegung nickte er schließlich knapp und wies Ering an, ihm das schnellste Pferd des Klosters gesattelt auf den Hof zu bringen. Während Ering davonspurtete, blieb Faolán ungeduldig zurück. Er hatte begriffen, dass sie gemeinsam mehr erreichen konnten als er allein. Unruhig begann er, in der Kirche auf und ab zu gehen, glich einem gefangenen Wolf in einem riesigen, steinernen Käfig.

Degenar nutzte die Gelegenheit und zog den Edelherrn beiseite. Im Schatten der Säulen des Seitenschiffs drückte er Brandolf das Lederbündel in die Hand. „Darin werdet Ihr Rogars Kleidung finden, die er bei seiner Ankunft im Kloster vor zehn Jahren getragen hatte. Im Innern eingewickelt liegt der Beweis, nach dem Ihr sucht: der Siegelring seines Hauses. Sowohl die Gewandung als auch den Ring müsst Ihr verborgen halten, vor allem vor Faolán. Versprecht mir, ihm den Inhalt erst zu offenbaren, wenn er das zwanzigste Lebensjahr vollendet hat. Solange müsst Ihr sein Muntherr sein."

Brandolfs Augen weiteten sich. Was der Abt ihm in die Hände legte, war jenseits seiner kühnsten Hoffnungen. Er war an seinem Ziel angelangt, das er so viele Jahre verfolgt hatte: Endlich besaß er den Beweis für Faoláns Herkunft. Endlich hatte er Rogar gefunden. Doch die Forderung des Abts wollte ihm nicht einleuchten.

„Weshalb so lange?"

„Versprecht es, sonst kann ich Euch die Verantwortung für Faolán nicht übertragen. Ihr habt gesehen, wie impulsiv er sein kann. Sollte er genauso unüberlegt bei der Offenlegung seiner Identität handeln, so wird er keinen

Erfolg, sondern Verderben ernten. Gebt mir Euer Wort oder lasst Faolán im Kloster!“

„Gut, Ihr habt mein Wort“, lenkte Brandolf mit einem Kopfschütteln ein. „Doch vor diesem Wort zählt der Eid, den ich einst Herrn Farold geleistet habe.“

„Dennoch gebt Ihr mir Euer Wort, beim Namen des Herrn?“

„Beim Namen des Herrn!“, versicherte der Edelherr und reichte dem Abt die Hand. Der nahm sie erleichtert entgegen, schloss die Augen und atmete tief durch, als habe auch er ein Ziel erreicht.

„Gut, dann lasst uns jetzt gehen.“

Die drei Männer verließen die Klosterkirche, wobei Faolán und Brandolf ihre Kapuzen wieder tief ins Gesicht zogen. Ihre Pferde warteten vor dem Portal des Gotteshauses. Die Tiere spürten die Anspannung und begannen nervös zu tänzeln. Erst die beruhigenden Worte des erfahrenen Kriegers besänftigten sie wieder.

Als Brandolf und Faolán aufgestiegen waren, kam Ering mit einem braunen Hengst in vollem Galopp über den Hof geprescht. Es war ein ungewohnter Anblick, einen Mönch derart reiten zu sehen. Im Wind flog das Habit hoch empor und entblößte die nackten Beine des jungen Mannes. Durch lautes Rufen und kräftiges Ziehen an den Zügeln brachte er das Tier mit einer großen Staubwolke vor dem Abt zum Stehen, sprang mit entschuldigenden Worten ab und half dem Klosteroberhaupt, das Pferd zu besteigen.

Als der Abt sicher oben saß, wandte er sich noch einmal an Ering. „Bewahre absolutes Stillschweigen über diesen Besuch. Niemand darf davon erfahren, nicht einmal Bruder Ivo. Man hält Faolán und Konrad für tot und so soll es bleiben. Ich werde noch vor Sonnenuntergang zurück sein. Bis dahin müssen sich die Neugierigen gedulden.“

Mit diesen Worten nahm Degenar die Zügel in die Hand, trat dem Hengst in die Flanken und preschte davon, wie es der Edelherr von einem Mönch nicht erwartet hätte. Faolán und Brandolf folgten ihm. Ering blieb mit dem Knaben an der Hand vor der Kirche zurück und schaute ihnen nach. Die Novizen am Brunnen hielten in ihrer Arbeit inne und wurden Zeugen dieser ungewohnt stürmischen Abreise ihres Oberhauptes. Sofort erkannte Ering, dass die Novizen genau das sahen, was der Abt vermeiden wollte. Er atmete tief durch und machte sich mit dem Jungen an der Hand über den Hof davon, während er sich bereits eine plausibel klingende Geschichte ausdachte, die alle Fragen der Novizen beantworten würde.

Der Ritt in die Stadt war anstrengender, als Faolán es sich jemals hätte vorstellen können. Den Pferden trat bereits der Schaum vor die Mäuler und ihr Fell glänzte schweißnass in der Sonne, als sie die ersten Dächer Neustatts erblickten. Doch selbst Degenars Gaul konnte mit den Tieren des Edelherrn mithalten. Es war vielmehr der Abt, der Schwierigkeiten hatte. Nur mit Mühe konnte er sich im Sattel halten und war daher ebenso schweißgebadet wie sein Tier.

Die getreuen Krieger des Edelherrn hatten schnell aufgeholt, nachdem sie die drei Reiter aus dem Tor des Klosters hatten preschen sehen. Sie bildeten die Nachhut und hielten den ganzen Ritt über ein Auge auf den wankenden Abt.

Erst am neuen Stadttor zügelten die Männer ihre Pferde, um Einlass zu erhalten. Den Wächtern am Tor schien der Anblick von drei heraneilenden Mönchen in Begleitung zweier Krieger zwar merkwürdig, sie ließen sie jedoch ohne Fragen hindurch reiten. Die Maskerade des Edelherrn zahlte sich aus.

Nachdem sie das Tor passiert hatten, schaute Faolán erstaunt um sich. Die Stadtmauer hatte sich seit seinem letzten Besuch in Neustatt gewandelt. Sie war keine Baustelle mehr und stellte nun eine gut befestigte Wehranlage dar, soweit das Auge reichte. Die Stadt glich jetzt mehr einer Festung als einer Siedlung. Das Tor selbst war ein wuchtiges Bauwerk, mit einem Turm und einem großzügigen Durchgang, dessen gemauerte Bögen sich mit spitz zulaufenden Scheitelpunkten etwa drei Mann hoch über den Reitern trafen. Die beiden gewaltigen Torflügel waren aus armdickem Holz gefertigt und konnten auf der Innenseite mit Balken verriegelt werden.

Hinter dem Tor erstreckte sich nach wie vor der merkwürdige Zwischenbereich bis hin zum ehemaligen Palisadenwall, in dem früher das Treiben in schäbigen Zelten und Verschlägen stattgefunden hatte. Diese Unterkünfte waren zwar noch immer vorhanden, inzwischen waren hier aber auch die ersten festen Häuser errichtet worden. Doch die weitläufige Wiesenfläche diente hauptsächlich noch immer als Weidegrund für die ansässigen Bauern der Stadt. Die einstigen Palisaden und das schmale Tor, die den alten Siedlungskern umgeben hatten, waren abgerissen worden, und nur noch der Erdwall zeugte von dem einstigen Bauwerk. Doch selbst dieser wurde bereits abgetragen, um einer Straße oder weiteren Häusern Platz zu machen. Im Galopp überquerten die fünf Reiter das freie Gelände, wobei sich die drei im Mönchshabit ihre Kapuzen tief in die Gesichter zogen.

Die Männer trieben ihre Pferde so schnell wie möglich durch die Straßen, hin zum Marktplatz. Immer mehr Menschen schoben sich durch die Gassen und strebten zum Zentrum der Stadt, was das Vorankommen der Reiter zusehends verlangsamte. Selbst Bauern waren von ihren Feldern gekommen und wollten sich den angekündigten Prozess nicht entgehen lassen.

Faolán konnte Bruchstücke einiger Gespräche der Neustätter mit anhören. Sie entrüsteten sich über die Tat der beiden Frauen und waren froh, dass diese nicht in der Stadt, sondern im Wald hausten. Beunruhigt waren die Menschen gleichwohl, denn es hieß, dass die Jüngere der beiden aus Neustatt stammte. Für die Geschwätzigen schien die Angelegenheit ziemlich eindeutig zu sein: Die gottlosen Frauen, so hieß es immer wieder, hätten den Grafen und dessen Sohn verflucht. Man habe zudem eindeutige Beweise für ihre Schuld gefunden. Faolán befürchtete das Schlimmste.

Als die Reiter auf den Marktplatz kamen, drängten sich dort bereits die Schaulustigen. An einigen Buden und Ständen wurden Backwaren, gebratenes Fleisch und Dünnbier angepriesen. Sogar eine Gauklertruppe und ein Spielmann gaben ihr Können zum Besten, als handele es sich bei diesem Spektakel um einen Festtag. Am dichtesten drängten sich die Menschen um ein hölzernes Podest, das neben der neuen, beinahe fertiggestellten Kirche aufgebaut worden war. Alle versuchten, eine bestmögliche Sicht auf das bevorstehende Ereignis zu erhalten. Faolán konnte von seiner erhöhten Position mühelos auf die hölzerne Konstruktion blicken. Noch war sie leer.

Brandolf führte die Gruppe so nahe wie möglich an das Podest heran, bis in dem Gedränge jegliches Vorankommen aussichtslos wurde. Die Pferde waren ohnehin nervös und die Reiter hatten Schwierigkeiten, sie ruhig zu halten. Die Leute zu ihren Füßen schauten immer wieder verärgert zu ihnen auf, enthielten sich jedoch beim Anblick der Priester und der Bewaffneten eines Kommentars.

Die fordernden Rufe der Menge wurden lauter. Da erschienen etwa zwei Dutzend Recken vor der Holzplattform. Mit Hilfe ihrer Lanzen trieben sie die protestierenden Schaulustigen soweit zurück, bis sie eine freie Fläche in der Form eines Halbkreises geschaffen hatten. Die Menschen wurden entlang der Reiter nach hinten geschoben, so dass deren Pferde immer mehr zur Seite ausweichen mussten. Als das Schieben ein Ende nahm, fanden sich die

Fünf überraschend in zweiter Reihe hinter der Absperrung aus Lanzen wieder. Brandolf behagte es überhaupt nicht, derart gut sichtbar im Vordergrund zu stehen und wies die anderen an, sich ruhig und unauffällig zu verhalten.

Nachdem die Lanzenträger auf dem Platz für Ordnung gesorgt hatten, ließen die Proteste der Leute langsam nach. Eine erwartungsvolle Stille trat ein. Trommeln erklangen plötzlich, deren dumpfe Schläge die Menge in ihren Bann zogen. Sie verkündeten den Einzug der Angeklagten, und zu ihrem Rhythmus schob sich ein Ochsengespann mit einem Wagen, umringt von Bewaffneten, an der Schaulustigen vorbei. Bereitwillig wurde dem Zug Platz gemacht.

Faolán hielt den Atem an. Noch konnte er nicht erkennen, wer sich auf dem Wagen befand. Erst als dieser näher kam, konnte Faolán die Beschuldigten genauer betrachten. Wie der Knabe es im Kloster bereits gesagt hatte: Die jüngere der beiden hatte rotes Haar! Auch wenn diese Frau anders aussah als in seiner Erinnerung, so hatte Faolán doch keinen Zweifel: Es war Svea! Faoláns Herz wollte beinahe stehen bleiben. Doch den Trommeln gleich, die unbarmherzig den Ochsenkarren durch die Menge begleiteten, so schlug auch sein Herz weiter, ein ums andere Mal.

Beiden Frauen waren die Hände hinter die Rücken gebunden worden und Knebel steckten in ihren Mündern. Die Ältere war Faolán unbekannt. Doch aufgrund Sveas Erzählungen wusste er, dass dies nur Alveradis sein konnte. Trotz ihres hohen Alters, das sichtlich weit mehr als fünfzig Jahre betrug, stand sie aufrecht, kraftvoll und stolz neben ihrer Schülerin. Sie wirkte ebenso ungebrochen wie Svea. Trotz ihrer verhängnisvollen Lage sahen sie vielmehr wie Kläger denn Angeklagte auf das gaffende Volk herab.

Der Wagen fuhr auf die freie Fläche vor dem Podest und hielt an. Einige Bewaffnete erklommen ihn und zerrten die beiden Frauen unsanft auf die Holzkonstruktion. Dabei zerrissen sie ihre Kleider, um sie noch schändlicher und wilder aussehen zu lassen. Die Reaktion der Zuschauer war entsprechend aufgebracht. Rufe nach Sühne wurden lauter, während der Ochsenkarren den Platz wieder räumte.

Faoláns Blick blieb auf Svea gerichtet. Was sie auch getan haben mochte, er war davon überzeugt, dass es nichts mit bösartiger Zauberei zu tun haben konnte. Sie und die alte Frau besaßen lediglich Wissen im Umgang mit Kräutern und die Gabe der Heilung. Das war keine schwarze Magie.

Diese Erkenntnis schien die Menschenmenge jedoch nicht zu teilen. Einzig das Spektakel zählte. Immer lauter wurden die Rufe nach dem Grafen und seiner Gerichtsbarkeit. Der Klang der Trommeln wurde eindringlicher, und die Pferde der fünf Reiter wurden zusehends unruhiger. Brandolf befand sich neben Faolán und er sah, dass der Jüngling um die Kontrolle über seine Stute rang. Schnell packte der Ritter das Zaumzeug des Tieres, um zu verhindern, dass es nach vorne ausbrach oder dass Faolán etwas Unüberlegtes tat.

Plötzlich verstummten die Trommeln. Die Menge schwieg und wartete gebannt. Die Tür der neuen Stadtkirche öffnete sich und mehrere Personen traten heraus. Als Faolán sie erblickte, wäre ihm beinahe ein Wutschrei entfahren. Er kannte die Männer gut, die jetzt auf das Podium zuhielten. Am liebsten wäre er vom Pferd gestiegen und ihnen an die Kehle gesprungen. Doch er beherrschte sich, zumal der Edelherr ihn nicht aus den Augen ließ.

Bedächtig stiegen die Männer mit demütig gesenkten Häuptern die Stiege des Podestes empor. Es waren Prior Walram und Drogo, sowie einige Krieger, die ihnen zum Schutz folgten und sich auf der Plattform positionierten. Der Graf selbst, wie vom Volk gefordert, war nicht unter ihnen.

Sehr eindrucksvoll segnete der Prior den jungen und unschuldig dreinblickenden Drogo vor der versammelten Menge, als hätte er dies nicht schon in der Kirche tun können. Der Sohn des Grafen kniete ergeben vor Walram und Faolán musste eingestehen, dass dieses Schauspiel perfekt inszeniert war. Ihm selbst wurde bei diesem heuchlerischen Anblick beinahe übel, und er hätte am liebsten offen ausgespuckt. Er wusste nur allzu gut, zu welchen Taten dieser scheinbar fromme Jüngling und der Prior fähig waren. In diesem Augenblick begriff Faolán erst, in welcher Gefahr sich die beiden Frauen tatsächlich befanden.

Einer der Krieger auf dem Podest trat hervor und rief mit lauter Stimme über den Platz, während er ein Schriftstück empor hielt. „Dieses Dokument, unterzeichnet und besiegelt vom erkrankten Grafen Rurik, ermächtigt seinen Sohn Drogo, diese Verhandlung in Gottes Namen, nach dem Recht des Kaisers und in seinem Sinne zu führen. Der Graf wünscht, diese Angelegenheit aufs Schnellste zu bereinigen, auf dass kein Leid über die Lande kommen möge! Vernehmt nun die Anklage gegen diese Frauen, auf dass über sie gerichtet werde und alles Unheil von uns abfalle!“

Beeindruckt schwieg die Menge, und außer dem Weinen eines Kindes und dem fernen Bellen eines Hundes war kein Laut auf dem Platz zu hören. Der Recke trat zurück und Drogo nahm dessen Position ein.

Die Leute harrten gebannt der Worte ihres jungen Herrn. Für alle gut hörbar schallte Drogos Stimme über den Platz: „Bewohner dieser gottgefälligen und gerechten Stadt, hört mich an! Hört, welcher Tat ich diese Frauen beschuldige. Gefunden wurden sie in einer kleinen, schäbigen Hütte auf einer Lichtung, tief im Walde. An einem Ort, an dem sich nur Geächtete und Beutelschneider aufhalten. Auf einer Lichtung, die einst den heidnischen Göttern geweiht war und wo noch immer die schwarzen Felsen des Bösen liegen."

Zum ersten Mal regte sich Alveradis. Ihr missfiel offensichtlich Drogos Ausführung. Immerhin sprach er über ihr Heim. Sie richtete ihren strengen Blick auf den jungen Mann, als könne sie allein mit ihrer Willenskraft die Worte ungeschehen machen. Wahrscheinlich hinderte nur der Knebel sie daran, ihre Lage mit Beschimpfungen noch zu verschlimmern.

Drogo hingegen fuhr unbeirrt fort und das Volk lauschte gebannt seinen Worten wie einer abenteuerlichen Erzählung, die zunehmend energischer wurde: „An dieser Stätte wurden die beiden Frauen von mir und meinen tapferen Mannen bei der Ausübung von Zauberei und dunkler Magie überrascht. Sie brauten Tränke mit abscheulichen Zutaten und baten dabei um die Hilfe heidnischer Gottheiten. Nachdem sie überwältigt waren, wurden sie noch an Ort und Stelle zur Rede gestellt. Doch statt den Allmächtigen und die Obrigkeit um Gnade anzurufen und Reue zu zeigen, belegten sie den Grafen, mich und die gesamte Grafschaft mit einem Fluch. Alle Ländereien und ihre Bewohner versahen sie mit einem Bann aus Verderben und Tod!"

Unruhe breitete sich auf dem Platz aus. Vereinzeltes Murmeln wurde zu lauten Rufen nach Abhilfe gegen dieses Verderben. Drogo erhob beschwichtigend seine Hände und brachte die Menge wieder zum Schweigen. „Dank des ehrwürdigen Priors Walram aus dem Benediktinerkloster konnte ein Weg gefunden werden, um diese Verwünschung aufzuheben. Doch zunächst sollen diese beiden Teuflischen die Möglichkeit erhalten, vor dem Herrn um Vergebung zu bitten und das Unheil eigenhändig von uns zu nehmen."

Jetzt wandte Drogo sich an Svea. Auf seinem Antlitz trug er ein siegessicheres Grinsen. In ihren Augen hingegen loderte das pure Feuer des Hasses, der Abscheu und der Verachtung. Der junge Herr riss ihr den Knebel aus dem Mund. Die Menge schien zu erstarren und den Atem anzuhalten, als befürchtete sie, sogleich einen weiteren Fluch zu hören. Doch sie warteten vergeblich, und was Svea schließlich sagte, überraschte selbst Drogo.

„Die Verwünschung, sofern du daran glaubst, bezog sich allein auf dich und deine kümmerliche, welke Männlichkeit! Sie hatte nur den Zweck, dir die Manneskraft auf ewig zu nehmen. Die Menschen hier haben nichts damit zu tun, wenn man von dem Mädchen absieht, das du dir und deinen beiden Handlangern im Wald gefügig machen wolltest. Einzig aus diesem Grund habe ich dich verflucht, elender Schweinehirt!"

„Halte dein schändliches Maul, du dreckige, kleine …"

Drogo hatte seine Hand bereits zum Schlag erhoben, als er im letzten Augenblick von Prior Walram zurückgehalten wurde. Svea war vor dem drohenden Hieb keinen Fingerbreit zurückgewichen, sondern hatte Drogo stolz in die Augen geblickt. Sie hatte keine Angst mehr vor ihm. Als Drogo das erkannte, flammte ebenfalls Zorn in seinen Augen auf und sein Kopf färbte sich rot vor Wut.

Walram sprach leise auf ihn ein, bis Drogo sich wieder besann. Dann wandte sich der Prior dem Volk zu. „Ihr habt es alle aus ihrem eigenen Mund vernommen. Sie gibt zu, eine Malediktion ausgesprochen zu haben. Sie gesteht also, eine Hagazussa, eine Zauberin, zu sein und die alten heidnischen Götzen für die Ausübung der Schwarzen Magie anzurufen, statt den einzig wahren Herrn um Vergebung und Erleuchtung anzuflehen. Sie ist eine Zauberin und Heidin, die mitten unter euch einhergeht, wie es ihr beliebt!"

Derbe und wütende Rufe wurden laut. Walram genoss die Frucht seiner Rede sichtlich. Gönnerhaft wandte sich der Prior an Svea, wie Drogo es zuvor schon getan hatte, und fragte sie, ob sie dem noch etwas hinzufügen wolle.

Doch statt Svea regte sich Alveradis. Walram riss auch ihr den Knebel aus dem Mund und obwohl ihre Worte ruhig klangen, schreckte der Prior im ersten Moment dennoch zurück. „Junger Mönch, Ihr seid im Begriff, einen großen Fehler vor den Augen Eures Herrn zu begehen. Ihr liegt falsch. Wir sind keineswegs des Zauberns mächtig. Viele Bewohner dieser Stadt kennen mich schon seit unzähligen Jahren. Manche schon ihr ganzes Leben. Sie haben meine Dienste oft in Anspruch genommen, wenn sie sich in ärgster Not befanden. Den meisten ihrer Kinder habe ich auf diese Welt geholfen. Fragt nach, Ihr werdet entsprechende Auskunft erhalten. Ich bin keine Zauberin! Ich habe nur zwei geschickte Hände und verstehe, die Heilkräfte der Pflanzen zu nutzen. Und Svea ist auch keine Zauberin, sondern meine Gehilfin und Schülerin."

Alveradis Stimme war zu leise, als dass die Menschen auf dem Marktplatz sie hätten hören können, und es schien sich auch niemand für ihre Erklärung zu interessieren. Dennoch sprach sie weiter, auch wenn ihre Worte lediglich Walram und Drogo erreichten.

„Heiltränke aus Kräutern sind es, die wir herstellen. Sie helfen den Menschen, gesund zu werden, wenn sie erkranken." Jetzt blickte sie den Grafensohn scharf an. „Eurem Vater könnten wir vielleicht helfen, sollte er tatsächlich erkrankt sein."

Entsetzt trat der Jüngling einen Schritt zurück. „Wollt ihr mir etwa unterstellen ...", doch Drogo besann sich und schrie sie an: „Wollt ihr ihn etwa vergiften?"

Alveradis hingegen blieb gefasst. „Im Gegenteil. Aber wir könnten sein Leiden vielleicht lindern. Doch selbst mit meinem Wissen kann ich nicht allen Kranken oder Alten helfen, da ich gegen den Tod ebenso machtlos bin wie Ihr. Was soll daran also Zauberei sein?"

„Ihr gesteht also ein, mit dem Tode im Bunde zu stehen?", schrie Walram schon beinahe mit Freude, als habe Alveradis ihm gerade das beste Argument geliefert, um seine Theorie zu stützen.

Alveradis versuchte erst gar nicht, dies abzustreiten: „Jeder steht mit dem Tod im Bunde oder habt Ihr das bei all der Weisheit der Kurie noch immer nicht begriffen?"

Walram reckte überlegen die Brust. „Der Glaube an das ewige Leben wird den Tod überwinden, und der Mensch wird sich über ihn erheben. Das ist die Wahrheit, die uns Christus lehrt!"

„Und doch muss der Tod auch Euch erst ereilen, bevor Ihr das ewige Leben erlangen könnt!", entgegnete Alveradis nüchtern und unbeeindruckt.

Walram war ob dieser Blasphemie entsetzt. „Dein Glaube in Gott und unseren Herrn, Jesus Christus, ist schwach, alte Frau. Ihr seid beide den heidnischen Götzenbildern verfallen. Ich für meinen Teil habe genug gehört, um mir ein Urteil zu bilden. Da ihr den Fluch nicht von selbst aufzuheben bereit seid, gibt es nur einen Weg, ihn rückgängig zu machen: euren Tod!"

Als die Menge diesen Vorschlag vernahm, verkündete sie breite Zustimmung. Die Rufe nach Blut wurden lauter, Gelächter war zu hören und einige Gaffer klatschten anerkennend in die Hände. Faolán war fassungslos. Noch bevor er die Verlautbarung des Priors begreifen und darauf reagieren konnte, trat der Abt vor.

Entschlossen stieg das Klosteroberhaupt von seinem Pferd, trat an einen der Lanzenträger heran und sprach energisch auf ihn ein. Nur wenige Augenblicke später wurde der Abt durch die Absperrung gelassen. Degenar, nach wie vor verhüllt, stieg auf das Podest. Er wusste, dass er in diesem Augenblick die Aufmerksamkeit aller auf sich zog. Jetzt benötigte er die Gnade des Herrn, um diese Verhandlung zum Guten wenden zu können.

Oben angelangt, streifte Degenar die Kapuze ab und gab seine Identität preis. Überraschung und Zorn zeigte sich offen in Walrams Gesicht und Drogo stockte sichtbar der Atem. Sofort nutzte der Abt die Gelegenheit und sprach die Menge an. „Ihr ehrbaren Leute, hört mich an. Ich bin Abt Degenar, Oberhaupt des Klosters, dem auch Prior Walram dient. Ich stehe hier, um als Advokat dieser Frauen das Wort zu führen, wie es die Kirchenväter in Rom einst bestimmt haben. Wir sollten diesen Vorgaben gerecht werden und nicht in alte, heidnische Barbarei zurückfallen."

„Hier steht kein Mönch vor Gericht, der Anspruch auf einen Advokat besitzt", raunte Walram Degenar halbherzig zu. „Dies ist ein weltlicher Prozess!"

„Und was macht Ihr dann hier? Oder wollt Ihr mir, Eurem Oberhaupt, das Recht absprechen, welches Ihr doch ebenfalls beansprucht, ehrenwerter Prior?"

Die Zuschauer waren unsicher, was diese Entwicklung zu bedeuten hatte, blieben aber ruhig, als auch Walram nichts mehr erwiderte. Degenar hatte seinen ersten kleinen Triumph errungen und es beflügelte ihn, fortzufahren. Er wandte sich an Drogo, der ebenso überrascht war wie die Menschen zu seinen Füßen. „Wenn Ihr, edler Sohn des Grafen, nichts dagegen habt, so werde ich für diese Frauen sprechen. Nur so können wir sicher gehen, dass alle Umstände berücksichtigt werden und vor dem Herrn ein gottgerechtes Urteil gefällt wird. Oder wollt Ihr es wagen, durch übereiltes Handeln den Zorn Gottes auf Euch zu ziehen?"

In Drogos Gesicht war Furcht zu erkennen. Immerhin war er bereits verflucht worden. Da er nicht auch noch Gottes Zorn auf sich ziehen wollte, stimmte er dem Vorschlag des Abtes mit einem raschen Nicken zu.

Der Prior hingegen hatte sich wieder besonnen. Ein gehässiges Lächeln zeigte sich auf seinen Lippen, als er den Abt ansprach. „Darin seid Ihr ja geübt, nicht wahr? In der Verteidigung von angeblich Unschuldigen. Ihr habt es schon einmal versucht! Wenn ich mich recht entsinne, handelte es sich damals um Euren Lieblingsnovizen, diesen Faolán. Ihr habt Euch seinerzeit zwar sehr um seine Verteidigung bemüht, doch letztendlich hat er seine gerechte Strafe erhalten. Mir ist zu Ohren gekommen, dass er tot sei. Seid Ihr Euch sicher, dass Ihr diese Herausforderung erneut annehmen wollt?"

Degenar reagierte nicht. Es kostete ihn große Anstrengung, sich nicht nach Faolán umzudrehen, der ganz in der Nähe auf einem Pferd saß und sich bester Gesundheit erfreute. Der Prior wandte sich nun dem Volk zu, obwohl er mit seinen Worten den Abt ansprach.

„Der Herr sorgt für Gerechtigkeit, dessen könnt Ihr Euch sicher sein, ehrwürdiger Abt. Handelt, wie Ihr es für richtig haltet und verteidigt diese Weibsbilder." Dann fügte er leise, nur für Degenar hörbar und mit einem überheblichen Lächeln hinzu: „Doch diesmal solltet Ihr es besser anstellen als das letzte Mal. Denkt daran, ihr Leben hängt von Eurem Geschick ab, ehrwürdiger Abt!"

Die höhnischen Worte trafen Degenar mitten ins Herz, doch er versuchte, sich nichts anmerken zu lassen. Er hatte sich sein damaliges Versagen selbst noch nicht verziehen. Es war eine tiefe Wunde, die nicht ohne weiteres heilen würde, obwohl er die beiden Novizen in Sicherheit wusste. Was sie erlitten hatten, war zu großen Teilen sein Verschulden oder vielmehr sein Versagen gewesen.

Heute allerdings hatte Degenar vom Herrn die Gelegenheit erhalten, sich erneut zu beweisen. Vielleicht würde er so einen Teil seines bisherigen Unvermögens wieder gutmachen können. Doch bevor er Walram antworten konnte, ergriff Svea unerwartet das Wort. Sie hatte endlich begriffen, wer der Prior war. Selbstsicher trat sie einen Schritt vor und sprach Walram direkt an: „Ihr wart es, der Faolán Schaden zugefügt hat ... Ihr seid der Mächtige, der ihn bedroht hat und der für sein Leid verantwortlich ist. Ihr seid die dunkle Gestalt, die ich einst gesehen habe!"

Walram verstand zunächst nicht, was die ungewöhnlichen Worte der jungen Frau zu bedeuten hatten. Doch seine schnelle Auffassungsgabe ließ ihn nicht im Stich. Innerhalb weniger Augenblicke erkannte er in Sveas Gesicht jene Fratze, die vor zweieinhalb Jahren die Kirchenwand des Klosters verschandelt hatte. Sein diabolisches Grinsen kehrte wieder, breiter denn je. Mit einem anklagenden Finger zeigte er auf Svea und schrie sie an. „Ich erkenne dich wieder! Du bist der Dämon, der damals in unserem Kloster Einzug gehalten und den Novizen Faolán verführt hat! Du bist die Teufelin, der er verfiel!"

Jetzt geriet Prior Walram zusehends in Rage und voller Eifer rief er eindringlich der Menge zu: „Dieses Weib hat Verderben und Unzucht in das Herz eines unserer unschuldigen und gottesfürchtigen Novizen gesät. Er verfiel ihr, diesem Weib. Durch sie hielt der Leibhaftige Einzug in unser Kloster und war nur durch die härteste Bestrafung aus dem Körper des Novizen zu treiben. Seine arme Seele konnte gerettet werden, wenn er auch sein Leben dafür lassen musste.

Damals glaubten wir, das Böse bezwungen zu haben, doch wir irrten. Der Dämon hielt sich lange Zeit mitten unter euch braven, gottgefälligen Menschen verborgen. Er ging in Neustatt ein und aus, ohne euer Wissen. Wollt ihr etwa, dass euch oder euren Lieben das gleiche Schicksal widerfährt? Wollt ihr Verderben über euch bringen und zusehen, wie sich die Sünde in eurer ehrbaren Stadt ausbreitet?“

Nein, das wollten die guten Leute nicht! Die Furcht vor Dämonen und bösen Geistern war noch größer als vor jenen, die sie beschwören konnten. Walram wusste genau, was er tat, und er tat es mit Bravour. Er sprach mit einem solchen Enthusiasmus, dass ihm der Speichel aus dem Mund flog, während er seine Worte über die Köpfe der Menschen hinweg schrie. „Der Dämon, versteckt im wollüstigen und verführerischen Körper dieses Weibes, muss vernichtet werden! Und mit ihm der Mutterdämon, der ihn die Zauberei gelehrt hat! Einzig ihr Tod wird den Grafen, euch und die Ländereien von dem Fluch befreien und vor weiterem Unheil bewahren!“

Der plötzliche Wandel in der Beweisführung fruchtete bei den Zuhörern, streute Angst, Schrecken und Hass in ihre Herzen. Vor allem in die Herzen der Frauen, die um ihre Männer und Söhne bangten. Dämonen waren sie, diese Rothaarige und die Alte dort oben. Der Prior hatte gewiss Recht!

Wüste Rufe erklangen, die den Tod der beiden Frauen forderten.

Zufrieden trat Prior Walram einen Schritt zurück und überließ dem Abt das Schlachtfeld. Mit selbstgefälligem Lächeln wollte er nun mit ansehen, wie Degenar die aussichtslose Situation zu wenden versuchte. Auch Drogo schien mit den Worten seines einstigen Mentors zufrieden zu sein. Selbst er hatte begriffen, dass Svea und Alveradis aus dieser Lage nicht mehr unbeschadet entkommen konnten.

Degenar war bewusst, wie schwer es werden würde, die Menschen vom Gegenteil zu überzeugen. Dafür hatte Walram bereits zu viel Sand in die ohnehin blinden Augen gestreut. Dennoch musste Degenar es versuchen. Er war es Faolán und Konrad schuldig. Er war es sich selbst schuldig. Abermals trat der Abt vor und brachte die Menge zum Schweigen.

„Ein Dämon oder Teufel offenbart sich niemals so, wie Ihr es eben geschildert habt, ehrwürdiger Prior. Der Leibhaftige ist weitaus verschlagener, als dass er sich so einfach zu erkennen gäbe. Dies sind nur zwei Frauen, mit der Gabe gesegnet, Menschen zu heilen. Habt Ihr etwa Angst vor solch begabten Händen?“

Drogo wich unsicher einen Schritt zurück. Degenar sprach unbeirrt weiter und richtete seine Worte an die Menschen auf dem Platz. „Habt ihr bisher vor diesen Frauen Angst gehabt? Habt ihr euch jemals vor ihnen gefürchtet? Gab es jemals einen Grund, sie argwöhnisch zu betrachten? Wenn dem so sein sollte, dann sagt es frei heraus. Sollte es jedoch nicht so sein, so tretet hervor und legt Zeugnis zu ihrer Entlastung ab.“

Niemand antwortete. Stattdessen sahen sich die Menschen nur ungläubig an. Degenar versuchte es noch einmal. „Gibt es denn niemanden unter euch, der zur Fürsprache dieser Frauen bereit ist?“

Betretenes Schweigen herrschte auf dem Platz. Niemand rührte sich. Degenar gab nicht auf. „Was ist mit den Eltern des Mädchens? Sind sie anwesend? Falls nicht, so bringt sie her.“

Es war ein junger Bursche aus der vordersten Reihe, der sich daraufhin davonmachte. Während die Menge wieder unruhig zu murmeln begann, versuchte Degenar geduldig zu bleiben und den siegessicheren Blick seines Priors zu ignorieren. Nach einer Weile erschien ein alter, ärmlich gekleideter Mann vor dem Podest mit einer bedeutend jüngeren Frau an seiner Seite. Unverkennbar war sie das Eheweib des Alten. Die beiden wurden auf das Podest gebracht. Es war ihnen sichtlich unangenehm, auf diese Weise im Mittelpunkt des Geschehens zu stehen.

In Ehrfurcht vor den hohen Männern zog der Mann seine Haube vom Kopf und blickte betreten zu Boden. Der säuerliche Geruch von geronnener Milch umgab den Mann und der Abt hatte Mühe, sich auf seine Worte zu konzentrieren.

„Bist du der Vater dieses Mädchens?“

„Ja, ehrwürdiger Abt“, bestätigte der Alte mit gesenktem Haupt.

„Wie ist dein Name?“

„Ulf, ehrwürdiger Abt. Und das is’ mein Weib Gertha“, antwortete der Bauer undeutlich.

„Sie kann schwerlich die Mutter des Mädchens sein“, gab Degenar zu bedenken und versuchte zu ergründen, weshalb der Mann vor ihm solche Furcht zu haben schien.

„Nein, ehrwürdiger Vater. Ihre Mutter – sie starb kurz nach der Geburt.“ Die Worte des Alten klangen bitter.

„Du kennst die Anklage gegen deine Tochter?“, bohrte Degenar weiter.

„Ja, ehrwürdiger Abt.“

Fassungslosigkeit stand Degenar ins Gesicht geschrieben. „Kannst du zu den Anschuldigungen denn nicht etwas sagen, um dein eigen Fleisch und Blut zu entlasten?“

Der alte Mann antwortete nur zögerlich. „Nein ... ehrwürdiger Abt. Nein ... ich weiß nichts.“

Degenar konnte nicht begreifen, dass ein Vater nicht das Geringste unternehmen wollte, um den Kopf seiner eigenen Tochter zu retten. Ungläubig fragte er noch einmal nach: „Wie meinst du das, du wüsstest nichts? Hast du denn gar nichts zu sagen, kein einziges Wort? Kannst du nicht bestätigen, dass sie keinen Dämon in sich trägt, sondern nur ein Mädchen ist, wie viele andere auch?“

Erneut zögerte der Mann, doch schließlich sprach er. „Ich hab's scho' immer gewusst, dass es so ende' wird, ehrwürdiger Abt. Scho' jeher hab ich's ihr gesagt, dass all des Brauen von Tränken ein Teufelszeug is'. Oft hab ich ihr gepredigt, sie soll sich von dem wilde' Weib fernhalte'! Doch sie hat ja noch nie auf mich gehört.“ Der Mann schüttelte den Kopf und murmelte weiter. „Ich hab's scho' immer gesagt ... scho' immer!“

Plötzlich richtete Ulf sich auf und zeigte mit einem schmutzigen, krummen Finger auf Alveradis. „Unter deine Hände is' mein erstes Weib gestorbe'. Du hast ihr bei der Geburt den Dämon eingepflanzt. Und dann hast du mir mein Kind genomme' und es mit Schwarzer Magie großgezoge'. Du bist an der ganze' Teufelei schuld!“

„Vater, das ist nicht wahr und du weißt es!“, rief Svea mit einem Mal, da sie es nicht länger mit anhören konnte. Ulf vernahm Sveas entrüstete Worte, ignorierte sie jedoch und richtete seinen Blick in scheinbarer Demut wieder zu Boden. Er wollte sie nicht ansehen, er kannte sie nicht mehr.

„Vater, hör mich bitte an!“ Es war kein Flehen, sondern vielmehr eine Forderung. Unsicher, ob der Alte ihr zuhörte, fuhr Svea mit Nachdruck fort: „Haben Alveradis und ich nicht das Leben deines vierten Sohnes, meines Halbbruders, gerettet? Als das Fieber in Zachi wütete, hattet ihr schon alle

Hoffnung aufgegeben. Selbst die Priester wussten keinen Rat mehr. Begreifst du denn nicht, dass nur wir ihn mit unserem Wissen gerettet haben? Das war keine Schwarze Magie! Das ist eine Gabe, die wir zum Wohle der Kranken einsetzen. Sei nicht blind und missdeute dieses Geschenk des Herrn als Teufelei!"

Jetzt hielt es die Gemahlin des Alten nicht mehr aus und ergriff keifend und verbittert das Wort. „Mit Gottes Hilfe hätt' der Junge gesund werde' sollen, jawohl. Doch ihr habt ihm Tränke eingeflößt und teuflische Auflage' gemacht. Das Fieber hat so heiß in ihm geglüht, dass ihm selbst die Priester mit Gottes Segen nicht mehr helfe' konnt'. So war's! Wie sonst hätt' eine wilde Frau unseren Bub heile' könne', wenn nicht mit Teufelswerkzeug? Zauberei und Schwarze Magie war's, ich hab's genau gesehe', so wahr ich hier steh'!"

Die Menge vor dem Podest raunte zustimmend. Die Bestätigung schien dem Weib Ermutigung genug zu sein, um fortzufahren. „Seit damals is' Zachi nicht mehr der gleiche. Welchen Dämon hast du ihm eingepflanzt? Ich hab's Ulf ja scho' immer gesagt, dass du einen Pakt mit dem Leibhaftige' geschlossen hast, du missgünstiges Weibsbild."

Hilfe suchend wandte sie sich an Walram, beide Hände flehend erhoben. „Gelacht hat sie, ehrwürdiger Prior! Gelacht, als ich damals den Herrn um Gnade angefleht und für den Bub gebetet hab'. Es hätt' kein' Nutzen, hat sie mir ins Gesicht gespottet und gelacht! Sie hat den Herrn verlacht und so seinen Zorn auf sich 'zoge. Vielleicht sogar auf uns alle!"

Degenar konnte nicht fassen, was er da hörte, und versuchte einzuschreiten. „Stimmt denn, was dein Weib behauptet, Ulf? Haben Alveradis und Svea den Jungen mit Heiltränken zur Genesung verholfen?"

Der Bauer zögerte. „Ja … ehrwürdiger Abt … so war's."

„Aber sicherlich hat sie dabei doch nicht den allmächtigen Herrn verhöhnt."

„Mein Weib spricht die Wahrheit. Svea hat sie ausgelacht, als sie allein an Gottes Hilfe für den Bub geglaubt hat. Svea hat gemeint, Zachi sei dem Tode geweiht, wenn sie ihm die Tränke net einflöße' dürft'. Mir hatte' keine andre Wahl …!"

„Aber das war doch keine Teufelei, Ulf", versuchte der Abt die Aussage des Alten richtigzustellen.

„Wenn des keine Teufelei war, wieso hat dann keiner der Priester was ausrichte' könne'? Oh doch, wenn Ihr mich fragt, so war des gewiss Teufelei."

„Jawohl, 's war Teufelei!", keifte noch einmal seine Gemahlin.

Die Befragung hätte in Degenars Augen nicht schlechter verlaufen können. Statt einer Entlastung hatten Vater und Stiefmutter genau das Gegenteil bewirkt. Prior Walram trat mit einem zufriedenen und selbstgefälligen Lächeln vor.

„Ihr habt es gehört, ihr ehrbaren Leute von Neustatt. Selbst ihr eigener Vater ist davon überzeugt, dass sie einem Teufel anheim gefallen ist. Durch diese wilde Frau, die heidnische Götzen und Götter anbetet, wurde sie zur Zauberei verführt. Beide müssen sie sterben, um all die ausgesprochenen Flüche während ihres Wirkens wieder aufzuheben. Einzig der Herr weiß, wie viel Teufelswerk sie noch angerichtet haben. Nur ihr Tod kann das Unheil noch von euch abwenden!"

„Ihr seid des Wahnsinns, Walram!" Mehr brachte Degenar nicht hervor.

Da erblickte Svea einen Blondschopf in den vorderen Reihen der Menge. Es war Raimund. Ihre Augen trafen seine und hielten sie fest. Sein Blick war düster, doch das schreckte Svea nicht ab. Ihre Bitte war unmissverständlich, wenn sie auch kein einziges Wort zu sagen wagte. Nur er konnte ihr noch helfen. Er, dem sie vor Monaten solche Schmerzen bereitet und den Rücken gekehrt hatte. Nach unendlichen Herzschlägen, die wie Trommeln in ihren Ohren klangen, löste Raimund schließlich den Blick, nickte ein einziges Mal und setzte sich in Bewegung. Doch statt auf das Podest zuzugehen, um das Missverständnis aufzuklären, wandte der Jüngling sich ab und entfernte sich von dem Geschehen. Reihe um Reihe entschwand er und da begriff Svea, dass der Schmerz, den sie ihm zugefügt hatte, sein Herz getötet hatte. Raimunds Nicken war ein letzter Abschied gewesen.

Ernüchtert richtete Svea ihre Sinne wieder auf die Männer in ihrer Nähe, die zu debattieren begonnen hatten. Ungehalten fuhr sie den Prior derart lautstark an, dass alle anderen verstummten. „Ihr seid der einzige Teufel und Dämon hier. Ihr und Drogo seid das Unheil dieser Lande, nicht zwei friedfertige Frauen, die sich lediglich auf Pflanzen verstehen. Verflucht sollt Ihr sein! Ihr, Eure Handlanger und all Eure Mitstreiter!"

Walram wäre vor Freude beinahe in die Luft gesprungen, als er die Worte vernahm und wandte sich mit erhobenen Händen an die Menge, um ihre Aufmerksamkeit zu erlangen. „Ihr seid soeben selbst Zeugen geworden! Erneut hat sie über all jene Unheil ausgesprochen, die dem gerechten Gott und Herrn dienen. Sie verdammt nicht nur die Obrigkeit, sondern auch euch! Was habt ihr schon getan, um solche Boshaftigkeit zu ernten?"

Empört begannen die Menschen zu schimpfen und drängten zunehmend gegen die Absperrung aus Lanzen. Einzelne versuchten sie gar zu überwinden, wurden jedoch von den Recken zurückgestoßen. Die Lage war angespannt und drohte jeden Augenblick außer Kontrolle zu geraten. Die Rufe und Beschimpfungen nahmen an Lautstärke und Erbarmungslosigkeit zu.

„Hört auf mit diesem Wahnsinn!“, rief Degenar so laut er konnte, doch er wurde nicht gehört. Er hatte keinen Einfluss mehr auf den Ausgang dieses Prozesses. Langsam wurde ihm bewusst, dass sich die Menge ihre Meinung bereits gebildet hatte, und Drogo wie auch Walram würden sich dieser Ansicht nur allzu gerne beugen.

Die Menschen schoben und drückten nach vorne. Faoláns Pferd wurde wieder unruhig. Er selbst konnte kaum still im Sattel sitzen. Svea war dem Tode geweiht, sollte nicht noch ein Wunder geschehen. Am liebsten hätte er etwas unternommen, doch er sah keine Möglichkeit.

Plötzlich machte das Pferd einen Schritt zur Seite. Dem Edelherrn entglitten die Zügel und er hatte Mühe, sein eigenes Pferd im Zaum zu halten. Da erkannte Faolán seine Gelegenheit. Er gab der Stute einen festen Tritt in die Flanken, die einen Satz nach vorne machte und die Absperrung durchbrach. Mit einem Mal befand sich ein Reiter auf der freien Fläche vor dem Podest.

Durch den Sprung des Pferdes war Faoláns Kapuze vom Kopf gerutscht und jeder konnte in das Gesicht eines fremden Jünglings blicken. Doch die wenigsten schenkten ihm ihre Aufmerksamkeit. Der Tumult wurde immer größer, so dass die Bewaffneten genug damit zu tun hatten, die Menschen unter Kontrolle zu halten.

Kurz entschlossen trieb Faolán sein Pferd zu einem Spurt an und brachte es unmittelbar vor dem Podest wieder zum Stehen. Mit erhobenen Händen richtete er sich auf und rief durch das Geschrei: „Svea, schnell, spring auf!“

Die Aufforderung war unnötig. Svea hatte Faolán in dem Moment erkannt, als ihm die Kapuze vom Kopf gerutscht war. Sie nutzte die herrschende Verwirrung der umstehenden Recken und eilte mit ein paar Schritten an den Rand des Podestes. Ein Sprung brachte sie trotz der gefesselten Hände sicher auf das Pferd. Faolán hielt sie fest und spornte das Tier sogleich zum Galopp an.

Die Menschen in ihrem Weg sprangen entsetzt zur Seite und machten bereitwillig Platz, um nicht unter die Hufe zu gelangen. Erst als das Tier bereits an der Kirche entlang preschte, begriff Drogo, dass er um seinen Triumph betrogen worden war. Seine Stimme erklang laut und fassungslos über dem Toben der Menge. „Haltet sie auf! Männer, ergreift sie ... haltet sie auf!"

Ungläubig starrte Walram dem Pferd hinterher. „Faolán? Aber wie ist das möglich?"

Vor wenigen Augenblicken hatte Walram die Lage noch unter Kontrolle gehabt. Doch dann war dieser verhasste Faolán aus dem Nichts aufgetaucht. Von den Toten auferstanden, hatte ihm der Novize den Sieg über Degenar vor seinen Augen entrissen! Kopfschüttelnd und entgeistert wandte Walram sich an Drogo, der ihn wütend anschrie. „Ihr habt mir zugesichert, dass er tot sei, Walram! Könnt Ihr Euch daran erinnern? Verflucht, Ihr habt es mir versprochen!"

Im allgemeinen Gedränge wurden Brandolf und seine Getreuen nicht weiter beachtet. Doch der Edelherr musste jetzt schnell eine Entscheidung treffen. Nur einen Augenblick später gab er seinen Männern ein Zeichen und zu dritt durchbrachen sie ebenfalls die Absperrung. Die Lanzenträger waren so überrascht, dass sie nicht wussten, wohin sie sich zuerst wenden sollten.

Die Recken auf dem Podest waren noch damit beschäftigt, Faolán ungläubig hinterher zu gaffen, so dass sie dem Tumult um die drei Reiter keine Beachtung schenkten. Diese Nachlässigkeit nutzte der Edelherr. Er wagte mit seinem Entschluss mehr, als er an diesem Tag beabsichtigt hatte, doch er folgte Faoláns Beispiel. Mit einem schnellen Spurt preschte er bis vor das Podest und brachte dort sein Pferd zum Stehen. Er gab Alveradis ein Zeichen, die wie ihre Schülerin waghalsig vom Podest sprang.

Während Gunther und Yurell ihre Schwerter zogen und die ersten zur Besinnung kommenden Lanzenträger zurückdrängten, hielt Brandolf die Heilerin sicher auf dem Pferd. Nur wenige Augenblicke später stob er gemeinsam mit der alten Frau an der verwirrten und aufgebrachten Menschenmenge vorbei. Seine Getreuen folgten dicht hinter ihm.

Drogo versuchte weiterhin seine Männer zur Vernunft zu bringen und schrie sie an. „Haltet sie auf, allesamt! Tötet sie! Bringt sie zurück! Zu den Waffen ... gebt Alarm!"

Außer sich vor Zorn wandte er sich wieder an Prior Walram, der den Reitern mit offenem Mund nachschaute und schrie ihn ebenso an wie seine Männer. „Sieht so etwa Euer Versprechen aus? Er sollte tot sein. Tot! Tot! Tot! Wie kann es sein, dass er nach zweieinhalb Jahren ausgerechnet in dem Moment auftaucht, in dem ich endlich meinen Triumph über ihn hätte vollenden können? Ihr seid ein blinder Narr! Und wer waren diese anderen Reiter? Habt Ihr dafür eine Erklärung? Was wisst Ihr überhaupt?"

„Ich … ich …", stammelte Walram, doch Drogo unterbrach ihn rüde.

„Ach, verflucht seid Ihr, Walram. Schert Euch zum Teufel, Pfaffe!"

In seiner Wut hätte er den Mönch am liebsten geschlagen. Doch Drogo beherrschte sich. Stattdessen traf sein Faustschlag den nächsten Recken, der für das Entkommen der beiden Frauen mitverantwortlich war. Während der Mann zu Boden ging, sprang Drogo vom Podest und rief nach seinem Pferd. Es dauerte einige Augenblick, ehe einer seiner Männer es an den Zügeln herbeiführte. Mit lautstarken Flüchen saß er auf und wollte Faolán verfolgen, doch die Menge war inzwischen so aufgebracht, dass sie ihm den Weg versperrte. Seinen Männern erging es ähnlich – wenn sie überhaupt zu ihren Pferden gelangten. Nur mit Hilfe der Lanzenträger konnten sie sich einen Weg über den Marktplatz bahnen und ließen die verwundert hinterher gaffende Menschenmenge zurück. Die Leute schienen nur langsam zu begreifen, dass sie um das ersehnte Schauspiel gebracht worden waren.

Innerhalb weniger Augenblicke befanden sich Abt Degenar und Prior Walram allein auf dem Podest, von niemandem mehr beachtet. Degenar trat auf Walram zu, der über den plötzlichen Wandel der Situation noch immer verstört war. „Was habt Ihr getan, Walram? Möge Gott Euch gnädig sein."

Der Prior schaute auf, als sei er soeben aus einem Traum erwacht. Seine Verachtung gegenüber dem Abt war unverkennbar. „Ach, Ihr habt doch keine Ahnung! Lasst mich in Ruhe mit Euren gottgefälligen Reden. Erzählt es den Narren dort unten auf dem Platz, doch verschont mich damit."

Walram wollte mit einer abfälligen Geste ebenfalls vom Podest steigen, doch Degenar hielt ihn fest. Er war verwirrt und seine Worte waren leise. „Ihr wagt es tatsächlich, in meiner Anwesenheit Gott offen zu lästern?"

Sichtlich genervt riss Walram sich los. „Was wollt Ihr dagegen unternehmen? Mich dem Erzbischof vorführen? Habt Ihr einen Zeugen? Lasst mich doch in Ruhe mit Eurer heuchlerischen Frömmigkeit!"

Mit diesen Worten machte sich der Prior vom Podest und ließ den Abt stehen. Er wollte den Ort seiner Niederlage so schnell wie möglich verlassen. Sprachlos blieb Degenar zurück und blickte erstaunt auf die aufgebrachte Menge. Seine Gedanken irrten ziellos umher. Binnen eines halben Tages hatten sich die Ereignisse derart überschlagen, dass er noch nicht begreifen konnte, was im Einzelnen vorgefallen war. Doch eines wurde ihm sehr schnell klar: Er hatte die Machenschaften seines eigenen Priors unterschätzt und war ihm am Ende abermals in einem Prozess unterlegen! Faolán und dieser Edelherr Brandolf waren auf der Flucht. Zum zweiten Mal hatte Degenar den Jungen verloren und in große Gefahr gebracht, obwohl er alles daran gesetzt hatte, es diesmal zum Guten zu wenden. Vergeblich!

Er hatte erneut versagt! Er hatte abermals seine Unfähigkeit unter Beweis gestellt und war am Ende nichts weiter als ein machtloser Mönch, der keinerlei Einfluss auf das weltliche Geschehen nehmen konnte.

Langsam sank Degenar auf die Knie. In seiner Verzweiflung wusste er sich nicht weiter zu helfen, als zu beten. Das war sein einziger Trost, sein einziger Halt. Wie schon in der Vergangenheit all seine Bemühungen gescheitert waren, so würden sie auch in Zukunft scheitern, dessen war er sich in diesem Augenblick sicher. Er hatte sich selbst dazu verdammt, in Faoláns und seinen Augen auf ewig unfähig zu sein. Auf ewig zu scheitern, vor Gottes Antlitz.

Im Stillen flehte er den Herrn an und bemerkte dabei nicht, wie Tränen über seine Wangen liefen und die Menschen zu seinen Füßen sich voller Unmut über den Ausgang des Prozesses äußerten. Niemand nahm den Abt wahr. Niemand bemerkte das stumm betende, in sich zusammengekauerte Klosteroberhaupt. In den Augen der Neustätter kniete nur ein gebrochener, alter Mann auf dem Podest, der keine weitere Beachtung verdiente.

* * *

Das Wasser des Flusses war ruhig, die Strömung kaum merklich. Die Sonne am blauen Nachmittagshimmel spiegelte sich darin. Nur die Buge der drei Langschiffe durchpflügten den Strom und brachen dieses friedliche Abbild. Bjoren Langarm stand am Steven des vordersten der drei Boote und spähte flussabwärts. Die Segel waren eingeholt worden und die Mannschaften saßen ruhig an den Riemen. Sie waren bereit, die Schiffe schnell und präzise zu manövrieren, tauchten die Riemen jedoch nicht ins Wasser. Die Strömung allein trieb die Boote vorwärts, ohne jede Eile.

Der Jarl war auf der Suche. Mehrere Dinge hoffte er zu finden. Zum einen war es natürlich jener Wolf, den er im Namen der Götter nach Birka bringen musste. Doch das war nicht sein dringlichstes Anliegen. Vielmehr suchte er, seine Männer zufriedenzustellen und dafür benötigte er eine Siedlung. Eine Siedlung, die sich zu plündern lohnte, aber wiederum nicht zu groß war, um stark befestigt zu sein. Kein armseliges Fischerdorf an den Gestaden dieses Flusses und auch kein Bauernhof mit ein paar Ziegen.

Die Schiffe trieben gemächlich um eine Flussbiegung. Da sah Bjoren ein großes Dorf. Nahe genug am Wasser, sogar mit einem Anlegesteg und groß genug, um ein Haus dieses Christengottes zu besitzen. Die Spitze des Turmes war neben den Rauchsäulen der Kochstellen das erste, was er über den Wipfeln der Bäume gesehen hatte. Er gab ein Handzeichen und nahezu gleichzeitig tauchten alle Riemen ins Wasser. Doch sie brachten ihre Schiffe nicht näher heran, sondern zogen sie zurück, flussaufwärts.

Noch waren sie nicht entdeckt worden. Der Jarl konnte einige Frauen am Ufer ausmachen, die bedächtig und schwatzend ihre Wäsche wuschen. Bjoren gedachte noch nicht anzugreifen. Er würde bis zum Einbruch der Nacht warten und die Siedlung erst dann ansteuern, wenn diese Leute am wenigsten damit rechneten. So versprach er sich den geringsten Widerstand und damit auch die geringsten Verluste in den eigenen Reihen. Er wusste, dass nicht jeder seiner Männer diese Meinung teilte, doch sie folgten und vertrauten ihm.

Gorm befand sich im selben Boot. Nicht etwa an einem der Riemen, sondern als Beobachter. Ständig gab er vor, seinen Blick über die Ufer gleiten zu lassen, ebenfalls nach einer Siedlung Ausschau haltend. Doch Bjoren wusste, dass der kleine Landsmann vielmehr ihn im Auge behielt. Der Jarl sah zu Gorm hinüber, der ihn jetzt unverhohlen anschaute. Er schien zufrieden, den Männern endlich das geben zu können, was er ihnen seit langem versprochen hatte: Einen Überfall und Beute.

Schon bald würden die Feuer brennen und den Nachthimmel erhellen.

Das Horn erscholl klar und dröhnend über den Dächern Neustatts. Es war bis weit in die umliegenden Wälder zu hören. Das Signal galt den Männern des Grafen. Obwohl Faolán es noch niemals zuvor vernommen hatte, wusste er dennoch, dass es Drogos Antwort auf sein Einschreiten war. Er versuchte sein Pferd weiter anzutreiben, doch so breit die Hauptstraße zum Tor auch war, es befanden sich zu viele Menschen darauf, die einen schnelleren Ritt verhinderten. Zwar sprangen die Leute bei dem Geräusch schnell nahender Hufe rasch zur Seite, doch Faolán musste viel zu oft Hindernissen ausweichen.

Das Horn erklang erneut.

Endlich gelangten Faolán und Svea in den großflächigen Bereich zwischen ehemaligem Palisadenwall und der neuen Stadtmauer. Hier konnte Faolán das Tier endlich zum Galopp antreiben. Das Stadttor war nicht mehr fern. Sie näherten sich ihm mit rasantem Tempo. Entsetzt stellte Faolán fest, dass die Wache das Hornsignal ebenfalls richtig gedeutet hatte und sich in Alarmbereitschaft befand. Mehrere Männer setzten all ihre Körperkraft ein, um die beiden wuchtigen Torflügel zu schließen. Zwei Krieger bemerkten das in vollem Galopp heranpreschende Pferd und erkannten darin den Grund des Aufruhrs. Sie griffen zu ihren Lanzen und liefen dem Tier entgegen, nachdem sie um Verstärkung gerufen hatten.

Faolán sah verzweifelt, wie sich das Tor immer weiter schloss. Die Speerträger kamen näher. Auf dem Wehrgang des Tores erschienen Bogenschützen, die bereits ihre Pfeile anlegten. Hier gab es kein Entkommen!

Gehetzt schaute Faolán sich um. Kurz entschlossen lenkte er seine Stute in vollem Galopp auf das Grün zu seiner Rechten, außer Reichweite der Bogenschützen. Zwischen Stadtmauer und altem Palisadenwall flohen sie weiter über den Weidegrund, ohne einen Ausweg zu sehen. „Svea, gibt es noch eine andere Möglichkeit, aus der Stadt zu entkommen?“

„Das Ochsentor. Doch es wird ebenfalls gut bewacht und wir müssten die Stadt durchqueren, um es zu erreichen.“

Das war keine Alternative. Faoláns Verstand arbeitete fieberhaft. Ein Blick über seine Schulter zeigte ihm, dass sowohl die Speerträger als auch die Bogenschützen die Verfolgung zu Fuß aufgenommen hatten. Ihm blieb keine Zeit mehr. „Und dazwischen?“

„Was meinst du damit?“

„Ist die Stadtmauer schon lückenlos fertiggestellt?“

„Vor wenigen Wochen gab auf der Nordseite noch eine Bresche. Vielleicht haben wir Glück und die Lücke besteht noch.“

Svea hatte noch nicht ganz zu Ende gesprochen, da konnte Faolán bereits die letzten Überreste der einstigen großen Baustelle erkennen. Die Bauhütten waren dorthin verlegt worden, wo auch die letzten Arbeiten stattfanden, ebenso sämtliches Material. Tatsächlich befand sich noch eine viele Klafter weit spannende Lücke im Wall. Auf der Innenseite war ein Gerüst aufgebaut worden. Faolán sah, dass die Steinreihen nahezu mannshoch aufgemauert worden waren. Der Wall war aber selbst an der niedersten Stelle noch zu hoch, als dass sein Pferd diese Barriere mit einem Sprung hätte überwinden können. Zudem trug das Tier mit ihnen beiden eine doppelte Last.

Vor dem Gerüst hielt Faolán sein Pferd an. Maurer, Steinmetze und Mörtelmischer am Fuße der hölzernen Konstruktion hielten in ihrer Arbeit inne, um zu sehen, was der Reiter von ihnen wollte.

„Svea, wir werden über die Mauer steigen und in den Wald laufen“, erklärte Faolán seinen Plan, als er Pferdehufe hörte. Er drehte sich um und sah drei Reiter aufschließen: Brandolf mit Alveradis und seine beiden Getreuen. Die muskulösen Pferde der Krieger hatten keine Mühe gehabt, Faolán und Svea einzuholen. Selbst Brandolfs Pferd, das ebenfalls eine doppelte Last trug, war schneller gewesen als Faoláns Tier.

Ein Blick auf die Mauer genügte und der Edelherr erahnte Faoláns Plan. „Einen Steg auf die Mauer, schnell, Männer!“

Gunther und Yurell sprangen sogleich von ihren Tieren ab und begannen die überraschten Handwerker vor dem Gerüst beiseite zu drängen. Mit wenig Mühe stießen die beiden Krieger die Konstruktion um, die beim Aufschlag in ihre Einzelteile aus Pfosten und Brettern zerbarst. Die Arbeiter wussten nicht, wie sie darauf reagieren sollten und riefen nach ihrem Baumeister. Brandolf sah den Meister aus der Bauhütte kommen, blickte ihn entschlossen an und machte damit deutlich, dass die Handwerker sich zurückhalten sollten. Dieser nickte seinen Arbeitern zu und sie traten murrend beiseite.

Mit beeindruckender Schnelligkeit errichteten Brandolfs Männer mittels einiger dicker Pfosten und Gerüstbohlen einen Anstieg bis zum niedrigsten Punkt der Bresche. Währenddessen zog Brandolf einen Dolch und durchtrennte die Fesseln der Frauen. Dann gab er ihnen Anweisungen.

„Klettert über die Mauer und lauft auf der anderen Seite zum Wald." Faolán wollte bereits vom Pferd steigen, doch Brandolf hielt ihn auf. „Wo willst du hin, Junge? Wir werden mit den Pferden folgen und sie einholen. Nur so gelangen wir schnell außer Reichweite der Bogenschützen. Sie werden schon bald hier eintreffen."

Svea blickte Faolán an. Er nickte knapp und beruhigte sie. „Du kannst ihm vertrauen."

Das genügte Svea. Sie gab Faolán einen flüchtigen Kuss auf die Wange und rutschte dann vom Rücken des Pferdes. Sie und Alveradis erklommen die beinahe fertiggestellte Rampe und verschwanden mit einem Sprung auf der anderen Seite. Faolán beobachtete, wie sie über die jenseitige Wiese zu laufen begannen, dem rettenden Wald entgegen.

Brandolf hingegen schaute besorgt über seine Schultern. „Sie kommen! Macht jetzt schnell, Männer!"

Tatsächlich näherten sich mehrere Reiter im Galopp und Drogo befand sich an vorderster Stelle. Auch die Bogenschützen waren bereits zu sehen, die sich im Laufschritt auf dem Wehrgang näherten. Für einen gefährlichen Schuss waren sie allerdings noch zu weit entfernt.

Gunther und Yurell hatten ihre Arbeit beendet und bestiegen ihre Pferde wieder. Auf ein Zeichen des Edelherrn hin nahmen sie Anlauf und trieben ihre Tiere nacheinander den notdürftigen Steg hinauf. Die Planken erzitterten unter den mächtigen Schlägen der Hufe. Die Rösser ließen sich davon nicht irritieren und sprangen am oberen Ende mit einem kräftigen Satz von der Mauerkrone, hinab auf die andere Seite. Als der Edelherr um die Sicherheit seiner Männer wusste, schaute er Faolán erwartungsvoll an.

„Hast du gesehen, wie es geht? Dann reite jetzt. Ich werde dicht hinter dir folgen."

Wie die Krieger vor ihm, brachte Faolán sein Pferd in schnellem Lauf auf die Holzdielen, die unter dem enormen Gewicht stark nachgaben und mit jedem Stoß heftiger zurückfederten. Faolán betete, dass sein Pferd nicht aus dem Gleichgewicht geraten möge. Ohne Fehltritt gelangte das Tier nach oben, blieb dort jedoch ruckartig stehen, so dass Faolán beinahe vornüber aus dem Sattel gefallen wäre.

Der Sprung von etwa drei Ellen in die Tiefe stellte für das Pferd eine zu große Herausforderung dar und es verweigerte den Gehorsam. Faolán hatte keine Zeit zum Überlegen. Mit Nachdruck und einem lauten Schrei trat er dem Tier fest in die Flanken und brachte es so aus dem Stand heraus zum

Sprung. Mit einem immensen Ruck kam es auf dem Erdboden auf. Faolán hätte abermals beinahe den Halt verloren. Er befürchtete auch, das Tier könnte sich ein Bein brechen, doch es hielt das Gleichgewicht und trabte sogleich auf den Wald zu.

Auf der anderen Seite des Walls musste Brandolf seinen Anritt abrupt abbrechen. Faoláns Pferd hatte beim Sprung die Planken des Steges mit den Hinterläufen so weit zurückgestoßen, dass sie den Halt verloren und in einer großen Staubwolke zu Boden krachten.

Brandolf fluchte laut und sah sich um. Die Verfolger waren bereits nahe. Es blieb keine Zeit mehr, die Rampe erneut aufzubauen, selbst wenn ihm die Arbeiter geholfen hätten. Einzig mit einem freien Sprung über den breiten Wall konnte er sich jetzt noch retten. Doch Drogo und seine Männer waren schon so nahe, dass der Edelherr den dazu benötigten Anlauf nicht ohne Gefahr nehmen konnte. Wagemutig zog er sein Schwert unter dem Habit hervor. Es gab nur diesen einen Weg! Entschlossen trieb er seinen Hengst den Verfolgern entgegen.

Mit vielem hatten Drogo und seine Männer gerechnet, doch nicht mit dem Gegenangriff eines einzelnen Mannes, und das auch noch von einem Mönch. Entblößter Stahl blitzte im Sonnenlicht auf und der laute Ausruf des vermeintlichen Gottesmannes verwirrte die Verfolger umso mehr.

„Für Farold! Für Sigrun! Für den rechtmäßigen Grafen!"

Wie ein Keil trieb Brandolf mit erhobenem Schwert in die Reiterschar, die überstürzt anzuhalten und zu wenden versuchte. Mit der flachen Klinge traf Brandolf einen der Reiter am Schädel, woraufhin der Recke aus dem Sattel stürzte und einen zweiten mit sich riss. Die plötzlich herrenlosen Tiere und die am Boden liegenden Reiter ließen die übrigen Pferde scheuen und sorgten für Verwirrung.

Die Verfolger versuchten sich zu ordnen und dem Angreifer nachzusetzen. Noch während sie ihre Tiere wendeten, ritt Brandolf in vollem Galopp einen weiten Bogen und kam abermals auf Drogos Männer zu. Der Abstand zur Mauer musste ausreichen. Eine zweite Gelegenheit würde der Edelherr nicht bekommen. Brandolf trieb sein Pferd zu einem schnellen und kraftvollen Spurt an und stob an den verwirrten Häschern vorüber. Wie im Flug näherte er sich dem Wall.

Den richtigen Absprungpunkt galt es zu treffen, inmitten des zusammengestürzten Gerüsts. Ein Fehltritt und alles wäre zunichte gemacht.

Brandolf presste sich flach gegen das Pferd. Seine Beine klammerten sich am Rumpf fest, mit einer Hand umkrallte er die Zügel und mit der anderen sein Schwert. Mit einem kräftigen Stoß bäumte sich das Tier auf und stieg steil empor. Die Mauerkrone flog unter ihm dahin, nur für einen Wimpernschlag. Ein Huf streifte einen Stein und riss ihn mit Wucht aus dem frischen Mörtelbett, dies hielt das Pferd aber nicht auf.

Der Hengst kam mit gewaltiger Kraft auf der anderen Seite wieder auf. Es raubte Brandolf den Atem und presste ihn noch fester auf den Rücken des Pferdes. Mit Mühe hielt er sich im Sattel und sein Schwert in der Hand. Das Tier erholte sich schnell, und der Edelherr spornte es zu einem weiteren Galopp an.

Gunther hatte nahe der Mauer auf seinen Herrn gewartet und folgte ihm jetzt. Faolán mit Svea und Yurell mit Alveradis hatten bereits über die Hälfte der Strecke zum Waldesrand zurückgelegt und waren zunächst außer Gefahr. Brandolf und Gunther hingegen befanden sich noch in Bogenreichweite.

Ein kurzer Blick zurück bestätigte Brandolfs Befürchtung. Die Bogenschützen waren inzwischen an der Bresche angelangt und legten die ersten Pfeile an. Einen Augenblick später jagten die Geschosse gen Himmel. Ein weiterer Blick zeigte dem Edelherrn, dass die Pferde der Verfolger den Sprung über die Mauer verweigerten. Einer von Drogos Recken hatte es dennoch geschafft, über die Mauer zu gelangen, allerdings ohne Pferd. Das Tier hatte seinen Reiter einfach kopfüber abgeworfen und stand herrenlos innerhalb der Wehranlage, während der Krieger torkelnd versuchte, einen klaren Kopf zu erlangen.

Unter anderen Umständen hätte Brandolf über diesen Anblick gelacht, doch das Pfeifen der ersten Pfeile erklang bedrohlich nahe. Die Geschosse bohrten sich erstaunlich präzise platziert ins Erdreich. Der Edelherr und sein Gefolgsmann trieben ihre Pferde weiter. Sie durften keine Zeit verlieren. Einzig der Gedanke, dass Drogo und seine Männer jetzt einen langen Umweg durch das Stadttor nehmen mussten, ließ Brandolf hoffen.

Erneut sirrten Pfeile rechts von ihm durch die Luft, trafen aber nicht ihr Ziel. Das Pferd des Edelherrn schlug einen Haken, der Boden flog weiter unter den galoppierenden Hufen hinweg. Die dritte Salve an Pfeilen nahte heran, doch diesmal schlugen die Geschosse deutlich hinter den fliehenden Reitern ein. Sie befanden sich außerhalb ihrer Reichweite und dennoch trieb

Brandolf sein Pferd weiter an. Sie mussten in den Wald gelangen, bevor Drogo und seine Männer das Stadttor durchqueren konnten.

Erst am Saum des Waldes zügelte Brandolf sein Pferd und ließ es in gemächlichem Schritt in den Forst laufen. Die Gruppe um Faolán wartete mit ihren Pferden im Schutz des Geästs, ein paar Baumreihen weiter. Erleichtert über die gelungene Flucht blickte Brandolf in besorgte Gesichter. Dann folgte er den Blicken, die dem Krieger hinter ihm galten.

Entsetzt sah Brandolf Gunther zusammengesackt auf dessen Pferd liegen, die Zügel locker am Halse des Tieres herabhängend. Ein Pfeilschaft ragte aus dem Rücken des Mannes.

Ein lauter Fluch entwich dem Edelherrn. Er sprang sofort von seinem Pferd und eilte zu seinem Gefährten. Noch bevor die anderen Gunther erreichen konnten, hatte der Edelherr ihn bereits vom Pferd geholt und vorsichtig auf den Boden gelegt. Für den Ritter kam jede Hilfe zu spät.

Eine merkwürdige Stille breitete sich mit einem Mal im Wald aus. Es schien, als rauschten nicht einmal mehr die Blätter im Winde, als trauerten sogar die Bäume um den Gefallenen. Brandolf senkte sein Haupt und schloss die Augen. Einer seiner besten Männer war auf der Flucht vor diesem Drogo ums Leben gekommen!

Yurell trat an seinen Herrn heran, wartete aber respektvoll. Als Brandolf sich jedoch nicht erheben wollte, sprach ihn der Krieger leise an. „Mein Herr, Gunther ist tot. Wir können nichts mehr für ihn tun."

Brandolf hob verwirrt den Kopf, als rissen ihn die Worte aus seinen Gedanken und holten ihn in den Wald zurück. „Ich weiß, Yurell. Ich weiß."

Mit ruhiger Bestimmtheit sprach Yurell weiter: „Sie werden bald hier sein, mein Herr. Unser Vorsprung ist nicht groß. Wir sollten ihn besser nutzen und verschwinden."

„Wir waren nicht schnell genug", stellte Brandolf fest, als habe er Yurells Worte nicht gehört.

„Es war das Leben, das er gewählt hatte, mein Herr. Euch zu dienen und Euch zu beschützen. Er hätte sich keinen anderen Tod gewünscht ...", versuchte der Getreue seinen Herrn zum Aufbruch zu bewegen, doch Brandolf unterbrach ihn.

„Ich glaube, er hätte bevorzugt zu leben und zu seiner Gemahlin und seinen Kindern zurückzukehren. Es war ein Fehler, so überstürzt in die Stadt zu reiten. Ich hätte es erkennen müssen. Gunther war einer meiner Besten ..."

Besorgt blickte Yurell über die Wiese hinweg zur Stadtmauer. Das Tor selbst konnte er nicht sehen, doch auf dem Grün befanden sich inzwischen Reiter, die auf den Wald zuhielten. Sie waren zwar noch weit entfernt, doch es würde nicht mehr lange dauern, bis sie die ersten Baumreihen erreicht hätten. Bis dahin sollte die kleine Gruppe um einiges tiefer in den Forst vorgedrungen und unauffindbar sein.

Hinter den Reitern konnte Yurell auch Fußvolk erkennen. Zwar war es deutlich langsamer als die Reiter, dafür allerdings groß und die Schar war mit allerlei Gerät bewaffnet. Drogo hatte wohl innerhalb kürzester Zeit nebst seiner Krieger auch die aufgebrachte Menge in Neustatt zur Verfolgung aufstacheln können. Die Reiter waren es allerdings, die für die Fliehenden im Augenblick am bedrohlichsten waren.

Schließlich regte sich Brandolf wieder. Mit einer Hand brach er den Schaft des tödlichen Pfeils ab, drehte den Leichnam des Kriegers auf den Rücken, schloss dessen Augen und brachte ihn in eine würdevolle Pose. Dann nahm er ihm den Gürtel und das Schwert ab und reichte es Faolán. „Du weißt zwar nicht damit umzugehen, doch vielleicht kann es dir im Ernstfall nützlich sein."

Der Jüngling nahm die Waffe zögernd an. Gerne hätte Brandolf dem Gefallenen noch zu einem christlichen Begräbnis verholfen, doch die Verfolger drängten ihn, den Leichnam zurückzulassen. Mit einem stillen Gruß verabschiedete er sich von Gunther, dann drückte er die Zügel des herrenlosen Tieres in Alveradis' Hände.

Mit ernster Miene schritt er zu Faolán und sprach leise zu ihm: „Vergiss diesen Anblick niemals, hörst du!" Die weiteren Worte richtete er etwas lauter auch an die Übrigen. „Wir werden zu Fuß gehen und die Pferde führen. Dadurch sind wir zwar langsamer, hinterlassen jedoch weniger Spuren. Achtet darauf, keine Äste oder Zweige abzubrechen und dass die Tiere auf festem Untergrund gehen. Geht über altes Laub statt auf frischem Gras. Und schweigt! Jedes unnötige Wort könnte uns verraten. Faolán, wir werden unsere Maskerade ablegen."

Wie befohlen streifte Faolán das Habit ab und legte dann den Gürtel mit dem Schwert um. Ein merkwürdiges Gefühl überkam ihn, als er das ungewohnte Gewicht spürte. Es missfiel ihm, diese Waffe zu tragen, doch er gehorchte dem Edelherrn.

Wenige Augenblicke später befand er sich auf einem stummen Marsch durch den Wald. Die Gruppe bewegte sich in einer Reihe, und während

Brandolf sie anführte, schritt Svea dicht vor Faolán einher. Der Edelherr beabsichtigte, so lange zu marschieren, bis sie auf den großen Fluss, den Rhein, stießen. Von dort aus wollte er den Weg nach Süden zu seiner Burg einschlagen. Er hoffte, dass er in Neustatt unerkannt geblieben war. Andernfalls könnten sein Heim und seine Familie Ziel einer Vergeltung werden.

Das Vorankommen der Gruppe war beschwerlich. Zu Fuß war es ihnen allerdings möglich, sich im Notfall schnell im dichten Unterholz zu verstecken und sich vor ihren Verfolgern so gut wie unsichtbar zu machen. Nahezu lautlos und stumm wie Geistergestalten schlichen sie durch den Wald. Selbst die Pferde gaben kaum ein Geräusch von sich.

Drogos Männer hingegen waren weithin zu hören. Sie lärmten während ihrer Suche, so dass Brandolf die Positionen der einzelnen Suchtrupps meist gut einschätzen konnte. Stets fanden sie rechtzeitig ein Versteck, wenn eine Gruppe aus Neustatt gefährlich nahe kam. Zu Pferd versuchten Drogos Getreue vergeblich, den dichten Wald rasch zu durchkämmen und hieben fluchend mit Schwertern und Äxten auf das teils dichte Unterholz ein.

Die Strategie des Edelherrn ging zunächst auf. Die Schergen fanden außer Gunthers Leichnam und den beiden Habiten keine weiteren Spuren der Fliehenden. Das ständige Rufen und Fluchen half Brandolf, stets die entgegengesetzte Richtung einzuschlagen, und so konnte sich die kleine Gruppe um ihn immer weiter von Drogos Männern entfernen.

Schließlich schlugen die Verfolger eine gänzlich andere Richtung ein. Immer seltener vernahmen die Gesuchten die Rufe ihrer Häscher und bald waren keine Geräusche mehr zu vernehmen als das leise Rascheln des Laubes unter ihren Füßen und das sachte Rauschen der Bäume.

Faolán schöpfte Hoffnung und seine Anspannung ließ langsam nach. Nach langem Schweigen wagte er es, Svea leise anzusprechen. „Ist es wahr?"

„Was soll wahr sein?", entgegnete sie, merklich verstimmt über diese Frage.

„Die Anklage natürlich. Ist sie wahr?"

„Vielen Dank. Ich freue mich auch, dich wiederzusehen", antwortete Svea ungehalten. „Ja, ich habe dich vermisst! Du mich auch oder hast du dich um wichtigere Belange gesorgt?"

Sveas Tonfall ließ Faolán vorsichtig werden. Er verstand nicht, weshalb sie so reagierte. „Was ...? Habe ich etwas falsch gemacht?"

„Frag lieber, was du nicht gemacht hast", erwiderte Svea, noch immer verärgert. „Du hast es nach über zwei Jahren noch nicht einmal für nötig befunden, mich zu begrüßen. Stattdessen stellst du schon wieder Fragen und bist voller Zweifel, wie damals! Solltest du etwa vergessen haben, auf dein Herz zu hören?“

Faolán hatte solche Anklagen nicht erwartet. Überrascht versuchte er Svea vom Gegenteil zu überzeugen. „Aber ... aber das tue ich doch! Allein aus diesem Grund bin ich mit Konrad aus diesem furchtbaren Kloster geflohen.“

„Oh ja, wie heldenhaft, wo auch immer du warst und was auch immer du getan hast. Aber wenn du tatsächlich auf dein Herz hören würdest, so könnte es dir ja auch die Antwort auf deine erste Frage geben, nicht wahr?“

Faolán schwieg. Während sie weiter durch den Wald schritten, suchte er nach dieser Antwort. Die Jahre fern von Svea hatten ihn vergessen lassen, wie impulsiv sie sein konnte. Nach einer Weile sprach er schließlich mit versöhnlichem Tonfall: „Mein Herz sagt mir, dass man dich zu Unrecht beschuldigt hat. Du würdest niemals einen Fluch aussprechen, denn du hast nichts Böses im Sinn.“

„Zum Teil hast du Recht. Allerdings nur zum Teil“, entgegnete Svea kühl und schien es zu genießen, Faolán abermals vor ein Rätsel zu stellen.

„Wie meinst du das?“, fragte Faolán erstaunt, der gar nichts mehr verstand.

„Ich kann tatsächlich niemanden mit einem bösen Zauber oder Fluch belegen. Dennoch habe ich eine vermeintliche Verwünschung gegenüber diesem Dämlack von Drogo ausgesprochen. Allein sein Glaube, dass ich dazu fähig sein könnte, war es in meinen Augen schon wert, es zu tun. Ich habe ein paar laute Worte über die alten Götter und Geister des Waldes gesprochen und den Dummkopf in Angst und Schrecken versetzt. So einfach war das! Für ihn ist es ein Fluch, für mich war es nur ein Spaß, der nicht das Geringste bewirkt.“

Bei dem Gedanken daran musste Svea unweigerlich schmunzeln. Es verflog allerdings wieder, als Faolán sie harsch anfuhr. „Bist du von allen guten Geistern verlassen? Du kannst doch den Sohn des Grafen nicht verfluchen!“

„Das habe ich auch nicht!“, hielt sie ihm entgegen. „Hörst du mir überhaupt zu? Wohl nicht, aber vielen Dank für deine Unterstützung! Du bist ein Dickkopf wie eh und je. Wann lernst du endlich zuzuhören?“

„Begreifst du denn nicht?“, hielt Faolán ihr energisch entgegen. „Es ist völlig gleichgültig, ob du ihn tatsächlich verflucht hast oder nicht. Solange Drogo an die Wirkung glaubt, ist es in seinen Augen ein Fluch! Er behauptet, du hättest auch seinen Vater damit belegt und Rurik verkörpert die Obrigkeit! Du bist in ernsthafter Gefahr!"

Svea wurde wütend. „Hättest du etwa dagestanden und zugesehen, wie diese drei Schafsköpfe das Mädchen schänden? Sie war fast noch ein Kind! Hättest du die Augen davor verschlossen und wärest einfach davongegangen, nur weil es sich bei dem Übeltäter um den Sohn des Grafen handelte?"

Svea war fassungslos. Faolán hatte keine Ahnung, welche Umstände sie zu dieser vermeintlichen Verwünschung bewegt hatten. Zornig und schweigend schritt sie eine Weile hinter Brandolf her, starrte nur auf ihre Füße und den Weg vor sich. Schließlich hielt es Faolán nicht mehr aus und er versuchte erneut seine Sorgen darzulegen.

„Ich verstehe, weshalb du so gehandelt hast. Doch du musst begreifen, dass deine Einmischung in fremde Angelegenheiten auch Folgen haben kann. Du musst darauf gefasst sein und die Verantwortung übernehmen können. Eine solche Folge war Gunthers Tod."

Svea schüttelte entrüstet den Kopf. „Hätte ich mich nicht eingemischt, so hätte es ebenfalls gravierende Folgen gehabt und zwar für das kleine Mädchen. Solltest du tatsächlich glauben, was du mir soeben gepredigt hast, so hättest du dich vorhin auf dem Marktplatz auch nicht einmischen dürfen. Insofern ist dieser Krieger nur durch dein Handeln zu Tode gekommen, nicht durch meines! Hättest du mich nicht so waghalsig gerettet, so wäre er jetzt noch am Leben!"

Faolán konnte nicht glauben, was er da hörte. „Er vielleicht schon, aber du nicht! Hätte ich vielleicht zusehen sollen, wie sie dich verurteilen und anschließend hinrichten? Ich weiß sehr genau, zu welchen Taten Prior Walram fähig ist, und ich hätte es niemals zugelassen, dass er dir auch nur ein einziges deiner wunderschönen, roten Haare krümmt. Und erst recht nicht dieser Ochse Drogo!"

Da blieb Svea abrupt vor ihm stehen und drehte sich um. Faolán lief ihr geradewegs in die Arme. Sie waren sich so nahe, dass er ihren Atem spürte. Das erste Mal seit ihrer Flucht schaute er ihr tief in die Augen. Mit einem Mal verlor Svea die Beherrschung und fiel Faolán um den Hals, drückte ihn fest an sich.

„Ich habe dich so sehr vermisst. Danke, dass du gekommen bist."

Zunächst war Faolán überrascht, erwiderte aber nach einem Herzschlag die Umarmung mit einer Heftigkeit, als wolle er die vergangenen Jahre mit einem Mal wiedergutmachen. Ihr inniger Kuss wurde von Alveradis viel zu früh unterbrochen, die sie zum Weitergehen bewegte.

Sich an den Händen haltend schritten sie weiter ihres Weges durch den Wald. Der Nachmittag verstrich und die Dämmerung war nicht mehr fern. Nach Alveradis Angaben, die den hiesigen Wald kannte, war es noch ein gutes Stück bis zum Rhein.

Nach einer Weile trat der Edelherr aus dem dichten Unterholz hervor und fand sich auf einer breiten Schneise inmitten des Waldes wieder. Es war eine Straße, die zur Zeit des alten Frankenreiches viel genutzt worden war. Jetzt allerdings bestand sie nur noch aus Erdreich und tiefen Wagenspuren. Vereinzelt waren noch große Steinplatten zu erkennen, mit denen die Straße einst gepflastert gewesen war. Doch einen zusammenhängenden Belag stellten sie schon lange nicht mehr dar. Beidseitig wurde die Schneise von dichtem Gesträuch gesäumt. Zum Fluss hin, der noch weit außer Sicht lag, verlief der Weg fast geradlinig. Zur anderen Seite hin, nach Neustatt, war er nur bis zu einer nahen Kurve einsehbar.

Brandolf zog es kurz in Betracht, zu Pferd dem Lauf der Straße zu folgen, entschied dann aber, den Marsch durch den Wald fortzusetzen. Zielstrebig führte er die Gruppe zum gegenüberliegenden Dickicht, doch bevor sie es erreichten, erklangen verdächtige Geräusche. Mit einer Handbewegung brachte der Edelherr die Übrigen zum Stehen. Angespannt lauschte er. Es war der Lärm unvorsichtiger Menschen, die laut miteinander sprachen. Brandolf wollte die anderen gerade zur Eile antreiben, als etwa ein Dutzend Männer hinter der Biegung auftauchten. Dem Aussehen nach waren es Bauern und in ihren Händen trugen sie Holzstäbe und einfache Geräte, die sie zur Ausübung ihres Tagewerkes auf den Feldern benötigten. Für die Verfolgung hatten sie diese zu Waffen zweckentfremdet.

Die Bauern benötigten einen Augenblick, um zu begreifen, dass die Leute vor ihnen die Gesuchten waren. Schlagartig erstarrten und verstummten sie, als hätte Svea sie verzaubert. Nur einer von ihnen besann sich und stieß einen lauten, weithin hörbaren Ruf aus, den er noch zweimal wiederholte. Das schien seinen Mitstreitern Mut zu machen. Vorsichtig, aber entschlossen schritten sie auf die Gruppe am Wegesrand zu, die Werkzeuge fest umklammert.

Noch einmal stieß der Mann den Ruf aus. Faolán ahnte, dass es ein vereinbartes Signal der Verfolger war. Bald würden mehr von ihnen auftauchen. Kurz entschlossen bestieg Brandolf sein Pferd und wendete es. Yurell folgte dem Beispiel seines Herrn. Bevor die anderen ihnen nacheifern konnten, spornten die beiden Krieger ihre Tiere an. Doch statt zum Fluss zu reiten, schlugen sie die entgegengesetzte Richtung ein. Mit galoppierenden Pferden und gezogenen Schwertern erreichten sie die Bauern in Windeseile.

Soeben ihrer Sache noch sicher, erstarrten die Neustätter jetzt bange. Gegen fünf Fliehende schien ihre Überzahl noch deutlich gewesen zu sein. Bei der Ansicht zweier bewaffneter Reiter hatte sich ihre Meinung jedoch schlagartig gewandelt. Brandolfs lauter Schrei irritierte die einfachen Leute zusätzlich, und einige von ihnen machten einen ängstlichen Schritt zurück. Zu spät.

Brandolf näherte sich so schnell, dass sich die Männer gerade noch mit einem Sprung in den Staub außer Gefahr bringen konnten. Die Klinge des Kriegers traf mehrere der wild in die Luft ragenden Gerätschaften und riss sie den Besitzern aus den Händen. Yurell rauschte mit gleicher Manier über die am Boden Liegenden hinweg und entfachte zusätzliche Angst.

Schnell rappelten sich die Bauern wieder auf, um den Reitern nachzusehen. Entsetzt begriffen sie, dass die Krieger ihre Pferde wendeten. Noch einmal zwangen Brandolf und Yurell die Bauern zu Boden, ritten haarscharf an ihnen vorbei.

Die Männer aus Neustatt suchten ihr Heil in der Flucht. So schnell sie es vermochten, liefen sie links und rechts des Weges in das schützende Dickicht hinein. Laute Rufe um Hilfe begleiteten ihren Rückzug und nur wenige Augenblicke später war außer aufgewirbeltem Staub nichts mehr von ihnen zu sehen.

Als sich Brandolf und Yurell sicher waren, dass keiner der Bauern zurückkehrte, ritten sie wieder zu ihren Gefährten. Noch bevor der Edelherr sie erreichte, zeigte er zum Fluss. Die drei Wartenden begriffen. Sie bestiegen ihre Tiere, spornten sie an und folgten der alten Straße zum Rhein.

Das Pferd mit Faolán und Svea war jedoch zu schwach, um für längere Zeit im Galopp laufen zu können. Die anderen Reiter mussten ihre Tiere zügeln, damit die beiden den Anschluss nicht verloren. So schnell wie möglich ritten sie gen Westen, immer weiter dem breiten Fluss entgegen. Sie dachten jetzt nicht mehr daran, sich im Dickicht des Waldes zu verstecken. Die Verfolger waren viel zu nahe. Drogos Männer konnten überall sein. Sie waren von den Bauern gewarnt worden und den Gesuchten sicherlich schon auf den Fersen.

Die Sonne ging langsam hinter den fernen Hügeln nieder. Brandolf hoffte auf eine baldige Dämmerung. Die Nacht könnte sich in ihrer jetzigen Lage als ihr bester Verbündeter erweisen. Der Edelherr wagte einen Blick über die Schulter und stellte verärgert fest, dass sich Reiter an ihre Hufe geheftet hatten. Da diese nicht durch ein Tier mit doppelter Last gebremst wurden, waren sie schneller als die fünf Fliehenden. Mit dem Ziel direkt vor Augen, spornten Drogos Männer ihre Pferde zusätzlich an.

Faolán erkannte die Lage und versuchte noch einmal, sein Ross mit Tritten in die Flanken anzutreiben, jedoch nur mit vorübergehendem Erfolg. Obwohl der breite Strom nahe war, bezweifelte Faolán ihn je zu erreichen. Seinem Pferd trat bereits Schaum vor das Maul. Das Fell glänzte schweißnass in den letzten Strahlen der untergehenden Sonne und die Bewegungen des Tieres wurden zusehends schwerfälliger. Wie lange noch, ehe es unter der Last zusammenbrechen würde?

Plötzlich beschrieb der Weg einen Bogen und senkte sich hinab zu einigen Auen. Die Gruppe hatte den Fluss erreicht. Faolán sah auf ein breites Gewässer, dessen Ausmaße ihn überraschten. Noch nie hatte er einen derart großen und schnell fließenden Strom gesehen. Eine Furcht vor diesen Tiefen ergriff ihn, obwohl er schwimmen konnte.

Wenige Augenblicke später befanden sie sich am Ufer. Brandolf hatte gehofft, hier auf eine Furt zu treffen, doch die Flut des Frühjahrs hatte Teile des Ufers und der alten Straße einfach fortgerissen. Das Gelände fiel mehrere Klafter steil ab. Eine Überquerung war an dieser Stelle unmöglich.

Der Edelherr schaute sich um. Im Osten verdunkelte der Himmel sich bereits, während er im Westen noch in einem Farbenmeer aus Gelb, Rot und Violett erstrahlte. Bis zur Nacht dauerte es nicht mehr lange. Brandolf orientierte sich kurz und entschied, ihren Ritt flussaufwärts fortzusetzen. Es war in Richtung seiner Heimat.

Die vier Pferde bahnten sich ihren Weg über die schmalen Auenwiesen entlang des Stromes, dessen Bett sich abwechselnd in großen Bögen nach rechts und links wand. Kurze Zeit später wurden die Wiesen unwegsamer. Junge Bäume und Sträucher verhinderten ein schnelles Vorankommen. Mit den Verfolgern im Nacken, versuchten Brandolf und Yurell sich mit ihren Schwertern durch das Gesträuch zu schlagen. Diesmal scherten sie sich nicht um abgebrochene Äste.

Hinter den fünf Fliehenden wurden die Verfolger zunehmend lauter. Sie konnten Drogos Männer im Unterholz zwar nicht sehen, doch es schien, als habe sich ihre Zahl deutlich vergrößert. Sie waren nahe! Durch die vielen Richtungswechsel des Flusses konnte Brandolf nicht genau abschätzen, wo sie sich befanden. Die Geräusche ihrer Verfolger und des Flusses schienen von überall her zu kommen. Beharrlich führte der Edelherr die Gruppe weiter voran.

Unerwartet fiel das Gelände ab und bildete einen Hohlweg. Er führte hinab zum Ufer. Brandolf fluchte leise, denn der Weg war eng. Auf einer Seite ragte das Erdreich empor und auf der anderen Seite säumte dichtes Gebüsch den Weg. Im Falle eines Angriffs wären sowohl ein Ausbruch wie auch die Verteidigung nahezu unmöglich.

Der abschüssige Engpass endete allerdings abrupt und mit einem Mal befanden Brandolf und seine Gefährten sich am Ufer des breiten Gewässers. Weder zur Rechten noch zur Linken gab es einen flachen Landstreifen, auf dem sie hätten weiterreiten können. Das Wasser sprang wild über einige Stromschnellen. Ratlos schaute Faolán sich um. Als er in das Gesicht des Edelherrn blickte, erkannte er, dass es nur den Weg nach vorne ins Wasser gab. Jeden Augenblick konnten Drogo und seine Männer hinter ihnen erscheinen. Die Schergen waren wieder lauter zu hören.

In der Mitte des Flusses bildeten sich mit der heraufziehenden Nacht bereits die ersten Nebelschwaden. Sollte sich der Dunst weiter ausbreiten, könnte das eine Möglichkeit sein, den Verfolgern zu entkommen und ungesehen das jenseitige Ufer zu erreichen.

„In den Nebel!“, befahl der Edelherr leise.

Die Stromschellen wirkten im Dämmerlicht sehr bedrohlich, doch es bedeutete auch, dass das Wasser an diesen Stellen nicht sonderlich tief war. Yurell folgte der Anweisung seines Herrn als Erster und führte sein Tier vorsichtig in den Fluss. Die anderen folgten behutsam. Das Wagnis war groß. Sollten die Reiter ins Wasser stürzen, konnten sie mitgerissen oder durch die nasse Kleidung auf den Grund gezogen werden. Selbst für Faolán und Svea wäre es schwer, in diesem Gewässer zu schwimmen. Die beiden Krieger trugen zudem schwere Rüstung und Waffen. Niemals würden sie sich über Wasser halten können.

Die Abenddämmerung war schon weit vorangeschritten und nur noch ein schmaler, dunkelblauer Streifen im Westen versuchte sich dem Schwarz der Nacht zu widersetzen. Der Nebel breitete sich zusehends aus. Zu langsam für das Bedürfnis der Fliehenden.

Kaum waren sie im kniehohen Wasser ein Stück flussaufwärts zur nächsten Nebelbank geritten, da vernahmen sie Stimmen hinter sich. Das Licht einiger Fackeln schien durch das Blattwerk am Ufer, und nur wenige Augenblicke später traten Männer aus dem Hohlweg. Die kleine Gruppe um den Edelherrn war dem Nebel noch fern und bei sternenklarer Nacht gut auszumachen.

Drogos Stimme drang klar verständlich über das Wasser. Laut befahl er einigen Männern des Fußvolkes, den Gesuchten ins Wasser zu folgen. Die Stadtbewohner wagten es jedoch nicht, den Fluss ungeschützt zu betreten. Sie suchten sich erst geeignetes Bruchholz, das ihnen in den Tiefen des Flusses ausreichenden Halt bieten sollte. Drogo schien diese zeitraubende Vorsicht in den Irrsinn zu treiben. Er brüllte nach allen Seiten und drohte den Männern an, sie eigenhändig in den Fluss zu werfen, sollten sie nicht augenblicklich hineingehen.

Der Grafensohn selbst wagte sich nicht weit in den Strom, obwohl er auf seinem Pferd saß. Kaum stand sein Tier bis zu den Sprunggelenken im Wasser, da zügelte er es bereits und ließ es wieder rückwärts zum Ufer gehen. Mit Erleichterung stellte Faolán fest, dass Drogo Furcht vor dem Wasser zu haben schien. Doch diese Entspannung währte nur für wenige Augenblicke, denn offensichtlich wurde Drogo sich der Lächerlichkeit seines Verhaltens bewusst. Schließlich trieb er, wenn auch zögernd und mit äußerster Vorsicht, sein Pferd in den Fluss. Seine besorgten Blicke galten allerdings mehr dem Wasser als seiner angestrebten Beute. Schritt für Schritt folgte er Faolán, so langsam es auch sein mochte. Drogo gab nicht auf.

Immer mehr Männer fanden sich am Ufer ein, unter ihnen auch einige Bogenschützen. Brandolfs Gruppe war ein leichtes Ziel. Auch auf die Gefahr hin, dass die Pferde auf dem schlüpfrigen Untergrund ausrutschen könnten, trieb Brandolf seines und die anderen Tiere an. Das immer höher stehende Wasser verhinderte allerdings ein allzu schnelles Vorankommen.

Die Bogenschützen bezogen Stellung und legten bereits die ersten Pfeile an. Kurz darauf war das gefürchtete Sirren in der Luft zu hören. Die Geschosse tauchten viel zu nahe in das Wasser ein. Mit den nächsten Pfeilen hätten sich die Bogenschützen eingeschossen.

Brandolf hatte keine andere Wahl. Er schlug den direkten Weg zur Flussmitte ein. Die anderen folgten ihm schweigend. Die Pferde bahnten sich ihren Weg durch das Wasser, viel zu schnell, viel zu gewagt.

Es geschah, was Brandolf am meisten befürchtete. Eines der Tiere rutschte auf dem schlickigen Untergrund aus, verlor das Gleichgewicht und stürzte mit einem die Nacht zerreißenden Wiehern ins Wasser. Es war Yurells Ross. Der Krieger versuchte noch abzuspringen, wurde jedoch mit dem Tier unter die Wasseroberfläche gezogen. Das Wasser schäumte auf, als das Pferd verzweifelt versuchte, den Kopf oben zu halten und wieder festen Grund zu erlangen. Es benötigte jedoch einige Versuche, ehe es sich aufrichten konnte. Als es mit wilden, angsterfüllten Augen wieder auf festem Grund stand, befand sich Yurell nicht mehr im Sattel!

Zu weit von dem Krieger entfernt, unternahm Brandolf keinen Versuch, seinem Getreuen zur Hilfe zu eilen. Stattdessen hielt er entschlossen weiter auf die Flussmitte zu. Aus den Augenwinkeln beobachtete der Edelherr jedoch genau, was einige Pferdelängen hinter ihm geschah.

Alveradis war über die Unbarmherzigkeit des Edelherrn entsetzt und wendete ihr Tier, um dem Gestürzten zu Hilfe zu eilen. Inzwischen war Yurell prustend wieder aufgetaucht. Orientierungslos stand er im brusthohen Fluss und rieb sich das Wasser aus den Augen. Alveradis musste ihm helfen!

Die Bogenschützen standen bereit. Yurell war das perfekte Ziel. In der Dunkelheit sah er die Pfeile nicht kommen. Nur das Pfeifen kurz vor dem dumpfen Einschlag nahm er wahr. Mehrere Stahlspitzen durchbohrten das lederne Wams. Yurell fiel kopfüber ins Wasser. Regungslos wurde er vom Strom hinfort getragen.

Brandolfs Pferd drängte unbeirrt weiter zur Flussmitte. Der Krieger hatte den Tod seines zweiten Getreuen mit angesehen. Erst als er Yurells Leichnam nicht mehr erkennen konnte, schloss er die Augen und atmete tief durch. Der Preis des heutigen Tages war hoch und er bat den Herrn, dass er nicht noch höher ausfallen möge. Mit Tritten spornte er sein Pferd erneut an.

Alveradis war nicht schnell genug gewesen. Unmittelbar vor ihren Augen hatten die Pfeile den Krieger durchbohrt. Erst jetzt begriff sie, in welche Gefahr sie sich damit selbst begeben hatte. Die Schreie von Drogos herannahenden Reitern dröhnten bereits in ihren Ohren. Erneut sirrten Pfeile durch die Luft. Alveradis versuchte, ihren Fehler zu korrigieren und begann ihr Tier in den Fluten beschwerlich zu wenden. Der entblößte Stahl der Verfolger blitzte selbst im fahlen Licht der Nacht bedrohlich auf. Alveradis musste den Nebel erreichen!

Brandolf gelangte als erster in den rettenden Dunst. Obwohl dem Pferd das Wasser schon bis zum Rist stand, fand es dennoch Halt auf dem Grund. Erst jetzt zügelte der Edelherr sein Tier, um nach den anderen zu sehen. Svea und Faolán befanden sich nur wenige Pferdelängen hinter ihm. Sein entsetzter Blick galt der alten Frau, die er vom Nebel aus nur noch schemenhaft erkennen konnte. Es war blanker Irrsinn gewesen, Yurell zur Hilfe zu eilen und dadurch den Anschluss zu verlieren. Verzweifelt versuchte Alveradis, ihr Pferd anzutreiben, doch die Schergen waren schon nahe.

„Alva!“ Svea war dem Blick des Edelherrn gefolgt und erkannte die Gefahr für ihre Mentorin. „Faolán, tu doch etwas!“

Die Stimme des Edelherrn klang kühl. „Komm’ nicht auf dumme Gedanken, Junge. Ihr bleibt beide bei mir!“

„Aber wir müssen doch etwas tun …“, begann Svea verzweifelt. „Ihr könnt sie doch nicht einfach …“ Ihr flehender Blick blieb unbeantwortet. Faolán war zwischen ihrer Bitte und dem nüchternen Befehl des Edelherrn hin- und hergerissen. Am liebsten wäre er Alveradis entgegengeritten, doch gegen die Überzahl von Drogos Männern konnte er nichts ausrichten. Er trug lediglich ein Schwert, das er nicht zu nutzen wusste.

Svea war offensichtlich die Einzige, die nicht tatenlos zusehen wollte. Mit tränenerstickter Stimme flehte sie die beiden Männer an. „Wie könnt ihr hier nur stehenbleiben und warten, bis man sie abgeschlachtet hat? Tut doch endlich etwas. Faolán, bitte!“

Beschämt senkte der Jüngling sein Haupt, er konnte dem Blick seiner Liebsten nicht standhalten. Es war Brandolf, der Svea mit kühler Stimme antwortete. „Ihr wäret gut beraten, mir jetzt zu folgen. Alveradis muss den Nebel aus eigener Kraft erreichen. Wir können ihr nicht helfen. Außerdem geht es bei dieser Flucht nicht um sie. Folgt mir!“

Mit offenem Mund starrte Svea dem Krieger nach, der sein Pferd weiter in den schützenden Nebel trieb. Die Konturen des Edelherrn wurden langsam undeutlicher, als ginge er in eine andere Welt über. Faolán musste mit ihm gehen in diese rettende Welt aus Dunst und Wasser. Nur so konnte er Svea schützen. Gerade als er sein Tier vorantreiben wollte, vernahm er einen ohrenbetäubenden Schrei.

Es war das Pferd der alten Frau. Von mehreren Pfeilen getroffen, stürzte es mitsamt Reiterin in die Fluten. Faolán und Svea hielten erschreckt inne. Die Verfolger hatten Alveradis bereits eingeholt. Noch bevor die Weise die Wasseroberfläche durchbrechen und Luft holen konnte, hatten die Krieger sie umstellt, ihre Klingen zum Hieb bereit.

Kalter Stahl zerriss die Nacht. Svea schrie auf.

Aus sicherer Entfernung am Rande des rettenden Nebels sahen sie und Faolán machtlos zu, wie die scharfen Schwerter immer wieder in die Mitte des aus Kriegern und Pferden gebildeten Kreises niederfuhren. Faolán wollte seiner Liebsten den Anblick ersparen und versuchte ihre Augen zu bedecken, doch Svea hielt ihn davon ab. Sie wollte sich dem Tod ihrer Mentorin ebenso wenig entziehen wie Brandolf es bei seinen Getreuen getan hatte. Das war sie Alveradis schuldig.

Drogos Männer hieben wie besessen immer wieder auf die gleiche Stelle ein, als hätten sie es mit einem Dämon zu tun. ‚Walrams Frucht', kam Faolán in diesem Augenblick in den Sinn. Das Wasser war aufgewühlt und vermischte sich mit Alveradis' Blut. Erst als die Krieger den Ring öffneten, trieb der zerstückelte Leichnam langsam den Fluss hinab.

„Nein!" Es war zunächst nur ein Flüstern, doch Sveas Stimme gewann mit jeder weiteren Verneinung an Kraft. „Nein, nein, NEIN!" Noch während sie das barbarische Schlachten mit lauten Schreien zu leugnen versuchte, brachte Faolán sie in den Nebel und folgte dem Edelherrn in Sicherheit.

Die weißgrauen Schwaden über dem Wasser ließen die grausame Tat wie einen unwirklichen Traum erscheinen. Der Nebel legte sich wie ein Schleier über das Ereignis und schien das Leid zu betäuben. Sie waren in eine fremde Welt getaucht. Das Wasser kroch kalt an ihren Schenkeln empor, wie eisige Finger, die sie in die Tiefen hinabziehen wollten. Sämtliche Geräusche klangen gedämpft und Faolán nahm nur noch das Plätschern des Wassers wahr, ohne es richtig zu hören. Für ihn existierte nur noch Svea.

Stumm und regungslos begann sie zu weinen. Faolán war ratlos, kannte keine tröstenden Worte und wusste ihr in diesem Schmerz nicht zu helfen. So schwieg er und schmiegte sich eng an sie, hielt sie geborgen in seinen Armen. Es war das Einzige, was er zu tun vermochte. Er konnte sie nur noch schützen und er würde es notfalls mit seinem Leben tun. Langsam trug ihr Pferd sie voran.

* * *

Die Flammen loderten hoch in den Himmel und die Schreie der Frauen gellten durch die Nacht. Sie schrien, bis die Nordmänner über sie herfielen und sie gefügig machten. Danach verstummten sie, entweder durch Waffen oder von allein, und wimmerten allenfalls nur noch.

Bjoren Langarm sah zu, wie die Beute an Bord gebracht wurde. Sonderlich viel war es nicht, doch zumindest hatte er seinen Männern das gegeben, was sie so lange gefordert hatten, allen voran Gorm. Der Jarl säuberte sein Schwert an der Kleidung des toten Bauern zu seinen Füßen. Bjoren betrachtete ihn noch einmal. Elender Narr! Der Alte hatte tatsächlich geglaubt, sie wären wegen seines einzigen Rinds gekommen. Mit einer Mistgabel hatte er es zu verteidigen versucht. Wäre er Bjoren damit nicht zu nahe gekommen, hätte er ihn vielleicht am Leben gelassen. Jetzt aber war er tot und sein Vieh schrie in Todesangst im brennenden Stall. Dabei hatten sie nur seine Ziegen gewollt. Für das Rind hatten die Nordmänner auf den Langschiffen ohnehin keinen Platz.

Es hatte kaum Widerstand gegeben, als sie in das Dorf eingefallen waren. Sofern die Bewohner es noch vermochten, waren sie in den Wald gelaufen – vornehmlich Frauen und Kinder. Einige der einheimischen Männer hatten sich mit plumpen Waffen gegen sie gestellt und Bjorens Männer so lange wie möglich aufgehalten, doch keiner der Dorfbewohnern erwies sich in diesem Kampf als standhaft. Jetzt waren sie tot oder im Begriff zu sterben.

Einige der Einheimischen waren auf die Knie gefallen und hatten um Gnade gefleht. Vielleicht hatten sie auch ihren Christengott angebetet, Bjoren wusste es nicht. Die Jungen und Kräftigen unter ihnen, Männer, Burschen und Mädchen, waren von den Nordmännern bereits auf die Schiffe gebracht worden. Sie würden als Sklaven ein paar Münzen einbringen und waren wichtige Beute. Ansonsten war in dem Dorf nicht viel zu holen. Außer den silbernen Kerzenleuchtern und einigen Christensymbolen, die wertvoll aussahen, hatten sie nur wenige Münzen finden können. Daher nahmen sie Proviant mit, vor allem Brot, Getreide und Obst.

Seine Männer waren ausgelassen. Sie lachten und prahlten. Manche liefen nach wie vor durch die Häuser, in der Hoffnung, doch noch einen außergewöhnlichen Fund zu machen. Vergeblich. Das Dorf war ärmlicher als Bjoren gedacht hatte. Dennoch waren seine Männer bester Laune. Die meisten hatten sich bereits eine Frau genommen, die anderen waren gerade dabei. War es nur das, was sie gebraucht hatten, fragte sich Bjoren, eine Frau?

Er selbst verspürte ebenfalls dieses Verlangen, doch er gab ihm nicht nach. Er wusste, was der Kampfesrausch mit einem Mann anstellen konnte. Manche machte er zu wilden Tieren, doch genau das wollte Bjoren verhindern. Er durfte die Kontrolle nicht verlieren, schon gar nicht, um seinen Trieb zu befriedigen. Er musste einen kühlen Kopf bewahren. Freund und Feind waren nicht immer leicht zu unterscheiden, dessen war er sich bewusst. Gorm selbst hatte erst vor wenigen Tagen deutlich gemacht, dass auch die Axt eines Freundes leicht fehl gehen konnte.

Doch der hauptsächliche Grund, weshalb sich der Jarl weitestgehend aus dem Geschehen heraushielt, war ein anderer. Er musste aufmerksam bleiben. Er durfte das Zeichen nicht verpassen, nach dem er Ausschau hielt. Der Traum, den Gorm gehabt hatte, war noch jung. Die Götter sahen auf ihn herab und waren gnädig. Der Wolf musste in der Nähe sein und Bjoren würde ihn nur finden, wenn er wachsam blieb.

Nur wenige Augenblicke später rief er seine Männer zusammen und befahl, die Beute zu verstauen und die Schiffe bereit zu machen. Jeder, der nicht schnell genug von den Weibern lassen konnte, müsse hierbleiben, drohte er ihnen an. Sie könnten sich dann jenes Weib zur Gemahlin nehmen und sehen, ob sie hier in der Fremde glücklich würden.

Es war Zeit, die Schiffe wieder auf den Fluss hinaus zu steuern. Es war Zeit, den Wolf zu finden – Bjoren konnte es förmlich spüren.

* * *

Drogos Befehle drangen dumpf durch den Nebel. Sie schienen von überall her zu kommen. Faolán schenkte ihnen keine Beachtung. Weder wusste er, wo Drogo steckte, noch welche Richtung sein Pferd eingeschlagen hatte. Wie aus dem Nichts tauchte plötzlich ein Schemen vor ihnen auf. Es war ein Reiter. Faolán reagierte zu langsam und konnte das Tier nicht mehr anhalten, als er den Edelherrn erkannte. Brandolf hatte auf sie gewartet. Der Krieger stand da wie ein rettender Schatten in den milchigen Schwaden. Über Alveradis verlor er kein Wort. Stattdessen setzte er seinen Weg fort und Faolán folgte ihm stumm.

Nach einer Weile sprach der Krieger mit gedämpfter Stimme: „Wir werden im Schutz des Nebels noch ein Stück flussaufwärts reiten und so Drogos Männer verwirren. Bleibt in meiner Nähe, um die Orientierung nicht zu verlieren. Geräusche und Stimmen scheinen jetzt von allen Seiten zu uns zu dringen. Der Fluss macht tückische Biegungen auf seinem Weg. Haltet den Wasserstand im Auge. Solltet ihr in Ufernähe gelangen, könnte der Nebel schlagartig enden.“

Faolán nickte kurz, dann bewegten sie die beiden Tiere langsam weiter flussaufwärts. Der Tod ihrer drei Gefährten begleitete sie wie ein dunkler, drohender Schatten. Er war ein düsterer Geselle und der Nebel schien das Leichentuch zu sein.

Schritt für Schritt bahnten sich die Pferde ihren Weg durch das Wasser. Die Stimmen ihrer Verfolger waren immer wieder zu hören. Wie schon am

Mittag im Wald, teilten diese sich auch jetzt auf. Drogos Männer hatten ebenfalls die Nebelbank erreicht und versuchten sie systematisch zu durchkämmen. Doch ihre Sinne täuschten sie. Vereinzelt tauchten schwache Lichtpunkte hinter den Fliehenden auf, verschwanden allerdings jedes Mal wieder. Die Fackelträger blieben außer Sichtweite, und Brandolf führte Faolán und Svea weiter flussaufwärts.

Nachdem sie eine Weile keine Lichter mehr gesehen hatten und die Rufe immer leiser wurden, wähnten sich die drei bereits in Sicherheit. Faoláns Anspannung ließ nach. Svea hingegen schien all das nicht wahrzunehmen. Sie saß steinern vor ihm und hatte sich in ihre eigene Welt zurückgezogen. Faolán hielt sie fest in seinen Armen und störte sie nicht in ihrer Trauer.

Plötzlich tauchte ein schwacher Lichtpunkt vor ihnen auf. Die beiden Pferde hielten inne. Mit einer Geste gebot Brandolf zu schweigen und lauschte in die Nacht hinein. Außer dem Rauschen des Wassers war nichts zu hören. Einer der Verfolger war offensichtlich schlauer als seine Kameraden gewesen und war das Ufer entlang flussaufwärts geritten. Jetzt kam er ihnen entgegen und hoffte ihnen auf diese Weise den Weg abschneiden.

Das Licht kam direkt auf sie zu. Es wich nicht zur Seite, als wüsste der Träger exakt, wo sich seine Beute befand. Kurz entschlossen wies Brandolf auf die Flussmitte. Die beiden Pferde setzten sich langsam in Bewegung, darauf bedacht, möglichst wenige Geräusche zu verursachen.

Unerwartet riss der Nebel auf und vor den drei Fliehenden lag der Strom in sternenklarer Nacht. Wie auf einer großen Lichtung im Wald waren sie von Nebelwänden umgeben. Jenseits des Dunstes, flussaufwärts, glomm der Himmel in feurigem Orange, als würde das Land brennen und von dort der Lichtpunkt im Nebel stammen.

Obwohl Brandolf die offene Sicht meiden wollte, gab es jetzt kein Zurück mehr. Hinter ihnen glühte das Fackellicht bedrohlich nahe, und sie mussten die lichte Stelle möglichst rasch überqueren, wollten sie ungesehen diesem hartnäckigen Verfolger entkommen.

Ohne Rücksicht auf Geräusche trieben sie ihre Pferde voran. Das immer tiefer werdende Wasser machte das Fortkommen mühsamer. Beinahe gleichzeitig verloren beide Pferde den Grund unter den Hufen. Mit einem Wiehern sackten sie ein Stück tiefer in das kalte Wasser und ihre Reiter konnten sich nur mit Mühe auf ihnen halten. Während die Tiere langsam schwimmend flussabwärts trieben, klammerten sich ihre Reiter fest an sie.

In diesem Moment durchbrach der Fackelträger die Nebelbank und sah die Köpfe aus dem Wasser ragen.

„Zu mir, Männer! Flussaufwärts! Ich habe sie!“, rief Drogo laut durch die Nacht. Faolán vor Augen, vergaß er jegliche Furcht vor dem Wasser und folgte den drei Reitern in die Tiefe, während er seinen Kontrahenten zurief: „Wartet nur, jetzt geht es euch an den Kragen!“

Doch dann begriff Drogo, dass die Pferde vor ihm schwammen, und hielt seines zurück. Zu groß war sein Respekt vor der Tiefe, als dass er leichtfertig weitergeritten wäre. Lieber wartete er auf sein Gefolge, um seine Männer nachzuschicken. Dennoch versuchte er, Faolán mit Worten zu bezwingen, während er sein Pferd ebenfalls flussabwärts lenkte.

„Stell' dich wie ein Ehrenmann, Faolán! Oder weißt du nicht, was das ist? Ja, ich habe dich in Neustatt erkannt. Komm schon, oder bist du zu feige, einen Kampf Mann gegen Mann auszutragen? Ist es nicht gottgewollt, wenn der Bessere gewinnt? Vermutlich weißt du ohnehin, dass du nicht als Sieger hervorgehen kannst, und stürzt dich deshalb wegen eines Weiberrocks ins Verderben. Aber du hast dich ja schon immer gerne hinter den Röcken der Mönche versteckt. Womöglich bist du schon selbst ein halbes Weib geworden. Na komm schon, stell' dich!“

Faolán ließ die Schmähungen ungeachtet über sich ergehen. Er blickte stur geradeaus und konzentrierte sich auf die langsam näher rückende Nebelbank. Drogo schien diese Ignoranz noch weiter zu verärgern. Unwillig, seinem Widersacher in die Tiefe zu folgen, begann er immer lauter zu brüllen.

„Komm endlich zurück, du feiger Hund!“

Faolán starrte weiter geradeaus. Drogo konnte ihm nichts anhaben.

„Du Sohn einer billigen Marktdirne, Bastard einer stinkenden Metze!“

Plötzlich sträubte sich etwas in Faolán. Er war Kränkungen von Drogo gewohnt, doch noch nie auf diese Weise. Obwohl Faolán sich nicht an seine Mutter erinnern konnte, bäumte er sich dennoch gegen diese Beleidigung auf. Am liebsten wäre er umgekehrt und hätte Drogo mit Fäusten zurechtgewiesen. Das einzige aber, was er tun konnte, war eine Antwort zu rufen. In der Absicht, Drogo etwas Vernichtendes an den Kopf zu werfen, drehte er seinen Oberkörper auf dem schwimmenden Pferd um.

Noch bevor er eine Silbe über seine Lippen bringen konnte, verlor Faolán plötzlich den Halt und rutschte vom Pferd. Einen Herzschlag später befand er sich frei im Wasser.

„Faolán!“ Svea griff schnell nach ihm, konnten ihn jedoch nicht halten.

Drogo hatte sein Ziel erreicht und Faolán an der weiteren Flucht gehindert. Lachend und laut johlend stand er in seinen Steigbügeln und höhnte über das Ungeschick seines Gegners. Faolán verlor im Wasser schnell die Orientierung. Wild begann er mit den Armen zu rudern, statt die vertrauten Schwimmbewegungen auszuüben. Seine Gewandung sog sich mit Wasser voll, wurde immer schwerer und zog ihn stetig nach unten. Seine Hände berührten das Pferd noch einmal, doch er konnte sich nicht daran festhalten und es entwich ihm wieder. Faolán versuchte, gleichzeitig über Wasser zu bleiben und gegen die Strömung anzukämpfen. Um ihn herum hörte er Rufe, doch er wusste nicht, von wem und woher sie kamen. Immer wieder geriet er unter die Wasseroberfläche und verlor dabei Sicht und Gehör. Sobald sein Kopf die Oberfläche wieder durchbrach, rang er nach Luft und versuchte sich zu orientieren. Seine Hände, auf der Suche nach Halt, griffen ins Leere.

Einige von Drogos Männern tauchten auf. Sie versuchten den Schwimmenden zu erreichen. Mit Wasser in den Augen konnte Faolán sie nur schemenhaft erkennen. Plötzlich vernahm er Sveas laute Schreie und Brandolf rief eine Warnung, doch sie waren viel zu weit entfernt.

Drogos jubilierendes Lachen erstarb im gleichen Augenblick. Faolán tauchte erneut unter. Dunkelheit umfing ihn, seine Kleidung und das Schwert zerrten ihn unerbittlich in die Tiefe. Er wusste nicht, wo oben oder unten war. Seine Versuche, wieder über Wasser zu gelangen, blieben erfolglos. Zu stark riss die Strömung an ihm. Verzweifelt schlug und strampelte er im Wasser. Seine Lungen begannen zu schmerzen. Am liebsten hätte er Luft geholt, doch das hätte seinen Tod bedeutet.

Plötzlich spürte Faolán einen Ruck, und er wurde nach oben gezogen. Ohne sein Zutun durchbrach er die Wasseroberfläche. Sofort rang er nach Luft. Irgendjemand hielt ihn bis zum Bauch über Wasser. Fremd klingende Worte drangen in seinen Verstand, deren Sinn er nicht begriff. Er versuchte, klare Sicht zu erhalten, und hoffte, Brandolf zu erblicken, der ihn mit seinen starken Händen festhielt.

Doch als er sich umschaute, sah er nur Planken aus Holz. Sein benebelter Blick wanderte nach oben. Mit Entsetzen blickte er auf den Schädel eines Untieres, der über ihm schwebte. Funkelnde Augen starrten ihn an. Der Rachen schien gierig nach ihm zu schnappen und eine Zunge schlug nach seinem Gesicht.

Drogos Stimme drang mit einem Mal klar und deutlich durch die Nacht, so dass selbst Faolán sie vernehmen konnte. „Zurück! Alle Mann zurück! Die Wölfe des Nordens sind gekommen! Rette sich, wer kann! Die Eiswölfe sind gekommen. Flieht, Männer, flieht!"

‚Wölfe des Nordens? Welche Bestien …? Wo war Svea? Svea!' Es war das Letzte, was Faolán dachte, dann traf ihn ein harter Schlag im Nacken und sandte ihn in die Schwärze der Bewusstlosigkeit.

Anno 966 – Abschied
Epilog

Jorund saß vor seiner Hütte und genoss die wärmenden Strahlen der Mittagssonne. Eine leichte Brise strich über das Wasser der Bucht und trug einen fremden Geruch mit sich.

Aufgeregt erhob er sich von dem Holzblock, nahm seinen mit den Ornamenten und Symbolen verzierten Gehstock und machte sich auf den Weg zum Ufer. Auf halbem Wege rief er nach seiner Gehilfin Sibbe, die sogleich hinter der Hütte hervorkam und ihm nacheilte. „Spürst du es auch?", fragte er die junge Frau, nachdem sie ihn erreicht hatte, und sie den Rest des Weges gemeinsam gingen.

Sibbe blickte fragend drein. „Nein, Jorund. Was meinst du?"

Enttäuscht atmete Jorund tief durch. „Du warst mir über viele Jahre immer eine große Hilfe, Sibbe. Eine eigene Tochter hätte mir nicht besser zur Hand gehen können. Du hast dich stets bemüht, die Welt mit meinen Augen zu sehen. Vielleicht war das auch zu viel verlangt von mir."

„Ich habe es versucht. Die Götter haben sich mir jedoch nie in der Weise offenbart wie dir und mir die Sicht verwehrt", gestand die Gehilfin betrübt.

„Man muss dazu berufen sein", bestätigte Jorund. „Du warst es offensichtlich nicht in dem Maße, wie du es dir selbst gewünscht hast. Dennoch bist du nicht gänzlich ohne diese Gabe, die Götter zu erkennen. Daher frage ich dich noch einmal: Kannst du es jetzt spüren?"

Sibbe richtete ihren Blick zunächst in die Ferne und schloss dann die Augen. Sie wollte sich nicht von ihren leiblichen Augen trügen lassen, wenn es darum ging, die Götter zu schauen. Ihr Atem ging schneller. Jorund hielt ihre Hand und begann vor sich hinzumurmeln, als beschwöre er die Geister der Ahnen um Hilfe. Immer schneller atmete Sibbe, bis sie schließlich die Luft anhielt und die Augen aufriss. Ihr Mund öffnete sich, doch kein Laut entwich ihm. Dann plötzlich begann sie zu schreien, und es klang, als käme ihre Stimme aus den tiefsten Tiefen der Welt. Und als der Schrei das Licht der Sonne erreichte, war er wie dunkle Wolken, die den Himmel schwärzten.

Dann brach die junge Frau zusammen und blieb regungslos auf dem sandigen Boden liegen. Jorund ließ sich neben ihr nieder und murmelte vor sich hin, seine Hände vor ihre Augen haltend. Erst als er schwieg, regte sich die Gehilfin wieder. Sie setzte sich auf und starrte abermals in die Ferne.

„Was hast du gesehen?“, wollte Jorund mit leiser Stimme wissen.

Sibbe benötigte einige Augenblicke, ehe sie sprechen konnte. „Es war ... es war wie ein dunkler Schatten, der aufzog.“ Die Frau schüttelte sich, sprach dann aber weiter. „Als schickten die Götter ein Unwetter, das über Björkö niedergehen soll. Und dann ...“

Ihre Stimme versagte und Jorund nickte nur. „Auch ich habe den Blitz gesehen. Die Zeit ist gekommen“, erklärte der Weise. „Die Zeit, da sich die Dinge für Birka und Björkö ändern werden. Zwei Wölfe sind auf dem Weg hierher. Bjoren war erfolgreich. Die Schwierigkeit besteht nun darin, zu erkennen, welcher Wolf das Verderben und welcher die Rettung bringen wird.“

„Doch was hatte ... der Blitz zu bedeuten?“, fragte Sibbe unsicher nach, als fürchte sie die Antwort.

„Die Zeit ist gekommen, nicht nur für Birka.“ Jorund schwieg eine Zeit lang und senkte sein Haupt. „Sie ist auch für dich gekommen, mein Kind. Du musst den Platz frei machen für jemand anderen. Zum Wohle der Svear.“

Sibbe regte sich nicht. Sie starrte weiterhin in die Ferne. Erst nach einer Weile nickte sie. „Ich bin bereit, diesen Weg anzutreten. Wirst du ihn mit mir beschreiten, Meister?“

„So weit es mir die Götter gestatten, mein Kind. So weit sie es mir gestatten. Doch sei unbesorgt, ich werde dir eines Tages folgen. Warte dort auf mich. Es könnte sein, dass ich wieder eine Gehilfin benötige.“

Als Weiser des Volkes trug Jorund niemals eine Klinge bei sich. Heute allerdings war ein besonderer Tag. Langsam zog er einen Dolch hervor und reichte ihn Sibbe. „Wenn es soweit ist, wird er dir gute Dienste leisten.“

Dann schwiegen sie. Als die Sonne hinter den fernen Wäldern jenseits des Wassers untergegangen war, erhob sich die junge Gehilfin und ging zur Hütte zurück. Erst eine ganze Weile später erhob sich auch Jorund, um ihr zu folgen. Doch nur, soweit es ihm die Götter gestatten.

ENDE TEIL 2

Benediktinerkloster nahe Neustatt:

Degenar: Abt des Klosters
Ering: Novize, Freund Faoláns
Faolán: Novize, Sohn des ermordeten Grafen Farold, (Geburtsname : Rogar)
Ivo: Cellerar (Kellermeister) des Klosters
Konrad: Novize, Freund und Gefährte Faoláns
Walram: Prior des Klosters
Wunhold: Heiler im Klosterhospital

Birka:

Asyald: Getreuer von Bjoren Langarm
Bjoren Langarm: Jarl (nordischer Fürstentitel) von Birka
Erik Segersäll: König der Svear, *etwa 945, † um 995, mit Sitz auf der Insel Adelsön
Fenrir: auch Fenriswolf, erstes Kind des Gottes Loki und der Riesin Angrboda
Ferun: Gemahlin von Bjoren Langarm
Frigg: Göttin der nordischen Mythologie, Gemahlin des Gottes Odin
Gorm: Widersacher von Bjoren Langarm
Hrodi: Getreuer von Bjoren Langarm
Jorund: der blinde Weise, Einsiedler auf Björkö
Loki: Gott der nordischen Mythologie
Odin: Hauptgott der nordischen Mythologie
Sibbe: Gehilfin von Jorund
Thiodolf: Getreuer von Bjoren Langarm

Brandolfs Burg:

Brandolf: Burgherr und Ritter, Vasall des Grafen
Gerold „der Gerechte“: Brandolfs verstorbener Vater
Gunther: Getreuer Brandolfs

Helmar: Küchenmeister
Joos: Stallbursche
Lydis: Tochter von Brandolf
Lykke: Gemahlin von Brandolf
Marek: Kastellan (Schwertmeister)
Sander: Getreuer Brandolfs
Yurell: Getreuer Brandolfs

Columbankloster:

Agnes: getötete Geliebte des Priors Martin
Beren: Novize, Freund von Faolán und Konrad
Clemenza: absonderlicher Mönch
Gallus: Cellerar (Kellermeister) des Klosters
Henric: Novize
Martin: Prior des Klosters, Verbündeter Walrams
Odric: Heiler im Hospital des Klosters
Umbert: Abt des Klosters

Greifburg:

Drogo: Sohn des Grafen Rurik
Mildred: Gehilfin im Kochhaus des Grafen Rurik und Geliebte Drogos
Graf Farold: Bruder des Grafen Rurik, Vater von Rogar
Graf Rurik: Bruder des ermordeten Grafen Farold
Sigrun: Gemahlin von Graf Farold
Wulfhild: Gemahlin von Graf Rurik

Neustatt und Umgebung:

Alveradis: Heilerin, weise Frau
Brun: Jüngster Bruder von Svea
Elisabeth: Gemahlin von Georg
Georg: Ältester Bruder von Svea
Gertha: Stiefmutter von Svea, Mutter von Zacharias
Raimund: Bewohner von Neustatt, Steinmetzadept

Svea: Tochter des Bauern Ulf, Gehilfin der Heilerin Alveradis
Thorben: Zweitältester Bruder von Svea
Ulf: Vater von Svea, einfacher Bauer
Zacharias: Halbbruder von Svea

Sonstige Adelige:

Heinrich von Trier: Erzbischof von Trier seit 956, † 3. Juli 964 in Rom
Gottfried I.: Herzog von Niederlothringen, *940/945, † Sommer 964 in Rom
Kaiser Otto: römisch-deutscher Kaiser, *23. November 912 - †7. Mai 973
Berengar II.: Markgraf von Ivrea, *ca. 900; † 6. August 966

Anmerkung des Autors

Erik Segersäll (der Siegfrohe), auch Erik VIII., wurde um 945 n. Chr. geboren (siehe hierzu auch Personenregister). Es gibt Vermutungen, dass er der erste König war, der über das gesamte mittelalterliche Schweden geherrscht hatte. Er ist zumindest der erste historisch nachweisbare König Schwedens, der in der Zeit von 970 – 995 regiert hat. Sein Vater soll Björn Eriksson (Björn, der Alte) gewesen sein, doch ist seine Existenz als historisch umstritten, weshalb man ihn zu den Sagenkönigen zählt. Seine Herrschaft über die Svear wird auf den Zeitraum von 900 – 950 datiert. Somit ergibt sich eine „Regentschaftslücke" von 20 Jahren, nämlich zwischen 950 und 970.

Da Eriks Geburtsjahr nicht eindeutig belegt ist, habe ich mir als Autor die Freiheit genommen, dieses Ereignis etwa fünf bis zehn Jahre vorzudatieren und damit auch seine Regentschaft. So erhält die Handlung um Bjoren Langarm den Hintergrund und die Plausibilität, die sie benötigt. Erik, der im Prolog das erste Mal als König erwähnt wird, zählt im Jahr 960 daher ungefähr 20 bis 25 Jahre. Alt genug, um unter den Svear ein angesehener Mann und König zu sein. Aber auch noch jung genug, um sich behaupten und beweisen zu müssen. Vor allem seinem Bruder Olof gegenüber, mit dem er wohl bis zu dessen Tod 975 gemeinsam regiert haben soll. Allerdings sind auch hier die Zusammenhänge geschichtlich nicht einwandfrei geklärt.

Historisch bewanderte Leser/innen bitte ich um Nachsicht ob der von mir beanspruchten Freiheit und hoffe, dass er/sie dennoch viel Spaß mit dieser spannenden Lektüre hat und mit Faolán und Svea ebenso mitfiebern kann wie mit Brandolf und Bjoren Langarm.

Faolán erwachte. Sein Schädel schien zu bersten. Er öffnete langsam die Augen. Die Holzplanken, auf denen er lag, bildeten den Boden eines Schiffes. Um ihn herum herrschte ein Gewirr aus fremdsprachigen Stimmen, Weinen, Stöhnen und rauem Lachen. Mühselig drehte Faolán sich auf den Rücken und blickte in die Sternennacht. Unbekannte hatten ihn vor dem sicheren Tod gerettet, und dennoch waren seine Hände hinter seinem Rücken gefesselt, wie bei einem Gefangenen. Faolán schaute nach beiden Seiten, doch er kannte keinen der Menschen in seiner Nähe. Er sah einen Mann kommen und drehte sich zur Seite, damit dieser nicht auf ihn trat. Sein ängstliches Handeln wurde mit einem spöttischen Lachen und Worten kommentiert, die er nicht verstand.

Gedanken rasten durch seinen Kopf. Wo war Svea? War sie entkommen oder trieb sie hilflos den breiten Strom hinab? Oder war sie in die Tiefe des Flusses gezogen worden. Hatte Drogo sie womöglich gefasst? Was war mit Brandolf? Wer waren diese Männer und wohin steuerten sie ihr Schiff?

Faolán schloss die Augen. In seinem Kopf hämmerte der Schmerz. Im Geiste haderte er mit sich. Hatte er alles falsch gemacht? Zumindest schien alles schief gelaufen zu sein, ganz gleich, was er angepackt hatte. Angefangen bei Konrad, seinem besten Freund, den er mit seinen Bemerkungen verloren hatte, bis hin zu dieser wahnwitzigen Rettung in Neustatt. Wie hatte er nur glauben können, dass sein Eingreifen je von Erfolg gekrönt sein könnte? Er hatte alle enttäuscht. Svea, Konrad, Brandolf und Abt Degenar.

Die Pein in seinem Schädel wurde immer größer. Noch vor wenigen Stunden hatte er alles besessen, wonach er sich gesehnt hatte, und wofür er all die Strapazen auf sich genommen hatte: Er hatte Svea im Arm gehalten. Und jetzt hatte er sie wieder verloren. Faolán wurde übel. Er drehte sich zur Seite und übergab sich. Er spürte noch eine Hand an seiner Stirn, doch bevor er die Augen öffnen konnte, verlor er das Bewusstsein und sank auf die Planken eines Schiffes, das ihn immer weiter davontrug. Abermals fort von Neustatt.

„Die Eiswolf-Saga. Teil 3: Wolfsnacht“ (978-3-86282-008-5) erscheint voraussichtlich im Frühjahr 2012 im ACABUS Verlag.

Die Eiswolf-Saga. Teil 1: Brudermord

3. Auflage
ISBN: 978-3-86282-006-1
340 Seiten
14 x 20,5
LVP: 13,90 EUR
ACABUS Verlag 2010

Das Ostfrankenreich im Jahr 956.
Durch einen Verrat seines Bruders soll die gesamte Familie des Grafen Farold gemeuchelt werden. Einzig dem siebenjährigen Sprössling Rogar gelingt die Flucht. Traumatisiert und ohne Kenntnis über seine wahre Identität, gelangt er in ein Benediktinerkloster. Der Abt nimmt ihn unter dem Namen Faolán in das Noviziat auf und versucht ihn vor den meuchelnden Fingern des Verräters zu bewahren.

Auch der junge Ritter Brandolf strebt danach, Rogar zu finden. Er hat geschworen, ihn zu seinem rechtmäßigen Erbe zu verhelfen und den Verräter aufzuhalten.

Unwissend über all diese Streitereien, lernt Faolán eines Tages das Mädchen Svea kennen. Durch diese Begegnung beginnt sich sein Leben dramatisch zu verändern. Sein Weltbild gerät ins Wanken, als er sich seiner Liebe zu Svea bewusst wird. Faolán versucht alles in seiner Macht stehende, um das Mädchen wiederzusehen. Dabei begeht er einen fatalen Fehler, der seinen Häschern nach all den Jahren endlich eine Gelegenheit bietet, den wahren Erbe der Grafschaft ein für alle Mal aus dem Weg zu schaffen.

Der Autor

Holger Weinbach, 1971 im baden-württembergischen Buchen geboren, lebt heute mit seiner Frau und zwei Kindern in seiner Wahlheimat Freiburg. Um seiner Leidenschaft, dem Schreiben, mehr Zeit widmen zu können, hat er sich 2009 als Autor und Architekt selbstständig gemacht. Seit vielen Jahren bewegt er sich privat in der Mittelalterszene und recherchiert für seine historischen Romane nicht nur mittels Fachliteratur, sondern mit Vorliebe auch an Originalschauplätzen in Deutschland und Skandinavien.

Danksagung des Autors

„In allererster Linie möchte ich meinen Lesern danken, die eine Fortsetzung dieser Reihe ermöglicht haben. Ihnen wünsche ich weiterhin viel Spaß mit der Eiswolf-Saga und den Protagonisten, die in meinem Alltagsdenken schon beinahe ein fester Bestandteil geworden sind.
Dieses Buch wäre aber nicht entstanden, hätten nicht viele daran mitgearbeitet und mich unterstützt. Daher gilt mein Dank an dieser Stelle all jenen, die mir im Hintergrund stets eine Stütze waren/sind, ganz gleich zu welcher Tageszeit. Allen voran ist das meine Familie, die mich und meine „Schreiblaunen“ ertragen muss und die in den vergan-

genen Monaten vielleicht nicht immer glücklich waren, wenn ich an sonnigen Tagen am Rechner saß ... Ich gelobe Besserung ...
Dank geht auch an Anja Kaiser, die wieder einmal ein wunderbares Cover ganz nach meinem Geschmack gestaltet hat. Es ist schön, wenn ein solches Ergebnis ohne viel Worte zustande kommt. Ich freue mich schon auf das Cover des dritten Bandes.
Was wäre ein Historischer Roman ohne geschichtliche Hintergründe? Für Anregungen und Ideen danke ich meiner fachlichen „Reißleine" und Recherchehintergrund, Dr. Malte Heidemann von der Textbaustelle Berlin.
Nicht zu vergessen wäre der Verlag, allen voran meine Lektorin Daniela Sechtig, die bisher schon viel Geduld beweisen musste ... Danke für die konstruktive Zusammenarbeit.
Hier an letzter Stelle, in meinem Ranking jedoch ganz weit oben, möchte ich meinen Beta-Leserinnen danken, Beatrix Schroeder von globaltalk.de und Elke Krüßmann. Beide halfen mir, an vielen Stellen meine Textblindheit zu kurieren und machten mich zum Sehenden."